二〇一三年河南西峡屈原与楚辞学国际学术讨论会
暨中国屈原学会第十五届年会论文

中国楚辞学

第二十二辑

中国屈原学会 编

主办  北京市哲学社会科学北京语言大学首都国际文化研究基地
江苏高校哲学社会科学重点研究基地南通大学楚辞研究中心

协办  北京艺术传媒职业学院
 北京载道文化发展有限公司
 北京国学时代文化传播股份有限公司

学苑出版社

图书在版编目（CIP）数据

中国楚辞学．第22辑/中国屈原学会编．—北京：学苑出版社，2015.11

ISBN 978－7－5077－4907－6

Ⅰ．①中… Ⅱ．①中… Ⅲ．①楚辞研究－中国－丛刊 Ⅳ．①I207.223－55

中国版本图书馆CIP数据核字（2015）第258438号

责任编辑：战葆红
出版发行：学苑出版社
社　　址：北京市丰台区南方庄2号院1号楼　100079
网　　址：www.book001.com
电子信箱：xueyuan@public.bta.net.cn
销售电话：010－67675512、67678944、67601101（邮购）
印　刷　厂：保定市彩虹艺雅印刷有限公司
开本尺寸：787×1092　1/16
印　　张：34
字　　数：660千字
版　　次：2015年11月北京第1版
印　　次：2015年11月北京第1次印刷
定　　价：100.00元

编 委 会

顾　问　饶宗颐(中国香港)　聂石樵　余光中(中国台湾)　谭家健
　　　　陈怡良(中国台湾)　李炳海　崔富章　毛　庆　赵逵夫
　　　　蒋南华　潘啸龙　章必功　殷光熹　张崇琛
主　编　方　铭　周建忠　韩向阳
编　委　(按姓氏笔画顺序排列)
　　　　力　之　　方　铭　　王德华　　叶子衡　　尹小林　　刘生良　　刘　刚
　　　　刘毓庆　　汤漳平　　杜道明　　吴广平　　李大明　　李金善　　李　诚
　　　　李洲良　　李　霞　　何新文　　张宏洪　　张俊伟　　张　强　　陈书良
　　　　林家骊　　金荣权　　罗　漫　　周建忠　　周秉高　　杨生虎　　杨　波
　　　　禹经安　　侯文汉　　钟兴永　　段文汉　　姚小鸥　　赵朝霞　　赵敏俐
　　　　凌智民　　徐文武　　徐蔚明　　徐志啸　　郭　丹　　郭建勋　　郭　杰
　　　　钱　征　　黄凤显　　黄灵庚　　黄金明　　黄崇浩　　黄震云　　谢　君
　　　　韩向阳　　傅利民　　程本兴　　詹福瑞　　廖　群　　谭家斌　　蔡靖泉
　　　　林登顺(中国台湾)　　鲁瑞菁(中国台湾)　　邓国光(中国澳门)
　　　　黄耀坤(中国香港)　　詹航伦(中国香港)　　大野圭介[日本]
　　　　谷口洋[日本]　　　　朴永焕[韩国]　　　　吴万钟[韩国]
　　　　白　马[德国]
编辑部　谢　君　朱闻宇　王孝强

目 录

屈原精神思想及其价值研究

屈原价值的历史发现及现代重估 …………………………………… 方　铭(1)
屈原历史观探析 …………………………………………………… 周秉高(12)
原型的还魂与召唤
　　——从分析心理学角度解读屈原被放逐后的生命轨迹 ………… 韩新卫(26)
屈原人格范式于当代的实践意义 …………………………………… 徐蔚明(30)
楚人性格与屈骚精神 ………………………………………………… 周苇风(38)

屈原精神思想的影响与接受研究

从屈原看白居易的人生哲学 ………………………………………… 陈金现(44)
"独依古寺种秋菊,要伴骚人餐落英"
　　——苏轼与屈、宋三题 …………………………… 何新文　彭安湘(60)
影像屈原的建构与批评 ……………………………………………… 刘伟生(71)
屈原形象的一种现代塑造
　　——郭沫若《屈原》剧作分析 ………………………………… 王锺陵(87)
择生与择死:司马迁在生死观上对屈原的契合和超越
　　——从屈原的自杀情结到司马迁的屈原情结 ………………… 赵明正(95)
建构与塑造:略议伍子胥与屈原的历史影响 …………………… 王洪强(102)
汉宋士人屈原情结的变迁 ………………………………………… 刘五一(108)
试论屈原文化对后世的影响 ……………………………………… 邓声斌(117)

楚辞学史研究

近二十年来新出现的屈原资料真伪及其学术价值 ……………… 黄震云(121)
由古代楚辞研究著述者的籍里看楚辞研究的失衡 ……………… 刘树胜(130)
宋代楚辞研究思想初探 …………………………………………… 毛　庆(144)
近十年《天问》研究述论 ………………………………………… 谢小刚(158)
屈原《九歌·东皇太一》祀主研究述评 ………………………… 吴广平(170)
王夫之《楚辞通释》研究现状述评 ……………………………… 丁海玲(189)

汉代楚辞注释述略 ……………………………………………………… 孙　光(203)
文学自觉与楚辞学社会化
　　——魏晋南北朝楚辞学特色管窥 ………………………………… 纪晓建(216)

司马迁、王逸楚辞学研究

司马迁屈骚批评析义 ……………………………………………………… 郝明朝(227)
王逸以纬注骚考论 ………………………………………………………… 罗建新(233)
由《楚辞》在汉晋南朝的传播论《楚辞章句》韵体释文的生成 ………… 鲁瑞菁(244)
论王逸《楚辞章句》中的五行比附 ……………………………… 郭建勋　刘　祥(266)
论谶纬对王逸《楚辞章句》的影响 …………………………………… 吴从祥(277)
出土文献与《史记·屈原贾生列传》的可信性问题 …………………… 王克家(284)

明清楚辞学者及其楚辞学著作研究

戴震《屈原赋注》与王逸古注异同 ……………………………………… 郭全芝(289)
毕大琛《离骚九歌释》述要 ……………………………………………… 陈炜舜(297)
陈深及其《楚辞》评点的价值 …………………………………………… 罗剑波(303)
来钦之的《楚辞述注》及其评点特色 …………………………………… 黄建荣(318)

近现代楚辞学者及其楚辞学著作研究

王献唐与《楚辞韵考》 …………………………………………… 黄灵庚　唐兰丹(331)
李嘉言的《楚辞》研究 …………………………………………… 常　威　周建忠(345)
闻一多——用力甚深、见解独到的《楚辞》学者 ……………………… 王海远(368)
林纾的楚辞读本与楚辞批评 ……………………………………… 郭　丹　李彬源(377)
诗人情怀，学者气度
　　——孙大雨《屈原诗选英译》的翻译特色 …………………………… 严晓江(385)

域外楚辞学研究

《楚辞·九歌·东君》的"深意"与日、英、美汉学家的判断
　　——以"指涉"(referentiality)问题为中心 ………………………… 洪　涛(391)
日本楚辞学的基础研究
　　——以江户、明治时期为研究对象 ……………………………[日]矢田尚子(404)
龟门学与《楚辞玦》 ………………………………………………… [日]野田雄史(407)
《楚辞》英译与译本考索 ………………………………………………… 和秀鹏(409)

楚史与楚文化研究

楚辞文学与出土文献、传世文献中有关吴楚战争的史实
　　——兼及楚辞文学中《渔父》篇创作的根本性理由等 ………[日] 石川三佐男（425）
也谈《清华简·楚居》与楚族之渊源 …………………………… 汤漳平（438）
《梼杌》与《桃左春秋》辨 ……………………………………… 徐文武（449）
战国前期楚国作家群体考论 ……………………………………… 梁　奇（453）
索县古城建置源流考 ……………………………………………… 傅利民（462）
昆仑地望阴山说 …………………………………………………… 逯　宏（473）
楚地巫风与屈辞"寓言体"考论 ………………………………… 廖　群（479）

屈原与西峡等地方文化研究

屈原出生于河南西峡说初探 ……………………………………… 张俊伟（487）
屈原《哀郢》"当陵阳之焉至兮，淼南渡之焉如"之"陵阳"解 ………… 林家骊（493）
遵吾道兮洞庭——屈原与西洞庭湿地文化 ……………………… 张应荣（504）
"沅、湘之间"三题 ………………………………………………… 杨理胜（513）
《九歌》与汨罗民俗"打倡" ……………………………………… 刘石林（517）
清代荆州都市信仰民俗考察 ……………………………………… 卢　川（527）
浅谈尹吉甫故里十堰市蕴藏着极其深厚的屈原文化 …………… 袁正洪（533）

屈原精神思想及其价值研究

屈原价值的历史发现及现代重估

北京语言大学　方　铭

伟大诗人屈原是战国时期楚国人,是中国历史上影响最为深远的伟大诗人。屈原的影响不仅仅在中国,屈原也是中国最具国际影响力的伟大诗人。

从1952年开始,总部设在芬兰首都赫尔辛基的"世界和平理事会"每年推举四位世界文化名人,1952年推举了法国作家雨果、意大利画家达·芬奇、俄国作家果戈理、阿拉伯哲学家阿维森纳等四位为世界文化名人。1953年,世界和平理事会决定在中国诗人中推举一位世界文化名人,当年的参与者在遴选诗人的时候,认为中国是个诗歌的国度,产生过无数杰出的诗人,如果从这众多诗人中推举一个最伟大的诗人的话,当然非屈原莫属。所以,中国诗人屈原与波兰天文学家哥白尼、法国作家拉伯雷、古巴作家何塞·马蒂就成为了1953年世界和平理事会确定的四位世界文化名人。同年,苏联和中国都举行了隆重的纪念屈原、哥白尼、拉伯雷、何塞·马蒂诞生的纪念大会。2009年,以纪念屈原为核心内容的中国端午节及其传说进入"世界人类非物质文化遗产代表作名录",这标志着屈原不仅仅是世界文化名人,同时,他的作品及精神价值,也是人类文化遗产的一部分。

屈原是一位历史人物,在两千多年的历史长河中,他受到了一切正直善良的中国人的尊敬,同时,他仍然生活在我们当下的文化生活中。站在现代文明的价值基础上,正确认识和评价屈原的价值,是一切热爱屈原的人责无旁贷的责任。

一、屈原作为清廉忠信贤人地位的确立

对于屈原的研究,开始于对屈原价值的探索。这个探索,从战国时期的宋玉就已经开始了。王逸《楚辞章句·九辩序》说:"宋玉者,屈原弟子也。闵惜其师忠而放逐,故作《九辩》以述其志。"[1]而《九辩》说:"坎廪兮,贫士失职而志不平。"[2]宋玉悯惜其师之"忠","忠"是就屈原的人格而言;宋玉说"贫士失职","士"是就屈原的才能而言。简单地说,屈原是一个忠而有才,而受到不公正待遇的人。

---

[1] 洪兴祖,《楚辞补注》,中华书局1983年版,第182页。
[2] 洪兴祖,《楚辞补注》,中华书局1983年版,第183页。

班固《离骚序》说："昔在孝武,博览古文,淮南王安叙《离骚传》,以《国风》好色而不淫,《小雅》怨悱而不乱,若《离骚》者,可谓兼之。蝉蜕浊秽之中,浮游尘埃之外,皭然泥而不滓,推此志,虽与日月争光可也。"①刘安是西汉初期人,他除了高度赞扬屈原《离骚》的价值之外,着重强调屈原的"清",即处污泥之中,而不受污染,不与邪恶势力同流合污。

司马迁继承了刘安的观点,认为屈原"忠信"。《史记·屈原贾生列传赞》指出,屈原"信而见疑,忠而被谤",但"眷顾楚国,系心怀王",有"存君兴国"之义。同时,司马迁还突出了屈原作为"贤"者的价值:"太史公曰:余读《离骚》、《天问》、《招魂》、《哀郢》,悲其志。适长沙,观屈原所自沉渊,未尝不垂涕,想见其为人。及见贾生吊之,又怪屈原以彼其材,游诸侯,何国不容,而自令若是。"②司马迁强调屈原可周游诸侯,无有不重视者,屈原的资本就是因"彼其材"。

班固《离骚序》不同意刘安把屈原的作品和六经相提并论,但认为"其文弘博丽雅,为辞赋宗",屈原本人"虽非明智之器,可谓妙才者也"。③ 班固《离骚赞序》指出,"屈原初事怀王,甚见信任。同列上官大夫妒害其宠,谗之王,王怒而疏屈原。屈原以忠信见疑,忧愁幽思而作《离骚》","屈原痛君不明,信用群小,国将危亡,忠诚之情,怀不能已,故作《离骚》","不忍浊世,自投汨罗"。④ 班固虽然对屈原的处世智慧有所质疑,但同样认为屈原是"忠信"之人,是"妙才"。《汉书·艺文志》说:"春秋之后,周道浸坏,聘问歌咏不行于列国,学《诗》之士逸在布衣,而贤人失志之赋作矣。大儒孙卿及楚臣屈原离谗忧国,皆作赋以风,咸有恻隐古诗之义。"⑤可见在班固眼里,屈原既是"贤人",同时,又能"忧国",继承《诗经》传统,作赋以讽。

王逸与屈原有乡亲之谊,因此,把屈原的作品《离骚》提到了"经"的地位。《楚辞章句·九思序》说:"《九思》者,王逸之所作也。逸,南阳人(一作南郡),博雅多览,读楚辞而伤愍屈原,故为之作解。"又说:"逸与屈原同土共国,悼伤之情,与凡有异。"⑥王逸推崇屈原,对屈原的定位,继承了他的前辈的观点,即"清"、"忠"、"贤"。《楚辞章句序》说:"屈原履忠被谗,忧悲愁思,独依诗人之义而作《离骚》。上以讽谏,下以自慰。遭时暗乱,不见省纳,不胜愤懑,遂复作《九歌》以下,凡二十五篇。"⑦《楚辞章句·离骚序》说,屈原"不忍以清白久居浊世,遂赴汨渊,自沉而死","凡百君子,莫不慕其清高,嘉其文采,哀其

---

① 洪兴祖,《楚辞补注》,中华书局1983年版,第49页。
② 司马迁,《史记》,中华书局1982年版,第2482、2503页。
③ 洪兴祖,《楚辞补注》,中华书局1983年版,第50页。
④ 洪兴祖,《楚辞补注》,中华书局1983年版,第51页。
⑤ 班固,《汉书》,中华书局1962年版,第1756页。
⑥ 洪兴祖,《楚辞补注》,中华书局1983年版,第313、314页。
⑦ 洪兴祖,《楚辞补注》,中华书局1983年版,第48页。

不遇,而愍其志焉"。①

　　从宋玉到王逸,确立了屈原作为一个具有"清廉"、"忠信"人格的"贤人"形象。这个历史定位,成为屈原形象的最基本的内涵。清廉、忠信、贤人,既体现了中国古代人对各级官员模范人格的定位,也是中国古代人对屈原抱有深刻同情和敬仰的历史原因。而"贤人"定位,也使屈原和孔子的"圣人"境界相区别。《白虎通义·圣人》说:"圣者,通也,道也,声也。道无所不通,明无所不照,闻声知情,与天地合德,日月合明,四时合序,鬼神合吉凶。"②孔子既有坚守,而又通权达变,其境界与屈原既有联系又有区别。

二、20 世纪对屈原价值的挖掘

　　20 世纪初,随着西洋文化的传播,中国学者对中国传统文化的价值发生怀疑,而民主主义的思想,也要求重新反思屈原的形象所蕴含的意义。1922 年 8 月 28 日,著名的新文化运动的旗手胡适写了《读楚辞》一文,该文同年发表在《读书杂志》第一期上。胡适认为,《史记》本来不很可靠,而《史记》的《屈原贾生列传》尤其不可靠;传说中的屈原,是根据"儒教化"的《楚辞》解释的,是"箭垛式"的,若真有其人,必不会生在秦汉以前。胡适的上述观点,固然是在疑古思潮大环境下的大胆之言,随着出土文献的不断公布,疑古学派的观点已经成为学术空想。胡适又提出了把《楚辞》重归文学的学科设想,他认为,楚辞的研究史是久被"酸化"的,只有推翻屈原的传说,进而才能推翻楚辞作为"一部忠臣教科书"的不幸历史,然后可以"从楚辞本身上去寻出它的文学兴味来,然后楚辞的文学家之可以有恢复的希望"。③ 显然,胡适所谓"文学"学科的观念,也是从西洋传来的,而不是中国古代固有的"文学"学科概念。

　　1922 年 11 月 3 日,梁启超先生在东南大学文哲学会上发表了《屈原研究》之讲演,梁启超认为中国文学家的老祖宗必推屈原,中国历史上表现个性的作品,头一位就是要数屈原的作品。梁启超认为,屈原具有改革政治的热情,又热爱人民,热爱社会,他以其自杀,表现出对社会、对祖国的同情和眷恋,而又不愿意向黑暗势力妥协的决心,因此,屈原的自杀使他的人格和作品更加光耀。④ 梁启超把屈原的"清廉"、"忠信",表述为热爱人民,热爱社会,对社会和祖国的同情和眷恋,以及不愿意向黑暗势力妥协的决心。显然,梁启超对屈原的评价,有胡适的新"文学"观念,同时,又继承了中国古代关于屈原作为"清廉"、"忠信"、"贤人"的理念。

---

① 洪兴祖,《楚辞补注》,中华书局 1983 年版,第 2、3 页。
② 陈立(撰),吴则虞(点校),《白虎通疏证》,中华书局 1994 年版,第 334 页。
③ 胡适,《胡适文存二集》,亚东图书馆印 1924 年版,第 147、148 页。
④ 梁启超,《饮冰室合集·文集·第五册》,中华书局 1989 年版,第 49 – 68 页。

1929年6月7日，郭沫若写了《革命诗人屈原》一文，认为春秋战国时期，也存在一个"五四运动"，而屈原就是古代"五四运动"的健将，即中国古代的诗在屈原手里发起了一次"大革命"。① 1942年，郭沫若又写了《屈原思想》一文，在这篇文章中，他提出屈原的世界观是前进的、革命的，但是，他的方法——作为诗人在构想和遣词上的技术却不免有些保守的倾向。郭沫若认为，屈原思想明显有儒家风貌，注重民生，倡导德政，注重修己以安人，所以，屈原是一位南方的儒者。②

1953年6月13日，林庚先生在《大公报》发表了《诗人屈原的出现》一文，提出屈原的艺术才能"全部为了人民的愿望与政治斗争"，在中国古代，没有一个诗人能像屈原一样，紧密地把自己一生的思想感情与政治斗争完全统一起来，因此，屈原是"我们伟大的第一个诗人"，"是一个政治家"，他毕生为一个政治理想而斗争，他是一个真理的追求者。③

1957年作家出版社出版了《楚辞研究论文集》，其中收录的论文，大部分发表于1951年至1956年间的重要报刊上，是代表屈原被确定为世界文化名人前后中国官方主流观点的一部著作。其中具有代表性的关于屈原评价的文章，首先是郭沫若的《伟大的爱国主义诗人——屈原》，郭沫若认为，屈原"同情人民，热爱人民"，"不仅热爱楚国，而且热爱中国"。④ 先师褚斌杰先生《屈原——热爱祖国的诗人》则提出屈原的"思想和行为是崇高的，具有人民性的"观点，认为屈原的价值体现在以下四方面：疾恶如仇，能与腐朽反动的贵族政权作斗争；关怀民族命运和人民生活；对祖国和乡土无限热爱；宁死不屈，有以死殉国的伟大气节。⑤

在20世纪，特别是20世纪中期以后，无数中国古代伟大的思想家和文学家或多或少都受到了中国主流政治意识指导下的文化精英的批判和鞭挞，但是，屈原却一直为主流政治意识和文化意识所肯定，当然，这个幸运，也带来了屈原价值的多面性描述，如在伟大的人民诗人、爱国主义诗人的称号之外，在70年代开展的评法批儒运动中，屈原被描述为法家，而在1977年以后，屈原则作为政治改革家而常被改革派所提及。

三、不能抛开屈原的政治活动讨论屈原的作品价值

胡适先生曾主张抛开屈原的政治活动来讨论屈原作品的意义，而林庚先生则认为屈

---

① 郭沫若，《郭沫若全集·文学编·蒲剑集》，人民文学出版社1992年版，第48-51页。
② 郭沫若，《先秦学术述林》，上海书店影印东南出版社1945年版1992年版，第127-147页。
③ 作家出版社编辑部编，《楚辞研究论文集》，作家出版社1957年版，第33页。
④ 作家出版社编辑部编，《楚辞研究论文集》，作家出版社1957年版，第8、9页。
⑤ 作家出版社编辑部编，《楚辞研究论文集》，作家出版社1957年版，第36页。

原首先是一个政治家,他的文学活动是和政治活动紧密联系在一起的。显然,林庚先生的观点,更体现了知人论世的文学观念。

屈原是战国时期楚国的重要政治家,对屈原的把握,离不开屈原的政治活动。抓住屈原的政治活动轨迹,才能准确把握屈原作品的内涵。屈原的价值,体现为他的文学成就和政治人格的完美结合。屈原的作品,表现的内容是他的政治活动和政治遭遇,以及政治活动和政治遭遇所带来的思想感情方面的期待与沮丧,希望与失望。屈原的政治活动和政治遭遇,我们又是通过屈原的作品了解的。如果没有屈原的作品,我们就无法了解屈原的遭遇;如果没有屈原坎坷的遭遇,屈原可能不会创作这些作品,即使创作了作品,他的作品也不会有这么久远的力量。王逸《楚辞章句序》云:"屈原履忠被谗,忧悲愁思,独依诗人之义而作《离骚》,上以讽谏,下以自慰。遭时暗乱,不见省纳,不胜愤懑,遂复作《九歌》以下,凡二十五篇。楚人高其行义,玮其文采,以相教传。"①《楚辞章句·天问序》说:"屈原放逐,忧心愁悴,彷徨山泽,经历陵陆,嗟号昊旻,仰天叹息,见楚有先王之庙及公卿祠堂,图画天地山川,神灵琦玮僪佹,及古贤圣怪物行事,周流罢倦,休息其下,仰见图画,因书其壁,呵而问之,以泄愤懑,舒泻愁思。楚人哀惜屈原,因共论述,故其文义不次序云尔。"②《楚辞章句·九章序》说:"屈原放于江南之野,思君念国,忧心罔极,故复作《九章》,章者,著也,明也。言己所陈忠信之道,甚著明也。卒不见纳,委命自沉,楚人惜而哀之,世论其词以相传焉。"③《楚辞章句·渔父序》说:"屈原放逐在江湘之间,忧愁叹吟,仪容变易,而渔父避世隐身,钓鱼江滨,欣然自乐,时遇屈原川泽之域,怪而问之,遂相应答。楚人思念屈原,因叙其辞,以相传焉。"④王逸提到楚人高其行义,玮其文采,楚人哀惜屈原,思念屈原,因共论述,因叙其辞,以相教传。也就是说,如果没有屈原的高尚行义和奇玮文采,没有对屈原的哀惜和同情,屈原的作品是否能够流传,就会是一个未知数。

四、屈原是一个想有所作为的政治家

屈原不仅仅是一个政治家,而且是一个想有所作为的政治家。这是他的悲剧命运的根源。

战国时期是一个大动荡的时代。春秋、战国之交,随着晋国的分裂,楚国的衰落,春秋时的晋、楚两极世界变成了秦国独大的一极世界。探究秦国之所以兴、楚国之所以衰

---

① 洪兴祖,《楚辞补注》,中华书局1983年版,第48页。
② 洪兴祖,《楚辞补注》,中华书局1983年版,第85页。
③ 洪兴祖,《楚辞补注》,中华书局1983年版,第120、121页。
④ 洪兴祖,《楚辞补注》,中华书局1983年版,第179页。

的原因,最根本的就是秦国有政治优势。秦国自春秋秦穆公开始,不拘一格重用人才,秦国的重要岗位,不但向秦国人民开放,而且向山东诸诸侯国的人才开放,只要是人才,就可得到任用。《史记·孔子世家》载鲁昭公二十年,时孔子三十岁,齐景公与晏婴访问鲁国,齐景公问孔子说:"昔秦穆公国小处辟,其霸何也?"孔子回答说:"秦虽国小,其志大;处虽辟,行中正。身举五羖,爵之大夫,起垒绁之中,与语三日,授之以政。以此取之,虽王可也,其霸小矣。"①秦穆公的志大中正,礼贤下士,正是秦国由霸而王的基础。

　　秦国的政治是一个开放的政治体系,而楚国的政治却是一个封闭的体系,楚王重用的都是他的近亲,《史记·孙子吴起列传》载,吴起逃离魏国,"楚悼王素闻起贤,至则相楚。明法审令,捐不急之官,废公族疏远者,以抚养战斗之士"。其矛头首先就对准了楚之贵戚,等到楚悼王死后,楚国"宗室大臣作乱而攻吴起,吴起走之王尸而伏之",虽然最后楚国"尽诛射吴起而并中王尸者,坐射起而夷宗死者七十余家",但是,楚国的政治仍然回归到了重用贵戚的老路上去了。② 湖南长沙岳麓书院门口有"惟楚有才,于斯为盛"的对联,说的是春秋时期"楚材晋用"的典故,"楚材晋用",不是说楚国的人才多,而是说楚国的人才不能在楚国发挥作用,只好到外国去了。《离骚》中灵氛为屈原占卜,得出的结论也是应该远行,灵氛说:"两美其必合兮,孰信脩而慕之? 思九州之博大兮,岂唯是其有女?"③说的也是一个人才,应该选择一个能够有所作为的地方,做出一番事业来。

　　楚国因为政治上的封闭性,导致优秀的人才不但不能在楚国得到重要,而且还深受迫害。春秋时伍子胥的遭遇就说明了这一点。《史记·伍子胥列传》载楚平王给太子建娶秦女,因秦女美好,于是占为己有,并因此忌恨太子建及太子建的太傅伍奢,杀伍奢。又因伍奢二子伍尚、伍员贤,欲杀二人,伍尚死,伍员逃亡,伍员即伍子胥。伍子胥逃到吴国后,率吴国军队灭楚,而楚臣申包胥"立于秦廷,昼夜哭,七日七夜不绝其声",秦哀公怜之,说:"楚虽无道,有臣若是,可无存乎!"于是"遣车五百乘救楚击吴",④楚国因此才能在春秋后期苟延残喘下来。

　　战国时期,楚国虽有恢复,但要和秦国对抗,仍然是没有力量的。《史记·秦始皇本纪》载秦孝公死后,秦惠王、秦武王"蒙故业,因遗册,南兼汉中,西举巴、蜀,东割膏腴之地,收要害之郡"。诸侯眼见秦之强大,恐惧,"会盟而谋弱秦,不爱珍器重宝肥美之地,以致天下之士,合从缔交,相与为一"。山东诸侯"常以十倍之地,百万之众,叩关而攻秦。秦人开关延敌,九国之师逡巡遁逃而不敢进","于是从散约解,争割地而奉秦"。秦"因利

---

① 司马迁,《史记》,中华书局1982年版,第1910页。
② 司马迁,《史记》,中华书局1982年版,第2168页。
③ 洪兴祖,《楚辞补注》,中华书局1983年版,第35页。
④ 司马迁,《史记》,中华书局1982年版,第2171－2183页。

乘便,宰割天下,分裂河山,强国请服,弱国入朝"。①《史记·张仪列传》载张仪说楚怀王:"秦地半天下,兵敌四国,被险带河,四塞以为固。虎贲之士百余万,车千乘,骑万匹,积粟如丘山。法令既明,士卒安难乐死,主明以严,将智以武,虽无出甲,席卷常山之险,必折天下之脊,天下有后服者先亡。且夫为从者,无以异于驱群羊而攻猛虎,虎之与羊不格明矣。今王不与猛虎而与群羊,臣窃以为大王之计过也。"又说:"秦西有巴蜀,大船积粟,起于汶山,浮江已下,至楚三千余里。舫船载卒,一舫载五十人与三月之食,下水而浮,一日行三百余里,里数虽多,然而不费牛马之力,不至十日而距扞关。扞关惊,则从境以东尽城守矣,黔中、巫郡非王之有。秦举甲出武关,南面而伐,则北地绝。秦兵之攻楚也,危难在三月之内,而楚待诸侯之救,在半岁之外,此其势不相及也。夫恃弱国之救,忘强秦之祸,此臣所以为大王患也。"②

秦国的强势,以及楚国的羸弱,决定了战国时期的楚国处在一个不可能有大作为的时代。也正因此,屈原给楚王提出的连齐抗秦、杀张仪以泄愤,不去武关会秦王的政治策略,楚怀王都不敢接受。《史记·楚世家》载秦昭襄王约楚怀王访秦,"楚怀王见秦王书,患之。欲往,恐见欺;无往,恐秦怒"。昭雎建议楚王毋行,发兵自守,楚怀王儿子子兰说:"奈何绝秦之欢心!"③楚怀王为了社稷,只能忘记自己这个君主的安危,亲赴秦国。《孟子·尽心下》说:"民为贵,社稷次之,君为轻。是故得乎丘民而为天子,得乎天子为诸侯,得乎诸侯为大夫。诸侯危社稷,则变置。牺牲既成,粢盛既絜,祭祀以时,然而旱干水溢,则变置社稷。"④楚怀王也许做不到"民为贵",但是,他知道在社稷存亡面前"君为轻"的价值判断,他不去秦国,则可能"危社稷",所以,他就只得选择去了。

屈原是一个想在楚国有所作为的政治家,但是楚国不能给他提供大有作为的舞台。屈原不被楚王任用,怀才不遇,生不逢时。不能有所作为和想有所作为,这是屈原和楚国领导层发生矛盾的根源,也是他悲剧命运的根源。

五、屈原是一个有坚守的政治家

战国时期是一个巨变的时代,如何适应社会的蜕变,成了这个时代弄潮儿们追逐的目标,战国时期成功的政治家无不体现这个特点。法家、纵横家的成功,在于他们放弃自己的坚守。

孔子与他的弟子是春秋战国时期最有坚守的政治家。孔子周游列国,不是为了谋得

---

① 司马迁,《史记》,中华书局1982年版,第279页。
② 司马迁,《史记》,中华书局1982年版,第2289—2290页。
③ 司马迁,《史记》,中华书局1982年版,第1728页。
④ 焦循(撰),沈文倬(点校),《孟子正义》,中华书局1987年版,第973—974页。

官职,而是为了传道,也正因此,孔子面对诸侯权臣的邀请,不为其所动,《论语·阳货上》载,阳货因孔子不愿出来工作,因此攻击孔子"怀其宝而迷其邦",是"不仁";"好从事而亟失时",是"不知",①殊不知如果不能以道治国,在乱世求富贵,必然会成为坏人帮凶。因此,孔子的坚守,正是孔子仁和智的体现。《史记·孟子荀卿列传》说,战国时期"天下方务于合从连衡,以攻伐为贤,而孟轲乃述唐、虞、三代之德",与世俗不合,梁惠王甚至认为孟子"迂远而阔于事情",不过,司马迁理解儒家的坚守,他说:"故武王以仁义伐纣而王,伯夷饿不食周粟;卫灵公问阵,而孔子不答;梁惠王谋欲攻赵,孟轲称大王去邠。此岂有意阿世俗苟合而已哉! 持方枘而内圆凿,其能入乎?"②

《史记·商君列传》载,商鞅因秦孝公宠臣景监求见孝公,先"说公以帝道","孝公时时睡,弗听",谴责景监说:"子之客妄人耳,安足用邪!"后五日,商鞅二见孝公,"说公以王道","益愈,然而未中旨","孝公复让景监"。商鞅三见孝公,"说公以霸道,孝公善之而未用也",孝公对景监说:"汝客善,可与语矣。"商鞅四见孝公,"以强国之术说君","公与语,不自知膝之前于席也。语数日不厌"。商鞅的最高理想是帝道,其次是王道,其次是霸道,而强国之术是他认为的最为下下者之道,但因为秦孝公认为"安能邑邑待数十百年以成帝王乎","久远,吾不能待",商鞅就放弃了他的理想,而投孝公所好,但他自己知道,强国之术"难以比德于殷周矣"。③

《史记·苏秦列传》载苏秦出道后,先赴秦国,以连横为说,意在统一天下。秦惠公刚诛杀商鞅,兴趣不在此,说:"毛羽未成,不可以高飞;文理未明,不可以并兼。"④不用苏秦。苏秦于是东赴燕国,以合纵为说,推介反统一的政治策略。《史记·张仪列传》说张仪先赴燕国找苏秦,意欲参与合纵大业,从事反统一活动,苏秦不用张仪,张仪只好西至秦国,投身连横事业中,从事统一活动。⑤

商鞅,以及苏秦、张仪,不能说他们心中没有理想和是非观,但是,他们没有底线。他们都是把"做官"和"做事"放在第一位,而没有把国家和民族的未来放在第一位,因此,他们根据君主这个市场的需求来提供自己的产品,而不是把拯救国家和民族放在第一位,没有为国家和民族的未来去服务社会的信念。孔子和屈原是要"做官","做事",但他们"做官"是为了"做正确的事"。

《礼记·礼运》引孔子之言说:"大道之行也,天下为公。选贤与能,讲信修睦,故人不独亲其亲,不独子其子,使老有所终,壮有所用,幼有所长,矜、寡、孤、独、废弃者,皆有所

---

① 程树德(撰),程俊英、蒋见元(点校),《论语集释》,中华书局1990年版,第1174—1175页。
② 司马迁,《史记》,中华书局1982年版,第2343—2345页。
③ 司马迁,《史记》,中华书局1982年版,第2227—2238页。
④ 司马迁,《史记》,中华书局1982年版,第2242—2243页。
⑤ 司马迁,《史记》,中华书局1982年版,第2280—2304页。

养。男有分,女有归。货恶其弃于地也,不必藏于己;力恶其不出于身也,不必为己。是故谋闭而不兴,盗窃乱贼而不作,故外户而不闭,是谓大同。今大道既隐,天下为家,各亲其亲,各子其子,货力为己,大人世及以为礼。城郭沟池以为固,礼义以为纪;以正君臣,以笃父子,以睦兄弟,以和夫妇,以设制度,以立田里,以贤勇知,以功为己。故谋用是作,而兵由此起。禹汤文武成王周公,由此其选也。此六君子者,未有不谨于礼者也。以著其义,以考其信,著有过,刑仁讲让,示民有常。如有不由此者,在执者去,众以为殃,是谓小康。"①孔子把春秋前的中国古代社会分为大同、小康两个阶段,而认为春秋时期是"礼崩乐坏"的时代。《战国策·燕策一》载郭隗之言,有"帝者与师处,王者与友处,霸者与臣处,亡国与役处"②四句。帝道、帝者指五帝时代,王道、王者指夏、商、周三王时代,霸道、霸者指春秋时期,强国之术、亡国指的是战国时期。五帝时代,特别是尧、舜时期,效法"天道",政治制度以"天下为公"为基础,政治文化以"大同"为价值,经济权利和政治权力的平等,是这个时期的社会特征,简单说,就是有饭大家同吃,有衣大家同穿。三王时期,虽是"天下为家"的时代,但社会文化氛围强调德治,即领导人为人民服务,领导先天下之忧而忧,后天下之乐而乐。在我看来,夏、商两代谈不上有德治传统,德治精神应该是周人克商之后建立的文化体系所体现的价值。周先祖不窋在夏后启破坏禅让体制、篡权建立世袭制政治体制后去夏,辗转在泾河流域的义渠,即今天的甘肃庆阳一带,在周民族部落中传承"大同"文化。但是周克商后,民族融合,周人面临继承的"家天下"的政治制度遗产和固有的"大同"的政治文化遗产的冲突,因此,提出德治来调节人民和周天子利益相悖可能带来的困境。德治的特征,简单说,就是群众没有饭吃,领导不吃饭;群众没有衣服穿,领导不穿衣。五霸时代,霸主挟天子以令诸侯,其文化价值,承认领导人的特权,但是,领导人仍能"推恩",具体体现就是贯彻"仁政"观念,领导人在享受特权的时候,也需要兼顾群众的生存问题。简单说,就是领导吃肉的时候,应该给人民留一点肉汤喝。而强国之术,强调的政治文化是弱肉强食,《论语·颜渊下》说:"爱之欲其生,恶之欲其死。"③《史记·天官书》说:"顺之胜,逆之败。"④《韩非子·五蠹》指出:"当今争于气力。"⑤这些话所表述的行事原则,就代表了这个时代的文化价值。简单说,就是群众顺从领导,则有饭吃,有衣穿;不顺从领导,则没有饭吃,没有衣穿。

从大同至小康,从小康至春秋,从春秋至战国,是中国社会制度不断退化的过程,《孟

---

① 阮元(校刻),《十三经注疏(附校勘记)》,中华书局影印1980年版,第1414页。
② 刘向集录,《战国策》,上海古籍出版社1985年版,第1064页。
③ 程树德(撰),程俊英、蒋见元(点校),《论语集释》,中华书局1990年版,第853页。
④ 司马迁,《史记》,中华书局1982年版,第1319页。
⑤ 王先慎(撰),钟哲(点校),《韩非子集解》,中华书局1998年版,第445页。

子·告子下》说:"五霸者,三王之罪人也。今之诸侯,五霸之罪人也。"①而实际上,三王也是尧、舜之罪人。《道德经·德经》说:"故失道而后德,失德而后仁,失仁而后义,失义而后礼。夫礼者,忠信之薄,而乱之首。"②《庄子·知北游》说:"失道而后德,失德而后仁,失仁而后义,失义而后礼。礼者,道之华而乱之首也。"③大体说的也是从大同以下的社会蜕变带来的观念变化,道与大同时期相联系,德与小康时期相联系,而仁、义、礼则是小康之后至五霸时期的政治文化。

屈原同样是有坚守的政治家,他之所以能坚守,就在于他是一个深沉的思考者,一个关心楚国命运的政治家。屈原思考拯救楚国的指导原则,思考历史与现实、自然与社会的有关问题。屈原在思考楚国的现实困境的时候,提出了解决楚国政治困境的方法,这就是要实现尧、舜、禹、汤文武之"美政"。因此,与其说屈原是法家或者改革家,毋宁说他是一个坚守传统的儒家思想家。他的思想价值,不在于他在战国时期体现了怎样的改革意识,而在于他知道人民的幸福依靠回归"选贤与能"的美政。这就使他与同时代的打着改革旗号的势利之徒划清了界限。

六、屈原一直在追求社会公正

20世纪提出屈原是爱国主义诗人,这个表述是没有错的,但是,屈原的爱国主义精神,没有表现为对楚国政体和政治家的袒护,而是表现为对楚国昏庸和奸诈的政治家以及不能选贤与能的政体的强烈批判,屈原希望在楚国有公平和正义,正道直行的人受重视,而枉道邪行的人被抛弃,但是楚国的现实正好相反,所以他有强烈的不满。屈原的爱国主义是建立在"正道直行"的基础上,因而是有正义性的,所以是有价值的。

《史记·太史公自序》说,"屈原放逐,著《离骚》","此人皆意有所郁结,不得通其道也,故述往事,思来者"。④《史记·屈原贾生列传》说:"屈平疾王听之不聪也,谗谄之蔽明也,邪曲之害公也,方正之不容也,故忧愁幽思而作《离骚》。《离骚》者,犹离忧也。夫天者,人之始也;父母者,人之本也。人穷则反本,故劳苦倦极,未尝不呼天也;疾痛惨怛,未尝不呼父母也。屈平正道直行,竭忠尽智以事其君,谗人间之,可谓穷矣。信而见疑,忠而被谤,能无怨乎?屈平之作《离骚》,盖自怨生也。"⑤屈原的不朽诗篇《离骚》,整篇文章所要表达的,是"离别的忧愁"。而之所以要离别,就是因为在楚国没有受到公正待遇。

---

① 焦循(撰),沈文倬(点校),《孟子正义》,中华书局1987年版,第839页。
② 朱谦之(撰),《老子校释》,中华书局1984年版,第152页。
③ 郭庆藩(撰),王孝鱼(点校),《庄子集释》,中华书局1961年版,第731页。
④ 司马迁,《史记》,中华书局1982年版,第3294页。
⑤ 司马迁,《史记》,中华书局1982年版,第2482页。

在《离骚》中，屈原首先陈述自己的才能，"纷吾既有此内美兮，又重之以修能"，自己认为自己是正道直行的君子，但是，楚国谗佞当道，"固时俗之工巧兮，偭规矩而改错。背绳墨以追曲兮，竞周容以为度"，楚王不觉悟，不但不能近君子而远小人，反倒是远君子而近小人。屈原虽然知道楚国社会氛围黑暗阴险，但决不妥协，"宁溘死以流亡兮，余不忍为此态也"。屈原试图改变在楚国的处境，曾经"上下而求索"，"哀高丘之无女"，"求宓妃之所在"，"见有娀之佚女"，"留有虞之二姚"，屈原虽然努力了，但是，介绍人不过硬，世俗混浊，楚王昏庸，所有的努力都失败了。"理弱而媒拙兮，恐导言之不固。世混浊而嫉贤兮，好蔽美而称恶。闺中既以邃远兮，哲王又不悟"。屈原求灵氛占卜，灵氛说："勉远逝而无狐疑兮，孰求美而释女？何所独无芳草兮，尔何怀乎故宇？"认为以屈原的才能，可以周游任何国家。而巫咸则认为屈原在楚国的机会尚多，"及年岁之未晏兮，时亦犹其未央"。屈原忖度自己在楚国不可能有任何前途，因此偕仆夫与马周游，但周游一圈后，"忽临睨夫旧乡"，"仆夫悲余马怀兮，蜷局顾而不行"。《离骚》乱词说："已矣哉！国无人莫我知兮，又何怀乎故都！既莫足与为美政兮，吾将从彭咸之所居！"[①]屈原虽然最终不能离去，但对于楚国的政治已经失望了。

屈原是历史中存在过的真实的人，同时也是经过历代文化人和屈原的崇敬者不断诠释过的文化符号，我们既要还原历史中的屈原，也要注意后代人对屈原的诠释。既要注意对屈原正面的诠释，也要注意批评者的文化立场。总而言之，在中国文化史上，无论是赞扬屈原，还是批评屈原，他们都是把屈原当作一个有价值的样本，体现他们对屈原的尊敬和同情。如果能认识到这一点，还原历史，就有了科学的立场。

屈原是历史人物，我们今天学习屈原，应该有 21 世纪的眼光，应该站在世界文化发展的立场上。屈原是中国的，更是世界的。站在世界立场和现代立场上，我们评价屈原的时候，就不应该仅仅停留在给屈原加一个爱国主义的标签，我们更应该看到屈原爱国主义精神的实质，屈原是在一个缺少公平性，丧失了正义价值的时代，积极倡导社会公平和正义价值，并痛苦地追寻社会公平和正义价值的伟大诗人。屈原爱国主义精神的价值也就在此。

---

① 洪兴祖，《楚辞补注》，中华书局 1983 年版，第 4—47 页。

屈原历史观探析

《职大学报》编辑部　周秉高

屈原重视历史。《离骚》开篇就唱："帝高阳之苗裔兮,朕皇考曰伯庸",也就是说,屈原的作品一开篇就将抒情主人公投进历史的长河之中。我做过统计,屈原作品,除《九歌》基本不涉史(按,《湘君》、《湘夫人》似与娥皇、女英有关)外,其余几乎篇篇不同程度地涉及历史人物或历史事件,约占屈原作品全部篇幅的百分之七十以上。屈原的这种写法,拉近历史与现实的距离,借古喻今,借古抒情,使得"巨大的思想深度和意识到的历史内容""完美的融合"(恩格斯语)[①],开创了中国诗歌史上一个崭新的时代。

相比之下,《诗经》就没有这个特点。最近翻检《诗经》,发现305篇中,《国风》160篇中只有《下泉》和《黍离》两篇涉史,《小雅》74篇中只有《鱼藻》一篇涉史。也就是说,《诗经》中有百分之七十以上的诗篇不涉史,恰好与屈原作品的情况相反。还有更特别的,《国风》中的《伐檀》、《硕鼠》、《陟岵》、《山有枢》、《鸨羽》、《株林》和《鸱鸮》等政治性极强的诗篇居然也未有涉及历史人物或历史事件的诗句。而《小雅》中《四月》(有"滔滔江汉"等诗句)、《青蝇》(有"无信谗言"等句)、《巷伯》、《巧言》和《小弁》等内容与屈原作品有某些相似之处的诗篇,竟然也没有涉及历史人物和历史事件的诗句。《大雅》和三《颂》71篇,尽管据《毛诗正义》[②]看,几乎篇篇涉史,但均非用历史来观照现实和结合诗人自身,而是单纯地叙述历史人物或历史事件,一味歌功颂德,诗人的个性并不鲜明。

由此可知,是否用历史来观照现实和联系诗人自身遭际命运,是屈原作品与《诗经》的又一重大区别。所以,研究楚辞,不能不研究屈原的历史观。

关于屈原的历史观,已经有一些学者开始探讨,著名的,如殷光熹先生曾撰有《从〈天问〉看屈原的历史观》[③]一文,并首先在敝刊2002年第3期上发表。他提出了一些很好的看法,当然也有若干可商榷之处。因为这个题目重要,所以我愿再做探讨。

一、原因:表达理想

屈原作品中为什么会有那么多的历史内容?

---

① 恩格斯,《给斐迪南·拉萨尔的信》,《马克思恩格斯论艺术》,人民文学出版社1960年版,第37页。
② 毛亨传、郑元笺、孔颖达疏《毛诗正义》,《十三经注疏》,中华书局1980年版,第502－628页。
③ 殷光熹,《从〈天问〉看屈原的历史观》,《职大学报》2002年第3期。

屈原是诗人，但他首先是政治家，一位屡遭罢黜的政治家。他要在作品中表现出自己一生执着追求的"美政"理想，甚至可以说，正是为了表达自己的"美政"理想，他才创作了一系列"气往轹古，辞来切今"的伟大作品。马克思在《拿破仑第三政变记》中指出："人们创造自己的历史，但是他们的创造并不是随心所欲的，并不是在他们自己所选择的情况下进行的，而是在既有的、直接摆在他们面前的、从过去继承下来的情况下进行的。"①龚自珍在《古史钩沉论》中也有一句名言："欲知大道，必先为史。"②屈原的政治理想没有、也不可能凭空创造，而是借助历史，或曰到历史中去寻找。关于屈原的"美政"理想，当前学术界比较普遍的看法是用《离骚》中的两句话来归纳，曰："举贤而授能兮，循绳墨而不颇。"不过，这两句诗高度概括，有抽象之嫌。《大招》最后一层则具体地阐述了屈原的政治理想：

> 接径千里，出若云只。三圭重侯，听类神只。察笃夭隐，孤寡存只。
> 魂兮归来！正始昆只。田邑千畛，人阜昌只。美冒众流，德泽章只。
> 先威后文，善美明只。魂乎归来！赏罚当只。名声若日，照四海只。
> 德誉配天，万民理只。北至幽陵，南交阯只。西薄羊肠，东穷海只。
> 魂乎归来！尚贤士只。发政献行，禁苛暴只。举杰压陛，诛讥罢只。
> 直赢在位，近禹麾只。豪杰执政，流泽施只。魂乎来归！国家为只。
> 雄雄赫赫，天德明只。三公穆穆，登降堂只。诸侯毕极，立九卿只。
> 昭质既设，大侯张只。执弓挟矢，揖辞让只。魂乎来归！尚三王只。(注一)

此处"三王"，指的是夏禹、商汤和周文王。也就是说，这一层次的内容，表现的是屈原梦寐以求的禹、汤、文王时代的政治模式，这也就是他历史观中的理想政治。《大招》这一层次的内容有三层意思，即：治民、用贤和盛世(详见拙著《楚辞解析》③)。其中"用贤"是关键，只有"用贤"，才能爱护百姓、治理百姓；只有"用贤"，才能重现禹、汤、文王时的盛世。"用贤"的主体是"明君"，所以屈原历史观中的理想政治模式，完整的表达就是"明君贤臣"。屈原在作品中，对这样的政治模式反复赞美。如：

---

① 恩格斯，《给斐迪南·拉萨尔的信》，《马克思恩格斯论艺术》，人民文学出版社1960年版，第187页。
② 龚自珍，《古史钩沉论》，转引自《人民日报海外版》2001年7月16日第7版。
③ 周秉高，《楚辞解析》，内蒙古大学出版社2003年版，第256页。

夏禹—皋陶

  汤禹严而求合兮,挚咎繇而能调。

(《离骚》)

商汤—伊尹

  汤禹严而求合兮,挚咎繇而能调。

(《离骚》)

  成汤东巡,有莘爰极;何乞彼小子,而吉妃是得?
  水滨之木,得彼小子,夫何恶之,媵有莘之妇?

(《天问》)

武丁—傅说

  说操筑于傅岩兮,武丁用而不疑。

(《离骚》)

文王—吕望

  吕望之鼓刀兮,遭周文而得举。

(《离骚》)

  师望在肆昌何识?鼓刀扬声后何喜?

(《天问》)

齐桓—宁戚

  宁戚之讴歌兮,齐桓闻而该辅。

(《离骚》)

秦穆公—百里奚

> 闻百里之为虏兮,伊尹烹于庖厨,
> 吕望屠于朝歌兮,宁戚歌而饭牛。
> 不逢汤武与桓缪兮,世孰云而知之!
>
> (《惜往日》)

与此相反,对于昏君佞臣,屈原则是深恶痛绝。他特别抨击昏君迫害贤臣,如:
比干—商纣

> 彼王纣之躬,孰使乱惑?何恶辅弼,谗谄是服?
> 比干何逆,而抑沉之?雷开何顺,而赐封之?
> 何圣人之一德,卒其异方?梅伯受醢,箕子佯狂。
>
> (《天问》)

伍子胥—吴王

> 吴信谗而弗味兮,子胥死而后忧。
>
> (《惜往日》)

还有如:

> 何桀纣之猖披兮,夫唯捷径以窘步。
> ……
> 夏桀之常违兮,乃遂焉而逢殃。
> 后辛之菹醢兮,殷宗用而不长。
>
> (《离骚》)

> 接舆髡首兮,桑扈裸行。
> 忠不必用兮,贤不必以。
> 伍子逢殃兮,比干菹醢。
> 与前世而皆然兮,吾又何怨乎今之人。
>
> (《涉江》)

屈原之所以向往明君贤臣的理想政治模式,与他的切身遭际有关。屈原赞美历史上的明君贤臣,是在反衬自己生不逢时未遇明君;他憎恶历史上的夏桀商纣,是在警告现实中的昏君佞臣。马克思曾经总结说:"使死人复活起来,是为了赞扬新的斗争,而不是为了拙劣地模仿旧的斗争,是为了赞扬想象中的既定的任务,而不是为了避免这个任务在现实中的解决。"①更重要的是,屈原还借此表明,自己的痛心疾首,主要不是为了一己之私,而是着眼于国家的前途命运,从而使作品的思想性得到进一步升华。

二、视角:政治斗争

屈原的历史观有着鲜明的视角,即用政治斗争来解读历史上的人物和事件。

对同一历史人物,同一历史事件,由于观察角度不同,结论也往往不同,深刻的程度也明显不同。从何种角度看待历史,体现出一个作者思想水准的高低优劣。屈原作为一个政治家诗人,他的作品中渗透着无数的政治因子。《离骚》、《天问》、《九章》、《远游》、《卜居》、《渔父》、《大招》和《招魂》等众所公认为政治诗之外,貌似写恋爱与祭祀的《九歌》又何尝不是"怀忧苦毒,愁思沸郁","上陈事神之敬,下见己之冤结,托之以讽"②的政治抒情诗? 通观屈原的作品,他对历史的考察,尤其注重政治。最突出的,如对伯鲧被杀原因的分析,屈原作品中所讲的,与此前许多历史文献所写的根本不同,就是因为他是从政治角度来看问题的。

鲧之被杀,历史上,人们一般认为是他治水失败的缘故,用今天的话说,是因为他工作失误以致渎职,所以被杀。如:

《山海经·海内经》云:"洪水滔天,鲧窃帝之息壤以堙洪水,不待帝命。帝命祝融杀鲧于羽郊。"③

《尚书·洪范》云:"昔鲧堙洪水,汨陈其五行,帝乃震怒,不畀洪范九畴,彝伦攸斁。鲧则殛死,禹则嗣兴。"④

《史记·夏本纪》"舜登用,摄天子之政,巡狩,行视鲧之治水无状,乃殛鲧于羽山以死。"⑤

---

① 恩格斯,《给斐迪南·拉萨尔的信》,《马克思恩格斯论艺术》,人民文学出版社 1960 年版,第 189 页。
② 洪兴祖,《楚辞补注》,中华书局 1983 年版,第 55 页。
③ 《山海经·海内经》,《传世藏书(第五册)》,华艺出版社 1997 年版,第 3595 页。
④ 《尚书·洪范》,《十三经注疏》,中华书局 1980 年版,第 187 页。
⑤ 司马迁,《史记》,中华书局 1982 年版,第 50 页。

《述异记》云:"尧使鲧治洪水,不胜其任,遂诛鲧于羽山。"①
《拾遗记》云:"尧命夏鲧治水,九载无绩,鲧自沉于羽渊。"②

这些资料其实并不一致,有不少矛盾之处。如,是谁杀的鲧?是尧?是舜?还是笼统的"帝"?诛杀的原因,是窃"息壤""不待帝命"?是"汩陈其五行"?还是"治水无状"、"九载无绩"?地点是"羽郊"?是"羽渊"?还是笼统的"羽山"?死的方式,是诛杀?是流放(殛)?还是"自沉"?正因为有以上矛盾之处,所以这些资料实不足信。

关于鲧之结局,历史上还有其他一些说法:

《国语·晋语八》云:"昔者伯鲧,帝之元子,殛之于羽山,化为黄熊,以入于羽渊。"③
《墨子·尚贤中》云:"昔者伯鲧,帝之元子,废帝之德庸,既乃刑之于羽之郊。"④

这两则资料就更含混了。"帝"为何人?"殛"、"刑"这两个概念似乎有别。被"殛",被"刑"的原因,已非"治水无状",而是"废帝之德庸"。

综观历史上关于鲧之被殛一事,唯有楚辞说得最明确、最精准。《离骚》和《惜诵》中明确地提出了与传统观点完全不一样的看法。

《离骚》中通过女嬃的嘴唱道:

鲧婞直以亡身兮,终然夭乎羽之野。

《惜诵》唱道:

行婞直而不豫兮,鲧功用而不就。

所谓"婞直",即"鲠直",亦有"心直口快"之意。屈原在这里明确地指出,鲧之被杀,与他的性格耿直有关。

---

① 任昉,《述异记(卷上)》,吉林大学出版社1992年版。
② 王嘉著,王根林注,《拾遗记(卷一)》,上海古籍出版社2012年版。
③ 董增龄,《国语正义》,巴蜀书社1985年版,第35页。
④ 孙诒让,《墨子闲诂》,《诸子集成(第六册)》,河北人民出版社1986年版,第36页。

而《天问》则更是从政治的角度来质疑鲧的死因。他责问道：

> 不任汨鸿,师何以尚之?
> 佥曰何忧,何不课而行之?
> 鸱龟曳衔,鲧何听焉?
> 顺欲成功,帝何刑焉?
> 永遏在羽山,夫何三年不施?

屈原在这里提出了几个尖锐的问题：鲧的才干不胜任治理洪水，众人为何还要推举他？帝尧不想用鲧，大家却说忧虑什么，为何不先试一下？把鲧长期囚羽山，为何三年不放他？顺众人之意或许能成功，舜帝为何却要杀死他？头两个问题并非屈原杜撰，《尚书·尧典》可印证之：

> 帝曰:"咨,四岳,汤汤洪水方割,荡荡怀山襄陵,浩浩滔天,下民其咨,有能俾乂?"佥曰:"于,鲧哉!"帝曰:"吁,咈哉! 方命圮族。"岳曰:"异哉! 试可乃已。"帝曰:"往,钦哉!"九载绩用弗成。①

《史记·五帝本纪》亦可印证之：

> 四岳举鲧治洪水,尧以为不可,岳强请试之,试之而无功。故百姓不便。②

《史记·夏本纪》亦可印证之：

> 当帝尧之时,洪水滔天,浩浩怀山襄陵,下民其忧,尧求能治水者,群臣四岳皆曰鲧可。尧曰:"鲧为人负命毁族,不可。"四岳曰:"等之未有贤于鲧者,愿帝试之。"于是尧听四岳,用鲧治水。九年而水不息,功用不成。于是帝尧乃求人,更得舜。③

从以上资料可以看出，当时鲧在天下四方诸侯心目中的威望是很高的，甚至当帝尧

---

① 《尚书·尧典》,《十三经注疏》,中华书局 1980 年版,第 122 页。
② 司马迁,《史记》,中华书局 1982 年版,第 28 页。
③ 司马迁,《史记》,中华书局 1982 年版,第 50 页。

明确表示不同意任用他时,四方诸侯还是坚决要求任用他。实际上,这也正是鲧后来遭黜、遭杀的根本原因。鲧在天下诸侯中威望极高,而且出身名门。据载,其父颛顼,其曾祖父黄帝,均曾担任天子。功高盖主,在政治舞台上是最危险的。其必然结果是,帝尧并未将帝位禅让给他,而是借口他治水失败就将他流放在羽山,时间长达三年。这个事实证明,鲧之被杀决不是因为治水失败,因为如果鲧是因为治水失败而该杀,那么帝尧早就将他明正典刑而不会将他流放三年了。帝尧最后将帝位禅让给了舜。鲧性格直爽,心直口快地表示了自己的不满,这就进一步种下了祸根。对此,《吕氏春秋·行论篇》作过具体的解释:

> 尧以天下让舜,鲧为诸侯,怒于尧曰:"得天下之道者为帝,得帝之道者为三公。今我得帝之道,而不以我为三公。"以尧为失论,欲得三公,怒甚猛兽,欲以为乱……召之不来,仿佯于野以患帝,舜于是殛之于羽山,副之以吴刀。

"怒于尧曰",甚至"怒甚猛兽,欲以为乱";再加舜即位之后,"召之不来,仿佯于野以患帝",如此作为,鲧焉有不死之理?

总之,鲧之被杀,并非因为治水失败,真正的原因,一是因为他性格"鲠直",心直口快,毫无掩饰地表达了对最高统治者的不满,犯了政治斗争中"直言抗上"这个大忌。二是他在天下四方诸侯心目中的威望特高,再加出身名门,所以犯了政治斗争中的又一个大忌,即"功高盖主"。帝舜为了坐稳自己的江山,必然要杀他。鲧死在政治斗争之中,而不是死在治水失败之罪,或者说,这顶多是个借口而已。屈原从政治角度看问题,找到了鲧被处死的真正原因。可惜,屈原在两千多年前指出的这个正确的观点,很少被人注意到,连司马迁这样伟大的史学家都没有注意到,实在遗憾。

三、原则:实事求是

屈原历史观上有一条基本原则,即实事求是地叙写和评判历史上的人物和事件。

对待历史人物和历史事件,是实事求是,还是夸大歪曲?是秉笔直书,还是有意篡改?这是一部作品思想性高低和价值大小之所在。经过反复检测,屈原作品在对待历史人物和历史事件的态度是实事求是的。即使有时囿于材料所限,不能作出全面判断,他也要用适当方式表示自己的保留态度。如,屈原对夏禹是尊重的,《离骚》有云:"汤禹俨而祗敬兮,周论道而莫差。""汤禹严而求合兮,挚咎繇而能调。"《怀沙》有云:"汤禹久远兮,邈而不可慕。"但是,对夏禹选择接班人问题上的做法,他则是持否定和批判态度的。《天问》提出一连串责问:

> 启代益作后,卒然离孽。
> 何启惟忧,而能拘是达?
> 皆归射鞠,而无害厥躬;
> 何后益作革,而禹播降?

这一连串提问,再现了夏禹死后两个接班人之间一场激烈的你死我活的政权争夺战:夏禹指定的接班人伯益曾经突然之间拘押过禹子夏启,而夏启居然能逃脱伯益的拘押,而且趁机彻底打败伯益,夺回政权。屈原通过这些提问,向人们表明,夏禹在选择接班人的问题上,是不够慎重的,甚至是错误的。屈原的这个观点是正确的,我们可以通过比较来证明这一点。尧、舜在选择接班人问题上就比禹慎重和正确得多。

尧在对舜考察了二十八年之后才决定将天下交给他。《五帝本纪》载曰:

> 尧知子丹朱之不肖,不足授天下……尧问可用者,四岳咸荐虞舜,曰可。于是尧乃以二女妻舜以观其内,使九男与处以观其外……舜耕历山,历山之人皆让畔;渔雷泽,雷泽上人皆让居;陶河滨,河滨器皆不苦窳。一年而所居成聚,二年成邑,三年成都。尧乃赐舜絺衣,与琴,为筑仓廪,予牛羊。[①]

在舜的父亲和弟弟不断谋害舜之后,"舜复事瞽叟(其父)爱弟弥谨,于是尧乃试舜五典百官,皆治"。经过种种测试之后,

> 尧乃知舜之足授天下。尧老,使舜摄行天子政,巡狩。舜得举用事二十年,而尧命名摄政。摄政八年而尧崩。[②]

尧在接班人问题上如此慎重,与他的一心为天下百姓的指导思想分不开。《五帝本纪》载曰:

> (尧明知将天下)授舜,则天下得其利而丹朱病;授丹朱,则天下病而丹朱得其利。尧曰:"终不以天下之病而利一人。"[③]

[①] 司马迁,《史记》,中华书局1982年版,第30—34页。
[②] 司马迁,《史记》,中华书局1982年版,第38页。
[③] 司马迁,《史记》,中华书局1982年版,第30页。

也就是说,尧在选择接班人问题上大公无私,所以能做出正确的决断。后来的事实证明了这点——

> 尧崩,三年之丧毕,舜让辟丹朱于南河之南。诸侯朝觐者不之丹朱而之舜,狱讼者不之丹朱而之舜,讴歌者不讴歌丹朱而讴歌舜。①

同样,舜在选择接班人的问题上也是大公无私、十分慎重的。他在位十七年,就考察了禹十七年。禹在尧的时候就已经被"举用"了。舜即位之后,殛杀了鲧,但同时——

> 举鲧子禹,而使续鲧之业。②
> 舜谓四岳曰:"有能奋庸美尧之事者,使居官相事?"皆曰:"伯禹为司空,可美帝功。"舜曰:"嗟,然!禹,汝平水土,维是勉哉。"③

几年之后,在舜即位之初任命的二十二位大臣之中——

> 唯禹之功为大,披九山,通九泽,决九河,定九州,各以其职来贡,不失厥宜。④……舜子商均亦不肖,舜乃豫荐禹于天。⑤

杀其父而用其子,若非出于公心、大智大勇,是根本做不到的。后来的事实也证明,舜的选择也是正确的——

> 十七年而帝舜崩。三年丧毕,禹辞辟舜之子商均于阳城。天下诸侯皆去商均而朝禹。禹于是遂即天子位,南面而朝天下。⑥

相比之下,帝禹在选择接班人的问题上就显得私心重重,假仁假义。在这一点上,我觉得殷光熹先生认为禹对启有"教子无方"的责任一说⑦值得商榷。益原本是个掌山泽之

---

① 司马迁,《史记》,中华书局1982年版,第30页。
② 司马迁,《史记》,中华书局1982年版,第50页。
③ 司马迁,《史记》,中华书局1982年版,第38页。
④ 司马迁,《史记》,中华书局1982年版,第43页。
⑤ 司马迁,《史记》,中华书局1982年版,第44页。
⑥ 司马迁,《史记》,中华书局1982年版,第82页。
⑦ 司马迁,《史记》,中华书局1982年版,第83页。

官,虽然曾与帝禹共事多年,但后来的事实证明,他实际上只能是个负责具体事务的行政官吏,而无担任天子君临天下的资质;相反,"禹子启贤,天下属意焉"。但是,禹表面上为了显示他要继承尧、舜均禅位于他姓而不传于子之"义",即传统,所以临终"以天下授益"。但后来的事实证明他这样做是错了——

> 及禹崩,虽授益,益之佐禹日浅,天下未洽。故诸侯皆去益而朝启,曰:"吾君帝禹之子也。"于是启遂即天子之位,是为夏后启。①

"益之佐禹日浅"一句并非事实,《五帝本纪》记载,帝舜即位之后,即任命禹为"司空",益为"朕虞","禹乃遂与益、后稷奉帝命,命诸侯百姓与人徒以傅土,行山表木,定高山大川"②,"与益予众庶稻鲜食"③。这表明,至少从此时起,两人就已共事,仅帝舜时代,两人共事就长达十七年。帝禹在天子之位时间为十年。合并计算,"益之佐禹"时间至少长达二十七年,怎能说成"日浅"?益即位后"天下未洽",是事实,这足以证明他只是个负责具体事务的行政官吏,但无担任天子君临天下的资质。如果说禹与益共事二十多年却不知道益无天子资质,这恐怕是说不过去的,因此,禹选益作为接班人的动机就很值得探讨了。

舜、禹即位之初得到众人爱戴,益即位后的情况却同尧、舜驾崩时的情况完全相反,"诸侯皆去益而朝启"。《孟子·万章上》载曰:

> 禹荐益于天。七年,禹崩。三年之丧毕,益避禹子于箕山之阴。朝觐讼狱者,不之益而之启,曰:"吾君之子也。"讴歌者,不讴歌益而讴歌启,曰:"吾君之子也。"④

在启实际上掌握天子权力之后,益不知高低,还要干预启的事情,最后启就杀了他。⑤夏启即位之后,其庶兄"有扈氏不服,启伐之,大战于甘……遂灭有扈氏。"⑥《淮南子·齐俗训》评论此事云:"昔有扈氏为义而亡,知义而不知宜也。"⑦这里的"义",指的就

---

① 司马迁,《史记》,中华书局1982年版,第83页。
② 司马迁,《史记》,中华书局1982年版,第51页。
③ 司马迁,《史记》,中华书局1982年版,第79页。
④ 焦循,《孟子正义》,《诸子集成(第二册)》,河北人民出版社1986年版,第382页。
⑤ 范祥雍,《古本竹书纪年辑校订补》,上海古籍出版社2011年版,第10页。
⑥ 司马迁,《史记》,中华书局1982年版,第84页。
⑦ 高诱注,《淮南子注》,《诸子集成(第十册)》,河北人民出版社1986年版,第176页。

是尧舜的禅让之"义",或曰传统。这里的"宜",就是改变,就是因地制宜、因事制宜。

那么,难道真是帝禹糊涂,不知益庸启贤吗?难道真是帝禹为了尧舜的禅让之"义"而做的这个决定吗?均非也。《战国策·燕策一》揭示得清楚:

> 禹授益,而以启人为吏。及老,而以启为不足任天下,传之益也。启与支党攻益而夺天下。是禹名传天下于益,其实令启自取之。①

一句"以启人为吏",充分说明帝禹的虚伪。他一边把天子的虚名给了伯益,另一边却把实权交给自己儿子的亲信党羽,完全架空伯益,所以三年之后,禹丧甫毕,启党立即开始夺权,伯益被逼交权并离开京城。这段议论与《天问》中的疑问互为表里,不谋而合,让我们看到了夏禹在选择接班人问题上私心重重、假仁假义的一面。因此,禹对启,不是"教子无方",而是非常"有方"。在接班人问题上,他用的是阴谋,而非"阳谋"。

总之,屈原对帝禹是尊重的,但对他在选择接班人问题上的所作所为,是否定的,批判的。对于盲目崇拜夏禹,甚至连呼"禹,吾无间矣"②的孔子等儒家人士,这个观点是多么的离经叛道!然而,不得不承认,屈原的这个观点又是多么客观、正确。

还如,对待帝辛(商纣王),屈原的态度也是实事求是的。

帝辛是一个有争议的历史人物。千百年来的中国历史上,帝辛一直被说成是反面人物,谓其"弗敬上天,降灾下民,沈湎冒色,敢行暴虐",简直无恶不作。而实际上这是一个大冤案。中国人历来信奉"成者王侯败者贼"这条哲理。周武王用暴力推翻商朝,必然要找出一些攻伐的理由,后代人就接着层层加码,不断地给帝辛添加罪名,甚至还给他加上了"纣"王的恶名。屈原也参加了这场讨伐战,给帝辛增加了两条罪名:一曰"抑沉比干",一曰"赐封雷开"③。此前所有的文献中均无此记载,此后也再无人证明之。"抑沉"本如顾颉刚先生所释的"有投比干于水的意思"④,可这与《涉江》中所说"比干菹醢"相矛盾,故王逸在《天问》中对"抑沉"一词避而不释,洪兴祖补注时也只能含混地释为"犹《九章》云情沉抑而不达也"⑤。不过,屈原一边痛斥帝辛的罪恶:

> 何桀纣之猖披兮,夫唯捷径以窘步。
>
> (《离骚》)

---

① 高诱注,《战国策》,上海书店1987年版,第60页。
② 《论语·秦伯》,《诸子集成(第一册)》,河北人民出版社1986年版,第169-170页。
③ 洪兴祖,《楚辞补注》,中华书局1983年版,第112页。
④ 顾颉刚,《纣恶七十事的发生次第》,《古史辨(第二册)》,上海古籍出版社1982年版,第86页。
⑤ 洪兴祖,《楚辞补注》,中华书局1983年版,第112页。

> 彼王纣之躬,孰使乱惑?何恶辅弼,谗谄是服?
> 比干何逆,而抑沉之?雷开何顺,而赐封之?
> 何圣人之一德,卒其异方?梅伯受醢,箕子佯狂。

另一边则又提出了帝辛"授殷天下,其位安施?反成乃亡,其罪伊何"的疑问。他在问:天下曾经属于殷朝,王位怎能换成他人?帝辛开始成功后来失败,他的罪过究竟是什么?这个责问,实际是对历史上众多学者为帝辛灭亡所作结论的一个质疑,非常尖锐。当然,现代经过郭沫若、顾颉刚等学者的仔细探究,这个问题已经渐渐明白:在与周武王为首的西方盟军对决的牧野之战中,商朝七十万人的军队中有大批征伐东夷时俘虏的士兵临阵倒戈,这是导致帝辛失败的根本原因。"枪杆子里边出政权",帝辛征伐东夷成功,而抵挡西方盟军失败,从而导致政权的丧失,真正的原因正在于此。对"反成乃亡"一句,毛泽东解释得最明确:

> 其实纣王是个很有本事、能文能武的人。他经营东南,把东夷和中原的统一巩固起来,在历史上是有功的。纣王伐徐州之夷,打了胜仗,但损失很大,俘虏太多,消化不了,周武王乘虚进攻,大批俘虏倒戈,使商朝亡了国。①

由此可知,屈原二千多年前提出的疑问,实际已经对儒家为帝辛所定罪名有所怀疑,应该说这是实事求是和很有预见的。

再如对伯夷、叔齐,屈原的态度有肯定,但也有否定。
肯定者:

> 行比伯夷,置以为像兮。
>
> (《橘颂》)
>
> 求介子之所存兮,见伯夷之放迹。
>
> (《悲回风》)

否定者:

> 惊女采薇鹿何佑?

---

① 陈晋主编,《毛泽东读书笔记解析》,广东人民出版社1996年版,第1157页。

对于此句,王逸《章句》云:"言昔者有女子采薇菜,有所惊而走,因获得鹿,其家遂昌炽,乃天佑之。"①清人论此云"注义难明"②,言之有理。《文选》刘孝标《辨命论》"夷叔毙淑媛"句下,李善注引古史考曰:"伯夷、叔齐者,殷之末世孤竹君之二子也,隐于首阳山,采薇而食之。野有妇人谓之曰,'子义不食周粟,此亦周之草木也。'于是饿死"③其他一些古籍,如《广博物志》、《类林》及《列士传》等,亦载有此事。故清人俞正燮云:"《天问》所言,当是夷、齐事,屈原问者,皆庙画典故,采薇则女子谏之"④。

对于伯夷、叔齐,姜尚赞之曰"义士"⑤,孔子赞之曰"贤人"⑥,司马迁赞之曰"善人"⑦,屈原年轻时也有意"置以为像"。但是,屈原在《天问》中此一问,则透露出了他对伯夷、叔齐行为的又一看法。

如果说,伯夷、叔齐"兄弟让爵"、"叩马谏伐"可能还有古人所谓"义"、"忠"之含义,至于"不食周粟",就有点儿戏的成分,连一个普通人家的女子都看出了其迂腐的一面。至于他俩临死前还要大发牢骚,抱怨"神农、虞、夏忽焉没兮,我安适归矣?于嗟徂兮,命之衰矣"。⑧既然为了"仁"为了"义",不愿作官,"逃"逸山林,此时为何又要如此热心政治了呢?以至连孔子也不得不斥之曰:"求仁而得仁,又何怨?"⑨所以,屈原《天问》此问,实际也就是对伯夷、叔齐的一种委婉的批评,或曰表明了他对伯夷、叔齐的全面的评价。

这样的例子可以举出很多,总之,屈原对待历史人物和历史事件所持的态度是实事求是的。

结论:

1. 屈原诗歌中"巨大的思想深度和意识到的历史内容"完美融合,开创了中国诗歌史上一个崭新的时代;

2. 屈原通过历史来表达自己渴望明君贤臣的政治理想;

3. 屈原往往从政治斗争的角度来考察历史人物和历史事件;

4. 屈原能采用实事求是的原则评判历史人物和历史事件。

---

① 洪兴祖,《楚辞补注》,中华书局1983年版,第116页。
② 俞正燮,《癸巳存稿》,转引自游国恩,《天问纂义》,中华书局1982年版,第451页。
③ 李善注,《文选》,中华书局1988年版,第748页。
④ 俞正燮,《癸巳存稿》,转引自游国恩,《天问纂义》,中华书局1982年版,第451页。
⑤ 司马迁,《史记·伯夷列传》,中华书局1982年版,第2123页。
⑥ 刘宝楠,《论语正义》,《诸子集成(第一册)》,河北人民出版社1986年版,第142页。
⑦ 司马迁,《史记·伯夷列传》,中华书局1982年版,第2124页。
⑧ 司马迁,《史记·伯夷列传》,中华书局1982年版,第2123页。
⑨ 刘宝楠,《论语正义》,《诸子集成(第一册)》,河北人民出版社1986年版,第142页。

原型的还魂与召唤

——从分析心理学角度解读屈原被放逐后的生命轨迹

湖南省汨罗市屈原研究学会　韩新卫

被精神分析心理学家弗洛伊德定为"接班人"和"加冕王子"的瑞士心理学家卡尔·古斯塔夫·荣格,这位一生对水情有独钟并在出生地康斯坦湖畔结庐而居的学者,在与恩师弗洛伊德度过了短暂的蜜月般的友谊之后自立门派,建构了"分析心理学"。由于他刨根究底的倔强劲头和异想天开的想象能力,提出了在个体潜意识下边还存在着"人类集体潜意识"的假设,而使之成为20世纪初令世人瞩目的文艺心理学家之一。由他所开创的"原型文学批评",已成为世界文学界一支实力雄厚的文学批评流派,并与"马克思主义批评"、"心理批评"、"结构主义批评"同列为四大具有国际性的文学批评。

用荣格的"原型文学批评"这种分析心理学来观照屈原被放逐后的生命轨迹,不难看出,屈原贬居所写下的25篇楚辞,是身处原始荒凉南蛮之境的屈原集体潜意识被激活后的产物,屈原最终的投江殉国之举,也是诗人融入自然响应圣贤原型召唤的艰难抉择。

一、原始荒凉的南蛮之境,是改变屈原心理状态并激活其自然原型的诱因

荣格曾经设想:"如果把一个现代人从大都市这个人造的空间中放逐到原始荒蛮的大自然中去,他的心理状态将会一下改变。现在人不要以为自己的意识是绝对的现代了,远古祖先们的幽灵,作为一种心理定式,也还在无意识层次中指使着人在人生舞台上的种种表演。"荣格这种设想,早在2000多年前的屈原身上就已得到了验证。出身于楚国贵族阶层的屈原,入仕后又长期生活在繁华的国都郢都,遭贬后却被流放到原始荒凉的南蛮之境,由伴随君王左右的左徒一下沦为荒蛮之地的贬官,由繁华闹市而身陷荒野之中。且看屈原在《涉江》中提到进入溆浦这荒蛮之境后的描写:

深林杳以冥冥兮,乃猿狖之所居。
山峻高以蔽日兮,下幽晦以多雨。
霰雪纷其无垠兮,云霏霏而承宇。
哀吾生之无乐兮,幽独处乎山中。

孤独、落寞、悲凉、凄苦的屈原终日与山间猿猴、飞雪、雾霭、烟雨为伴，巨大的心理落差使屈原的心理状态发生了变化，他愤怒、焦虑、痛苦、失望、悲伤，诸多情绪杂糅在一起，处于原始荒蛮冥冥中的屈原，希望找到一个倾诉对象以宣泄心中的愤懑和悲苦。在《离骚》中他写道："济沅湘以南征兮，就重华而陈词。"他想对贤君舜帝重华倾吐，痛哭"脱时之不当"。然而，在"重华不可遌兮，孰知余之从容！古固有并不生同时兮，岂知其何故也？（《怀沙》）"这种无处倾诉的苦闷和身陷荒蛮的孤寂，使得隐藏于屈原心底中的集体潜意识力量得以激发，在复活的远古祖先幽灵的诏示下，于是屈原便借助心灵独白式的楚辞来排遣内心的激愤和忧郁。

荣格在《现代人的心灵问题》一文中，曾憧憬有这样一种现代人出现："他站在地球之巅，站在世界的边缘，他眼前是茫茫一片未来的深渊，他脚下是迷茫一片的全人类，他肩负着世界指派的义务，他孤独地背离着传统，他落寞地重温着人类古老的梦幻。"荣格认为只有这样的人，才有可能寻找到人类的心灵，这里所说的"心灵"就是被深深掩埋在人类心底的集体潜意识。荣格苦苦寻找的这种"现代人"，在当时不过是一个主观臆造的梦幻。然而2000多年前，身陷荒蛮之境的屈原却俨然就是荣格苦苦寻找的这种"现代人"，且看屈原在《悲回风》中写道：

上高岩之峭岸兮，处雌蜺之标颠。
据青冥而摅虹兮，遂倏忽而扪天。
吸湛露之浮源兮，漱凝霜之雰雰。
依风穴以自息兮，忽倾寤以婵媛。
凭昆仑以瞰雾兮，隐岷山以清江。
惮涌湍之磕磕兮，听波声之汹汹。
纷容容之无经兮，罔芒芒之无纪。
纷容容之无经兮，罔芒芒之无纪。

身处深山老林中的屈原在冥冥之中发挥奇特的想象力，仿佛自己站在地球之巅，可挥舞彩虹，抚摸苍天，虽然前路迷茫，却肩负着拯救楚国实现"美政"的重任。显然，眼下的屈原很像尼采笔下的"超人"，荣格实际上也是以"超人"自诩的。只有这种超人才能洞悉人类的心灵，使之深藏在心底的集体潜意识得以激活，并以奇特的想象和丰富的联想写下许多篇"逸响伟辞"。这些无比瑰丽的屈骚显然是远古人类的幽灵借屈原之身的还魂与复活。《天问》中，对自然界中风、雨、雷、电、云、雾等自然现象的发问，表现了远古人类对自然的敬畏和恐惧，屈骚中屈原就像一个神通广大的"超人"，他任意驱使着雷公、电母、风神、飞龙为自己服务，无不体现了远古人类征服自然、改造自然的美好愿望和向往。

这无疑是自然原型借屈原之身的还魂和表演,而屈原如同变成了传谕"神示"的巫师。

二、原生态的楚地巫歌,使潜藏于屈原心底的神话原型得以还魂

从繁华郢都来到南蛮之地的屈原,被当地原生态的巫歌所吸引,在古罗子国君邀请目睹了当地巫歌的表演之后,屈原对《九歌》进行了整理和修改。楚地巫歌来源于古代先民编造的神话故事,表达了对神灵的崇拜和景仰。其中《湘君》所描述的舜帝重华,更是屈原毕生仰慕思念的古代贤君,因此在创作《湘君》和《湘夫人》两篇时,屈原倾注了他的情感写得细腻而凄美。此外,《九歌》中还塑造了大司命、少司命、东君、河伯、山鬼等几个神灵形象。显然,远古的神话原型借助屈原这个艺术工具得以还魂。《湘君》与《湘夫人》中"机会舛错,无缘相遇"的缠绵悱恻的爱情故事。《山鬼》中身披霹雳女萝系腰眼含秋波的美丽女山神,无不再现和复活了神话原型的精彩神韵。

荣格文艺心理学思想的源头柏拉图,在他的《伊安篇》中这样写道:

> 神对于诗人们像对于占卜家和预言家一样,夺去他们的平常理智,用他们作代言人,正因为要使听众知道诗人并非借自己的力量在不知不觉中说出那些珍贵的辞句,而是由神凭附着来向人说话……这类优美的诗歌本质上不是人的而是神的,不是人的制作而是神的诏语,诗人只是神的代言人,由神凭附着。

在这段话里,我们只需把"神"换作"原型",把"占卜家"换作"屈原",显然屈原创作的《九歌》便成了神话原型的诏语,屈原只是神话原型的代言人。不仅《九歌》如此,在屈原创作的诗篇中俯拾即是的神话故事,无一不是神话原型在屈原身上的复活与还魂。荣格说得清楚明白:"诗人是他的作品的主要工具,他从属于他的作品。"

三、融入自然,圣贤原型复活与召唤的必然选择

人类来源于自然,并在自然中成长,作为自然的一部分,人类精神的回归必然走向自然。心灵从自然中产生,并受到自然的影响。自然作为原型,是具有普适性的,作为集体无意识形态隐藏于人类内心深处。屈原被放逐而身处原始荒蛮的自然之中,自然景物令他心醉神迷。《离骚》中,"制芰荷以为衣兮,集芙蓉以为裳"。对于芳香的兰、蕙、荷、芷、橘等自然之物,他尽情赞美;而对于花椒、艾草、茱萸等辛辣恶臭之物则极其厌恶。回归自然是文学的母题之一,与其说是一种回归,不如说是集体无意识的影响,一种潜在的间断性的影响。

屈原被流放,恰恰给了他回归自然、融入自然的机缘。他既然在九年苦苦思念君王的等待和期盼中不能变为现实,而郢都被秦军攻破使他的最后一丝希望终成泡影,他的忠贞不渝和眷恋故土又使他不忍背离楚国,那他就只能听从圣贤原型的召唤,融入自然,怀沙自沉,而成就自己的节操。在屈骚中,伊尹、皋陶、傅说、吕望、宁戚、彭咸、伍子胥这些圣贤原型都得以还魂,都在诏示屈原去效仿先贤,融入自然的怀抱。

水是透明纯洁的自然之物,蕴含着深厚的哲理和道家思想。荣格一生对水有着神秘的感情,他住过的地方临河、临湖或靠近瀑布,他自己也相信,他事业上的成功与水密切相关。水这种至柔之物能给人许多哲理和启迪,也是先贤彭咸的最终归宿。《悲回风》中屈原写道:"浮江淮而入海兮,从子胥而自适"。汨罗江流入湘江并最终汇入东海,贤臣伍子胥刚好在东海之滨的吴国为相,自沉汨罗江刚好可以去追随伍子胥,在屈原的许多篇什中,都提到自己要效仿彭咸自沉江底,直到郢都攻破,屈原才最终听从圣贤原型的心灵召唤,而"从彭咸之所居","质本洁来还洁去",放下所有念想,彻底融入自然的怀抱。

屈原人格范式于当代的实践意义

汨罗市屈原纪念馆　徐蔚明

近些年来,当两岁的小悦悦被车撞18个路人视若无睹,当化工产品三聚氰胺添加到婴幼儿奶粉成为企业群体选择,当含剧毒的工业明胶被做成医药胶囊,当120万政府国有企业官员把自己的直系亲人送往海外而成"裸官",当茂名市原市委书记贪腐牵涉省管干部24人和县处级干部218人等等在媒体频频出现时,这些事件、这些数字一次次撞击着大众的心灵底线,社会震惊了。我们党在思考,我们民族在思考:为什么经济如此飞速发展,却面临如此众多的问题?根源在哪里?"一些领域道德失范、诚信缺失,一些社会成员人生观、价值观扭曲。"十七届六中全会对此进行了理性分析和深刻披露,并提出了"用社会主义核心价值体系引领社会思潮,巩固全党全国各族人民团结奋斗的共同思想道德基础"的战略任务。对此,从历史和时代的观照与反思中,文化的自觉和文化的自信被唤醒,开始意识到建设社会主义现代化强国的宏大事业必须掀起文化的大发展大繁荣进而实现文化强国的题中之义。于是,媒体和社会出现了《论语》热、《庄子》热、《易经》热、《大学》热,也便有了快乐的智慧、生存的智慧、管理的智慧、取舍的智慧、为官的智慧等的"传道与解惑"。这既令人欢喜,那些伦理、道义、礼仪、孝道、荣耻等优秀的传统文化被激活,然而也让人忧虑,博大精深的传统仅仅只是儒家和孔子或道家和庄子?我们深感屈原似乎被冷落了,乃至于屈学界内也对屈原人格的实践性提出怀疑。在此,本文试图以时代的思维视角,就屈原人格范示于当代社会的实践性作一些探索。

一、屈原人格的基本特征

中国由古代至近代,并没有"人格"一词,但中国古代却最强调"修身做人",至少在春秋末期中国古代人的人格观念和人格意识就已经成熟,所谓人品、品性、节操等,都有与今天的人格概念相近的内容。目前,虽然学界难以确定一个任何范围、任何学科都能接受的人格定义,但从文化领域来界定,人格就是一种人所具有的与他人相区别的独特而又稳定的思维方式和行为风格,是其品格、品质的总和,并由其内在品格和外在行为所组成。

屈原是中国古代最伟大的诗人,是在礼崩乐坏、社会大变革、政治大动荡的战国中后期登上政治舞台的,在善与恶、美与丑、忠诚与背叛、投降与反投降的斗争过程中,以其道德勇气和价值承担,对中国知识分子优秀人格的形成和华夏民族精神谱系的确立产生了极为重要的影响。从知识分子层面来说,主要是受屈原的文学作品和其精神、人格上的影响。而对于广大的民众而言,屈原就是一个符号——一个倔强的、不屈的志士,是他的传说和故事以及惊天一跃的行动,浸染着普遍民众年复一年端午节里的追思与崇敬。

近代楚辞学者郭沫若、梁启超、闻一多、林庚、苏雪林、金开诚、郝志达等前辈,也就屈原人格内涵与特征作过一些探讨,特别是毛庆先生还有专著《屈原与中华文化和民族精神》来论及屈原的人格。但要考察两千多年前屈原的行为表现本身就很难,而由行为推测内心更难,这就必然要求不同文化环境下的研究者力图使被研究者真正"复活"与"重生"。在此学习思考的基础上,我依据人格形成所包含的思想意识、心理情感、行动实践的三个层面来概括,把屈原人格范式特征归纳为6项:

1. 内美修能,闭心自慎

屈原年轻时就立志好修为常,而且终其一生对美的追求,矢志不变。他把自己的政治思想称为"美政",把理想中的君王称为"美人",把理想中的贤才称为"众芳",就连他笔下的水神山鬼,也无不体现着一个"美"字。

他在《离骚》开篇中述说道:"帝高阳之苗裔兮,朕皇考曰伯庸。摄提贞于孟陬兮,惟庚寅吾以降。皇览揆余初度兮,肇锡余以嘉名。名余曰正则兮,字余曰灵均。"这是何其的自信与骄傲,不仅家世显赫,而且生辰吉利,更有那公正而有法则的灵善之美名。屈原深信,他的"内美"是他贵族系统里流淌的血液,是他家族赋予他不可流变的本色,所以他吟唱道"纷吾既有此内美兮,又重之以修能。扈江离与辟芷兮,纫秋兰以为佩",并以"朝饮木兰之坠露兮,夕餐秋菊之落英。苟余情信姱以练要兮,长顑颔亦何伤"来装扮和修炼自己。

而屈原对于"修名"的追求,主要不是指功业成就之名,不是指荣华富贵之俗名,更不会是钓声誉世之名,是指人格高尚、实实在在之美名。他在《离骚》中反复强调"余独好修以为常"、"博謇而好修"、"苟中情其好修"、"莫好修之害也",都表现了屈原对"内美和修能"至死不渝的固守态度,而"老冉冉而将至兮,恐修名之不立"的"闭心自慎,终不失过兮"的忧患意识,更彰显了他"以道自任"的天将降大任于己的时代使命感和人格力量。

2. 独清独醒,横而不流

如果说"内美修能"的思想意识来源于家族血液和先天禀赋外(其实也是家族文化的滋养和自身的意志修炼),那么他的"独清独醒"则是他"博闻强志"而广泛浸染于南方楚文化和中源文化之中,受诸子百家思想影响,特别是广泛熟知儒家、法家、道家、纵横家、阴阳家各思想后,以一个哲人作出的与这个混浊世界决裂的自主选择。他张扬的是个性之精神独立与人格自由,绝不媚俗、绝不同流合污,表现的是头脑清醒、独立于世、廓其无求、横而不流,即使他受庄子的影响在《离骚》中作了一次神仙游,也看到了一个另外的理想王国,但屈原毅然回到了他那深爱民族的疆域。

他以诗歌为武器,傲视权贵,指摘楚王,追慕圣人,张扬自由个性,挥洒不羁才情,政治上的落魄失意以及与权力中心的距离使屈原拥有了一种独具的批判和反思的立场,他性格中的愤激和孤傲在这一时期发展到了顶峰。流亡生活使他有可能更无顾忌地痛陈时弊,更无畏地抨击社会政治,更充分地彰显出一个人的独立意识。"举世皆浊我独清,众人皆醉我独醒",则注定了屈原坚守"独清独醒"后的高傲与孤独,但他不怕孤立。"吾不能变心而从俗兮,固将愁苦而终穷",他明明知道这种不与世俗同流的坚守必将带来打击与痛苦,但他自觉决裂于世,抱定独清独醒的信念,做到横而不流,即使婵媛、巫咸、灵氛、渔父的劝告,他的回答是"安能以皓皓之白,而蒙世俗之尘埃乎"!这世界上没有人、也没有神,可改变他这坚定的思想意志。

3. 深固难徙,赤子情怀

众所周知,屈原所处的战国时期正是我国由奴隶社会向封建社会过渡的时代,七雄分争,战火纷飞,整个社会处在急剧的大变革、大动荡态势中。当时作为知识分子代表的纵横家如苏秦、张仪等,总是以所在国家的最高利益为旨归,他们知识丰富,思维敏捷,既有经天纬地的才能,又善于揣摩当权者的心理与好恶,一旦发现明珠暗投,自己的主张不被采纳,政治理想难以实现时,便会另择明君。这些人才基本上没有"国"的观念,在此国不得志,往往就出走他国,另谋高就。总之,纵横家们具有一种利己主义的人格,朝秦暮楚,唯利是图,完全放弃了西周、春秋时代确立的道德立场和做人准则。特别是屈原所在的楚国,虽然人才济济,但大量外流,"楚材晋用"已经司空见惯。

但是屈原对楚国怀有"深固难徙"的钟爱,有一种超乎寻常的深沉眷恋的赤子情怀。屈原厌恶同楚国朝廷内的党人群小沆瀣一气、同流合污,也不愿像纵横家那般见风使舵。他深爱着他的民族和人民,始终不离开自己的故土,有一种强烈的"首丘"情结。本国没有希望,甚至遭祸殒身,但他仍然希望存君兴国;受到疏远,流放之后,他怨君更忠君,将"俗之一改"寄希望于君之一悟。应该说,对于政治生活的险恶和可能遭遇的政治迫害屈原显然是有心理准备的,但他绝不愿为避祸患而曲意逢迎、见利忘义,相反是藐视世俗,肆意直言,他憎恶乡愿结党营私与蝇营狗苟,他始终坚守"正道直行",襟怀坦白,无私无畏,在做人的准则上永不妥协、永不调和,这在他的屈赋里浓浓地流淌着对楚国和楚地人民的无限热爱,他把自己全部生命都与楚国的命运紧紧地维系在一起。

客观地分析,屈原既不是宗族观念极重的在朝贵族,也不是一个只爱楚国而目无"天下"、心胸狭窄的人,亦并非没有离楚他仕之念,但屈原至死不离开楚国,用实际行动强化了"热爱父母之邦"这一美好的情操,尽管当时还不能升华为一种排他性的、非信守不可的政治伦理道德,但他这一思想、行动对我们民族"最深厚的感情"——"爱国主义"的形成,具有无法估量的实践意义与理论价值。

4. 怨愤忧患，穷苦终生

"信而见疑，忠而被谤，能无怨乎？屈平之作《离骚》，盖自怨生也。"司马迁是那个时代以其自身的遭遇、经历、心志而与屈原心与心贴得最近的人。一个守信之人、一个忠贞之士的见疑被谤，当然会生怨。但何以长久积怨？透过层层迷雾我们窥视到屈原的是那不变的炽热之心，是他对君王、对人民、对民族、对祖国的不讲任何回报的、超乎寻常的永恒的赤诚之爱。因爱生怨，因怨而愤，因怨愤而忧患，因忧患而悲伤，因悲伤而又回到更深的爱，这就是屈原一生的情感轨迹。

"长太息以掩涕兮，哀民生之多艰"(《离骚》)，"愿摇起而横奔兮，览民忧以自镇"(《抽思》)，"皇天之不纯命兮，何百姓之震愆？民离散而相失兮，方仲春而东迁"(《哀郢》)，"皇天无私阿兮，览民德焉错辅"(《离骚》)……这种怨愤忧患之情，是何等的赤诚，也注定他一生的痛苦。

这是屈原发自内心的忧患。他担忧国家的覆亡："岂余身之惮殃兮？恐皇舆之败绩"(《离骚》)，他指斥君王背离法制，使国家走到覆亡的边缘："乘骐骥而驰骋兮，无辔衔而自载；乘泛泭以下流兮，无舟楫而自备；背法度而心治兮，辟与此其无异"(《惜往昔》)；他痛骂小人们贪利误国："众皆竞进以贪婪兮，凭不厌乎求索。羌内恕己以量人兮，各兴心而嫉妒"(《离骚》)；他为人民安居乐业的生活将被毁、淳朴的民风将失而伤悲："哀州土之平乐兮，悲江介之遗风"(《哀郢》)。应该说，儒家、墨家也有忧患意识，但其情感之浓烈、人格坚守之执着、忧国与忧民的统一，都远不及屈原。

5. 上下求索，九死不悔

如果说屈原的"内美修能"是其人格的思想意识层面，即"诗人手中最锐利的精神武器"(郝志达语)，那么屈原的"上下求索"则是其人格的外化，表现的是他把对美的追求化作对理想、对光明、对真理的执着追求，对黑暗、对腐朽的不屈斗争，对自然、对人类等既有学说的大胆怀疑，而且表现了一种强烈的时间意识、责任意识和使命意识，凸显了诗人一种高度的人生有为形象和生命进取观。

即便当时社会黑暗、君王昏庸、奸臣当道，即便他忠而被谤、信而见疑，即便他一度贬黜、两度流放，屈原依然"骖鸾驾凤、上天入地、问重华、求宓妃"，孜孜不倦、锲而不舍地探求祖国的前途和命运，发自肺腑地吟诵出"路漫漫其修远兮，吾将上下而求索"的千古绝唱。

屈原的一生就是"上下求索"的一生，而且倾其一生不惜生命地执着追求，无怨无悔、九死不悔。他把"上下求索"当成一种意志品质融入自己的血液之中，内化为自己的一种精神因子、一种活力、一种素质，这在他一口气170多个发问的《天问》以及血与泪铸就的《离骚》等诗作中得到了充分印证。

6. 以身殉道,光争日月

"以身殉道",是屈原对死亡意识的庄严探索与实践,是他人格力量的最后升华,体现了他真善美的高度统一,也奠定了他在中国历史长河中堪与日月齐光的人格地位。

屈原是直面死亡的,他不消极地等待自然大限的到来,也不会让别人终结自己的生命,而是将死亡把握在自己手里。正如毛庆先生所言:"屈原决定其生命的最高主宰是情感,是爱——对生活的热爱、对民族和人民的挚爱、对美的至爱。""亦余心之所善兮,虽九死其犹未悔"、"宁溘死以流亡兮,余不忍为此态也"、"伏清白以死直兮,固前圣之所厚"、"虽体解吾犹未变兮,岂余心之可惩"、"阽余身而危死兮,览余初其犹未悔"、"怀朕情而不发兮,余焉能忍而与此终古?"、"既莫足与美政兮,吾将从彭咸之所居",这是屈原《离骚》中的7次言死。还有《悲回风》中的"宁逝死而流亡兮,不忍为此常愁",《惜往日》中的"知死不可让,愿勿爱兮。明告君子,吾将以此为类兮",等等这些都是诗人从心灵深处流淌的呐喊,是他践行自己完美人格的宣言与承诺,这种震撼山岳般的情感千古以来温暖着无数知识分子。

从以上六个方面分析,我们发现屈原的人生目标、思想观点、志趣情操、心理趋向、性格意志、言论行动等几乎是一个完人。而世界上没有完人,这也就注定屈原的人格一定存在缺陷,否则他便成了神。屈原的缺点也是明显的,他过于清高、孤傲,情感过于激烈,缺乏忍耐性,沟通能力和适应能力都不够。然而正因如此,屈原的人格才真正成为典范,后世那些将他奉为楷模的知识分子,甚至连他的缺点也继承下来。

二、屈原人格范示的深远影响

屈原的人格,是由他自己和他生活的那个时代共同铸就的,是与战国时代士人的崛起和理性的觉醒的直接影响作用分不开的,是历史时代的产物,却成了中华民族最完美的人格的化身,被称为"楚魂、民魂、国魂"。

他的"内美修能"已经转化为知识分子人格自我完善意识和"以道自任"、"以道辅势"的时代使命感,他的"独清独醒"已经成为知识分子精神独立和思想自由的一种追求,他的"深固难徙"已经积淀成民族一种深厚的爱国主义情感,他的"忧患意识"已经注入国人"哀怨起骚人"、"人生识字忧患始"的血脉,他的"上下求索"已经表现为国人对真理的执着追求和抗争以及一种豪迈的进取心,他的"以身殉道"更为中国人的死亡本身铸入了浓郁的情感色彩和鲜明的人格特征,使死亡产生了沉郁悲壮的崇高力量。

屈原为理想而生,为反抗绝望而死。昭示出了他以死明志、用生命的毁灭来见证自己对这个世界的彻底背叛和决裂的坚定决心,最终以死亡实现了生命意义的升华,提升了人的主体精神。屈原傲岸的人格和不屈的抗争,从而使他成为一个大写的人矗立在几千年来人们的心中,定格成中国古代社会最为崇高、伟大的历史人物之一。

从汉代的贾谊、司马迁开始,到陶渊明、杜甫,到辛弃疾、文天祥,到鲁迅、毛泽东等,无不仰慕屈原高洁的人格。历史上,中华民族曾在北宋末年南宋时期、明末清初时期、清朝末年、抗日战争时期等4次大的民族危机中,特别景仰推崇屈原。许多为挽救民族危亡而赴汤蹈火的爱国志士,讴歌屈原、赞颂屈原,以屈原为自己的人生楷模。而我们的民众,则自发地把年复一年的端午节献给了屈原,从他身上读懂什么叫正道直行、什么叫宁死不屈、什么叫民族气节!

屈原死了,屈原却获得了永生。他的永生正如苏雪林先生所言:"如一道灿烂的长虹,写在天空里,永远显示着'正义'的光辉!"

三、屈原人格范式的当代实践

然而,当历史的车轮驶过两千多年后,我们也处在一种社会大发展大变革大调整的时代,屈原的"复活"却受到政治生态和文化生态危机的严峻挑战,屈原依旧无路可走。

本文开篇所例举的事实与现象,虽为个别案例,却折射出的是商业领域、政治领域、教育领域、文化领域、社会领域等全方位道德底线的全面挑战,是对"人格"二字的极端践踏。于是,社会在反思中儒家思想、道家思想被"激活",孔子、孟子、老子、庄子走上了前台,成了真正的"文化名星",而如今屈子却依旧如毛庆先生20年前总结的那样"观之中华民族历史,上层统治者和知识层对屈原常采取一种平常不烧香,急时抱佛脚的急就间的运用方式",即使屈原在知识分子心底里是一块纯洁的宝玉,也只是悄悄地告诉自己"那个屈原,只能膜拜,不能效法"。这就于当代提出了一个重大的问题——屈原的人格范式是否具有实践性?

我们不妨从假设没有屈原出发,假设没有屈原和一群屈原式人物的存在,那当个人的尊严、集体的利益、民族的生死、国家的存亡等受到原则底线的挑战时,谁出来捍卫、谁出来挺身而去?没有人为真理、理想而追求,就没有人为腐朽黑暗而斗争。其实,只要这个世界还存在美与丑,光明与黑暗,屈原就可以成为这个世界正义与赤诚的代言人、腐朽与坠落的斗士、丑陋与邪恶的审判者。

本人半文半官或者说无文无官,是一介草民,在走出校门的20多年底层生涯里,更为深切地感受到灵魂之痛。若设想做一个纯粹屈原式的人物,就面临被这个社会碾碎的危险,相反半知不解的儒家的中庸和谐、道家的隐逸逍遥、佛家的觉悟看破、周易的阴阳权变,却给了我不少苟且得以生存的智慧,甚至是解救我内心困惑与痛苦的"心灵鸡汤"。而现实是,我们活着,却越活越觉得四通八达,越活越有诗意。我们也比屈原会说话(尽管屈子也"善于辞令",那可能只是他外交上"接遇宾客"或几度出使齐国游说"联齐抗秦"后获得的"美名",但他并没说服他的怀王上司、令尹同党包括他精心"滋兰树蕙"的弟子们,只说服了自己永恒的坚守与追求),我们还能抢话筒、能"变白为黑、倒上为下"。当黄钟被毁弃的时候,瓦釜就开始雷鸣了。我们活着能游刃有余,甚至与之搞合作、讲互利。在屈原与邪恶战死的地方,我们也敢讨论幸福。难道这就是个体的精神之独立与思想之自由?难道这就是人类社会本应有的真善美?大道安在?正道何为?

历史中的屈原,是以至善至美的古圣贤作为自己立身行事的榜样,一生为了民族的富强鼓与呼、为了祖国的统一而斗争。他自觉地把自己置身于整个世界的对立面——"举世皆浊我独清,众人皆醉我独醒",由此昏君疏远他、同党谗言他、姐姐规劝他、郑詹尹不言他、渔父"莞尔而笑"他,屈原只有孤军奋战而死,为了理想、为了正义、为了爱。

其实,对于当下我们也不必那么悲观,屈原从没离开过我们。深圳富士康上演的12条年轻生命的跳楼"接力赛",那些"勇士"们,虽然不是"为国捐躯",自杀的原因也很复杂,但至少有良知的人应该反思:"现代管理把人变成奴隶"和"现代化把人变成机器"都不是我们应有的追求,否则我们高度发达的物质文明又有何意义?还有从成都到宁波、从株洲到哈尔滨,东西南北数十起自焚抗击拆迁事件,似乎只是当事人维护自身利益的一种极端行为,自焚者也未必就具有充分的正当性或道德优势,但结果难道不是对那些藐视宪法背离党的根本宗旨的公职人员的一种灵魂拷问与审判?也许我列举这两类事件还不足以说明,屈原的人格与事迹、行为就根植于他们心底。但那么多腐败分子倒下,却得益于普通民众的不屈举报。还有网络上针对菲律宾在黄岩岛和日本在钓鱼岛的挑衅所表现的不可失去一寸土地的誓言,也可以证明我们民族的骨气与血性还没有完全泯灭!

早在80年代末期,毛庆先生以20多年系统的楚辞与楚文化之研究思考就坚信:"儒、道、屈是中华民族和文化精神的三根支柱,三者互助互补,缺一不可"(后有人加进了周易、禅宗等作为中国固有的精神支柱)。楚辞专家周秉高先生在深圳会议上也疾呼:"中国人不仅要有儒家柔的一面,还有屈子刚的一面,只有原则性和灵活性的刚柔结合,中华民族之精神才能健美。"这些论断表明,屈原过去不曾死过,历代都有类似屈原人格的杰出人物为中华民族作出了各种各样的巨大贡献,也昭示未来屈原也不会死亡,否则民族的精神大厦就会倾斜或者崩塌。由此观之,屈原的人格范式是无须用宏篇论述和严谨逻辑来证明——可不可以学习、可不可以效法、可不可以实践这样的低级是非题的,而要回答的是我们如何学习与实践。因为,立于世上的人都有自己的榜样(包括理想和梦想)。一个人以什么样的人、什么样的类型为道德标杆,其内心就会产生一种无形的牵引力,并为之效法与追求,无论是正或反都是如此。

应当承认,屈原高洁峻拔的人格大多数人是学不到的,其人格观也是大多数人不可能保有的,特别是我们处于推翻了封建帝制的社会主义新时代,不是民族和国家的生死存亡,都无须用献出生命来抗争。但决不能因大多数人做不到,而不提倡。已故著名楚辞学专家姜亮夫先生说:"屈子可是我们这个民族爱国主义的中心人物,他见不得污浊,他很高贵。一个人只要有屈子的某一点就不错了。"已故著名楚辞学家金开诚则从审美的意识层面阐述:"他(屈原)的人格力量既有激励人心志,使顽者廉、懦者立的作用,也使人看到人类为了执着于美好的理想,是有力量超越自我,在精神上得到升华的。这样一种充满了崇高悲壮之感的审美观点,当然能起到纯化人的灵魂的作用"。

今天,在人文精神逐渐衰落,知识分子愈来愈被有机化而丧失了批判的锋芒,知识不再被视为探索真理的武器而是买卖的资本,以及知识分子的"自救"与"救世"成为普遍关注焦点的社会转型时期,在"专家越来越多而知识分子却历史性地消失了"(福柯语)的时代,作为政治斗士和人民诗人的屈原身上所拥有的知识分子精神性特征却被异样显著地凸显出来,其知识分子品格对于当下知识分子的人格重建与走出精神困境也不无启示意义。我们欣喜地看到,十七届六中全会响亮地提出了"推进社会主义核心价值体系建设,巩固全党全国各族人民团结奋斗的共同思想道德基础"的战略任务,并把"弘扬以爱国主义为核心的民族精神和以改革创新为核心的时代精神"作为我们重塑民族之魂和文化精神的灵魂工程来抓,李长春、刘云山、李源潮等中央领导近两年来先后亲临汨罗屈子祠考察指导并指示要把屈子祠作为屈原文化传播高地和全球华人的精神家园来打造,这都充分说明了高扬的屈原伟大人格又站在了一个新的历史起点上,将具有无可估量的精神价值和文化意义!

屈原,魂兮归来!

楚人性格与屈骚精神

江苏师范大学文学院　周苇风

除了爱国精神,屈原作品给人印象最深的还有作者独立不群的性格、坚韧不拔的精神和怨怼激越的情感,它们都是屈骚精神的重要组成部分,对中华民族的精神风貌和文学传统产生了深远影响。先秦时期的楚国偏居南土,无论是自然环境还是人文心态都与中原诸侯国存在较大的差异。楚文化培育了屈骚精神,屈骚精神也比较集中地反映了楚人性格特点。

一

屈原的作品引类譬喻,善鸟香草,以配忠贞,恶禽臭物,以比谗佞,形成了一个个意象群落。《离骚》说:"鸷鸟之不群兮,自前世而皆然"。屈原自比鸷鸟,按说鸷鸟应该属于善鸟一类。然而《说文·鸟部》云:"鸷,击杀鸟也。"鸷鸟既然是凶猛的鸟,在意象群落的归属上似乎又不应该属于善鸟一类。王逸《楚辞章句》:"鸷,执也。谓能执服众鸟,鹰鹯之类,以喻中正。"对王逸的解释,姜亮夫先生表示不能理解,理由就是执伏众鸟,则其不群,乃为凶残,不为忠贞矣。鸷鸟该怎样解释呢?姜先生的《屈原赋校注》认为,鸷乃执之讹,执、挚为古今字。挚者,诚信忠贞之义。[①] 在姜亮夫先生看来,王逸以鸷鸟喻中正是不错的,但不应该释鸷鸟为猛禽。

笔者以为,屈原笔下的鸷鸟就是楚人尊崇的凤鸟。在出土的楚国文物中,凤的雕像和图像多得不可胜数。楚地出土的木胎漆绘凤雕像,"形体特征怪异,曾因颈足俱长而被误认为鹭鸶,因钩喙而被误认为鹰,在更多场合下则被笼而统之称为鸟了。凤的原型是哪种鸟,现在谁也说不准了"。[②] 江陵马山1号楚墓出土的《三头凤纹绣》,[③]凤首如枭,双翼对举,两个翼端都内勾如凤首,形象极为怪异。从三头凤怒目如枭、鼓腹近圆的形象可以看到,枭也曾经是凤的形象的一部分。安徽寿县出土的楚国文物《攫蛇铜鹰》,[④]鹰作盘旋状,双翅张开,双腿粗壮,夸张地攫住一条盘曲的长蛇。其实,将此件出土文物命名为

---

① 姜亮夫,《屈原赋校注》,人民文学出版社1957年版,第38页。
② 张正明,《凤斗龙虎图像考释》,《江汉考古》1984年第1期。
③ 张正明,《楚文化史》,上海人民出版社1987年版,第183页图21。
④ 皮道坚,《楚艺术史》,湖北教育出版社1995年版,第268页图169。

《攫蛇铜鹰》未必确切。蛇即龙，一物而异名，鹰其实就是凤。楚人尊凤，从楚人对凤之形象的建构不难理解屈原何以自比于鸷鸟。

从出土的楚文物来看，凤的形象大都两翅张开，各部位夸张变形，从而显得高大魁伟。如江陵马山1号楚墓出土的《凤斗龙虎纹绣》，①在一件绣罗单衣上，可以看到由一凤斗二龙一虎为一个单元的刺绣纹样。凤一足后登，作腾跃状；另足前伸，方攫下部一龙之颈，此龙逃窜，作痛苦状。凤一翅击中上部一龙之腰，此龙遁走，仰首张口作哀号状；凤另一翅击中前方一虎之腰，此虎亦仰首作哀号状。主宰着整个画面的是凤，它的花冠长大而美丽。在文人的笔下，凤体更加庞大。《庄子·逍遥游》："北冥有鱼，其名为鲲。鲲之大，不知其几千里也；化而为鸟，其名为鹏，鹏之背，不知其几千里也；怒而飞，其翼若垂天之云。"鹏即古凤字。凤体庞大，当然不易合群。《庄子·秋水》："南方有鸟，其名鹓鶵，子知之乎？夫鹓鶵，发于南海而飞于北海，非梧桐不止，非练实不食，非醴泉不饮。"鹓鶵为凤之一种。鹓鶵非梧桐不止，非练实不食，非醴泉不饮，正是楚人之凤不群个性的流露。

《说文·鸟部》："鹏，古文凤，象形，凤飞群鸟从以万数，故以为朋党。"许慎之说盖非楚人之凤。《论语·阳货》："小子何莫学夫《诗》，《诗》可以兴，可以观，可以群，可以怨。"群即合群。凤之合群乃北方儒家观念的反映，是北方西周大一统的产物。而楚国，远在化外，《史记·楚世家》载熊渠曰："我蛮夷也，不与中国之号谥。"显示了楚人独立特行的个性精神。《史记·楚世家》载伍举谏楚庄王曰："有鸟在于阜，三年不蜚不鸣，是何鸟也？"庄王曰："三年不蜚，蜚将冲天。三年不鸣，鸣将惊人。"庄王自比于冲天惊人之鸟，什么样的鸟有如此气势？观出土的楚国文物，联系庄子笔下的大鹏，是鸟非凤鸟莫属。庄王的冲天而鸣，庄子笔下的大鹏扶摇而上，俱是出群之举。在哲学上，老子讲小国寡民，讲鸡犬相闻，老死不相往来。庄子讲相忘于江湖，讲曳尾涂中，都与北方的合群观念大相径庭。

屈原以鸷鸟自比，卓然不群。为了凸显自己与众不同，《离骚》一开始屈原就宣称自己："帝高阳之苗裔兮，朕皇考曰伯庸。摄提贞于孟陬兮，唯庚寅吾以降。皇览揆余初度兮，肇锡余以嘉名。名余曰正则兮，字余曰灵均。纷吾既有此内美兮，又重之以修能。"炫耀自己高贵的出身，不凡的生辰，高洁的品质，远大的志向。在《离骚》中，诗人以花草冠佩象征品格，通过集中的夸张的描写，极力铺写自己崇高的理想和为之矢志不渝的峻洁人格，把诗人的自我形象刻画得异常纯洁高大。同时，为了表现自己的高大巍峨，《离骚》将昏君佞臣与"我"并置对照，以此将自己置于美丽、孤危、哀怨的境地进行描述，突出自己的美丽、孤独和清高。《离骚》中诗人的形象极具浪漫主义特质，这种浪漫主义特质根植于楚人尊凤的民族文化心理，是楚人之凤不群个性在屈原创作上的体现和反映。

---

① 张正明，《楚文化史》，上海人民出版社1987年版，图版7。

《淮南子·本经训》载后羿射日故事,其中讲到"猰貐、凿齿、九婴、大风、封豨、修蛇,皆为民害",后羿上射十日,下杀猰貐,"缴大风于青丘之泽"。先秦风、凤二字相通,"大风"即大凤。又《览冥训》载女娲补天时曾言"鸷鸟攫老弱",其中鸷鸟很容易使人联想到后羿所射之"大风"。楚人在建构凤鸟形象时,刻意保留了凤鸟意象原型中的鸷鸟形态,从而使楚人之凤硕大健壮,孔武有力。屈原自比鸷鸟,卓然不群,从凤鸟身上汲取了无比的力量和勇气。

二

《史记·项羽本纪》载宋义曾令军中:"猛如虎,很如羊,贪如狼,强不可使者,皆斩之!"这是针对楚国军队尤其是楚人项羽下的命令。在宋义看来,以项羽为代表的楚军和羊一样都有"很"的性格特点。什么是"很"呢?《说文》:"很,不听从也。"《玉篇》:"愎,很也。""愎"就是执拗、不听命令的意思。《周易·夬》卦九四:"牵羊悔亡,闻言不信。"王弼注和孔颖达疏都说:"羊者,抵很难移之物。"①意思是说羊是一种倔强、执拗的动物。《周易·大壮》卦六五:"丧羊于易。无悔。"朱熹注云:"卦体似兑,有羊象焉。外柔而内刚者也。"②军队如果像羊一样"抵很难移"、"外柔内刚",自然不便于指挥,所以宋义军令中特别强调:"强不可使者,皆斩之。"但也正凭借羊的"很"劲,项羽才能够做出杀宋义、破釜沉舟等惊世之举,取得了巨鹿之战的辉煌胜利。楚人"抵很难移"的性格在楚怀王身上也有鲜明的体现。公元前299年,秦诈怀王,留怀王以求割地,"怀王怒,不听。亡走赵,赵不内。复之秦,竟死于秦而归葬"。(《史记·屈原列传》)历史上的楚怀王固然昏庸,但其不畏强秦,至死不出卖国家利益,其倔强精神令后人景仰,"自怀王入秦不反,楚人怜之至今"。陈胜、吴广起义,号为张楚;项梁起兵,乃求楚怀王孙子心,立以为楚怀王,"从民所望也。"(《史记·项羽本纪》)怀王的倔强不屈成为秦末农民起义反抗暴秦的一面旗帜。屈原言楚国将士"诚既勇兮又以武,终刚强兮不可凌",(《国殇》)楚南公言"楚虽三户,亡秦必楚",(《史记·项羽本纪》)都充分说明楚人具有一种倔强不屈的民族精神。

屈原在《国殇》中热情歌颂了楚国将士"死亦为鬼雄"的倔强不屈,他自己也是这一精神的切实践行者。屈原汲汲自修,独立不迁,早年便以南国的橘树作为砥砺志节的榜样,"受命不迁,生南国兮。深固难徙,更壹志兮"。(《橘颂》)在《离骚》中,更充分展示了屈原坚贞自守、九死不悔的倔强精神。为了实现"美政"理想,屈原奔走先后,"入则与王图议国事,以出号令;出则接遇宾客,应对诸侯"。(《史记·屈原列传》)屈原的"美政"理想受到了"党人"的阻挠,楚王听信谗言也疏远了他,他苦心培植的人才也变质了。在楚国,

---

① 孔颖达,《周易正义》,阮元校刻《十三经注疏》,中华书局1980年版,第57页。
② 朱熹,《周易本义》,湖南人民出版社1998年版,第7页。

屈原几乎是孤军奋战,是铁屋子里唯一清醒的人。① 但屈原没有被吓倒,他宁肯承担各种迫害,也不变节从俗:"宁溘死以流亡兮,余不忍为此态也!"他深信自己的正确,要永远坚持自己的道路:"民生各有所乐兮,余独好修以为常。虽体解吾犹未变兮,岂余心之可惩。"屈原"就重华以陈词",升腾天上去叩帝阍,又下求佚女终无所遇;在灵氛、巫咸的劝说下,屈原决心出走。正当他升腾远逝的时候,却看见故乡大地:"陟升皇之赫戏兮,忽临睨夫旧乡。仆夫悲余马怀兮,蜷局顾而不行。"这真是"登高吾不说兮,入下吾不能"。(《思美人》)走投无路的屈原最后选择了沉江:"既莫足与为美政兮,吾将从彭咸之所居。"屈原以死来反抗黑暗,将楚人的倔强性格发挥到了极致。

《论语·子路》:"狂者进取,狷者有所不为。"屈原既是一个狂者,又是一个狷者。所谓狂者,《离骚》一文充满了进取精神。屈原虽然在楚国无法施展自己的才能,但他上下求索,不屈不挠,始终对理想矢志不渝。所谓狷者,指不与党人合作。屈原芳香自洁,与前修比肩,一直到诗歌结尾还宣称要"从彭咸之所居"。手段对于目的的实现,具有决定性作用。"吾不能变心以从俗兮,固将愁苦而终穷"。(《涉江》)屈原以极具个性的行为方式,表达了拒绝适时调整策略和手段的坚决态度。楚人羊一样倔强的性格,使屈原无论是对理想的追求还是对人格的固守都具有一种坚韧不拔的精神。

三

楚人的另一性格特点是易怒。《左传·宣公十四年》载楚庄王听说宋国杀了楚国使齐的使者,"投袂而起,屦及于窒皇,剑及于寝门之外,车及于蒲胥之市"。《史记·屈原列传》"怒"字七见,其中怀王三怒,楚使怒,子兰大怒,顷襄王怒,只有一处言齐"竟怒"。《离骚》:"荃不察余之中情,反信谗而齌怒",齌,王逸注:"疾也。"齌怒,指怀王不加考虑就发怒。《史记·货殖列传》:"夫自淮北沛、陈、汝南、南郡,此西楚也。其俗剽轻,易发怒。"司马迁将楚国分为东楚、南楚、西楚,是为三楚。其中西楚为楚发源地,南楚、东楚为楚国兼并来的领土。项羽号西楚霸王,正因西楚是他的故地。身为楚人的项羽,不但"猛如虎,很如羊",也是一个极易发怒的人,《史记·项羽本纪》记项羽发怒竟达九次之多。

"惜诵以致愍兮,发愤以抒情。"(《惜颂》)"发愤抒情"的创作原动力,使屈原作品充满了怨怼激越的情感。"屈平之作《离骚》,盖自怨生也。"(《史记·屈原列传》)"怨"其实就是"怒",《说文解字》:"怨,恚也。""怒,恚也。"在《离骚》中,诗人自我、"灵修"(即楚

---

① 鲁迅曾用"黑暗的铁屋子"来比喻人们的生存状态:"假如一间铁屋子,是绝无窗户而万难破毁的,里面有许多熟睡的人们,不久都要闷死了,然而是从昏睡入死灭,并不感到就死的悲哀。现在你大嚷起来,惊起了较为清醒的几个人,使这不幸的少数者来受无可挽救的临终的苦楚,你倒以为对得起他们么?"(鲁迅《〈呐喊〉自序》)

王)和一群"党人",构成激烈的矛盾冲突。诗人自我的形象,代表着美好和正义的一方,作者相信他的理想和主张,能够把楚国引向康庄大道。"党人"即结党营私的小人,是同诗人敌对的、代表邪恶的一方。想到自己的理想遭到破坏,楚国命运岌岌可危,屈原对"党人"进行了猛烈的抨击:他痛斥贵族群小"竞进以贪婪"、"兴心而嫉妒","偭规矩而改错,背绳墨以追曲"。指出他们蝇营狗苟,把楚国引向危亡的绝境:"惟夫党人之偷乐兮,路幽昧以险隘。"楚王掌握着最高权力,能够决定上述双方斗争的成败,并由此决定楚国命运。但楚王却是昏庸糊涂,不辨忠邪:"荃不察余之中情兮,反信谗而齌怒。"最终受了"党人"的蒙骗。屈原虽然把君主的错失与"党人"的邪恶区分开来,但却丝毫没有减弱对楚王的批判。他"怨灵修之浩荡兮,终不察夫民心",大胆地指责楚王反复无常:"初既与余成言兮,后悔遁而有他。余既不难夫离别兮,伤灵修之数化。"屈原"从彭咸之所居",固然是以死对党人作最后的抗争,同时也表达了对楚王彻底绝望。班固《离骚序》:"今若屈原,露才扬己,竞乎危国群小之间,以离谗贼。然责数怀王,怨恶椒兰,愁神苦思,强非其人,忿怼不容,沉江而死,亦贞洁狂狷景行之士。"屈原及其作品所呈现出的"怨"与"怒"的风格,司马迁以赞赏的态度看到了这一点,班固以批评的态度也看到了这一点。

对屈原作品怨怒风格产生的原因,袁宏道在《小修诗叙》中有中肯的分析:"《离骚》一经,忿怼之极,党人偷乐,众女谣诼,不揆中情,信谗齌怒,皆明示唾骂,安在所谓怨而不伤者乎?穷愁之时,痛哭流涕,颠倒反覆,不暇择音,怨矣,宁有不伤者乎?且燥湿异地,刚柔异性。若夫劲质而多怼,峭急而多露,是之谓楚风。又何疑焉!"①袁宏道不但指出屈原作品具有怨怼的风格,而且特别强调这种怨怼激越的情感与"劲质而多怼,峭急而多露"的楚风密切相关,是楚人易怒而很性格的诗意表达。

民族性格具有人性的普在性和民族"他性",前者表明民族之间的交往和联系,后者表明民族内部的固守和维系。说其普在性,是就其某个具体的性格而言,并不是指整个性格体系。如"倔强"性格,在先秦不仅楚人有,周人也有,越人也有。但若将独立不群、易怒而很等性格作为一个体系来看,则显示出楚人之所以为楚的民族"他性"。在一个民族内部,"每个人都是典型,但同时又是一定的单个人,正如老黑格尔所说的,是一个'这个'"。② 作为民族性格,独立不群、易怒而很等性格特点在不同楚人身上的表现或轻或重,或隐或显,加之个体具有多方面的属性,这就使屈骚精神除具有楚人性格的一般性之外,又有了有别于其他楚人的特殊性。楚平王杀伍奢,其子伍子胥奔吴,临行誓曰:"我必覆楚。"后终入郢戮平王尸。司马迁评价伍子胥说:"方子胥窘于江上,道乞食,志岂尝须臾忘郢邪?故隐忍就功名,非烈丈夫孰能致此哉?"(《史记·伍子胥列传》)伍子胥隐忍

---

① 袁宏道,《小修诗序》,见袁宏道,《袁中郎随笔》,作家出版社1995年版,第166页。
② 《马克思恩格斯选集》(第四卷),人民出版社1975年版,第453页。

以就功名,没有倔强执拗的性格是绝对做不到的。但伍子胥的隐忍和倔强是为了复仇,而且报复的对象是楚平王和楚国。在面对申包胥对他那些为复仇而做出的疯狂举动进行谴责时,他说:"为我谢申包胥曰:吾日暮途远,吾故倒行而逆施之。"在伍子胥身上,既有敢冒天下之大不韪的特立独行,也有易怒而很的倔强和暴戾。和伍子胥不同的是,屈原深爱着楚国。在七雄纷争、各国存亡处于紧要关头的战国时代,屈原的理想就是把楚国推上富强的道路,甚至由它来统一中国。看到党人误国,祖国命运岌岌可危,"余固知謇謇之为患兮,忍而不能舍也",(《离骚》)屈原不顾个人安危,与党人进行了殊死斗争。《离骚》自始至终贯穿着屈原以理想改造现实的顽强斗争精神,当残酷的现实终于使理想破灭时,他更表示了以身殉理想的坚决意志。理想的崇高,人格的峻洁,尤其是屈原对楚国生死以之的感情,使屈骚精神远远超出于流俗之上。

屈原精神思想的影响与接受研究

从屈原看白居易的人生哲学

辅英科技大学共同教育中心　陈金现

一、(汉人)面对强势诗人(屈原)的煎熬与反思

面对人生挫折,有人选择自杀,如屈原(约前340—前278);①哈罗德·布鲁姆(Harold Bloom,1930—)认为每一首诗都是对前人作品的误读,"误读是对前驱之所作所为的一种行动上的差错(和理解上的差错),不过,"差错"一词在这儿本身具有辩证意义。前驱的所作所为确实已经使新人陷入了向外和向下的重复行动,而且这种重复——新人很快就会懂得——必须既被收回而同时又被辩证地肯定。"②对这个耸立在眼前的强势前驱诗人屈原,两汉以来,辞人翰墨,同声哀悼其自沉之余,纷纷对屈原的行为产生了"差错"的认知,开始辩证地思考困穷时如何自处? 有人选择调适,发展自适自足的闲适生活,如白居易(772—846);有人则是哀吟,如韩愈(768—824)《左迁至蓝关示侄孙湘》:"一封朝奏九重天,夕贬潮阳路八千。欲为圣明除弊政,敢将衰朽惜残年?云横秦岭家何在?雪拥蓝关马不前。知汝远来应有意,好收吾骨瘴江边。"③认为贬潮州刺史无异流放至死;永贞革新(805)失败,柳宗元(773—819)与刘禹锡(772—842)二人,贬谪湘潭十年,地近屈

---

①　对于屈原自沉,宋代学着李璧(1157,一说1159—1222)说司马迁在《史记·屈原列传》述屈原《怀沙》以后说"于是怀石遂自沉汨罗以死"为"此乃祖来传袭之误"。(王安石著,李璧注,《王荆公诗文笺注》,上海古籍出版社1993年版,第228页;魏了翁(1178—1237)也认同李璧的观点说:"又闻李季章说屈原未尝投水,盖将从彭咸之所居等语,有此语而实未然也。虽新奇亦有此理。"(魏了翁:《鹤山渠阳经外杂抄》,丛书集成初编,中华书局1985年版,第30页)林应辰(?-?)《龙凤楚辞说》曾说:"其推屈子不死于汨罗,比诸浮海居夷之意,其说甚新而有理。"(陈振孙(1183? —1262?):《直斋书录解题·龙凤楚辞说》,丛书集成初编,卷十五,中华书局1985年版,第413页)范成大(1126—1193)也说:"然屈原既从彭咸,而桂丛之赋犹招隐士,疑若幽隐处林薄,不死而仙。"(范成大,《吴郡志·三高祠记》,影印四库全书,卷十三,台湾商务印书馆1986年版。)然而,李璧评前人对屈原作品的解释与司马迁等语,"都是一些主观性的臆断,并没有任何的事实根据。"(熊良智,《屈原身世命运的关注与宋代士大夫的人生关怀》,《四川师范大学学报(社会科学版)》,2004年第5期,第66 - 72页)魏了翁、林应辰、范成大等人,都没有提出明确的证据,只用"盖"、"推"、"疑"诸语,两汉去战国未远,宋人的批驳应该是证据薄弱,没有说服力的。

②　[美]哈罗德·布鲁姆著,徐文博译,《影响的焦虑》,江苏教育出版社2006年版,第44页。

③　韩愈著,朱文公校注,《韩昌黎集》,《四部丛刊》卷十,台湾商务印书馆1975年版,第91页。

原当年流放的沅湘,对屈原的态度是悲怨与愤恨,可以说对屈原的态度是完全接受的。刘禹锡《竹枝词九首序》说:"昔屈原居沅湘间,其民迎神,词多鄙陋,乃为作《九歌》,到于今荆楚鼓舞之。故余亦作《竹枝词九篇》。"①柳宗元不只完全接受,更是借屈原作贬谪命运的控诉,流露出世路迍邅无人搭救的悲愤。虽然屈原《天问》与柳宗元《天对〈楚辞·天问〉散入篇内》,②不可以画上等号,但二人忠而见疑,甚至贬窜蛮荒的困顿与百盼不得其救的愤懑是相呼应的。就中唐(766—835)诗人群体而言,这些人年岁相及,面对与屈原这样的前驱诗人相似的失意人生,接受的态度,却有不同,③白居易的委顺思想与上述诸人的心态有非常明显的不同。

表面上,白居易悖离屈原遭贬谪的哀吟转向陶渊明(约365—427)靠拢,未贬江州之前(42岁),回渭川守母丧,有《效陶体十六首》,④酒醉中陶然度日,也透出五个主题:一、对友情的召唤;二、仿效原宪与颜回的安贫;三、仰慕陶渊明的为人;四、忠直难容于邪佞;五、朋友贵贱成陌路。⑤ 但是,六十三岁(唐文宗大和八年,834)《饱食闲坐》:"衣食虽充给,神意不扬扬。"⑥反映白居易仍是牢骚满腹。李壬癸曾说:"饱食满腹心却闲,其实就是满腹牢骚的情绪反应。"⑦也呼应"人的姿势受外界影响较多,其结果必使身心受到衰弱和损耗。反之,静卧时活动停止,紧张的肌肉得到了松弛,视角也就最大限度地下降了"。⑧白居易《饱食闲坐》,心还是不闲的;六十二岁病免河南尹也说:"我若未忘世,虽闲心亦忙;世若未忘我,虽退身难藏"。⑨ 到了七十岁,心不闲的白居易已退隐东都洛阳,还是"耳里声闻新将相",⑩注意谁升官拜相了;比起陶渊明东晋亡后,便不在作品题记年号的菊性高洁,恐怕不是白居易所能望其项背。白居易只是以陶作为避世的良药之一,并不全然似陶。所以有人说白居易是陶渊明在东坡和陶之前第一个知音,⑪应该值得再商榷。从

---

① 刘禹锡,《刘梦得文集》,《四部丛刊》卷九,台湾商务印书馆1975年版,第64页。
② 柳宗元,《注释音辩唐柳先生集》,《四部丛刊》卷之十四,台湾商务印书馆1975年版,第76页。
③ 胡可先,《论中唐南贬诗人的屈原情结》,《陕西师范大学学报》(哲学社会科学版),2008年第2期。
④ 白居易著,顾学颉点校,《白居易集》,中华书局1999年版,第104页。
⑤ 陈金现,《宋诗与白居易的互文性研究》,文津出版社2010年版,第249页。
⑥ 白居易著,顾学颉点校,《白居易集》,中华书局1999年版,第676-677页。
⑦ 李壬癸,《身体各部位名称的妙用、身体各部位名称的隐喻用法》,高雄:国立中山大学演讲稿2006年11月15日。
⑧ 埋田重夫著,李寅生译,《从视点的角度释白居易诗歌终身体姿势描写的含义》,《钦州师范高等专科学校学报》,2003年第1期。
⑨ 白居易著,顾学颉点校,《白居易集·咏兴五首并序之四》,中华书局1999年版,第654页。
⑩ 白居易著,顾学颉点校,《白居易集·偶吟、自慰,兼呈梦得予与梦得甲子同》,中华书局1999年版,第809页。
⑪ 尚永亮著,《论白居易对屈原陶潜的取舍态度及其意识倾向》,《中州学刊》1993年第2期。

被贬江州之后，白居易思想应该是以委顺为主导，其实，委顺思想是贾谊在《鵩鸟赋》中提出的核心。

整部楚辞，以屈原为核心，绕在得志、失意、进退、荣辱的诡异辩证，对其行为，从战国至两汉，屈原投江自沉，这样激烈的行为受到了批判与修正。克里斯蒂娃（Kristiva Julia，1942—）从符号学（semeiotic）说互文性（intertextuality）具有强烈的生物性的（biological）与传记性（biographical）的"胎（Chora）"的特质，①所以两汉这些"拟骚体"赋之作，都以屈原命运的遭际为母胎，各变其作，展现同一母胎所生产，具备形貌性情各异诸子女，故屈原是这些"拟骚体"辞人的强势前驱诗人。

汉赋中有些与哀悼屈原有关，或有着与屈原《离骚》等作相通的生命流离感怀，而被称为"悼骚体"或"拟骚体"。"拟骚体"辞人的出现，②就是对屈原这位前驱诗人自沉人生的辩证与修正。他们最终是体悟到儒、道二家所形成的"龙蛇哲学"，作为贬谪失意的人生依靠。"拟骚体"辞人发现："屈原的拘泥楚国，以死抗争最不可取，览德而下，睹险而走，谙练出处之道的凤凰、神龙等才是最应该效法的榜样。于是，汉人逐次发展出一种飞腾为龙，蛰伏为蛇，龙蛇一体，随时变化，择地而处，以避害全身为基本要求的'龙蛇'人格哲学。"③思考如何面对与屈原相似的人生困境。

贾谊（200BC—168BC）《悼屈原赋》中，④对屈原执守楚国愤而沉江，已经修正为：

> 国其莫我知兮！独壹郁其谁与？凤漂漂其高逝兮，固自隐而远去。袭九渊之神龙兮，沕深潜以自珍。偭蟂獭以隐处兮，夫岂从虾与蛭螾？所贵夫圣人之神德兮，远浊世而自藏。⑤

发展出韬光隐晦的观念了；甚至还认为不必死守这个不重用放逐他的楚国，远走他乡寻求重用的国君，否则会被才德不如自己的卑贱小人污蔑、陷害的：

> 历九州而相其君兮，何必怀此都也？凤凰翔于千仞兮，览德辉而下之；见细德之险征兮，遥曾击而去之。彼寻常之污渎兮，岂容吞舟之巨鱼？横江湖之鳣

---

① Kristiva Julia. Revolution on Poetic Language, Columbia University Press, New York. 1984, p. 23-30.
② 汉赋中有些与哀悼屈原有关，或有着与屈原《离骚》等作相通的生命流离感怀，而被称为"悼骚体"或"拟骚体"。如贾谊（200BC—168BC）《吊屈原赋》、扬雄（53BC—18）《反离骚》；只要与屈原有关的都可称为"拟骚体"。
③ 冯小禄、张欢，《论汉代拟骚体的"龙蛇"人生哲学》，《船山学刊》2010年第3期。
④ 《昭明文选》作《吊屈原文》。萧统，《昭明文选》卷六十，台北：艺文印书馆1971年版，第848页。
⑤ 萧统，《昭明文选》，艺文印书馆1971年版，第849页。

鲸兮,固将制于蝼蚁。①

认为国君不重用我,远走他乡是顺理成章的选择。在《鵩鸟赋》中,贾谊意气不平地书写谗佞致使他贬谪长沙,提出了委心任运的处事态度:

> 乘流则逝兮,得坻则止。纵躯委命兮,不私与己。其生若浮兮,其死若休;澹乎若深泉之静,泛乎若不系之舟。不以生故自宝兮,养空而浮。②

陶潜《归去来辞》说:"曷不委心任去留?"乱世里,委心任运,已经是避祸的灵方了。

二、儒、道二家互为体用的龙蛇哲学

贾谊《惜誓》、《吊屈原赋》,最早提出就算神德圣人,也要以全身保命为基本处世原则,考虑时地,自珍自藏,否则即使是高飞九天的黄鹄、神龙、鸾凤,不世出的麒麟,横江湖的巨鱼(鱣鲸),也会为恶人、小人与凡俗世界所包围,而引来杀身之祸。③ 但第一个提出委心任运,委顺于外境变化思想的人,应该也是贾谊在《鵩鸟赋》中所提出的。④ 而且,这种思想已经形成当时的潮流。庄忌(？—？)《哀时命》,表达"宁幽隐以远祸兮,孰侵辱之可为?"⑤东方朔(前154—前93)《诫子书》已凝练出以"龙蛇"喻出处的综合表达:"圣人之道,一龙一蛇,形见神藏,与物变化。随时之宜,无有常家。"⑥从屈原高蹈,"其志洁,其行廉"、"推此志也,虽与日月争光可也"。⑦ 却投江以死,汉代拟骚体赋辞人逐步修正到处于污浊隐晦必须随时制宜,应世变化,明哲保身,应变无方,这是后来者(汉代拟骚体赋辞人)面对前驱诗人(屈原)行谊进行应世反思所产生的焦虑与修正,也避免重蹈前驱诗人(屈原)因自我拘执所产生的伤害与死亡,期待贬谪失意也能自遂其生,自适其适。尤

---

① 萧统,《昭明文选》,艺文印书馆1971年版,第849页。
② 萧统,《昭明文选》,艺文印书馆1971年版,第204页。
③ 洪兴祖,《楚辞补注》,长安出版社1984年版,第227－231页。
王逸对此篇作者有"疑不能明也"之说;洪兴祖引贾谊《吊屈原赋》有"所贵圣之神德兮,远浊世而自藏。使麒麟可系而羁兮,岂云异夫犬羊?"(按:《惜誓》正文作:"使麒麟可得羁而系兮,又何以异虖犬羊?"(同上,页231))(贾谊《吊屈原赋》):"凤凰翔于千仞兮,览德辉而下之。见细德之险征兮,遥曾击而去之。彼寻常之污渎兮,岂容吞舟之鱼?横江潭之鱣鲸兮,顾将制于蝼蚁。"与《惜誓》意义同。是知《惜誓》为贾谊作。
④ 白居易一再反复提出"委顺"思想。详下文。
⑤ 洪兴祖,《楚辞补注》,长安出版社1984年版,第265页。
⑥ 中华丛书编辑委员会编(高明总主编,林尹编),《两汉三国文汇·书牍》,中华丛书编辑委员会1960年版,第1851页。
⑦ 司马迁,《史记·屈原贾生列传》,艺文印书馆,卷八十四第1004页。

其是东方朔明确提出龙蛇能屈能伸来诫子,使汉人的龙蛇哲学观念更加明晰。

龙、蛇观念有儒、道两个来源。其一是源于儒家《易经·系辞·下》:"尺蠖之诎,以求信也;龙蛇之蛰,以存身也。精义入神,以致用也。"①孔颖达(574—648)《易经正义》曰:

> 尺蠖之诎,以求信者,覆明上往来相感,屈信相须,尺蠖之虫,初行必屈者;欲求其在后之信也。言信必须屈,屈以求信,是相须也。龙蛇之蛰,以存身者,言静以求动也,龙蛇初蛰,是静也,以此存身,是后动也,言动必因静也。静而得动,亦动静相须也。精义入神,以致用者,亦言先静而后动,此言人事之用,言圣人用精粹微妙入于神化寂然不动,乃能致其所用,精义入神,是先静也,以致用,是后动也,是动因静而来也。②

阴阳相须相成,伸必有屈在先,动必有静在前,龙蛇屈蛰是等动的时机,学会静中制动,动中以静观想己身行谊,是避祸全身的不二法门。

其二是道家。顺应自然与法天,是道家思的总纲。最明显的龙蛇屈蛰观念,应该是《庄子·山木》:

> 乘道德而浮游,则不然。无誉无訾,一龙一蛇。与时变化,而无肯专为。一上一下,以和为量。浮游乎万物之祖,物物而不物于物,则胡可得而累邪?此神农、黄帝之法则也。③

成玄英《疏》:"訾,毁也;龙,出也;蛇,处也。言道无材与不材,故毁誉之称都失也。"④"道",本身并无好坏,至人已臻体道的境界,故誉毁不动于心,可以如飞龙在天,炫人耳目,也可以如蛇蛰伏于隐晦阴暗之地,悄无声息,能屈能伸。陈鼓应注"一龙一蛇"为"意旨时而显现";注"一上一下":"即一进一退。"⑤体道之人能如此,则无往而不心安舒泰。屈伸相辅,动静相依,因顺自然,往来推移,汉人的龙蛇人生哲学,应该发萌于《易经·系辞·下》与《庄子·山木篇》,观白居易《动静交相养》赋、《求玄珠》赋、《君子不器》赋,诸篇皆以"动静合宜"为关捩,可知白居易遭逢江州贬后的人生哲学也脱胎于此,发展出放旷自适的"乐天"人生。

---

① 《易经》,孔颖达正义,《十三经注疏》,艺文印书馆,卷八第169页。
② 《易经》,孔颖达正义,《十三经注疏》,艺文印书馆,卷八第169页。
③ 陈鼓应注译,《庄子今注今译》,台湾商务印书馆2004年版,第517页。
④ 郭庆藩编,《庄子集释》,万卷楼图书公司1993年版,第668页。
⑤ 陈鼓应注译,《庄子今注今译》,台湾商务印书馆2004年版,第518-519页。

三、白居易人生哲学探究

白居易诗名显赫,以《长恨歌》、《琵琶行》享誉诗坛,历久不衰,赵翼(1727—1814)说:

> 香山诗名最著,及身已风行海内,李谪仙后一人而已。观其与元微之书云:"自长安至江西……"是古来诗人,及身得名,未有如是之速且广者。盖其得名,在《长恨歌》一篇。其事本易传,以易传之事,为绝妙之词,有声有情,可歌可泣,文人学士既叹为不可及,妇人女子亦喜闻而乐诵之。是以不胫而走,传遍天下。又有《琵琶行》一首助之。此即无全集,而二诗已自不朽,况又有三千八百四十首之工且多哉?①

赵翼说纵使白居易没有其他创作,只就《长恨歌》、《琵琶行》就可以永垂不朽;何况在白居易诗集中,处处都可以披金拾玉,体现诗人应世睿智的心迹历程。值得关注的是白居易《长恨歌》创作于三十五岁(806)未婚前,《戏题新栽蔷薇》:"移根异地莫憔悴,野外庭前一种春。少府无妻春寂寞,花开将尔当夫人。"②可证。元和七年,四十一岁的《大巧若拙》赋以"随物成器,巧在乎中"为韵,依次用,可以看出白居易这种龙蛇思想的进程:

> 巧之小者有为,可得而窥;巧之大者无迹,不可得而知。盖取之于《巽》,授之以《随》。动而有度,举必合规。故曰:"大巧若拙",其意在斯。尔乃抡材于山木,审气于轨物,将务乎心匠之忖度,不在乎手泽之剪拂。故为栋者,资其自天之端,为轮者,取其因地之屈。其公也,于物无情;其正也,依法有程。既游艺而功立,亦居肆而事成。大小存乎目击,材无所弃,取舍资乎指顾,物莫能争。然后任道弘用,随形制器,信无为而为,因所利而利。不凝滞于物,必简易于事。亦犹善从政者,物得其宜;能官人者,才适其位。嘉其尺度有则,绳墨无挠。工非刓剿,自得不矜之能;器靡雕镂,谁识无心之巧?众谓之拙,以其因物不改;我为之巧,以其成功不宰。不改,故物全;不宰,故功倍。遇以神也,郢人之术攸同;合乎道焉,老氏之言斯在。噫!舟车器异,杞梓材殊;冈在柄以凿,冈破圆为觚。必将考广狭以分寸,审刑方以规模。则物不能以长短隐,材不能以曲直诬。

---

① 赵翼,《瓯北诗话》,郭绍虞辑,《清诗话续编》,木铎出版社1983年版,第1174页。
② 白居易著,顾学颉点校,《白居易集》卷七,中华书局1999年版,第255页。

是谓心之术也,岂虑手之伤乎?且夫大盈若冲,大明若蒙,是以大巧,弃其末工。则知巧在乎不违天真,非劳形于本人之内;巧在乎无罔物情,非役神于棘刺之中。岂徒与般倕之辈,逞技而校功哉?①

巧,不在智力,而在不失天性;巧,不在漠视万物本性,劳神苦思于万难之中,而是顺适天性。因为这样,不明就里的外人总是认为存乎天性,尊重万物自然的人为"拙"。拙的人,不与天争功,不拘执于物欲,视无用为大用,学山木立道旁而无所用养天年,是谓"大巧"。世俗不明此理,栖栖遑遑以求有用,结果辱身丧命,或远贬异乡,是不知"拙"的妙用,等祸灾降临,已噬嗑莫及矣。

通篇都在老子大巧若拙与庄子无用之妙立论,尤其是《庄子·山木》篇思想的发挥,与《易·系辞·下》尺蠖之诎身与龙蛇之伏蛰,道理相通。原来白居易苦读应举得第,满心救济生民之病的初衷,不敌现实倾轧诬陷排挤罗织入罪,或是,远贬天涯之痛,白居易焦虑痛苦的灵魂转身往儒、道二家的尺蠖与龙蛇思想寻求安顿与解脱。

白居易服膺两个学说以构成他的人生哲学。其一是贾谊《鵩鸟赋》:"纵躯委命兮,不私与己。其生若浮兮,其死若休;澹乎若深泉之静,泛乎若不系之舟。不以生故自宝兮,养空而浮。"②有道家顺天委运之意,认为人们"应该把躯体完全委托给命运,任凭自然,内心修养要宁谧安定,最好涵养空虚之性以浮游于世上。这在旷达的精神世界之中,含有极度的感伤与深沉的悲哀。"③其二是东方朔《诫子书》:"圣人之道,一龙一蛇,形见神藏,与物变化。随时制宜,无有常家。"④白居易反复申论的动静屈伸隐晦得失互长哀乐相系的消息,几乎是东方朔龙蛇之喻的继承。

白居易委顺思想则是贾谊《鵩鸟赋》委心任运的体现。有人以为贾谊这种顺天委运思想是极度消极的,但朱熹(1130—1200)说贾谊《鵩鸟赋》这种委运是诳语:"谊以长沙卑湿,自恐寿不得长,故为赋以自广。太史公脤之,叹其同死生,轻去就,至为爽然自失。以今观之,凡谊所称,皆列御寇、庄周之常言,又为伤悼无聊之故,而借之以自诳者,夫岂真能原始返终,而得夫之朝闻夕死之实哉?"⑤顺天委运思想是很容易被看成消极态度的。

---

① 白居易著,顾学颉点校,《白居易集》卷三十八,中华书局1999年版,第871－872页。
② 萧统,《昭明文选》,艺文印书馆1971年版,第849页。
③ 汪耀明,《论贾谊辞赋》,《信阳师范学院学报》(哲学社会科学版),2011年第3期,第111－115页。
④ 中华丛书编辑委员会编(高明总主编,林尹编),《两汉三国文汇·书牍》,中华丛书编辑委员会1960年版,第1851页。
⑤ 朱熹,《楚辞集注》,蒋立甫校点,《朱子全书》,第十九册,卷八,上海古籍出版社2002年版,第169页。《鵩鸟赋》,《文选》作"鵩",朱熹《楚辞集注》作"服"。

罗大经(1198—1242)说白居易晚年(七十岁以后)委顺态度,是抱持着"颓惰废放之心",①但白居易在七十三岁(会昌四年甲子,844)还曾经"施家财,开龙门八节石滩,以利舟楫"。② 有《开龙门八节石滩诗二首并序》为证:

> 东都龙门潭之南,有八节滩、九峭石,船筏过此,例反破伤。舟人楫师,推挽束缚,大寒之月,裸跣水中,饥冻有声,闻于终夜。予尝有愿,力及则救之。会昌四年,有悲智僧道遇,适同发心,经营开凿,贫者出力,仁者施财。呜呼!从古有碍之险,未来无穷之苦,忽乎一旦尽除去之。兹吾所用适愿快心、拔苦施乐者耳;岂独以功德福报为意哉?因作二诗,刻题石上。以其地属寺,事因僧,故多引僧言见志。
>
> 铁凿金锤殷若雷,八滩九石剑棱摧。竹篙挂楫飞如剑,百筏千艘鱼贯来。振锡导师凭众力,挥金退傅施家财。他时相逐西方去,莫虑尘沙路不开。(其一)
>
> 七十三翁旦暮身,誓开险路作通津。夜舟过此无倾覆,朝胫从今免苦辛。十里叱滩变河汉,八寒阴狱化阳春。八寒地狱见《佛名》及《涅槃经》,故以八节滩为比。我身虽殁心长在,暗施慈悲与后人。③

若是消极不管世人,怎么会"楫师,推挽束缚,大寒之月,裸跣水中,饥冻有声,闻于终夜",夜晚听赤足于冻水中产生悲悯发愿救之,施家财,凿八节滩?证明委顺思想与关心百姓疾苦是两回事。

白居易《琵琶行》,写于贬谪江州的第二年(元和十一年,816)。自此以后,无复用世之志,后晋(936—947)刘昫(887—946)曾说白居易:"流落江湖四五年,几沦蛮瘴,自是宦情衰落,无意于出处。"④但早在元和之初,白居易已萌生退隐之想,赵翼说:

> 今以其诗考之,则退休之志,不惟不始于太和,并不始于元和,而元和之初,已早有此志。是时授拾遗,入翰林,年少气锐,本欲有以自见于世。故论王锷以赂谋宰相,论裴均不当违制进奉,论李师道不当掠美以私财代赎魏征宅,论吐突承璀不当以中使统兵,论元稹不当以中使谪官,皆侃侃不挠,冀以裨益时政。然

---

① 罗大经,《鹤林玉露》人集,卷3(总集卷13),正中书局1969年版。
② 顾学颉,《白居易年谱简编》,白居易,《白居易集》,中华书局1999年版,第1631页。
③ 白居易,《白居易集》卷三十七,中华书局1999年版,第845–846页。
④ 刘昫,《旧唐书·白居易传》,艺文印书馆,第2176页。

已为当事者侧目,始知仕途险艰,早有林下之想。观其在江州寄微之书:"昔与微之在朝,同蓄退休之心,迨今十年,沦落老大,追寻前约,且订后期。"可见同在禁近时,早有此约矣。①

赵翼对白居易的心迹剖白了如指掌,推出白居易退隐之心早在拾遗之时就已萌生,不必等到江州之贬才"顿生"出来。"元和之初,……授拾遗,入翰林",应是元和三年(三十七岁)。元和七年的《大巧若拙》赋,再进一步表现暧暧内含光思想。只是江州(今江西九江)、忠州时期才是白居易龙蛇思想明确地宣告出来。有人说白居易在贬江州之后,创作思想由积极讽喻为主转入闲适与感伤,这值得商榷。其实,白居易自步入仕途,作校书郎(贞元二十年,三十三岁)就作《早送举人入试》:

凤驾送举人,东方犹未明。自谓出太早,已有车马行。骑火高低影,街鼓参差声。可怜早朝者,相看意气生。日出尘埃飞,群动互营营。营营各何求?无非利与名。而我常晏起,虚住长安城。春深官又满,日有归山情。②

总而言之,白居易在三十三四岁就有归隐林泉之志,四十一岁《大巧若拙》赋已见出明显轮廓;江州之贬(四十五岁)期间,委顺与《动静交相养赋》《君子不器赋》《求玄珠赋》等龙蛇思想展现白居易放旷自适、避祸自足的人生哲学。

四、白居易人生哲学

唐宪宗元和十年(815),贬居江州,应该是白居易一生最难以磨灭的痛处,所以他时刻以此警惕自己,直到六十二三岁《浪淘沙六首之六》:

---

① 赵翼,《欧北诗话》,郭绍虞辑,《清诗话续编》,木铎出版社1983年版,第1185页。
瓯北说白居易在江州寄元稹书信,讲到在朝同蓄退休之心,其实是诗:《昔与微之在朝日,同蓄退休之心,迨今十年,沦落老大,追寻前约,且订后期》(白居易,《白居易集》卷七,第141页。)
王锷(703—815)以赂谋宰相(刘昫,《旧唐书·白居易传》,艺文印书馆,第2171页)、李师道(?—819)不当掠美以私财代赎魏征(580—643)宅(同前书,2171页)、吐突承璀(?—?)不当以中使统兵(2171)、元稹(779—831)不当以中使谪官(同前书,2170页)。

② 白居易,《白居易集》卷五,中华书局1999年版,第109页。
按:时白居易初入仕途,任校书郎(804—805),二十九岁及第,三十三至三十四岁任校书郎。

随波逐浪到天涯,迁客生还有几家?却到帝乡重富贵,请君莫忘浪淘沙!①

迁客不得生还,客死异乡,远的不说,先说阳城(736—805)。因为唐德宗(742—805)罢贤相陆贽(754—805)起用裴延龄(728—796)为相,谏议官阳城认为裴延龄奸佞不可为相,②忤逆德宗,阳城几乎被杀,贬道州(今湖南道县)刺史,死之。近的如顺宗永贞革新失败,参与者柳宗元(773—819)远贬永州十年,刘禹锡朗州十年,接着是牛李党争中李德裕贬死崖州(海南岛,849,白居易已死三年),③故白居易避免自己再遭贬谪之祸,时常谨记江州之贬的因由以自警。首先是获罪贬官之初,先涌上来的是一番自诫自诲辞:

乐天乐天,来与汝言:汝宜拳拳,终身行焉。物有万类,锢人如锁;事有万感,热人如火。万类俱来,锁汝形骸;使汝未老,形如枯柴。万感递至,火汝心怀;使汝未死,心化为灰。乐天乐天,可不大哀!汝胡不惩往而念来?人生百岁七十稀,设使与汝七十齐,汝今年已四十四,却后二十六年能几时?汝不思二十五六年来事?急速倏忽如一瞚。往日来日皆瞥然,胡为自苦于其间?乐天乐天,可不大哀!而今而后,汝宜饥而食,渴而饮,昼而兴,夜而寝。无浪喜,无忘忧;病则卧,死则休。此中是汝家,此中是汝乡。汝何舍此去,自取其遑遑?遑遑兮欲安往哉?乐天乐天归去来!④

这个《自诲》辞,从开头的"乐天乐天"自我召唤开始,发现生命像被枷锁禁锢着,被火烧烤着,是如此煎熬拘执着人,身未死而心已成灰,这真是最大的悲哀。以七十岁生命为

---

① 白居易,《白居易集》卷三十一,中华书局1999年版,第715页。
此诗在顾学颉《白居易年谱》(以下简称《年谱》)中没有明确标记出哪一年作。从邻近诗的线索也可以看出应该是六十岁以后作。如《送杨八处士赴常州》(卷三十一,第700页),《年谱》系于大和七年(833)62岁;《早春忆苏州寄梦得》《年谱》系于大和八年(834)63岁;《玩半开花,赠皇甫郎中八年寒食日,池东小楼上作》,第709页,已明确是大和八年(834)63岁,《年谱》也同;《家酿新熟,每尝辄醉,妻侄等劝令少饮,因成长句以谕之》:"六十三翁头雪白,假如醒黠欲何为?"诗记年岁,知此诗作于六十三岁。四十五岁被贬,直到六十二三岁还一再提及,可见伤痛之深。

② 欧阳修,《新唐书·裴延龄传》卷一六七,《列传》九十二,艺文印书馆,第1976页。
③ 李德裕贬死崖州(849)之悲,白居易(772—846)不及见也。
面对政治风暴卷起贬官江州的创伤,一直到五十八岁(太和三年己酉,829),洛下分司东都后,都潜藏在白居易脑海,《闲卧有所思二首之一》:"向夕搴帘卧枕琴,微凉入户起开襟。偶因清风明月夜,忽想迁臣逐客心。何处投荒初恐惧,谁人绕泽正悲吟? 始知洛下分司坐,一日安闲直万金。"(白居易:《白居易集》卷三十一,中华书局1999年版,第717页。)所以,白居易从忠州归长安之后,一直努力让自己不再蹈阳城(贬死)、柳宗元、刘禹锡(二人长贬十年)等人的覆辙。

④ 白居易著,顾学颉点校,《白居易集》,中华书局1999年版,第884页。

限,四十四岁被贬官江州,剩下二十五六年的光阴可过,白居易认为应该不忧不喜,安时处顺,才是生命最大的安乐之乡。对过去的栖栖遑遑,感到非常不智。饥食,渴饮,昼兴,夜寝。无喜,无忧;病卧,死休,①都是非常自然之事,白居易认为这才是生命最真实的现场。

接着是明确提出委顺哲学,就是他的"中隐"思想,②包括在四十三岁授太子左赞善大夫时《赠杓直》,③贬江州的《江州司马厅记》的吏隐,④《咏怀》:"知分心自足,委顺身常安。"⑤《达理》:"我无奈命何?委顺以待终。命无奈我何?方寸如虚空。"⑥心怀以委顺为人生第一要务;人生穷通之理以委顺来顺应。《无可奈何辞》也说:"是以达人,静则吻然与阴合迹,动则浩然与阳同波。委顺而已。"⑦量移忠州(四川忠县)更直接提出《委顺》:

山城虽荒芜,竹树有嘉色。郡俸诚不多,亦足充衣食。外累由心起,心宁累自息。尚欲忘家乡,谁能算官职?宜怀齐远近,委顺随南北。归去诚可怜,天涯住亦得。⑧

江州之后,又往忠州迁移,《种桃杏》说:"无论海角与天涯,大抵心安即是家。"⑨这种随顺心安的思想,力求在动静中安时处顺,都与两汉"拟骚体"辞人,面对屈原出处生死焦虑积淀的龙蛇思想有关。

对于白居易诗的系年比较明晰,反而对白居易赋的系年比较模糊。有关动静相宜的龙蛇思想,在白居易赋中有多篇呈现出来。虽然不能明确系年出在何时何地所作,但是,

---

① 这种口气很像贾谊《鵩鸟赋》说:"其生兮若浮,其死兮若休。澹乎若深渊之靓(静),泛(泛)乎若不系之舟。"萧统,《昭明文选》,艺文印书馆1971年版,第204页。

② 王康琚《反招隐》:"小隐隐陵薮,大隐隐朝市。"(李善注,《昭明文选》,艺文印书馆)卷二十二,第317页)。五十八岁以太子宾客分司东都后(白居易,《白居易集·授太子宾客归洛自此后东都作》卷二十二,第489页。从该诗小注,知《中隐》为白居易五十八岁时分司东都后作),白居易的"中隐"理论更形完备,《中隐》:"大隐入朝市,小隐入丘樊;丘樊太冷落,朝市太嚣喧。不如作中隐,隐在留司官。似出复似处,非忙亦非闲。不劳心与力,又免饥与寒。终岁无功事,随俸有月钱。君若好登临,城南有秋山。君若爱游荡,城东有春园。君若欲一醉,时出赴宾筵。洛中多君子,可以恣欢言。君若欲高卧,但自深掩关。亦无车马客,造次到门前。人生处一世,其道难两全:贱即苦冻馁,贵则多忧患。唯此中隐士,致身吉且安。穷通与丰约,正在四者间。"(白居易,《白居易集》卷二十二,第490页)

③ 白居易,《白居易集》卷六,中华书局1999年版,第125页。

④ 白居易,《白居易集》卷四十三,中华书局1999年版,第932页。

⑤ 白居易,《白居易集》卷七,中华书局1999年版,第145页。

⑥ 白居易,《白居易集》卷七,中华书局1999年版,第146页。

⑦ 白居易,《白居易集》卷三十九,中华书局1999年版,第883-884页。

⑧ 白居易,《白居易集》卷十一,中华书局1999年版,第221页。

⑨ 白居易,《白居易集》卷十八,中华书局1999年版,第383页。

在这些赋中,都提出动静相宜,才能过着知足保和、惬意自适的人生。首先是《动静交相养赋》:

> 居易常见今之立身行事者,有失于动,有失于静,斯由动静皆不得其时与理也。因述其所以然,用自儆导,命曰:《动静交相养赋》。
> 天地有常道,万物有常性,道不可以终静,济之以动;性不可以终动,济以发身,受诸《复》而知命。所以《庄子》曰:"智养恬。"《易》曰:"蒙养正。"吾观天文,其中有程:日明则月晦,日晦则月明。明晦交养,昼夜乃成。吾观岁功,其中有信:阳进则阴退,阳退则阴进,进退交养,寒暑乃顺。且躁者,本于静也。斯则躁为民,静为君,以民养君,教化之根,则动养静之道斯存。且有者,生于无也。斯则无为母,有为子,以母养子,生成之理,则静养动之理明矣。所以动之为用,在气为春,在鸟为飞,在舟为楫,在弩为机。不有动也,静将畴依?所以静之为用,在虫为蛰,在水为止,在门为键,在轮为柅。不有静也,动奚资始?则知动兮静所伏,静兮动所倚。吾何以知交养之然哉以此。有以见人之生于世,出处相济,必有待而行,非匏瓜不可以长系。人之善养其身,枉直相循,必有时而屈,故尺蠖不可以长伸。嗟夫!今之人,知动之可以成功,不知非其时,动必为凶。知静之可以立德,不知非其理,静亦为贼。大矣哉!动静之际,圣人其难之。先之则过时,后之则不及时,交养之间,不容毫厘。故老氏观妙,颜氏知几。噫!非二君子,吾谁与归?①

孔颖达的尺蠖之屈,龙蛇之蛰,动静相依之理,庄子的一龙一蛇,与时变化,而无肯专为。一上一下,以和为量,就是白居易《动静交相养赋》的源头。从日月阴晴圆缺,春、夏、秋、冬,有、无、动、静,互为依倚,成就一个宇宙祥和社会。独独有人,知动不知静,知进不知退,知伸不知屈,是以遍体鳞伤。若以当世党争倾轧观之,李德裕庶几近之(849 年贬死崖州)。

其次是《求玄珠赋以玄非智求珠以真得为韵》:

> 至乎哉!玄珠之为物也,渊渊绵绵,不知其然。存乎视听之表,生乎天地之先。其中有象,与道相全。求之者刳其心,俾损之又损;得之者反其性,乃玄之又玄。玄无音,听之则稀;珠无体,抟之则微。故以音而求之者妄,以体而求之者非。倏尔去焉,将杳冥而齐往,忽乎来矣,与杳象而同归。是以圣人

---

① 白居易,《白居易集》卷三十八,中华书局 1999 年版,第 861 – 862 页。

之求玄珠也,损明圣,薄仁义,索之唯艰,失之孔易。莫不以心忘心,以智去智。其难得也,剧乎剖巨蜯之胎,其难求也,甚乎待骊龙之睡。夫唯不曒不昧,至明至幽,必致之于驯致,岂求之于躁求?性失则遗,若合浦之徙去,心虚潜志,同夜光之暗投。斯乃动为道枢,静为心符,至光不耀,至真不渝。察之无形,谓其有而非有,应之有信,为其无而非无。故立喻比乎至宝,强名之为玄珠。名不徒尔,喻必有以。以不凝滞为圆,以无瑕疵为美。盖外明者,不若内明之理;纯白者,不若虚白之旨。藏于身不藏于川,在乎心不在乎水。然则显其学,保其真,虽无胫求之必臻,役其识,徇其惑,虽没齿求之不得。则知珠者,无形之形;玄者,无色之色。亦何必游赤水之上,造崑仑之侧?苟悟漆园之言,可臻玄珠之极。

完全以道家思想为旨归,游心于无我之乡,"斯乃动为道枢,静为心符,至光不耀,至真不渝"。也就是《动静交相养赋》里,动静相宜的翻版,意谓若能动静合宜,就能求得玄珠。何况人人身上皆有一颗玄珠,"藏于身不藏于川,在乎心不在乎水"。玄珠的求得,原来也在动静相宜中。只有一种人,能够动静相宜,求得玄珠,那就是大巧若拙、不违本真的人。

孔子(前551—前479)在《论语·为政》说:"君子不器。"朱熹注:"器者,各适其用,不能相通,体道之士无不具,故用无不周,非特为一才一艺而已。"[①] 不要像只作一种用途的器皿,要兼具多种才能,在变迁的社会才能适应生存,这是孔子"君子不器"的本义。但是,白居易却说君子行事要像水,器圆则圆,器方则方,流动不拘常格。倡言《易》尚随时,礼贵从宜。《君子不器赋》申明此理:

> 君子哉!道本生之,德唯天纵。抱乎不器之器,成乎有用之用。不器者,通理而黄中,有用者,致远而任重。盖由识包权变,理蕴通明,业非学至,器异琢成。审其时,有道舒而无道卷;慎其德,舍之藏而用之行。语其小,能立诚以修辞,论其大,能救物而济时。以之理身,则一身独善;以之从政,则庶几咸熙。既居家而必达,亦在邦而允釐。彼子贡虽贤,唯称瑚琏之器,彦辅信美,空标水镜之姿。是谓非求备者,又何以多之?岂如我顺乎通塞,含乎语默,何用不臧?何响不克?施之乃伊吕事业;蓄之则庄老道德。虽应物而不滞,终饰躬而有则。若止水之在器,任器方圆;如良工之用材,随材曲直。原夫根淳精于妙有,宅元合于虚受;内弘道而唯新,外济用而可久。彼斗筲之冥算,哂挈瓶之固守。何器

---

① 朱熹,《论语集注》,学海书局1989年版,第63-64页。

量之差殊？在性情之能不。岂不以神为玄枢？智为心符。全其神,则为而勿有;虚其心,则用当其无。故动与时合,静与道俱。时或用之,必开臧武之智;道不行也,则守甯子之愚。至乎哉！冥心无我,无可而无不可;应用不疲,无为而无不为。信大成而大受,非小惠而小知。故庶类曲从,则轮辕适用;若一隅偏执,则凿枘难施。是以《易》尚随时,礼贵从宜。盛矣哉！君子斯焉取斯。①

君子能够像水一般,随器物变形,关键在能够"动与时合,静与道俱",动静掌握分寸,拿捏得宜,自然成就人间大事;若不能用世,退居养志,也是一番修身事业。熟悉官场的人都知道政坛风云瞬息万变,无常规准绳可言,只有像水一般随器变形,与世推移,一进一退,都是玄机,那么,君子要像水,器圆则圆,器方则方,方圆无所定,唯器形(外在环境)是视。一进一退,就是尺蠖屈曲与龙腾飞跃;这意义是与委顺相通的;熟谙龙蛇进退的委顺之道,就是白居易江州之贬后未再如苏轼(1036—1101)贬江州,再贬惠州,三年后再贬儋州的生命哲学。

白居易《外集》还有《荷珠赋》,②根据顾学颉说白居易《外集》之作,似有存伪者,备考。虽然此赋说荷珠:"当圆则圆,得水之本性",大旨不脱龙蛇进退与君子不器的委顺之思,因置于《外集》,见疑处恐不少,故不论列。

五、白居易委顺思想的人生境界

思想,指导一种人生态度。专制政体中,祸福无端,有不虞之誉,更有求全之毁,没有体认到这一点,遇到灾难临头总是悲不自胜,贾谊谪长沙,有鵩鸟飞止于室内,因鵩为不祥之鸟,贾谊自认为其寿不永,日夜哭泣,为赋以吊屈原,遂三十三岁死长沙。在唐顺宗"永贞革新"失败中,柳宗元谪永州十年,将远窜蛮荒、旧友零落、穷困孤寂、有志难伸的满腔郁闷,写于《吊屈原文》;刘禹锡也谪朗州(今湖南常德)十年,同样也将屈原视为革命先驱烈士,《竹枝词》序中,特别写出走在屈原贬谪行吟的旧途:"昔屈原居沅湘间,其民迎神,词多鄙陋,乃为作《九歌》,到于今荆、湘鼓舞之。故余亦作《竹枝词》九篇。"基本上,刘禹锡、柳宗元对屈原的态度是相近的;③白居易则不然,他虽然也同情屈原的遭遇,但与刘、柳二人对屈原的态度是截然不同的,《咏怀》诗说:

---

① 白居易,《白居易集》卷三十八,中华书局1999年版,第876页。
② 白居易,《白居易集·外集下》,中华书局1999年版,第1556页。
顾学颉在《外集·附记》说:"然因唐人诗文,年代久远,作者传误颇多,一失一文而互见于不同作家集中者,往往有之,即如《南归小将》、《灵岩寺》、《宿张举院》、《宿诚禅师山房题赠》、《惜花》、《南池》、《宿池上》、《曲江》、《如梦令》,以及少数制、表等等,均分别另见于他人名下,恐非白氏之作。"
③ 胡可先,《中唐南贬诗人的屈原情结》,《陕西师范大学学报(哲学社会科学版)》,2008年第2期。

  自从委顺任浮沉,渐学年多功用深。面上减除忧喜色,胸中消尽是非心。妻儿不问唯耽酒,冠带皆慵只抱琴。长笑灵君不知命,江蓠丛畔苦悲吟。①

  笑屈原(字灵均)不能委之于命,顺之于命,故有江畔行吟之苦。《无可奈何辞》说:"委一顺以贯之,是以达人,静则吻然与心合迹,动则浩然与阳同波。"②这是最好的生活态度。对于屈原这样极端固执人格遭驱逐行吟泽畔的命运,白居易别无他说,只有"长笑"二字,笑屈原不能委顺天命,不知潜晦如蛇在阴暗处,不知静心沉潜修炼,等待有朝龙腾飞跃丽天。所以,面对屈原这样具有千古悲情的强有力前驱诗人,在时代不同,相同的贬谪命运下,白居易并不跟随他人与屈原同声一叹,他用汉骚体辞人苦思体会所得到的委顺与龙蛇哲学,在牛李党争之中,全身而退,晚年(六十八岁)远离长安的政争,居住洛阳,"闲适"地终老。这是白居易委顺与龙蛇智慧的强效发用。

  与苏轼(1036—1101)相比。苏轼一贬黄州,再贬惠州,三贬儋州(海南岛),虽北归常州才病死,但十二年的岭海谪居,加之暑热嗜酒,瘴毒病发,遂北归不及汴京(开封)而亡,这也是贬谪之变相杀人。苏轼常自说最爱白居易,但白居易的委顺与龙蛇哲学似乎没有教会苏轼,不要再为朝政而争的沉潜退让。为新法被贬黄州回来之后,司马光(1019—1086)为相,尽去王安石(1021—1086)新法之便民者,如青苗法,苏轼据理力争,又得罪旧党中的朔党;接着又与程颐(1033—1107)为哲宗是否该去为司马光(1019—1086)吊丧当面争执,苏轼当众说程颐(1033—1107)是臭水沟出来的叔孙通(? —?,汉制礼者),使程颐面红耳赤,得罪程颐为首的洛党。反对新法的旧党蜕变成朔、蜀、洛三党,洛、朔弟子结盟,因苏轼口舌之利罗织苏轼知制诰的制词,给苏轼戴上一个"讥斥先朝"的帽子,贬谪惠州,苏轼也不自辩,从此过起七年的岭、海谪居。很显然地,苏轼没有学会白居易的委顺与龙蛇人生态度。

  龙蛇哲学由《易经·系辞·下》与《庄子·山木篇》综衍而来,二者垂训,加诸贾谊《鹏鸟赋》的委心于命的思想,使白居易历经人生种种挫折时,慢慢记起圣贤明训,四十一岁仍在长安,便要做一个大巧若拙的人,接着是江州贬谪,《江州司马厅记》的司马为官哲学是不必忧生计也不是很宽裕;一连串的进退潜隐思想在江州、忠州《委顺》诗与赋显现出来,包括:《动静交相养赋》《求玄珠赋》《君子不器赋》等,这些赋中都有动静相依、阴阳相成的主题,凡此龙蛇动静潜隐飞腾种种之喻,都归诸白居易"委顺"观念,尤其蛇蛰伏幽潜,闷而无怨,欢喜以受,减去忧苦,这是最难得的处穷智慧,苏轼说贾谊"是亦不善处穷

---

① 白居易,《白居易集》卷十六,中华书局1999年版,第341页。
② 白居易,《白居易集》卷三十九,中华书局1999年版,第884页。

者也",①应该是贾谊无法忍受像蛇蛰伏幽潜地底晦暗无光失去光环寂寞的岁月。白居易应该是学会了,所以他自称是"达哉乐天"。

附录:白居易人生哲学的承继与实现

前　驱	思想根源	汉人蜕变与反思	白居易的体现
屈原自沉	一、《易经·系辞·下》:"尺蠖之诎,以求信也;龙蛇之蛰,以存身也。精义入神,以致用也。"	贾谊《鵩鸟赋》:"历相九州,不必怀守旧邦。"贾谊《鵩鸟赋》:乘流则逝兮,得坻则止。纵躯委命兮,不私与己。其生若浮兮,其死若休;澹乎若深泉之静,泛乎若不系之舟。不以生故自宝兮,养空而浮。"(委心于命运)	一、委心任运:《自海》辞、《江州司马厅记》、《咏怀》:"知分心自足,委顺身常安。"《达理》:"我无奈命何?委顺以待终。命无奈我何?方寸如虚空。"《无可奈何辞》:"是以达人,静则吻然与阴合迹,动则浩然与阳同波。委顺而已。"《委顺》: 山城虽荒芜,竹树有嘉色。郡俸诚不多,亦足充衣食。外累由心起,心宁累自息。尚欲忘家乡,谁能算官职?宜怀齐远近,委顺随南北。归去诚可怜,天涯住亦得。"
	二、《庄子·山木》篇:"一龙一蛇。与时变化,而无肯专为。一上一下,以和为量。"(龙蛇指动静进退)	东方朔《诫子书》:"圣人之道,一龙一蛇,形见神藏,与物变化。随时之宜,无有常家。"(龙蛇动静之说)	二、龙蛇、动静 《动静交相养赋》:"动静之际,圣人其难之。先之则过时,后之则不及时,交养之间,不容毫厘。" 《求玄珠赋》:"斯乃动为道枢,静为心符,至光不耀,至真不渝。" 《君子不器赋》:"智为心符。全其神,则为而勿有;虚其心,则用当其无。故动与时合,静与道俱。"

---

① 苏轼,孔凡礼点校,《苏轼文集》,中华书局2008年版,第105页。

"独依古寺种秋菊,要伴骚人餐落英"

——苏轼与屈、宋三题

湖北大学文学院　何新文　彭安湘

苏轼(1037—1101)卒后,其弟苏辙在所撰《亡兄子瞻端明墓志铭》中记述苏轼的读书过程说:"公之于文,得之于天,少与辙皆师先君。初好贾谊、陆贽书,论古今治乱,不为空言。既而读《庄子》,……后读释氏书,深悟实相,参之孔、老,博辩无碍,浩然不见其涯也。……至其遇事所为诗、骚、铭、记、书、檄、论、撰,率皆过人。……公诗本似李、杜,晚喜陶渊明,追和之者几遍"(《栾城后集》卷二二)。对前代思想、文化、文学遗产,无论是儒、道、释,还是李、杜、韩、柳,刘禹锡、白居易,他都广泛学习,兼包并蓄。但在古今诗人中,他最喜爱的仍然是陶渊明,他自己说:"吾于诗人,无所甚好,独好渊明之诗。渊明作诗不多,然其诗质而实绮,癯而实腴,自曹、刘、鲍、谢、李、杜诸人皆莫及也。……然吾于渊明,岂独好其诗也哉? 如其为人,实有感焉。"(苏辙《子瞻和陶渊明诗集引》)

而对于屈原这位伟大的爱国主义诗人及屈宋辞赋作品,苏轼也是十分热爱的。虽然由于有值得研究的原因,在苏轼丰富的诗文词赋及文史论著遗产中专门叙论屈原与楚辞的篇章不算太多,但是却贯穿了他自青春年少至垂暮晚年的一生,透过这些精心结撰的文字,读者仍然可以看出苏轼对屈原精神人格的景仰和楚辞优良传统的接受传承。

一

"屈原古壮士,就死意甚烈","屈原已死今千载,满船哀唱似当年":《屈原塔》诗、《竹枝歌》中的死亡主题

李泽厚说:"死亡构成屈原作品和思想最为'惊才绝艳'的头号主题","把屈原的艺术提升到无比深邃程度的正是这个死亡——自杀的人性主题","如果像庄子那样,'生死无变于己',就不能有这主题;如果像孔学那样,那么平静而抽象,也不会有这主题"①。

那么,如果像苏轼那样,那么理性达观,"用舍由时,行藏在我,袖手何妨闲处看"(《沁

---

① 李泽厚,《古典文学札记一则》,《文学评论》1986 年第 4 期,第 66、67 页。

园春》孤馆灯清),又会不会有这主题呢?

东坡十岁之时,应该还是一个天真烂漫的儿童。母亲程氏却教他读《后汉书·范滂传》:

> 范滂字孟博,汝南征羌人也。少厉清节,为州里所服,举孝廉,光禄四行。时冀州饥荒,盗贼群起,乃以滂为清诏使,案察之。滂登车揽辔,慨然有澄清天下之志。……后牢脩诬言钩党,滂坐系黄门北寺狱。狱吏谓曰:"凡坐系皆祭皋陶。"……滂乃慷慨仰天曰:"古之循善,自求多福;今之循善,身陷大戮。身死之日,愿埋滂于首阳山侧,上不负皇天,下不愧夷、齐。"甫愍然为之改容。乃得并解桎梏。滂后事释,南归……
>
> 建宁二年,遂大诛党人,诏下急捕滂等。督邮吴导至县,抱诏书,闭传舍,伏床而泣。滂闻之,曰:"必为我也。"即自诣狱。县令郭揖大惊,出解印绶,引与俱亡。曰:"天下大矣,子何为在此?"滂曰:"滂死则祸塞,何敢以罪累君,又令老母流离乎!"其母就与之诀。滂白母曰:"仲博孝敬,足以供养,滂从龙舒君归黄泉,存亡各得其所。惟大人割不忍之恩,勿增感戚。"母曰:"汝今得与李、杜齐名,死亦何恨!既有令名,复求寿考,可兼得乎?"滂跪受教,再拜而辞。顾谓其子曰:"吾欲使汝为恶,则恶不可为;使汝为善,则我不为恶。"行路闻之,莫不流涕。时年三十三。①

一位"慨然有澄清天下之志","激素行以耻威权、立廉尚以振贵势","幽深牢、破室族而不顾",不惧权势、不惧死亡的年仅33岁的壮士的故事,使小小年纪的苏轼感奋不已;同时,一个人生应该"怎样活着"和"如何死去"的严峻的生命主题,也过早地但却郑重实在地通过这位伟大母亲的讲述,而深深地留在天才少年苏轼的心里!于是,苏轼问母亲:"轼若为滂,夫人亦许之否乎?"母亲回答道:"汝能为滂,吾顾不能为滂母耶?"②

十多年后的宋仁宗嘉祐四年(1059),母亲已经过世。22岁的苏轼,在服母丧期满之后,和父亲苏洵、弟弟苏辙一道离开家乡再度赴京都开封。途经忠州(今重庆市忠县),看到这个与屈原平生行迹并没有关联的地方竟建有一座屈原塔,惊异之余便写下了一首题为《屈原塔》的五言古诗。其诗云:

楚人悲屈原,千载意未歇。精魂飘何处?父老空哽咽。

---

① 范晔撰,李贤等注,《后汉书》,中华书局1965年版,第2203—2208页。
② 苏辙,《栾城后集》卷二二:《亡兄子瞻端明墓志铭》。

> 至今沧江上,投饭救饥渴。遗风成竞渡,哀叫楚山裂。
> 屈原古壮士,就死意甚烈。世俗安得知,眷眷不忍决。
> 南宾旧属楚,山上有遗塔。应是奉佛人,恐子就沦灭。
> 此事虽无凭,此意固已切。古人谁不死,何必较考折。
> 名声实无穷,富贵亦暂热。大夫知此理,所以持死节。①

苏轼于诗题下注云:"在忠州,原不当有碑塔于此,意者后人追思,故为作之。"或许是与诗题有关,因为所谓"塔",原本就是供奉佛骨或保存僧人遗体的地方。这忠州屈原塔里,当然不会有屈原的遗体,但却一定是自投汨罗而死的屈原的亡魂可以安顿之所,是当地民众或"奉佛"人士追思屈原的精神寄托;或许是由于苏轼记忆里留存的范滂的英勇赴死而联想到屈原的湘江自沉。总之,苏轼笔下的《屈原塔》诗,所写的就是一个有关于屈原的"死亡主题"!

全诗可分为三段:开首八句,泛写千百年来楚人从未停歇的悼屈"遗风",人们在沧江上竞渡龙舟、投放粽子,呼唤亡灵,楚山楚水之间,到处回荡着楚人呼天喊地的哀哭之声!真可谓"楚人悲屈原,千载意未歇","屈原已死今千载,满船哀唱似当年";中间八句,具论忠州屈原塔的由来,当是三楚故地"奉佛人"为使屈原壮烈"就死"的事迹代代相传、永不沦灭而建;最后八句,作者赞叹屈原为坚持名节而死的价值意义,从而归结忠州人民修建屈原塔的深厚情谊:"此事虽无凭,此意固已切"。此诗,从"楚人悲屈原"之"死"起,至"所以持死节"结,一气贯注地叙写了"古人谁不死",而屈原"持死节"、"就死意甚烈"的"死亡主题",寄托了青年苏轼对屈子自沉的充分理解和高洁人格的无限景仰,预示着诗人未来不同凡俗的人生道路和高尚的操守志节。

苏轼兄弟在忠州时,还都创作有著名的《竹枝歌》。据宋人郭茂倩编辑《乐府诗集》记载:"《竹枝》本出于巴渝。唐贞元中,刘禹锡在沅湘,以俚歌鄙陋,乃依骚人《九歌》作《竹枝》新辞九章,教里中儿歌之,由是盛于贞元、元和之间。禹锡曰:'竹枝,巴歈也。巴儿联歌,吹短笛、击鼓以赴节。歌者扬袂睢舞,其音协黄钟羽。末如吴声,含思宛转,有淇、濮之艳焉'。"②刘禹锡在谪居巴山楚水之间,效屈原《九歌》,据民歌而改作九章新词,在轻扬缠绵的音调中,歌咏三峡风光或男女恋情,折射自己"置身"贬谪之地的生活环境和情感心态,对当时及后世的"竹枝"歌词操作创作均极有影响。其中如"杨柳青青江水平,闻郎江上唱歌声。东边日出西边雨,道是无情还有情";"山桃红花满上头,蜀江春水拍江流。花红易衰似郎意,水流无限似侬愁"等诗歌,至今传唱。

---

① 陈迩冬选注,《苏轼诗选》,人民文学出版社1984年版,第3-4页。
② 郭茂倩,《乐府诗集》卷八一"竹枝二十二首",中华书局1979年版,第140页。

但苏轼兄弟的《竹枝歌》,无论是内容和情调都有所不同。苏氏兄弟一变梦得"有淇、濮之艳"的诗风而发为幽怨之音。如苏辙之歌主要是叙写忠州人民生活的悲苦:"可怜楚人足悲诉,岁乐年丰尔何苦?钓鱼长江江水深,耕田种麦畏狼虎";而苏轼的九首《竹枝歌》,大都仍然是在悲悼屈原等楚人之死。试看其九章之诗曰:

苍梧山高湘水深,中原北望度千岑。帝子南游飘不返,惟有苍苍枫桂林。
枫叶萧萧桂叶碧,万里远来超莫及。乘龙上天去无踪,草木无情空寄泣。
水滨击鼓何喧阗,相将扣水求屈原。屈原已死今千载,满船哀唱似当年。
海滨长鲸径千尺,食人为粮安可入?招君不归海水深,海鱼岂解哀忠直?
吁嗟忠直死无人,可怜怀王西入秦。秦关已闭无归日,章华不复见车轮。
君王去时箫鼓咽,父老送君车轴折。千里逃归迷故乡,南公哀痛弹长铗。
三户亡秦信不虚,一朝兵起尽欢呼。当时项羽年最少,提剑本是耕田夫。
横行天下竟何事,弃马乌江马垂涕。项王已死无故人,首入汉庭身委地。
富贵荣华岂足多,至今惟有冢嵯峨。故国凄凉人事改,楚乡千古为悲歌。

从屈原、怀王、项羽之"死",苍山、湘水无情草木之"泣",到帝子南游、父老哽咽、南公哀痛,苏轼笔下的《竹枝歌》,不啻是一曲以屈原为代表的楚人坎坷历史的千古悲歌!诚如苏轼《竹枝歌叙》之诗人自道:"《竹枝歌》本楚声,幽怨恻怛,若有所深悲者。岂亦往者之所见有足怨者欤?夫伤二妃而哀屈原,思怀王而怜项羽,此亦楚人之意相传而然者。且其山川风俗鄙野勤苦之态,固已见于前人之作与今子由之诗。故特缘楚人畴昔之意,为一篇九章,以补其所未道者"。

二

"生既不能力争而强谏兮,死犹冀其感发而改行。苟宗国之颠覆兮,吾亦独何爱于久生":《屈原庙赋》论屈原之死

苏轼的《屈原庙赋》,清王文诰《苏文忠公诗编注集成·总案》,以及吴雪涛《苏文系年》、孔凡礼《苏轼年谱》、诸葛忆兵主编《中国文学编年》宋辽金卷等,均以为与其《屈原塔》诗一样,乃宋仁宗嘉祐四年(1059)与父亲苏洵、弟弟苏辙一道离家赴京途中所作,作者时年22岁。但是,近年新出版的曾枣庄先生等《宋代文学编年史》一书,据南宋郎晔《经进东坡文集事略》卷一《屈原庙赋》题下注引晁无咎(补之)语云:"《屈原庙赋》者,公之所作也。公之初仕京师,遭父丧而浮江归蜀也,过楚屈原之祠,为赋以吊。"因而改系为

宋英宗治平三年十二月(1066)所作①,苏轼应该是30岁。

曾枣庄先生此说一出,颇受学界好评,或认为"郎晔为宋人,晁补之是苏门四学士之一,其言自当更为可信"②。笔者一开始也以为如此,但是仔细想想,曾先生此说或许仍有不周之处:其一,此说尚属孤证,且晁补之《变离骚》之书已经散佚不全,《屈原庙赋》题下注所引之语并无法核实。例如,元祝尧《古赋辨体》卷八,并录苏东坡《屈原庙赋》与《赤壁赋》,祝尧在作者"苏东坡"题下的叙介文字中,已引"晁补之云"以评价《赤壁赋》,对于《屈原庙赋》的介绍却引朱熹"公自蜀而东道出屈原祠下尝为之赋"等语,而未征引上述郎晔注所谓晁无咎"遭父丧浮江归蜀、过楚屈原之祠为赋以吊"之说,而且,祝尧"苏子由"《屈原庙赋》题下也说"公尝与兄子瞻同出屈祠而并赋":据此可知,祝尧在晁补之、朱熹关于二苏《屈原庙赋》写作时间的问题上,是选择苏氏兄弟"自蜀而东道出屈原祠下尝为之赋"之说的③,此中缘由颇值得分析;其二,今见苏轼《屈原庙赋》开篇即说"浮扁舟以适楚兮,过屈原之遗宫",当是指他首次自蜀而东、浮江而下到达楚地。若是遭父丧后再从京城开封溯江而上再次造访楚地屈原庙,即所谓"浮江归蜀"的话,就不应当写成"浮扁舟以适楚兮,过屈原之遗宫",而是"浮扁舟以归蜀兮,又过屈原之遗宫"了。况且,同样是南宋时人的朱熹也在其《楚辞后语》之苏轼《服胡麻赋》题叙中明言苏轼"自蜀而东,道出屈原祠下,尝为之赋"④,而不是说"浮江归蜀"而为之赋;故此"遭父丧而浮江归蜀、过楚屈原之祠为赋以吊"之说似与今见《屈原庙赋》内容有所不合;再次,苏轼既"遭父丧而浮江归蜀",又再次造访楚地屈原之祠且为《屈原庙赋》,亦似与奔父丧的情事、情理有所矛盾。故要改系苏轼《屈原庙赋》的写作时间,尚需有进一步的论证。

东坡《屈原庙赋》曰:

> 浮扁舟以适楚兮,过屈原之遗宫。览江上之重山兮,曰惟子之故乡。伊昔放逐兮,渡江涛而南迁。去家千里兮,生无所归而死无以为坟。
>
> 悲夫!人固有一死兮,处死之为难。徘徊江上欲去而未决兮,俯千仞之惊湍。赋《怀沙》以自伤兮,嗟子独何以为心。忽终章之惨烈兮,逝将去此而沉吟。吾岂不能高举而远游兮,又岂不能退默而深居?独嗷嗷其怨慕兮,恐君臣之愈疏。生既不能力争而强谏兮,死犹冀其感发而改行。苟宗国之颠覆兮,吾亦独何爱于久生。托江神以告冤兮,冯夷教之以上诉。历九关而见帝兮,帝亦悲伤

---

① 曾枣庄、吴洪泽著,《宋代文学编年史》第一卷,凤凰出版社2012年版,第660页。
② 湛卢,《评曾枣庄、吴洪泽〈宋代文学编年史〉》,《文学评论》2011年第1期。
③ 参祝尧编,《古赋辨体》,载王冠辑《赋话广聚》第2册本,北京图书馆出版社2006年版,第434、444页。
④ 朱熹,《楚辞后语》,《楚辞补注》,上海古籍出版社1979年版,第300页。

而不能救。怀瑾佩兰而无所归兮,独悻乎中浦。峡山高兮崔嵬,故居废兮行人哀。子孙散兮安在,况复见兮高台。自子之逝今千载兮,世愈狭而难存。贤者畏讥而改度兮,随俗变化斫方以为圆。黾勉于乱世而不能去兮,又或为之臣佐。变丹青于玉莹兮,彼乃谓子为非智。惟高节之不可以企及兮,宜夫人之不吾与。违国去俗死而不顾兮,岂不足以免于后世。

呜呼!君子之道,岂必全兮。全身远害,亦或然兮。嗟子区区,独为其难兮。虽不适中,要以为贤兮。夫我何悲,子所安兮。①

屈原自沉汨罗之后,历代文人学士对屈子之死从各自角度提出了许多不同的看法。如汉初贾谊《吊屈原赋》中已有"凤飘飘其高逝兮,固自引而远去"的句子;而西汉赋家扬雄,既以为"赋莫深于《离骚》",又有"君子得时则大行,不得时则龙蛇,遇不遇命也,何必沉身哉"(《汉书·扬雄传》)的疑惑。他还在《法言·吾子》篇以"如玉如莹,爰变丹青"的比喻,提出了屈原是否"智"的问题;东汉班固的《离骚序》甚至说"屈原露才扬己",其"忿怼不容,沉江而死"有违中庸之道,亦非"明智"之举。而至被苏轼目为"南迁二友"②之一的唐代文学家柳宗元,则对屈原的慷慨赴死有不同的理解。如其《吊屈原文》云:

今夫世之议夫子兮,曰胡隐忍而怀斯?惟达人之卓轨兮,固僻陋之所疑。委故都以从利兮,吾知先生之不忍;立而视其覆坠兮,又非先生之所志。穷与达固不渝兮,夫唯服道以守义。矧先生之悃愊兮,蹈大故而不贰。③

所谓"大故",即大的变故,这里是指屈原之死;"悃愊",即至诚,如《汉书·刘向传》诏曰"河东太守(周)堪,发愤悃愊,信有忧国之心",颜师古注云"悃愊,至诚也"④。柳宗元批评世人责怪屈原自甘隐忍而决不离开楚国,热情赞颂屈原至死不渝的爱国至诚,宁愿自沉汨罗、慷慨赴死、"服道守义",也不忍立视故都毁弃与国家的覆亡,充分表达了对于屈原自沉的理解。

苏轼此赋,继柳宗元《吊屈原文》之后,而专以屈原之死立论。全赋以"人固有一死兮,处死之为难"的命题为中心,展开描写和议论。首段,叙述作者浮舟适楚,睹屈原庙而感叹其"生无所归而死无以为坟",从而提出屈原之死的问题,以领起全篇;接着,中间部

---

① 苏轼撰、孔凡礼点校,《苏轼文集》,中华书局1986年版,第2页。
② 祝尧,《古赋辨体》,王冠辑《赋话广聚》第2册本,北京图书馆出版社2006年版,第434、444页。
③ 柳宗元,《吊屈原文》,朱熹,《楚辞补注》,上海古籍出版社1979年版,第287页。
④ 班固撰,(唐)颜师古注,《汉书》第七册,中华书局1962年版,第1948、1949页。

分,以"人固有一死兮,处死之为难"为中心展开议论。在描写屈原赋《怀沙》之篇以明"知死不让","怀瑾佩兰"而逝将沉吟的痛苦抉择的同时,驳议扬雄、班固等人"变丹青于玉莹,彼乃谓子为非智",埋怨屈原不知明哲保身而自沉的责难之辞,从而肯定屈原之死是出于无法割舍的"宗国、君臣"之义:"苟宗国之颠覆兮,吾亦独何爱于久生"! 末尾一段,作者感叹,"君子之道,岂必全兮",扬雄等人主张的所谓"全身远害",也只是"亦或然兮",而屈原的沉江而死,是"独为其难",屈原之死"虽不适中",却"要以为贤",值得充分肯定和尊重! 在《屈原庙赋》中,"死"字先后出现了五次:"生无所归而死无以为坟","人固有一死兮,处死之为难","死犹冀其感发而改行","违国去俗而不顾兮":从而也一线贯穿于全赋,既凸显了苏轼此赋以屈原之死为主旨的用意,同时也升华和深化了屈原作品中那个"惊才绝艳"的死亡主题。

苏轼此赋,张扬了屈原以死谏君、以身殉国的社会意义,对当时"苏门四学士"中的晁补之及南宋洪兴祖的《楚辞》论述,以及朱熹评价屈原的"忠君爱国"之说,都产生了直接而重要的影响。如洪兴祖《楚辞补注·离骚后序》承苏轼此赋之论而言之曰:"屈原,楚同姓也。……同姓无可去之义,有死而已。……生不得力争而强谏,死犹冀其感发而改行,使百世之下,闻其风者,虽流放废弃,犹知爱其君,眷眷而不忘,臣子之义尽矣。非死为难,处死为难。屈原虽死,犹不死也"①。朱熹则在其苏轼《服胡麻赋》题序中说:"独公自蜀而东,道出屈原祠下,尝为之赋,以诋扬雄而申原志,然亦不专用楚语,其辑之乱乃曰'君子之道,岂必全兮。全身远害,亦或然兮。嗟子区区,独为其难兮。虽不适中,要以为贤兮。夫我何悲,子所安兮。'是为有发于原之心,而其词气亦若有冥会者"②。

宋代之后,元代祝尧编撰《古赋辨体》十卷。其正集八卷,自楚辞以至两汉、三国、六朝、唐、宋诸代,依时代先后顺序分为"楚辞体"、"两汉体"、"三国六朝体"、"唐体"、"宋体"等五体共收录历代辞赋85篇。其中,"宋体"部分选录宋祁、欧阳修、苏轼、苏辙、苏叔党、黄庭坚、秦观、张耒等8人赋15篇,苏氏兄弟的两篇《屈原庙赋》均被收录。祝尧评苏轼《屈原庙赋》,"中间描写(屈)原之心如亲见之,末意更高,真能发前人所未发"。然后又比较二苏之赋说:"大苏之赋,如危峰特立,有崭然之势,小苏之赋,如深溟不测,有渊然之光"③。可见他对苏轼《屈原庙赋》的思想艺术成就十分肯定。

三

"《离骚经》,虽与日月争光可也","追古屈原、宋玉,友其人于冥寞,续微学

---

① 洪兴祖撰,白化文等校点,《楚辞补注》,中华书局1983年版,第50页。
② 朱熹,《楚辞后语》,《楚辞补注》,上海古籍出版社1979年版,第300页。
③ 祝尧,《古赋辨体》,王冠辑,《赋话广聚》第2册本,北京图书馆出版社2006年版,第434、444页。

之将坠":苏轼文论推尊屈宋辞赋

屈原既死之后,自贾谊以至刘勰的整个汉魏六朝,屈原及其作品一直受到重视。但由隋及唐入宋,楚辞之学却渐趋衰微。北宋前期,虽然王禹偁、梅尧臣、蔡襄、王安石、沈括、王令、郭祥正等时有骚体辞赋之作,但苏轼仍以为楚辞已成将坠之"微学"而深感忧虑。因此,他一方面身体力行,创作《屈原庙赋》、《服胡麻赋》等骚体辞赋作品,亲自"手校《楚辞》十卷"[①];另一方面又发表有重视楚辞骚赋、呼唤屈骚传统的言论,表达其推尊屈宋辞赋的观念。

如中年的苏轼在写于元丰元年(1078)的《书鲜于子骏楚词后》中,就对屈宋辞赋及时人的拟骚赋给予了高度的评价和充分的肯定。其文云:

鲜于子骏作楚词《九诵》以示轼。轼读之,茫然而思,喟然而叹曰:嗟乎,此声之不作也久矣,虽欲作之,而听者谁乎?……好之而欲学者无其师,知之而欲传者无其徒,可不悲哉?今子骏独行吟坐思,寤寐于千载之上,追古屈原、宋玉,友其人于冥寞,续微学之将坠,可谓至矣![②]

鲜于子骏,名侁,阆州人,与苏轼友好而颇多诗文往来。苏轼此文,言辞情深意切,既为"此声不作",楚辞"欲学无师,欲传无徒"的状况伤感;更为眼前鲜于子骏楚词《九诵》的问世兴奋不已。苏轼许以"友其人于冥寞,续微学之将坠,可谓至矣"的高度赞誉。字里行间,溢满呼唤屈骚传统的深挚情感。

苏轼晚年(1100),在从海南岛北归途经广东清远时所写的《与谢民师推官书》中,借批评著名赋家扬雄晚年"独悔于赋"之说肯定屈原:

扬雄好为艰深之辞,以文浅易之说。若正言之,则人人知之矣。此正所谓"雕虫篆刻"者,其《太玄》、《法言》,皆是类也。而独悔于赋,何哉?终身雕篆,而独变其音节,便谓之"经",可乎?屈原作《离骚经》,盖《风》、《雅》之再变者,虽与日月争光可也。可以其似赋而谓之"雕虫"乎?使贾谊见孔子,升堂有余矣,而乃以赋鄙之,至与司马相如同科!雄之陋,如此比者甚众。可与知者道,难为俗人言也。[③]

---

① 陈振孙,《直斋书录解题·楚辞考异》,上海古籍出版社1987年版,第434页。
② 苏轼著,孔凡礼点校,《苏轼文集》,中华书局1986年版,第2057页。
③ 苏轼著,石声淮、唐玲玲选注,《苏轼文选》,上海古籍出版社1989年版,第331页。

在苏轼看来,辞赋本身虽有水准高下之分,但扬雄以所谓"雕虫篆刻"对辞赋全盘否定则是错误的,屈原、贾谊辞赋的崇高地位不容贬斥。他并承刘安、司马迁、刘勰"虽与日月争光"之评,充分肯定屈原《离骚》的伟大价值。

宋玉《高唐》《神女》《登徒子好色》诸赋,昭明《文选》收入"赋"类之"情"门。萧统在编辑这三篇赋时,将各赋的第一段均划分为"序",其后才是赋的正文。对这样一种被刘勰称为"序以建言"(《文心雕龙·诠赋》)的划分方式,古今学人和读者的态度,大致分为两派:主流的意见是接受认可,但仍然有少数持反对意见者。而最早提出这种不同看法的可能就是苏轼。

苏轼在元符二年(1099)所写《答刘沔都曹书》中说:

> 梁萧统集《文选》,世以为工。以轼观之,拙于文而陋于识者,莫统若也。宋玉赋《高唐》《神女》,其初略陈所梦之因,如"子虚"、"亡是公"相与问答,皆赋矣。而统谓之"叙",此与儿童之见何异"。①

苏轼认为宋玉《高唐赋》开篇"昔者楚襄王与宋玉游于云梦之台"至"玉曰唯唯"、《神女赋》开篇"楚襄王与宋玉游于云梦之浦"至"玉曰唯唯"的两大段文字,如同司马相如《子虚赋》开篇"子虚、亡是公、乌有先生"的一段问答一样,都是赋的正文,而不是序。

细察宋玉赋的结构内容,苏轼之说确有道理,故此说也颇有影响。如两宋之际,王观国在所著《学林》卷七"古赋序"条,即以"观国按"的形式指出,《文选》所载傅毅《舞赋》、宋玉《高唐赋》《神女赋》《登徒子好色赋》之"序",是《文选》各析其赋首一段为之,"四赋本皆无序,昭明太子因其赋皆有'唯唯'之文,遂误析为序也"②。清乾隆时学者章学诚(1738—1802)、王芑孙(1755—1817)亦不赞同《文选》的划分而与苏轼之说相近。如章学诚《文史通义·诗教》下云:"赋先于诗,骚别于赋。赋有问答发端,误为赋序,前人之议《文选》,犹其显然者"③。章氏"前人之议《文选》"云云,当即是指的苏轼此说。王芑孙《读赋卮言·序例》则更明确指出:"周赋未尝有序。宋玉赋之见《文选》者四篇,不载于《选》者一篇,皆无序。盖古赋自有散起之例,非真序也。《高唐》《神女》《登徒子好色》三篇,李善、五臣,皆题作序。汉傅武仲《舞赋》引宋玉《高唐》之事发端,亦题为序,其实皆非

---

① 苏轼著,石声淮、唐玲玲选注,《苏轼文选》,上海古籍出版社1989年版,第328页。
② 参阅何新文、苏瑞隆、彭安湘著,《中国赋论史》,人民出版社2012年4月版,第189页。
③ 章学诚著、叶瑛校注,《文史通义校注》,中华书局1985年版,第81页。

也"①。今人钱钟书先生《管锥编》,亦曾引东坡讥昭明《文选》"编次无法"之语,以证苏说之不误②。

而不满苏轼之说者,则可以清人何焯为代表。何焯评《文选·宋玉〈高唐赋〉》时,曾反驳苏轼道:"苏子瞻谓'自玉曰唯唯以前皆赋,而此谓之序,大可笑。按相如赋首有亡是公三人论难,岂亦赋耶?'是未悉古人之体制也。刘彦和云'既履端于唱序,亦归余于总乱,序以建言,首引情本,乱以理篇,迭致文契。'则是一篇之中,引端曰序,归余曰乱,犹人身中之耳目、手足各异其名。苏子则曰'莫非身也,是大可笑',得乎?"③而日人铃木虎雄《赋史大要》又折中苏、何二家之说,谓"以余观之,苏轼之说,亦有一理;何焯之说,亦有所未精。二人皆以混同我辈所谓序、乱与赋之首、尾,为斯论争者也,若明此区异,则议论自息矣"。④

关于辞赋作品的结构体制,古今学人颇多探索。在萧统《文选》之前,刘勰《文心雕龙·诠赋》已有"既履端于唱序,亦归余于总乱,序以建言,首引情本,乱以理篇,写送文势"的论述,当是分赋为"唱序、总乱"和正文三个部分。此后,元人陈绎曾《赋谱》则明确楚汉辞赋的体制段落为"起端、铺叙、结尾"三部分⑤,与萧统、刘勰的意见又稍有不同。进入近现代,最先有日人铃木虎雄论"赋之结构——形式",以为自成"首、中、尾"三部,但又有两种情况:一是"始有序、中间有本部、终有乱系重歌讯等";二是"序、乱"二者皆无,"即仅在赋之本部而自为三部者,即其首部、尾部用散文体,中间部用韵文体者"⑥。故铃木氏评苏轼、何焯论《高唐赋》是否有"序"之争,是因为二人混同了所谓"序、乱与赋之首、尾"的关系。

在当今选注、叙论宋玉《高唐》《神女》诸赋的众多赋选或文著之中,虽然依萧统《文选》之例而以各篇首段为《序》的仍然相当普遍,但与苏轼之说相同者依然有之。仅就笔者所见,如马积高先生《赋史》,认为《高唐》《神女》赋"是问答题的文赋",而称引《高唐赋》开篇"昔者楚襄王与宋玉游于云梦之台"至"玉曰唯唯"的一大段文字为"第一大段",并不称其为"序"⑦。曹明刚先生《赋学概论》更认为:"辞赋一般多由首、中、尾三个部分组成。其首部多用散文句式,中部则以大段韵文组成,尾部又用散句归结",宋玉《高唐》

---

① 王芑孙撰,《读赋卮言》,载王冠辑,《赋话广聚》,北京图书馆出版社2006年版,第3册本。
② 钱钟书,《管锥编》第三册,中华书局1979年第1版,第869页。
③ 何焯著,崔高维点校,《义门读书记》,中华书局1987年版,第882页。
④ [日]铃木虎雄,《赋史大要》,北京图书馆出版社2006年版,王冠辑,《赋话广聚》第6册本,第495页。
⑤ 参阅何新文、苏瑞隆、彭安湘著,《中国赋论史》,人民出版社2012年4月版,第225页。
⑥ [日]铃木虎雄,《赋史大要》,北京图书馆出版社2006年版,王冠辑,《赋话广聚》第6册本,第493页。
⑦ 马积高著,《赋史》,上海古籍出版社1987年版,第45页。

《神女》赋也是包括"散文首部、韵文中部、散文尾部"三部分,而不存在所谓"序"文。"现存辞赋有序者当推东汉班固的《两都赋》,其序于赋的散—韵—散三部分之前,更增加一段议论文字,说明赋体的起源、发展、作用和写作动机"。① 吴广平教授编注《宋玉集》,也持"宋玉赋本无序"的观点,故"本书不依《文选》之例将宋玉赋的散文开头部分称作序",而承日人铃木虎雄、曹明刚诸家,将宋玉《高唐》《神女》诸赋的结构分析为三,即"开头部分为散体"、"中间部分为韵文"和"结尾部分又为散体"②。

"世人喜神怪,论说惊幼稚。楚赋亦虚传,神仙安有是"(《巫山》);"慷慨因刘表,凄凉为屈原"(《荆州》);"独依古寺种秋菊,要伴骚人餐落英"(《次韵僧潜见赠》);"余生欲老海南村,帝遣巫阳招我魂"(《澄迈驿通潮阁》):无论是在苏诗、苏词,还是苏文、苏赋中,读者都不难看到这样包含屈原文化精神、传续楚辞艺术养分的文句,或叙论屈宋的篇章。但是,更集中地体现苏轼与屈原,苏轼诗文与楚辞、楚赋之关联的,或者还是本文上述之三题。因此,我们在参阅现有研究成果的基础上,草成此文,其中虽不乏我们自己的某些粗浅的体会和思考,但总体上仍然还是以一种编列资料文献的形式连缀成篇,个中的浅陋、讹误在所难免。请方家批评指教,以利日后的修改。

---

① 曹明纲著,《赋学概论》,上海古籍出版社1998年版,第69、74页。
② 吴广平编注,《宋玉集·前言》,岳麓书社2001年版,第35、16页。

影像屈原的建构与批评

湖南工业大学文学与新闻传播学院　刘伟生

引　言

　　文艺作品中的屈原形象,除了屈骚自我陈述外,后人所作诗文词赋及图画戏曲也屡有创建。以戏曲为例,自隋至清,代有佳作。据阿英①、赵景深②、姜亮夫③、崔富章④、徐扶明⑤、吴柏森⑥、王学秀⑦、郭维森⑧、齐晓枫⑨、俞樟华⑩、何光涛⑪等人考察与统计,元明清以屈原为主角或配角的戏曲作品即多达21种。以屈原及其作品为题材的绘画,自南北朝至清末,也代不乏人。近人郑振铎⑫、饶宗颐⑬、姜亮夫⑭、崔富章⑮等人多有著录,阿英⑯、李格非⑰、刘书妤⑱、陈池瑜⑲、张克锋⑳等还有专文论述。至于诗文词赋以屈原及屈

---

① 阿英,《屈原及其诗篇在美术上的反映》,《文艺报》1953年第10期。
② 赵景深,《关于屈原的戏曲》,《新民晚报》1963年6月14日。另见《中国戏曲丛谈》,齐鲁书社1986年版,第324页。
③ 姜亮夫,《楚辞书目五种》,中华书局1961年版。姜亮夫《楚辞书目五种补遗》,载《楚辞学论文集》,上海古籍出版社1984年版。
④
⑤ 徐扶明,《关于屈原的戏曲作品》,《湖北师范学院学报》1985年第3期。
⑥ 吴柏森,《我亦江边憔悴人——古代屈原戏曲鸟瞰》,《宜昌师专学报》1994年第2期。
⑦ 王学秀,《杂谈屈原戏》,《当代戏剧》1997年第2期。
⑧ 郭维森,《屈原评传》,南京大学出版社1998年版。
⑨ 齐晓枫,《明清戏曲中与屈原相关剧目考》,《辅仁国文学报》2005年第21期。
⑩ 俞樟华,《史记人物故事嬗变研究》,吉林人民出版社2008年版。
⑪ 何光涛,《元明清屈原戏考论》,四川师范大学博士论文,2012年。
⑫ 郑振铎,《楚辞图》,人民文学出版社1955年版。
⑬ 饶宗颐,《楚辞书录·图像第四》,香港苏记书庄1956年版。
⑭ 姜亮夫,《楚辞书目五种·楚辞图谱提要》,中华书局1961年版。
⑮ 崔富章,《楚辞书目五种续编》,上海古籍出版社1993年版。
⑯ 阿英,《屈原及其诗篇在美术上的反映》,《文艺报》1953年第10号。另见《阿英文集》,三联书店1981年版。
⑰ 李格非、李独奇,《以屈原为题材的古代绘画概述》,《云梦学刊》1992年第2期。
⑱ 刘书妤,《画魂与诗魂——屈原及相关艺术形象的文学与绘画演绎》,《中华文化画报》2006年第12期。
⑲ 陈池瑜,《张渥〈九歌图〉与神话形象》,《清华大学学报(哲学社会科学版)》2009年第4期。
⑳ 张克锋,《屈原及其作品在绘画创作中的接受》,《文学评论》2012年第1期。

骚为事典、语典的就更可谓浩如烟海了。现当代以屈原及其作品为题材的戏剧与绘画都有新的发展。1942年,郭沫若创作话剧《屈原》,并于重庆公演,曾经轰动一时。受其启发,传统戏曲剧种如秦腔、越剧、川剧、曲剧、京剧、粤剧、蒲剧、晋剧等相继将屈原形象搬上舞台。还有施光南作曲的歌剧《屈原》与吴双、潘伟行等执笔的话剧《春秋魂》,都曾在剧种形式或剧曲内涵上做出过可喜的尝试。更有盛和煜创作的湘剧《山鬼》,以荒诞的人物、奇特的情节与反常的手法成为反向创新的范本。绘画方面,著名画家徐悲鸿、张大千、傅抱石、程十发、蒋兆和、黄永玉、范曾、李少文等都曾构创以屈原或屈骚为题材的杰作。与传统文艺相比,现代媒介尤其影视是更为庞大而直观的形象"加工厂"。20世纪70年代,香港凤凰影业公司根据郭沫若同名话剧剧本改编有故事片《屈原》,新旧世纪之交,湖南电视台拍摄有20集长篇电视连续剧《屈原》。据报道,最近北京中视精彩影视文化有限公司正在筹拍由熊诚和莫夫的同名小说改编(据说编剧翁德林的大纲在公开悬赏500万元的应征稿件中拔得头筹)的40—50集的电视剧《屈原大传》。还有几种已播与待播的关于屈原的纪录片,都已为或将为屈原形象的现代建构注入新的质素。本文即拟以电影《屈原》、电视剧《屈原》、话剧《春秋魂》、湘剧《山鬼》等影响较大的当代戏剧影视作品为主要例证,参照古代屈原戏、话剧《屈原》及相关资料,从体类判别、史事处理、题旨定位、叙事技巧等方面探究影像屈原的建构与批评问题。

一、影像屈原的体类判定与史事处理

作为视觉性表述的屈原形象,虽不乏后来想象,却是曾经实存。换句话说,屈原形象先是历史的,然后才是文艺的。所以影像屈原的建构首先便面临着体类判定与史事处理的问题。

(一)影像屈原的体类判定

对戏剧影视作品进行分类,角度不同,结果不一。以戏剧为例,或按冲突的性质及效果分为悲剧、喜剧、悲喜剧,或按表现形式分为话剧、歌剧、舞剧、哑剧、戏曲,或按容量大小分为独幕剧、多幕剧、小品,或按题材内容分为神话剧、传奇剧、历史剧、社会剧、家庭剧、科幻剧等等。其间还可以有许多细分与交叉,并因时演变。影视略同。古代屈原戏以杂剧、传奇居多,现代屈原戏则既有话剧、歌剧,也有不同种类的戏曲及影视作品。受郭沫若话剧《屈原》影响,现代屈原戏及影视作品多为历史剧、悲剧,罕见戏说、穿越之类的娱乐喜剧,虽然也有湘剧《山鬼》这样的"荒诞史剧"、"非历史的历史剧"[①]。倒是古代屈原戏多为升仙道化之类的题材构造,明末清初丁耀亢杂剧《化人游》,郑瑜杂剧《汨罗

---

① 王雄,《屈原:一个历史原型的艺术变迁》,《戏剧艺术》1998年第1期。

江》,清代前期张坚传奇《怀沙记》,乾隆年间楚客杂剧《离骚影》、月令承应戏《正则成仙》《渔家言乐》,咸丰、道光年间周乐清杂剧《纫兰佩》,晚清胡盍朋传奇《汨罗沙》等等,莫不写屈原死后升仙或复活之事。如丁耀亢杂剧《化人游》第五出写何皋在鱼腹国中修道,由鱼骨大王所派鱼肠剑士引见已入鱼腹国千年之久的屈原,两人共赋《离骚》《九章》,并见南海所贡大橘中两老人言谈对弈。情节荒诞离奇,又服从全剧道化度脱的布局,当然也不影响作者"借荒诞的情节揭露现实的腐败,表现自己的愤世之情"①。可见屈原戏也可以有多种体类与构思。

不过以屈原本人的事迹与历代接受情况及当今时世的精神需求来看,影像屈原体类建构的主流目标应该是正格的历史剧、是悲壮浓烈的精神文化史诗。学者们通常认为:真正的历史剧是"在真实的历史事件和历史人物的艺术表现的基础上,发展历史的精神,寻求古今之汇通,具有一定史事性的戏剧"②;真正严肃的历史题材创作,"更重要的目的是企图在满足人们打捞历史、窥探历史隐秘的欲望的同时,以古为镜,知古鉴今,来为现实社会提供一种精神支撑和价值理想"③;"现在这个荧屏上有太多世俗的或者说功利的人物,而且为了各种各样的利益钩心斗角,甚至是各种阴谋,看多了真的是很累也感觉很脏。像屈原这种真正才华横溢,真正身怀理想的执着,甚至说这种崇高的力量,或者说价值观现在太少了。"(颜慧(文艺报新闻部))④所以它应在尊重历史事实的基础上,凸显历史精神、认清民族立场、张扬文化价值、提升哲学内涵、营造诗意氛围。而这重大的使命最好能通过最具感染力的悲剧来实现。

(二)影像屈原的史事处理

历史剧内在关联着历史精神,外在关联着历史事实。不管是否为正格的历史剧,只要是表现屈原,就要勘定与屈原个人及时代相关的史料。但屈原一向孤高特立、不合时宜,被统治集团视为异类,也不为正统史官所青睐,有关他的生平事迹疑点很多,而高度生活化、形象化的戏剧影视又离不开细节的支撑,并需与时代大背景发生必要的关联。这势必为影像屈原的史事处理增加难度,当然也会提供更多可以发挥的空间。所以总的原则应该是在遵遁学界定论与内在逻辑的基础上,通过还原历史与适度虚构来建造屈原形象。事实上,现当代多数屈原形象创作者与评论家们都是遵循这一原则的。郭沫若以"失事求似"的方式创作话剧《屈原》,给后来者以重要启示。电视剧《屈原》也利用屈原史迹及阐释所留下的表现空间,因人生事,"对已然逝去的历史人物和历史情境进行大胆

---

① 石玲,《蛇神牛鬼 发其问天游仙之梦——〈化人游〉初探》,《山东师范大学学报(社会科学版)》1990年第3期。
② 吴玉杰,《新历史主义与历史剧的艺术建构》,中国社会科学出版社2005年版。
③ 吴卫华,《电视剧〈屈原〉的当代意识》,《三峡文化研究丛刊》2002年第4期。
④ 杨娟,《〈屈原大传〉作品研讨会综述》,《文艺理论与批评》2012年第5期。

的假定和建构,塑造出一个富有审美价值、血肉丰满的屈原形象"①。在《屈原大传》改编前的研讨会上,李准对这部作品为实现历史品格和文学优势的互补共赢所做的努力进行了五方面的肯定:"其一,坚持以《史记》和《战国策》的记载为主要历史依据。……其二,对史料中的模糊、相互矛盾处,作者作出言之有理的辨析。其三,参阅屈原诗歌中有关他生平的信息,采用《楚史》《国王上下八百年》等二三手史料的某些提法以及野史中的个别提法,通过合理想象写出了青年屈原经殿试当上文学侍郎等情节。……其四,按照人物性格逻辑的可能性,虚构出了屈原南台题匾等情节……其五,生动描写了屈原《橘颂》、《东皇太一》《云中君》《离骚》《招魂》《哀郢》《怀沙》等名篇的吟诵与歌舞,描写了山野水乡的民歌对唱……发挥文学的功能和优势。"②可见有了自觉意识的创作者与批评家们都在努力地朝着这样的目标前行。

相较而言,历史氛围的营造、历史精神的把握、历史文化批判的践行要难得多。战国时代,诸侯混战、百家争鸣,无论政治、经济、文化都发生了前所未有的急剧变更,屈原与楚国身处其中,必然与他国他人发生很多关系,历朝历代的接受者们也渴望了解这些关系。但史籍所载的屈原与他国的交往不多,偏居南方的楚国也不算当时中心,所以影像屈原构建中战国历史文化背景的展示是有相当难度的。方铭先生为纪录片《屈原》拍摄把脉时提到要注意处理十大关系,其中包括"屈原和春秋战国时期其他圣贤的关系","战国时代与春秋及春秋前社会以及秦以后社会的关系","楚国与其他国家的关系","中原文化与楚文化的关系","湖北湖南与战国时期楚国其他地方的关系"。③但这样的建议于戏剧影视同样适用,只是实际操作起来难度会更大。话剧及电影《屈原》因篇幅的限制很少涉及时代大背景。电视剧《屈原》从人物关联、情节构思、背景渗透等方面作出了一些努力:构造了孟子、田文、庄子等名流形象,展示了稷下学宫百家争鸣的盛况,提及秦国的郡县制与商鞅变法等问题;这些努力既能给人以直观亲切的感受,又能助人思索更为深广的文化问题。当然,这样的努力没有止境,新出的长篇小说《屈原大传》所受的批评几乎都涉及时代大背景表现不够的问题。李准说:"与宏大的篇幅相比,对屈原所处的战国历史大格局及楚国面临多种复杂矛盾的历史与现实的描绘还不够完整与有力。"④雷达说:"作品虽然写得很不错,但是在展开战国时期的广阔复杂、血雨腥风的场景(方面)还

---

① 吴卫华,《试论电视剧〈屈原〉的审美意识》,《中南民族大学学报(人文社会科学版)》2003年第3期。

② 杨娟,《〈屈原大传〉作品研讨会综述》,《文艺理论与批评》2012年第5期。

③ 方铭,《认识屈原和表现屈原需要注意的一些问题——对大型人文纪录片〈屈原〉拍摄的几点意见》,《职大学报》2012年第4期。

④ 杨娟,《〈屈原大传〉作品研讨会综述》,《文艺理论与批评》2012年第5期。

不够……屈原的历史与当时的历史、变革是紧密联系在一起的,他不是一个孤立的行为。"①丁振海认为:"小说对于屈原所处战国末期的时代大背景的表现还不够充分、深入,人物和环境的历史氛围还不够真切浓郁。"②

历史氛围的营造是由具体人物与情节的设置来完成的,但它既源于历史事实,也受创作者历史意识的影响。自觉而健康的历史意识有利于创作者正确而快捷地了解历史规律,把握历史精神,进而通过人物塑造、情节设置来营造历史氛围。吴卫华提到电视剧《屈原》的人物、情节与历史氛围、历史精神关系问题时说:"列国争雄和时代风云的急遽变幻,诸子、策士特别是纵横家的活动便构成了电视剧《屈原》的真实的历史精神和历史氛围的主要生活内容。电视剧始终将故事情节的敷衍、人物形象的塑造、戏剧情境的设置与这种精神和氛围有机地协调统一起来,使作品达到高度的艺术真实从而逼近历史的真实。而这恰恰正是许多历史题材的影视剧企图达到而又未能达到的高度。"③吴卫华也特别提到历史意识的问题,他认为:"历史意识是一种跨越时空审视历史的思维观念和方法,它在丰富的历史知识和对复杂历史材料进行分析、综合、抽象和概括能力的基础上,把一切事物看成是过去、现在、未来的历史长河中的一部分,根据历史的发展规律来理解历史、观察现实、展望未来。"④从时间上看,历史意识关乎历史情境与社会现实以及它们之间漫长的演变过程。从空间上看,历史意识的贯彻既包括历史事实的判别,也包括历史规律的提炼,并将由此确立的历史精神与历史文化批判植入到历史剧的具体情境氛围中。究天人之际、通古今之变,真正的历史对象其实就是种种关系,历史研究如此,文艺创作亦如此。所以方铭先生关于纪录片《屈原》要处理好的十大关系中,也包括"真实的屈原和文化传承中屈原形象的关系,历史与现实的关系"⑤。只是在实际的创作与批评中,往往会发生一些偏差,产生所谓"功利主义史剧观"或"泥古主义史剧观"。所以白马客(姚小鸥先生)在方铭先生(桐川先生)博客里留言:"屈原是历史中存在过的真实的人,同时也是经过历代不断诠释过的文化符号,我们既要还原历史中的屈原,也要注意后代人对屈原的诠释;既要注意对屈原正面的诠释,也要注意批评者的文化立场。"⑥

文化立场影响到历史文化的反思与批评,当然也影响到价值观念的重构。具体来

---

① 杨娟,《〈屈原大传〉作品研讨会综述》,《文艺理论与批评》2012 年第 5 期。
② 杨娟,《〈屈原大传〉作品研讨会综述》,《文艺理论与批评》2012 年第 5 期。
③ 吴卫华,《试论电视剧〈屈原〉的审美意识》,《中南民族大学学报(人文社会科学版)》2003 年第 3 期。
④ 吴卫华,《历史叙事与历史意识——电视连续剧〈屈原〉谫议》,《云梦学刊》2006 年第 5 期。
⑤ 方铭,《认识屈原和表现屈原需要注意的一些问题——对大型人文纪录片〈屈原〉拍摄的几点意见》,《职大学报》2012 年第 4 期。
⑥ 方铭,《关于大型人文纪录片〈屈原〉拍摄的几点意见》,http://blog.sina.com.cn/s/blog_4421ef180100w4x8.html。

说,它会影响到影像屈原建构过程中对历史深度与广度的观照,对历史现象背后深层的文化意蕴、民族心理与价值观念的感悟与体验,可以为主题的宏观定位、叙事的具体操作提供指针。

二、影像屈原的题旨定位

(一)屈原理解角度及探究层面

对屈原的理解因人而异,因时而变,也与角度有关,并涉及不同层面。

两汉一统,君主专权,国家形态与政治体制发生了根本变化,士人阶层不再具有独立的生存空间,所以对屈原为一方诸侯竭忠尽职而又露才扬己、责数君王的行为颇多责议。或不解其不忍去国,或否定其投江自尽,或非议其独异个性。

唐承汉风,除了少数贬谪士人的引类共鸣,多半对屈原的处世方式持否定态度,大概盛世不喜桀骜之臣。段成式《酉阳杂俎·续集》卷四曾载:

> 相传玄宗尝令左右提优人黄幡绰入池水中,复出,幡绰曰:"向见屈原笑臣,尔遭逢圣明,何尔至此?"据《朝野佥载》:散乐高崔嵬善弄痴,大帝令没首水底。少顷,出而大笑,上问之,云:"臣见屈原,谓臣云:'我遇楚怀无道,汝何事亦来耶?'帝不觉惊起,赐物百段。①

屈原命运的悲惨恰为君王无道的证明,所以成了优人箴讽时政的戏料。按程世和先生的说法,"唐人以反屈原作为改革诗风的一大前提,也表现出了唐人的某些精神缺失",与屈原相较,唐人缺少"充满天地间的辽阔呼告与追问",缺少"来自生命底处的伟大搏斗"与"创造鸿篇巨制的艺术勇力",甚至屈原以外的整个中国诗史,都缺少一种"敢于直面生死、敢于向着未知世界勇猛叩击的'天问'精神"。②

历经宋元明清乃至近现代异族的入侵与暴政的蹂躏,屈原的爱国精神与独立品格在不少国人的妥协、圆通与狡黠的蜕变中愈加可贵而又显耀。他成了抵抗外侮的旗帜、痛斥奸邪的榜样,当然也可以成为批判现实的动力、探寻理想的先驱。

因时之变除了受时代政治、经济、文化氛围的影响外,也受接受者身份、地位、个性、观念乃至所在地域制约,当然也与我们考察的角度有关。在二千多年的屈原解读史上,无论其政治举措、文学成就、思想路线,还是地域特质与个性品格尤其爱国精神,都曾成为专门的考察对象,也都存在着分歧与争议。

---

① 段成式,方南生点校,《酉阳杂俎·续集》卷四《贬误》,中华书局1981年版,第233页。
② 程世和,《"屈原困境"与中国士人的精神难题》,《中国文学研究》2005年第1期。

其实只要我们以发展的眼光和辩证的方法来对待历史,屈原就会为成为中华文化乃至世界文明取之不竭的源泉。

比如爱国,可以有不同层面不同范围,可以成为不断迁移的久远传统。我们欣喜地看到,学者们对屈原的爱国问题既作了大胆的质疑,也作了深刻的剖析,并部分地运用到了影像屈原的建构上来。

董楚平先生从屈原自身寻找爱国质素,认为屈原不愿出走一是因为乡国之情太深,二是因为要坚持人格的完美。① 张正明先生在爱国的内涵与外延上找依据,提出周人所爱之国实有"乡国"、"君国"与"祖国"三种,屈原爱国思想的历史特点为:爱乡国、爱君国与爱祖国的统一;爱国与恤民的统一;爱国与董道的统一。② 罗敏中先生依文化背景的不同为爱国模式作区分,认为春秋战国时期存在以孔子为代表的"去国爱国"和屈原为代表的"不去国爱国"两种不同的爱国行为和爱国模式。③ 赵沛霖先生以发展的眼光谈爱国,提出中国历史上爱国主义和爱国精神有三种形态:产生于近代历史上中华民族与西方列强侵略者斗争中的爱国精神;产生于封建时代的中华民族各民族之间斗争中的爱国精神;产生于奴隶制时代的中华民族各氏族集团之间斗争中的爱国精神。这三种爱国精神,产生于不同的历史发展阶段,具有不同的特点与内容,并在纵向上形成了明显的发展系列。④ 郭维森先生就时代论屈原的爱国精神,认为战国时代反复无常的策士虽造成了爱国过时的假象,但在七国一统的过程中,爱其本国还是一些志士仁人的行为准则,平民的卫国意识和爱国观念也相当强烈。⑤ 郭建勋师从接受的角度论屈原的爱国精神,认为屈原的爱国精神是一个经由后人不断扩张与提升而渐次生成的过程,并指出这一精神在经由历次外患后已然融入中华民族的"文化——心理"结构,极大地影响着人们的精神状态和行为方式。⑥ 罗漫先生综论屈原爱国的当前性、个性体、进步性、自卫性及其久远意义,特别提到屈原所在的战国时代"天下"不存,诸侯"国"立的实际与统一进程和统一结局中的爱国行为都属进步行为的观点。⑦ 周建忠先生以专文形式对屈原"爱国主义"研究

---

① 董楚平,《从屈原之死谈到他的爱国、人格、气质——屈原个性研究》,《中国社会科学》1989年第1期。

② 张正明,《屈原爱国思想试析》,《江汉论坛》1986年第3期。

③ 罗敏中,《春秋战国时代爱国的两种模式与屈原的爱国主义》,中国屈原学会第八届年会论文,2000年,北京。

④ 赵沛霖,《屈赋研究论衡》,天津教育出版社1993年版,第一部分《生平研究》第六章《关于屈原的爱国精神》。

⑤ 郭维森,《屈原评传》,南京大学出版社1999年版,第五章《屈原作品的思想意义与审美追求》第六节《爱国思想的时代内容》。

⑥ 郭建勋,《从"恋乡"到"爱国"》,《光明日报·文学遗产》2004年11月24日。

⑦ 罗漫,《屈原自卫型爱国精神的现代价值与世界意义——新解二十世纪屈原批评的一个理论难题》,《屈原研究论集》,湖北美术出版社1999年版。

问题进行了梳理。在肯定各家合理观点的同时,认为:战国时代社会意识形态的复杂并不妨碍我们对屈原爱国思想的发掘与肯定;屈原以实际行动强化了"热爱父母之邦"这一美好情操,对我们民族"最深厚的感情"——"爱国主义"的形成,具有无法估量的实践意义与理论价值。周先生还分析说:"困扰我们对屈原爱国主义作冷静、理智研究的因素,主要有'楚国视野'与'秦国视野'的不同(空间距离)、'历史意识'与'当代观念'的差别(时间距离)。"①笔者注意到,电视剧《屈原》也借孟子之口提出并解释了君国、乡国、祖国的概念。剧中的孟子说:"忠于君王那是爱君国,热恋乡土就是爱乡国,九州大地都是炎黄子孙,无论哪一国都是自己的祖国,只有以天下为知己,像苏秦那样兼六国宰相,那才是爱祖国呀。"电视剧中多次在孟子面前雄辩滔滔的屈原这次并未以什么高深的理论与高昂的气势来辩驳孟子,而是平心静气、质朴诚恳地坦言虽然齐楚燕韩赵魏秦都是自己的祖国,但出于养育与知遇之恩他更热爱自己的乡国、更该效忠于自己的君国,然后这种态度让齐王也感叹:楚国有幸、楚王有幸。

(二)屈原形象定位及悲剧意蕴

1. 形象定位

戏剧影视作品中屈原形象的定位及整个作品意蕴的表现也存在着角度与层面的问题,并影响及于主人公性格及具体言行的构造。

从身份、职业、性格、思想、人格、精神、影响等种种角度出发,影像屈原的构建者与评论家家们给屈原作过"道德家"、"殉道者"、"政治家"、"改革家"、"诗人"、"诗歌泰斗"、"狂狷之士"、"爱国者"、"爱民者"、"贵族"、"哲人"、"思想家"、"爱的追寻者"、"人道主义者"、"先知者"、"理想主义者"乃至"伪君子"、"糊涂虫"等种种形象定位。

同一部话剧《春秋魂》,有人将它坐实为"两千年前一场法制改革的记录",说它"记载了改革者与反改革者的势不两立和残酷斗争";②有人特别强调屈原的思想、精神、人格的价值,说它是"传统文化的精髓,人文精神的精髓,中国知识精英的生命意义、生存价值、人格精神的精髓"③;更多的人两者兼顾:或认为在《春秋魂》中,屈原主要是作为一个"爱国的政治改革家和伟大的人道主义者"④的形象出现的;或认为《春秋魂》中的屈原最初是以一个"改革者"的形象,最后是以一个"中国天字第一号的理想主义者"的形象留在我们心中的⑤。

---

① 周建忠,《屈原"爱国主义"研究的历史审视》,《中国楚辞学》第一辑,学苑出版社2002年版,第16页。
② 刘傅燕,《浅议〈春秋魂〉的"旧题出新意"》,《南方论刊》2000年第2期。
③ 廖全京,《选择的痛苦与阐释的艰难——话剧〈春秋魂〉漫论》,《四川戏剧》1996年第1期。
④ 王雄,《屈原:一个历史原型的艺术变迁》,《戏剧艺术》1998年第1期。
⑤ 童道明,《新的屈原——看〈春秋魂〉》,《广东艺术》1995年第4期。

同一部小说《屈原大传》，丁振海说其中的屈原形象是最悲情的政治家与最天才的诗人的统一①；祝东力强调其中的屈原是中国历史上一个伟大的爱国爱民者，一个悲惨命运的原型②；蒋卫岗说这部小说塑造了一个拥有家国情怀，崇高道德的诗歌泰斗形象③；雷达、陈飞龙、岑杰则提到这部作品的写作态度、政治诉求、与时代主旋律的关系，肯定屈原的民本思想，肯定《屈原大传》在价值观上的引导，认为"《屈原大传》这个题材内容，正好契合了当下我们大力宣传中华民族精神、爱国主义、社会主义核心价值观的舆论导向"④。

同一部湘剧《山鬼》，有人说其中的屈原是"'可笑可叹、可悲可怜'冬烘十足的理想主义者"⑤，有人说是"虚伪透顶，敢欲不敢求，出卖灵魂的伪君子"与"道貌岸然，只尚空谈不识时务的糊涂虫"⑥。

同一部电视剧《屈原》，吴卫华在肯定其"忧国忧民、傲岸不屈"的屈原形象塑造与"爱国主义"主题凸显的同时，还特别阐释它的制度内涵与文化意蕴，认为这部作品"将思考的触角延伸到社会政治制度及民族文化心理的深处，对中国历史上的改革意识、法制精神等所遭遇的抵抗和排拒，对人文精神的失落和老人政治的传统，进行了深刻的反省，找到了古人旧事与当下老百姓生活、心理的契合点，做到了人性化地阐释历史和塑造历史人物。"⑦

凡此种种，无不说明文艺作品中的屈原形象与主题意蕴可以有多层多面。影像屈原的建构既要有多元充足的类别与生动丰满的个案，也要尽可能让一些经典个案富含多层多重的意蕴。

所以方铭先生从不同角度与不同层面强调纪录片中的屈原：不仅是"楚国的政治家"，而且是"一个想有所作为并且有政治坚守的政治家"、一个"有深沉思想的政治家"；不仅是一个"关心楚国命运的文学家"，而且是一个"追求社会公正的悲剧文人"；同时还是一个"不愿与恶势力同流合污的人"。⑧

2. 悲剧意蕴

所以当我们将表现屈原的戏剧影视作品定位为悲剧后，就要全方位多层次地思考这

---

① 杨娟，《〈屈原大传〉作品研讨会综述》，《文艺理论与批评》2012年第5期。
② 杨娟，《〈屈原大传〉作品研讨会综述》，《文艺理论与批评》2012年第5期。
③ 杨娟，《〈屈原大传〉作品研讨会综述》，《文艺理论与批评》2012年第5期。
④ 杨娟，《〈屈原大传〉作品研讨会综述》，《文艺理论与批评》2012年第5期。
⑤ 王雄，《屈原：一个历史原型的艺术变迁》，《戏剧艺术》1998年第1期。
⑥ 视见，《这是屈原吗?》，《剧本》1987年第17期。
⑦ 吴卫华，《试论电视剧〈屈原〉的审美意识》，《中南民族大学学报(人文社会科学版)》2003年第3期。
⑧ 方铭，《认识屈原和表现屈原需要注意的一些问题——对大型人文纪录片〈屈原〉拍摄的几点意见》，《职大学报》2012年第4期。

些作品的悲剧意蕴。

从悲剧主体来看,它既是个人命运的悲剧,也是国家民族的悲剧。

屈原的悲剧,是"改革者的悲剧"①,是"先知先觉者的悲剧"②,是"一个理想主义者生活在一个非理想时代的悲剧","一个政治上的失意者知不可为而为之的悲剧",是有着普罗米修斯式救世精神与情怀的"英雄悲剧",③……在评论家们眼中,虽然形象的定位与悲剧的内涵有着侧重与分歧,屈原作为悲剧主人公的身份却不容置疑。

需要强调的是,屈原的悲剧同时也是国家民族的悲剧。因为屈原代表历史前进的必然要求,因为屈原的爱国爱民精神与勤勉执着态度可以迁移、值得传承。

所以吴卫华说电视剧《屈原》既是"胸怀大志、壮怀激烈的屈原被如磐的黑暗所吞噬的悲剧",也是"一部春秋战国时代群雄纷争,楚国由盛而衰,最后被历史无情淘汰的挽歌"。④

所以王雄解读话剧《屈原》说:"在郭沫若眼中,屈原对楚国社稷的眷顾,已经超越了一般民族主义者的价值范畴,实质上乃是对统一中国之理想的关爱,甚至是对天下百姓的关爱。屈原的悲剧自然不仅是楚国的悲剧,更是……全民族的悲剧。"⑤

不仅如此,先行者的悲剧也衬托出了历史的惰性与民众的麻木。在话剧《春秋魂》中,以鲜灵的美丽生命为殉葬的不只是身居显要的曾侯世家,也有用以求雨的普通乡民,说明历史的惰性既源于上层贵族对既得利益的顽固维护,也混杂有普通民众的麻木与愚昧。显而易见,屈原的先知先觉与特立独行相较于其他历史人物,更利于反衬历史的惰性与民性的弱点。

从悲剧本身的类别与层次来看,它既是社会政治的悲剧,也是历史文化的悲剧与道德理想的悲剧。

郭沫若《屈原》重点突出的是一个爱国者的悲剧,《春秋魂》侧重表现的是一个爱宪者的悲剧、《山鬼》直接展示的是一个爱恋者的悲剧,电影尤其电视剧《屈原》则更具兼综性:爱国、爱民、爱宪、爱恋、爱诗……但这些还只是社会政治与个人生活层面的悲剧,缺乏深邃的意蕴与久远的感染力,所以影像屈原的建构者与批评者们都会自觉或不自觉地提升屈原悲剧的层次,将屈原塑造、阐释、期盼为先知先觉者、理想主义者、殉道者、真正的"大

---

① 童道明,《新的屈原——看〈春秋魂〉》,《广东艺术》1995年第4期。
② 廖全京,《选择的痛苦与阐释的艰难——话剧〈春秋魂〉漫论》,《四川戏剧》1996年第1期。
③ 吴卫华,《试论电视剧〈屈原〉的审美意识》,《中南民族大学学报(人文社会科学版)》2003年第3期。
④ 吴卫华,《试论电视剧〈屈原〉的审美意识》,《中南民族大学学报(人文社会科学版)》2003年第3期。
⑤ 王雄,《屈原:一个历史原型的艺术变迁》,《戏剧艺术》1998年第1期。

诗人",将作品的悲剧冲突上升到历史文化与道德理想的层面,甚至追索为终极与永恒的形上矛盾。

所以《山鬼》的评论者不难读出诡异的《山鬼》是"以反讽的形式揭示了人类社会的理想和现实理性之间永恒的矛盾"。①

而相对直白的《春秋魂》反而引出了观念相左的评价。朱国庆说:"这个戏中的屈原痛苦不大,情感不痴,天地不问。而失去了这三条,屈原就不成其为屈原,历史上任何一个正直的文人都可以成为这个戏的主角。"②王雄说:"《春秋魂》牢牢抓住了屈原诗人性格的核心,塑造了一个政治家、道德家、诗人三位一体的完整形象,并赋予这一形象以深刻的历史内容和人性内涵。"③其实两人对于屈原的解读与屈原形象构建的期盼是相同相通的。一个说屈原的本质是大诗人,表现大诗人:"关键在于要表现出大诗人那种痴情,那种对超验、形上、终极价值的追问,那种试图弄清人与天的最高关系而又无法实现的痛苦、迷惘、两难、不可知的心态"。④ 一个说:"屈原的悲剧,是中华民族的悲剧,也是历史的悲剧,是道德与政治、理想与现实、目的与手段、'仁政'与'霸道'、诗人与政治家、历史正义与历史惰性、先知者与不觉悟者之间的永恒的悲剧性冲突。"⑤这样的定位、评论或期盼有助于影像屈原建构中屈原形象的具体塑造。

3. 性格内涵

在文艺作品中,性格决定着人物形象的本质特征,显示着人物形象特殊的美学价值。对屈原性格的评价取决于评价主体的身份地位与认识水平,也影响着戏剧影视作品中屈原形象的构建与作品意旨的定位。

从汉代开始,人们对屈原性格上的"缺点"就争论不休,直到今天,创作家们与评论家们还在为要不要展示屈原性格上的"毛病"而纠结不已。在《屈原大传》的研讨会上,祝东力与颜慧都提到要写屈原缺点的问题,一个认为写缺点可以解释屈原政治上失败的原因,并借此校正儒家传统总是强调人的动机之论,一个认为加上性格上的一些毛病可能会让人物更加可亲可爱,也更易于接受;作者熊诚则列举屈原"性格偏执"、"道德有洁癖"、"瞧不起同僚"、"一根筋"等缺点,并解释说他们不是不敢写,"是不敢编造虚构的故事和情节"。⑥

笔者倒认为问题的关键不在于能否虚构故事和情节,而在于对整个作品的定位。如

---

① 王雄,《屈原:一个历史原型的艺术变迁》,《戏剧艺术》1998年第1期。
② 朱国庆,《〈春秋魂〉之我见》,《广东艺术》1996年第2期。
③ 王雄,《屈原:一个历史原型的艺术变迁》,《戏剧艺术》1998年第1期。
④ 朱国庆,《〈春秋魂〉之我见》,《广东艺术》1996年第2期。
⑤ 王雄,《屈原:一个历史原型的艺术变迁》,《戏剧艺术》1998年第1期。
⑥ 杨娟,《〈屈原大传〉作品研讨会综述》,《文艺理论与批评》2012年第5期。

果你只是将它写成接近生活的喜剧与正剧,而且不打算挑战相传已久的传统与体制,你就按中庸的标准去展示屈原"偏执"的毛病。如果你立志要创作一部感人肺腑的悲剧,并于中寄托几千年来士人阶层乃至人类社会追索不已的理想,你就将世俗眼中的毛病理解为屈原独有的精神气概。因为真正的悲剧冲突是不能调和的,从高处看,屈原式的困境更应该是国家体制的困境、历史文化的困境乃至人类文明进程中永恒的困境。

三、影像屈原的叙事技巧

(一)兼顾各类叙事要素

影像屈原的构建终归要落实到叙事艺术上来,其中重点是人物形象的塑造、情节结构的安排与话语方式的讲求。

1. 形象塑造

如前所述,形象的塑造受制于作品的题旨倾向与主要人物屈原的评价定位,落实到技术层面,则要在人物事迹的经营、人物关系的建构、人物命运的安排与人物肖像的设计上下功夫。

电视剧《屈原》便有效地利用了历史盲点所留下的想象空间,或无中生有,或移花接木,让齐王将义女紫珍许配给屈原作妻子,并以婵娟为紫珍使女,将南后、郑袖合为一人,并虚构郑詹与郑袖的父女关系、郑袖与子兰的母子关系,把山野女孩杜若子塑造成天真无邪的女神,使家奴庄矫一步步成为农民暴动的领袖……这些安排遵循历史规律与性格逻辑,合乎艺术原则与审美期待,有利于挽合不同人物、构造不同阵营,以加强矛盾冲突、丰富人物性格。

影、视剧《屈原》,包括即将改编成电视剧的《屈原大传》,在次要人物尤其楚王与南后形象的塑造上也颇为用心,他们的正邪两赋必然引导读者去思考屈原悲剧命运的更深根源与现实意义。

精神定位也影响到人物外形的设计。古代的屈原画像中,有不少脸型丰腴、神态安详的作品,不足以表现屈原的人格精神和内心世界。到了明代的陈洪绶,以《涉江》和《渔父》中的描写——"带长铗之陆离兮,冠切云之崔嵬"、"屈原既放,游于江潭,行吟泽畔,颜色憔悴,形容枯槁"为依据,将屈原像造型为瘦长憔悴、头戴高冠、腰携长剑之状,并置于奇石斜坡倒树疏叶的背景之中,使整个画面弥漫着浓郁的悲剧气氛,颇利于表现屈原特立的处境、悲愤的心情和不屈的气节。此后很多屈原画像与雕塑都受其影响或直接以其为模型。现代屈原戏及影视作品塑造屈原形象时,在演员长相与气质的选择和装扮上也都会考虑这一陈陈相因的既成"事实"。

当然也可以突破、也可以创新,只要是主题和剧情需要,湘剧《山鬼》中的屈原便是处处遭人戏弄的荒诞形象。

2. 情节结构的安排

情节结构的安排关乎事件本身的可接受性与作品主题的显明性。

话剧《春秋魂》以反对人殉作为情节贯穿线，突出了变法图新与遵循祖制之间激烈的冲突。电视剧《屈原》以主人公屈原几度沉浮终因国破而投江的悲剧命运为主线，以家奴庄蹻每受欺凌终于揭竿为旗领导暴动为副线，另外将屈原与杜若子、屈原与宋玉及景差、屈原与庄蹻、屈原与齐国君臣等种种关系都以纵横交错的线索牵合起来，使之既立体复杂，又不离战国背景展示与屈原形象塑造的需求。

情节结构本身也可以多元多类。在何益明看来，历史剧《屈原》的艺术结构便是：开放结构与闭锁结构的合成、团块结构与线条结构的合璧、情绪结构与情节结构的合一。① 央视在拍的大型纪录片《屈原》，原本选取《橘颂》《九歌》《离骚》《哀郢》《怀沙》《国殇》等六部作品为结构框架，方铭先生认为以屈原作品统领分集会有排他性，应该选取更有代表性和丰富内涵的作品，这个目录中《国殇》本属《九歌》，而《天问》这样一部体现屈原深刻思考的作品却没有体现，显然是缺憾，还有每部的篇名，未必由一部作品统领。方先生也提出了自己的六集结构，认为第一部的中心应该写屈原是战国时期楚国的政治家，第二部中心写屈原是一个想有所作为，并且有政治坚守的政治家，第三部写屈原是一个有深沉思想的政治家，第四部写屈原是一个关心楚国命运的文学家，第五部写屈原是一个追求社会公正的悲剧文人，第六部写屈原对后世的影响。② 这个纪录片最后的结构不得而知，从一博客中看到的脚本来看，六集结构所选作品分别为《橘颂》《九歌》《离骚》《哀郢》《天问》《怀沙》③，应该吸取了方先生的一些意见。至于坚持以作品统领并命名分集，可能有人、文并重，互为推介的好处，并便于大致按纵向历程叙述屈原的生平事迹。方先生的那个应该算是横向的结构，作为纪录片，横向的结构便于展开，也更具有独立性。其中核心是将屈原作为政治家与文学家的身份、事迹、精神说透。作为政治家，屈原是有坚守、有眼光、有思想的；作为文学家，屈原是关心楚国命运的、追求社会公正的；不管是作为政治家还是作为文学家，屈原都是特立高标、不愿与恶势力同流合污的。这个结构显然在作品的内涵上作了充分的考虑。

3. 话语方式的讲求

叙事话语涉及叙事的人称与视角、时间与空间、文体与修辞、表演与影像等诸多方

---

① 何益明，《论历史剧〈屈原〉的艺术结构特征》，《湘潭大学学报》1985年增刊。
② 方铭，《认识屈原和表现屈原需要注意的一些问题——对大型人文纪录片〈屈原〉拍摄的几点意见》，《职大学报》2012年第4期。
③ http://blackpaper.blog.sohu.com/231444765.html。

面,都是艺术之所以为艺术的关键要素。在影像屈原的建构与批评中,也可以看到一些或自发或自觉的努力。

人称与视角的转换在古代屈原戏中就有,晚清胡盍朋传奇《汨罗沙》的第十九出《收场》,即以副末旁白的方式点破前面屈原还魂复活的情节不过是"赚得你仰天大笑"的"逢场作戏"。在古代戏曲中,演员是可以临时性地跳出人物直接与观众交流的。在时间与空间的展示方面,古代戏曲更具有虚拟性、写意性。现代屈原戏也多少受传统戏曲的影响,列斌就注意到了话剧《春秋魂》所用的写意手法:

> 在《春秋魂》中,导演在舞美设计提供的具有多层次、具有内涵的舞台上,充分地利用舞台空间,运用多变的调度,多时空的共存,人物"符号"般的背景造型,使舞台变得既活跃又具纵深感。①
>
> 导演处理宫廷的两场戏,更是把舞台空间用活了。前一场,楚王面对观众在舞台中后部居中而坐,六个大臣在台口背对观众而坐,把观众置于观朝政的席位上。后一场,楚王背对观众在台口居中而坐,观众被置于垂帘听政的位置上。……此举改变了观众的视点,使观众获得一种新的感觉,更给舞台以无形的阔展。②

涉及屈原的戏剧影视作品在修辞技巧与话语风格上应该有着更高的要求,因为屈原本人是最伟大最浪漫的诗人,得用具有诗性特征的作品来加以表现。这些作品的诗性特征可以体现在诗性语言、诗作展示……及由此构成的诗意氛围上。在整个的话语风格与修辞特性上,湘剧《山鬼》是别具匠心的,它通过对爱恋的叙述隐喻政治道德理想。王雄先生评价此剧说:"从叙事体制和风格上讲,《山鬼》开拓了新时期历史剧'非历史化'的崭新路径,加强了史剧的'陌生化'效应,达到了欣赏与思考同步的艺术效果。"③

影像叙事的特别更在于表演与影像技巧的运用,这个恐怕是影像屈原建构与批评中最薄弱的环节。有三篇文章比较集中地谈及这些问题。一是李霁的《论电影〈屈原〉主题曲中"橘树"的形象》,重点阐述主题曲《橘颂》在电影《屈原》中叙事写人的作用。④ 二是列斌的《深入认识戏剧艺术,增强话剧的表现力——〈春秋魂〉导演手法的赏析》,谈到

---

① 列斌,《深入认识戏剧艺术,增强话剧的表现力——〈春秋魂〉导演手法的赏析》,《广东艺术》1996 年第 1 期。
② 列斌,《深入认识戏剧艺术,增强话剧的表现力——〈春秋魂〉导演手法的赏析》,《广东艺术》1996 年第 1 期。
③ 王雄,《屈原:一个历史原型的艺术变迁》,《戏剧艺术》1998 年第 1 期。
④ 李霁,《论电影〈屈原〉主题曲中"橘树"的形象》,《电影评介》2007 年第 10 期。

《春秋魂》导演对色彩、光的认识和大胆有机的成功运用。① 三是吴卫华的《试论电视剧〈屈原〉的审美意识》，从摄影照明、美术布景、影像构成等方面解读电视剧《屈原》如何刻意追求诗化、风格化的表现。也细致地分析了剧中音乐的地域特性，并对片头、片尾的主题歌曲作了阐释。②

(二)处理三重叙事关系

综合起来看，历史人物屈原的影像叙事要注意处理好三重关系。

一是历史与逻辑的统一。本真的历史本不存在，人们所知的历史都是曾经梳理过的历史，或者是经由叙述的历史。这个或梳理或叙述的过程难免主观随意的成分，高明的历史叙述在于尽可能通达历史演变的规律，并试图究诘天道与人事之间内在的关联。所以吴卫华说，历史叙述的任务，就在于"把人类发展的逻辑与具体的历史事件有机地结合起来"。③ 具体到戏剧影视作品，就是要运用史识，定位史剧、安排"史事"。

二是宏观与微观的结合。史事的安排不仅要合乎逻辑，还要有选择、有寄寓。大事确定叙事框架、勘定人物功过；小事增生情节曲折、丰满人物血肉。更有关乎时代、民族的宏大叙事，以增强历史人物、历史作品的纵深感。不管是大事还是小事，都要有寓托，都要指向中心本旨。回到上面的问题，历史演变也有宏观与微观、长段与局部的问题，所以上面这两重关系是相通互补并需辩证看待的。

三是文学与影像的融通。文学与影视分属于不同的艺术门类，一凭语言虚构、想象，一靠镜头捕捉、直陈。将想象性、虚幻性的文学改编为具象性、可听性的影视，需要进行符码的转换，这个转换的过程是相当艰苦的。在表现屈原的影视作品中，如何让屈原自身的诗作既尽可能保持原貌，又能通过镜头进行影视的表现，会是一个更大的难题。语言艺术中的屈原形象，已然丰沛，可用镜头来表现屈原，至今少见。因此影像屈原的构建之路还很漫长。好在文学作品中的人物形象、情节结构、对话语言可以为影视作品的叙事转换提供基础，而影视媒介又可以直观传播文学形象的内涵意义。

结　语

就最大众层面的理解而言，"忠君爱国"无疑是屈原获取的最多的荣誉，也是主流意识形态着力强化的内涵。但它忽略了屈原精神的兼融性与多元性。在屈原身上，我们可

---

① 列斌，《深入认识戏剧艺术，增强话剧的表现力——〈春秋魂〉导演手法的赏析》，《广东艺术》1996年第1期。

② 吴卫华，《试论电视剧〈屈原〉的审美意识》，《中南民族大学学报(人文社会科学版)》2003年第3期。

③ 吴卫华，《历史叙事与历史意识——电视连续剧〈屈原〉谫议》，《云梦学刊》2006年第5期。

以轻而易举地找到自修、自律、崇高、峻洁、质疑、批判、创新、法度、力量、忧患、乡国、浪漫、理想等种种忠君之外的质素,其中不少还正是我们今天建设社会主义和谐社会所必需的。

自古以来,对屈原的心性品格与处世态度不乏讥讽与批评,我们当然可以在影视作品中反映屈原所受的这类讥讽与批评,但这种反映应该是严肃认真、公允辩证的。对于屈原这样高标特立的历史人物,我们甚至要以理想的情怀与崇敬的心态,充分运用现代媒介,来传承其所富有的历史精神、民族立场、文化价值、哲学内涵、诗意蕴含。

制作在人,批评也在人,影像屈原的制作与批评队伍需要大大扩充。要吸纳不同行业、不同层次的人,以不同身份,从不同角度来阐释屈原。郭沫若以诗人而写诗人、以历史学家而写历史,应该是历史剧《屈原》成为经典的重要原因之一。话剧《春秋魂》上演后,《中国戏剧》组织了创作座谈会,《广东艺术》又接连发表了专门文章,其中不乏来自各个行当的尖锐而又中肯的批评之音。小说《屈原大传》出版后,中国社会主义文艺学会、《文艺理论与批评》杂志社也联合举办了作品研讨会。研讨会上,作协、文联、理论研究所、出版社、新闻部门、发改委、影视制作等方方面面的人从作品的人物塑造、情节安排、语言运用、现实意义、产业化发展等角度各抒己见,言论犀利中肯。说明严肃的态度与不同的声音有利于戏剧影视艺术的健康发展。遗憾的是,两次座谈会都没有来自院校与研究机构的屈学专家参与。事实上,屈学专家与学院派学者所撰的几篇与影像屈原相关的文章都深入细致、富有学理。

就艺术技巧而言,现代影视艺术可资借鉴的东西很多,便是古代的屈原戏中,也有不少至今可以师承的手法。影像屈原的建构,理论比创作还缺乏,需要以叙事学为主的多重学科的介入。

崇高典正的悲剧曲高和寡,所以要在推广与普及上多下功夫。可以有专家的倡议、学校的号召,更要多角度、多层次、多媒介地开发产品。

在这样一个和谐盛世、这样一个价值多元的影像时代,屈原可以,也应该成为"一个大的平台,一个大的资源"(祝东力语)[①]。

---

① 杨娟,《〈屈原大传〉作品研讨会综述》,《文艺理论与批评》2012 年第 5 期。

屈原形象的一种现代塑造

——郭沫若《屈原》剧作分析

王锺陵

屈原因其忠贞而在后世的读解中,升华为了爱国主义的象征。每当国难深重之际,歌咏屈原作品便会大量涌现。屈原形象在后世的被塑造,既与时代因素相关,也同作家的艺术个性相关,这是分析屈原形象在后世的沿承变化所必须注意的两个方面。如果是以戏剧形式来塑造屈原的形象,则还同作家的剧作观相关。近代以来,国难深重,尤其是在三四十年代日寇的入侵,中华民族处于生死存亡之际,正是在这样的形势下,郭沫若写出了话剧剧本《屈原》,这个剧本也是20世纪中以话剧形式塑造屈原形象的唯一的剧本。值得详细分析,以表明郭沫若所写的屈原,如何同他的剧作观相关联,以及这一形象其现代化、个性化之所在。

一

郭沫若在30年代中期所期待的诗思的新爆发此后并没有实现;然而,40年代初他却实现了自己所未曾期待过的历史剧创作的新爆发。这一事实表明,艺术的发展,并不依着作家自己的主观愿望,主观条件,特别是时代的机遇,对于何种创作高潮之可能来到,起着极大的作用。

《屈原》被公认是郭沫若历史剧的代表作,也被一些论者视为40年代影响最大的历史剧,因此,有加以较为详细分析的必要。

这是个五幕剧。第一幕是在屈原住宅前的橘园里,时间为清晨。屈原教育宋玉要有志节,公子子兰奉南后令来请屈原入宫,子兰趁屈原入内换衣之际与婵娟胡闹。第二幕在楚宫内廷,南后郑袖与靳尚密商打破国王对屈原的信任。屈原来了后,南后请他帮助指导排演《九歌》,待靳尚引楚怀王、张仪等人将出现时,南后忽呼头晕倒入屈原怀中,屈原欲将南后挽至室中座位上,南后见怀王已看到这一情景,乃翻身用力挣脱而诬屈原为失礼,怀王怒削屈原官职。第三幕时间在中午过后不久,景与第一幕同。宋玉与子兰言和勾结。靳尚与子椒来到橘园向群众说屈原"失礼"事,群众依子椒建议替屈原招魂。宋玉将屈原送他的《橘颂》转送给了婵娟,屈原的老阍人阿汪、老灶下婢阿黄及宋玉均随子兰入宫。第四幕在郢都之东门外,一位在南后排演《九歌》时饰河伯的钓者向寻找屈原的婵娟揭发屈原被陷害的真相。婵娟离去后,屈原到此,钓者又向屈原揭露张仪的伎俩,此时楚怀王与南后来了,南后戏弄屈原,屈原怒斥张仪而被关在东皇太一庙。婵娟又回到此地,遇到怀王与南后,婵娟与钓者因斥责南后陷害屈原而被捕。第五幕,子兰与宋玉劝婵娟回心被拒绝,卫士甲救出婵娟,一同到东皇太一庙。婵娟喝下了郑詹尹奉南后令给屈原喝的毒酒而死,卫士甲杀了郑詹尹并焚了庙。

全剧除第一幕屈原教育宋玉的长段讲话有点沉闷外,其他部分的情节性均较强;全剧所写的事情发生在一天中,也相当集中。郭沫若的《棠棣之花》尚存一些恶俗的笔调,情节上也有明显的漏洞;此剧则已然肃清了郭沫若前期剧作所存在的突出的恶俗笔调,情节的构造也更为周到,因此全剧从总体上说,显得更为完整、严肃而深沉。

二

郭沫若写这部剧,对历史有了一种尊重。他说:"要描写屈原,如力量不够,便会把这位伟大人物漫画化。这是很危险的。"①这样的话,在20年代,郭沫若是不会说的。不过,郭沫若写此剧时的构思状态明显具有一种诗人写诗的性质,他说:"目前的《屈原》真可以说是意想外的收获。各幕及各项情节差不多完全是在写作中逐渐涌出来的。不仅在写第一幕时还没有第二幕,就是第一幕如何结束,都没有完整的预念。"他惊讶地说,"实在也奇怪",自己的脑子"就像水池开了闸一样,只是不断地涌出,涌到了平静为止"。②

对剧中许多人物的身份的设置,他往往是在写作中临时决定的:"写第一幕时在预计之外我把宋玉拉上了场,在初并没有存心要把他写坏,但结果是对他不客气了。我又把子兰认为郑袖的儿子,屈原的学生,为增加其丑恶更写成了跛子,都是想当然的事,并不是有什么充分的根据的。《屈原传》称子兰为'稚子子兰',把郑袖认为他的母亲,在情理上是可能的。屈原在怀王时有宠,能充当子兰的先生也是情理中的事,故而我就让他们发生了母子、师生的关系。"③"让婵娟误服毒酒而死,实在是在第五幕第一场写完之后才想到的。因此便不得不把郑詹尹写成坏人。我使郑詹尹和郑袖发生了父女关系,不用说也是杜撰的。根据呢? 只是他们同一以郑为氏而已。"④《招魂》一篇依照《史记》,应该是屈原的作品,但我为行文之便,却依照王逸的说法划归了宋玉。考据与创作并不能完

---

① 郭沫若,《我怎样写五幕史剧〈屈原〉》,《郭沫若剧作全集》第1卷,中国戏剧出版社1982年版,第483页。
② 郭沫若,《我怎样写五幕史剧〈屈原〉》,《郭沫若剧作全集》第1卷,中国戏剧出版社1982年版,第485页。
③ 郭沫若,《我怎样写五幕史剧〈屈原〉》,《郭沫若剧作全集》第1卷,中国戏剧出版社1982年版,第485-486页。
④ 郭沫若,《我怎样写五幕史剧〈屈原〉》,《郭沫若剧作全集》第1卷,中国戏剧出版社1982年版,第487页。

全一致,在这儿还须得附带声明一句。"①郭沫若说得很清楚,宋玉、郑詹尹之被写坏人,完全是剧情的需要。至少说,在上述这些地方,他不是由历史出发,而是由剧情出发的。上引这些自述,不由使我想起关于《王昭君》一剧郭沫若所说的要使王昭君"倔强到底,那由元帝挽留她的一幕是不能不想象出来"②的话来。这表明他在写作《屈原》时,其核心的路子仍然源自20年代。

不过,现在不再有当时对待历史的那么一种任性的、粗鲁的以至是狂妄独断的态度,他想使人物关系的构造符合"情理"上的可能——"情理"二字,在此前谈历史剧的文章中,郭沫若没有用过。虽然对于人物的处理,郭沫若的思路主要还是来源于构造剧本的需要,但他也比较想使自己的想象——如同在谈到《棠棣之花》时一样,他谈此剧也不用这个词了——落实到历史资料上来。所以他引《离骚》中"众女嫉余之蛾眉兮,谣诼谓余以善淫"二句,来为此剧的情节作证。并且,当别人说南后、郑袖为二人,不可合为一人,郭沫若虽对《战国策·楚策》中有关的一段文字强作了解释,但也表示:"假使此外尚有别种根据可以证明确是二人,那我也并不固执,我是乐于改正我的错误的。"当然,他忘不了又重弹一下老调头:"好在我是在写剧本,并不是在做考证,即使真是两个人,我把她们合而为一了,无论古今中外,对于一个作家都是可以宽容的"③,话说得比较软,显然,他不再有十多年前对于自己的"假想"④所持的那种理直气壮的态度。以上所述,同他在此后一年所发表的《历史·史剧·现实》一文中表现出来的向着重视史实方向的调整,是一致的。

不过,《屈原》一剧仍有明显不符合史实而郭沫若又未加解释的地方。《史记·屈原列传》中明明说:"屈原既死之后,楚有宋玉、唐勒、景差之徒者,皆好辞而以赋见称。"⑤所以,刘遽然批评说:"把宋玉当作屈原的弟子而在同一时期出现,未免与历史相差太远"⑥。刘遽然对郭沫若之引《离骚》为剧情作证也不以为然:"如果认为《离骚》上有'众女嫉余之蛾眉兮,谣诼谓余以善淫'一句话,便说这妇人是指郑袖,而善淫又是指屈原被诬陷在宫庭中有失仪的事实,则未免太拘泥了。"刘遽然还指出"词句方面,也有一、二处可以斟酌的。屈原在被南后诬陷之后,曾亢声斥责着说:'你诬害了的不是我,是你自己,是我们

---

① 郭沫若,《我怎样写五幕史剧〈屈原〉》,《郭沫若剧作全集》第1卷,中国戏剧出版社1982年版,第488页。
② 郭沫若,《写在〈三个叛逆的女性〉后面》,《郭沫若剧作全集》第1卷,中国戏剧出版社1982年版,第196页。
③ 郭沫若,《瓦石札记》,《郭沫若剧作全集》第1卷,中国戏剧出版社1982年版,第504页。
④ 郭沫若,《写在〈三个叛逆的女性〉后面》,《郭沫若剧作全集》第1卷,中国戏剧出版社1982年版,第195页。
⑤ 司马迁,《史记》卷八十四,第8册,中华书局1959年版,第2491页。
⑥ 刘遽然,《评〈屈原〉的剧作与演出》,《中央日报》1942年5月17日第4版《中央副刊》。

的国王,是我们的楚国.'……但是中间却有两处,屈原曾说'你陷害的是我们整个的中国'。这'中国'二字,也许是笔误,不然的话,是不大合适的"①。

刘遽然真是个书呆子。这怎么会是笔误呢?郭沫若是有意识将"中国"夹进去写的。这也根本不是词句上的可斟酌之处,这是"发展历史精神",亦即为现实服务之所为。

剧中用"中国"一词的地方,还有两处。一处是在第二幕中当屈原被陷害后,他对楚怀王说:"老百姓都希望中国结束分裂的局面,形成大一统的山河。你听信了我的话,……中国的大一统是会在你的手里完成的。"②另一处在全剧的末尾,卫士甲对屈原说:"我们楚国需要你,我们中国也需要你。"③郭沫若的考虑是:无论是为了提升屈原形象的价值,或是为了剧的现实意义,都要让屈原从狭隘的楚国的范围中解脱出来,然而又不可过于违背史实,于是乃并列楚国与中国;说穿了,"楚国"不过是垫脚,"中国"才是目的。其他如第四幕中张仪所说"文章家总该专门做文章,不好来干预政事的"④以及张仪与楚怀王都说的关于封锁疯子们的嘴的话,显然是指桑骂槐、干预时政的写法。

也是在第四幕中,当屈原遭到南后的调笑羞辱时,屈原大骂张仪,其中有句话却是:"你把我们的国王当成了什么人?你把我们的南后当成了什么人?"⑤从《离骚》及九章中看,历史上的屈原对于楚王是有不少埋怨的,对其周围的小人更是相当鄙薄的。从剧情上看,屈原既遭到南后的陷害,又遭到其羞辱,虽不能张嘴相骂,至少此种维护南后之词是不该有的。这样写的原因,是因为此剧也同于《棠棣之花》"是以主张集合反对分裂为主题"⑥的,所以郭沫若在此剧中才反外贼,不反权奸。细察此剧,可以看出郭沫若对于南后毋宁有着一些喜爱。在第二幕中,屈原对南后竟说出这样的话来:"我有好些诗,其实是你给我的。南后,你有好些地方值得我们赞美,你有好些地方使我们男子有愧须眉。我是常常得到这些感觉,而且把这些感觉化成了诗的。我的诗假使还有些可取的地方,容恕我冒昧吧,南后,多是你给我的!"⑦刘遽然批评这些话"与屈原的身份不相称"⑧。岂止是与主人公的身份不相称!下面接着就有一段南后自白其为人之残酷的话:"于我的

---

① 刘遽然,《评〈屈原〉的剧作与演出》,《中央日报》1942年5月17日第4版《中央副刊》。引文中引屈原《离骚》中诗句"众女嫉余之蛾眉",其中"之"误为"以",据改。引者按。
② 郭沫若,《郭沫若剧作全集》第1卷,中国戏剧出版社1982年版,第412页。
③ 郭沫若,《屈原》第五幕第二场,《郭沫若剧作全集》第1卷,中国戏剧出版社1982年版,第481页。
④ 郭沫若,《屈原》第四幕,《郭沫若剧作全集》第1卷,中国戏剧出版社1982年版,第452页。
⑤ 郭沫若,《屈原》第四幕,《郭沫若剧作全集》第1卷,中国戏剧出版社1982年版,第450页。
⑥ 郭沫若,《我怎样写〈棠棣之花〉》,《郭沫若剧作全集》第1卷,中国戏剧出版社1982年版,第332页。
⑦ 郭沫若,《我怎样写〈棠棣之花〉》,《郭沫若剧作全集》第1卷,中国戏剧出版社1982年版,第408页。
⑧ 刘遽然,《评〈屈原〉的剧作与演出》,《中央日报》1942年5月17日第4版《中央副刊》。

幸福安全有妨害的人,我一定要和他斗争","我要多开花,我要多发些枝叶,我要多多占领阳光,小草、小花就让它在我脚下阴死,我也并不怜悯。"①屈原与南后所说的这两段话几乎是紧相连着,对照鲜明,给人的感觉至少是屈原不识人。下面不久,就发生了南后陷害屈原的事,这就更使人增强了上述印象。这样写无疑损害了屈原的形象。更令人难以相信的是,在第五幕第二场中,屈原已被押在东皇太一庙,他还对郑詹尹说:"我现在只恨张仪,对于南后倒并不怨恨。南后她平常很喜欢我的诗,在国王面前也很帮助过我。"②且不论这没有事实根据,我们只要想一下《怀沙》所云"邑犬之群吠兮,吠所怪也"二句,就可以明白这几句话就是口气也与历史上的屈原完全不对。难道屈原当年也是不恨权奸、只恨外贼的?南后对于屈原的调笑羞辱,竟然能够是当着楚王的面问屈原:"你准备什么时候和我结婚?"③一会儿自称为巫山神女,而求上帝封三楚才子屈原为巫山十二峰之山神土地,"以便与小女神朝朝暮暮为云为雨"④,一会儿又自称为"大舜皇帝之妃湘君湘夫人",而问道:"可怜的大舜皇帝呀,你的灵魂失掉在苍梧之野,你怎么在这儿飘荡呀?"还"一转眼觑着屈原"⑤。对如此严重有违君臣关系、大逆不道的玩笑,楚怀王竟然是"捧腹绝倒"⑥。当年,柳涛曾就这一段情节批评道,南后之逗屈原"说话和行动会那么不堪?难道她真在戏台上演戏么?过火的表现使人失掉了真实感,不是现实主义的风格吧?"⑦从郭沫若剧本创作艺术特征的沿承上说,这是他自《广寒宫》一剧以来追求剧趣的又一次表现。毋庸讳言,写得有些庸俗,不过,这在《屈原》一剧中,只是局部的。

三

具有全局性意义的是,剧本对屈原形象的塑造,不仅是郭沫若化的,而且还相当现代化了。在第五幕第二场中,屈原说:"我的性情太激烈了,我自己也觉得有点偏,要想矫正却不能够。"⑧以及在第一幕中屈原对宋玉说:"就拿作诗来讲吧,我们年纪大了,阅历一多了,诗便老了。在谋章布局上,在造句遣辞上,是堂皇了起来;但在着想的新鲜、纯粹、素朴上,便把少年时分的情趣失掉了。这是使我时时感觉着发慌的事。在这一点上,仿佛

---

① 郭沫若,《屈原》第二幕,《郭沫若剧作全集》第1卷,中国戏剧出版社1982年版,第409页。
② 郭沫若,《屈原》第二幕,《郭沫若剧作全集》第1卷,中国戏剧出版社1982年版,第474页。
③ 郭沫若,《屈原》第四幕,《郭沫若剧作全集》第1卷,中国戏剧出版社1982年版,第448页。
④ 郭沫若,《屈原》第四幕,《郭沫若剧作全集》第1卷,中国戏剧出版社1982年版,第448页。
⑤ 郭沫若,《屈原》第四幕,《郭沫若剧作全集》第1卷,中国戏剧出版社1982年版,第449页。
⑥ 郭沫若,《屈原》第四幕,《郭沫若剧作全集》第1卷,中国戏剧出版社1982年版,第449页。
⑦ 柳涛,《谈〈屈原〉悲壮剧》,1943年5月15日《文艺生活》第3卷第5期,(桂林)文献出版社发行,第32页。
⑧ 郭沫若,《郭沫若剧作全集》第1卷,中国戏剧出版社1982年版,第475页。

年纪愈老便愈见糟糕。"①这些都是郭沫若自己的性格及其作为诗人的体验的写照。黄佐临在80年代说,他问郭沫若《屈原》写的是什么,郭沫若"回答说:'是我'"②。剧中广受称赞的屈原在东皇太一庙中向着风及雷电的长段独白,是全剧的情感高潮,然而所体现的却是《女神》式的澎湃情潮。对这一段独白,徐迟1942年3月26日写信给郭沫若说,他"不赞成",因为"依据屈原的性格来说,他也不是暴风雨的性格"。他建议说:"若你把《天问》构制起来,我相信,你的诗句是天上的静静的夜的大戏院里,那些星座一样灿烂,无穷的灿烂的诗句,能使听众晕倒。"③徐迟没有明白郭沫若是热骂的性格,他不可能让剧中的屈原哲学地问。二十七年以后,徐迟改从赞扬的角度说:"屈原在《天问》中也曾有'薄暮雷电'之句,一闪而过。在《涉江》《怀沙》中,屈原又是如此之绝望。他不可能宣泄出这样强烈的感情的诗句来,屈原的作品中是找不见《雷电颂》的。此曲只应今朝有!"④此时的徐迟未免过于贬抑了屈原。就以他举到的屈原的两篇作品来说,也并非"如此之绝望"。《涉江》开头一部分即写其高世之情:"世溷浊而莫余知兮,吾方高驰而不顾。"诗中虽有对吾生无乐的哀叹,却也有固穷的决心。而"忠不必用兮,贤不必以","腥臊并御,芳不得薄兮","时不当兮","忽乎吾将行兮"这些诗句所体现的,是屈原建立在深刻的史识与对现实清醒认识基础上愿意离开"堂坛"飘然远行的心理,这哪里有太多的绝望?在《怀沙》中有一种孤独、愤世、哀伤,但也有一种坚贞、自信、从容及对"鄙固"之"党人"的轻蔑。相对照之下,倒可以看出是郭沫若写不出屈原的复杂的、多色调的心灵世界。李长之在当年就说过,此剧没有将"屈原那个人格的深处尽量掘发出来。全剧只写出了屈原爱国,强有力(而偏于粗暴)和人醉独醒的痛苦,缺少那'哀民生之多艰'的悲天悯人的胸襟,以及'虽九死其犹未悔'的刚强的气魄"⑤。虽说徐迟对这一段独白改变了态度,但"屈原的作品中是找不见《雷电颂》的。此曲只应今朝有"这两句,还是说得对的,所谓"今朝有"者,就是说郭沫若所写乃是一种现代化了的屈原。

屈原的被现代化表现在两个方面:一是上文已经引及或说到的,在政治上主张中国统一,其所言所行是反外贼,不反权奸。柳涛不明白这一点,所以才说"靳尚被疏忽是大不应该的",并"可惜"屈原"只是骂张仪"⑥。二是在诗歌艺术上主张向人民学习。在第一幕中屈原教育宋玉说:"有许多人说我的诗太俗,太放肆了","我在尽量地学老百姓,学

---

① 郭沫若,《郭沫若剧作全集》第1卷,中国戏剧出版社1982年版,第386页。
② 黄佐临,《中国式的史诗剧——在上海第二届戏剧节座谈会上的发言》,《戏剧界》(双月刊)1984年第2期,第22页。
③ 1942年4月3日《新华日报》第4版《屈原公演特刊》,《郭沫若剧作全集》第1卷,中国戏剧出版社1982年版,第498、500页。
④ 徐迟改,《郭沫若、屈原和蔡文姬》,《剧本》1979年1月号第36页。
⑤ 李长之,《屈原》,重庆《大公报》1942年5月25日第4版《战线》。
⑥ 柳涛,《谈〈屈原〉悲壮剧》,《文艺生活》第3卷第5期,第31、30页。

小孩子,当然会俗。我在尽量地打破那种'雅颂'之音,当然会放肆。"①这至少是掺入了那一个时代文艺大众化运动的色彩。在第三幕中,子兰说屈原的"好些诗,总爱把老百姓的话掺在里面,我就有点看不惯。上官大夫和令尹子椒们也不恭维他,说他太粗糙,太鄙俚了"。并告诫宋玉说:"你假如作了我的左徒,那你可不能过于放肆。"②这是将30年代以来发展起来的庙堂文学与民间文学对立论,放到战国时代人的口里。在同一幕中,宋玉对婵娟说:"向老百姓学,实在是一个宝贵的教训。我不瞒你说,我刚才在这儿看见那位老头子在给先生招魂的时候,我得到了一篇很好的文章。停两天我一定要把它写出来,就安它一个《招魂》的题目吧。我相信这一定可以成为一篇杰作,比起先生的《九歌》来,是会毫无愧色的。"③这一杜撰竟赢得了当年徐迟的大声喝彩:"宋玉的《招魂》怎样自人民的语言偷来,这一段真是辉煌呵!"④光未然在1940年5月刊出的《民族文艺形式问题》一文中,已经将统治阶级夺取民间形式的"偷"论文艺史观化了。徐迟在这儿也用上了个"偷"字。这表明徐迟的喝彩,正是因为郭沫若的上述杜撰合乎了那一个时代的文艺思潮。或者更正确地应该说郭沫若是从大众化、民族化的文艺思潮出发,来将屈原、宋玉、子兰等人的文艺思想现代化了。更令人匪夷所思的是,在剧末屈原竟然向卫士甲表示决心去"做一个耕田种地的农夫!"⑤

在剧中宋玉也是被写成一种当代形象的:背后非毁大诗人是因为"名气大了",所以"写出来的东西人家总说好"⑥,抱怨假如换了自己写出了大诗人的作品,"人家一定要说是幼稚"⑦。因希望"没有人能够盖得过"⑧自己,而对于大诗人的不幸遭遇幸灾乐祸。这样的"青年文章家"⑨郭沫若大约曾遇到过。对此,只要看他1936年曾说过有的批评家对他的诗有"人为的湮没"⑩,就可以明白了。

此外,剧本在人物言行的处理上也还存在一些问题。如靳尚不可能对南后本人唠叨她陷害魏美人的做法。作者为了表现南后之陷害人是有前科的,也应换一个办法;在婵娟已经指责南后"所犯的罪是多么的深重"⑪,而楚怀王两次表示"不能忍耐"⑫的情况下,

---

① 郭沫若,《郭沫若剧作全集》第1卷,中国戏剧出版社1982年版,第387页。
② 郭沫若,《郭沫若剧作全集》第1卷,中国戏剧出版社1982年版,第420页。
③ 郭沫若,《郭沫若剧作全集》第1卷,中国戏剧出版社1982年版,第435-436页。
④ 《新华日报》,1942年4月3日第4版《屈原公演特刊》。
⑤ 郭沫若,《屈原》第五幕第二场,《郭沫若剧作全集》第1卷,中国戏剧出版社1982年版,第481页。
⑥ 郭沫若,《屈原》第三幕,《郭沫若剧作全集》第1卷,中国戏剧出版社1982年版,第420页。
⑦ 郭沫若,《屈原》第三幕,《郭沫若剧作全集》第1卷,中国戏剧出版社1982年版,第420页。
⑧ 郭沫若,《屈原》第三幕,《郭沫若剧作全集》第1卷,中国戏剧出版社1982年版,第428页。
⑨ 郭沫若,《屈原》第四幕,《郭沫若剧作全集》第1卷,中国戏剧出版社1982年版,第451页。
⑩ 郭沫若,《我的作诗的经过》,《郭沫若全集·文学编》第16卷,人民文学出版社1989年版,第209页。
⑪ 郭沫若,《屈原》第四幕,《郭沫若剧作全集》第1卷,中国戏剧出版社1982年版,第454页。
⑫ 郭沫若,《屈原》第四幕,《郭沫若剧作全集》第1卷,中国戏剧出版社1982年版,第454页。

南后不会以觉得"满好玩儿"①的态度让婵娟揭露她栽诬屈原的伎俩;当卫士甲向婵娟、宋玉叙述南后逗弄侮辱屈原的过程时,子兰在旁边对这段叙述不会一声不吭。还有,就是柳涛所批评的,张仪"既已在大国执政很久,又应有什么气派?怎么在楚国朝堂上,在对付他的国外真正的政敌屈原底斥责上,是那样的猥琐无能"②。李长之则认为剧本《屈原》的"艺术,虽有力,然而粗"③。所谓"粗",一是上文已经引到的,他认为剧本写屈原性格之强有力时偏于粗暴;一是艺术上的粗疏。他批评剧中所写子兰在同婵娟胡闹时跌倒,骗婵娟扶他起来,而趁机"反身拥抱婵娟而欲亲其吻"④,与郑袖装倒,骗屈原扶,"未免太类同"⑤。此外,剧本中因重复叙述而带来的不简洁以及个别用词不当之处,就都不必再细说了。

四

虽然《屈原》一剧存在以上缺点,但在写出屈原的正气上是成功的。虽然郭沫若将屈原现代化了,但还不过分。剧本在屈原受到陷害后,将"中国"一词,夹在"楚国"等词中使用,是一个小技巧,它冲淡了剧本对历史真实的违反;屈原在创作上向群众学习过也有一定的事实根据,《九歌》大约便是从沅湘之间民间娱神的歌词中改写出来的,至少也是受到了此种民间歌词的影响而写成的。屈原形象的郭沫若化,则造成了一种热骂的效果;写宋玉的变节,在当时也有其暴露作用。虽然在此剧中,对历史精神的发扬有点偏离历史,却符合了现实的需要。这样,《屈原》一剧便在对历史与现实的并非完全恰当的兼顾中,取得了最大的社会效果。

夏衍述曰:"一九四二年四月,香港沦陷后我间道回到重庆,恰巧这一天晚上是《屈原》演出的最后一场"⑥。郭沫若兴奋地陪着他去看了戏。夏衍又说:"几天之后,周恩来同志在天官府设宴祝贺《屈原》演出成功,席间,对我们刚从香港回来的人说,在连续不断的反共高潮中,我们钻了国民党反动派一个空子,在戏剧舞台上打开了一个缺口,在这场战斗中,郭沫若同志立了大功。"

---

① 郭沫若,《屈原》第四幕,《郭沫若剧作全集》第1卷,中国戏剧出版社1982年版,第454页。
② 柳涛,《谈〈屈原〉悲壮剧》,《文艺生活》第3卷第5期,第33页。
③ 李长之,《屈原》,重庆《大公报》1942年5月25日第4版《战线》。
④ 郭沫若,《屈原》第一幕,《郭沫若剧作全集》第1卷,中国戏剧出版社1982年版,第395页。
⑤ 李长之,《屈原》,重庆《大公报》1942年5月25日第4版《战线》。
⑥ 夏衍,《知公此去无遗恨——痛悼郭沫若同志》,《夏衍杂文随笔集》,三联书店1980年版,第729页。

择生与择死：司马迁在生死观上对屈原的契合和超越

——从屈原的自杀情结到司马迁的屈原情结

北京工商大学艺术与传媒学院　赵明正

一、屈原的自杀情结

1. 屈原自沉而死

关于屈原自沉而死，自汉代以来几乎已成定论。汉代王逸、司马迁、班固、贾谊都认定屈原是在汨罗江自沉的。首先是司马迁，"太史公曰：余读《离骚》、《天问》、《招魂》、《哀郢》，悲其志。适长沙，观屈原所自沉渊，未尝不垂涕，想见其为人。"其次是班固，其《离骚赞序》曰："……至于襄王，复用谗言，逐屈原。在野又作《九章》赋以讽谏，卒不见纳。不忍浊世，自投汨罗。"刘向《新序·节士篇》也说："屈原疾暗主乱俗，汶汶嘿嘿，以是为非，以清为浊，不忍见污世，将自投于渊。渔父止之，屈原曰：'世皆醉，我独醒；世皆浊，我独清。吾独闻之，新浴者必振衣，新沐者必弹冠，又恶能以其泠泠，更事世之嘿嘿者哉？吾宁投渊而死。'遂自投湘水汨罗之中而死。"与屈原感同身受的汉代文人贾谊在《吊屈原赋》中哀叹："恭承嘉惠兮，俟罪长沙。仄闻屈原兮，自沉汨罗。"东方朔《七谏·沉江》曰："怀沙砾而自沉兮，不忍见君之蔽壅。"《七谏·哀命》："测汨罗之湘水兮，知时固而不反。"

但在宋代，特别是明清以来，一些学者却对屈原"自投汨罗以死"的说法提出质疑，日本学者斋藤正谦甚至说屈子自谓"宁赴湘流，葬于江鱼腹中"是"愤激之言，而非实话"。但毕竟关于屈原的最早记载就是在汉代，后人在没有确凿证据的情况下，还是应该以当时的记载为依据。因此，屈原投水而死之说当无疑问。

2. 屈原的死亡情结和自沉情结

梁启超先生说过："研究屈原，应该拿他的自杀做出发点。"（《梁启超《屈原研究》》）屈原的死亡意识在他的诗中表述得很早，写得很多，延续了很长时间，成为一个夙愿。他在楚辞中一再写到"死"，其他篇目中也一再写到"没身"、"赴渊"等有关死亡的词汇，可以说"死亡情结"构成屈原作品和思想中最为"惊才绝艳"的头号主题。

> 亦余心之所善兮，虽九死其犹未悔。（《离骚》）
> 宁溘死以流亡兮，余不忍为此态也。（《离骚》）

伏清白以死直兮,固前圣之所厚。(《离骚》)
阽余身而危死兮,览余初其犹未悔。(《离骚》)
焉舒情而抽信兮,恬死亡而不聊。(《惜往日》)
吴信谗而弗味兮,子胥死而后忧。(《惜往日》)
或忠信而死节兮,或訑谩而不疑。(《惜往日》)
宁溘死而流亡兮,恐祸殃之有再。(《惜往日》)
卒没身而绝名兮,惜廱君之不昭。(《惜往日》)
何芳草之早殀兮,微霜降而下戒。(《惜往日》)
身既死兮神以灵,魂魄毅兮为鬼雄。(《国殇》)
天时怼兮威灵怒,严杀尽兮弃原野。(《国殇》)
露申辛夷,死林薄兮。(《涉江》)
鸟飞反故乡兮,狐死必首丘。(《哀郢》)
知死不可让,原勿爱兮。(《怀沙》)
宁溘死而流亡兮,不忍此心之常愁。(《悲回风》)
仍羽人于丹丘兮,留不死之旧乡。(《悲回风》)
夜光何德,死则又育?(《天问》)
何所不死?长人何守?(《天问》)
延年不死,寿何所止?(《天问》)
何勤子屠母,而死分竟地?(《天问》)
天式从横,阳离爰死。(《天问》)

我们暂以怀王十六年(前313)屈原31岁写《离骚》为宜,按屈原自沉在襄王十九年(前280),65岁(亦从游国恩说)。那么,离其写作《离骚》吐露死志也已30多年了。这么长的时间怀着自杀之心,并且还具体明确地选定了投江而死的方式:

宁赴湘流,葬于江鱼之腹中。(《渔父》)
不毕辞而赴渊兮,惜廱君之不识。(《惜往日》)
"临沅湘之玄渊兮,遂自忍而沉流。卒没身而绝名兮,惜壅君之不昭。"(《惜往日》)

屈原的自沉情结可能是受战国"枯槁赴渊"风尚的影响。《庄子·刻意》篇说:"刻意尚行,离世异俗,高论怨诽,为亢而已矣;此山谷之士,非世之人,枯槁赴渊者之所好也。"同时更是长怀彭咸情结的结果。

3. 屈原的彭咸情结

同时我们还注意到另外一个现象,屈原作品提到彭咸其人共有7次。计《抽思》1次,《思美人》1次,《悲回风》3次,《离骚》2次,可以说彭咸是屈原的精神祖先。

> 望三五以为像兮,指彭咸以为仪。(《抽思》)
> 独茕茕而南行兮,思彭咸之故也。(《思美人》)
> 夫何彭咸之造思兮,暨志介而不忘!(《悲回风》)
> 孰能思而不隐兮,昭彭咸之所闻。(《悲回风》)
> 凌大波而流风兮,托彭咸之所居。(《悲回风》)
> 虽不周于今之人兮,愿依彭咸之遗则。(《离骚》)
> 既莫足与为美政兮,吾将从彭咸之所居。(《离骚》)

屈原自述自己的人生学习榜样是彭咸,那么,彭咸究竟是何许人也?王逸《楚辞章句》注:"彭咸,殷贤大夫,谏其君不听,自投水而死。"又说屈子"言时世之君无道,不足与共行美德,施善政,故我将自沉汩渊,从彭咸而居处也"。彭咸为殷代大夫,因国王对他不信用而投水自杀。类似的言辞在屈原作品中多次出现,其意向无疑是十分明确的。特别是当怀王客死于秦而顷襄王上台之后,君主的易位不但没有给他提供"两美必合"的新机会,反而使他遭到更为惨痛的打击,被放逐于江南。这时,他自杀的念头便成为一种决心:"知死不可让,愿勿爱兮。明告君子,吾将以为类兮。"(《怀沙》)君子,指的即是彭咸。可见屈原对彭咸已经到了念念不忘的程度。对此游国恩先生有一段中肯的评价:"屈子自再放江南时,而死志始决。其后之沉渊而死者,盖亦先有彭咸之志而又适符其迹者也。"

后人对此多有不信,认为是附会之词。我以为,对于彭咸的有无,对于屈子到底是念其人还是欲效其事,是不必争来争去的,只要看看屈赋里提到他想效法的先贤,就知道并不止彭咸一人,如史籍可考的介子推、伯夷、伍子胥、申徒狄、比干……不也提了多次,也有投江自尽的吗?屈原早年在《橘颂》中提到"行比伯夷",在《悲回风》中又提到"浮江、淮而入海兮,从子胥而自适;望大河之州渚兮,悲申徒之抗迹。"其实这里的伯夷、伍子胥、申徒狄与彭咸一样也是"死"的符号。伯夷、叔齐闻武王伐纣,一同叩马独谏。武王灭商后,二兄弟"义不食周粟"而饿死在首阳山上。申徒狄因"不容于世,义不苟取"而自尽。这些人物也是屈原彭咸情结的投射和反映。

二、司马迁的屈原情结

1. 司马迁与屈原在气质上的惊人契合

司马迁《屈原列传》第一次全面系统地记载了屈原的家世、生平。屈原自沉一百六十多年之后，年方二十的司马迁"南游江淮"，来到屈原自沉的汨罗江畔，临流凭吊，嘘唏垂涕。"余适长沙，观屈原所自沉渊，未尝不垂泪，想见其为人。"（《屈原贾生列传》）可见，司马迁对于屈原的追随，不仅是停留在史官的文字记载层面，更是身去汨罗江畔，追随着屈原的精神足迹。他在屈原投江的地方，久久徘徊，追问屈原自杀的意义，对屈原的人生选择具有"同情之了解"。"余读《离骚》、《天问》、《招魂》、《哀郢》，悲其志。"既是"悲其志"，也是悲其人，这一"悲"字，让人心颤。司马迁是屈原的知音，他的泣涕是针对屈原。对于屈原一生，司马迁可谓感同身受。

司马迁不仅追慕屈原，他本人更具有浓郁深刻的屈原气质，多情、好奇、悲悯、哀怨。司马迁一生最大的特点是好奇，好奇是浪漫精神最露骨的表现。扬雄的话好极了："多爱不忍，子长也……子长多爱，爱奇也。"刘鹗《老残游记序》："《离骚》为屈大夫之哭泣；《庄子》为蒙叟之哭泣；《史记》为太史公之哭泣；《草堂诗集》为杜工部之哭泣；李后主以词哭，八大山人以画哭；王实甫寄哭泣于《西厢记》；曹雪芹哭泣于《红楼梦》。"司马迁也有着屈原那样悲天悯人的诗人情怀，有着穿透"天人之际、古今之变"的诗人智慧与诗人魄力，同时也有着像屈原一样的悲剧命运。屈原胸中郁结的怨愤之气借《离骚》一抒为快，《史记》的强烈抒情性留有《离骚》的余韵。他在《屈原贾生列传》中指出："屈平正道直行，竭忠尽智以事其君，谗人间之，可谓穷矣。信而见疑，忠而被谤，能无怨乎？屈原之作《离骚》，盖自怨生也。"此是借他人之酒，浇自己心中之块垒。

他以诗人之心与屈原的灵魂对话，于是，他便写出了一部堪称悲剧诗史的《史记》。由此出发，《史记》与《离骚》就曾被相提并论。鲁迅先生说："司马迁写《史记》，不拘于史法，不圄于字句，发于情，肆于心而为文"，固能成其为"史家之绝唱，无韵之《离骚》"。清人刘熙载说："太史公文，兼括六艺百家之旨。第论其恻怛之情，抑扬之致，则得于《诗》三百篇及《离骚》居多。学《离骚》得其情者为太史公，……离形得似，当以太史公为尚。"又说："文如云龙雾豹，出没隐见，变化无方：此《庄》、《骚》、太史所同。"

2. 司马迁的不遇情结与屈子诗魂的现实契合

司马迁受宫刑之后，追念屈原，自不禁悲从中来："盖西伯拘而演《周易》；仲尼厄而作《春秋》；屈原放逐，乃赋《离骚》；左丘失明，厥有《国语》；孙子髌脚，《兵法》修列；不韦迁蜀，世传《吕览》；韩非囚秦，《说难》、《孤愤》。《诗》三百篇，大抵圣贤发愤所为作也。此人皆意有所郁结，不得通其道，故述往事，思来者。及如左丘无目，孙子断足，终不可用，退论书策，以舒其愤，思垂空文以自见。"甚至在《报任少卿书》中说："古者富贵而名磨灭，不可胜记，唯倜傥非常之人称焉。"司马迁《悲士不遇赋》中也表达了以"不遇"为核心的哀怨情绪。

读屈原的作品，总有一种深沉的压抑感，如《悲回风》，从开头"悲回风之摇蕙兮，心冤结而内伤"起，心就被摇撼和"冤结"起来；到"涕泣交而凄凄兮，思不眠以至曙。终长夜之曼曼兮,掩此哀而不去",昼夜以泪洗面,承受着悲思的掩埋;以致"心挂结而不解兮,思蹇产而不释",排也排解不开。他的愤满淤积太多,没有人可以理解,压抑到了极限,于是只有汩汩滔滔喷泄出来。压抑愈深,宣泄愈烈。《离骚》之重复沓杂,甚而不合逻辑,《天问》更是乱,甚至不知所云。但司马迁从人性的深处去作诠解,认为这是痛苦致极的呼号:"夫天者人之始也,父母者人之本也……故劳苦倦极未尝不呼天也,疾痛惨怛,未尝不呼父母也,屈平正道直行,竭忠尽智,以事其君,谗人间之,可谓穷矣。""人穷则反本",这是何等深刻的体会,也是司马迁的不遇情结与屈子诗魂的现实契合。

三、《史记》对自杀行为的叙事关注折射出司马迁对屈原情结的契合与超越

1.《史记》对自杀行为的叙事关注和情感激赏

屈原的自杀情结和司马迁的屈原情结渗透在《史记》的创作中,使司马迁在表现历史人物时浓墨重彩于他们的死亡,对无数的自杀者予以"理解的同情"。读《史记》我们会产生一个深刻的印象,那就是司马迁在人物传记中偏好叙述那些自杀的人物;而且浓墨重彩地渲染人物之死的壮烈惨酷;对这些自杀人物的悲剧命运渗透着悯惜同情和情感激赏。

《史记》中记述自杀的种类有自焚、投河、自刭、服毒、自刺、绝食、上吊、触树等,自杀的群体以王侯将相公卿士大夫为主。《史记》所记自杀个案除重出外共一百零二处,可计数者622人。最早者应为殷末时申徒狄,最迟者为公元前29年汉成帝时的尹忠。其中殷西周时6人,春秋时23人,战国时18人,秦二世时11人,汉高帝时共520余人,最著者为《田儋列传》田横五百宾客闻田横死皆自杀的记载。吕后时2人,汉文时2人,汉景帝时8人,汉武时24人,汉昭时2人,汉宣时5人,汉成时1人。在《史记》中,"士可杀不可辱"的观念深入人心,免辱型自杀成为洗刷羞耻、避免受辱的一种方式,此类事件在《史记》中出现频率极高。如战国时魏齐、汉高时田横、汉文时淮南厉王刘长,汉武时赵绾、王臧、王恢、李广、隆虑侯、商陵侯周等人。

> 淮南王至,上方踞床洗,召布入见,布大怒,悔来,欲自杀。(《黥布列传》)
> 下去疾、斯、劫吏,案责他罪。去疾、劫曰:"将相不辱。"自杀。斯卒囚,就五刑。(《秦始皇本纪》)
> 燕将见鲁连书,泣三日,犹豫不能自决。欲归燕,已有隙,恐诛。欲降齐,所杀虏于齐甚众。恐已降而后见辱。喟然叹曰:"与人刃我,宁自刃。"乃自杀。(《鲁仲连邹阳列传》)
> 广死明年,李蔡以丞相坐侵孝景园地,当下吏治,蔡亦自杀,不对狱。(《李

将军列传》)

我们从《史记》中可以看到许多壮丽的死亡场面:荆轲悲歌易水,一去不返;项羽在可以逃脱的机会中,以无颜见江东父老,拔剑向颈;李广并无必死之罪,只因不愿以久经征战的余生受辱于刀笔吏,横刀自刎……可以说司马迁特有的关于死亡的历史叙事唤起了读者对死亡强烈的审美意识。写项羽自杀尤为感人至深,他浓墨渲染这位霸王英雄末路慷慨悲歌,花上近千字的篇幅,从历史学的角度来看毫无必要。

同时这样的表达既不符合儒家温柔敦厚的美学理念,与道家的清静无为更是相去甚远。那么为什么司马迁会如此关注乃至激赏种种慷慨自杀呢?笔者以为,对赴死的欣赏、肯定和赞叹,主要还源于作者内心强烈的屈原情结,同时司马迁自己求死而不能,故赋予喜爱的历史人物痛快淋漓的死亡过程,以消解内心的郁结,可谓借他人之酒杯,浇自己之块垒也。

2. 司马迁的"隐忍苟活"与屈原自杀的外在对立与内在契合

司马迁在李陵之祸后选择了接受耻辱的宫刑而"隐忍苟活",从表面上看,两人对生命的理解似乎不同:屈原选择了慷慨赴死,司马迁选择了忍辱负重。其实这种外在的对立恰是一种内在的契合。

无论是生还是死,其实都是生命的形式,两个人对生命价值观的理解是内在契合的。两个人都遭遇不平,满腔忧愤,他们都著书立说,表达自己的抑郁忧愤之情。屈原用其一生,来践行自己忠君爱国的诺言;用生命之躯,来维护自己"皓皓之白"而不使自己"蒙世之温蠖";用"九死犹未悔"的精神,来表明自己对美好理想的不渝追求;用"路漫漫其修远兮,吾将上下而求索"的韧劲,来见证自己对真理的不懈求索精神。屈原虽在处境困顿之时,以投江结束生命向混沌的楚君臣抗议。而司马迁在生与死的抉择中,选择的是忍辱负重,保留生命,他认为"人固有一死,或轻于鸿毛,或重于泰山",在他的思想里,此时去死,是轻于鸿毛的,他要把未竟之著《史记》完成,让它能"藏之名山,传之其人通邑大都",只有这样,死后才有意义,才能重于泰山。在《屈原列传》中司马迁对屈原之死,不无惋惜之意,但这并不影响司马迁对屈原自杀的推崇和膜拜。

古人认为超越死亡的主要途径就是声名传之后世。汉代经学家韩婴曾说:"王子、比干杀其身以成其忠,柳下惠杀身以成其信,伯夷叔齐杀身以成其廉,此三子者,皆天下之通士也,岂不爱其身哉?为夫义之不立,名之不显,则士耻之。由是观之,卑贱贫穷,非士之耻也……三者存乎身,名传于世,与日月并息,天不能杀,地不能生,当桀纣之世,不能污也。"司马迁自述"所以隐忍苟活,函粪土之中而不辞者,恨私心有所不尽,鄙没世而文采不表于后也"(《报任安书》)。从这个角度出发才能理解司马迁忍辱抉择背后的心结。

3. 司马迁之死扑朔迷离,自杀的可能性极大

司马迁完成《史记》后身世下落不明,那么司马迁究竟是怎么死的呢？史书语焉不详,后人就更无从知晓。不过,我们可以猜测大概有三种：①被皇帝、官方逼死或害死。②自然死亡及病死。③书成之后,不愿再辱,自杀。在这三种之中,自杀的可能性最大。

班固《汉书》的《司马迁传》中没有提到司马迁之死,这在《汉书》的体例中属于例外,暗示了我们司马迁之死应该不是正常死亡。联系司马迁出狱后被任命为中书令,尊崇任职,那么汉武帝官方赐死的可能性也不大,以司马迁的性格,倒是自杀的可能性最大,而班固这样做很可能是出于"为尊者讳"的考虑。

李长之先生在《司马迁之人格与风格》有这样一段分析："征和三年(前90),这一年李广利带兵七万,出五原,击匈奴,兵败而降。这是《史记》中所记最晚的可信为出自司马迁手笔的事,可能司马迁就是在这一年死去的,那么他只是活了四十六岁而已了。……《自序》可能就是作于征和三年(前90)的,那最后的话是：'余述历黄帝以来,至太初而讫,百三十篇';大有书稿写成后,搁笔而踌躇满志的愉快在！四十六岁以后的司马迁如何,我们却一点也不晓得。他是自杀还是病死？我们也没有丝毫记录。以他的倔强,自杀也很可能。他觉得任务已了,或者就不必苟活了的吧。"

如果司马迁确实是自杀,这就暗合了屈原的悲剧结局,并与屈原实现了最后也是最深刻的契合。但在温柔敦厚、怨而不怒的儒家文化中,屈原受到指责,司马迁也同样得不到原谅。

建构与塑造:略议伍子胥与屈原的历史影响

华中师范大学历史文化学院　王洪强

伍子胥与屈原是先秦史上两位重要的楚国历史人物,两人的历史影响是与两人的性格、时遇、功绩、作品和思想相联系的,后人在此基础上,对两人的言行进行了不断的评论,对两人的形象进行了不断的建构,对两人的思想进行了不断的阐发,从而使这两个历史人物的文化生命得以延续。如果从治国用兵或文学艺术上看,两人的历史影响是不成比例的。但是,我们可以结合后世的评价和建构,从道德形象和处世品格两方面来比较双方的历史影响,再探讨其背后的史观差异,从而寻求屈原影响力更大的原因。

一、品评两者的道德形象

道德形象是从国家层面而言的,后世主要是围绕君主专制与国家救亡两方面来展开评论的,其中对两人在政治生活中的影响存在不同的看法。

伍子胥是忠孝兼备的早期历史人物,而忠孝观念又是传统社会最为重要的政治伦理,所以伍子胥的忠孝观便成了后世思想家或政治家们建构忠孝伦理、塑造忠孝形象的思想材料,所谓"述畅子胥,以喻来今"。[①] 在这一建构或塑造过程中,战国以来的儒家与法家观点基本上代表了两类不同的态度。

儒家对伍子胥基本持肯定态度。郭店楚简带有儒家思想色彩的篇目主要反映了儒家"七十子"时代的思想状况,其中有不少关于忠孝观念的表述,如《唐虞之道》说:"爱亲忘贤,仁而未义也。尊贤遗亲,义而未仁也。"《六德篇》说:"为父绝君,不为君绝父。"前者认为孝与忠好比仁与义,两者不可偏废;后者显然认为孝比忠更为重要。子思在《鲁穆公问子思》中说:"恒称其君之恶者,可谓忠臣矣。"又如孟子说:"君之视臣如手足,则臣视君如腹心;君之视臣如犬马,则臣视君如国人;君之视臣如土芥,则臣视君如寇雠。"[②]对比伍子胥的忠孝观,我们发现两者的忠孝观念是比较接近的。战国时期即有关于"昔者子胥忠其君,天下皆欲以为臣;孝己爱其亲,天下皆欲以为子"[③]的评价,加之楚地的出土文

---

① 吴平、袁康,《越绝书校释》第十五卷《越绝篇叙外传记第十九》,武汉大学出版社1992年版。
② 《孟子注疏》卷第八《离娄章句下》,北京大学出版社1999年版。
③ 刘向,《战国策》卷三《秦一》,上海古籍出版社1985年版。

献中有关于"及五(伍)子疋(胥)者,天下之圣人也,鸱夷而死"①之类的记载,说明楚人将伍子胥视为圣人,这说明战国时期对伍子胥的肯定评价占据主流地位。伍子胥是臣向君复仇的典型,对伍子胥的肯定说明当时的儒家等学派需要约束君权,这与董仲舒建构"天"的意图是一致的。

法家对伍子胥评价不高,甚至有所贬抑。韩非的老师荀子认为用德行去感化君主比以谏言去非难君主更彰显忠君的为臣之道,如《荀子臣道》:"有大忠者,有次忠者,有下忠者,有国贼者……若子胥之于夫差,可谓下忠矣……"韩非子继承并发展了这一观点,《韩非子说疑》:"若夫关龙逄、王子比干、随季梁、陈泄冶、楚申胥、吴子胥,此六人者,皆疾争强谏以胜其君。言听事行,则如师徒之势;一言而不听,一事而不行,则陵其主以语,待之以其身,虽死家破,要领不属,手足异处,不难为也。如此臣者,先古圣王皆不能忍也,当今之时,将安用之?"以伍子胥那般刚烈的性格,君主专制体制是不能容忍的。韩非子虽认为伍子胥为贤臣,但不能以贤犯上,同时又认为世乱之原因在于君主不用贤智之士,如《韩非子·人主》:"昔关龙逄说桀而伤其四肢,王子比干谏纣而剖其心,子胥忠直夫差而诛于属镂。此三子者,为人臣非不忠,而说非不当也。然不免于死亡之患者,主不察贤智之言,而蔽于愚不肖之患也。今人主非肯用法术之士,听愚不肖之臣,则贤智之士、孰敢当三子之危而进其智能者乎?此世之所以乱也。"

屈原是历史人物中的爱国典范,其历史影响突出地表现在其爱国精神对民众救亡图存的感召上。从国家层面来说,后世对屈原的评价,于君主专制统治一面是持贬抑态度的,在救亡图存之时却是极为推崇的。

虽然王逸一再强调屈原对君主的忠贞,但因为狷介孤傲同样不利于君主专制统治,所以在传统社会的君主治国实践中,屈原并没有受到重视。如《颜氏家训·文章第九》:"然而自古文人,多陷轻薄:屈原露才扬己,显暴君过。"司马光在《资治通鉴》中也只字不提屈原,对此,南宋的费衮在《梁溪漫志》卷五"《通鉴》不载《离骚》条"云:"予谓三闾大夫以忠见放,然行吟恚怼,形于色词。……温公之取人,必考其始终大节。屈原沉渊,盖非圣人之中道。"张舜徽先生也在《霜红轩杂著》之《〈资治通鉴〉全译序》篇中认为,屈原虽为辞赋之宗,但因司马光编撰《资治通鉴》是为帝王统治作资鉴,故其书对于孤高自赏之辈基本不加记载。

但屈原爱国的气象宏大而感情强烈,在救亡图存之时往往能起到激励民众的作用,历代志士有不少借屈原以唤醒民族救亡图存之志的言论。屈原沉江之后,其作品在楚地的广为流传即产生了非凡的政治影响力,《卜居》《渔父》两篇的创作就是战国晚期的楚国

---

① 马承源主编,《上海博物馆藏战国楚竹书》(五)之《鬼神之明》篇,上海古籍出版社2005年版,第316页。

黄老道者借屈原抒发救亡之志的结果,楚辞中的爱国情感激励了楚人的斗志,促成了"亡秦必楚"的实现,正所谓"灭楚者秦也,灭秦者楚辞也"。① 之后,伴随中原王朝的多次南渡,屈原的爱国精神在更大地域内得以彰显,士人们对屈原的认同感越来越强,民间对屈原的祭祀也越来越隆重了,如从晋代开始,划龙舟、裹粽子等民俗开始与屈原相关联,朱熹更是在《楚辞集注》中赋予屈原沉江以强烈的殉国色彩。及至近现代,列强入侵,民族国家意识觉醒,因救亡之需,这一形象更得以强化,并被提升到中华民族的高度,如郭沫若创作的历史剧《屈原》等。随着屈原爱国精神的不断升华,后世对屈原的褒扬越来越多,其影响力也越来越大。

比较而言,伍子胥在忠孝伦理建构中的影响较大,而屈原在爱国形象塑造上的影响力是空前绝后的。比如,端午节本是时代和地域特征较为复杂的民间节日,其起源并不与祭祀历史人物相关,但人们对爱国精神的弘扬,使得伍子胥与屈原都成为了端午节的祭祀对象,其事迹都成为了民间故事的重要题材。尽管如此,两人的影响力是不可同日而语的。伍子胥虽为楚人,但作为吴国的忠臣,吴人怜之,其影响力主要在吴越之地,江苏苏州、无锡和浙江海宁等地关于伍子胥的传说故事和祠庙古迹尤多。屈原则既为楚人,又忠于楚国,其影响力随着楚文化的流变与爱国精神的彰显而波及整个中华大地。

二、体味两者的处世品格

处世品格是从个人层面而言的,后世主要是围绕建功立业与明哲保身两方面来展开评论的,其中对两人的人生选择也存在两种不同的看法。

伍子胥在人生的不同阶段做出了不同选择,在父兄被杀的情况下选择了逃亡,实现了复仇与建功立业的目标,而在被昏君赐死面前却选择了自刎,落得个鸱夷而死的下场。这两种看似矛盾的选择成为了后世评论其处世态度的焦点。

在伍子胥为父兄复仇方面,司马迁是持赞赏态度的:"向令伍子胥从奢俱死,何异蝼蚁。弃小义,雪大耻,名垂于后世,悲夫!方子胥窘于江上,道乞食,志岂尝须臾忘郢邪?故隐忍就功名,非烈丈夫孰能致此哉?"若当初选择赴死而不选择复仇,伍子胥可能只是一个不足称道的人物,从某种意义上也可说是复仇的目标成就了他的功业。所以,无论后世对子胥复仇有多少非议,但这客观上成为了推动他建功立业的人生选择。

在伍子胥以死争谏方面,如前所述,战国时代即有探讨伍子胥"前多功,后戮死"是否是因为智衰的缘故,得出的结论是伍子胥没变而际遇变了。但后世仍有人认为伍子胥不必"死忠",如王安石《伍子胥庙记》认为伍子胥"以智死昏,忠则有余",显然是说其死忠

---

① 蔡靖泉,《〈卜居〉、〈渔父〉的产生与屈原的影响》,《华中师范大学学报(人文社会科学版)》2007年第5期。

夫差为不明智之举。其实,伍子胥这一选择与之前复仇的选择并不矛盾,正是因为其感恩于吴国,才没有选择明哲保身的做法。

屈原在处世品格上有两方面值得注意,一方面屈原关心国运与民生,具有强烈的忧患意识,迫切希望得到君主的信任,参与变法革新,说明其积极追求安邦定国的人生目标;但另一方面,屈原又敢于对抗黑暗的现实环境,不愿与小人为伍,表现出特立独行、志行高洁的处世品格。

屈原特立独行的处世品格对中国文人的心态与审美具有深远的影响,其作品则直接影响了古代文人伤感情绪的表达,后世文人通过屈原的作品而与之结下了不解之缘。在那些不得志的文人心目中,屈原甚至成了精神归宿。正因为时运与际遇不佳,中国历史上有很多生不逢时、仕不得志的文人,在被冷落或被贬谪的情势下,凭吊屈原,抒发忧国忧民却无以建功立业的愁怨。

但是,对于屈原以死殉国的做法,多有人持否定态度。从贾谊、班固、扬雄开始,不少人在咏叹屈原时,既同情其遭遇,钦佩其才华,又对其沉江之举加以批评。如班固在《〈离骚〉序》中先引用《大雅》"既明且哲,以保其身",后评价道:"今若屈原,露才扬己,竞乎危国群小之间,以离谗贼。然责数怀王,怨恶椒兰,愁神苦思,强非其人,忿怼不容,沉江而死,亦贬洁狂狷景行之士。"屈原不辨形势,身处乱世而执着进谏,遭遇小人而自招祸难,又不明君之不可责求的道理,无法从怨愤中解脱出来,故他对屈原的总体结论是"虽非明智之器,可谓妙才者也"。这番话主要是站在个人立场上的惜才之言,与出于君主统治的立场而忽略或贬损屈原的言论是不同的。

比较而言,两人在处世上相似点在于最后都选择了以死忠君或殉国,所以后人的相关评价也比较一致。李白对屈原评价很高,但他在《行路难》之三中写道:"吾观自古贤达人,功成不退皆殒身。子胥既弃吴江上,屈原终投湘水滨。"显然,李白认为伍子胥和屈原选择的人生结局都非明智之举。

伍子胥与屈原在处世态度上的差异,主要是伍子胥曾选择了复仇,这直接影响到后世对两人文化形象的塑造。比如,伍子胥自杀后被盛以鸱鹕,投之于江,化为水神或潮神,驱涛发怒,人们便在端午之日奉迎伍君,平息怨恨。屈原自沉汨罗,却未有化为威猛水神的传说。《论衡·书虚篇》:"传书言:吴王夫差杀伍子胥,煮之于镬,乃以鸱夷橐投之于江。子胥恚恨,驱水为涛,以溺杀人。今时会稽丹徒大江、钱塘浙江,皆立子胥之庙。盖欲慰其恨心,止其猛涛也。夫言吴王杀子胥投之于江,实也;言其恨恚驱水为涛者,虚也。屈原怀恨,自投湘江,湘江不为涛;申徒狄蹈河而死,河水不为涛。世人必曰:'屈原、申徒狄不能勇猛,力怒不如子胥。'"这段话是王充对虚妄之书的驳论,也可说明伍子胥与屈原在民众心目中的文化形象是有差异的,这种差异既与两人本身的性格差异有关,更与后人对复仇主题的演绎和建构有关。

三、试析不同影响背后的史观

在上述两个层面的褒贬评价中,后人对两人褒扬或同情的原因是很明显的,而他们对两人贬抑或否定的原因,笔者认为主要有两点:一是责其暴君过而无德,二是讽其轻生死而不智。前者建立在对两人忠不忠的探讨之上,主要是出于维护君主专制统治而得出的评价。后者建立在对两人智不智的探讨之上,主要是出于追求个人独善其身而找到的理由。比如,与司马迁对伍子胥和屈原均持褒扬或理解的态度不同,扬雄对两人均持贬抑或否定的态度。对于伍子胥,扬雄认为"胥也,俾吴作乱,破楚入郢,鞭尸,籍馆,皆不由德。谋越谏齐不式,不能去,卒眼之。"①对于屈原,扬雄认为"以为君子得时则大行,不得时则龙蛇,遇不遇命也,何必湛身哉"!② 并发出了"如其智,如其智"的反问。扬雄对两人的评价,前者是袒护昏君,以为伍子胥无德;后者是怜惜才子,认为屈原不智。显然,扬雄并不认同司马迁以伍子胥为烈丈夫的观点,也不认同司马迁认为屈原"同生死,轻去就"的观点。

总之,无论何种评价,都受到了评价者自身际遇和学识的影响,反映了评价者在忠与孝,君与国,以及出世与入世等问题上的不同看法,体现了不同的历史观。司马迁正是基于类似遭遇,才对两人给予了很高的评价与深切的同情,这从他的《报任安书》中也可看出来。关于学识,苏轼在《论子胥种蠡》中辩驳扬雄道:"子胥、种、蠡皆人杰,而扬雄,曲士也,欲以区区之学疵瑕此三人者:以三谏不去、鞭尸籍馆为子胥之罪,以不强谏句践而栖之会稽为种、蠡之过。雄闻古有三谏当去之说,即欲以律天下士,岂不陋哉!三谏而去,为人臣交浅者言也,如宫之奇、泄冶乃可耳。至如子胥,吴之宗臣,与国存亡者也,去将安往哉?百谏不听,继之以死可也。"苏轼认为扬雄以三谏当去之说来评价天下之士是很浅陋的,扬雄的标准显然与其受到儒、道两家思想的影响有关。

总体而言,伍子胥的历史影响主要是出于彰忠表孝的需要,而屈原的历史影响主要是出于救国抒志的需要。虽说影响的领域有所侧重,但综合来看,屈原的历史影响较之于伍子胥更为深远,其原因主要是:首先,在国家政治层面,屈原将爱乡国、爱君国与爱祖国统一起来,气象宏大。且与吴地相比,楚地广大,人口众多,且屈原的爱国精神随同楚人灭秦兴汉而被熔铸到中华文化精神之中,这无疑有助于提高屈原的历史地位。其次,在文人学术层面,屈原留有千秋传颂的辞赋,借助艺术的强大感染力,经由后世文人的吟咏、解读与创作,屈原的影响力穿越了时空限制,正所谓"屈平辞赋悬日月,楚王台榭空山

---

① 扬雄,《法言义疏》十三《重黎卷第十》,中华书局1987年版。
② 班固,《汉书》卷第八十七《扬雄传》,中华书局1962年版。

丘"。① 最后,在民间信仰层面,屈原数次被流放,亲身感受到民众生活之疾苦,其爱民之心情深意切,为百姓所感怀。又,屈原的作品吸收了楚越之地民间文学的风格,如在屈原之前,南方民间即有与楚辞体相仿的《越人歌》②与《沧浪歌》③,而《九歌》即是屈原对民间流传的同名祭歌加工的产物,加之后世民间艺人对屈赋的改写传唱,使得屈原在民间受到赞颂。

---

① 李白,《李太白全集》卷六《江上吟》,中华书局1977年版。
② 刘向,《说苑校证》卷十一《善说》,中华书局1987年版。
③ 《孟子注疏》卷第七《离娄上》,北京大学出版社1999年版。

汉宋士人屈原情结的变迁

黄淮学院　刘五一

"士"作为一个阶层最初活跃于中国历史舞台,大约在春秋战国时代。换言之,屈原的时代,正是中国士阶层形成和发展的时代,如果说孔、孟等儒学创始人在那个时代对于士人精神的描述影响着其后二千余年中国士文化的形成和发展,那么,作为中国早期社会最为生动、最为典型的士人范例的屈原形象,毋庸置疑地对后代中国士人的文化心理产生了巨大而深远的影响。"自九怀以下,遽蹑其迹,而屈宋逸步,莫之能追。故其叙情怨,则郁伊而易感;述离居,则怆怏而难怀;论山水,则循声而得貌;言节候,则披文而见时。是以枚贾追风以入丽,马扬沿波而得奇,其衣被词人,非一代也。故才高者菀其鸿裁,中巧者猎其艳辞,吟讽者衔其山川,童蒙者拾其香草。若能凭轼以倚雅颂,悬辔以驭楚篇,酌奇而不失其贞,玩华而不坠其实,则顾盼可以驱辞力,欬唾可以穷文致,亦不复乞灵于长卿,假宠于子渊矣。"[①]汉代距屈原时代最近,又处于思想从百家争鸣到经学一统的变革时期,汉代士人屈原情结最为浓烈;宋代是中国文化最辉煌的时代,士人社会地位较高,同时又是强敌环伺、国力疲弱的时期,因此,宋代士人与屈原富国强兵、抵御外侮的情结息息相通。后代士人把屈原作为士人的典范及命运舛错的知己来讴歌、赞美。造成了中国士文化心理的显著特色——屈原情结。解读屈原情结,便能揭示中国士文化的深层内蕴:正是依附与独立的双重心态、功名与诗名的价值选择以及执迷而不知解脱的情感特征,造成了中国士人的人生困惑与人生痛苦。对汉宋士人屈原情结的变迁和差异进行研究分析,是一项很有意义的工作。

一

"屈平辞赋悬日月,楚王台榭空山丘",屈原对汉人及后人的影响是深远的,但屈原对汉人的影响因汉代不同时期的政治文化特点和具体人物的不同情况而呈现出不同的倾向性:

(一)对西汉前期士人的影响主要在品格方面,如贾谊、司马迁所受的影响,贾谊是汉代最早对屈原具有浓重情结的士人,二十一为文帝博士,为了巩固汉朝的统治,他向汉文

---

① 刘勰,《文心雕龙·辩骚》,人民文学出版社1981年版,第35页。

帝提出了一系列建议,进行改革。但受到权贵和佞臣的强烈反对,被贬为长沙王太傅,《吊屈原赋》是他屈原情结的强烈表露:

> 恭承嘉惠兮,俟罪长沙;侧闻屈原兮,自沈汨罗。造讬湘流兮,敬吊先生;遭世罔极兮,乃殒厥身。呜呼哀哉!逢时不祥。鸾凤伏窜兮,鸱枭翱翔。闒茸尊显兮,谗谀得志;贤圣逆曳兮,方正倒植。世谓随、夷为溷兮,谓跖、蹻为廉;莫邪为钝兮,铅刀为铦。籲嗟默默,生之无故兮;斡弃周鼎,宝康瓠兮。腾驾罢牛,骖蹇驴兮;骥垂两耳,服盐车兮。章甫荐履,渐不可久兮;嗟苦先生,独离此咎兮。

刘安、司马迁对屈原充满了仰慕和赞美,并对屈原作品进行了研究和整理,刘安《离骚传》认为:"《国风》好色而不淫,《小雅》怨诽而不乱,若《离骚》者可谓兼之矣。"其评论屈原则谓"蝉蜕于浊秽,以浮游尘埃之外","推此志也,虽与日月争光可也",司马迁认为:

> 屈平之作《离骚》,盖自怨生也。上称帝喾,下道齐桓,中述汤、武,以刺世事。明道德之广崇,治乱之条贯,靡不毕见。其文约,其辞微,其志洁,其行廉。其称文小而其指极大,举类迩而见义远。其志洁,故其称物芳;其行廉,故死而不容。自疏濯淖污泥之中,蝉蜕于浊秽,以浮游尘埃之外,不获世之滋垢,皭然泥而不滓者也。推此志也,虽与日月争光可也。

司马迁为屈原作传,不仅照录了刘安(汉高祖刘邦的子孙)的这些警句,还进一步把《离骚》和孔子删定《春秋》相提并论。他盛称前者"其文约,其辞微,其志洁,其行廉……",是屈原伟大完满人格的写照。可见,司马迁乃是非常崇拜屈原的人。

西汉后期至东汉,士人由接受屈原品格方面的影响,逐渐转为对屈原进行政治伦理道德方面的评判,如扬雄、班固、王逸等人对屈原的评判。

扬雄深受儒家思想影响,认为文学创作需符合儒家之道,其《法言》认为"诗人之赋丽以则,辞人之赋丽以淫",将屈原作品列入"诗人之赋",表明他对屈原的崇敬,但对屈原的自沉,扬雄却持保留态度,他认为"君子得时则大行,不得时则龙蛇。遇不遇,命也,何必湛身哉?"①

表面上,扬雄的观点和贾谊相同,实际上有较大区别。贾谊是基于道家"贵生"思想,认为当政者昏庸无能,就应与之决绝,既"所贵圣之神德兮,远浊世而自藏",扬雄则从儒家君臣关系的立场出发,认为遇不遇是命中注定,怨不得谁,自然不能用自沉来表示不

---

① 班固撰,颜师古注,《汉书》,中华书局1962年版,第3515页。

满,所谓"终回复于旧都兮,何必湘渊与涛濑"(《反离骚》)。这一观点,得到班固的进一步发展。

班固对屈原及其作品的评价经历了前后不同的改变:前期的班固尚未步入官场,思想还较为通达和自由,评价屈原时尚能不受儒家正统思想的拘牵,表现出一定的公正性、客观性。后为朝廷所用,先后任兰台令史、典校秘书、玄武司马等职,后随大将军窦宪出征匈奴,又受命整理白虎观会议的记录,撰写成《白虎通》,故深感朝廷厚恩,伴随着他的仕途生涯,其封建正统思想渐趋浓厚,这从他在《汉书·司马迁传》中批评司马迁的《史记》"是非颇谬于圣人"即可看出。在班固早年写给东平王刘苍的奏记中将"灵均纳忠,终于沉身"同"卞和献宝,以离断趾"并提,认为都是以忠罹祸,并对二者的忠君之举给予褒奖,称颂"和氏之璧,千载垂光;屈子之音,万世归善"。还希望东平王能体察忠善,使其治下能"永无荆山、汨罗之恨"。由此可见班固不仅誉扬屈原的忠善之行,而且对屈原的沉身汨罗之举亦予以肯定。

在其所作的《离骚赞序》中,班固在叙述屈原遭际,揭示《离骚》、《九章》作意,说明屈原之死造成的严重后果时,主要还是檃栝《屈原传》的大意,甚至袭用其辞句,说明其对屈原的评价仍与司马迁一致。即使在他作《汉书·艺文志》,追溯辞赋源流与演变时,仍将屈原与大儒荀卿之赋视为"贤人失志之赋",指出他们是在"离谗忧国"的情况下"皆作赋以讽"的。认为他们"咸有恻隐古诗之义",继承了《诗经》美刺讽谏的优良传统,并以此为标的,批评宋玉、唐勒、枚乘、司马相如、扬雄等人之赋是"丽以淫","竟为侈丽宏衍之词,没其讽喻之义"。可是到了作《离骚序》时,班固的态度却大变。他继承西汉扬雄的观点,而反对淮南王刘安和司马迁的观点,对屈原的为人、品格,对屈原作品的价值以及屈原之死都作出了一种否定性评价。这些否定性评价的出发点主要是针对刘安和司马迁对屈原的肯定性评价。刘安在《离骚传序》中对《离骚》的价值、对屈原的光辉人格作出了高度的评价和热烈的颂扬,说"《国风》好色而不淫,《小雅》怨诽而不乱,若《离骚》者,可谓兼之矣。蝉蜕浊秽之中,浮游尘埃之外,然泥而不滓,推此志,虽与日月争光可也。"认为屈原的《离骚》兼有《国风》和《小雅》的"乐而不淫,哀而不伤"的特点;评价屈原的人格是能处污泥而不染,可与日月争光。但班固却认为这一评价"似过其真",不符合屈原的实际情况。在班氏看来,屈原的为人是"露才扬己,竞乎危国群小之间,以离谗贼,然责数怀王,怨恶椒兰,愁神苦思,忿怼不容,沉江而死,亦贬洁狂狷景行之士。"批评屈原"露才扬己",不该与"危国群小"进行斗争,更不该"责数怀王,怨恶椒兰",认为由于屈原的过激行为而导致自己不容于世,于是只好"沉江而死",这种行事不过是"贬洁狂狷景行之士",不值得称许。在班固看来,一切都是命数,人要认命,不要同命运抗争,最好的办法,就是明哲保身,全命避害。他说:"且君子道穷,命矣。"应像潜龙一样"不见是而无闷",或像蘧伯玉一样"持可怀之志",像宁武子一样"保如愚之性",遵循《诗经·大雅》"既明且哲,以保其身"的处世格言,这才是一种可贵的处世态度。实际上也就是要屈原放弃自己的崇高理想、斗争精神和正直人格,与世沉浮,同流合污。对于屈原在作品中多用比兴象征之法,多借用神话传说的艺术表现手法,班固亦甚为不满,指责屈原"多称昆仑、冥婚宓妃虚无之言,皆非法度之政,经义所载"不合《诗经》的风雅传统,因此,他认为刘安评《离骚》兼有《诗经》风雅之义,可与日月争光是过誉之辞。班固也承认屈原在辞赋发展史上的地位,"然其文弘博丽雅,为辞赋宗",也承认其对后世辞赋家的影响"后世莫不斟酌其英华,则向其从容",但却认为屈原只是"妙才",而非"明智之器",虽有辞赋方面的过人才华,但在为人处世方面却失于偏执,并不明智。

扬雄对屈原的生活遭遇表示了极大的同情,但是对屈原毅然赴死的决心却显出强烈的不屑,当然这是可以理解的,因为扬雄一直信奉"治则见,乱则隐"的明哲保身的处世态度,所以,他对屈原反抗现实的斗争意志和为理想宁可玉碎的积极精神不能认同也就不足道了。班固则继承了扬雄的见解和观点,从"明哲保身"的层面对屈原做了更多评价,比扬雄有过之而无不及,甚至有些偏激。班固在《离骚赞序》中评价屈原"则数怀王,怨恶椒兰,愁神苦思,强非其人,愤懑不容,沉江而死,亦狂狷景行之士"就可见一斑了。

对此,王逸给予了尖锐的反驳,提出了自己的观点。在《楚辞章句序》中,王逸提出:"忠立而行成,荣显而名著。若夫怀道而迷邦,许愚而不言,倾则不能扶,危则不能安,婉转以顺上,逡巡以避患,虽保黄耇,寿终百年,盖志士之所耻,愚夫之所贱也。"王逸还根据《论语》特别赞美"杀身成仁"反对"怀宝迷邦,逡巡避祸",这正是对杨雄班固等人信奉的"明哲保身"思想的否定和批判,同时更是对屈原崇高的人生追求和政治理想的最大肯定,也是对屈原斗争精神的认可。王逸对屈原本人以及《离骚》都给予了最高度的评价,从而也表达了他在文艺批评上所持有的态度。评价人物政治表现方面王逸也给出了他的标准:"人臣之义,以忠正为高,以伏节为贤。故有危言以存国,杀身以成仁。"

可见汉代士人主要是基于本身的遭遇引起的共鸣,也有不同的观点和争议。

(二)楚辞对汉代文化的影响具有地域性的特点,汉代的淮南、吴、梁诸藩国皆盛辞赋,原因即在于诸藩国或为故楚地,或与楚地接比,其文化明显受到楚辞的影响;楚辞对汉代文化的影响还具有重在情感心理、深层意识、艺术情趣的特点。

整个汉代辞赋创作的两条线索:一是"辞"或"骚"体类作品时时出现,延续不断;二是赋体文学的兴起、发达和演变。汉代的淮南、吴、梁诸藩国皆盛辞赋,原因即在于诸藩国或为故楚地,或与楚地接比,其文化明显受到楚辞的影响。贾谊是汉代第一位卓有成就的辞赋作家。他的骚体赋作的代表作是《吊屈原赋》、《鵩鸟赋》、《旱云赋》。

其作品抒情述志、情感浓郁,与楚辞有明显的承继关系。如《吊屈原赋》。在表现方法方面,直抒胸臆,议论多于形象。如《旱云赋》(表现了其忧国忧民的深切怀抱)。

总之,贾谊的辞作,把创作的根柢牢牢植入时代、政治和人生之中,抒发真切的感受,言说真诚的志愿,情浓意真。他承继了屈原的创作精神,又溶入时代新的内涵。在艺术表现上,则比较质朴少致。其作品的形制,基本与先秦的楚辞相同。

董仲舒《士不遇赋》,直接抒发内心的郁愤,提出三种处世方式不可从,表现出失路而迷惘的痛切感受。

汉武帝《李夫人赋》,是一篇情思浓烈的怀人之作。真挚深切,艺术水平很很高。欲写己之思人,却远画对方孤处荒草坟茔的情境,这一笔法为后世经常使用。

刘歆《遂初赋》,写自己所遇、所感、所思,具有浓烈的情感和鲜明的自我。比较注意抒情手法的变化,借古抒情,借景抒情。是汉代"纪行赋"的开山之作。

班婕妤《自悼赋》,抒写自己从入宫到遭贬过程中的心态变化,深刻而细腻,十分感人。

(三)楚辞对汉赋的影响完成了一个螺旋式上升的、复归中又有扬弃的圆圈运动:由情到物,再回到情;由怨到颂,再回到怨;由真到假,再回到真。这个圆圈运动明显表现在由骚体赋到汉大赋,再到抒情小赋的演变中。

由西汉而至东汉,士人对"不遇"问题有一个由感伤而走向思考的情感历程,而他们对屈原的阅读评价也有一个从感性向理性的提升。在"不遇"问题中,屈原的遭遇常常是他们动情的触媒,思考的参照,屈原的作品由此而引起他们特别深切的关注,而这样一种关切的感情也影响着他们对屈原的阅读和理解。于是,在他们的情感活动中,阅读屈原与思考自身既相互联系,又相互激发,促动着情感活动的深入,他们在阅读屈原时的价值取向就随同对"不遇"问题的认识而发生变化。随着大一统政权的持续,随着儒学作为主流意识形态的力量的强盛,士人在"不遇"问题上的激愤情绪渐渐转向出路的探求而趋向平静,他们并不能逾越忠君的道德域限,遂汲取儒学尊道自贵的人格力量,将退避自守的无奈转化为持文娱道的自觉,而提倡以明哲的平静来面对命运的坎坷。这样,他们的阅读屈原也就从最初的同情与共鸣而转向理性的阐释,将个人情感的会悟纳入儒学的伦理规范,由士不遇的命运感伤而转变为忠君眷国的道德表彰,屈原形象中的个人愤世之情被弱化,而忠君眷国的道德意义被张大宣扬,并从此而深深地影响了后来人对屈原的阅读和理解。

二

自汉代贾谊将屈原情结引入文学当中来,带给历代文人困惑与思考。他们在模拟和评论屈原的同时,也在屈原身上找到自己人生的认同。对于屈原和《离骚》的评论贯穿了整个中国文学的发展。作为楚辞研究的又一高峰期,宋代的楚辞学成为古代楚辞学史上一颗闪亮的明珠。从现有文献记载来看宋代的楚辞评论家多达 700 余位。他们或著书以释，或论文以考，或作诗以评，从不同的角度来对屈原和楚辞进行评论。宋代诗话、词话、宋代诗人的楚辞专著、吊屈咏骚的诗歌成为他们最好的评论途径。由于建立在宋代理学的背景之下，宋代的楚辞评论带有强烈的理学色彩。同时，宋人文统意识的加强，宋人对于文学本身的特点格外关注，这使得宋代的楚辞评论沿着理学与文学双线而展开，并最终建立了属于自己的楚辞观。较之汉人，宋人对屈原的接受更多的是站在政治的角度，这也就决定了屈原的形象在不同的历史阶段不断地变化和发展，从汉至宋屈原已经由悲剧士人形象转变成为了忠君圣贤的形象，这种形象的变化正是与汉、宋士人的不同心态相印证。可以说宋人对屈原的评论不再是简单的褒贬，而更多的是政治穷困下的理性思考，是宋代独特文化环境下的一种人文追求。由于宋代文学理论的繁荣，宋人的拟骚咏骚作品的大量创作，宋人在学习骚体的过程中也形成了自己独特的骚体观。他们对去取骚体有着很严格的标准，对于骚体的文学特质也进行了重新的思考。同时他们在对宋以前的骚体流变的研究过程中，形成了自己对骚体流变的新认识。可以说宋代的楚辞评论是宋人对屈原和《楚辞》解读和接受的最佳途径，它反映了宋代一段心灵史和文学史的演变过程。通过本文的论述可以初步勾勒出一段屈原影响下的宋代楚辞研究的史影。

宋人站在儒学的立场评价屈原其人其诗，既高度赞扬其爱国忠君精神，又贬斥其"怨君"、"沉江自戕"等不符合儒家规范的行为；既肯定其诗"发乎情"，又批评其不能"止乎礼义"。这种对古人褒贬的矛盾态度，是宋代文道冲突、情理冲突的文学思潮的反映，渗透着当下的时代精神与价值取向。

与大一统君主政体两相依存而又两相冲突，在冲突中走向政治苦境、精神苦境，构成了中国士人典型的生存境遇。这一生存境遇，可以称之为"屈原困境"。中国士人的历史性境遇造成了他们对屈原的世代阐释。两宋以后，因深处于一个内忧外患的中国险境中，中国士人的"屈原困境"愈加严峻。从古代中国以至于近现代中国，千年的解骚历史，莫不说明了中国的问题、中国的情境以及中国文化特有的阐释方式，说明了中国士人以及中国近现代知识分子的精神难题。

屈原以其杰出的文学成就和高洁的人格，成为后代文人士大夫学习的典范。辛弃疾用自己的方式继承和发展着屈原精神及其创作上的艺术手法，屈原及其骚赋已深入到辛词内部，成为辛词不可缺少的重要部分。这一切都源于辛弃疾对屈原更深层意义上的相承关系，即辛弃疾身上浓厚的屈原情结：两人都有着执迷求索的悲剧人生，有着功名与诗名之间的理想困惑，都有依附与独立的矛盾人格。

两宋现实处境与战国后期楚国形势有许多相似之处，强敌环伺、军事不振，不仅是两宋当局统治者的心腹之忧，亦一直是宋代文人的穿心之痛，文学作品最能体现这种心理情结，具体为对屈原和楚辞的接受，导致两宋辞学兴盛，远超魏晋至唐五代，宋代屈原及楚辞研究堪称继两汉之后楚辞学第二座高峰。《宋史·艺文志》著录《楚辞》著作12部，除首二部为屈原等撰《楚辞》十六卷和王逸《楚辞章句》十七卷外，其余为：晁补之《续楚辞》二十卷、又《变离骚》二十卷，黄伯思《翼骚》一卷，洪兴祖《楚辞补注》十七卷、《考异》一卷，周紫芝《竹坡楚辞赘说》一卷，黄铢《楚辞协韵》一卷，钱杲之《离骚集传》一卷，共七家十种。更多零星评论、拟作则散见于《宋史》之《儒林传》、《文苑传》以及众多的个人传记中。还有部分资料散见于宋人杂史、笔记、书录、文学作品等文献中。姜亮夫《楚辞书目五种》①辑得宋人著作凡16家22种，另图谱7家9种，为迄今著录宋人《楚辞》类著作最全者。近年又出版了李诚、熊良智主编《楚辞评论集览》②，从《四库全书》等处辑得宋人楚辞评论80余家凡200余项，传世楚辞文献遂大备于斯。

唐以前文人对屈原评论主要执于褒贬两端，但从未提屈原"忠君爱国"的概念。朱熹在《楚辞集注》中说："原之为人，其志行虽或过于中庸而不可为法，然皆出于忠君爱国之诚心。"这是楚辞学史上第一次明确以"忠君爱国"理念来解读屈原精神。这一概念的提出，或者说这种君国意识的确立，是建构在政治上"中国正统"论之上的。周边异邦的压力，迫使宋人明显感觉到"中国"不等于"天下"，宋人只据有"中国"，已无法操控"天下"。在这种情况下，强调自身民族的合法性，确立汉人正统性便成为宋人重要使命。

从宋初石介的《中国论》③开始，到欧阳修的《正统论》和《正统辩》④，正统意识、夷夏之辩陡然清晰起来。屈原那种自视高贵、傲然不群的品格和对宗国乡土的无限眷恋情结，便成为宋代文人认同和共鸣的基点。王禹偁为官"八年三黜"，仍"不屈其道"，仿作骚体赋，以抒发情志。梅尧臣作诗赞美屈原"愤世疾邪意，寄在草木虫"的忧国之心。苏轼写《屈原塔》、《屈原庙赋》表述对屈原忠贞气节的肯定和推崇，对屈原遭遇的同情与不平，并寄托自己与屈原一样的拳拳之心。范仲淹、王安石、司马光、黄庭坚、刘敞、晁补之、张耒等北宋文坛翘楚都写有诗文评述和赞美屈原的"忠贞之志"、"仁人之心"、"不屈之志"。

靖康难后至于南宋，文人对民族危机愈加忧心忡忡，内心悲愤越发沉重，这一时期，坚持主战成为当时士大夫阶层共同认可的正确立场，呼吁洗雪耻辱、收复中原，期望报国杀敌、建功立业，表现慷慨悲愤的激情和英雄主义理想的作品成为文坛主流。诗中每见"屈宋死千载，谁能起九原"（陆游《白鹤馆夜坐》），词中多是"千古《离骚》文字，芳至今，犹未歇"（辛弃疾《喜迁莺，警臣赋芙蓉词见寿，用韵为诗》）。而直凸一个"忠"字，涵咏爱国主题的文字多见。更重要的是洪兴祖《楚辞补注》的出现，朱熹《楚辞集注》中"忠君爱

---

① 姜亮夫《楚辞书目五种》初由中华书局上海编辑所于1961年出版发行，后由上海古籍出版社崔富章修订，1993年重印，同时出版续编。
② 该书为崔富章总主编大型丛书《楚辞学文库》第二卷，湖北教育出版社2002年10月出版。
③ 石介，《徂徕石先生文集》卷十，中华书局1984年版。
④ 欧阳修，《欧阳修全集》卷十、卷六十，中华书局2001年版。

国"理论的提出。

今存《楚辞补注》卷一《离骚后叙》：

> 且人臣之义，以忠正为高，以伏节为贤。故有危言以存国，杀身以成仁。是以伍子胥不恨于浮江，比干不悔于剖心，然后忠立而行成，忠，一作德。荣显而名著。著，一作称。若夫怀道以迷国，详愚而不言，详与佯同，诈也。颠则不能扶，危则不能安，婉娩以顺上，婉娩，一作娩娩，一作俛俛。逡巡以避患，虽保黄耇，终寿百年，盖志士之所耻，愚夫之所贱也。今若屈原，膺忠贞之质，体清洁之性，直若砥矢，言若丹青，进不隐其谋，退不顾其命，此诚绝世之行，俊彦之英也。①

洪氏不仅为后人留下一部最完整的楚辞注本，而且也为宋人重新接受屈原，升华楚骚精神添上浓重一笔。朱熹不仅注释上大量采信洪氏成果，而且理念上多吸纳洪氏观点，"且人臣之义，以忠正为高，以伏节为贤。"对朱熹明确提出"忠君爱国"是有直接影响的。

三

由于两汉去战国未远，对战国士人纵横捭阖、激扬文字的气派，汉代士人仰慕不已、心驰神往，甚至对屈原固守宗国、愤而自沉难以理解，贾谊亦认为"国其莫我知兮，独壹郁其谁语？凤漂漂其高逝兮，固自引而远去。袭九渊之神龙兮，深潜以自珍；偭蟂獭以隐处兮，夫岂从虾与蛭蟥？所贵圣人之神德兮，远浊世而自藏；使骐骥可得系而羁兮，岂云异夫犬羊？般纷纷其离此尤兮，亦夫子之故也。历九州而其君兮，何必怀此都也？凤凰翔于千仞兮，览德辉而下之；见细德之险征兮，遥曾击而去之。彼寻常之污渎兮，岂能容夫吞舟之巨鱼？横江湖之鳣鲸兮，固将制于蝼蚁。"（《吊屈原赋》）东方朔的《答客难》亦谈道："苏秦、张仪一当万乘之主，而都卿相之位，泽及后世。今子大夫修先王之术，慕圣人之义，讽诵《诗》《书》百家之言，不可胜数。著于竹帛，自以为海内无双，即可谓博闻辩智矣。然悉力尽忠以事圣帝，旷日持久，积数十年，官不过侍郎，位不过执戟，意者尚有遗行邪？其故何也？"

两汉士人向往美妙的政治图景、人生前景，理想化自我。大一统的专制时代、现实的丑陋阻碍迈向完美时，就充满了痛苦怨恨，"不遇"成为其作品表现的核心，怨时、怨君、怨

---

① 洪兴祖撰，《楚辞补注》，中华书局1983年版，第49页。

谗,与外物强烈抗争,一旦紧张到无法调和的极限时,又转为自我内心抗争,具体表现为自负、自恨、自卑,屈原情结成为他们的心灵鸡汤,从战国末期的宋玉到两汉的贾谊、严忌、司马迁、董仲舒、王褒、蔡邕、张衡、赵壹,无不如此。

两宋士人面对国难当头的现实,与屈原的宗国思想息息相通,推崇"忠君爱国"的理念,大量的作品体现了这一情结。从范仲淹、王安石、司马光、黄庭坚、刘敞、晁补之、张耒等北宋文坛翘楚的奋笔疾书,到陆游、岳飞、辛弃疾、文天祥、陆秀夫等民族英雄的悲愤呐喊,他们把屈原情结提升为中华民族情结。

试论屈原文化对后世的影响

湖南省社科院 邓声斌

屈原文化是中华文化宝库中一颗璀璨的明珠,是我国文学史上的一座丰碑,也是人类最宝贵的精神财富之一。两千多年来,她一直滋养和润育着中华民族生生不息,巍然屹立。

屈原诞生在二千三百多年前的战国时代,其作品不仅具有深刻的思想内涵,而且具有鲜明的艺术特色。对后世的文化与文学产生了十分深远的影响,对建设中国特色社会主义文化也有重要意义与作用。

据多数学者研究,屈原文化的主要特点可以归纳为"六性",即:思想性、艺术性、时代性、民族性、地域性与包容性。这六大特征对后世的影响极其深远。

先说思想性。屈原的作品自始至终都贯穿着他的美政理想与爱国情怀。他的美政理想就是"举贤授能"与"立法富国"。他在《离骚》中反复申说:"举贤而授能兮,循绳墨而不颇"。在《惜往日》中也说:"奉先功以照下兮,明法度之嫌疑。国富强而法立兮,属贞臣而日娭"。他一心想举贤任能,联齐抗秦,最后统一中国。他的这种美政理想是符合历史发展的规律、符合广大人民群众的愿望的。可惜,由于时代、社会、君王等多方面的原因,他的理想始终无法实现。但他"上下而求索"、"虽九死其犹未悔"。他执着追求、顽强拼搏,怀着满腔的怒火,同腐朽黑暗势力展开不屈不挠的斗争,表现了中华民族追求光明、矢志不渝的奋斗精神与崇高品德。他的作品蕴含着对祖国和人民无比深厚的感情,充满着强烈的爱国主义思想。他时刻关心楚国的命运,热爱和同情楚国人民,对家乡与楚国的一草一木都怀有深厚的感情,至死也不愿离开。他"长太息以掩涕兮,哀民生之多艰"(《离骚》)、"皇天之不纯命兮,何百姓之震愆?民离散而相失兮,方仲春而东迁"(《哀郢》)、"愿摇起而横奔兮,览民忧以自镇"(《抽思》);他担心祖国覆亡,痛斥奸佞小人贪利误国:"岂余身之惮殃兮,恐皇舆之败绩"(《忆往昔》)、"众皆竞进以贪婪兮,凭不厌乎求索。羌内恕己以量人兮,各兴心而嫉妒"(《离骚》);他时刻眷恋乡国,总有割舍不断的感情,仅《哀郢》一篇,就无数次表达出此情此意:"去故乡而就远兮,遵江夏以流亡"、"出国门而轸怀兮,甲之朝吾以行"、"发郢都而去闾兮,荒忽其焉极"、"羌灵魂之欲归兮,何须臾而忘反"、"背夏浦而西思兮,哀故都之日远"、"鸟飞反故乡兮,狐死必首丘"。屈原对郢都和故乡的眷念,达到了无以复加的地步,凝聚了爱国爱乡的赤子情怀。他这种强烈的爱国主义思想,熏陶和培育出一代又一代爱国将领、民族英雄和爱国作家,诸如:汉朝的霍去病、卫青、苏武、贾谊、司马相如;唐朝的杜甫、白居易、韩愈、柳宗元、皮日休;宋朝的杨业、岳飞、文天祥、陆游、辛弃疾、苏轼、范仲淹;元朝的关汉卿、马致远、王实甫;明朝的戚继光、史可法、郑成功、于谦、张溥、张采、陈子龙、夏完淳、瞿式耜、张煌言;清朝的林则徐、关天培、陈化成、邓世昌、顾炎武、黄宗羲、王夫之、郑板桥;近代的孙中山、黄兴、宋教仁、蒋翊武、刘复基、陈天华、邹容、秋瑾、蔡元培;现代的毛泽东、刘少奇、周恩来、朱德、邓小平、李大钊、邓中夏、向警予、恽代英、邹韬奋、鲁迅、闻一多、瞿秋白、方志敏、刘志丹、杨靖宇、赵一曼、董存瑞、刘胡兰;当代的雷锋、焦裕禄、孔繁森等等等等。他们都是在屈原文化及其爱国主义精神的滋润下成长,并把自己的毕生精力乃至生命献给了祖国和人民的民族之魂。

次说艺术性。我以为,屈原作品的艺术性,主要表现在三个方面:一是浪漫主义的创作方法,二是比兴手法的广泛运用,三是表现手法的丰富多彩。战国以降的文学作品,都继承和发扬了这些艺术特色,创作出了难以数计的优秀作品,丰富了博大精深的中华文化宝库。汉赋、唐诗、宋词、元曲以及明清小说与戏剧,其浪漫主义的创作方法,无一不是学习和借鉴了屈原的《离骚》。魏晋时代的游仙诗,如曹植的《远游篇》、郭璞的《游仙诗》等,诗中的主人公腾云驾雾,餐花蕊、饮朝露,与屈原作品中乘龙御风、凌空飞升的人物形象别无二致。李白、龚自珍、郭沫若等人的浪漫主义诗歌,都可以从屈原的《离骚》中找到痕迹。至于比兴手法的运用,虽然早在《诗经》中就已经出现了,但并没有屈原的作品运用得那么广泛。屈原的所有诗歌中,几乎都有比兴手法的运用,这就对后世的文学作品产生了无可估量的作用。无论是刘禹锡的《竹枝词》,还是普通老百姓创作的民歌、山歌等,都大量采用了比兴的手法,使作品生动活泼,余味无穷。其他表现手法如抒情与说理的有机结合、问答与对话形式在诗歌中的灵活运用、诗歌意境的创造和语言的锤炼等等,都成为后世文学创作的典范。

再说时代性。楚国本是春秋五霸、战国七雄之一,他"观兵洛邑","问鼎中原",大有统一中国之势。然而,屈原所处的顷襄王、楚怀王当政时期,形势发生了变化,秦国已悄然崛起于关西,关东六国经常受到秦国的威胁,他们不得不"合纵抗秦"。但是,由于秦国采取张仪"远交近攻"的方略,使六国的合纵联盟名存实亡。在这种情况下,楚怀王"内惑于郑袖,外欺于张仪",忠奸莫辨,刚愎自用,最后客死于秦国。屈原的作品充分反映了那个时代风云变幻的政治斗争,揭露了令尹子兰、靳尚等楚国贵族的腐朽黑暗,表现了作者坚忍不拔的奋斗精神。屈原文化这种鲜明的时代特色,深深地影响了后世的文学作品,她们或歌颂光明,或鞭挞黑暗,与时代同呼吸,共命运,成为时代的最强音。

后说民族性。民族性亦称民族化,是指运用本民族独特的艺术形式、艺术手法来反映现实生活,使文学作品具有民族气派与民族风格。屈原是华夏族的后裔,其先祖是颛顼高阳。"高阳者,黄帝之孙,昌意之子也"(见《史记·楚世家》)。屈原文化或楚文化,是华夏文化即炎黄文化的一个分支,是我国上古文化中出现较晚的一种特异文化。它是四方百族(东夷、西戎、南蛮、北狄)丰富多彩的文化在长江中游和江汉平原交流汇聚、渗透发展的结果。因此,它既有汉民族文化的共性,也有楚国本土文化的个性。其共性表现在:有共同的民族意志——要求有统一的政治中心即统一的国家;有共同的思想观念——敬宗尊祖、忠孝礼义等;有共同的图腾——龙、凤;有共同的服饰——华美的汉服;有共同的文化习俗——多元的宗教信仰与宗教文化,共同的民风民俗等等。就其个性而言,楚人好祭祀,喜占卜,信鬼神,这是他们最突出的特点。以上共性与个性,在屈原的作品中都表现得淋漓尽致、惟妙惟肖。无论是《离骚》、《天问》,还是《九歌》、《九章》,概莫能外。屈原文化的这些民族特色,传之后世,影响深远。

五说地域性。屈原文化具有浓厚的地方色彩,"书楚语,作楚声,纪楚地,名楚物。""故可谓之楚辞"。屈原的作品,大量使用楚国方言,如"些""只""羌""扈"等;大量采用楚国音乐,如根据楚地民歌的音韵特点,创作出了崭新的骚体诗;大量引用楚国地名,如"沅湘""江夏""沧浪"等;大量记录楚国物产,如"兰""芷""菊""凤""鸡""雀"等等。这种独特的楚语、楚声、楚地、楚物构成了屈原文化鲜明的地域特色,成为后世文学反映本地风土人情的楷模。

六说包容性。屈原文化不仅大量地吸收了本地域、本民族文化提供的丰富营养,而且以开放的、进取的心态不断接受外来文化的影响。因而,它集中地反映了中华上古文化的丰富性、复杂性与多样性。简而言之,它接受了北方文化特别是中原文化中的《诗经》、西戎文化中的神话、东夷文化中的太阳崇拜、南蛮文化中的民歌等四方百族文化的精华,成为海纳百川、兼收并蓄的中华文化的缩影。

综上所述,屈原是我国文学史上第一个伟大的爱国诗人,他开辟了诗人从集体创作到个人独立创作的新时代。他以爱祖国、爱人民的崇高品德,以光辉灿烂的骚体诗陶冶了中国人民的爱国情操。对我国文学艺术优秀传统的形成与发展产生了极大的影响,在我国文学史上具有崇高的地位。

屈原首先是作为一个爱国者与爱国诗人为后世所景仰。他用自己高尚的人格和充满激情的爱国诗篇,滋育了一代又一代进步的文人作家。他们都不同程度地受到屈原爱国思想的影响,并从他"上下求索"、"九死不悔"的崇高精神中吸取了营养。西汉初年,和屈原有着相同遭遇的贾谊,当他来到长沙,想到屈原沉江汨罗的不幸往事时,情不自禁地写下了《吊屈原赋》。字里行间,充满了对屈原的崇敬,并寄托了自己无限的感慨。秉笔直书的史家司马迁,是屈原真正的知音,他不仅第一个在《史记》中为屈原立传,极力褒扬了屈原的战斗风格和高尚人格,而且以"屈原放逐,乃赋离骚"的精神来鞭策自己,克服了重重困难,终于完成了鸿篇巨制《史记》一书的写作。两汉以后,屈原精神在许多作家身上得到进一步发扬,李白和杜甫就是突出的典型。李白作为封建社会的浪子与诗人,他

"一生傲岸",像陶渊明一样,不向权贵折腰,但他却深深地敬佩屈原。他在诗中说:"屈平词赋悬日月,楚王台榭空山丘。"他把屈原的思想与作品比作光辉灿烂的日月,永世不朽。杜甫是一个伟大的爱国主义诗人,他那忧国忧民的思想,就是来源于屈原"长太息以掩涕兮,哀民生之多艰",他是屈原爱国思想的真正继承者。他在诗歌创作上也是以屈原为光辉榜样的,他说:"窃攀屈宋宜方驾,恐与齐梁作后尘。"可见他是屈原的地地道道的粉丝。

如上所述,屈原对后世文学创作的影响也是巨大的。从艺术形式来看,它打破了《诗经》四言体的格调,学习民歌形式,特别是楚声形式,创造出一种句式参差、灵活多变的新诗体,这是我国古代诗歌形体的一次大解放,对后世诗歌的变革与发展具有划时代的意义。在文学创作上,屈原还发展了《诗经》的比兴手法,把《诗经》原来的比兴材料,如花草、虫鱼、鸟兽、风云雷电等都赋予了生命,让他们在作品中活动起来,甚至让他们富有人的思想与意志,用以寄托诗人的思想感情。这种"寄情于物"、"托物以讽"的表现方法,对我国古代文学特别是古代诗歌产生了极大的影响。例如张衡的《四愁诗》、曹植的《美女篇》、杜甫的《佳人》以及后世的许多咏史、抒怀、感遇的诗篇,都直接或间接地受到了屈原这种风格的启发和影响。至于《离骚》、《九歌》、《九章》所运用的奇特的幻想与大胆的夸张等表现手法,对我国积极浪漫主义诗歌传统的形成与发展,都产生了不可磨灭的影响。

刘勰在《文心雕龙·辨骚》中,极力推崇屈骚与楚辞,把它们称为战国时代的"风""雅",赞扬它们"衣被词人,非一代也"。这是非常正确的。屈骚和楚辞,的确可以与《诗经》媲美,它们共同为我国的文学创作开辟了现实主义与浪漫主义的道路,两千多年来一直为无数优秀的诗人与作家所继承和发扬。这是不争的事实。

党的十七届六中全会提出了文化强国的伟大目标。十八大又进一步阐述了文化强国的战略意义与具体要求。这对学习和弘扬屈原文化具有重大的指导作用。屈原文化的思想内涵博大精深,不仅包含着强烈的爱国主义思想、以人为本的民本思想,也包含着矢志不渝的改革精神、上下求索的探索精神、"虽九死其犹未悔"的执着追求精神,还包含着志洁行廉、守正不阿的反腐倡廉思想。学习和弘扬屈原文化,对贯彻党的十八大精神,落实中央政治局提出的八项规定,转变干部作风都具有重大的现实意义和深远的历史意义。对于建设中国特色社会主义文化事业与文化产业注入了强大的正能量。毋庸讳言,屈原文化是中华民族多元文化的重要组成部分,是建设文化强国的有力武器之一。让我们牢记屈原,学习屈原,把屈原的思想与作品钻深钻透,把他的精神发扬光大。

楚辞学史研究

近二十年来新出现的屈原资料真伪及其学术价值

中国政法大学中文系　黄震云

每一个时代的学术都是在传承传统的基础上建构自己的风格特征,并担当历史角色与学术责任。但是,在这样一个格局中,始终能够体现学术生命的是创新,一种超越开拓的发现和发明。近二十年来,中国楚辞学研究蒸蒸日上,取得了越发骄人的成绩。其中新材料是一个关键。这些新材料,有的为我们明确指引出一些观测意象,有的则清楚地告诉我们一些结论,还有的则需要进一步辨析和深化研究。因此,总结说明一下二十年来关于屈原的资料的发现或者说出现,对于应该有一定的必要性,详略以资料为准。

一、正史石刻资料

（一）《后汉书》资料

1997年,湖南教育出版社出版的《楚辞通论》中引用了《后汉书·延笃传》中的资料:永康元年,延笃"遭党事禁锢,卒于家乡。乡人图其形于屈原之庙"。（后汉书卷六十四 吴延史卢赵列传　第五十四）①清王先谦注:屈原庙,楚大夫抱忠贞而死,笃有志行文彩,故图其像而偶之焉。【集解】周寿昌曰:案笃为南阳人,楚汉之际,南阳属楚,故有屈原庙焉。之后黄崇浩认为,屈原生于南阳,认为这条资料能够说明屈原和南阳的关系不一般。②③ 黄震云还根据礼制,结合这些材料对屈原的故里和籍家进行了进一步的分析,认为屈原的籍贯是南阳,曾经住在秭归,即家在秭归,屈原的家还有湖南巴陵县、湖南溆浦,湘阴县玉笥山,四川的归州等。这些地方屈原都住过。湖南汉寿为其暂住地。将籍贯、家和暂住地,庙和祠进行了区分。

（二）唐宋和清代史书资料

屈原唐封昭灵侯。根据《旧唐书》哀帝本纪,天祐元年（904）九月,屈原被封为昭灵侯。这是屈原第一次被封侯。后晋天福二年（937）,进封威灵公。北宋元丰三年（1080）

---

① 黄震云,《楚辞通论》,湖南教育出版社1997年版,第265页。20世纪90年代初单篇论文中也提到过。
② 黄崇浩,《屈原生于南阳说》,《中州学刊》1998年第5期。
③ 黄震云,《屈原的故里与籍家》,《光明日报》2013年2月18日。

宋神宗赵顼诏封屈原为清烈公、元丰六年封忠洁侯、政和元年后统一为清烈公、元延祐五年封忠节清烈公、明洪武二年封楚三闾大夫屈平氏之神。屈原开始走上神坛。民间传清代封屈原靖楚江王、忠烈王。昭灵、清烈、忠洁均曾用于各地屈原庙额，但清烈历史沿用时间最长，而元仁宗所敕封号未作庙额。萧振《楚三闾大夫昭灵侯庙记》碑此碑在汨罗市城西玉笥山屈子祠，与蒋防所撰《汨罗庙碑》同镌于一黑色大理石上。碑高185厘米，宽95厘米。碑文704字作楷书24行，现嵌在祠内左侧墙壁上，碑文仍清晰完整。原碑由安武军节馆驿巡官守京北府咸阳县尉萧振撰文，将士郎前守江陵府功曹参军柴圾书并篆额，建于开平元年（907）十月二十五日。原碑已毁，现碑为同治八年（1869）湘阴虞绍南重书，樊尹刻。后梁开平元年，楚王马殷向朝廷请准追封屈原为昭灵侯，并重修庙宇。文中对屈原极表无限思慕之情。刘行荣《重建忠洁清烈公庙记》碑此碑现在汨罗玉笥山屈子祠左廊壁上，字迹完整，碑文连跋共13行，高105厘米，宽70厘米，与戴嘉猷《重修汨罗庙记》共一石。碑文记述重建忠洁清烈公庙的过程，刘行荣事迹已无可考，最后刻有致和元年月同治八年七月湘阴虞绍南重书。① 靖楚江王是清代何时册封，目前还缺乏资料，需要进一步研究。但通过这些史书的资料，我们看出，屈原是我国文学史上第一位被历代封为王侯的文学家，也是唯一的一位。其历史地位完全可以和伟大的思想家、教育家，儒家学派创始人孔子相提并论，而过去我们对屈原的估价不足。

二、谱牒方志资料

地方志和谱牒资料是近年来屈原文献中数量最大，也是最难识别真伪的资料。其价值也需要重新审视酌定。

（一）屈原家谱

近年来，屈原家谱的发现数量比较大。屈姓分布很广，几乎所有的省市皆有屈原家谱发现，还有南方、北方不同的系统，宗亲网站更有详细的支系情况的记录。主要有重庆、辽宁、安徽、江苏等，秭归还有人还到全国各地进行过调查。这种调查的意义无疑是积极的，但是不可能概全。这本宗谱共修订了三次，一修为乾隆六十年，二修光绪元年，最后一次2007年修订的宗谱显示：祖先是屈原。宗谱的前几页除了目录，就是屈原的画像及居所，宗谱共有487页。这本家谱记载，他们从湖广到达四川，然后迁徙到重庆。② 又如辽宁本溪，《东北屈氏源流史谱》③确认东北屈姓家族是一步步从湖北逐渐迁移过来的，他们都是屈原的后代。作者屈广兴准备了几十年，离休后利用自己的工资开始了实

---

① 刘刚，《湖湘碑刻》，湖南美术出版社2009年版。
② 《天府早报》2012年6月13日。
③ 2011年12月20日四川在线。

地考察和走访。20 年来，屈广兴行程 1.5 万多公里，实地了解了许多屈氏家族现在的聚居和生活情况，获得和抄录了大量有关屈氏家族的原始资料，有些资料对研究相应的历史事件具有相当的参考价值。此后，他又花费了 5 年多的时间整理，三易其稿，终于将这本 40 多万字的《东北屈氏源流史谱》删定成书。又湖北①秭归县郭家坝镇文化村，村党总支书记屈克荣说，全村有屈姓村民 471 人。家谱称屈原在汉时为清烈公，流传至屈轸公，为五十六代。他们是屈原第七十二代孙。民国年间修的族谱捐献给屈原纪念馆了。江苏苏州临海屈氏家谱比较有名。苏州大学图书馆古籍部有清朝（光绪九年即公历 1883 年）屈轶编写的临海屈氏世谱，线装，刻版印刷，共六本，临海屈氏世谱，忠义祠堂重刻本，是一部保存比较多的家谱。苏州市辖的常熟市图书馆还保存有一套《临海屈氏世谱》，重修于清光绪九年《临海屈氏世谱》，从谱上基本上可以弄清楚临海屈氏的迁徙路线、始祖年代、子孙繁衍等情况。这部谱书和苏州大学图书馆的家谱所载是一支屈氏后裔的家谱，只是常熟保存的多三本，和北京国家图书馆古籍部保存的是一模一样。北京国图、苏州大学及常熟市图书馆收藏的三套临海屈氏世谱也表明，临海屈氏为三闾大夫屈原之后，"武王庶子瑕食邑于屈号屈侯，始以邑为氏。""伯庸生平是为三闾大夫……则屈氏谱系又断自三闾大夫。""常熟始迁祖屈氏自楚至常熟凡八迁，祖徐按初一关中，次二成皋，次三汝南，次四徙河，次五临海，次六祁阳，次七汴，次八常熟。"《汉书·高帝纪第一》载，九年，"十一月，徙齐楚大氏昭氏屈氏景氏怀氏田氏五姓关中，与利田宅。"又陕西屈原家谱。2003 年 9 月的一期《新疆经济报》以"我是屈原第 103 代孙"为题刊载了一条消息，介绍的就是时在内蒙古崇立金绒毛有限公司新疆分公司任经理的屈晓明，当时屈晓明的公司开在新疆，而且通过这篇报道新疆、内蒙古很多屈姓人士和他取得了联系。报道上介绍的屈新营的祖籍和屈晓明是一个村，两位李伯村"屈原后代"，在新疆"认亲"，成为轰动一时的新闻。但他们对屈氏家族的事说不清楚，只知道是从户县逃荒过来的，已经有 130 多年了，和户县也没有联系，又没有家谱。屈晓明自费修订过李伯村的屈氏家谱，自称"屈原第 103 代孙"，如今居家西安。和户县接壤的武功县也有很多屈姓人家，和李伯村的屈姓是一家人，村内仅存一块重修祠堂的石碑，碑上"屈氏合族重修祠堂记"可见，具体碑文已残不成句。②

另外，与临海屈原家谱同源的还有安徽池州屈原家族的家谱。江苏 1593 年修的《荆桥临海郡屈氏宗谱》、湖南衡阳于 1810 年修的《衡阳屈氏宗谱》、四川泸县于 1839 年修的《沪北屈氏宗谱》、荆州江陵始修于明初的《屈氏族谱》等，均称屈原为其始祖，秭归为其发源之地。这些家谱以《荆桥屈氏族谱》时间最早，而此家谱更有元祐八年（1093）屈敏的

---

① 2012 年 5 月 31 日送祝福网。
② 2009 年 10 月 20 日人民网。

序。将这些家谱比较我们发现各家的屈氏家谱虽有不同,但也有很多相同,彼此基本上可以认定同源,以《荆桥屈氏族谱》为宗。2011年11月,在中国屈原学会会长方铭教授和池州市人大副主任钱征教授的带领下,二十余位楚辞专家对安徽池州发现的《荆桥屈氏族谱》进行了认真的研究,并进行了实地考察,访问了当地的屈氏后人。家谱的内容很丰富,主要由序,包括重修序、源流序、谱派序、节孝序、仗义序、宗祠序等组成。还有谱论、家训、四景诗、八景诗、诰命、缙绅、山图、山契、椒冲案卷,历代世系,以明代以来最为详尽。

《荆桥屈氏族谱》关于屈原的生平事迹主要给我们提供了以下信息:

1. 屈原的形象

屈原究竟是什么样子,过去我们无从得知,都是靠历代的画作来直观感受。历代的屈原画基本上是一个模式,就是清癯消瘦,独立不群。屈原早年很受重用,担任过大夫一类的职务,而晚年又长期流浪,所以前后应该有很大的差别。家谱中的屈原显然身着官服,应该是放流之前的形象。无论这一图像是真实的,还是想象的,至少有三点值得我们注意,一是画像时代最早,二是屈氏认可的正在仕途上的屈原图。三是根据《后汉书》,南阳最早建立了屈原庙,既然建庙,必然要供神主,或为影像或为木头或泥主,但神主应该是仕宦时的形象,因此与家谱形象应更接近。也就是说,家谱中的屈原像更接近屈原本人真实面貌。至于家谱中还有屈原的父亲伯庸和后代的图像,尚需继续考察。还需要同时思考的是屈原唐代封为昭灵侯,宋封忠洁公,清代封为靖楚江王,既然屈原贵为王侯肯定会表旌建庙,所以,这也应该是屈原图像的可能来源。

2. 屈原的生平事迹

(1)《离骚》的写作时间,根据乾隆四十一年《重修源流序》我们知道周赧王十六年(前299)楚怀王被囚,屈原写作了《离骚》,壬戌五月五日投汨罗江而死,墓在长沙府湘阴县汨罗江侧,初封清烈公。味文字意思,初也就是死后,屈原被封赐公爵,即清烈公。

(2)《离骚》中的正则、灵均是屈原的别号。屈原出生在寅年寅月寅日,而元祐之序则具体解释为号正则,别号灵均。屈原曾经作有《九江》这样的作品,《九江》也许是《九歌》之误。

(3)屈原逝世时的情景。根据家谱,屈原逝世的时候,屈原的一个儿子叫季敏,抱着屈原的尸体号哭,因为悲愤死去,被封为孝思公。夫人湘氏子曰相公,因此称二相公,奉母迁荆州。

3. 屈原的家世

根据家谱,屈原的父亲叫伯庸,与《离骚》中:"朕皇考曰伯庸"一致,或为其来源。家谱记载,屈原的姐姐叫女媭。屈原有三个儿子,长子叫孟帅,谥文华;次仲虞,谥武安;三季敏,谥孝思公。当然,家谱的资料非常丰富,还涉及世系、舆地、诉讼、职官等等,而直接关于屈原的主要有上述几点。如何看待家谱的资料，我们认为部分内容还是可信的。屈原在楚封清烈公，唐代封为昭灵侯，宋封忠洁公，清代封为靖楚江王，一直受到尊重，自然关于屈原的事迹传承也就延绵不断地保存下来。其次，从家谱整体记载看，比较严肃，并没有借助神话传说渲染，而是规范地按照谱学原则写作。

4. 提供了大量的鲜为人知的关于屈原的资料，虽然不可能都是事实，当然是与不是还需要甄别，但其学术价值应该高于民间传说

(二)地方志

地方志关于屈原生平资料的记载数量很大，其中固然有屈原的事迹，但也有屈原的传说。整体上看这些资料，主要是根据《史记》以及《水经注》等书中关于屈原的资料铺张形成。因此价值不是很大。但也有一些新的发现，如关于河南西峡的屈原事迹的记载。根据回车镇张俊伟主任的统计，就有十分可观的数量。

(1)清《嘉庆常德府志·列传一》(1813年修)(卷三十六)》载："按：《湖广总志》于(夏商周)三代以前人物，概谓'楚人'，后世始分著郡县。屈原，王逸以为南阳人，或以为归州人。"

(2)明《成化内乡县志》：内乡县境图有屈原岗。——《明成化·内乡县志》是明成化二十一年(1485)沃頖修，胡庄纂。

(3)明《嘉靖南阳府志》：内乡县有屈原冈(今西峡县)——三闾大夫扣马谏怀王。——《明嘉靖南阳府志》是明代时任南阳知府杨应奎于嘉靖七年(1528)纂修，嘉靖二十九年(1550)张需增补，举人叶珠作序，嘉靖三十三年(1545)成书刊行。

(4)清《康熙内乡县志》："屈原岗在(内乡)县北六十里，昔楚怀王兴师伐秦，为秦兵所击败，北归楚至此地，追念屈原亟呼之，后人因以名其地。盖《史记》所载大破楚师于丹析时也"。——《清康熙·内乡县志》是清康熙三十二年(1693)宝鼎望修，高佑釲撰。

(5)《邓州市志·大事记·战国》：楚怀王十六年(前313)屈原遭放逐后，经穰、邓去楚国早期都城丹阳(今淅川县下寺东北龙城)凭吊。——《邓州市志》编纂单位：邓州市地方史志编纂委员会；出版单位：中州古籍出版社；出版时间：1996年9月。

(6)《南阳市地名志·政区居民地编·西峡县》：回车乡在县境东南部。南接淅川县上集乡。乡人民政府驻杜店。回车一名，得于战国。公元前299年。楚怀王西入秦国与昭王会，屈原于秦楚驿道(今乡境内屈原岗)上，力谏楚怀王："秦虎狼之国……不如毋行"，并劝其回车返回。怀王不听，终死于秦。地以人传。——《南阳市地名志》编纂单位：南阳市地名委员会办公室；出版单位：三秦出版社；出版时间：1996年9月。

(7)《河南省南阳地区地理志·名胜古迹·西峡县》：屈原岗位于西峡县回车乡屈原岗村民委员会高阜处。该村有一所学校。校内有一通碑碣，碑阳横刻"地以人传"四个小字，下竖刻"屈原岗"三个大字，碑阴有清人邱铭勋撰写的碑文，落款是清宣统三年

(1911)。据《内乡县志》载,屈原岗"在县北六十里。昔楚怀王兴师伐秦,为秦兵所击,败北归楚至此地,追念屈原,亟呼之。后人因以名其地。"——《河南省南阳地区地理志》编纂单位:河南省退休科技协会南阳分会《南阳地理志》办公室;编纂人员:李成岱、贺世伍;出版时间:1991年。

(8)《西峡县志·屈原岗碑文》:古中乡之北有霄山焉,迤西而东见。夫土脉崇隆,丘陵蠹峙,蜿蜒横亘,为秦楚往来通衢。土人告余曰:"此屈原岗也"。夫屈原历今几千百年矣!当时仕楚为三闾大夫,陈谏怀王,不听其言,忧郁而去。其后,楚为秦击,败北而归,道经此岗,浩然长叹曰:"使用三闾大夫言,当无今日!"……大清宣统三年。

(9)《西峡县志·诗文选》:屈原岗(明)李蓘灵修何到此,古迹问应难。试向高岗想,将无是屈原。——《西峡县志》编纂单位:西峡县志编纂委员会;出版单位:河南人民出版社;出版时间:1990年11月。

地方志的资料基本上承明清之旧,部分地方根据传说略有改编,基本上保持了原貌,有一些有价值的成分,值得我们关注。

三、文学(戏曲、笔记)资料

湘西的傩戏中有屈原女儿的戏,没有提到儿子,与家谱明显不同。目前溆浦,根据县志办张宗昌主任介绍,存有明代的唱本。屈原文化是我国古代优秀传统文化的主要组成部分,端午纪念屈原、龙舟比赛,屈原遗迹怀古和旅游,在江淮、江汉、江夏地区,方兴未艾。各地都存在不同程度地为屈原资料少而发愁,家谱则可以补其不足,也为随意编造演绎屈原事迹的小说家展示了规则事实。因此,屈原家谱具有很高的学术价值与文化意义,值得我们重视。

首先,湖南溆浦的巫书。

溆浦傩巫师所存的巫书也许可以就此给一个答案,其巫词里就有把屈原看作驱瘟之神的篇章,并确切指出屈原有5个女儿,这个发现是空前的。傩戏中的《送瘟神》(又称《送茅船》)的部分,又讲到屈原要他的第五个女儿担当送瘟神的故事。屈原相公摇花船唱词说:

> 万里风云万里天,春风和气眼前生。天地阴阳回造化,造船便说本根源。昔日秦王身染病,七十二日倒高床。请尽世人医不好,吃尽灵丹无药方。关公殿前占一卦,屈原相公要花船。屈原相公五个女,五人姐妹有根源。一娘住在桃花店,二娘住在菊花园,三娘住在梅李地,四娘学道登仙山。五娘身材生得小,江边立庙摇花船……五月五日船下水,沿河两岸鼓连天……子弟花船五娘

坐,化作百家门上收瘟慑毒船。

——《送瘟神》选段①

其次,湖南省汨罗市屈原纪念馆。

刘石林《也说屈原的妻室子女》②在汨罗江一带,民间自古就流传着九子不能葬父,一女打金冠的传说,据传屈原投江之后,其遗体十天方才打捞上来,一边脸被江中的鱼虾啃吃了,其女女媭请来民间著名的金匠,拿出自己的金银首饰,为屈原配了一边金脸,为防止人盗墓,用罗裙兜土,决心为屈原筑十一座假坟,以假乱真,其精神感动了天神,天神命土地神相助,一夜之间帮助女媭筑起了十一座假坟,至今汨罗山上还有十一座高大的封土堆(1958年修京广复线掩埋了一座),这就是屈原墓十二疑冢。汨罗人民对女媭也十分崇敬爱戴,在屈子祠西侧为其修建了女媭祠,俗称娘娘庙,内塑女媭用罗裙兜土的立像,竟也长年香火不断。可惜塑像和庙皆毁于"文化大革命"中。清《湘阴县图志》载:"楚塘,大数亩。屈原女葬父于此取土,其地藕花重台胜他处。"有关屈原女儿的传说在汨罗有很多个,有关女媭的遗迹在汨罗也还有多处。民间传说,屈原被流放到桃江,这年冬天,其女跋山涉水,不远千里,给屈原送来寒衣,旅途劳顿,染疾而亡。清《益阳县志》记载:"在治西花园洞,相传屈原之女名绣英葬此。"又载"《天问》作于桃江之弄溪灵均固邑。"《辞海》2000年版"桃江"条亦载桃江县"1952年由益阳县析置……名胜古迹有……花园洞、钓鱼台、天问台遗址。"其花园洞即指绣英墓,至今封土堆尚存。钓鱼台在资江边上,传为屈原钓鱼处,天问台在资江边的凤凰山上,传为屈原写《天问》处,至今古碑尚存。湖南溆浦至今还保留着巫傩表演的习俗,在巫师表演的古老的唱词中,说屈原当年流放溆浦,有五个女儿跟随,"长女住在菊花园,二女住在桃花园,三女住在梅李地,四女学道去登山,只有五女身材小,江边立庙摇花船。"花船即端午节扎纸船送瘟神的祭典,一直保留至今。用红纸写上"屈原相公游江五娘之神位"置于纸船中,巫师跳傩舞,在鞭炮锣鼓声中请下屈五娘,然后将纸船连同屈五娘的神位一起焚烧,请屈五娘将瘟神送走。正所谓"纸船明烛照天烧"是也。在这些传说、遗迹和风俗中,屈原的女儿俨然成了乡民们的保护神。由此也足以说明屈原有女儿是无疑的。

最后,关于屈原流放洞庭和天问的笔记资料。

晋王子年《拾遗记》卷十说:"洞庭山浮于水上,其下有金堂数百间,玉女居之,四时闻金石丝竹之声,砌于山顶。楚怀王之时,与群才赋诗于水湄。故云,潇湘洞庭之乐,听者令人难老,虽咸池萧韶不能比焉。每四仲之节,王尝绕山以游宴。各举四仲之气,以为乐

---

① 薛小林,《溆浦,和巫傩的一次相遇》,《潇湘晨报》2009年4月28日。
② 2012年1月10日汨罗屈原文化网。

章。惟仲春律中夹钟,乃轻流水之诗,宴于山南。时中蕤宾,乃作皓露秋霜之曲。其后怀王好进奸雄,群贤逃越。屈平以忠见斥,隐于沅澧之间。王迫逐不已,乃赴清冷之渊。楚人思慕之,谓之水仙。"黄震云《楚辞通论》据此认为,《天问》、《橘颂》、《湘君》、《湘夫人》应作于此地。

四、田野考古

湖南湖北的学者历来有田野考察的习惯,如溆浦县根据屈原作品描述的地理方位绘制了屈原进入溆浦的路线图等等,都很有意义。近年来西峡县、池州市(九华山)和汉寿县又有作为。如池州的屈原到达九华山阳陵的实地调查工作卓有成效。黄震云据此认为,屈原《悲回风》诗说:"吾冤往昔之所冀兮,悼来者之惕惕;浮江淮而入海兮,从子胥而自适。望大河之洲渚兮,悲申徒之抗迹;骤谏君而不听兮,任重石之何益?"大河指黄河,黄河与淮水相通。所谓劝谏失败,沿着江淮入海完全确认屈原东下走的是淮河到达天柱山之南,过江后进入池州,进而去过黄山一带。因为陵阳离黄山很近,因此有这种可能。过去池州属于扬州辖区。刘向列出的七十位神仙之一陵阳子明就很轻易从陵阳到黄山:"陵阳子明者,铚乡人也,好钓鱼。于旋溪钓得白龙。子讶惧,解钩,拜而放之。后得白鱼,腹中有书,教子明服食之法。子明遂上黄山,采五石脂,沸水而服之。三年,龙来迎去,止陵阳山上百余年。山去地千余丈,大呼下人,令上山半,告言:'溪中子安当来,问子明钓车在否'?后二十余年,子安死,人取葬石山下。有黄鹤来,栖其冢边树上,鸣呼'子安'。"(《列仙传·卷下》)提出屈原曾经两次到达池州,一次是出使齐国,一次是流放时期,经过的路线是经淮河东下,时间在公元前311年①。

西峡县屈原的事迹田野考察收获很大,其中有楚长城、屈原岗等遗迹。西峡县先后在北京和西峡召开了中国·西峡屈原文化研讨会,就屈原和西峡关系进行了深入研讨。目前,西峡县屈原文化研究会吸收会员200余名,撰写和发表论文30余篇,新编了10余万字、近百张图片的《屈原:南阳诵歌》一书,该书即将由河南人民出版社出版发行。成立

---

① 一、公元前314年,屈原被疏,免职,待郊。中间辗转周流汉北、洞庭湖一带和沅水流域。《离骚》、《卜居》、《橘颂》等作品写成。

二、公元前311年,屈原疏放三年满,召回出使齐国,回国后责备楚国没有杀张仪。被放流,写作《九歌》。

三、公元前296年,屈原迁江南。《渔父》、《远游》、《天问》、《九章》大部分写成。屈原本传中的迁是流放之后再迁还是直接流放的迁,仍需进一步研究。

四、公元前295年或稍后,屈原作《招魂》、《怀沙》,投汨罗江自杀。《史记》本传在介绍屈原写作《离骚》时并没有具体说明时间,只是说忧愁幽思作《离骚》,但肯定是在被疏(前314)后,根据上面的分析,应该是被疏三年后被放流前写,也就是公元前311年。

了屈原文化史料调查组、屈氏家族调查组、文物登记组、民间传说调查组,对西峡的屈原文化资源进行全面普查摸底。深入2个乡镇近10个行政村,登记楚文化和屈原文化的文物近百件,公布县级重点文物保护单位2处。收集屈原民间传说、民间故事20余个,分类整理,公布县级非物质文化遗产名录3个,同时做好向上申报文物保护单位和非物质文化遗产工作。县委、县政府先后投入资金50多万元,对屈原岗遗存的祠庙和屈原岗地名碑碣进行了系统加固修复和保护,对屈原祠流失的文物进行了追缴、登记和管理。西峡的屈原文化开发正成为今后几年工作的战略。

由古代楚辞研究著述者的籍里看楚辞研究的失衡

金陵科技学院　刘树胜

与文学发展的失衡一样,学术研究也存在失衡的问题,作为历史悠久的显学,楚辞研究在这一问题上表现得也非常突出。但人们往往忽略这一问题的存在,其实,楚辞研究发展的失衡问题是值得引起重视的。需要说明的是,楚辞研究著述者籍里的失衡反映出的就是楚辞研究的失衡,因为,著述者的分布不均衡状态正是研究失衡的主要表现。我们在探索楚辞研究的发展轨迹时,在突出其发展主线的同时,应当涉及著述者籍里这一问题,从而对楚辞诸问题进行立体的、交叉的研究。

一、古代楚辞研究著述者籍里分布状况及其规律

《楚辞》研究成为了一门显学,其上限,严格来讲应从汉武帝命淮南王刘安为《离骚传》算起。其后,经历代学者的追步与研习,至今已蔚成大观。纵观楚辞研究的发展史,其持续的时间之久长,著述队伍之庞大,著述成果之丰富,在中国学术史上仅次于《诗经》。然而,当我们站在历史的高度回望整个楚辞研究史的时候,我们发现,楚辞研究存在明显的失衡问题,其重要表现就是研究著述者籍里分布的失衡。为此,今以姜亮夫先生的《楚辞书目五种》和崔富章先生的《楚辞书目五种续编》两书为依据,参考崔富章先生主编的《楚辞要籍解题》等研究成果,以楚辞研究著述者的籍里为标准,对其所收楚辞著述进行统计,以期发现其分布的规律。

关于统计的标准,需要作几点说明:(1)统计的取舍标准。两书体例相同,分为《楚辞书目提要》(下分集注、音义、评论、考证四个子目)、《楚辞图谱提要》、《绍骚隅录》、《楚辞札记目录》和《楚辞论文目录》五种。其中《楚辞书目提要》所包括的内容均属传统楚辞学的研究范畴,为首要的统计对象;《楚辞图谱提要》是对《楚辞》文本进行的艺术形式的解说,其中有些有题跋的作品明显带有个人的领悟和理解,为楚辞研究的一个专门,也在统计的范围内;《楚辞札记目录》所列为历代笔记作品中有关屈原与楚辞的品评,类似于楚辞的读书笔记,自然也是统计对象;根据"古代楚辞研究著述者"这一需要,各目下所有民国及以后的著述均不予统计;以上内容,多有重复出现的现象,其同类中多作一人者归于一人之下,其异类中一人多作者亦归之一人;《绍骚隅录》均为汉以后文人据屈原事迹进行的文学创作,不属于楚辞研究著述,不在统计之列;《楚辞论文目录》均为现代人所

作,亦不在统计之列。

(2)籍里归属标准。由于部分著述者原始材料过于简略,加之古今行政区划变化较大,以及异地同名、一地多名等原因,部分《楚辞》著述者的籍里众说纷纭,今以《中国古今地名大辞典》和最新《中华人民共和国行政区划图》为准,按著述者籍里的今属行政区划进行统计。

(3)统计地名标准。介于古今地名多有不同,为准确方便计,一例按今之地名统计。

(4)由于岁久年湮、文献记载缺失的缘故,其中亦有个别著述者生平无考,籍里阙如。这类问题,在统计过程中忽略不计。依据以上原则,统计列表如下。

历代楚辞研究著述者分省统计表

省 份	历代楚辞研究著述者	人 数
江苏	刘向、李善、洪兴祖、钱杲之、吴仁杰、周用、戈汕、毛晋、刘永澄、归有光、沈云翔、黄省曾、朱季宁、仇英、陆士仁、徐师曾、顾炎武、刘献廷、王邦采、丁履恒、颜锡名、贺宽、周鸣远、高秋月、曹同春、徐焕龙、朱冀、陈银、张德纯、蒋骥、陈本礼、胡文英、张通绪、朱骏声、丁晏、陆增祥、顾凤毛、张德纯、王念孙、蒋曰豫、端木采、陈玚	42
浙江	吕祖谦、林应辰、沈括、吴子良、王应麟、刘庄孙、赵孟頫、来钦之、潘三槐、陆时雍、屠本畯、胡文焕、陈深、冯绍祖、冯梦祯、蒋之翘、陈洪绶、吴景旭、毛奇龄、周拱辰、查慎行、方榘如、夏大霖、周镐、高钟、祝德麟、沈无咎、俞樾	28
安徽	刘安、何偃、周紫芝、李公麟、张淏、汪瑷、张京元、汪仲弘、俞王言、钱澄之、方苞、吴世尚、江嗣钰、戴震、方人杰、鲁笔、梅冲、马其昶、方绩、江有诰、马征麐、萧云从、门应兆、徐文靖、俞正燮	25
福建	黄伯思、黄铢、陈彦直、郭维贤、林兆珂、黄文焕、何乔远、陈第、李光地、林云铭、许清奇、陈九龄、龚景瀚	13
湖南	丁正元、李文照、廖志灏、唐文化、杨可震、王夫之、唐世徽、阳始亨、王闿运、毕大琛、李篁仙、曹耀湘	12
山东	徐邈、刘杳、晁补之、诸葛民、冯惟讷、焦竑、林仲懿、张象津、邱仰文、黄思彤、牟庭相	11
江西	朱熹、杨万里、傅子云、谢翱、贺贻孙、辛绍业、胡浚源、林有席、夏献云、陈远新	10
上海	林至、张之象、顾大申、张诗、顾成天、姚培谦、钱树术、刘维谦、丁繁滋、毛祥麟	10
湖北	王逸、夏鼎、杨金声、王萌、奚禄诒、刘梦鹏	6
陕西	贾逵、班固、马融、强望泰、屈复	5
广东	梁夔谱、陈昌齐、梁启超、郑武	4
河北	赵南星、张所敬、庞恺、王树枏	4
河南	贺性灵、陈大文、张潮	3
四川	扬雄、刘光第、廖平	3
山西	郭璞	1
广西	谢济世	1
海南	李陈玉	1
贵州	郑知同	1
朝鲜	董国英	1
日本	董瓯州	1

历代楚辞研究著述者分朝代统计表

朝代	历代楚辞研究著述者	人数
汉	刘安、刘向、扬雄、贾逵、班固、马融、王逸	7
晋	郭璞、徐邈	2
梁	刘杳	1
隋	皇甫遵、释智骞、阙名	3
唐	李善	1
南唐	王勉	1
宋	何偃、朱熹、晁补之、洪兴祖、黄伯思、杨万里、钱杲之、吕祖谦、林至、林应辰、周紫芝、傅子云、诸葛民、孟奥、黄铢、吴仁杰、谢翱、李公麟、陈彦直、沈括、吴子良、王应麟	22
元	刘庄孙、赵孟俯、张渥、马竹所	4
明	周用、冯惟讷、赵南星、郭维贤、林兆珂、汪瑗、来钦之、戈汕、毛晋、张京元、黄文焕、李陈玉、刘永澄、汪仲弘、俞王言、何乔远、潘三槐、陆时雍、汤骏公、阙名、陈第、屠本畯、张学礼、胡文英、夏鼎、阙名、阙名、归有光、陈深、冯绍祖、冯梦祯、蒋之翘、沈云翔、贺贻孙、黄省曾、张所敬、张之象、朱季宁、仇英、陈洪绶、熊宇、陆士仁、焦竑、吴景旭、徐师曾	45
清	顾炎武、阙名、刘献廷、王邦采、丁正元、丁履恒、颜锡名、李文照、廖志灏、唐文化、杨可震、萧大丰、刘光第、钱澄之、王夫之、毛奇龄、周拱辰、贺宽、杨金声、唐世徵、周鸣远、阳始亨、顾大中、李光地、查慎行、林云铭、方苞、庞恺、高秋月、曹同春、张诗、徐焕龙、朱冀、陈银、谢济世、林仲懿、张德纯、方荣杲、吴世尚、蒋骥、顾成天、王萌、屈复、姚培谦、夏大霖、奚禄诒、江时中、刘梦鹏、江嗣钰、戴震、许清奇、陈本礼、方人杰、钱树术、陈九龄、周镐、张象津、胡文英、阙名、龚景瀚、鲁笔、董国英、张通绪、辛绍业、梅冲、胡浚源、朱骏声、林有席、贺性灵、郑知同、丁晏、梁夔谱、陈大文、夏献云、王闿运、陆增祥、毕大琛、王树柟、廖平、马其昶、方绩、邱仰文、顾凤毛、陈昌齐、张德纯、刘维谦、高钟、丁繁滋、王念孙、江有诰、马征麐、汪梧凤、李篔仙、蒋曰豫、毛祥麟、强望泰、黄思彤、陈远新、董瓯州、端木采、曹耀湘、梁启超、郑武、张潮、牟庭相、祝德麟、陈玚、沈无咎、俞樾、萧云从、门应兆、李选、徐文靖、俞正燮	118

据上列诸表统计,由汉至清楚辞研究著述者共计二百零四人(含八位合著者),其中籍里得以确证者为一百八十三人,籍里无考者十三人;涉及全国十八个省份以及朝鲜、日本等两国。其中著述人数依次为江苏四十二人,浙江二十八人,安徽二十六人,福建十三人,湖南十三人,山东十一人,江西十人,上海八人,湖北六人,陕西五人,广东四人,河北四人,河南三人,四川三人,山西、海南、广西、贵州、朝鲜、日本各一人,凡一百八十三人。

从这一统计结果中,我们发现,我国古代的楚辞研究著述者的分布情况存在着几个明显的规律性特征:一是地域分布失衡。从《历代楚辞研究著述者分省统计表》上看,楚辞研究著述者主要集中在江苏、浙江、安徽、福建、山东、湖南、江西、上海、湖北、陕西、广东、河北等省份,呈现出由东南沿海向西北内陆的递减趋势,这一趋势与中国季风区的地理特征惊人地相似,表现为显著的集聚性特征;同时,这种失衡的地域特征也呈现出由北向南的迁移趋势。汉至隋,著述者多集中于以中原为核心的黄淮流域,自宋至明清则多集中在中南、东南地区。二是时代分布失衡。从《历代楚辞研究著述者分朝代统计表》上看,纵观两千余年的楚辞研究史,自汉代就成为显学的楚辞研究,并不是一直保持着良好的发展势头,而是呈现出此消彼长的波浪式特征。汉、宋及明清两代,楚辞研究经历了滥觞、兴盛和蓬勃发展的辉煌:汉代虽为楚辞学的发轫期,但仍有不少研究力作问世,凡著述者七人;宋代楚辞研究著述者凡二十二人;明代四十五人;清代为最,凡一百一十八人;而魏晋六朝、隋、唐和元代的楚辞著述热情几近萎靡,成果了了。尤其是唐代,文人学士们虽然对屈原表现出崇高的景仰,但著述除收入《文选》中的李善注外,近乎一无所有。

任何一种现象的产生,绝不是偶然的,必然有它所以如此的各种因素在。那么,古代楚辞研究著述者籍里分布的情况为什么会是这种样子呢? 换言之,古代的楚辞研究为什么会呈现出这样的规律呢? 请尝试论之。

二、古代楚辞研究地域失衡的原因

古代楚辞研究的失衡,首先表现为地域分布的失衡上。所谓学术研究(或著述者籍里)的地域失衡包含三方面的因素:一是在整个历史时期,就全国的研究者分布状况来看,呈现出明显的疏密差异,此地多而彼地少。例如,就中华民族的整个历史时期而言,江浙两地文风最盛,楚辞研究著述者最为集中。二是同一朝代各地的分布情况也不相同。以清为例:清代学术是中国学术的总结时期,也是中国学术的鼎盛时期,学术研究分布呈较明显的普遍性。即使如此,东北、西北、西南地区的学术研究要远远落后于中南地区和东南地区。三是在整个历史时期,某一地域的研究者分布也有盛衰变化,呈现此盛彼衰、此衰彼盛的情况。例如,同是安徽,清代的学术研究绝非其他朝代所能拟。出现这些情况的原因究竟是什么呢?

通过对《历代楚辞研究著述者分省统计表》的研究发现,古代的楚辞研究著述者主要集中在苏、浙、皖、闽、鲁、赣、沪、湘、鄂、冀、豫等中南和东南沿海地区,呈现出由东南沿海向西北内陆渐趋递减的集聚性特征,与中国的阶梯地势惊人地相似;同时,这种失衡的地域特征又呈现出由北向南的递强趋势。据个人私臆,其原因大致有以下几个方面:

得风气之先的文化中心的影响。中南、东南地区一直以来就是华夏民族文化的中心区域,有得风气之先的文化优势。黄河中下游地区和长江中下游地区是中华民族的摇篮,深厚的积淀、悠久的承传,为学术的发展提供了长足的后劲。而作为统治中心的都城,既是朝廷的政治、经济中心,又是文化中心。作为文化中心,都市的人口密集,经济较其他区域发达,文人的政治敏感较强。即使由于朝代的更迭、战乱的破坏等原因,历代的统治中心有过多次迁移,而作为上层建筑的文化,其中心也随之南北游移,但基本上仍处于中东部地区。作为存在了两千余年的显学,楚辞的研究中心自然也呈现出相对集中的状态,表现在整个楚辞研究著述史上就是地域的分布失衡。

从历史上看,历代的都城除六朝集中于南京,南宋定都临安外,多集中于西安、洛阳、开封、北京等地,虽然政治中心基本上仍长期驻守在北部,而文化中心却明显地转移到东南地区。这主要还是由于魏晋南北朝长达280余年的战争和分裂,中原地区的王谢张潘等文化家族举家南迁,致使北朝文坛唯有"韩陵片石"值得一提。近三百年的文化积淀形成的优良传统,基本上在南方地区扎了根。再加上宋代"以文为治"国策,文人多汇集都城,临安成为文人学士的渊薮;而明、清的文字狱和政治高压,又使得文人多逃离政治中心,转而在南部经济发达、文化繁荣区域,徜徉山水,著书立说。南方成了实际上的文化中心。

这一时期,楚辞研究著述者多集中在中东部的沿海地区,中国楚辞学史上里程碑式的著述几乎都产生在这一地区,如《楚辞补注》、《楚辞集注》和《山带阁注楚辞》等;楚辞学史上的大牌明星也集中在这一地区,如洪兴祖、蒋骥、周用、王邦采,都是江苏籍的著述者;萧云从、钱澄之、吴世尚、戴震、马其昶、汪瑗、张京元都是安徽籍的人物;陆时雍、毛奇龄、蒋之翘、周拱辰、方棻如、屠本畯、胡文焕都是浙江籍的文人。

作为强势后盾的经济实力的影响。从《古代楚辞研究著述者籍里分省统计表》和《古代楚辞研究著述者籍里分朝代统计表》中可以看出,明清两代的著述者主要集中于东南一些经济发达的地区。江苏的苏州、扬州、常州和镇江,浙江的杭州、绍兴、宁波、湖州和嘉兴,福建的福州、漳州和泉州,安徽的安庆和徽州,湖南的长沙和湘潭等地,集中了整个楚辞研究著述者总数的百分之五十左右,是名副其实的人文渊薮。这是因为,江浙地区自宋代以来已成为全国的经济中心。江浙地区土壤肥沃,气候湿润,物产丰饶;交通便利,人烟稠密;都市发达,工商业繁荣,长期以来是全国经济最富裕的地区和财富的焦点,更是国赋饷源的所在。对全国而言,其经济地位,已上升到决定自南宋以后历代封建王朝国运兴衰的程度。此地农业发达,据元任仁发的《浙西水利议答录》记载,南宋时曾有"苏湖熟,天下足"民谚①史部。这是因为,宋元明清时期中国的粮食供应基地主要集中于长江中下游的太湖、鄱阳湖和洞庭湖等平原和湖沼地区。这些地区不仅解决了自身的吃饭问题,还为其他地区提供了大量的粮食,所以自宋代以来就流行着"苏湖熟,天下足","苏常熟,天下足","湖广熟,天下足"的民谚;据《明史·食货志》记载:"宇内富庶,赋入盈羡,米粟自输京师数百万石外,府县仓廪蓄积甚丰,至红腐不可食。"②从宋元时期开始,

---

① 任仁发,《水利集卷上》,《四库全书存目丛书》,齐鲁书社1996年版,第221页。
② 张廷玉,《明史》,中华书局1974年版,第1895页。

这一地区的商业也逐渐发达起来，在明末甚至出现了资本主义的萌芽，泉州成为中国古代海上丝绸之路的起点，其他如杭州、宁波、松江、太仓、镇江等地，成为重要的商业口岸。经济的繁荣与发达，成为学术研究的坚实后盾。如作为楚辞研究著述者和藏书家的毛晋，为了搜求珍贵古籍，曾在自家门前贴一榜书，曰："有以宋椠本至者，门内主人计叶酬钱，每叶出二百；有以旧钞本至者，每叶出四十；有以时下善本至者，别家出一千，门内主人出一千二百。"①可以想见，经济的发达富裕对楚辞研究著述者的影响是如何巨大！而且在经济发达、人口高度密集的区域，人文觉醒意识相对进步。文人安居乐业，有余力从事楚辞著述，因此著书立说成了文人们的生活追求。

楚辞著述就是在这样的背景下，如雨后春笋般在江浙大地上遍地开花。从上述表格可以看出，苏州作为历史上最大的楚辞研究著述者文化圈，如周用、吴仁杰、黄省曾、归有光、沈云翔、戈汕、毛晋、蒋曰豫、顾炎武、刘献廷、朱冀、徐师曾、张德纯等就集聚在这里；常州及其周边地区也不示弱，这里集中了楚辞学史上重量级的著述者如钱杲之、徐焕龙、高秋月、刘永澄、蒋骥、胡文英等；其余如扬州地区的陈本礼、顾凤茂、王念孙等，镇江地区的洪兴祖、颜锡名、丁履恒、贺宽、陈银，以及无锡的王邦采等，都是学有专门的著述家；上海在清以前属江苏松江府管辖，这里也集聚了一支数量可观的楚辞研究队伍，如林至、顾大中、张诗、顾成天、姚培谦、钱树尤和毛祥麟等；而作为江南的一大都会，杭州也成为楚辞研究的首善之区，如来钦之、潘之桡、陆时雍、毛奇龄、胡文焕等都是楚辞史上的大家；嘉兴和湖州周边的周拱辰、蒋之翘、吴景旭、陈深、冯梦祯、俞樾等，他如宁波的屠本畯、王应麟，淳安的方榖如、衢州的夏大霖等，都是重要的楚辞研究著述者。以上这些著述者，主要集中在经济最为发达的太湖及周边地区，如群星丽天，彪炳史册。如果我们把安徽、江西、两湖也视为湖广经济圈的话，那么，中国古代楚辞研究的浓墨重彩近乎全部渲染在这片大地上了。

得天独厚的地方文脉的影响。从《古代楚辞研究著述者籍里分省统计表》可以看出，就大势讲，楚辞研究著述者的籍里主要集中在现在的湖南、湖北、安徽、江西、江苏、浙江、福建、山东等省份。有趣的是，这些省份在屈原生活的时代基本属于楚国的版图。楚国的鼎盛期占有了大半个南中国的江山，以至于楚顷襄王熊横在郢都失守后，把都城迁至陈（即安徽寿春）；甚至在楚国被秦王朝灭亡之后，该地域广泛流传着"楚虽三户，亡秦必楚"的歌谣；而身为苏北人的项羽所建立的王朝依然叫西楚。由此看来，湖北、湖南、河南的楚辞研究著述者继承的是原始的、根性的楚文化，因为楚民族的发祥地和屈原生活及流放的地域就在这一地区；从受屈原和宋玉的人文精神直接浸润这一角度看，安徽、江西、江苏、浙江、福建等地的楚辞研究著述者，继承的是开放的楚文化，因为这些地域是楚

---

① 林申清，《明清著名藏书家藏书印》，北京图书馆出版社 2000 年版，第 52 页。

民族的发展区域和楚辞文化的流播区域。在我们今人看来,这两大地域原本就是楚辞产生和传播的沃壤。事实证明,从宜城人王逸的《楚辞章句》,到湘人王夫之的《楚辞通释》,再到鄂人刘梦鹏的《屈子章句》,我们不难看出后世楚人的乡关情怀;从丹阳人洪兴祖的《楚辞补注》,到婺源人朱熹的《楚辞集注》、徽人汪瑗的《楚辞集解》、武进人蒋骥的《山带阁注楚辞》、休宁人戴震的《屈原赋注》,再到武进人胡文英的《屈骚指掌》,直至桐城人马其昶的《屈赋微》,这其中不乏像洪兴祖、周用、毛晋、胡文英、顾炎武、钱杲之、王邦采、徐焕龙、蒋骥、陈本礼、王念孙、吴仁杰、洪亮吉这样的大家。这支由江浙、安徽和江西人组成的数量可观的楚辞研究大军,让我们领略到楚辞在其率先流播区域的深远影响,这就是地方文脉的潜移默化。

文化传媒和藏书、刻书风气的影响。文化传媒是制衡学术研究的重要因素之一,从铸之钟鼎到书之竹帛,从刻版印刷到活字技术,每一次传媒的变革都会给学术的发展带来一次深刻的革命。兴起于唐代的雕版刻书无疑是学术史上的一次革命,它使历代文人墨客把传统古籍和自己的创作流传下去成为可能,而出版业的繁荣也为学术研究的普及与发展提供了便利的条件。须知,刻书与藏书是并行不悖的行为,因藏书而刻书,目的就是把藏书流传得更为久远。特别是明清两代,士大夫率喜刻书,达到了它的顶峰时期,而江浙地区就是刻书业最为发达的地区。据《楚辞书目五种》及《楚辞书目五种续编》所辑录的资料可知,明代的楚辞研究专著就达四十余种,仅晚明七十年间就有一百一十种《楚辞》刻本。

叶适《汉阳军新修学记》云:"今吴、越、闽、蜀,家能著书,人知挟册。"[①]江浙历来是人文渊薮,文化积淀深厚,有文物之邦的美誉。"东南财赋地,江浙人文薮",这两点为藏书、刻书提供了最有利的条件。江浙文人素有藏书刻书的习惯,有的甚至爱书成癖,嗜书如命,羞于仕进而乐于藏书。通过对江浙两省明清藏书家和藏书楼的统计,我们可以窥见它的盛况。据记载,浙江籍的藏书家和藏书楼有:金华宋濂的青萝山房、鄞县丰坊的万卷楼、范钦的天一阁、范大澈的卧云山房、卢址的抱经楼、汪启淑的开万楼、鲍廷博的知不足斋、归安茅坤的白华楼、陆心源的皕宋楼、嘉兴项元汴的天籁阁和万卷楼、仁和高濂的妙赏楼、杭世骏的述古堂、山阴祁承煠的澹生堂、秀水曹溶的静惕堂、朱彝尊的曝书亭、吴卓的瓶花斋、赵氏的小山堂、卢文绍的抱经堂、海宁吴骞的拜经楼、陈鳣的向山阁、钱塘丁氏的八千卷楼;江苏籍的藏书楼有昆山叶盛的菉竹堂、徐干学的传是楼、吴县钱谷的悬磬室、吴翌凤的古歌堂、黄丕烈的百宋一廛、太仓王世贞的小酉馆、常熟钱谦益的绛云楼、毛晋的汲古阁、钱曾的述古堂、瞿氏的铁琴铜剑楼、张金吾的爱日精庐、南京黄虞稷的千顷堂、曹寅的楝亭、阳湖孙星衍的平津馆、江阴缪荃孙的艺风堂、长洲汪士钟的艺芸书舍、叶

---

① 叶适,《水心先生文集卷9》,《四部丛刊》。

昌炽的治廧室、章珏的四当斋、吴兴蒋汝藻的传书堂,等等。

值得注意的是,我国的书目文献一直保持着一种悠久的传统。《四库全书总目·集部总叙》曰:"集部之目,楚辞最古。"①《楚辞类叙》又曰:"《隋志》集部,以楚辞别为一门,历代因之。盖汉魏以下,赋体既变,无全集皆作此体者。他集不与楚辞类,楚辞亦不与他集类,体例既异,理不得不分著也。"②不仅历代正史的《艺文志》或《经籍志》一尊这一体例,就是后世的目录学著作和藏书家的书目也严格遵守这一家法。天一阁、天籁阁、曝书亭、述古堂、抱经堂、知不足斋、菉竹堂、绛云楼、平津馆、千顷堂、述古堂、汲古阁等书目中,几乎无一例外地收录有楚辞类的书目。如《天一阁书目》就收录有黄省曾校正的《楚辞章句》三种、《洪兴祖补注楚辞十七卷》、《楚辞集注离骚五卷续离骚三卷又后语六卷辩证二卷》、《篆文楚骚五卷》、《楚骚叶韵十卷》等七种著述。这种刻书、藏书活动中大量刻藏楚辞著述的风气,既利于对楚辞著作的保护,又利于楚辞的传播,更便于楚辞研究著述者借阅和研究。须知,这些刻书藏书中心,就是我们统计表格中楚辞研究著述者集中的区域。更有甚者,在这些藏书家队伍里,就有像毛晋、黄省曾这样的楚辞研究著述者。众多的藏书家,为着书立说的文人们提供了良好的治学环境。因此,藏书多寡,著书立说多寡,学术氛围是否浓郁,都直接影响了楚辞研究人群之多寡。

三、古代楚辞研究时代失衡的原因

古代楚辞研究的失衡,还表现在时代分布的失衡上。从整个楚辞学史的角度看,各个朝代学术研究的总体成就是不同的,有的朝代相对繁荣,有的朝代相对平庸,其原因与这一朝代的忧患意识、统治政策、文化政策、文风学风等有着密切的关系。其实,也是由于这些因素的影响,楚辞研究即使在同一朝代内的发展也是失衡的,有些年代较长的朝代如汉、宋、明,其初期和末期比较繁荣,中期比较萧条。

从上述楚辞研究著述者籍里的统计表格中可以看出,历代《楚辞》著述者的籍里除了在地域分布上表现出明显的失衡状态外,在时代分布上亦表现出明显的失衡态势。主要体现在:自汉代开始的楚辞研究,经历了东西两汉、魏晋南北朝、隋唐、五代、南北两宋、金、元、明、清整个封建时代,其中两汉、南北两宋、明、清几个朝代著述者众多,著述繁夥,成就巨大,盛况空前;而魏晋南北朝、隋、五代、金、元,尤其是中国封建社会的鼎盛王朝唐朝,则著述者稀少,学术成果相对寥落,有的甚至没有楚辞著述流传下来。这种时代分布上的失衡状态,其原因也是多方面的。

首先,时代鼎革带来的精神刺激,造成了楚辞研究的崛起。这种刺激往往出现于朝

---

① 永瑢等,《四库全书总目》,中华书局1965年版,第1257页。
② 永瑢等,《四库全书总目》,中华书局1965年版,第1257页。

代更迭前后，或者造成末世志士的的爱国热情的高涨，或者造成了前朝遗民的怀旧情绪的膨胀，或者造成乱世文人无可奈何的潦倒，或者造成新朝文人无能为力的心平气和。正如梁启超《清代学术概论》云："当时诸大师，皆遗老也。其于宗社之变，类含隐痛，志图匡复，故好研究古今史迹成败，地理厄塞，以及其他经世之务。"[1]请分述之。

朝代更迭前后的忧患意识，对生于忧患的楚辞及楚辞研究起到的推动作用是巨大的，这与它特定的作者及思想有密切的关系。如，在战乱频仍的南北宋交替之际，宋王朝在与北方少数民族统治者的交争中显示出来的懦弱，促成了文人们对社会问题的思考；而金人对中原的觊觎，乃至靖康之祸，更使文人们强烈的忧患意识得到了空前激荡。在这一环境中，《楚辞》蕴含的的美政理想、忠贞不渝的气节，与宋代文人关注现实的热情产生了强烈的共鸣，唤起了他们用屈原精神表达个人愤慨和民族气节的热情，进而投身于《楚辞》研究。就是在这一背景下，《重编楚辞》、《楚辞补注》、《校定楚辞》、《离骚集传》、《天问天对解》、《离骚章句》、《离骚经解》、《龙冈楚辞说》、《竹坡楚辞赘说》、《楚辞故训传》等一系列研究专著相继问世，而朱熹也完成了以彰显屈原"忠君爱国"为宗旨的《楚辞集注》；而在明王朝灭亡前后，这一情况表现的就更为明显了。从晚明赵南星的《离骚经订注》、张京元的《删注楚辞》、陆时雍的《楚辞疏》、贺贻孙的《骚筏》、李陈玉的《楚辞笺注》，直到黄文焕的《楚辞听直》，大多与晚明朝廷内外的忠奸斗争有所关联，显示出仁人志士对大明江山的忧患情怀；而明亡以后的清初，一些明朝遗老，怀着对故国的思念，也把目光投向《楚辞》，希望在《楚辞》研究中得到精神的慰藉。把深沉的故国之思寄寓到对爱国诗人屈原的作品的研究中去，是这一时期楚辞学的共同特点。而集中体现这一特点的，首推王夫之的《楚辞通释》。王氏所处的时代，民族矛盾、阶级矛盾错综尖锐，特别是南明小朝廷君昏臣乱，加之异族的逼凌，他的愤慨只能借着注解《楚辞》倾泻出来。其《九招序》云："有明王夫之，生于屈平之乡，而遘闵戢志，有过于屈者。"因此，他的《九招》名为"以旌三闾之志"，"达屈子未言之情而表著之"，实则是借此抒发自己的故国之思与怨愤之情[2]。傅熊湘《离骚章义自序》评价云："王船山抱亡国之痛，发愤著书，作《楚辞通释》。孤心仿佛，宜较诸家为精。"[3]此外，如钱澄之、周拱辰、顾炎武、屈复、夏大霖等也是这一时期的代表人物。

毋庸讳言，社会的动荡对文化学术的戕害是难以估计的，这也正是造成楚辞研究在时代上失衡的重要原因。历史上，这样的时代主要集中在春秋战国、魏晋六朝、五代十国、辽金元几个时段。如魏晋六朝这一中国历史上极其动乱的年代，文人们无论是入仕

---

[1] 梁启超，《清代学术概论》，《梁启超学术论著四种》，岳麓书社1985年版，第40页。
[2] 王夫之，《楚辞通释》，中华书局1959年版，第174页。
[3] 傅熊湘，《离骚章义自序》，《楚辞书目五种》，上海古籍出版社1993年版，第255页。

为官,还是屈沉下僚,都很难找到出路。他们不能从儒家那里得到答复,也无法依靠以旷达为指归的老庄玄学对命运和生死等问题求得解脱,天灾人祸使他们时刻处于朝不虑夕、人命危浅、饥寒交迫、颠沛流离的境地。在这种情况下,人们难以抛开物质的欲求而求得精神的慰藉,更无法顾及深层的学术研究了。统计表明,魏晋六朝三百余年间,除亡佚了的徐邈的《楚辞音》和郭璞的《楚辞注》之外,《楚辞》研究几乎没有其他成果。

其次,封建王朝的统治政策,造成了楚辞研究的复归或零落。一个王朝的统治政策,尤其是异族统治王朝的统治政策,直接关系到文人们的精神状态,关系到他们的话语权。思想领域的高压,造成的是文人们道路以目的惶恐;异族的政治迫害,造成的是文人们政治热情的低落;而怀柔政策的媒蘖,又促成了学术的畸形繁荣。这一切,都会对学术产生微妙的影响。梁启超先生云:"经大乱后,社会比较安宁,故人得有余裕以自厉于学。异族入主中华,有志节者耻立乎其朝,故刊落声华,专集精力以治朴学。"①一方面,文人们找不到心灵的寄托,索性放任潦倒,不思进取,流连诗酒,披发佯狂;另一方面,文人们不再热衷于奔走危机四伏的名利之途,而把热情全部投入到学术研究中来。楚辞研究就经历了这样的发展过程。

元蒙统治者在掌握全国政权后,实行了严苛的等级制度,他们依照自己的爱好,把全国人分为四种,并以职业分为十等,这样一来,以汉人和南人为主的文人们就被打到了社会的最底层。虽然元世祖也曾提倡向先进的汉文化学习,鼓励汲取汉文化,但又在至元中期废除了科举,并断然贬斥儒教,这一切有力地说明了元代统治者对汉文化的排斥。文人们由此失去了唯一的晋身之路,失去了传统道德的精神支撑,不得不对包括忠君爱国在内的传统道德进行重新认定,屈原这一忠君爱国的形象自然也就成了被怀疑和否定的对象,而代之以流连光景、推崇声色,甚至"偶倡优而不辞"。失去了政策和物质的支持,失去了做人的尊严,元代很少有人借屈原抒发豪情、吐露怨情,更无人把它作为学术研究的对象,所以,《楚辞》研究成果的寥落亦在情理之中。

而清代的政治高压,却意外地使失意的文人们绝意于仕途而投身于治学大军,潜心治学、实事求是的学术风尚由此兴起。由于满清统治者初期对汉族人民推行强硬的镇压政策,这一时期的满汉民族斗争十分激烈。康熙承认:"朕临御多年,每以汉人为难治。"但满清统治者并不像元蒙统治者那样顽固地实行民族歧视政策,在经过一个时期的残酷镇压之后,便不失时机地采用了怀柔的策略,他们分析了汉人的心理,尽量保存了汉人的民族习惯和传统文化。因此,虽然清初的明朝遗老头脑里还深藏着几分凄凉的故国之思,但到了乾嘉之后,民族仇恨渐渐淡漠,终而至于忘却了。在这样的社会背景下,清代的文化学术,取得了令人瞩目的巨大成就,楚辞研究也蔚成大观,出现了近百位楚辞研究

---

① 梁启超,《清代学术概论》,《梁启超学术论著四种》,岳麓书社1985年版,第40页。

著述者。产生于这个时期的楚辞专著,举其要者,有毛奇龄的《天问补注》、戴震的《屈原赋注》、李光第的《离骚经九歌解义》、徐焕龙的《屈辞洗髓》等,而林云铭的《楚辞灯》是表现这种思想变化的最具代表性的楚辞学专著。

这些现象,足以说明统治政策对楚辞研究失衡状况的影响。

再次,文化政策的引导或压制,造成了文人的追捧或感伤。一个朝代的学术兴盛,与那个朝代的文化政策关系最为密切。统治者的爱好和倡导,极易受到文人的追捧而形成一股强大的时代风尚;而束缚与压制,又往往迫使文人们走向另一极端,不问政治而专心学术。汉代的赋骚风气、唐朝的科举制度、清代的文字狱和稽古右文,都在很大程度上影响了楚辞研究的失衡。

刘汉王族起自旧楚,于楚地歌谣固多感情。汉代君主雅好楚辞,如高祖刘邦即好为楚歌,曾创作了《大风歌》,并把"楚声"定为"房中乐";武帝刘彻在中央设立乐府,专门搜集各地民歌及原来的楚辞。同时,他还带头创作楚歌,《秋风辞》即是代表。因而,原本只在故楚流传的《楚辞》,由于他们的推崇,很快走向了全国。一些人,特别是那些失意的政治家和穷愁的文人,受到了屈原精神的感召,学习《楚辞》和模拟《楚辞》并进而成为一种风尚,甚至连汉代贵族妇女也诵读《楚辞》。《后汉书·皇后纪》载:"明德马皇后讳某,伏波将军援之小女也。……能诵《易》,好读《春秋》、《楚辞》,尤善《周官》董仲舒书。"①《后汉书·章帝八王传》亦载:"帝所生母左姬,字小娥。……小娥善史书,喜辞赋。"②1973年汉代许多文人情系屈原,成为楚辞研究的滥觞。如《史记·屈原贾生列传》云:"余读《离骚》、《天问》、《招魂》、《哀郢》,悲其志。适长沙,观屈原所自沉渊,未尝不垂泣,想见其为人。"③《汉书·扬雄传》亦云:"(扬雄)又怪屈原文过相如,至不容,作《离骚》,自投江而死,悲其文,读之未尝不流涕也。……乃作书,往往摭《离骚》文而反之,自岷山投诸江流以吊屈原,名曰《反离骚》;又旁《离骚》作重一篇,名曰《广骚》。又旁《惜诵》以下至《怀沙》一卷,名曰《畔牢愁》。"④至于为什么汉人对楚辞情有独钟,刘勰的《文心雕龙·辨骚》道出了个中秘密,其词云:"及汉宣嗟叹,以为皆合经术。扬雄讽味,亦言体同诗雅。"⑤《汉书·王褒传》记载,宣帝以为楚辞"与古诗同义",并说:"尚有仁义讽喻、鸟兽草木多闻之观,贤于倡优博弈远矣。"⑥这与儒家的"诗教"主张毫无二致。所以,由于王族的引导,文人们上行下效,学习和研究《楚辞》自然也就蔚成大观了,其情形从《古代楚辞研究

---

① 范晔,《后汉书》,中华书局1973年版,第407-409页。
② 范晔,《后汉书》,中华书局1973年版,第1803页。
③ 司马迁,《史记》,台湾商务印书馆民国26年版,第874页。
④ 班固,《汉书》,中华书局1964年版,第3515页。
⑤ 刘勰,《文心雕龙》,齐鲁书社1994年版,第127页。
⑥ 班固,《汉书》,中华书局1964年版,第2829页。

著述者朝代分布表》中可略见一斑。

如果说汉代的文化政策促进了楚辞研究的发展,而唐代的文化政策却让文人们走出书斋,用满腔的热情歌唱那个伟大的时代。科举晋身、文人入幕、终南快捷方式所仰仗的是诗赋创作,而不是学术研究。有唐一代,文人们忘不掉的是屈原的精神,尤其是那些处于贬谪状态的迁客们,但忘不掉的只是同病相怜,因为他们已经习惯于痛快淋漓的歌唱。从我们统计的表格中,难以看到唐代的著述成果,自然也就容易理解了。

在楚辞学史上,因为统治者的引导和压制而造成学术勃兴的时代是清朝。顺治、康熙、雍正、乾隆四朝,统治者大兴文字狱,钳制汉族知识分子的思想,因文字狱而惨遭杀戮的知识分子大有人在。柳诒征《中国文化史》对清代初期的文字狱有这样的描述:"前代文人受祸之酷,殆未有若清代之甚者,故雍、乾以来,志节之士,荡然无存。有思想才力者,无所发泄,惟寄之于考古,庶不干当时之禁忌。其时所传之诗文,亦惟颂谀献媚,或徜徉山水、消遣时序及寻常应酬之作。稍一不慎,祸且不测,而清之文化可知矣。"①即使在以收书编书相标榜的《四库全书》编纂的十年之间,竟然焚书二十四次,计五百三十八种,一万三千多卷。思想统制如此之酷烈,知识分子只能尽力避免与政治发生接触,而把自己的聪明才智转移到对古典学术的研究中,甘心做一辈子"生死书丛"的蠹鱼了。而清朝统治者并非只采取打压的一手,他们为了拉拢知识分子,还打着"稽古右文"的幌子,倡导复兴古代文化。为完成所谓的文治武功,乾隆三十七年颁布诏书,曰:"朕稽古右文,聿资治理,几馀典学,日有孜孜。因思策府缥缃,载籍极博,其巨者羽翼经训,垂范方来,固足称千秋法鉴,即在识小之徒,专门撰述,细及名物象数,兼综条贯,各自成家,亦莫不有所发明,可为游艺养心之助。"②这种推尊儒学、彰显学术的号令式倡导,对惧以文字罹祸的文人们来讲,无疑是一种心理上的抚慰,他们只得乐于"奉旨学术",楚辞学也就在这样的背景下得到了空前的发展。比较而言,清代楚辞学发展深刻,成果众多。据统计,清代共有楚辞研究著述者119人,研究专著多达百余种,研究类型繁夥,有注释、考异、音注、详解、集解、评论、图解、札记、诗话、笔记等多种著述形式,达到了楚辞学发展的巅峰。周拱辰、贺宽、李光地、徐焕龙、朱冀、吴世尚、蒋骥、顾成天、刘梦鹏、戴震、陈本礼、胡文英、朱骏声、王念孙、江有诰、萧云从、门应兆、徐文靖等都是这一时期出现的佼佼者。

由此看来,朝廷的文化政策也是造成楚辞研究时代失衡的一个极其重要的因素。

最后,不同朝代的学风,造就了不同的学术个性。一个朝代的学风和文风对学术研究的影响也是不可低估的,它们直接关系到这一时期的学术习尚和学术风格。刻意地追求形式造就繁缛,实事求是成就朴拙。在楚辞学史上,汉代的读经风气、宋代的疑古思

---

① 柳诒征,《中国文化史》,中国大百科全书出版社1987年版,第731页。
② 永瑢等,《四库全书总目》,中华书局1965年版,第1页。

潮、清代的朴学传统和经世致用,直接影响到了楚辞著述学术个性的形成。

伴随着汉初读经风气的出现,解读楚辞也成了一种专门的学问。据史料记载,严助向武帝推介朱买臣,"说春秋,言楚辞,帝甚悦之,拜买臣为中大夫"①;武帝还命令淮南王刘安注释《离骚》,"安入朝,献所作内篇,新出,上爱秘之,使为《离骚传》"②。这种出于爱好而产生的注释讲解之学,从一开始就打上了烦琐经学的烙印。如经学典籍有"经""传"之分,而屈原的作品也被分成了"经"和"传",从王逸《楚辞章句》里可以看到,整部屈原的作品都叫《离骚经》,而《离骚》一篇被称为《离骚经第一》,其余各篇均称《离骚传》,如今我们看到的《章句》注释,风格与《毛诗郑笺》基本相同。

到了宋代,"理学"一反汉唐以来烦琐的训诂注疏之学,而注重阐发儒家学说的微言大义。这样一来,学术研究便纷纷从训诂注疏之学中摆脱出来,走上了一条以阐明义理为指归的新途径。对汉唐注疏之学的厌恶和否定,是企图挣脱经学绝对权威的合理要求,是一场思想的解放运动。朱熹曰:"要人虚心平气,本文之下打迭交,空荡荡的不要留一点先儒旧说,莫问他是何人所尊、所亲、所憎、所恶,一切莫问,而唯本文是求则圣贤之旨得矣。"③由于这一学术空气的熏染,《楚辞》研究也倾向了对作品义理的探讨。经晁补之、洪兴祖等人的努力,使楚辞学进入了繁荣阶段。其中,朱熹的《楚辞集注》不满于旧注的只重名物训诂,不能发明屈原的"忠君爱国之诚心"的弊端,在《楚辞》研究史上第一次提出了"爱国"的概念,企图把《楚辞》研究纳入"道学"轨道。而与宋代中央官学齐头并进的地方书院制度,也在一定程度上对楚辞的研究起到了推波助澜的作用。据《文献通考·学校考·书院》记载,南宋初年共建书院一百六十七家,集中于江苏、安徽、浙江、江西、湖广、福建等地,如白鹿洞书院、岳麓书院、石鼓书院、鹅湖书院等,都曾留下过朱熹、吕祖谦、王夫之、王闿运等楚辞研究著述者的足迹。而这些书院的分布情况与宋代楚辞著述籍里分布高度重合。

清代是学术昌明的时代,古典学派的朴学在我国学术史上占有独特地位。朴学摈弃空谈,崇尚实践。蒋方震在《清代学术概论序》中说:"清以异族入主中夏,致用之学,必遭时忌,故借朴学以自保。"④梁启超先生云:"学风既由空转实,于是有从书上求实者,有从事上求实者。南人明敏多条理,故向著作方面发展;北人朴悫坚卓,故向力行方面发展。"⑤以学问渊通、品行高尚、足以领袖群伦而闻名的黄宗羲、顾炎武、王夫之诸人,痛批理学的空疏浮泛,倡导"经世致用"的学风,因而清初学风为之一变。加之清代以八股取

---

① 班固,《汉书》,中华书局1964年版,第2971页。
② 班固,《汉书》,中华书局1964年版,第2145页。
③ 朱鉴,《诗传遗说》,《文渊阁四库全书》,台北商务印书馆1986年版,第75–559页。
④ 梁启超,《清代学术概论》,《梁启超学术论著四种》,岳麓书社1985年版,第40页。
⑤ 梁启超,《清代学术概论》,《梁启超学术论著四种》,岳麓书社1985年版,第40页。

士,又以山林隐逸和博学鸿词的名目笼络遗老宿儒,故而大批淡忘了民族意识的知识分子,纷纷跻身于著述之列,形成了乾嘉朴学彬彬之盛的局面,楚辞著述也随之进入了鼎盛阶段。此期内,大师辈出,著作如林。蒋骥的《山带阁注楚辞》和戴震的《屈原赋注》堪称这一时期的楚辞学巨著,而王念孙、江有诰、朱骏声、丁晏等人的楚辞音韵研究也取得了令人瞩目的成就。但是,朴学的强盛,客观上也带来了烦琐、牵强等弊端,因此,在朴学盛行的同时,也出现了陈本礼《屈辞精义》那样偏重文脉大义的一派。此外,在乾嘉学风的影响下,还出现了顾天成的《离骚解》、《楚辞九歌解》、《读骚别论》,邱仰文的《楚辞韵解》、夏大霖的《屈骚心印》、屈复的《楚辞新注》、刘梦鹏的《屈子章句》、胡文英的《屈骚指掌》、董国英的《楚辞贯》、鲁笔的《楚辞达》、牟庭相的《楚辞述芳》等数十种以义理、考据和辞章为研究特征的楚辞学专著。

正是由于学风的影响,古代的楚辞学研究呈现出百花齐放的繁荣局面,这也是影响古代楚辞研究时代失衡的又一因素。

通过对古代楚辞研究著述者籍里分布情况的整理和分析,我们发现了它们存在着地域失衡和时代失衡的问题,并找出了其分布的规律;结合对中国历史、楚辞学史的考察,我们认为,得风气之先的文化中心、作为强势后盾的经济实力、得天独厚的地方文脉和刻书藏书的风气等因素,造成了楚辞著述者籍里即楚辞研究的地域失衡状态;而时代鼎革带来的精神刺激、封建王朝的统治政策、文化政策的引导和压制造成的文人的追捧或感伤,以及学风造就的著述个性,是造成楚辞研究著述者籍里即楚辞研究时代失衡的重要因素。我们通过对著述者籍里的研究,可以加深对楚辞研究不平衡原因的理解。

宋代楚辞研究思想初探

湖北省社科院文学所　毛　庆

一代有一代之文学，一代有一代之文学研究，并且一代有一代之文学研究思想。对于前二者，学者们多赞同并给以足够注意；而对于后者，大家在研究学术史时却常常忽视。

然而，一时代之文学研究特点的形成，一时代之文学研究方法的演进与创新，无不与其时代研究思想的变化、发展、创构紧密联系在一起，甚至可以说，无不受着研究思想之指导、引领及制约。因而，研究一时代之学术史，必研究其时代之研究思想。这点，笔者以往研究清代楚辞学时即深有感受。在归结清代楚辞学之特点时，在阐明由这些特点所造就之贡献时，在探索这些特点形成之原因时，总感到有某些共同的研究倾向在引领着研究者，或者说，学者们的研究思想中有某些共通的部分。一旦将这些共通部分探求清楚，就像勾画水系探明了源头一样，整个学术史的线索脉络便清清楚楚呈现出来。自然，在研究宋代楚辞学史时，笔者也应如此进行。

大致来说，归结和发表某一时期的学术研究思想，一般有两种类型。一种是单纯型——就该时期进行总结，并不涉及该学术在其他时期的研究情况。另一种是比较型——在总结出该时期研究思想后，还将其思想与其他时期的进行比较，看其与其他时期相比，有何特点？继承发展了前代哪些部分？又有哪些部分引导启迪了后代的研究？若与其他时代相通相同，但既无特色又无创新发展之功的，则不必指出。如此比较淘汰留下的几个基本点，才是该时期最具特色的研究思想，而所作的比较功夫则简言之甚至不言。本论文即属于后者。

归结起来，宋代楚辞研究思想可大略浓缩为三句话：寄托中领悟，拨正中创新，开辟心理路径。以下分别论之。

寄托中领悟

文学创作大多有寄托，而文学研究大多无寄托。特别是有些主张"中性研究"或"零度"研究风格的学者，还明确反对研究带感情、有寄托。然而楚辞研究（更准确地说应是屈学研究）是一个例外，长期以来形成了"寄托"的传统，且研究之有寄托和无寄托，结果大不一样。即以明清两代楚辞研究为例，大凡成就卓著者都是有寄托者，相反少数无寄托者,尽管有的学术造诣很深,在其他领域学术成就很大,而楚辞研究却成绩平平,甚至还因不理解而得出错误结论。①

观察宋代楚辞研究,马上会发现这点与明清非常相像。只要对存留至今的宋代楚辞著作之作者稍微作点了解,马上就会发现这种寄托的特点。

今存留之宋代楚辞著作,除晁补之《重编楚辞》外,其余均属南宋,主要有洪兴祖《楚辞补注》、朱熹《楚辞集注》、杨万里《天问天对解》、钱杲之《离骚集传》、吴仁杰《离骚草木疏》、谢翱《楚辞芳草谱》。

这六位著者及著作,除钱杲之生平事迹不详,且书中情志寄托不太不明显外,其余五人均有寄托。而以朱熹、洪兴祖、杨万里、谢翱四人寄托之情意十分鲜明而强烈。

先看谢翱,《新元史·隐逸传》(卷一百三十八)有记载。其人凛然有气节,为宋末爱国志士。文天祥起兵时,他曾率乡兵投效,任咨议参军,协助其进行抗元斗争。文天祥壮烈就义后,谢翱悲痛万分,勇作《登西台恸哭记》以吊之。文中言:"余恨死无以藉手见公,而独记别时语,每一动念,即于梦中寻之。"并写道:"登西台,设主于荒亭隅,再拜跪伏。祝毕,号而痛者三,复再拜起。……有云从南来,潾泹浡郁,气薄林木,若相助以悲者。乃以竹如意击石,作楚歌招之曰:'魂朝往兮何极,暮归来兮关塞黑,化为朱鸟兮有咪焉食?'②"文中虽未明言祭奠文天祥,但明眼人一看就知"公"是指谁。故后世明末清初、清末民国初之爱国志士,读其文无不为之泣下。谢翱生于宋淳祐九年(1249),殁于元元贞元年(1295)。而文天祥最终兵败被俘于宋祥兴元年(1278),此时谢翱才29岁,加之进行抗元斗争,辗转江西,估计不可能写楚辞著作。文天祥就义于元至元十九年(1282),这三四年兵荒马乱,谢翱四处避祸,也不可能写此书。《楚辞芳草谱》应作于文天祥就义后,即写《登西台恸哭记》前后。楚辞芳草是屈原高洁人格和民族志气的象征,谢翱专对它们作注,其寄托爱国情志之意十分清楚。而《登西台恸哭记》尾段写曰:"余欲仿太史公著《季汉月表》,如秦楚之际③。今人不有知余心,后人必有知余者。"这也等于是《楚辞芳草谱》情志寄托之最好脚注。

相同的思想情志,相近的社会环境和个人遭际,使谢翱特别能理解和领悟屈原深层的细微心理。这就使他对楚辞芳草的阐释在王逸的基础上大大进了一步。如《离骚》"荃不察余之中情兮",王逸注曰:"荃,香草,以喻君也。人君被服芳香,故以香草为喻。"然此

---

① 详情可参见拙文《明清之际屈学思想之嬗变与清初学术思潮》,《武汉水利大学学报》(社科版)1999年第5期。
② 《晞发集》卷十,《四库全书》本。
③ 顾炎武《日知录·古文未正之隐》(卷十九)曰:"谢翱《西台痛哭记》,本当云文信公,而谬云颜鲁公;本当云季宋,而云季汉。"按:这是顾炎武错了,谢翱不能明言。"颜鲁公"即代指文天祥,"季汉"即是指"季宋"。

解释颇有缺憾。一是被服芳香者,并非单是人君。二是楚辞香草颇多,为何单以"荃"喻君？后来洪兴祖补注曰:"荃与荪同。《庄子》云:'得鱼而忘荃'。"大约洪兴祖感到了王逸的问题,他补注的是对的,但并没有深入下去,问题并未说清。谢翱注曰:"荃,菖蒲也,一名荪。楚辞曰:'数惟荪之多怒兮'、'荪侻聋而不闻'。辞言香草皆以喻臣,唯言荪者喻君,盖荪于药者为君也。"谢翱综合屈原《九章·抽思》之例句,仔细体察屈原的心理,最终补了王逸之不足,解决了这一问题。

再看杨万里,其事迹可见《宋史·儒林传》(卷四百三十三)。杨万里亦是力主抗金的民族志士。曾于淳熙十二年(1185)因地震上书,提出"言有事于无事之时"十条,力陈富国强兵、抗金御敌之策。后韩侂胄专权,万里因其误国而不与合作,退居在家忧郁成疾。当听说韩侂胄草率北伐时,"万里痛哭失声,亟呼纸书曰:'韩侂胄奸臣,专权无上,动兵残民,谋危社稷。吾头颅如许,报国无路,唯有孤愤。'又书十四言别妻子,笔落而逝。①"韩侂胄好大喜功,又为平息内怨转移矛盾而草率北伐,真正抗金的有识之士均深怀忧虑而反对,辛弃疾也曾举历史教训对此明确提出过警告②。但韩侂胄一意孤行就是不听,结果被打得大败丢了脑袋不说,最糟糕的是彻底葬送了抗金事业——从此再无人敢提北伐。杨万里忧愤而卒,就是预料到这一结果。

这样一位抗金志士,选择屈原《天问》作注,当然会有深意寄寓其中。至于将柳宗元的《天对》合于一处作解,则如其书《序》中所言:

> 予读柳文,每病《天对》之难读。少陵曰:"读书难字过。"然则前辈之读书,亦有病于难字者焉？……因取《离骚》《天问》及二家旧注译文,而酌以予之意以解之,庶以易其难云。③

这说明,杨万里是希望通过对《天问》、《天对》作注解,使他人易于读懂《天问》。而屈原所以写《天问》,除王逸所言的"以渫愤懑,舒泻愁思"外,恐还有深悟到的人类社会之痼疾郁结心中,而不得不只对天发问④。杨万里介入国家政事,虽不能达到像屈原那样"入则与王图议国事,以出号令;出则接遇宾客,应对诸侯",却也是曾受宋孝宗信任,经常参议国家大事的名臣,对屈原心中之郁结当有所体会。而从《天对》看,柳宗元的思想,如

---

① 见《宋史·儒林·杨万里》条。
② 辛弃疾《永遇乐·京口北固亭怀古》:"元嘉草草,封狼居胥,赢得仓皇北顾。"即是以南朝宋文帝刘义隆草率北伐,结果被打得狼狈大败的历史教训,警告韩侂胄。
③ 《天问天对解·序》,《诚斋集》卷九十五,上海涵芬楼《四部丛刊初编》本。
④ 关于这几个人类社会难以解决的痼疾,可参见拙著《屈骚艺术研究》第六章:《反思历史,整体透视》,第332—334页。本文此处无法详叙。

在"天道、天命、人道"等方面也与屈原相通,结合柳宗元的政治经历,可推知他大约也体会到屈原当年心中的郁结。这样,杨万里就采取了一条由近及远的逆向注释理解路径,即杨万里→柳宗元→屈原,以帮助他人体会他们(屈、柳、杨)的思想心理,这也就是为什么已有柳宗元的《天对》,而杨万里的《天问天对解》在一些宋代楚辞著作纷纷亡佚的情况下,还能流传至今的原因。

下面再看洪兴祖,其事迹可见《宋史·儒林传》(卷四百三十三),李心传《建炎以来系年要录》亦有多卷记其事。若据以上史料,洪兴祖似乎没有什么明显的抗金言行。不过,从其为官政绩和得罪秦桧举动及《楚辞补注》成书过程来看,他著书的寄托之意还是很清楚的。

洪兴祖担任过多处地方官,所任处均能勤政惠民、兴学崇贤,如此清正之官当然会对秦桧贪赃枉法、卖国投降极度不满。他得罪秦桧表面看是因为为龙图阁学士程瑀的《论语解》作序,秦桧认为《论语解》中多处攻击自己,而洪兴祖之《序》"语涉怨怼"。实则对洪兴祖可能早已怀恨在心。不然不至于迫害洪兴祖"编管昭州"。宋代惩罚官吏,轻者"居住",稍重者"安置",最重是"编管"。被"编管"者必须在指定地点居住,在该地受地方官约束,不得自由行动,相当于今天的"管制"。洪兴祖果然死于编管地昭州,遂了秦桧的奸心。再从《楚辞补注》的成书过程看。其书初稿成于宋徽宗宣和五年(1123),此正是北宋屈于金国岌岌可危之时(其后三年果被金所灭),其形势与屈原时之楚国很是相近。洪兴祖此时选屈原之诗作注,要说他没有寓意谁也不会相信。该书最后问世是在洪兴祖被"编管"时,书出后连名都不能署,《自序》后来也被删掉了,以致同时代人晁公武都不知《楚辞补注》为何人所作①,到后来陈振孙的《直斋书录解题》才说明了他的著书经过。从初撰到成书问世,《楚辞补注》可以说贯穿了洪兴祖一生,一生心血灌注使该书补充了王逸注的许多不足,阐发了一些王逸未能阐明的义理,使其成为继王逸之后最完善的一部楚辞注本,成为所有学、研楚辞者必须认真阅读的要籍。

最后看看朱熹。《宋史·道学》有传(卷四百二十九),李心传《建炎以来系年要录》卷一百八十三、二百记其事。朱熹是著名学者,理学家,又是坚决的抗战派。有人根据他的《戊申封事》,其中似乎有对抗战信心不足之语,便认为他抗战未必坚决。却不知这些话是针对当时"国贫兵弱"之实情而发,正是认真积极的抗战者所言。只要看他的《除秦桧祠移文》,及69岁大病濒死之际还念念不忘救国,就知他抗战之坚决。

朱熹一生精力全在注经,唯一注的文学作品只有《楚辞》(《诗经》属经部),这招致一些人怀疑。清代几位著名楚辞学者朱冀、王邦采、夏大霖均公开怀疑《楚辞集注》是伪作。然此怀疑毫无根据。朱熹卒于庆元六年,而庆元元年《楚辞集注》(至少《集注》部分)即

---

① 晁公武《郡斋读书志》著录该卷时曰:"未详撰人"。

有刻本问世,现明见日本大正三年内阁书目。且嘉定四年(1211)《楚辞辩证》也已由朱熹门人杨楫刻板印行,今存宋本尚有理宗端平乙未(1235)刊本,为朱熹孙朱鉴所刻,若有作伪,朱熹本人和后人绝不会置之不理。

朱熹著《楚辞集注》之动机,前人流行一种说法,即影射赵汝愚事件。《四库全书总目提要》曰:"周密《齐东野语》记绍熙内禅事曰:'赵汝愚永州安置,至衡州而卒。朱熹为之注《离骚》,以寄意焉。'"晁公武也说朱熹作此书是"有感于赵忠定之变而然"。(《郡斋读书记》卷五)然赵汝愚被韩侂胄排挤迫害"暴死"于衡州,是在庆元二年,《楚辞集注》问世于庆元元年,时间上对不起来。即以赵汝愚罢相的庆元元年看,时间上也仍有问题。大约朱熹开始著《楚辞集注》,主要寄托忧国忧民之情①,后赵汝愚事件发生,使朱熹对国势更为担忧。门人杨楫在《楚辞集注》后跋曰:"庆元乙卯,治党人方急,赵公谪死于道。先生忧时之意屡形于色。一日示学生释楚辞一篇。②"当然,赵汝愚对朱熹有知遇之恩,二人又同作为党人被排斥,朱熹对此不可能没有感触。且愤激于赵汝愚事件和忧心国势是统一的,其后朱熹作《楚辞辩证》和《楚辞后语》,每每随事感触,二者必然联系在一起,杨楫的话就很好地说明了这一点。

渊博的学识与情志的寄托,使朱熹对楚辞的研究,对屈原的理解,往往深刻精辟,超出前人一筹,这些由于后面多有介绍,此处便暂不举例。

观察宋代楚辞研究,有一点与明清的十分相似:

屈原《离骚》,读之使人头闷。然摘一二句反复味之,与《风》无异。③
楚辞前无古,后无今。
吾文终其身企慕而不能及万一者,惟屈子一人耳。④

前一句为欧阳修言。后两句为苏东坡言。两人都是知识渊博之人,所得结论却截然相反。然稍有中国文学史知识者,即知欧阳修错,苏东坡对。所以如此,在于欧阳修一生仕途顺利,虽与范仲淹、富弼共主庆历新政失败,但后来却反对王安石变法,政治上相对趋于保守。苏东坡一生仕途坎坷,屡受打击,由于切身遭际而最能体会屈子痛苦,心与屈子贴得最近。他曾手校屈骚,并作《屈原塔》、《屈原庙赋》等以吊屈寄情。所以,综上所

---

① 笔者分析朱熹撰《楚辞集注》,有着文学的、学术的、现实的三方面原因。可参阅《楚辞著作提要·朱熹》条(该条为笔者所撰),湖北教育出版社2002年版。
② 见王应麟《困学纪闻》卷十八,《四库全书》本。按:此跋今本《楚辞集注》无。应是前述刻《楚辞辩证》时跋;赵汝愚"暴死"于庆元二年,庆元乙卯为元年,杨楫这是从开始说起。
③ 《全宋文》第十八册卷七三八,上海辞书出版社2006年版。
④ 明蒋之翘,《七十二家评楚辞》,《四库全书存目丛书》本。

述,同明清时期一样,研究楚辞凡有成就者均为有寄托者,无寄托者往往成就平平甚或犯错。

楚辞研究寄托的特点应该说萌芽于汉代,几乎与楚辞学的形成同步,汉时的司马迁、王逸以至贾谊,在论述、注释楚辞,哀悼屈原时,自觉或不自觉地将自己的情感寄寓其中。到了宋代,寄托的传统便完全形成,其后有形无形地影响、指导着明清两代楚辞学者,使他们取得更大成就。

拨正中创新

我国学术史上的考订、疑古之风,风源可以说是起于宋代,而辨伪学之形成,也可以说开始于宋代。学术的这种发展,自然会影响到楚辞研究,或者说,楚辞研究从这种发展中吸取了营养,从而形成研究思想的第二个特点:拨正中创新。

就一般学术研究而言,拨正多是在继承中拨正,创新多是于学习中创新。宋代楚辞研究则不同,研究者往往是首先立下纠正前人错误之目标,然后认真严肃对待前人著作和研究成果,从中发现、找出错误、偏颇或罅漏,进而尽力纠正,由此自然引出或创立学术新见。在这种思想指导下,宋代楚辞学者主要做了三方面的工作:校订、再训、深入。

详观宋代楚辞研究,笔者发现研究者们有种共识,或曰偏见,甚至可说是固陋:他们总觉得王逸《楚辞章句》靠不住。一是认为王逸距刘向有年,原文发生了变化;而王逸距宋更有年,《楚辞章句》在流传过程中也发生了某些变化。二是觉得王逸学识学力不够,把刘向的原书改错了。黄庭坚甚至在对友人信中说:"《楚辞》校雠甚有功。常苦王逸学陋,无补屈宋。①"这话当然说得过头。宋代学术发达,宋人眼光也很高,作《重编楚辞》的晁补之,就连刘勰也斥为"卑陋":"刘勰文学,卑陋不足言,而亦以原迂怪为病。彼原疾世,既欲蝉蜕尘埃之外惟恐不异,乃固与勰所论,必诗之正,如无《离骚》可也。②"说屈原迂怪自然是刘勰的误解,晁补之批评得对,但绝不能据此便贬文学思想体大思精的刘勰为"卑陋"。对王逸也一样,黄庭坚的话显然过头。不过,也绝不能据此就断定宋人对前人的著作掉以轻心,相反,他们倒是仔细研读,严肃认真对待的。

即以洪兴祖《楚辞补注》为例。由于前面已言及之原因,今天看不到其《序言》,然陈振孙《直斋书录解题》记录了他的校订过程:

> 兴祖少得东坡手校《楚辞》十卷,凡诸本异同,皆两出之。后得洪玉父而下本十四五家参校,遂为定本,始补王逸《章句》之未备者。书成,又得姚庭辉本,

---

① 黄庭坚,《与元勋不伐书》第七封,《山谷别集》卷十八,《四库全书》本。
② 晁补之,《重编楚辞·离骚新序》,清道光十年《晁氏丛书》本。

作考异,附古本释文之后。其末又得欧阳永叔、孙莘老、苏子容校正,以补考异之遗。

由于洪兴祖收集版本下了如此之大的功夫,又以严肃科学的态度加以考订,《楚辞补注》确实达到了"补王逸《章句》之未备者"的目标。不但列出了许多重要的异文,还保留了古本《楚辞释文》;不但考定楚辞原文,还通过各种本子的对照考定了王逸注的文字。对《楚辞补注》的成就,《四库全书总目提要》给以高度肯定:"兴祖是编,列逸注于前,而一一疏通证明,补注于后。于王逸注多所阐发,又皆以'补曰'二字别之,使之原文不乱,亦异乎明代诸人妄改古书,恣性损益。于楚辞诸注之中,特为善本。故陈振孙称其用力之勤,而朱子作《集注》,亦多取其说云。"

洪兴祖治楚辞走"补"、"改"之路,而另有一批学者走还原之路,即力图还原刘向校定的《楚辞》原貌,这派学者可以晁补之为代表。晁补之第二十九世孙晁贻端在刊行《重编楚辞》一书时说:"谨依序例次之,以存重编之志,俾海内藏书家咸知《楚辞》有此善书也。"(《重编楚辞后跋》)可知,晁补之不仅要努力恢复刘向本之原貌,还希望该著成为善本。晁氏的做法是,将楚辞编为上下两卷,上卷录屈原作品,分别为:《离骚经》第一,《离骚远游》第二,《九章》第三,《九歌》第四,《天问》第五,《卜居》第六,《渔父》第七。《大招》第八。下卷列宋玉至刘向的楚辞作品,也排定了次序。对为何分上下两卷并如此排序,晁氏均作了详细说明,都有一定道理。

那么,晁补之的预定目标达到了没有? 可以说达到了一半。虽说晁氏当时能看到一些今天已失传的本子,排序亦有一定道理,然是否合于刘向《楚辞》原貌,谁也不敢说。且今天看来,上卷的排法疑问亦多。所以说第一个目标恐未达到。而第二个目标则恐怕达到了。在晁氏之前,就有人做了与他类似的工作,可惜未能成功。晁补之《离骚新序·下》曰:"天圣中,有陈说之者,第其篇,然或不次序。"陈说之之著,今天看不到了,而《重编楚辞》却流传下来。一本书是否存留下来,原因很复杂,但可以肯定的是,一本书历经千年得以存留(晁贻端为清道光时人),必有一定道理。另外,《重编楚辞》还有一个很有趣的现象。原《重编楚辞》的新录部分有《续楚辞》和《变离骚》两种,收录了晁氏认为的屈原以后至唐人的近似楚辞的著作。《宋史·艺文志》将此二种作书著录,而今已失传;《重编楚辞》《宋史·艺文志》并未著录,却依然存在。晁贻端《重编楚辞后跋》说,晁氏这两书被"朱子《楚辞后语》删为六卷,去过半矣。"朱子和他的《楚辞集注》更有名,这大概是晁氏后两书失传之原因,不过也从另一方面证明,《重编楚辞》仍是一部重要楚辞典籍。

拨正中创新的第二方面,是"再训"。

所谓"再训",主要是指对《楚辞章句》文句的训诂,这包括补充、修正、改训。

宋代楚辞著作,除晁补之《重编楚辞》外,其余都对王逸注作了某些补充,其中以《楚辞补注》最为杰出,此处不再举例。

修正方面,宋代也取得很大成就,除洪兴祖、朱熹外,其他人成绩也很可观。如对楚辞草木的训释,《离骚》"杂申椒与菌桂兮,岂为纫夫蕙茝",王逸肯定申椒、菌桂、蕙茝均为芳香植物,并均作注。其中对"菌桂"注曰:"菌,薰也。叶曰蕙,根曰薰。"这实际认为"菌"与"桂"是两种植物,"桂"因人们熟悉便只注"菌",而"菌"之叶就是"蕙"。钱杲之《离骚集传》对此修正曰:"《本草》云:'菌桂,薄卷若筒,亦名筒桂,厚硬味薄者名板桂。蕙,薰草,即今零陵香。"并引《山海经》作证。这就在肯定王逸注为芳香植物的基础上修正了其注的部分错误。又如,《离骚》"户服艾以盈要兮",王逸注为:"艾,白蒿也。"洪兴祖对此已做了补正:"《尔雅》,艾,冰台。注云:今艾蒿。"吴仁杰《离骚草木疏》进一步修正曰:"白蒿,《诗》所谓'蘩'也。《诗》有采'蘩',有采'艾'。《本草》有白蒿,又别出艾叶条。"吴氏又引《嘉祐图经》以证之。这说明"艾"为"艾蒿",与"白蒿"同属一大类而为不同植物,从而修正了王逸的注解。

毋庸置疑,宋人修正王逸注取得很大成绩。然而,"再训"中成就最大的,对后世影响也最大的,则是改训。

> 楚辞虽肇于楚,而其目盖始于汉世。然屈宋之文于后世依放者,通有此目。而陈说之以为唯屈原所著,则谓之《离骚》。后人效而继之,则曰楚辞,非也。自汉以还,文师词宗,慕其轨躅,摛华竞秀,而识其体要者亦寡。盖屈宋诸骚,皆书楚语,作楚声,纪楚地,名楚物,故可谓之楚辞。(黄伯思《校定楚辞序》)①

楚辞之名,并非起自刘向,至少西汉初年已有此词。陈说之的解释,也并非他自创,而是流传千年之传统说法。黄伯思一反千年陈说,以楚文化特色重新训释楚辞,当时可谓振聋发聩,至今也仍是对楚辞的权威定义。黄氏《校定楚辞》今已失传而《序》独存,《序》中又以对楚辞的定义最为精彩,也许,正是这一精彩的定义使这篇长序保存至今。

确实,宋人善于在楚辞研究中突破传统,同黄伯思一样,洪兴祖也是这方面的杰出代表。洪兴祖为《楚辞章句》作补注,这是借鉴了经学阐释方式。因王逸尊《离骚》为经,定自己著作为章句,明显采用了经学的"章句"之法,洪兴祖自然承袭之,即自己的补注相当于"正义"或"疏"。然经学阐释历来有"疏不破注"之传统,宋人大多也严守这一家法。洪兴祖则敢于冲破这陈规,只要发现王逸书中的错误,便一定指出。《天问》"鬿堆焉处",王逸注曰:"奇兽也。"洪兴祖指出其误:"《山海经》云:'北号山有鸟,状如鸡而白首,鼠足,名曰鬿雀。食人。'"另如《天问》"倏忽安在"之"倏忽"、"靡萍九衢"之"九衢"等,洪

---

① 《宋文鉴》卷九十二,《四库全书》本。

氏都作了改训。

这种改训,宋代楚辞著作几乎都有。《天问天对》对"石林"之匡谬,《离骚草木疏》对"宿莽"之正误,《楚辞芳草谱》对《离骚》"江离"的重训……都是杰出的例子。

拨正中创新的第三方面,是"深入"。

宋代是理学形成发展的阶段,朱熹是其集大成者。即便不是理学家甚或不喜理学者,也喜欢穷究义理。由此形成一种风气,这风气自然影响到楚辞学界,并促进楚辞研究的发展。

这方面最突出者,当然是朱熹。

> 窃尝论之,原之为人,其志行虽或过于中庸而不可以为法,然皆出于忠君爱国之诚心。(《楚辞集注·序》)

> 而又因彼事神之心,以寄吾忠君爱国眷恋不忘之意。(《楚辞集注·九歌序》)

朱熹第一次从屈骚中发掘出"爱国"观念,将屈原的民族精神进一步赋予爱国理念,并努力于其书中阐发爱国的内涵,这一贡献无疑是巨大的。其后,南宋末、明末清初、清末民国初、抗日战争时期,屈原和屈骚成为一切爱国人士之精神支柱,朱熹功不可没。

朱熹深入挖掘屈骚的内涵,往往独具只眼,他善于探寻诗人言外之意,味外之旨,善于体会微词奥义。《离骚》:"闺中既以邃远兮,哲王又不寤。怀朕情而不发兮,余焉能忍而与此终古。"朱熹注曰:"终古者,古之所终,谓来日无穷也。闺中深远,盖言宓妃之属不可求也。哲王不寤,盖言上帝不能察,司阍壅蔽之罪也。言此以比上无明主,下无贤伯,使我怀忠信之情,不得发用,安能久与此闇乱嫉妒之俗终古而居乎?意欲复去也。"而王逸此处注为:"言我怀忠信之情,不得发用,安能久与此闇乱之君,终古而居乎?意欲复去也。"两相对比,朱熹在王逸注基础上领会阐释,显然要深刻一些。

其他治楚辞者,深究义理虽略逊于朱熹,然也是成绩斐然。钱杲之对《离骚》"三求女"的阐释,就比王逸的要深入一些。王逸对三次"求女"各自孤立解释,内在联系不紧。钱杲之在对"三求女"分别阐释后,最后总结道:"意喻贤士如宓妃不可得见,其大贤如娀女,次贤如二姚,当及其未用而求之。"此说虽未必为确解,但将"求女"作为统一体系来进行解释之思路,无疑合理。这启发了以后明清两代研究者,虽"求女"仍有几种说法,然因大多以统一体系求解,而呈现走向渐渐接近的趋势,其中以梅冲《离骚经解》的"求通君侧之人"最为合理。再如杨万里对《天问》的研究,也是尽力挖掘其诗句的内涵。"天命反侧,何罚何佑"一句中,屈原已暗示有不相信天命之意,柳宗元对此作了进一步引申:"天邈以蒙,人幺似离。胡克合厥道,而诘彼犹违?"杨万里《天问天对解》则将其不信天命的意义完全发掘出来:"天远而幽,人小而散,何可以合天人而论之?"他还以齐桓公举例,断定他"九合之功"与晚年死于近嬖之手,"皆自取尔,天何与焉?"

开辟心理路径

所谓"心理路径",完整的表述应是"心理领悟研究路径"。

学术发展到宋代,出现了一些新的变化或进展。前已述及,宋代可说是开启辨伪疑古之风的时代。其时学者,对汉以来诸儒之经典解释均重新审视,若就其方法概论之,则是通过文本以求作者原意,再与诸儒解释对照。由此必须在文本上扎扎实实下功夫,故宋代学者特别讲究"读书之法",对此,宋罗大经有段话作了极好阐述:"夫著一读书之心,横于胸中,则锢滞有我,其心已与古人天渊悬隔矣,何自得其活法妙用哉。吕东莱解《尚书》云:'《书》者,尧、舜、禹、汤、文、武、周公之精神心术尽寓其中,观《书》者不求心之所在,夫何益!然欲求古人之心,必先求吾心,乃可见古人之心。'此论最好,真读书之法也。"①罗大经借吕东莱讲读《尚书》之法,说明以己心求古人之心的重要,而此前王安石等人有"善读"之说②,朱熹也特别强调"善读",在其著作中多次使用这一概念。究其"善读"之内涵,基本与罗大经、吕东莱的相同。由此可知,宋人所谓"善读",所谓"以吾心求古人之心"的读书之法,其实就是心理领悟法。

纵观宋代学术,可以说,以朱熹的心理领悟法最系统、最完备,理论水平也最高,他为楚辞以至整个中国学术开辟了一条心理领悟研究路径。以下便以朱子为例简论之③。

所谓心理领悟方法,即是在正确通释文句、理解文本的基础上,通过特定的方式方法,去体察著者之创作心理,领会其创作意图及其所想表达的深微之义。用朱熹自己的话简单概括之,就是:"读书须是以自家之心体验圣人之心。少间体验得熟,自家之心便是圣人之心。"④很明显,朱熹这话是对孟子"以意逆志"说的继承。《孟子·万章上》曰:"故说诗者,不以文害辞,不以辞害志。以意逆志,是为得之。如以辞而已矣,《云汉》之诗曰:'周馀黎民,靡有孑遗。'信斯言也,是周无遗民也。"朱熹《四书集注》于此段后注道:

言说诗之法,不可以一字而害一句之义,不可以一句而害设辞之志,当以己

---

① 罗大经,《鹤林玉露》卷十五,《四库全书》本。
② 王安石在谈如何读《庄子》时说:"后之读《庄子》者,善其为书之心,非其为书之说,则可谓善读矣。"《临川文集》卷六十八,《四库全书》本。
③ 关于朱熹的心理领悟方法,可参阅拙文《论朱熹心理领悟学习研究方法及其特色》,《江汉论坛》2012年第9期。
④ 《朱子语类》卷一百一十九。据文渊阁《四库全书》本,以下所引朱熹著作,若无注明,则均出自该本。

意迎取作者之志,乃可得之。若但以其辞而已,则如《云汉》所言,是周无遗种矣。①

朱熹释"逆"为"迎取",释"以意逆志"为"当以己意迎取作者之志",无疑非常正确,说明他深得孟子"以意逆志"之精髓。除此处外,朱熹著作中还多次出现"以意逆志",仅《朱子语类》就出现了十次,其中对"以意逆志"或肯定、或解释、或说明、或阐发,由此形成了完备的理论体系。

在理论体系完成后,朱熹为自己的心理领悟配备了一整套办法,这一整套办法的核心,是"唤醒—体验"。所谓"唤醒",在朱熹看来,就是通过认真阅读经典文本,主动发挥"心"之认识作用,从而激活主体那"万理具足"的心灵,由此获得极强的领会动力及认识能力。所谓"体验",便是通过特定的阅读、品味、研究方式,从而达到以己心体验圣人之心的目的。"唤醒—体验"是一个互动互进的过程:没有"唤醒","体验"很难深入下去;而没有"体验",也很难得到真正的"唤醒"。对经典文本的学习研究就在这不断"唤醒—体验"的过程中,一步一步、一层一层、一阶段一阶段地深入下去。

朱熹的唤醒,在当时及其后,还有着某种特定的意义。从上面所引材料可知,朱熹所要"唤醒"的对象是"学者"。"学者"本义,既可指"求学之人",亦可指"志学之人"、"饱学之士"。从朱熹在这类语录中专用"学者"而不用"学人"、"学子"看,他用"学者"一词显然是取后义。这些"学者"读了许多前人的书,脑海里塞满了前人的阐释、议论,书本知识丰富。这种丰富当然是好事。但另一方面稍不注意——正像外国一句名言所说:"书读多了,脑袋就不是自己的了"——领会动力和认识能力被"淤塞",自己之"心"在前人知识的温床上睡大觉。这就需要"唤醒",这就是朱熹"如今学者大要在唤醒上"之深层意义。

要臻至这"唤醒"境界,朱熹认为最重要的一个具体办法是"虚心"。朱子著作中,"虚心静虑"、"虚心涵咏"、"虚心平气"、"虚心观之"、"虚心入里"、"虚心下气"②等词句,几乎到处都有。朱子这一观念,显然是继承了老子的"虚静"说,庄子的"心斋"、"坐忘"说,荀子的"虚壹而静"说,也继承了它们共同的内涵,即虚怀澄静、心内无物等。不过,朱熹"虚心"说内涵,比老、庄、荀的多了一层重要含义,这含义朱熹没有也不便明说,但只要仔细品味他的话,就会清晰呈现出来:

---

① 朱熹,《四书章句集注》,中华书局1983年版,第306页。为便于统一,以下《孟子》、《论语》原文,均引自《四书章句集注》。
② 分别出自《朱子语类》卷九、卷十一、卷三十一、卷一百零四、卷一百二十。

> 凡读书,须虚心,且似未识字底,将本文熟读平看。今日看不出,明日又看。看来看去,道理自出。(《朱子语类》卷一百二十)

这是对"书读百遍,其义自现"的另一种形式的肯定,也是对朱熹"虚心"的注脚:"虚心",即是将心"虚空"起来,心中当然也就没有了前人的注释、阐解、议论。所谓"虚心静虑"、"虚心涵咏"、"虚心平气"、"虚心观之"等,就是要一切从文本出发,对文本作直接的理解、感受、体会,并敢于肯定自己的理解、感受、体会,如此才能不被前人谬误遮住眼睛,如此才能达至"唤醒"。

由"虚心"达至"唤醒"后,就可以进入"体验":

> 先教自家心理分明历落,如与古人对面说话,彼此对答,无一言一字不相肯可,此外都无闲话杂说,方是得个人处。[1]

这当然是强调与"古人"(即著者)的心理相通、相接、相应,后来清代楚辞学者朱冀所说的"下元之夕,梦中恍惚,手执是编,与一老人互相辩证,久之欣欣若有所得",现代学者陈寅恪所说的"所谓真了解者,必神游冥想,与立说之古人,处于同一境界,而对于其持论所以不得不如是之苦心孤诣,表一种了解之同情,始有批评其学说之是非得失,而无隔阂扶廓之论"等[2],显然与此有异曲同工之妙。

然而要达此"体验"境界,谈何容易!这除了思想之专心致志、知识之真积日久外,还必须有一套与之相应的操作方法。这套方法当然也被朱熹摸索总结出来,笔者将其称之为"熟读——玩味"法。对经典文本,朱熹主张熟读,并特别强调两点:一是多读,十遍、二十遍,甚至上百遍;二是精读,真正读熟一章再读下一章,读熟一本再读另一本。多读、精读中,朱熹又强调"体会"之功,其著作中经常出现"仔细体会"、"体会亲切"等语,《朱子语类》(卷十一)中有一段话说明读史与读经之区别:

> 看经书与看史书不同,史是皮外物事,没紧要,可以札记问人。若是经书有疑,这个是切己病痛,如人负痛在身,欲斯须忘去而不可得。岂可比之看史,遇有疑则记之纸焉。

---

[1] 《晦庵集·答张元德》,《四库全书》本。
[2] 朱冀,《离骚辩·自序》,清康熙四十五年绿筠堂刊本。陈寅恪,《冯友兰中国哲学史上册审查报告》,《金明馆丛稿二编》,上海古籍出版社 1980 年版,第 247 页。按:对朱冀、陈寅恪所论之研究,可参见拙文,《论清代楚辞研究中的直觉感悟法》,《文艺研究》2007 年第 7 期。

这段话里并未有"体会"二字,然在笔者看来,比之那些有"体会"二字之语,反而更能传达出朱熹强调"体会"之意:读史书有疑,不关紧要,可以记下问人;读经书有疑,则为切己病痛,必须弄清楚。经书之疑当然也可以请教别人,但主要靠自己体会。"负痛在身"之痛,最能体会到的当然是自己,而且"斯须"不可"忘去"。当然,读史并非都是"皮外物事,没紧要",朱熹此处不过是以此对比读经,形象化地喻明读经"体会"之重要,我们不必作"胶柱鼓瑟"之理解。

对于这种建立在熟读基础上的体会,朱熹进一步要求体会出"滋味":

大凡读书,须是熟读,熟读了自精熟,精熟后理自见得。如吃果子一般,劈头方咬开,未见滋味便吃了。须是细嚼教烂,则滋味自出,方始识得这个是甜是苦是甘是辛,始为知味。(《朱子语类》卷十)

大凡事物须要说得有滋味,方见有功。而今随文解义,谁人不解?须要见古人好处。(《朱子语类》卷一百一十四)

这显然是继承了钟嵘《诗品》的"滋味"说,而朱熹于"滋味"上又加"玩",特别强调"玩味":

读书之法,先要熟读。须是近看、背看、左看、右看,看得是了,未可便说,道是更需反复玩味。(《朱子语类》卷十)

学者只是要熟,工夫纯一而已。读时熟,看时熟,玩味时熟。(《朱子语类》卷十一)

本来,"玩味"并非朱熹独创之字眼,远的不说,宋代理学家程颢、程颐就曾多次使用它。然而,宋代学者谁也没有朱熹对它如此重视。即以数量而言,"玩味"一词在其著作中出现有250多处,仅在《朱子语类》中就有95处之多。这"玩",当然不是"玩耍",而是蕴含体现着审美的意义。并且,朱熹似乎特别偏爱"玩"字:"微玩"、"把玩"、"深玩"、"玩熟"、"玩赏"、"玩心"、"玩其气象"、"虚心玩理"等语汇,于其著作中几乎到处可见。将这些语汇和言论综合起来,可以发现,它们是以"玩味"为中心形成一个系统,这系统提倡以审美的心理对经典进行学习、研究,也就是说在对经典作正确理解、艰难阐释之同时,还要对其进行审美的观照、体会甚至欣赏。因而朱熹所言"体验",也就包含有审美体验的成分。这无疑形成了朱熹学术研究方法独有的特色,也可以说是朱熹对我国古典美学之独特贡献,这贡献有着鲜明的特色和丰富的内涵,此处自然无法深论。

朱熹将这套方法,用到了他的楚辞研究中。通过对楚辞的情志寄托,通过注释楚辞来抒发抗金情结和宣泄受压心理,再加之"虚心"、"熟读"、"玩味"的学习研究功夫,使他能上接屈原的时代,感悟、领悟到屈原报国无门,饱受"群小"排斥打击而痛苦、愤懑等心理,从而发掘出前人未曾发现的重要意义,并纠正王逸的某些错误。

如前所述,朱熹第一次从屈骚中发掘出"爱国"观念,并阐发其爱国之思想内涵,肯定其爱国精神,这不仅对楚辞研究,而且对中华民族爱国精神的形成和丰富其内涵作出了重要贡献。又如,朱熹往往敢于从文本出发,而驳斥一些穿凿的陈说。《楚辞集注·楚辞辩证上》论《九歌·河伯》曰:"旧说,'河伯位视大夫屈原,以官相友,故得与之',又云:'河伯之居,沉没水中,喻贤人不得其所也。'夫谓之河伯,则居于水中固其所也,而以为失其所,则不知使之居于何处,乃得其所耶? 此于上下文意,皆无所当,真衍说也。"由于对文义有切实的体验领会,使其对穿凿陈说驳斥有理有力。再如,对《九章》整体之理解,王逸认为《九章》集中作于一时而成系统,而朱熹则曰:"屈原既放,思君念国,随事感触,辄形于声。后人辑之,得其九章,合为一卷,非必出于一时之言也。"部分地纠正了王逸的错误,历来为学界所肯定①。尽管朱熹拘于儒家礼教,固于某些理学观念,抑或受制于当时之形势,说屈原"其志行虽或过于中庸而不可以为法"、"虽其不知学于北方"等,然瑕不掩瑜,其楚辞研究之成就依然是巨大的。

综上所述,朱熹心理领悟方法是以"唤醒—体验"为中心,以"虚心"、"熟读"、"玩味"为操作系统,理论上以孟子"知人论世"、"以意逆志"为基础,并融合了荀、老、庄相关的"虚静"理论,及钟嵘的"滋味"说的极富特色的研究方法。他不但开辟了楚辞的心理研究途径,其方法在中国学术史上独具特色,而且在学术方法上独具中国特色;不仅是对楚辞学术史的贡献,更是对整个中国文学史甚至整个中国思想文化史研究的贡献。确实值得我们认真深入研究并大力发扬之。

文章至此,可说宋代楚辞研究思想已大致探明,但我们的任务还只完成了一半。我们所以探讨历代楚辞研究思想,不是为研究而研究,为探讨而探讨,而是为今天楚辞研究思想乃至整个古代文学研究思想的构设,找到一些根据,求得一些借鉴,获得一些启发,为各种研究方向各条研究路径求取具有历史深度的认识。为此,需要再较全面深入地探讨宋代楚辞研究思想的形成原因,当然这是另一篇文章的任务了。

---

① 之所以说是"部分纠正",是因笔者考证分析出朱熹在这问题上也有某些不足,可参见拙文,《论屈原对九章的整体构想及整理》,《文学遗产》2004年第6期。

近十年《天问》研究述论

中央民族大学　谢小刚

《天问》是楚辞研究之难点,甚为奇崛。王逸《楚辞章句》认为《天问》文义不次,多奇怪之事;唐代诗人李贺感叹,"《天问》语甚奇崛,于《楚辞》中可推第一,即开辟来,亦可推第一"(明·蒋之翘《七十二家评楚辞》);明代贺贻孙认为"自是宇宙间一种奇文"(《骚筏》);清人林云铭说"一部楚辞,最难解者,莫如《天问》一篇"(《楚辞灯》);又夏大霖认为它"创格奇、设问奇、穷幽极渺奇、不伦不类奇、不经不典奇、颠倒错综奇,载在史册之事,问过又问、说了重说更奇。一枝笔排出八门六花,堂堂井井,转使读者没寻绪处,大奇大奇"(《屈骚心印·发凡》)。因为奇崛难解,《天问》的研究至今不绝。毛庆《〈天问〉研究四百年综论》[①]一文以明末(1600)为界将《天问》研究史分为前后两段,针对后一段逾四百年的研究史分四阶段进行了评述。从 2004 年至今的《天问》研究史无人问津,因此有必要对这十年的研究做一大致清理。

就笔者目力所及,海内外学者共发表学术论文近 100 篇,专书主要有四部。此外有九篇硕士学位论文和一篇博士学位论文。本文以下试对近十年的《天问》研究史做简单回顾,举其端要并略陈管见。

一、文学及文献研究

《天问》的文学文献研究无疑是基础性的,因而颇受学者重视,相关研究成果繁多。这类研究大致可以分为相关文学的研究、基本文献的解读以及《天问》传播与接受三个方面。《天问》相关文学的研究主要集中于研究《天问》的题名意旨、创作缘起、创作时地、思想内容、思想观念、结构特征和艺术特色等方面。题名意旨的研究以殷光熹、杜宏记、谢国先等人为代表。殷光熹《〈天问〉题名考辨》[②]指出,《天问》是"天"来"问"人,而不是屈原"问天"。这个"天"并非神秘的天(上帝),而是屈原艺术构思中特指的"天民"。屈原采用借天设问手法,问各家对各种问题的解释、论述以及各种文字记载、口头传闻,是否准确无误、是否真实可信、有何依据、能否验证、如何求证?这样解读,《天问》题名与作品

---

① 毛庆,《〈天问〉研究四百年综论》,《文艺研究》2004 年第 3 期。
② 殷光熹,《〈天问〉题名考辨》,《思想战线》2004 年第 1 期。

内容就一气贯通了。此后谢国先《〈天问〉主题新论——兼说屈原精神痛苦的原因》①一文认为,屈原在《天问》中对神话传说的否定和批判,实际上是为了证明大众知识的虚妄,并维护屈原唯我独醒的自我评价。屈原成功地否定了大众知识,但他并没有建立起自我认可的知识体系,破而未立,有为无守,这是他精神痛苦的根本原因。此外,杜宏记《试论〈天问〉的主旨》②、李树军《释〈天问〉之"天"》③、刘桂荣《〈天问〉:咏史性的哲理抒情诗》④、崔楠《〈天问〉题旨释微》⑤等也论述了《天问》的题名主旨。创作缘起方面,曹胜高《〈天问〉的原创意图》⑥与传统观点迥异,提出《天问》不是"呵壁"之作,有可能是屈原与稷下学者问对的纲要。禹经安《〈天问〉与溆浦壁画和盘歌》⑦、碧莲《屈原〈天问〉与神庙壁画》⑧两文结合考古重申了王逸的"呵壁说"。第三种看法认为对花词为《天问》创作提供了丰富的素材,刘石林《楚地丧葬仪典中的"对花"与〈天问〉》⑨一文的主要观点有三:王逸《天问》书壁而作不成立;江南民间丧葬仪典中的"对花"的对花词为《天问》创作提供了丰富的素材;屈原如整理《九歌》一样,将历年收集到的对花词整理成《天问》。但有几个问题还需要厘清,对花词与《天问》的出现先后问题,丧葬仪典与《天问》婚俗的矛盾问题,《天问》是屈原一气呵成还是整理编辑而成问题。俞志慧《从论辩游戏五称三穷看〈天问〉的成因》⑩提出了第四种看法,认为上古有一种叫作"五称三穷"的游戏,流行于知识阶层,这种游戏用艰深的问题考验游戏参与者的知识面和应变能力,亦借以考察游戏参与者所在国家的状况。于是,知识精英们为了在朝聘盟会、应对周旋中不辱使命,需要广泛积累各方面的知识,培养灵活应变的能力。与此同时,在战国后期的学界,有一种知识、学问集大成的趋向。文章通过上古文献中内容与形式都与《天问》相同的材料的比勘,认为《天问》就是在上述背景下,屈原为国士们参与这样的游戏积累材料、储备知识而编成的问题集。高华平《〈天问〉写作年代和地点推测》⑪和刘石林《〈天问〉作于汨罗说》二文集中论述了《天问》的创作时地。其中高文对前人旧说有所辨正,刘文另立新说,这二人对《天问》创作地点的认识不同。史建桥探讨了《天问》的思想内容与结构特征,有博

---

① 谢国先,《〈天问〉主题新论——兼说屈原精神痛苦的原因》,《长江大学学报(社会科学版)》2009年第3期。
② 杜宏记,《试论〈天问〉的主旨》,《安阳师范学院学报》2006年第4期。
③ 李树军,《释〈天问〉之"天"》,《辽宁大学学报(哲学社会科学版)》2004年第2期。
④ 刘桂荣,《〈天问〉:咏史性的哲理抒情诗》,《运城学院学报》2010年第3期。
⑤ 崔楠,《〈天问〉题旨释微》,《长春工程学院学报》2010年第3期。
⑥ 曹胜高,《〈天问〉的原创意图》,《云梦学刊》2006年第4期。
⑦ 禹经安,《〈天问〉与溆浦壁画和盘歌》,《文史博览》2007年第9期。
⑧ 碧莲,《屈原〈天问〉与神庙壁画》,《文史杂志》2008年第3期。
⑨ 刘石林,《楚地丧葬仪典中的"对花"与〈天问〉》,《岳阳职业技术学院学报》2012年第3期。
⑩ 俞志慧,《从论辩游戏五称三穷看〈天问〉的成因》,《社会科学战线》2013年第1期。
⑪ 高华平,《〈天问〉写作年代和地点推测》,《复旦学报(社会科学版)》2007年第6期。

士论文《〈天问〉的思想内容与结构特征》①,后单独发表《〈天问〉的结构类型研究》②,该文是《天问》结构类型研究的学术史回顾,罗列了十种结构类型:回环连锁式结构、不断转换的问难式结构、创世史诗式结构、戏剧性结构、一元与多元相结合的结构、有序与无序之间的双构性诗学结构、树状结构、二元对立转化结构、诵—抒同构的抒情结构、破立并行的双线式结构。其中,破立并行的双线式结构是史建桥曾在自撰文《〈天问〉的思想内容及其结构》中所提出的。其后又有《屈原〈天问〉对歌诗结构模式的借鉴与超越》③一文。侯灵战《天道的失范 神义的崩溃——〈天问〉中屈原对天道观怀疑思想的分析》④和吉家林《屈原〈天问〉与古人"天形态观"》⑤两文分析了屈原《天问》的天道观和天形态观。文学艺术方面,台湾成功大学陈怡良先生的《〈天问〉的文学特质及其修辞艺术》(上、下)⑥认为,《天问》为伟大之文学创作,亦是旷古绝今之第一等奇文,毋庸置疑。而其写作技巧,更见手法高超,匠心独运。其中甚至以"参差"、"倒装"、"变换"、"省笔"、"错综"、"互文"等六种文句变化之技巧,验证屈原如何心营意造,力求文句变化生辉。此外,屈原确能"取镕经意,亦自铸伟辞"(《文心雕龙·辨骚》),有"惟圣人能尽文之妙"(黄侃《文心雕龙札记》)之修辞功力。乃在"技巧"方面,《天问》的修辞艺术归纳有"设疑法"、"层递法"、"错综法"、"讽托法"、"虚实法"、"引用法"、"借代法"、"排比法"、"对偶法"、"映衬法"、"对比法"、"重现法"等十二项。另外还有"比拟法"、"倒置法"、"转品法"、"比喻法"、"双关法"等数项修辞技巧,这足以证明屈原确拥有卓异不凡之才情,《天问》的确是"千古万古至奇之作"(清刘献庭《离骚经讲录》),而屈原被赞评为"千古诗神",可谓实至名归,当之无愧。李川《由屈子职司看〈天问〉"多奇怪之事"》⑦一文论述了屈原的任职对《天问》"多奇怪之事"的诗风的影响。《天问》文体研究方面,饶宗颐早在20世纪80年代发表《〈天问〉文体的源流——"发问"文学之探讨》一文,对后来《天问》文体的研究影响甚大。此后,赵辉先生认为《天问》是屈原给弟子的思考提纲(《〈天问〉屈原给弟子的思考提纲》),翟振业先生以为《天问》是一首讲授自然科学和社会科学的提

---

① 史建桥,《〈天问〉的思想内容与结构特征》,首都师范大学博士学位论文,2006年6月。此博士学位论文于2012年9月在国家图书馆出版社初版。
② 史建桥,《〈天问〉的结构类型研究》,《河北经贸大学学报》2008年第4期。
③ 史建桥,《屈原〈天问〉对歌诗结构模式的借鉴与超越》,《河北师范大学学报(哲学社会科学版)》2011年第3期。
④ 侯灵战,《天道的失范 神义的崩溃——〈天问〉中屈原对天道观怀疑思想的分析》,《上饶师范学院学报》2004年第4期。
⑤ 吉家林,《屈原〈天问〉与古人"天形态观"》,《云梦学刊》2007年第6期。
⑥ 陈怡良,《〈天问〉的文学特质及其修辞艺术》(上、下),《云梦学刊》2009年第2期、第3期。
⑦ 李川,《由屈子职司看〈天问〉"多奇怪之事"》,《广西师范大学学报(哲学社会科学版)》2011年第2期。

纲式诗(《〈天问〉是一首讲授自然科学和社会科学的提纲式诗》),过常宝先生认为《天问》是一部巫史文献(《〈天问〉作为一部巫史文献》)。至近十年来,刘洪仁《赋体杂文的先导——论屈原的〈天问〉、〈卜居〉、〈渔父〉》①一文指出,作者将他对自然、社会和历史的批判,用问难的方式表现出来,不滥发议论而议论已寓于其中,这样既言简意赅,又发人深思。可见《天问》确实是一篇"杂"而有"文"的特殊杂文。饶宗颐先生运用比较文学的方法,印欧语系的一些作品中找出了与《天问》相似的发问形态的文学体式,如果在汉藏语系范围内研究《天问》文体性质,则会更进一步,范卫平《〈天问〉是楚民族问歌体创世史诗——从藏族〈世巴问答歌〉看〈天问〉的文体性质》②认为,《天问》犹如藏民族《世巴问答歌》,是在神事活动中形成的楚民族的问歌体创世史诗,属于巫史文献的范畴。屈原是其传承者、整理者和传播者。由于祠庙壁画与《天问》内容基本相同,屈原把《天问》的问歌部分写在壁画上,又由于《天问》问和答的句式几乎完全相同,所以没必要写出答的部分,造成《天问》有问无答的假象。楚公室之人将其抄录、传唱,崇为经典,使文本形式的《天问》得以传世。《天问》是创世史诗,其连环式结构使《天问》整体结构"井井有条",而具体叙事偶或"文义不次",因而被后世以"错简"论之。此文论证方法独到,见解新颖,很富有启发性,值得借鉴。

此外,也有综合以上诸方面而研究《天问》的,如姚小鸥《〈天问〉意旨、文体与诗学精神探原》③认为《天问》是屈原在"人穷反本"的思想背景下对宇宙、社会和人生的深刻思考,即对"天人之际、古今之变"进行的探索和总结。从文体上来说,《天问》是史诗式的哲理诗。《天问》的诗学精神则是南北文化结合的产物,兼具南人的浪漫与北人的坚忍之志、强毅之气,并体现了春秋战国以后崛起的士人群体的主体精神。汤漳平《〈天问〉与上博简〈凡物流形〉之比较》④采用比较法,从结构、内容与思想、文学性三个方面比较了二者的同异。《天问》被称作古今罕见奇文,也是屈原诸作中最难读懂的篇章,李婕《屈原的〈天问〉及其"狂人"精神》⑤一文从《天问》的产生开始,梳理其内容,探寻其解读方法,审视其影响后世的"狂人"精神。

基本文献研究包括错简问题和文献释读问题。《天问》中有无错简至今争论不休。大概人们追溯王逸"文义不次序"之语的成因,才导致形成"错简说"的认识,明汪瑗、清蒋

---

① 刘洪仁,《赋体杂文的先导——论屈原的〈天问〉、〈卜居〉、〈渔父〉》,《社会科学辑刊》2005年第4期。
② 范卫平,《〈天问〉是楚民族问歌体创世史诗——从藏族〈世巴问答歌〉看〈天问〉的文体性质》,《中央民族大学学报(哲学社会科学版)》2012年第5期。
③ 姚小鸥,《〈天问〉意旨、文体与诗学精神探原》,《文艺研究》2004年第3期。
④ 汤漳平,《〈天问〉与上博简〈凡物流形〉之比较》,《福建论坛(人文社会科学版)》2010年第12期。
⑤ 李婕,《屈原的〈天问〉及其"狂人"精神》,《新闻爱好者》2011年第22期。

骥、屈复、夏大霖、胡文英就提出《天问》"错简说"，郭沫若《屈原赋今译》、谭介甫《屈赋新编》、游国恩《楚辞论文集》、闻一多《楚辞校补》、林庚《天问论笺》、苏雪林《天问正简》等皆主此说。近十年，主"错简说"者大致上还是前人之余绪。张登勤《论〈天问〉错简与叙事流归》①认为，屈原《天问》叙事，确有5处因错简而致结构紊乱、次序不清的现象。重新整理原文的叙事层次，并从叙事结构的角度尝试分析其韵式，对读懂《天问》具有意义。也有人不承认错简，反而从文学角度解释"文义不次序"的，林云铭早在《楚辞灯》中就认为《天问》无错简，不次序恰是屈原结构艺术的匠心独运。今人汤炳正、翟振业、毛庆等先生不主张"错简说"。李川《〈天问〉"文义不次序"问题谫论》②一文道，从文学立场重估"错简说"，历史顺序错乱说并不能成立，王逸《天问》序和后叙也并不必然包含这一涵义。古代典籍中，排比古史不以时代为序的例证比比皆是，这说明"文义不次序"不属于文献学整理问题，而是文学阐释问题，"隐微之说"的写作手段是阐释"不次"现象的可能取向之一。无独有偶，在刘文之后不久，刘桂荣又撰有《探寻内在联系 批驳错简之说——〈天问〉错简调整的辩驳》③一文。可以看出，《天问》非定是错简，也非不是错简，问题在于，要全面看待"文义不次序"，应避免居于一隅去立论。诚如毛庆先生所言，此问题须考虑《天问》共有多少简，每简多少字，屈原创作时的心理状况等等。至于《天问》文献解读的论文，更是层出不穷，这类研究体现在字词句章的解读辨疑上，这大大促进了对《天问》的理解。如萧兵《〈天问〉难题一则——"焉有虬龙，负熊以游"试解》④认为"焉有虬龙，负熊以游"以问伯鲧沉渊化熊事可能较大。舒大清从字到句对文献进行解读，形成一系列论文：《〈天问〉中的"爰"大半是疑问代词》⑤、《〈天问〉"授殷天下，其位安施？反成乃亡，其罪伊何"考》⑥、《〈天问〉"皇天集命，惟何戒之"考》⑦、《〈天问〉"中央共牧，后何怒？蜂蛾

---

① 张登勤，《论〈天问〉错简与叙事流归》，《江苏广播电视大学学报》2009年第1期。
② 李川，《〈天问〉"文义不次序"问题谫论》，《文学遗产》2009年第4期。
③ 刘桂荣，《探寻内在联系 批驳错简之说——〈天问〉错简调整的辩驳》，《河北广播电视大学学报》2010年第2期。
④ 萧兵，《〈天问〉难题一则——"焉有虬龙，负熊以游"试解》，《云梦学刊》2004年第6期。
⑤ 舒大清，《〈天问〉中的"爰"大半是疑问代词》，《湖北师范学院学报（哲学社会科学版）》2004年第4期。
⑥ 舒大清，《〈天问〉"授殷天下，其位安施？反成乃亡，其罪伊何"考》，《湖北师范学院学报（哲学社会科学版）》2006年第2期。
⑦ 舒大清，《〈天问〉"皇天集命，惟何戒之"考》，《井冈山学院学报（哲学社会科学）》2008年第5期。

微命,力何固"考》①、《〈天问〉"咸播秬黍,莆雚是营。何由并投,而鲧疾修盈"考》②根据语境和相关文献对《天问》文本释读。针对贾学鸿《楚辞还须楚语解——〈天问〉篇"帝何竺之"破译》③一文中,胡晓东撰《〈楚辞·天问〉之"帝何竺之"试解——兼论贾学鸿〈楚辞还须楚语解——〈天问〉篇"帝何竺之"破译〉》④一文进行辨正。二文提倡从楚语解读楚辞对《天问》解读有着重要的方法论意义,尤其是胡文从语言学角度出发,特别是从我国先秦时期曾经作为"荆楚"民族重要组成部分的苗瑶语出发释读字词,富有启发性。李永明、黄灵庚《〈天问〉简帛释证》⑤充分运用二重证据法互证释读《天问》字义、文义,为释读《天问》找到了一种方法,甚为可取。王锺陵《〈楚辞·天问〉"阳离"解》⑥从早期民族文化和心理动态入手,以《山海经·海外东经》郭注及《周易·说卦》为据,释"阳离"为太阳鸟。大概受王先生之启发,纪晓建有《〈楚辞·天问〉之"阳离"与楚人太阳崇拜》⑦一文,与王锺陵行文思路相反,先释"阳离"一词后,从文化人类学进行剖析,文章与王先生也有相似之处。此外还有大量的文献释读论文,如贾捷、周建忠《〈楚辞·天问〉"顾兔"考》⑧,吉家林《〈天问〉"启棘宾商"新解》⑨、《西伯姬昌强国兴邦 子孙后代昌盛久长——试解〈天问〉中"述问西伯姬昌"的20句》⑩,刘桂荣《"伯强何处"与"伯林雉经"辨析——依据结构解读〈天问〉》⑪,代生《〈楚辞·天问〉所见姜太公事迹考——释"迁臧就岐,何能依?殷有惑妇,何所讥"》⑫、《有易氏历史的再发现——〈楚辞·天问〉"汤谋易旅,何以厚

---

① 舒大清,《〈天问〉"中央共牧,后何怒?蜂蛾微命,力何固"考》,《中国韵文学刊》2008年第2期。
② 舒大清,《〈天问〉"咸播秬黍,莆雚是营。何由并投,而鲧疾修盈"考》,《海南师范大学学报(社会科学版)》2008年第4期。
③ 贾学鸿,《楚辞还须楚语解——〈天问〉篇"帝何竺之"破译》,《江汉论坛》2005年第6期。
④ 胡晓东,《〈楚辞·天问〉之"帝何竺之"试解——兼论贾学鸿〈楚辞还须楚语解——〈天问〉篇"帝何竺之"破译〉》,《贵州师范大学学报(社会科学版)》2007年第4期。
⑤ 李永明、黄灵庚,《〈天问〉简帛释证》,《中南大学学报(社会科学版)》2008年第1期。
⑥ 王锺陵,《〈楚辞·天问〉"阳离"解》,《漳州师范学院学报(哲学社会科学版)》2008年第2期。
⑦ 纪晓建,《〈楚辞·天问〉之"阳离"与楚人太阳崇拜》,《兰州学刊》2010年第11期;又见《中国韵文学刊》2011年第2期。
⑧ 贾捷、周建忠,《〈楚辞·天问〉"顾兔"考》,《文学遗产》2009年第6期。
⑨ 吉家林,《〈天问〉"启棘宾商"新解》,《盐城工学院学报(社会科学版)》2006年第3期。
⑩ 吉家林,《西伯姬昌强国兴邦 子孙后代昌盛久长——试解〈天问〉中"述问西伯姬昌"的20句》,《黔南民族师范学院学报》2009年第5期。
⑪ 刘桂荣,《"伯强何处"与"伯林雉经"辨析——依据结构解读〈天问〉》,《山西师大学报》2010年第1期。
⑫ 代生,《〈楚辞·天问〉所见姜太公事迹考——释"迁臧就岐,何能依?殷有惑妇,何所讥"》,《云梦学刊》2010年第2期。

之"句试解》①,过常职《〈天问〉末章新解》②,徐广才《〈天问〉"死则又育"、"后帝不若"再释》③,曾凡《〈天问〉"伯禹愎鲧"考辨》④,冉卫华《〈天问〉刍议五则》⑤,杨闯《〈天问〉"何亲揆发足周之命以咨嗟"新解》⑥,董晨《〈天问〉"顺欲成功"意义之辨析》⑦,曹玥《〈天问〉中鲧化"黄熊"之辨析》⑧。可以看出,在《天问》基本文献的释读辨正上,方法多种多样,既有传统的汉学训诂和宋学义理,又有考古、语言、文化人类学等多种手段的运用,其方法不拘一格,但主要目的归一,即都是用来解决文学史上的基本问题的。

《天问》的传播与接受。《天问》自诞生之日起,就开始了漫长的流传和接受,并对后世其他文学产生深远的影响。接受的表现之一就是继承和吸收,马庆洲《论〈天问〉对〈淮南子〉的影响》⑨指出,《淮南子》是秦汉文化转型期的重要作品,是"杂家"的代表作,其受《楚辞》影响的一面以往没有受到重视。此篇文章简要分析了《淮南子》与《天问》在创作动机、思维方式等方面的一致性,以见《楚辞》尤其是《天问》对刘安的影响,反映了《淮南子》对先秦文化吸收的广度。因为《天问》的广为传播,使得少数民族地区的民歌和《天问》之间呈现出一定的相似性,鲜于煌《试论屈原〈天问〉对三峡土家族"盘歌"的影响》⑩指出,三峡土家族"一问一答"的"盘歌"在内容、形式方面与屈原《天问》有诸多相同之处。考虑到屈原诗歌的广泛流传和深远影响,可以认为这种相同不是巧合,而是《天问》对"盘歌"的影响所致;与此相反,禹经安《〈天问〉与溆浦壁画和盘歌》⑪和万霞《〈天问〉与溆浦壁画和盘歌》⑫两文认为,溆浦作为屈原的放逐地,其宗祠、庙堂中的绘制壁画以及民间"盘歌",对诗人的创作产生过极大的影响。这两类文章涉及《天问》影响"盘歌"还是"盘歌"影响《天问》,这存在着两首诗歌产生的时间先后顺序问题,故还需要进一步考虑。董常保、熊刚《对〈天问〉与〈史记〉所述三代史的异同比较》⑬一文指出,司马迁曾读

---

① 代生,《有易氏历史的再发现——〈楚辞·天问〉"汤谋易旅,何以厚之"句试解》,《文物春秋》2010年第2期。
② 过常职,《〈天问〉末章新解》,《巢湖学院学报》2010年第1期。
③ 徐广才,《〈天问〉"死则又育"、"后帝不若"再释》,《北方论丛》2012年第1期。
④ 曾凡,《〈天问〉"伯禹愎鲧"考辨》,《湖南第一师范学院学报》2012年第3期。
⑤ 冉卫华,《〈天问〉刍议五则》,《黔南民族师范学院学报》2012年第5期。
⑥ 杨闯,《〈天问〉"何亲揆发足周之命以咨嗟"新解》,《文学界(理论版)》2012年第11期。
⑦ 董晨,《〈天问〉"顺欲成功"意义之辨析》,《湖北广播电视大学学报》2012年第6期。
⑧ 曹玥,《〈天问〉中鲧化"黄熊"之辨析》,《时代文艺(下半月)》2012年第6期。
⑨ 马庆洲,《论〈天问〉对〈淮南子〉的影响》,《清华大学学报(哲学社会科学版)》2004年第3期。
⑩ 鲜于煌,《试论屈原〈天问〉对三峡土家族"盘歌"的影响》,浙江师范大学2011年5月。
⑪ 禹经安,《〈天问〉与溆浦壁画和盘歌》,《文史博览(理论)》2007年第9期。
⑫ 万霞,《〈天问〉与溆浦壁画和盘歌》,《文史博览(理论)》2009年第1期。
⑬ 董常保、熊刚,《对〈天问〉与〈史记〉所述三代史的异同比较》,《成都理工大学学报(社会科学版)》2008年第2期。

屈原的《天问》，而且可能还解说过，应该说司马迁与屈原对三代史的认识大体相同。但是通过研读《天问》和《史记》中所述夏、商、周三代史，发现二者虽然在创作意图上基本相似，但是在材料来源、对天命观的认识等方面却大多相异，甚至相左。我们看到这是司马迁对屈原《天问》创作意图的吸收和继承，二者在精神上有一脉相承之处。

接受的另一表现是模拟性质的文章出现。后世文人基于与屈原相似的人生际遇和心态，模仿屈子之作以实现深刻的心灵体认，如柳宗元《天对》。关于这两种文章之间的微妙关系，张国栋有《从〈天问〉〈天对〉看屈原与柳宗元的贬谪心态》①一文，翟满桂有《略论屈原〈天问〉与柳宗元〈天对〉》②一文，张文认为，用"问对体"表现了各自的心灵震荡与强烈的生命体验，体现出二人同中有异的贬谪心态与情感表达方式。翟文将屈原《天问》与柳宗元《天对》这千纪年的两篇骚赋，连接起来加以比较异同。

接受的表现之三是对《天问》的研究以及对《天问》研究的研究。史建桥《王逸〈楚辞章句·天问〉的阐释特点》③指出王逸对《天问》的阐释很有特色：王逸重视现实政治对作者创作的感发作用，并由时代背景切入作品的内部研究，以追寻作者创作的动机和文本的本义；他认为作者创作作品是为了抒发个人情感；为了准确探寻作者的本意，王逸在一定程度上能克服读者自身的偏见，尽力客观地解释作品，而且也注意到了文本的文学特征。王长红《宋代〈天问〉研究管窥》④通过分析比较洪兴祖、朱熹二人《天问》研究，浅谈宋元明三代《天问》研究概况。韩锋、黄建荣《试论宋代的〈天问〉注释特色——以洪兴祖、朱熹、杨万里三家为考察对象》⑤总结出洪兴祖的《天问》注释特点，主要在校勘异文的基础上以翔实的史料来补王逸注释的未备或模糊之处，或说明句子的转折、承接关系和内在联系，或对《天问》的旨意作进一步阐发；其不足主要是对一些难解或无法解释之字句强作训释。朱熹的《天问》注释特点，一是体例上的变化，二是在集王、洪字词注释于一体的基础上阐发个人见解，三是以哲学中的理、气说对章旨作义理上的阐释。杨万里的《天问天对解》主要是在疏通柳宗元《天对》难解字词的基础上，纠正和补充前人的偏颇、失误之处；但其明显的不足，也是因受《天对》影响较深而沿袭了其中的一些讹误。还有，研究史可以纳入这类接受的表现中，代生《中国大陆20世纪考古发现与〈天问〉研究》。⑥

---

① 张国栋，《从〈天问〉〈天对〉看屈原与柳宗元的贬谪心态》，《甘肃广播电视大学学报》2007年第3期。
② 翟满桂，《略论屈原〈天问〉与柳宗元〈天对〉》，《文学遗产》2009年第2期。
③ 史建桥，《王逸〈楚辞章句·天问〉的阐释特点》，《河北师范大学学报（社会科学版）》2006年第6期。
④ 王长红，《宋代〈天问〉研究管窥》，《商丘师范学院学报》2009年第4期。
⑤ 韩锋、黄建荣，《试论宋代的〈天问〉注释特色——以洪兴祖、朱熹、杨万里三家为考察对象》，《东华理工大学学报（社会科学版）》2012年第4期。
⑥ 代生，《中国大陆20世纪考古发现与〈天问〉研究》，《社会科学评论》2009年第2期。

从考古角度回顾了《天问》研究的历史。综合接受的三个方面来看,比较法运用颇为广泛。

《天问》的国外传播亟待开展,杨成虎《〈天问〉的研究与英文翻译》①认为楚辞的传播学研究中,楚辞英译相对滞后于其他方面的研究。此外,严红红硕士论文《意识形态对〈楚辞·天问〉翻译的操控》②也是代表。

近十年出现的文学及文献研究相关的专著主要有:《天问研究》③、《屈原〈天问〉解疑》④、《天问研究:〈天问〉的思想内容与结构特征》⑤、《天问讲稿》⑥。硕士论文有:李永明《简帛文献与〈天问〉研究》(浙江师范大学,2004年5月);王长红《〈天问〉研究通论》(山东大学,2006年5月);杨闯《〈天问〉三代人物考论》(渤海大学,2013年6月);冉卫华《〈天问纂义〉研究》(贵州大学,2008年5月);王钰《悠悠说不尽〈天问〉千古奇——论〈天问〉之奇》(暨南大学,2008年5月);代生《考古发现与〈天问〉研究》(烟台大学,2008年5月)。

二、历史方面的研究

《天问》历史方面的研究主要指的是对历史发展成因的探讨分析,历史事实的勾稽考索,历史观念的体认,历史价值的分析等等。

史建桥《由〈天问〉看屈原对历史起源的认识》⑦认为,屈原创作《天问》在主观上并非为了探索历史,但在客观上却反映了他对诸多历史问题的认识。就历史起源而言,屈原从宇宙之初问起,并对诸种神话传说及臆说予以诘难。由此可以推断,屈原认为历史的源头应从宇宙诞生开始,而且与上帝或天神无关。屈原以求真、求实的态度认识历史起源问题,这是其探究历史规律、揭示历史真相、阐述政治思想的哲学基拙。石柱君《楚成王史实考论——从〈天问〉管窥楚成王"成长"历程》⑧和《从〈天问〉管窥商纣王衰亡之因》⑨两文选取了楚成王、商纣王这一历史人物,从有悖于儒家正统的角度切入,试图得出,对于楚成王的评判和商纣王衰亡之因,除了儒家正统的一家之言外,还存在着另外说法。

---

① 杨成虎,《〈天问〉的研究与英文翻译》,《云梦学刊》2005年第5期。
② 严红红,《意识形态对〈楚辞·天问〉翻译的操控》,浙江师范大学2011年5月。
③ 高秋凤,《天问研究》,花木兰文化出版社2008年版。
④ 吉家林,《屈原〈天问〉解疑》,学苑出版社2009年版。
⑤ 史建桥,《天问研究:〈天问〉的思想内容与结构特征》,国家图书馆出版社2012年版。
⑥ 章必功,《天问讲稿》,中华书局2013年版。
⑦ 史建桥,《由〈天问〉看屈原对历史起源的认识》,《河北学刊》2006年第2期。
⑧ 石柱君,《楚成王史实考论——从〈天问〉管窥楚成王"成长"历程》,《大众文艺(理论)》2009年第4期。
⑨ 石柱君,《从〈天问〉管窥商纣王衰亡之因》,《新闻爱好者》2009年第13期。

石柱君、赵雅习《从〈天问〉管窥禅让说》①一文考索历史事实认为,尧、舜、禹禅让说自古就是一个颇有争议的问题,有人认为是史实,有人认为是篡夺战,而在历史上主禅让者占优势。作者另辟蹊径,从屈原在《天问》中对启的问辞管窥禅让说,从有悖于儒家正统的角度切入,结合历史典籍再度梳理,最后得出儒家津津乐道的禅让说,实质是尔虞我诈的篡夺战。代生《〈楚辞·天问〉所见夷夏关系及其考古学印证》②认为,《天问》中保存了较多的夏、夷集团的史料,全面地反映了五帝时代中期至夏初两大集团的关系是权力斗争和交流并进的:在夷夏斗争中,包含着婚姻等和平方式的交往;在婚姻关系中,也蕴含着斗争和利用,并非以往学者所说的单纯的武力斗争。《天问》仅千字之文,全面记载了这一时期东夷、华夏集团联盟间的重要史事,难能可贵。代生、江林昌《出土文献与〈天问〉所见商末周初史事》③勾稽考索历史事实,认为通过对新出文献的梳理,可以看出《天问》反映了商末周初的基本史实:文王被封西伯,"号衰"以行九邦;商纣菹醢梅伯以与文王等诸侯盟誓,巩固自身统治;周人迁岐社社主为军社,开始征商历程;周公"不嘉"武王对殷纣的猛力射杀,在他制礼作乐时取消了以人为牲的习俗。

石柱君《从〈天问〉看屈原历史观》④从屈原遵循的历史系统、对历史人物的重新审视、反天命的历史观、历史与现实相结合、深沉悲剧意识等,对屈原的历史观展开论述,最后得出,屈原的历史观无疑是站在同时代人的最前沿。谢晨星《从〈楚辞·天问〉看夏民族父权制战胜母权制》⑤指出,文学界对于《楚辞·天问》中鲧禹启故事的解说历来都有很多争议。文章通过对鲧禹启故事中体现的争夺生育权、世系权进行剖析,展现了我国古代夏民族由母系社会向父系社会过渡的大致图景。

《天问》历来被视作是中国文学史上的名篇美制,但若置之于中国史学史进程予以考量,其蕴含的史学价值也值得深入挖掘和分析,吴成国、彭忠德《屈原〈天问〉史学价值论析》⑥认为,从史料角度看,《天问》中所述一些史实与我国北方流传的不尽相同,具有荆楚特色;从史学体裁上看,《天问》可视为中国早期的史诗作品,《天问》的写作过程,反映中国早期史学体裁上的优良传统之一,即左图右史、图文并重;从历史思想角度看,《天问》怀疑天命、重视人事、鉴戒历史、忧患国事等思想意识,不仅可填补荆楚史学的空白,而且能丰富中国早期史学的内涵。屈原是当之无愧的史学家。

---

① 石柱君、赵雅习,《从〈天问〉管窥禅让说》,《衡水学院学报》2009 年第 3 期。
② 代生,《〈楚辞·天问〉所见夷夏关系及其考古学印证》,《重庆文理学院学报(社会科学版)》,2011 年第 2 期。
③ 代生、江林昌,《出土文献与〈天问〉所见商末周初史事》,《四川师范大学学报(社会科学版)》2012 年第 1 期。
④ 石柱君,《从〈天问〉看屈原历史观》,《大众文艺(理论)》2009 年第 9 期。
⑤ 谢晨星,《从〈楚辞·天问〉看夏民族父权制战胜母权制》,《中国城市经济》2012 年第 2 期。
⑥ 吴成国、彭忠德,《屈原〈天问〉史学价值论析》,《文艺研究》2012 年第 11 期。

从历史方面研究《天问》的文章不多,这些文章主要运用诗史互证的方法辨其真伪,即以《天问》为中心,参证其他历史文献,去伪存真。当然也有二重证据法的应用。

三、其他学科方面的研究

《天问》哲学研究。孙作云说:"在屈原的作品中,系统反映了屈原思想的莫过于《天问》。《天问》是屈原关于宇宙形成、天地开辟、人类开始、历代兴亡以及神怪迷信所提出的总疑问……这些都是唯物论、无神论在古代世界里闪着科学的金光。"①大概受此启发,人们展开了《天问》的哲学探讨。徐文武《〈天问〉对"构成思想"的反思》②认为,通过对《天问》从"构成思想"与"反思思想"的维度进行重新审视,可以得出"屈原的《天问》是我国最早的一篇运用反思性的哲学思维方式进行思想的哲学名作"的结论。李丽《从〈天问〉看屈原的唯物思想》③指出,《天问》通过对宇宙自然的质疑,对历史传说的质疑,表现出屈原唯物求实的精神。高炳生《屈原〈天问〉的科学思想价值——并试解"李约瑟难题"》④以近代西方先进的学术成就对《天问》的思想内容作一剖析,对《天问》写作宗旨及在我国思想史上的价值作一探讨,并由此对所谓"李约瑟难题"提出管见。陈全新《从〈天问〉看屈原的怀疑精神》⑤认为,怀疑无论作为一种认识方法还是作为一种思维方法,都是极其有价值的。

《天问》神话学研究。屈原的《天问》与中国上古神话有着千丝万缕的联系,赵非《〈天问〉与中国上古神话》⑥梳理了《天问》中涉及的中国上古神话的内容,并求解屈原质疑神话的精神实质。纪晓建《〈山海经〉对〈楚辞·天问〉神话材料之补正》⑦认为,作为我国上古神话材料总汇的《山海经》,其中有诸多的神话材料可补楚辞神话之缺、释楚辞神话之义,甚至可以之探究楚辞神话之原型。同时,我们也可以用《山海经》中神话材料来厘清《楚辞·天问》诸多问题的解答,纠正前人对楚辞的种种错误解释,从而促进对楚辞更加准确而深刻的理解。强韵嘉、单芳《〈天问〉与〈山海经〉的神格化意象互证》⑧指出,

---

① 孙作云,《天问研究》,中华书局 1989 年版,第 16 – 18 页。
② 徐文武,《〈天问〉对"构成思想"的反思》,《三峡大学学报(人文社会科学版)》2005 年第 3 期。
③ 李丽,《从〈天问〉看屈原的唯物思想》,《廊坊师范学院学报》2005 年第 4 期。
④ 高炳生,《屈原〈天问〉的科学思想价值——并试解"李约瑟难题"》,《洛阳师范学院学报》2006 年第 3 期。
⑤ 陈全新,《从〈天问〉看屈原的怀疑精神》,《青海社会科学》2008 年第 2 期。
⑥ 赵非,《〈天问〉与中国上古神话》,《承德职业学院学报》2005 年第 4 期;又见《河北省社会主义学院学报》2006 年第 2 期。
⑦ 纪晓建,《〈山海经〉对〈楚辞·天问〉神话材料之补正》,《内蒙古大学学报(哲学社会科学版)》2011 年第 3 期。
⑧ 强韵嘉、单芳,《〈天问〉与〈山海经〉的神格化意象互证》,《社科纵横》2012 年第 6 期。

《天问》与《山海经》中所载神话颇多启承之处,对二者相似相通的神化意象结合文献进行比较分析,互证其文化意蕴及艺术意象,探寻中国传统文化发展历程中中原文化与楚地文明之间多元互融的一体化脉络。周晶晶《〈天问〉中昆仑神话新释》①认为,《天问》一诗,从"昆仑县圃"到"乌焉解羽"一段内容,并非多个异闻传说的组合,而是属于一个共同体——昆仑神话。将《天问》中的昆仑神话与《山海经》和《淮南子》等书的相关记载相比较,并逐句释读,可揭示《天问》中昆仑神话的真正面貌。在此基础上研究《天问》的结构,发现《天问》共分为两大部分,第一部分应划分为问天、问地、问昆仑三个段落,其结构整饬,极有条理。杨钥《〈天问〉中神话的文学性》②认为,神话叙写其表现形式宏伟雄奇,情感表达悲壮深沉,有极高的文学性;又《试论〈天问〉中神话的地域性特色》③从神话内容、神话表现出的习俗、神话语言论述其浓郁的地域性特色。此外,神话学研究的硕士论文有:林国伟《〈天问〉中的神话研究》(成功大学中文硕士论文,2004年7月);唐英《〈天问〉神话与传说研究》(暨南大学,2006年5月);李元《从〈天问〉中商族史前传说谈起——兼论商对楚文化的渗透》(东北师范大学,2006年5月)。

此外,关于天文方面,有李慧卿的硕士论文《从〈天问〉看我国早期天文思想》(浙江大学,2010年5月)。

综上所述,近十年《天问》研究中,文学与文献研究数量最多,涉及面颇广,研究最为深入,研究角度和方法多样,成绩斐然。其中,《天问》的传播与接受方面的研究不多,还有继续开掘的空间,文学相关研究及文献解读方面需要深厚的学养方可深入。历史方面的研究数量次之,因材料和方法有限,今后还亟待深入。其他学科的研究更次,这些学科只处于初步探索阶段,为以后广泛深入研究留下余地,如《天问》天文学研究刚刚起步。今后将会随着学术理念的发展、多种方法的并用、多种学科的交叉综合以及新材料的不断发现,《天问》研究会有新突破和新发现,继而呈现出新局面和新气象。

---

① 周晶晶,《〈天问〉中昆仑神话新释》,《西南交通大学学报(社会科学版)》2012年第2期。
② 杨钥,《〈天问〉中神话的文学性》,《新西部(理论)》2012年第6期。
③ 杨钥,《试论〈天问〉中神话的地域性特色》,《西藏民族学院学报(哲学社会科学版)》2012年第3期。

屈原《九歌·东皇太一》祀主研究述评①

湖南科技大学人文学院　吴广平

屈原的抒情组诗《九歌》，共有 11 篇，首篇为《东皇太一》。从其排序可以看出，"东皇太一"在《九歌》所祭诸神中的地位非同一般。周勋初《九歌新考》说："《九歌》中的许多神，性质最难确定的大约要数东皇太一为最了。旧的文献对此没有什么记载，近代学者作过新的探讨，但议论纷纭，似乎还未得出共同的结论。"②情况确实如此。众多学者从文献学、神话学、天文学、民俗学、宗教学、人类学、考古学、文字学等多学科对其进行了研究，得出了许多结论。据不完全统计，关于《东皇太一》的祀主或者说东皇太一的原型，古今学者有如下 40 种观点。

1. 天神说

《史记·封禅书》："天神贵者太一，太一佐曰五帝。古者天子以春秋祭太一东南郊，用太牢七日，为坛开八通之鬼道。"东汉王逸在给《九歌·东皇太一》开头两句"吉日兮辰良，穆将愉兮上皇"作的注释中说："上皇，谓东皇太一也。言己将修祭祀，必择吉良之日，斋戒恭敬，以宴乐天神也。"③据此，可以看出，王逸认为"东皇太一"即诗中的"上皇"，亦即"天神"。此说最为古老，赞与、发挥者颇众。姜亮夫说："按宋玉《高唐赋》云：'进纯牺，祷璇室，醮诸神，礼太一。'刘良注云：'诸神，百神也；太一，天神也。天神尊敬礼也。'此楚人之所自言。以《九歌》按之，则东君、云中君以下，所谓百神也；东皇太一即天神，明矣。……然何以曰'东皇'？按东皇即文中之'上皇'，《庄子·秋水》云：'彼方跐黄泉而登大皇'，疏云：'大皇，天也。'此言上皇，犹《秋水》之大皇矣。尊之则曰上皇，状之则曰太皇。以皇指天，盖南楚有是语也。……东皇亦如今世称玉皇矣。则'东皇太一'，盖名之重叠累赘者与？与今人称玉皇大帝相类。"④陆侃如、高亨、黄孝纾三人合著的《楚辞选》也说："东皇太一，是天的尊神。他位在楚东，所以称作东皇；他是天上最贵的一个神，所以又称做太一。"⑤金开诚《屈原集校注》、褚斌杰《楚辞要论》、聂石樵《楚辞新注》等也

---

① 基金项目：湖南省普通高等学校哲学社会科学重点研究基地开放基金项目"魏晋赋与魏晋玄学"(13K091)。
② 周勋初，《九歌新考》，上海古籍出版社 1986 年版，第 38 页。
③ 洪兴祖，《楚辞补注》，中华书局 1983 年版，第 55 页。
④ 姜亮夫，《重订屈原赋校注》，天津古籍出版社 1987 年版，第 181 - 183 页。
⑤ 陆侃如、高亨、黄孝纾，《楚辞选》，中华书局 1962 年版，第 2 页。

主此说①。

2. 上帝说

闻一多说:"东皇太一是上帝,祭东皇太一即祭祀上帝。"②马茂元说:"东皇太一实际上就是楚人称上帝的别名。'皇'是最尊贵的神的通称,这里以指上帝,因为上帝是天神中最尊贵的神。'太一',意思是说神道的广博无边。《庄子·天地篇》:'主之以太一。'成玄英注:'太者广大之名,一以不二为名,言大道旷荡,无不制围,囊括万有,通而为一,故谓之太一。'楚人以'太一'称上帝,正如后来道家称天尊为'元始'一样,都是对某一问题所表现的抽象概念。天神本来无所不在,这里称之为'东皇',则因为它的祠宇所在,是就楚而言楚的。至于楚人为什么要为上帝立祠于楚东,我想,可能是因为天从东方破晓的缘故。"③董楚平《楚辞译注》、雷庆翼《楚辞正解》亦持类似的观点④。"上帝说"也是关于《东皇太一》祀主众说中很有影响的一说。

3. 天神兼上帝说

根据众多权威辞典的解释,天神指天上诸神,包括主宰宇宙之神及主司日月、星辰、风雨、生命等神;上帝即天帝,是至高无上的神。只有最尊贵的天神或者说至高无上的天神,才能称为天帝或上帝。因此,不能将天神等同于上帝(天帝)。但也有楚辞学者将天神与上帝混淆,认为东皇太一即天神,亦即上帝。汤炳正等的《楚辞今注》就说:"东皇太一,指天神,亦即上帝。祭在东郊,故曰东皇。宋玉《高唐赋》:'醮诸神,礼太一。'于'诸神'中独举'太一',其尊可知。《九歌》首祭'太一',亦由其至尊无上。《吴越春秋》载越王'立东郊以祭阳,名曰东皇公'。'东皇公'殆即'东皇太一'之别国异称。《史记·封禅书》载汉武帝时亳人谬忌奏祠太一,谓'天神贵者太一',知'太一'之祀,渊源甚久。"⑤此说首句改为:"东皇太一,指最尊贵的天神,亦即上帝。"就表述要精准一些。

4. 南方天神说

吴福助说:"'东皇太一'这个神君,仅见于《九歌》,祭祀太一可能是楚人特有信仰。……'东皇太一'确系南方神系的天神,而非中原神系的神灵。"⑥此说大致是不错的,只是过于笼统。

---

① 金开诚、董洪利、高路明,《屈原集校注》,上册,中华书局1996年版,第187—188页;褚斌杰,《楚辞要论》,北京大学出版社2003年版,第396—403页;聂石樵,《楚辞新注》,商务印书馆2004年版,第28页。
② 闻一多,《神话与诗》,古籍出版社1954年版,第267页。
③ 马茂元,《楚辞选》,人民文学出版社1958年版,第68—69页。
④ 董楚平,《楚辞译注》,上海古籍出版社1998年版,第44页;雷庆翼,《楚辞正解》,学林出版社1994年版,第311—314页。
⑤ 汤炳正、李大明、李诚、熊良智,《楚辞今注》,上海古籍出版社1996年版,第43页。
⑥ 吴福助,《楚辞注绎》,上册,台北里仁书局2007年版,第130—131页。

5. 东方上帝说

蒋天枢《楚辞校释》说："皇,天也。东皇,犹言东方之帝。太一,天帝之称。"许渊冲《楚辞》英译本将"东皇太一"英译为"The Almighty Lord of the East"(东方全能的上帝)①。他们都将"太一"视作"上帝"的别名,将"东皇太一"当作"东方上帝"。

6. 楚国至上神说

郭沫若说："上皇,案指东皇太一,在楚国是至上神。"②此说实际上是认为东皇太一是楚国上帝。

7. 齐国上帝说

周勋初认为："既然太一是道家的创造,而它的转化为神又是方士的伎俩,那么这种情况最有可能在何处发生? 从天文、地理、人事等各方面的材料来看,这种情况应当发生在齐国。""战国之时的方士集中在燕、齐两地,而尤以齐国为盛。""按照《史记·天官书》上'(岁星)所在国不可伐'的说法,可以了解到,韩非是在证明魏国不顾岁星在东的忌讳出兵攻掠,照样出师得利。太一与太岁并列,可见在韩非的眼中,太一位于东方。韩非的活动地区不出当时中国的中、西部,他的观察星象是以所在地区为基准的,太一位于魏国东方,即齐国的上空。""地域既明,我们也就可以了解到'东皇'、'西皇'得名的由来:秦国上帝一称'西皇',则齐国上帝也可称为'东皇';而齐国上帝原名'太一',至是乃重床叠屋复称'东皇太一'。"③"东皇太一"一名先秦文献中仅在屈原《九歌》中出现过一次,我们还找不到铁的证据证明屈原创作《九歌·东皇太一》以前已有"东皇太一"这一神名,更无法以铁的证据证明这是从齐国传入楚国的上帝名称。

8. 玉皇大帝说

袁梅说："'东皇太一'是楚人对'玉皇大帝'之称,因为在古人心目中,它是天之总神,其位至尊,所以在迎神舞乐中以此章为始。"④虽然楚国人所称的"东皇太一"与后来道教中的"玉皇大帝"相似,但不能说"东皇太一"是楚人对"玉皇大帝"的别称,因为"东皇太一"是楚国原始宗教中的至上神,而"玉皇大帝"是后来道教中的至上神。

9. 傩坛神谱中的至高神说

林河《傩史——中国傩文化概论》一书的《九歌》与沅湘傩文化"部分的第一节即为"东皇太一是傩坛神谱中的至高神"。他认为傩是对一个以鸟为图腾的民族的称谓。而《神异经》里《东荒经》中的东王公为'鸟面',《中荒经》中的东王公与西王母,均为大鸟

---

① 许渊冲英译,《楚辞》,湖南出版社1994年版,第31页。
② 郭沫若,《屈原赋今译》,人民文学出版社1953年版,第8页。
③ 周勋初,《九歌新考》,上海古籍出版社1986年版,第42-54页。
④ 袁梅,《屈原宋玉辞赋译注》,齐鲁书社2008年版,第167页。

的翅膀所覆盖,也是信奉鸟图腾的象征。一语道破天机,原来,这些'东皇太一'、'东皇公'、'东王公'和'西王母'(不要去联系《山海经》和《穆天子传》等西北神系中的西王母),全是傩(鸟)图腾神系中的神灵。《九歌》中的'东皇太一'既然是'傩'神系中的至尊神,则其下属神自然也是'傩'神系中的神灵。"①《九歌》是祭歌,但未见得一定是傩坛的祭歌,因此,说东皇太一是"傩坛神谱中的至高神",也未必如此。

10. 太一星说

《文选》唐代五臣注说:"太一,星名,天之尊神。祠在楚东,以配东帝,故云东皇。"②宋代朱熹《楚辞集注》、明代陈第《屈宋古音义》和今人文怀沙《屈原〈九歌〉今译》均持此说。③

11. 北极星说

北极星即北辰星。《尔雅·释天》:"北极谓之北辰。"洪兴祖《楚辞补注》说:"五臣云:'太一,星名,天之尊神,祠在楚东,以配东帝,故云东皇。'《汉书·郊祀志》曰:'天神,贵者太一。太一佐曰五帝。古者天子以春秋祭太一东南郊。'《天文志》曰:'中宫天极星,其一明者,太一常居也。'《淮南子》曰:'太微者,太一之庭;紫宫者,太一之居。'说者曰:太一,天之尊神,曜魄宝也。《天文大象赋》注云:'天皇大帝一星在紫微宫内,勾陈口中。其神曰曜魄宝,主御群灵,秉万机神图也。其星隐而不见。其占以见则为灾也。'又曰:'太一一星,次天一南。天帝之臣也。主使十六龙,知风雨、水旱、兵革、饥馑、疾疫。占不明反移为灾。'"④耀魄宝就是北辰,即北极星,也叫太一。《五经通义》:"神之大者曰昊天上帝,即耀魄宝也。"又说:"天皇大帝亦曰太一。"《周礼·大司乐》冬至大乐祭天神条下郑玄就说:"天皇北辰耀魄宝。""昊天上帝,又名太一常居,以其尊大,故有数名。"并说:"天神则主北辰,地祇则主昆仑,人鬼则主后稷。"清代陈本礼《屈辞精义》说:"太乙,北辰,星名,在天乙之南,主使十六神,而知风雨、兵革、饥馑、疾疫、灾害之事,考治上下,顺行八宫,理天理地理人。其神最贵,故楚俗祀典首先及之。其曰东皇者,太乙木神,东方岁星之精,故曰东皇。"⑤葛兆光对此有极详细的论证。他通过语源学的分析、古代神话结构的破译、传世文献和出土文献资料的钩稽考订,认为"太一即北极"、"太一是中国古代宇宙神话主神"。葛兆光说:"从古神话结构上来看,中国古代神话缺乏系统,多为支离片断资料,偏偏唯一完整地保存了宇宙神祇谱系的《九歌》便以太一为首。……那么,

---

① 林河,《傩史——中国傩文化概论》,台北东大图书公司1994年版,第334—335页。
② 洪兴祖,《楚辞补注》,中华书局1983年版,第55页。
③ 朱熹,《楚辞集注》,上海古籍出版社2001年版,第32—33页;陈第,《屈宋古音义》,新一版《丛书集成初编》本,中华书局1985年版;文怀沙,《屈原〈九歌〉今译》,百花文艺出版社2005年版,第2页。
④ 洪兴祖,《楚辞补注》,中华书局1983年版,第57页。
⑤ 陈本礼,《屈辞精义》,清嘉庆十七年(1812)裛露轩刻本。

这总领天地鬼神的'太一'、被称作'上皇'的万神之主,也只能是位于天地中央的'皇天大帝'即'在北辰之中,主总领天地五帝群神'的帝星北极!"①此说实际上是对主张以太阳为中国古代宇宙神话主神观点的挑战。葛兆光认为中国古代并不存在如异邦那样的太阳神崇拜,东皇太一并不是太阳神,而是北极星神。李学勤、冯时、罗炽等先生均认为是北极星②。但明代王夫之《楚辞通释》对此说提出质疑,他说:"旧说中宫天极星,其一明者太一,则郑康成《礼》注所谓耀魄宝也。然太一在紫微中宫,而此言东皇,恐其说非是。按《九歌》皆楚俗所祀,未可以礼证之。"③事实上,太一在紫微中宫,是言太一居于最显赫的位置,因而是天之尊神——上帝。至于紫微中宫的太一又叫做东皇,则是因为楚人祭祀上帝是在东郊进行的。因此,并不存在矛盾之处。

12. 天枢星说

清代蒋骥《山带阁注楚辞》说:"北极五星,天枢纽星最为近北。旧说皆从南起数,故以纽星为第五星,而以近南赤明者为第二星,为帝王,名曰太一之坐。又以勾陈口中一星为天皇大帝,其神为耀魄宝。宋《中兴天文志》援孔子居所不动之义辨之,以为天无二帝,北极从北起数,天枢为第一星,为帝王,为天皇大帝,为耀魄宝;而赤明者为第四星,为太子;勾陈口中星为大帝之座。其说最为近理。然则所谓太一者,殆即天枢不动之星,实为天皇大帝者欤? 一说:天乙南有太一星,主使十六神,承事天皇大帝者也。"蒋骥主张东皇太一即天枢星,他认为天枢星是北斗七星中的第一颗,才是"天皇大帝"的象征。但中国传统文化中,绝大多数情况下,是将北极星当做"帝星"来崇拜的。

13. 岁星(木星)说

岁星即木星。中国古人称木星为岁星。苏雪林认为《楚辞》神话俱出于巴比伦。她认为东皇太一的原型即西亚木星神马杜克(Marduk),她说:"歌辞称歌主为'皇',歌辞中又有'愉上皇'之语,可见这位神正是神庭领袖。《庄子·天运》亦言'上皇'运转天地日月,纲维风云雨露,这与西亚的木星之神马杜克创造宇宙万物的作为,极为类似。东皇太一在天为岁星,在地为青帝,其方向为东,其时令为春。"④木星确实与东方、春天、青帝存在一一对应的关系,这有大量的文献可证。但硬要说,中国古人崇拜木星,是来源于西亚,来源于巴比伦,那倒未必。再者,岁星也没有北极星那样神乎其神的"帝星"地位。

---

① 葛兆光,《众妙之门——北极与太一、道、太极》,《中国文化》1990年第2期。
② 李学勤,《太一生水的数术解释》,载陈鼓应主编《道家文化研究》第17辑"郭店楚简专号",生活读书新知三联书店1999年版,第297-300页;冯时,《〈太一生水〉思想的数术基础》,见冯时《中国古代的天文与人文》,中国社会科学出版社2006年版,第227-232页;罗炽,《〈太一生水〉辨》,《湖北大学学报(哲学社会科学版)》2004年第6期。
③ 王夫之,《楚辞通释》,《船山全书》第十四册,岳麓书社1996年版,第246页。
④ 苏雪林,《屈原与九歌》,台北广东出版社1964年版,第173页。

14. 岁星神兼战争神说

《汉书·郊祀志下》记谷永的话说："楚怀王隆祭祀,事鬼神,欲以获福助,却秦师,而兵挫地削,身辱国危。"清代初年何焯的《义门读书记》、清代末年马其昶的《屈赋微》均曾据谷永的话推测屈原创作《九歌》是想通过祭祀鬼神而获得鬼神的保佑与帮助,来打败秦军。孙常叙在此基础上进一步发挥说:"《楚辞·九歌》就是在丹阳败后、蓝田战前,楚怀王为了战胜秦军,祠祭东皇太一,命屈原而作的。其目的在借助东皇太一的灵威以神力压倒秦国。"①"东皇太一是楚人所祀五个上帝之一,同时又是五帝之长。其位为东帝,其神为岁星。'东皇'称其位,而'太一'尊其神,在战国神道观念中,它是天神之贵者,也是战争之神。它所在国不可伐而可以伐人。楚人作《九歌》以'穆愉上皇',是为了借助'太一'威灵,打败秦军,迫使他们从其所进占的楚国土地——汉中退出去,以雪丹阳战败之耻。"②我一直认为,屈原绝不是装神弄鬼的巫师。在《卜居》中,他借詹尹的话说过:"数有所不逮,神有所不通。"明确表示对卜筮和鬼神的怀疑。因此,我不相信屈原创作《九歌》是如楚怀王那样"隆祭祀,事鬼神,欲以获福助,却秦师",因此,东皇太一恐怕也不是战神。

15. 岁星神成汤太乙说

周文康认为成汤太乙死后被人尊为太一星神,即岁星神,《九歌·东皇太一》乃祭祀岁星神成汤太乙的祭歌③。东皇太一是否是岁星神,是否是成汤太乙,本来都是有争议的问题,而在此基础上更进而推论东皇太一是岁星神与成汤太乙叠加在一起,推测的成分就更多了。

16. 大火星说

李炳海认为《楚辞·九歌》中的东皇太一指的是星辰,但不是指岁星和天极星,而是指大火星。他根据《韩非子·饰邪》篇的记载,断定太一星居于东方。认为太一前面又冠以东皇二字,说明此星必然位于东方苍龙七宿。根据石氏《星经》、《史记·天官书》、《汉书·五行志》的记载,在苍龙七宿中,唯有大火星被说成天子、天王之象,故太一只能是大火星。古代东夷族和楚族都祭祀大火星,并且任火正长达数百年到千余年,它们和大火星的关系极为密切。先民之所以祭祀大火星,最初是观象授时的需要,根据大火星的移动轨迹确定季节,安排各项活动。古人还利用大火星预测吉凶,进行星占。《九歌·东皇

---

① 孙常叙,《〈楚辞·九歌〉十一章的整体关系》,《社会科学战线》1978 年第 1 期。
② 孙常叙,《楚辞〈九歌〉整体系解》,吉林教育出版社 1996 年版,第 239 页。
③ 文康,《东皇太一——岁星神成汤太乙考》,扬州师范学院硕士学位论文,1981 年。周文康,《"〈九歌〉承王命作于怀王十七年说"质疑——与孙常叙先生商榷》,《扬州师院学报》1983 年第 3 期。

太一》所描写的祭祀场面,和古代祭星礼仪吻合,是献给星神的歌诗①。此说别出机杼,言之有据,可备一说。但上面说过,"东皇太一"的"东皇"虽然是"东方上帝"的意思,但并不是说这位上帝位于东方,而是言楚人祭祀上帝在东郊,故曰东皇,因此,不能根据一个"东"字就到东方苍龙七宿中去找东皇太一的星宿原型。

17. 女娲说

曹胜高认为,"东皇太一"的"东皇"即东帝,即伏羲氏太昊,而"太一"即"太乙",即乙鸟、玄鸟,是媒神,指女娲。他说:"太一是在齐燕方士鼓吹下被西汉武帝立为最高神;但'太一'在先秦一直被视为万物的化育者,'太乙'这一齐鲁方言是媒神称呼演化为哲学术语的关键,而太乙是太一的原型,即女性始祖、媒神女娲。这样,《东皇太一》是娱女娲神的祭歌,而《九歌》则是在祀太一神的仪式上的一组歌曲。"②女娲说是一种新说。但此说存在的问题也较多。尽管作为哲学术语的"太一"可写作"太乙",但作为《楚辞·九歌》中的篇名和神名的"东皇太一"却从没有写作"东皇太乙"者,因此,由此推论出东皇太一中的太一即太乙即乙鸟即媒神即女娲,就有"改造性诠释"之嫌。另外,既然将"东皇太一"拆开为"东皇"与"太一",分别释作"伏羲"和"女娲",照道理就应当说《东皇太一》是祭伏羲和女娲的祭歌,何以只说"《东皇太一》是娱女娲神的祭歌"呢?

18. 伏羲说

闻一多曾认为东皇太一是上帝(见上文),后来他认为东皇太一是伏羲氏太昊,是苗族的祖先。他说:"太一又称东皇太一,则东皇也就是伏羲。《离骚》:'诏西皇使涉予。'《史记·淮南衡山王传》载伍被述徐福语曰:'臣见海中大神曰:汝西皇之使耶?'又《远游》:'遇蓐收乎西皇',当西皇之山(西皇之山,见《西山经》)。神名东皇,显然是对西皇而言的,犹山名东皇(见《后汉书·郡国志》注),最初也当是对西皇之山而言的。西皇是少昊(《封禅书》:'秦襄公既侯,居西陲,自以主少昊之神,作西畤,祠白帝。')则东皇必是太昊。五帝系统中太昊即三皇系统中之伏羲,东皇是太昊,也便是伏羲了。……太一既称东皇太一,东皇是伏羲,则太一也必定是伏羲了。"③张元勋所著《九歌十辨》一书的首篇文章《东皇太一辨》,也认为东皇太一所祭的对象为太昊伏羲氏④。马少侨《〈九歌·东皇太一〉与苗族"椎牛祭"》在赞同闻一多观点的基础上,进一步认为:"东皇太一、伏羲、盘瓠是三位一体的苗族尊神。""苗族'椎牛祭'的仪式即祭东皇太一的仪式,祭东皇太一

---

① 李炳海,《东皇太一为大火星考》,《辽宁大学学报(哲学社会科学版)》1993 年第 4 期,又载《江汉论坛》1993 年第 4 期;李炳海,《祭星主祈风雨的生动画面——〈九歌东皇太一〉新探》,《求索》1988 年第 6 期。
② 曹胜高,《"太一"考》,《洛阳大学学报》2002 年第 3 期。
③ 闻一多,《东皇太一考》,《文学遗产》1980 年第 1 期。
④ 张元勋,《九歌十辨》,中华书局 2006 年版,第 1 - 35 页。

也就是祭盘瓠。所以,《九歌·东皇太一》就是苗族先民椎牛祭盘瓠的主题歌。"①后来,罗义群承袭了此观点②。徐志啸认为:"此说有两个问题:一、无论东方还是西方,祖先与上帝都并不同一。……二、太昊或伏羲早先并非就是同一个人,它们之所以会合为一人,乃是后世齐鲁学者综合整理的结果,古传说并不如此说。……总之,先秦典籍中,太昊与伏羲原并不相关,它们的相连始于秦末汉初。"③

19. 太昊与伏羲的混合体说

龚维英认为:"东皇太一当为太昊和伏羲的混合体,乃指东皇太一由两个不同部族的尊神经年深日久的演化混合而成。但是决不同于'太昊伏羲氏'。'太昊伏羲氏'这位后来煊赫于人们脑际的人帝,上古人对他是茫然无知的,他不过是汉儒综合整理古史的结果。"④他还认为:"东皇太一是太昊、伏羲的混合体。太昊是女,伏羲是男;那么,东皇太一必定是亦男亦女,不男不女,即两性同体的阴阳人。"⑤此说是对闻一多的东皇太一为太昊伏羲氏说的变相改造,只是弄得有些离奇、离谱了。

20. 颛顼说

颛顼号高阳。黄灵庚先生说:"东皇太一,楚之至上之天神,犹楚之始祖帝高阳。"⑥潘啸龙先生说:"东皇太一:'太一'乃天神之贵者,其祠宇在东方,故称。此神之名起于西汉。诗之题名疑为整理楚辞的汉人刘向所改,原题似为诗中述及的'上皇',所祭对象为升格为天帝的祖先神颛顼。"⑦潘先生说"东皇太一"之名起于西汉,疑诗题为整理楚辞的汉人刘向所改,只能说是一种推测。但他和黄灵庚先生说《东皇太一》的祀主乃楚人崇拜的天帝高阳氏颛顼,则是非常正确的。

21. 黄帝说

何新说:"所谓'东皇太一',当训作'重皇太一',即神皇太一。""那么《九歌》中的这位'东皇'——'神皇',又是什么人?其实他正是黄帝。毕沅《吕氏春秋校正》:'黄帝作皇帝,皇黄古通用。'《春秋繁露》:'以轩辕为皇帝。'以是可知,黄帝古称'皇帝'。""太一,在先秦典籍中又记作'大一'(大、太古同字)、'太乙'、'太极'、'泰一'或'泰帝'。以音

---

① 马少侨,《〈九歌·东皇太一〉与苗族"椎牛祭"》,《民间文艺季刊》1988年第3期。
② 罗义群,《〈东皇太一〉的原型是苗族椎牛祭祖的主题歌》,《黔东南民族师专学报》1997年第3期。
③ 徐志啸,《楚辞综论》,台北东大图书公司1994年版,第107－108页。
④ 龚维英,《对〈九歌·东皇太一〉之再探索——兼与何裕同志商榷》,《淮北煤炭师范学院学报》1986年第3期。
⑤ 龚维英,《〈九歌〉主神东皇太一性别考》,《云梦学刊》1990年第2期。
⑥ 黄灵庚,《楚辞章句疏证》,第二册,中华书局2007年版,第774页。
⑦ 潘啸龙,《〈九歌〉六论》,《中国社会科学》1986年第4期。潘啸龙,《楚辞导读》,中国国际广播出版社2008年版,第22页。

类求之,太一、'太极'其实就是'帝'字的切语。"①本来"东皇"即"东帝",意思很好懂。何新之所以绕弯子,将"东皇"训作"重皇",将"太一"训作"帝",就是为了将"东皇太一"这位"东方上帝"挪位为"中央之帝"——黄帝,反而弄得扞格难通了。

22. 炎帝说

屈会认为屈原创作《东皇太一》的沅湘地区留下了许多炎帝神农氏的足迹,湖南宁乡出土青铜器"人面方鼎"上的铭文"禾大"就是指的炎帝神农氏,屈原笔下的东皇太一与炎帝神农氏完全一致,因此,屈原创作的《东皇太一》的主题,就是缅怀和歌颂神农氏炎帝的丰功伟绩②。东皇太一是楚人对上帝的异称,楚人崇拜的上帝不是炎帝神农氏,而是颛顼高阳氏。另外,说出土铜器铭文"禾大"就是炎帝神农氏,猜测的成分也较多。

23. 舜帝说

过常宝《楚辞与原始宗教》一书的第三章第二节即为"'东皇太一'为舜考",认为舜死后葬在九嶷山,位于洞庭、沅湘之南,此地的三苗后裔在舜死后立庙祭祀舜。战国时代,沅湘之间、南楚之邑的三苗遗民,亦即当时之濮越民族是崇奉帝舜为大神的。沅湘之间的《九歌》也是祭祀舜的,楚辞《九歌》也是祭祀舜的。舜之所以被称为"东皇太一",是由于舜是东夷之人而入主中原的③。"舜……东夷之人也。"(《孟子·离娄下》)说舜是"东方之帝",是说得过去的。但"东皇太一"的"东皇"是因为"祠在楚东"而得名,并非是东方之帝的意思。

24. 苍帝说

清末王闿运《楚辞释》说:"东皇,苍帝灵威仰,周郊之所祀也。太一,中宫,贵神即帝坐也。楚盖僭郊,故民有其祠。"④苍帝,又称青帝、木帝,名灵威仰,我国古代神话中的五天帝之一,是位于东方的司春之神。王闿运也是将"东皇太一"当做东方之帝了。

25. 战神蚩尤说

1986 年,龚维英既撰文认为东皇太一是太昊与伏羲的混合体(见上文),又撰文认为是战神蚩尤,说:"现存的经过大诗人屈原再创造的《九歌》,是一组'战歌'。""《九歌》'东皇太一'的原型(前身)是蚩尤。""蚩尤生能慑敌,死有遗烈,神灵威毅,鬼中雄杰。由于除了战神,蚩尤尚有日神身份,所以他的传说总是与'红'色密不可分。蚩尤由战神、日

---

① 何新,《爱情与英雄——〈离骚〉〈九歌〉新解》,时事出版社 2002 年版,第 175–176 页。
② 屈会,《〈东皇太一〉与神农氏炎帝——兼谈〈东皇太一〉的主题》,《第一师范学报》1999 年第 1 期。
③ 过常宝,《楚辞与原始宗教》,东方出版社 1997 年版,第 55–69 页。
④ 王闿运,《楚辞释》,清代光绪丙戌(1886)仲秋成都尊经书院精刊本,第 38 页。

神升格为天帝(在人间则称'古天子'),与《九歌》东皇太一的身份正合。"①龚维英在《文学遗产》1985年第4期发表的《〈九歌·国殇〉祭祀战神蚩尤说》,还说《国殇》也是祭战神蚩尤。龚维英几乎是在同时,既说《东皇太一》是祭伏羲太昊,又说是祭战神蚩尤,还说《国殇》也是祭战神蚩尤,观点自相龃龉如此,真是将研究当杂耍了。

26. 水神说

美国著名汉学家、美国达慕思大学亚洲及中东语言学系教授艾兰的论文《太一·水·郭店〈老子〉》认为,在《太一生水》的宇宙论中,道作为以水为原型的抽象概念,被名作太一。太一是北极星与北极星之神,是一个作为水之来源的宇宙现象,而水则是此后万物的本源。《太一生水》篇之"太一"乃是"道"的别名,是作为宇宙中心的北极,是宇宙之水的不竭源泉;道的哲学概念即植根于从自然之源中源源不断流出的水的隐喻②。艾兰认为东皇太一与太一既是水神,也是北极星神,眼光如炬,富有洞见。

27. 日神说

萧兵承认《九歌》中的东皇太一是天帝,但是他认为《九歌》中的东皇太一和东君其原型均是太阳神。他考证认为"东"字暗含着太阳神树若木或扶桑的神话,"皇"字原意为太阳神坛,"'太一'(大乙)或许又兼为这伟大的太阳里之'一'或'乙'。就是'伟大的乙鸟'(乙鸟就是玄鸟,玄鸟曾被视同凤凰);太一神就是乙鸟神,玄鸟神,太阳神鸟之神。""从以上材料看,无论是作为太阳神木的'东',太阳神坛的'皇',还是'体道'的'太一',都与太阳有难解难分的关系,那么'东皇太一'的最初面目不是日神又是什么?"③江林昌也认为:"'东皇'和'太一',所指的原是太阳神。《九歌》将两者合在一起,曰'东皇太一',自然是有突出强调之意。"和萧兵观点相异的是,江林昌不主张《九歌》中的东皇太一已由太阳神上升为天神,他认为:"《东皇太一》《东君》反映了太阳东升西落的一个昼夜交替循环。""《东皇太一》反映的是太阳白天的空中运动,其中特别重视东升时的情景。""《东君》反映的是太阳夜间的运行。"④说一组祭歌里有两首是祭太阳神的,这不太符合逻辑;说《东皇太一》反映的是太阳白天的空中运动,也并不符合文本实际。而像萧兵那样,将"东皇太一"拆解为"东"、"皇"、"太一",一一追寻其最原始含义,不但违背语词规

---

① 龚维英,《东皇太一和战神蚩尤——兼说〈楚辞·九歌〉系战歌》,《南充师院学报》1986年第2期。

② [美]艾兰:《太一水郭店〈老子〉》,载武汉大学中国文化研究院编,《郭店楚简国际学术研讨会论文集》,湖北人民出版社2000年版,第524—532页。参见艾兰,《中国早期哲学思想中的水》,张海燕译,见艾兰,《早期中国历史思想与文化》,辽宁教育出版社1999年版,第310—316页。

③ 萧兵,《东皇太一和太阳神——〈楚辞·九歌·东皇太一〉新解》,《杭州大学学报》1979年第4期。

④ 江林昌,《楚辞与上古历史文化研究——中国古代太阳循环文化揭秘》,齐鲁书社1998年版,第22—30页。

则("东皇"不应该再拆开),而且有求索过甚之嫌。阮先认为:"常德太阳山既是沅湘民间祭祀东皇太一的神山,又是以东皇太一为首的众多神灵莅临盛典、歆享人间祭品而常来常往的栖居之所。……东皇太一,太阳之神,太阳山之神,沅湘间至高无上的天神!"①战国时是否即有常德太阳山之山名?屈原是否到过此山?本身就没有过硬的证据。进而言之,说《东皇太一》是祭祀常德太阳山神的祭歌,就更显得证据脆弱了。

28. 月神说

杜而未从他的"泛太阴神话学"观点出发,认为东皇太一即道,即月神。他说:"太一即道。太一称为'无常'(《吕览》),《白泽图》称'道'为'常',《老子》也称'道'为'常',如'道常,无名朴'(第32章)。现在我们可以利用'常'字证明道即明亮。《鹖冠子·泰鸿篇》:'月信死信生,进退有常,数之稽也。'……阴阳消长的原意说的是月形。阴阳生于太极或太一,太极为月形,太一像神鼎(引《瑞应图》)……神鼎是指的月亮。"②郭沂也认为,在郭店楚简《太一生水》中,"太一"为宇宙终极创生者,但它未必就是道的代称,而从下文对其"周而又始"、"一缺一盈"的描述来看,"太一"的原型盖为月亮③。把"东皇太一"当做月神,显得牵强附会。

29. 石母神说

张翔、张英明认为中华民族集体潜意识中以石壁岩穴为其象征的"大母神"(石母神),是楚人的至上神"东皇太一"和先秦哲学中的宇宙本体"太一"的原型。"太一生水"源自中华上古先民心灵中的"石母生水"的"原始意象"和祈水巫术仪典。"太一"与"水"是"母"与"子"、"道"与"德"、"形而上"与"形而下"的关系。因此,郭店楚简《太一生水》说的宇宙生成论,并非"水生成论",而是"太一生成"。就"太一"的原型而言,便是"石母生成论"。就这个原型的象征符号而言,则是"石生成论"④。此说认为《淮南子·诠言》所说的"洞同天地,浑沌为朴,未造而成物,谓之太一"的"洞"应指有所蕴含的"洞穴"。进而推论,"太一"的原型是以洞穴岩泉为象征符号的"大母神",亦即"石母神"。想象丰富,观点新奇,但证据较牵强。

30. 春神说

徐志啸通过对"东皇"一词的训诂,认为"东皇"即"春皇",也就是春神。同时他还认为"太一"在屈原时代还不是神名,所谓"太一","一"是一切的开始与萌生,"太"则是修饰"一",所以"太一"指的就是"始而又始的开始"。因此,"东皇太一不是别的,正是春

---

① 阮先,《东皇太一:常德民间传说的太阳山之神》,邓声斌主编《屈原与太阳文化》,湖南人民出版社2011年版,第45页。
② 杜而未,《中国古代宗教系统——帝道后土研究》,台北华明书局1961年版,第9—13页。
③ 郭沂,《郭店竹简与先秦学术思想》,上海教育出版社2002年版,第138页。
④ 张翔、张英明,《郭店楚简〈太一生水〉原型新探》,《江西师范大学学报》2011年第5期。

神,正是象征世间万物萌生、开端的春神。"①从语源学来分析,将"东皇"训作"春皇",当作"春神",也是说得过去的。问题是,东皇太一置于《九歌》众神之首,如果其仅仅是个季节性的神灵——春神,恐怕没有如此崇高的地位。

31. 混沌神说

高尔泰说:"楚辞中的'东皇太一',也就是楚人对'混沌'的感性直观。'东'同'沌','皇'同'混','东皇'即'帝皇','帝皇'即'帝江',也就是在《山海经》中被称为'混沌无面目'的那个东西。'太'是原始,有玄、元义,'一'是'太'的具体化,实指宇宙本体,缘其无始无终、无内无外,所以也无形,是谓混沌。老子和庄子所说的那个无象无名,惟恍惟惚,莫知其名的东西,也就是这个混沌。在楚辞中它是感性直观的对象,在老庄哲学中它是思辨把握的对象。而对于北学诸家来说,特别是对儒家来说,这个对象是在视野之外的。"②蒋勋《舞动九歌》亦持此说③。这个解释是非常新颖的。太、大古通,太一古又名大一,是与混沌相通的。《礼记·礼运篇》唐孔颖达疏就说过:"必本于太一者,谓天地未分,混沌之元气也。极大曰太,未分曰一。其气既极而未分,故曰太一也。"尽管"太一"可以解释为"混沌",但是,却很难说"东皇太一"仍然还是混沌神。更何况,"东"与"沌","皇"与"混","东"与"帝",古音并不同,说"东"同"沌",说"皇"同"混",说"东皇"即"帝黄",一通再通,就很牵强。

32. 虎神说

《史记·封禅书》:"亳人谬忌奏祠太一方,曰:'天神贵者太一,太一佐五帝……'太一,泽山君地长用牛。……令祠官领之如其方,而祠于忌太一坛旁。"《集解》引徐广注说:"泽,一作皋。"《索隐》说:"泽山,《本纪》作皋山。"彝族学者刘尧汉认为:"'太一,泽山君地长'即'皋山君地长'。'泽'和'皋'的古意都是虎。……'皋山君地长'即虎山君地长。《说文》:'虎,山兽之君也。'《风俗通义·祀典》:'虎者,百兽之长也。'由此可说:太一便是虎山之君,或虎地之长。所谓'太一,天神之贵者',其实不过是虎神而已,黄帝等五帝的地位尚居于太一'虎神'之下。"因此,他说:"现考定'太一'是虎,是远古羌戎的虎图腾。《史记·封禅书·索隐》说汉武帝沿'古天子祭太一'。民间祭太一,前引朱熹《楚辞集注·九歌》注说:'昔楚南郢沅、湘间,其俗信鬼而好祀,其祠必使巫觋作乐,歌舞以娱神。'其歌词韵脚当为楚辞《九歌》:'吉日兮辰良,穆将愉兮上皇(注即东皇太一)。'"④考定太一与东皇太一均是虎神,观点确实很新奇。但《九歌·东皇太一》实在很难说是祠祀

---

① 徐志啸,《"东皇太一"春神考》,《文献》1989 年第 4 期。
② 高尔泰,《屈子何由泽畔来?——读〈骚〉随笔》,《文艺研究》1986 年第 1 期,第 41 页。
③ 蒋勋,《舞动九歌》,台北远流出版事业股份有限公司 2007 年版,第 37 页。
④ 刘尧汉,《中国文明源头新探——道家与彝族虎宇宙观》,云南人民出版社 1985 年版,第 122 – 124 页。

老虎的祭歌,因此,太一与东皇太一都很难说其原型是老虎。易谋远曾就此说撰文和刘尧汉先生商榷。①

33. 道神说

钟焕懈认为:"'东皇太一'就是'道',它至虚无形,至高无上,是宇宙生成的起点,是万物动力的源泉,是中国道教的原始神。"②"太一"与"道"确实有密切的关系,但说楚人祭祀的至高无上的天神"东皇太一"就是抽象的"道",就不太符合原始宗教的特点啦。

34. 祈福神说

清代戴震《屈原赋注》认为东皇太一是祈福神。他说:"古未有祀太一者,以太一为神名,殆起于周末,汉武帝因方士之言,立其祠长安东南郊。唐、宋祀之尤重。盖自战国时奉为祈福神,其祀最隆,故屈原就当时祀典赋之,非祠神所歌也。"③刘永济《屈赋通笺》赞同此说④。作为楚人崇拜的最尊天神"东皇太一",楚人相信其能够给人间带来福祉,那是毫无疑问的。但是,东皇太一绝对不是一个单一的福神。

35. 成汤太乙说

最早提出东皇太一即成汤太乙的是丁山,他认为东皇太一即卜辞中的"高祖乙",亦即成汤太乙⑤。在此基础上,李光信进一步论证说:"东皇太一是具有死去的人王和天神的双重性的,它是人王的亡魂与神糅合的东西。东皇太一,其始就是'卜辞'中的'太乙',即商人的祖先成汤。成汤,由于他是商族的开国英雄,有伟大的武功,又是世俗权力与宗教权力的掌握者,所以死后便被商人幻想做是上升于天的祖先神,以至于天神。楚民族是商奴隶制王国的属领,它有奉祭殷人太乙的义务。但太乙并不是楚民族自己的祖先神,而是东土商族的国王,因此,便称他们所奉祀的太乙为'东皇太一'。这祀典一直保留在楚人的民间信仰中。"他认为:"'大'与'太'、'乙'与'一'古通。""'东皇'即'东土国王'的意思。"⑥后来,何裕的《九歌〈东皇太乙〉新解》⑦、刘毓庆的《〈九歌〉与殷商祭典》⑧等文章也表达了类似见解。而龚维英的《〈楚辞〉学习札记·〈东皇太一〉非太乙(汤)辨》⑨反驳了此说。"一"与"乙"虽然常常相通,但并非在任何情况下都可相通,是否相

---

① 易谋远,《道家和道教之"太一"源于彝族虎宇宙观吗——和刘尧汉先生商讨》,《中南民族大学学报》1991年第5期。
② 钟焕懈,《"东皇太一"猜想》,《江西社会科学》1993年第3期。
③ 戴震,《屈原赋注》,中华书局1999年版,第23页。
④ 刘永济,《屈赋通笺·笺屈馀义》,中华书局2007年版,第89页。
⑤ 丁山,《中国古代宗教与神话考》,龙门联合书局1961年版,第369页。
⑥ 李光信,《九歌东皇太一篇题初探》,《学术月刊》1961年第9期。
⑦ 何裕,《九歌〈东皇太乙〉新解》,《西北民族学院学报》1982年第4期。
⑧ 刘毓庆,《〈九歌〉与殷商祭典》,《山西大学学报》1985年第2期。
⑨ 龚维英,《〈楚辞〉学习札记·〈东皇太一〉非太乙(汤)辨》,《学术月刊》1963年第6期。

通,仍要看对象与场合。殷商帝王的庙号或祭名都用天干甲、乙、丙、丁、戊、己、庚、辛、壬、癸来命名,作为帝王成汤的庙号或祭名的"太乙",其中的"乙"就是用的天干名称,而作为天干名称的"乙"是不能写作"一",也不与"一"相通的。况且,楚与商本为敌对的部族,楚人根本不可能会祭祀商人的祖先。

36. 楚武王熊通说

谭介甫以为东皇太一指楚武王熊通。他说:"此文起头明言上皇,即指武王,因从东方迁郢,故称东皇,文句中不言'太一',可见'太一'即是'独一无偶'的意义,确是明显的证据。"①徐志啸说:"此说毫不解释'太一',单凭诗中'上皇'两字下判断,未免片面;且望文生义,认为'上皇'即'上代之皇'——楚武王——东皇太一的结论,难以令人信服。同时,论者还忽略了重要一点,人王称'皇',始于秦始皇,此前,'皇'字并不作为人王的称号。"②

37. 楚怀王熊槐说

孙作云说:"我认为《东皇太一》是迎神曲,本题应题曰'吉日',其中的'上皇',即主祭者楚怀王;与所谓'东皇太一'完全无干。"③此说存在的问题与上说相同,而说《东皇太一》祭祀的对象就是主祭者楚怀王熊槐自己,而与"东皇太一"无关,更加荒谬。

38. 东方帝王说

杨宪益、戴乃迭夫妇英译《楚辞选》将"东皇太一"译作"The Great Emperor of the East"(东方大帝)④,孙大雨的《屈原诗选英译》将"东皇太一"译作"East Emperor Tai-ih"(东帝太一)⑤,卓振英英译《楚辞》将"东皇太一"译作"Hymn to the Sovereign of the East"(东帝颂)⑥。他们都将"东皇太一"视为东方皇帝或东方帝王。如前所述,"皇"字先秦并不作为人间帝王的称号,屈原《离骚》中的"西皇",《九章·橘颂》中的"后皇",以及《九歌·东皇太一》中的"东皇"、"上皇",都是称呼神明的。

39. 最大奴隶主说

著名作家徐迟认为:"《楚辞》之一的《九歌》,朴素地展开了我国古代春秋战国的社会各阶级阶层的画廊上的一系列画幅,真实地再现了压迫阶级和被压迫阶级的两大敌对阵营的尖锐对立。《九歌》之谜是可以用阶级学说的观点来解开的。许多原来读不大懂的地方便可以读懂。"正是运用阶级学说甚至是阶级斗争的观点,他认为《九歌·东皇太

---

① 谭介甫,《屈赋新编》上册,中华书局1978年版,第285页。
② 徐志啸,《"东皇太一"春神考》,《文献》1989年第4期。
③ 孙作云,《九歌之结构》,《文学遗产增刊》第8辑,中华书局1961年版,第24页。
④ 杨宪益、戴乃迭英译,《楚辞选》,外文出版社2001年版,第35页。
⑤ 孙大雨英译,《屈原诗选英译》,上海外语教育出版社1996年版,第235页。
⑥ 卓振英英译,《楚辞》,湖南人民出版社2006年版,第35页。

一》所祭祀的对象就是最大的奴隶主:"这所谓的'东皇太一'就是人间的帝王或教主。""这最大的奴隶主,'抚长剑兮玉珥,璆锵鸣兮琳琅'……这个家伙是极端的反动派。长剑玉珥是他权力的象征。他代表古代中国最落后最反动的生产关系。在经济极为落后的奴隶社会里,他侵占和挥霍了广大奴隶们的剩余劳动生产品。他坐在宝座上接见朝拜者,随后摆开了一场狂欢大宴。""这首诗里政治内容、阶级内容实际上都很明显。就在屈原所描绘的中间,我们看到这个地上的昏愦腐朽的帝王兼教主,最大奴隶主,第一号的血腥统治者。"①李红在《两千年屈原学学者研究新思维历史回眸》中认为:"徐迟《〈九歌〉——古代社会各阶级的画廊》,虽大发'新论',但荒唐无稽,不足为训,是政治楚辞,与学术无关。"尚永亮曾撰文对徐迟运用阶级斗争观点对《九歌》作的新奇解读予以驳斥②。

40. 无祭祀对象说

自学成才的张中一认为《九歌》中没有神,没有神话,没有祭祀对象,不是祭祀诗,他个人认为:"《九歌》是战国晚期楚国江南民众反秦复郢斗争历史文献,所记的都是反秦复郢斗争历史事迹,主人公是楚国抗秦军队。屈原是历史文献的记录者,撰写人。《九歌》虽分成十一段(篇),但原文中都是没有篇名的。汉代早期的文人为了便于传教《九歌》,分别用十个神名作分段标题,它与原文内容毫无关系。……'东皇太一'神是汉代早期兴起的天神名,屈原不是先知,他撰写的反秦复郢斗争历史文献中不可能出现汉代的神名。"③照他看来,《东皇太一》和《九歌》其他十篇一样,都是"战国晚期楚国江南民众反秦复郢斗争历史文献",根本与祭祀无关,当然就更别提《东皇太一》的祀主是谁啦!此观点十分新奇,明显具有"破译"色彩。

过去学者考证"东皇太一"的原型和神格,有的偏重于根据"东皇"二字来考证,如闻一多考证东皇太一为伏羲,徐志啸考证东皇太一为春神,过常宝考证东皇太一为舜帝,就都是这样;有的则偏重于根据"太一"二字来考证,如杜而未考证东皇太一为月神,刘尧汉考证东皇太一为虎神,丁山考证东皇太一为成汤太乙,就都是这样。我们认为,这都是有失偏颇的。

过去虽然也有学者破译东皇太一的原型,既重视了"东皇"二字,也重视了"太一"二字,但所得出的结论难以自圆其说。如曹胜高将"东皇"考证为伏羲,将"太一"考证为女娲,但却认为"《东皇太一》是娱女娲神的祭歌",将伏羲抛在一边,明显存在矛盾之处。

我们认为"东皇太一"的"东皇"即东方上帝、东方天帝,具体指的就是楚人信奉与崇

---

① 徐迟,《〈九歌〉——古代社会各阶级的画廊》,《长江文艺》1982年第6期。
② 尚永亮,《这是什么样的"唯物史观"——评徐迟〈九歌——古代社会各阶级的画廊〉》,《长江文艺》1983年第1期。
③ 张中一,《屈原作品破译》,吉林大学出版社2004年版,第417页。

拜的天帝颛顼高阳氏。南方的楚人之所以要将自己信奉与崇拜的天帝颛顼高阳氏叫做"东皇",并不是说它是东方人的上帝,而是因为楚人祭祀上帝是在东郊进行的。《文选》唐代五臣注说:"祠在楚东,以配东帝,故云东皇。"①汤炳正等的《楚辞今注》也说:"东皇太一,指天神,亦即上帝。祭在东郊,故曰东皇。……《吴越春秋》载越王'立东郊以祭阳,名曰东皇公'。'东皇公'殆即'东皇太一'之别国异称。"②这样理解"东皇"是完全正确的。屈原《离骚》明确说自己是天帝颛顼高阳氏的后代子孙,云:"帝高阳之苗裔兮,朕皇考曰伯庸。"东汉王逸《楚辞章句》注说:"高阳,颛顼有天下之号也。《帝系》曰:'颛顼娶于腾隍氏女而生老僮,是为楚先。'其后熊绎事周成王,封为楚子,居于丹阳。……屈原自道本与君共祖,俱出颛顼胤末之子孙,是恩深而义厚也。"③刘向《九叹·逢纷》也说:"伊伯庸之末胄兮,谅皇直之屈原。云肇祖于高阳兮,惟楚怀之婵连。"④《史记·楚世家》《世本》等历史文献均说"楚之先祖出自帝颛顼高阳"。颛顼是楚人尊崇的至高无上的天神、上帝。《楚辞·大招》末尾有一段颂歌说:"名声若日,照四海只。德誉配天,万民理只。北至幽陵,南交阯只。西薄羊肠,东穷海只。"陈直先生指出:"此段因述楚先功德而念及远祖高阳也。《大戴礼·五帝德》云:'高阳乘龙而至四海,北至于幽陵,南至于交阯,西济于流沙,东至于蟠木。动静之物,大小之神,日月所照,莫不砥励。'《史记·五帝本纪》亦同。裴骃《集解》引《海外经》:'东海度索山,有大桃树,屈蟠三千里,谓之蟠木。'《大招》之东穷海只,可证蟠木与东海异名而同地也。"⑤由此可见,颛顼是一位泽被宇内、功德盖世的天帝。颛顼本来属于东夷集团。《左传》昭公十七年:"卫,颛顼之虚也。故曰帝丘。"杜预注:"卫,今濮阳县。昔颛顼氏居之,其城内有颛顼冢。"《史记·五帝本纪》集解引皇甫谧曰:"颛顼都帝丘,今东郡濮阳是也。""帝丘",《太平寰宇记》说即"商丘",是东夷殷商集团的最早根据地之一。

属于东夷殷商集团的颛顼后迁徙至北方,成为北方上帝。《国语·周语》载:"昔武王伐纣,岁在鹑火,月在天驷,日在析木之津,辰在斗柄,星在天鼋。星与日、辰之位皆在北维,颛顼之所建也,帝喾受之。"韦昭注:"北维,北方水位也。建,立也。颛顼,帝喾所代也。"楚史专家张正明先生说:"颛顼的神通是无与伦比的,把他看成宇宙的主宰也不算过分。然而他的神格相当模糊,甚至相当抽象。只有一点是明确的,即他在北方。《国语·周语》记伶州鸠说到周武王伐殷纣王之时,'星与日、辰之位皆在北维,颛顼之所建也',这就泄露出颛顼的秘密来了。身为天帝,总在北方,而有莫大神通的,非北极星莫属。北极

---

① 洪兴祖,《楚辞补注》,中华书局1983年版,第57页。
② 汤炳正、李大明、李诚、熊良智,《楚辞今注》,上海古籍出版社1996年版,第43页。
③ 洪兴祖,《楚辞补注》,中华书局1983年版,第3页。
④ 洪兴祖,《楚辞补注》,中华书局1983年版,第282页。
⑤ 陈直,《楚辞拾遗》,摹庐丛书石印本1934年版,第2页。

星高踞天顶,俯瞰尘寰。古人见到连同北斗在内的众星都绕着它旋转不息,它却纹丝不动,颇有临制四方的态势和气概,因而把它当做全天最尊之神了。其实,由于岁差,北极星不是守位不移的。现在的北极星是小熊座α,先秦的北极星是小熊座β——《论语》称之为'北辰'。这北辰和邻近的二十来颗星一起,构成天宫紫微,全天最尊之神就住在这个天宫里面。既然全天最尊之神为颛顼,那么,颛顼即北极星便无可置疑了。"①

颛顼所居玄宫为北方之宫,北方色黑,五行属水,因此古人说他是以水德为帝,又称玄帝,其神为玄冥,为水正。《淮南子·时则》:"北方之极,自九泽穷夏晦之极,北至令正之谷,有冻寒积冰、雪雹霜霰、漂润群水之野,颛顼玄冥之所司者万二千里。"高诱注:"颛顼,黄帝之孙,以水德王天下,号高阳氏,死为北方水德之帝也。其神玄冥者,金天氏有适子曰昧,为玄冥师,死而祀为主水之神也。"《山海经·海外北经》:"北方禺彊,人面鸟身,珥两青蛇,践两青蛇。"郭璞注:"(禺彊)字玄冥,水神也。"《淮南子·天文》也说:"北方水也,其帝颛顼,其佐玄冥,执权而治冬;其神为辰星,其兽玄武,其音羽,其日壬癸。"这样楚人尊崇的天皇大帝颛顼就不仅是北极星神,也是水神。

作为楚人崇拜的天神"太一",其原型是什么呢? 就是北极星,也叫北辰、天一。《史记·封禅书》索隐引宋均曰:"天一,太一,北极神之别名。"《尔雅·释天》:"北极谓之北辰。"《史记·天官书》云:"中宫天极星,其一明者,太一常居也。"《乐纬协图徵》云:"天宫,紫微宫也。北极,天一、太一。"《易纬乾凿度》卷下郑玄注曰:"太一者,北辰之神名也。居其所曰太一。常行于八卦日辰之间,曰天一,或曰太一。出入所游,息于紫宫之内外,其星因以为名焉。故《星经》曰:'天一、太一,主气之神。'"

太一的原型是北极星。北极星"居其所而众星共之"(《论语·为政》),高踞天极、牢笼天地、经纬四时,因而先民将其神化为至高无上的天帝进行顶礼膜拜,成为神乎其神的"帝星"。《春秋公羊传》宣公三年何休注:"帝,皇天大帝,在北辰之中,主总领天地五帝群神也。"《后汉书·五行志》注引马融的话说:"大中之道,在天为北辰,在地为人君。"《尚书·君奭》郑玄注:"皇天,北极大帝。"《尚书·尧典》马融注:"上帝,太一神,在紫微宫,天之最尊者。"《初学记》卷二十六引《春秋合诚图》:"天皇大帝,北辰星也,含元秉阳,舒精吐光,居紫宫中,制驭中央。"《礼记·曲礼上》疏引《诗含神雾》:"北极,天皇大帝,其精生人。"《史记·天官书》索隐引《春秋文耀钩》:"中宫大帝,其精北极星。"《周礼·大宗伯》疏引《春秋文耀钩》:"北极星……太一之光,含元气,以斗布常,是天皇大帝之号也。"在中国古代天文历法中,天上的每一颗星都代表着一个神明,北极星就是天皇大帝的象征。

郭店楚简《太一生水》言"太一生水",太一古代又叫天一,故古代亦有"天一生水"之

---

① 张正明,《楚史》,湖北教育出版社1995年版,第5页。

说。《礼记正义·月令》引郑玄云:"天一生水于北,地二生火于南,天三生木于东,地四生金于西,天五生土于中。"①

古希腊哲学家泰勒斯说:"水为万物之原。"这就是著名的宇宙生成水原说。中国早期哲学思想中也有类似的观点。《管子·水地》就将水视为天地万物的本原,说:"水者何也?万物之本原也,诸生之宗室也,美恶、贤不肖、愚俊之所产也。"三国时杨泉的《物理论》一书中也表述过类似思想:"所以立天地者,水也。夫水,地之本也。吐元气,发日月,经星辰,皆由水而兴。"原始的五行排序,水是排在首位的。《尚书·洪范》曰:"五行:一曰水,二曰火,三曰木,四曰金,五曰土。"汉代郑玄说:"五行自水始,火次之,木次之,金次之,土为后。"《春秋元命苞》云:"水者,天地之包幕,五行之始焉,万物之所繇生,元气之腠液(一作津液)也。"先秦诸子中,老子最崇尚水,他的哲学甚至被人称为"水的哲学"。《老子》一书中多处提到水,其第八章云:"上善若水。水善利万物而不争,居众人之所恶,故几于道。"第七十八章云:"天下莫柔弱于水,而攻坚强者莫之能胜,以其无以易之。"老子将水人格化,对水的推崇到了无以复加的程度。他认为水具有"处下"、"不争"、"柔而能刚"、"弱而能强"的高尚品格,水不但是"上善",而且是"几于道"的神圣存在。《老子》一书中所反复言说的"道"事实上就是"水"的哲学升华。美国艾兰教授有专文对中国早期哲学思想与水的密切关系作了深入的讨论②,兹不赘述。

湖北荆门郭店所出楚竹书《太一生水》是考古发掘出土的一篇论说宇宙生成的重要文献,"太一"和"水"是其中最重要的两个概念和意象,而"太一生水"、"水反辅太一"、"太一藏于水"则是其中相关的三个重要观念。我们上文已经引述大量文献证明,太一是北极星神。作为北极星神,它怎么能生水呢?《春秋元命苞》说:"北者高也,极者藏也,言太一之星高居深藏,故名北极。"(《春秋公羊传》昭公十七年疏引)太一"高居深藏"北极,从中国传统的五行与五方相配的数术观点来看,北方属水,因此,太一藏于北极,在一定意义上也可以说是"太一藏于水"。进而言之,太一不仅是北极的象征,也是水的象征。换言之,太一作为神灵,就不仅是北极星神,也是水神。北宋刘温舒的《素问运气入式论奥》之《论五行生成数》就说:

……由是论之,则数以阴阳而配者也。若考其深义,则水生于一。天地未分,万物未成之初,莫不先见于水,故《灵枢经》曰:"太一者,水之尊号也。先天地之母,后万物之源。"以今验之,草木子实未就,人虫胎卵胎胚皆水也,岂不以

---

① 郑玄注,孔颖达正义,《礼记正义》,见《十三经注疏》,中华书局1980年版,第1354页。
② 艾兰,《中国早期哲学思想中的水》,张海燕译,见艾兰,《早期中国历史思想与文化》,辽宁教育出版社1999年版,第310—316页。

为一？及其水之聚而形质化,莫不备阴阳之气在中而后成。……

这段话又被明代万民英《三命通会》卷二《论五行生成》所袭用。其中所引《灵枢经》的一段话,不见于今本《灵枢经》,可能是《灵枢经》的佚文。在《灵枢经校释》中,这段话被作为《灵枢经》佚文之一附录在书末①。

众所周知,《灵枢经》与《素问》合称《黄帝内经》,是现存最早的中医理论著作,约成书于战国时期。从这段《灵枢经》佚文我们可以看出,在战国时期,太一还是"水之尊号",即是水神的尊称。文中说水是"先天地之母,后万物之源",这与《太一生水》所说的太一"以己为天地母"、"以己为万物经"的意思相似,均是将水视为天地万物的本原。而《素问运气入式论奥》中所说的"水生于一"是"水生于太一"的省略表述。而"水生于太一"又是"太一生水"的另一种表述。太一是"水之尊号",是水神,"太一生水",也就是顺理成章的事。

综上所述,我们认为"东皇太一"中的"东皇"与"太一"是既有紧密联系又有区别的。"东皇太一"的"东皇"即东方上帝,具体指的就是楚人信奉与崇拜的上帝颛顼。楚人祭祀颛顼在东郊,故曰东皇。颛顼是楚人至高无上的天神、上帝,其象征为北极星(北辰星)。由于位居北方,北方在五行思想中属水,所以颛顼也是水神。作为天神的太一则既是北极星神,又是水神,所以太一既"藏于水",又"生水"。正因为"东皇"颛顼和天神"太一"都既是北极星神,又是水神,所以楚人组合了一个叠床架屋的上帝名称,叫做"东皇太一"。因此,我们认为屈原《九歌·东皇太一》是祭祀楚人上帝颛顼高阳氏的祭歌②。

---

① 河北医学院,《灵枢经校释》下册,人民卫生出版社1982年版,第474页。
② 吴广平,《屈原〈九歌·东皇太一〉祀主考辨》,《湖北大学学报》2012年第6期。

王夫之《楚辞通释》研究现状述评

北京语言大学 丁海玲

　　王夫之,字而农,号姜斋,湖南衡阳人,因晚年隐居在湘西石船山,故又称石船先生,是我国明末清初之际杰出的思想家、史学家,同时又是一位富有创见的文学理论批评家。王夫之一生完成了一百多种、四百多卷的著作。其著作广泛涉足经史诸子、文字训诂、地理和佛学、天文历法。他的学术著作在中国历史上留下了深刻的印记。由于王夫之是反清人物,当时他的学术著作很难流传下来。当时如果没有王敔与潘宗洛的努力,王夫之的著作也不会流传到现在。王夫之晚年著《楚辞通释》,收录在《船山全书》中。但由于当时政治原因,王夫之的学术思想并没有受到过多的关注,直至清康熙雍正年间,王敔所刻"湘西草堂本",二十余种,王夫之著作由此为世所知。其中,《楚辞通释》当时已经远抵吴下。当时,武进蒋骥康熙五十四年自序《山带阁注楚辞》中,已对王夫之此书有所评论。

　　此后随着对王夫之学术研究的日益兴起,《楚辞通释》开始受到《楚辞》研究者的青睐,并逐渐成为颇具影响力的通行本。游国恩是早期涉足《通释》研究的代表性人物。他在《楚辞概论》及《读骚论微初集》中认为《通释》说到义理处多半附会;并肯定了船山关于《礼魂》为送神曲的判断;同时指出《通释·天问》题旨之说虽看似与《章句》不同,间有补前人所不及的地方,其实仍犯于讽谏之义;另外还辨析了船山关于《哀郢》一记述迁都之事的判断。显然,他所关注的是《通释》考证方面的成果。姜亮夫《楚辞书目五种》简要介绍了《通释》的版本、体例等基本情况,并特别指出船山以《礼魂》为通用的送神曲、以《九辨》之"辨"为"编"之说是别具新意的理解,而采方士铅汞之说释《远游》则为学者所诟病。金开诚对《通释》这些备受重视的创见不以为然,认为《礼魂》为送神曲之说乃汪瑗《楚辞集解》所创,船山采用其说而不注出处;同时也批驳船山关于《哀郢》的创作时间为楚都迁陈后九年即顷襄王三十年(公元前269年)之说。上述三位楚辞学家的见解颇具影响力,但它们只是零星散见于各自的《楚辞》研究论著中,或为三言两语式的简要概述,或将《通释》作为其立论的旁证而非主要研究对象。

　　类似有关《通释》的著述还有李中华、朱炳祥《楚辞学史》,易重廉《中国楚辞学史》,周建忠、汤漳平《楚辞学通典》,陈炜舜《明代楚辞学研究》,王学泰《中国古典诗歌要籍丛谈》等。上述论著虽涉及《通释》的方方面面,却都属于《楚辞》学史式的概述,同样不是将《通释》视为独立的研究对象。

　　关于已有的王夫之《楚辞通释》研究大致可以从以下几个方面来综述:

一、《楚辞通释》版本学研究

明末清初之际,社会动荡,清统治者实行高压政治手段,尤其对遗民的思想控制得很残酷。王夫之是反清人物,因此他的学术著作很难保留下来。现存其著作主要集中于《船山全书》。如果当时没有王敔与潘宗洛的努力,那么肯定不能流传到现在。当时,王敔与门人只能暗地里搜集和刊行王夫之的著作。到现在为止,其著作主要有如下几个版本:

(一)关于《楚辞通释》的版本研究统计为五种、七种、八种和十一种,分述如下

1. 胡渐逵《船山全书·楚辞通释》"船山之子王敔于清康熙四十八年(1709)所刻的第一批船山遗书本,俞焜于清道光二十八年(1848)补刻于衡阳学署之船山子集遗著五种本,曾国藩、曾国荃昆仲清同治四年(1865)于金陵节署所刻之《船山遗书》本,民国二十二年(1933)上海太平洋书店以铅字排印的《船山遗书》,1959年1月中华书局排印的繁体字句读本。"①共5种版本。比洪湛侯统计的少了民国影印《船山遗书》本与上海人民出版社1975年2月根据中华书局上海编辑所本重印本两种版本。

2. 洪湛侯《楚辞要籍解题》中总结为:"《楚辞通释》有清康四十八年王敔刻本(现藏湖南省图书馆);清道光二十八年戊申桂东郭孔岚补刊本;清同治四年湘乡曾氏兄弟所刻《船山遗书》(五十四种,二百八十八卷)本;民国影印《船山遗书》本;民国二十二年上海太平洋书店根据王、曾刻本铅字排印本;中华书局上海编辑所1959年1月铅字断句排印本;上海人民出版社1975年2月根据中华书局上海编辑所本重印本。"②总共有七种版本。

3.《楚辞通释》的版本主要有:叶幼明《王夫之〈楚辞通释〉的版本和标点刍议》总结为八种版本:"(1)清康熙四十八年王敔湘西草堂初刻本。(简称康熙本)(2)清康熙年间王敔湘西草堂递修本,属《王船山先生书集五种》本之一。(简称草堂本)(3)清道光二十八年(1848)衡阳学署俞焜补刻本,属《船山子集遗书五种》本之一。(简称学署本)(4)清同治四年(1865)曾国藩、曾国荃南京金陵节署《船山遗书》本,属《船山遗书》集部。(简称金陵本)(5)清光绪十三年(1887)衡阳船山书院增补递补修刻本,属《船山遗书》集部。此书版片即金陵本的版片,卷目、板式、行款同于金陵本。(简称递修本)(6)民国二十二年(1933)上海太平洋书局重校铅印本。属《船山遗书》集部。(简称太平洋本)(7)1959年中华书局上海编辑所出版的圈点本,1962年有重印。(简称中华本)(8)1975年中华书局上海编辑所出版的圈点新印本。(简称新印本)"③其中与洪湛侯相比不同的是:叶

---

① 胡渐逵,《船山全书·楚辞通释》,《船山学刊》1993年第2期。
② 洪湛侯,《楚辞要籍解题》,湖北人民出版社1984年版,第91页。
③ 叶幼明,《王夫之〈楚辞通释〉的版本和标点刍议》,《船山学刊》1985年第2期。

幼明比其多一种清康熙年间王敔汀湘西草堂递修本属《王船山先生书集五种》本之一，实际上与清同治四年湘乡曾氏兄弟所刻《船山遗书》（五十四种，二百八十八卷）本是同一版片，可视为同一版本。

4. 胡渐逵《船山全书·楚辞通释》"船山之子王敔于清康熙四十八年（1709）所刻的第一批船山遗书本，俞焜于清道光二十八年（1848）补刻于衡阳学署之船山子集遗著五种本，曾国藩、曾国荃昆仲清同治四年（1865）于金陵节署所刻之《船山遗书》本，民国二十二年（1933）上海太平洋书店以铅字排印的《船山遗书》，1959年1月中华书局排印的繁体字句读本。"①共5种版本。与洪湛侯统计的少了民国影印《船山遗书》本与上海人民出版社1975年2月根据中华书局上海编辑所本重印本两种版本。

相对以上综述，刘志盛《王船山〈楚释通辞〉考》关于《楚辞通释》版本的统计为十一种版本，其中包括："（1）稿本，清康熙二十四年秋船山撰著的原稿本，或清稿本，即一稿、二稿，或三稿，未见；（2）王敔抄本，根据船山手稿录写，颇接近稿本。（3）船山故旧门人传抄本。"②三种稿本。

（二）对《楚辞通释》诸种版本对比校勘的主要成果

叶幼明《王夫之〈楚辞通释〉的版本和标点刍议》前后辗转刊刻版本做一统计，而且还将这八个版本分为两个系统进行校勘对比，关于各版本的校勘叶氏做了详细的论述，在此不加赘述。《楚辞通释》是研究王夫之思想的重要资料，也是一部自成体系的《楚辞》学著作，历来受到研究王夫之和研究《楚辞》学者的重视。为了给研究工作者提供方便，《楚辞通释》所印行的本子要达到完善的程度还需大量的校勘工作。

二、关于王夫之注释《楚辞》的背景研究

王夫之所处的时代，是明末清初，封建社会晚期，整个社会都处于大动乱之中。王夫之忠贞爱国，他痛恨国君的昏庸、权奸的误国和异化的统治。他怀抱"先世为明臣，存亡与共"的信念，注定一生为明王朝颠沛流离。从抗争到失败，然后等待，再抗争，再失败，直至完全绝望，守节而终。其个人坎坷的悲剧命运，同样与屈子遥遥相应。不可忽略的是，船山生于屈子之乡，终老于沅湘，相同的楚地文化背景，更使之对屈原萌生一种与生俱来的认同感。1685年，衰病垂暮之年的船山作《楚辞通释》十四卷，并附仿作《九昭》。

王夫之评释《楚辞》之所以取得如此高的成就，这与他个人的经历、素养、时代的变迁都有密切关系。在注释《楚辞》过程中，自己的复杂感情会不自觉地流露出来，与屈原形成共鸣。无论是对屈作思想内容的辨析，还是对文字训诂、文章阐释大都有突破前人

---

① 胡渐逵，《船山全书·楚辞通释》，《船山学刊》1993年第2期。
② 刘志盛，《王船山〈楚释通辞〉考》，《船山学刊》1988年增刊第11期。

之处。

(一)王夫之研骚动机研究

王夫之《楚辞通释》的动机,屈原的《楚辞》创作是因何而起?司马迁曰:"《离骚》者,犹离也。"①班固曰:"离,犹遭也。骚,忧也。明已遭忧作辞也。"②由此可见《楚辞》是屈原因奸佞小人排挤,怀才不遇英明君主,并遭遇放逐,发愤抒情而作之辞。在《九昭》自序:"有明王夫之,生于屈子之乡;而遗闵敢志,有过于屈者。"张仕可在《楚辞通释》的序中说:"更为通释,用达微言。"并在《九昭序》中说:"有明王夫之。生于屈子之乡,而遘闵戢志,有过于屈者。"③这些都足以看出,王夫之感同身受的经历即"时地相疑,孤心尚相仿佛",是其作《楚辞通释》的动机。

曾也鲁《王船山与〈离骚〉》一文中"'在借古人之酒杯,浇胸中之块垒'一节中论及王船山怀着与司马迁同样的心情为屈原的《离骚》及其他作品作注释,处处流露出对庸君和佞臣苟且偷安、争权夺利的愤懑情绪。并总结出王船山在注《离骚》时,既为屈原鸣不平,又是借古人之酒杯,浇自己胸中之块垒。"④杨兴华《王船山〈楚辞通释〉的创作意图》一文中分别从《楚辞通释》的创作背景与创作意图说明:"《楚辞通释》的作者王船山生活于民族矛盾激化、汉民族'大运颠覆'、'地裂天倾'的明清时代。所以他为了用刚健有为的文化精神来号召救亡图存运动,平生很少为古书作注的王船山,选择了楚辞。"⑤龚莹莹《明末清初遗民的"屈原情结"》中论道:"屈原及《楚辞》对明遗民的影响首先就表现在,不少明遗民致力于屈原《楚辞》的注疏。作者借屈原这个历史人物及其作品来抒怀,是引屈原为同调的铁证。明遗民带着亡国的痛苦,带着有才而不能出仕或不愿出仕的深思,他们把自己心灵的释放转向了屈原及作品,以求得些许解脱。"⑥周建忠《王夫之〈楚辞通释〉及研究》一文也指出明清之际,注楚辞者甚多,大都借注释屈赋,寄托其故国之思。在此类著述中,《楚辞通释》最负盛名。

由上述论文可以看出,王夫之之所以在晚年选取楚辞为之精心撰写释文动机的共同特点:试图以注骚来抒发自己的身世之哀和社稷沦亡之痛,委婉地表达了自己的民族思想和志节操守。

(二)王夫之的学术背景研究

明清之际是中国传统学术发展史上的重要阶段,这一时期,儒学发展发生了比较大的

---

① 司马迁,《史记·屈原贾生列传》,中华书局1959年版。
② 游国恩,《离骚纂义》,中华书局1980年版。
③ 王夫之,《楚辞通释》,上海人民出版社1975年版,第174页。
④ 曾也鲁,《王船山与〈离骚〉》,《衡阳师范学院学报(社会科学版)》2000年第5期。
⑤ 杨兴华,《王船山〈楚辞通释〉的创作意图》,《语文建设》2012年第18期。
⑥ 龚莹莹,《明末清初遗民的"屈原情结"》,《新余高专学报》2009年第5期。

变化,出现了新的方向。至明代中叶,王阳明心学开始受到批判,学者们重新强调对儒学经典的研读,回归经典文本来进行学术探究。这一时期,思想界出现了倡导经世致用"实学"。

王夫之的治学经历体现了明清之际不少遗民学者的共同历程。在王夫之的 400 卷著作中不仅"遍及四部,而以说经之作为广。凡阐述义理,皆自抒心得,确有发明,不蹈宋明诸儒旧论",也反映了明清之际学术发展的新趋向。

马延炜《王夫之与明清之学术发展的新趋向》一文中谈到了:"明清之际,由于儒学本身在发展过程中的自然演变和社会环境的剧烈变化,学术发展出现了提倡经世致用和重视经典考据的新趋向,而身处这一学术研究发生变化的大背景下,王夫之的治学和著述,既是这一时期学术发展出现新变化的产物,也反映了这一时期儒学发展的新趋向。"①相关此类文章甚少,对于王夫之处于这个时代转折点上而论楚辞学史的作用及其地位文章并未给出翔实的分析与探究,这给王夫之楚辞学研究提供了很大的空间,有待充实。

三、《楚辞通释》学术方法与成就研究

洪湛侯《楚辞要籍解题》比较全面地概括了《通释》的主要特点和学术贡献,将其归纳为考证屈子生平以说明创作的时代背景,阐发微言大义,订正旧说讹误,注意段落层次之间的联系等方面。他认为"《楚辞通释》一书在整个《楚辞》研究著作中,特点十分鲜明。如果说,屈原在《楚辞》中用香草美人来寄托他君国之思的话,王夫之则以注释楚辞来发泄他对社稷的沦亡之痛";②并且在评述蒋骥《山带阁注楚辞》时还确认了《通释》的学术地位:"蒋氏此书,论其造诣,在清代《楚辞》研究著作中,可与王夫之《楚辞通释》、戴震《屈原赋注》鼎足而三。"③

(一)《楚辞通释》的学术方法

《楚辞要籍解题》认为:"《楚辞通释》一书在整个楚辞研究著作中,特点十分鲜明。王夫之仰慕屈原的气节和品德,因此,从屈原《离骚》等作品中寻找共鸣,既阐发屈原的爱国思想,又寄托自己的身世之慨,所谓'更为通释,用达微言'。这正是他注释楚辞的主旨,也是本书的特点之一。"④《楚辞学史》亦说:"由于王夫之生长于楚地,身世经历、思想情感与屈原有相通处。旷世同情,易于感会,故理解独到之处甚多。"⑤王夫之注释《楚辞》重点不再是字、词、音的表层意义,而是疏通文意,挖掘屈赋中的深层意蕴,还原作者

---

① 马延炜,《王夫之与明清之际学术发展的新趋向》,《船山学刊》2010 年第 2 期。
② 洪湛侯,《楚辞要籍解题》,湖北人民出版社 1984 年版,第 85 页。
③ 洪湛侯,《楚辞要籍解题》,湖北人民出版社 1984 年版,第 161 页。
④ 洪湛侯,《楚辞要籍解题》,湖北人民出版社 1984 年版,第 85 页。
⑤ 李中华、朱炳祥,《楚辞学史》,武汉出版社 1996 年版,第 193 页。

的创作意图,并含蓄地表达自己的思想。

(二)王夫之"分节立释,以意为主"方法的研究

王夫之《通释·序例》中云:

> 唯意谓然,不度其旨,作者既杳,亦孰与正之? 舍本事以求情,谓山为洼沼,谓海为冈阜,洞崖似沼,波涛似阜,亦何不可! 昔人有云:"后世谁定吾文者?"惮人之仿佛而迷谬之也。《九歌》以娱鬼神,特其凄恻内储,含悲音于不觉耳。横摘数语为刺怀王,鬼神亦厌其读矣。至于《天问》,一皆讽刺之旨,复使忠告不昭,而别为荒怪,何也? 凡此类,交为正之。①

赵明玉的硕士论文《宋清楚辞学的连续与转型》在"分节立释、以意为主"中总结为:"《通释》首先从总体上把握屈原的思想实质,然后根据原文的结构及表达,进行具体而系统的阐释,以避免每章自为意,舛博不通的现象。《通释》虽以意义阐发为主,但某些篇章若无深意,则不挖空心思去发掘。"②赵氏分别从(1)订正旧注,创立新说。(2)引发代言,以己意暗换原意。(3)夫之"以意为主"发展到极致便是代屈立言的《九昭》。三方面来进行阐释其特点。"林润宣《论王夫之的〈楚辞通释〉》中论及:"王夫之分析作品内容时,以意为主对后人无疑有启迪作用。并分别论及王夫之对《离骚》、《九歌》、《哀郢》及《悲回风》分析的独到之处是注重联系屈原的情感、经历以及他所处的时代背景来阐释作品的思想内容,达屈子之情于意言相属之际。"③刘文英《评王夫之〈楚辞通释·天问篇〉》中谈到:"《楚辞·天问》是一篇千古奇文。诗人在《天问》里到底讲什么,'天问'二字究竟是什么意思,屈原为什么要写这样一篇奇特的作品,两千年来众说纷纭。王夫之生于明朝末世,地处屈子'怀沙'之乡,常以屈子遭遇自况。他的《楚辞通释·天问篇》,也没有完全解决上述问题。但以他的才学和知人论世,其于《天问》的有些见解,颇有精到之处。至今对我们研究《天问》,仍有启发和借鉴意义。"④刘氏在此篇指出王夫之研究《天问》,能把握住全文的要旨,能看出屈原的"讽谏楚王之心",这在楚辞学上十分难得。但王夫之在有些地方把屈原的"讽谏楚王之心"简单化了,某些具体结论也未必中肯。以上论文对王夫之"分节立释、以意为主"的注释特点给出了比较详细的论述,对研究王夫之楚辞学的后世学者具有参考价值。

---

① 王夫之,《楚辞通释》,上海人民出版社 1975 年版,第 3 页。
② 赵明玉,《宋清楚辞学的连续与转型》,南昌大学 2008 硕士学位论文。
③ 林润宣,《论王夫之的〈楚辞通释〉》,《荆州师范学院学报》2002 年第 6 期。
④ 刘文英,《评王夫之〈楚辞通释·天问篇〉》,《江汉论坛》1983 年第 5 期。

(三) 王夫之"以道释骚"方法研究

王夫之虽然批评道家"固命以自私",但并没有将其全盘抛弃,而是将养生"固命"与报国结合起来。他认为,修身养命是为了报国,而报国就必须修身养命。这样,王夫之把道家的造命养生升华到爱国主义的高度来认识。①

王船山自己对以丹释骚的问题解释:"黄老修炼之术,当周末而盛。其后魏伯阳、葛长庚、张平叔皆仿彼立言,非有创也。故取后世玄者铅汞、龙虎、炼己、铸剑、三花、五炁之说以诠之,而不嫌于是非古。"②

杨兴华《论王船山以丹释骚的合理性》一文中以学者们视船山以丹释骚的两个重大失误的理由来加以阐释总结为:"王船山以丹法释骚,但非主观臆断,而是一种以对历史事实的缜密考察为基础的严肃认真的学术行为。值得一提的是,王船山以丹法释骚,目的不在于宣扬道家养生之术,旨在证明屈原'非婞直忘身'之徒,其捐生赴死,'非不识于远害尊生之道',而是因为'忠爱之性,植根深固,超然于生死之外',即船山所谓'千古独绝之忠'。"③加之船山为理学名家,其学术文章以儒家正统自居,这样,不精通丹法者难得船山释文之要领,往往容易受以儒释骚传统的左右,凭直觉斥之为谬误。与杨氏持相同见解的是罗敏中《王船山以道释骚评析一:正旧注之误得失,旁及"汉寿屈原故里说"》一文中认为:"王船山想在道家的武器库里寻找释骚的新武器,但他骨子里,他的原则,立场,观念,理念,方法,仍然是儒家命题:忠君。他在以道释骚的过程中,都是儒道兼行,亦儒亦道,夹儒夹道,杂儒杂道,借用一句话,叫做儒学为体,道学为用。"罗氏认为:"从破立的观点来看,王船山对王逸注的批评是破,以道注骚是立。"④在此论文中作者指出《通释·九章》的亮点是王夫之"以道释骚"的"隐居说"观点,并持赞成态度。吴立民在《王船山佛道思想研究》一书中认为"以内月一理论解释《远游》,既阐发了屈原原著的奥旨和《参同契》、《悟真义》的精义,也将本人对丹功实践的体会和对丹法理论创见来哲昭后人。"⑤另外还有王沐在"以丹释骚"这个论点上进行了深入而细致的分析后也对其给予了充分肯定:"侈谈丹法,似与生平不称;详言功法,亦恐有损令名。故注疏之间,难免含蓄,关键之处,多作隐喻,既阐发《远游》之幽微,亦回避与理学之矛盾。"⑥赵明玉《〈楚辞通释〉对屈赋内容解析特色》认为:"从《通释》注文自身看,有非'内丹丹法'所可乱者。"

---

① 徐苏铭,《王船山佛道思想的现代意义三题》,《南京化工大学学报》2000年第1期。
② 王夫之,《楚辞通释》,上海人民出版社1975年版,第6页。
③ 杨兴华,《论王船山以丹释骚的合理性》,《西昌学院学报(社会科学版)》2012年第3期。
④ 罗敏,《王船山以道释骚评析一:正旧注之误得失,旁及"汉寿屈原故里说"》,《湖南广播电视大学学报》2010年第1期。
⑤ 吴立民、徐苏铭,《船山佛道思想研究》,湖南人民出版社1992年版,第69页。
⑥ 王沐,《析王船山〈楚辞通释远游〉》,《船山学报》1984年第1期。

赵氏通《远游》题解来分析更加肯定:夫之在通释楚辞时,已把儒、道之旨合为一家。王夫之从儒、道合旨角度解读屈赋,然其儒家"义理"已发生了很深的变化。对屈子人格评价上,亦不袭用"中庸之道",①故其对屈子的评价更为深刻、更加全面。而其以道家旨义解释屈子的某些篇章,既合乎屈赋的实际,又加深了对作品的研究,使屈赋显得更加渊颐朴茂。

由上综述,我们应看到,王船山以道注骚的目的并不是要宣扬道家的内丹之术。王船山的真正目的是要为屈原辨诬,弘扬屈原的忠君爱国之精神。对于王夫之"以道释骚"的方法,学界众说纷纭,褒贬不一。特别是采用道家养生之法"丹法释骚"来作解,很多学者都是依照经验,凭着直觉不加考证而讥其为谬论。光凭这一论点,就值得我们认真梳理前人研究成果,结合王夫之思想体系做进一步探讨。

(四)"释"与"评"的研究

《楚辞通释》采取"释"、"评"结合的方法阐述文意,同一般考据学家的古书注本相比不同的是,王夫之是以"评"为着眼点,虽然名为"释",但《通释》并不放松传统注释之学,以其为整个评论的基础。它采用的是"释"与"评"融合的诠释方式。

赵明玉的《宋清楚辞学的连续与转型》一文中关于论述王夫之"释"与"评"的研究方法主要是从"1.篇与篇及篇内结构关系的梳理,还原原文的逻辑顺序。(1)《通释》对篇与篇之间关系的理解:①对《离骚》、《九章》、《远游》三者之间关系的理解;②对《九章》内诸篇关系的理解;③对《九歌》内诸篇关系的理解。(2)《通释》对篇内结构关系的理解。2.《通释》注文语言生动、情彩生发。"来加以阐述。另还有林珊的《王夫之〈楚辞通释〉研究》的观点多有因袭,故不加以论述。

(五)王夫之考证成就的分析

《通释》的考证历来受到学者的普遍关注,且颇受肯定。《楚辞要籍解题》更对此给予了高度评价:"由于王夫之是朴素的唯物主义思想家,在《楚辞通释》里,同样反映出他朴素的唯物主义思想、严谨的治学态度和求实的探索精神。他认为:"解释古人的作品,首先应该了解作品产生的时代背景和社会现实,了解作者的身世和思想发展过程。只有从特定的时间和地点出发,才能深入理解作者的思想感情,领会到作品的内涵和风格……这种科学而严谨的研究方法以及对《楚辞》内容形式上的阐发,都是《通释》的精髓部分,给以后研究《楚辞》的人以极大的启发。"②

王夫之对前人"舍本事以求情"、"横摘数语"的做法颇为不满,因此在解析屈赋作品内容时,注重历史考据和诗歌背景的体认,并对屈原行迹与写作时地的考察与史料相结

---

① 赵明玉,《宋清楚辞学的连续与转型》,南昌大学 2008 年硕士学位论文。
② 洪湛侯,《楚辞要籍解题》,湖北人民出版社 1984 年版,第 85 页。

合,来判断文章之旨意。

孙宗晓:论王夫之的《九歌》研究及其得失一文中,孙氏将王夫之的《九歌》研究与前人比较,分别总结出王夫之《九歌》研究的得与失。孙氏指出王夫之是从前人的研究思路中解脱出来,另辟蹊径,成为《九歌》研究的必然出路。明末清初的王夫之在这方面作了一个光辉的示范,取得了卓越的成就。王夫之研究《九歌》的方面有如下几点:"1. 王夫之从思路到结论给《九歌》研究开创了一个全新的局面。他说:'《九歌》各篇,是楚俗所祠,不合于祀典,未可以《礼》证之'。王夫之认为《东皇太一》没有寄托之意,那么'推之他篇,当无异旨'。然而,南楚祭礼史传没有记载,要揭示《九歌》的真面目只有两个渠道:从篇中挖掘内证,或从浩如烟海的文化史料中提炼间接证据。在这两点上王夫之做得非常出色。2. 王夫之对二"司命"的注释:《大司命》篇中有'何寿夭'、'御阴阳'之词,关乎人之生死;《少司命》中有'美子'与'幼艾'之语,语有婴稚;显然一为'统司人之生死',一为'司人之子嗣'。他进一步提炼史料作为证据,'大司命'、'少司命'应该就是楚人对此二神的独特称谓。这个论证相当精彩,至今学者多从其说。3.《九歌·河伯》,王逸认为就是黄河神。洪兴祖、朱熹从其说。而王夫之的思路与众不同:楚昭王不祭黄河,不代表楚国没有祭过黄河。他认为楚昭王不肯祀河,是因为他是明君。'能以礼正祀典,故已之',王夫之对史料的分析与应用却称得上'刮璞通珠'。4. 王夫之《九歌》注中的另一精彩之处在于对《礼魂》的论断。《九歌》研究中,历代学者皆习于引经据典,但能从经中找到合理依据来解释《礼魂》本事的却是主张'未可以礼证之'的王夫之,这是很讽刺的一件事,也是给后学者启发极深的一点。"本文总结出王夫之《九歌》研究局限性:"一是由于他的思想局限性导致他对屈原的理解有一定偏差;二是由于他没有上古文化研究的成果作参照。"①此文孙氏通过王夫之与王逸研究作比较,从思路到结论都有非常大的不同。由此我们可以得出王夫之的考证学是他的经学义理的基础,也是他学术成就的重要组成部分,只有了解王夫之的考证学,才能更加深入理解其著述思想。此篇论文的得与失都对我们研究楚辞有着启迪作用。

(六)王夫之训诂特点分析

义训、声训和形训是传统训诂中注释字词的三种主要方式。考察整个《楚辞》古代注本的字词注释情况,除少数注本之外,其他注本对这三种方式的运用都能掌握,可见《楚辞》古代注本字词注释的基本方式与传统训诂是大致相同的。但是,历代《楚辞》注本在运用义训、声训和形训注释字词时一般都是以义训为主,有时也用声训,而少有用形训的,《楚辞通释》也不例外。王夫之在《楚辞通释》注释字词时,虽然继承了传统训诂的原则和方法,但在不少地方体现了自身特点。

---

① 孙宗晓,《论王夫之的〈九歌〉研究及其得失》,《职大学报》2003 年第 1 期。

到目前为止,关于《通释》训诂特点研究的学者甚少。王夫之在注《楚辞》时,不肯因袭他人,对旧注谬误常以新意别解而成一家之言,特别注意明确人称代词的具体指向,精选的方言注释等等,在一些字句的训释上,体现了《通释》自身特点,不同于其他《楚辞》注本。

黄建荣《略论王夫之〈楚辞通释〉的字词注释特色》一文从传统训诂学的角度出发,对《楚辞通释》的字词注释特色作了较为全面的分析:"《楚辞通释》的字词注释,虽然也继承了传统训诂的原则和方法,但在不少地方却体现了自身的特点。这些特点主要包括:数量众多的声训释词;注重以注音辨义;推出字词新义;明确人称代词的具体指向;精选的方言注释;注重字词的校勘;指出古今字或异体字等。"①黄氏一文对《楚辞通释》的训诂特点分析得较为全面,有借鉴作用。从王夫之训诂特点的研究综述可看出,相关学者们对王夫之《楚辞通释》的训诂特点研究文章少之又少,此类文章只是对《楚辞通释》的训诂特点进行了举例式分析,并没有深入挖掘当时社会原因及当时学术思潮影响。并且对王夫之思想及著述、传统训诂学以及当今"楚辞学"的构建的深入研究有待进一步梳理与探讨。

(七)王夫之与楚文化研究

《楚辞》是一部具有楚地特色的文学作品,它"书楚语,作楚声,纪楚地,名楚物",楚地的民俗民风,与北方各地的民俗民风相比,是很有特点的。这样给学者们提供探究楚国民间文化和地方习俗的空间。由于王夫之与屈子同处沅湘之地,详知楚之地理和楚之风俗,《楚辞通释》的研究很大程度上记录了他对楚地民俗民风的研究成果。

罗锡冬的《王夫之与楚俗文化》一文分别从楚民的衣食居游文化,古楚祭祀卜筮古楚文化,神话乐舞文化三方面,详细地论述了王夫之在剖析《楚辞》涉及的民俗民风时从容不迫,游刃有余。《楚辞》中的种种古楚俗文化的难解之谜,王夫之像是找到了一把开迷宫的钥匙,注释得精湛、到位。他的《楚辞通释》完全可以作为我们涉足古楚民间文化与习俗研究的导引。

四、王夫之楚辞学理论的研究

(一)王夫之屈原论的研究

屈原是我国第一位爱国主义诗人,自他而始形成了中国文学的爱国主义传统。但在历史上对屈原的认识和评价有一个过程,不少人对屈原有所误解,还有些人将屈原的为文和为人割裂开来。

王夫之研究屈原思想品质达到了新的高度。章自福《王船山论屈原》一文总结为:

---

① 黄建荣,《略论王夫之〈楚辞通释〉的字词注释特色》,《衡阳师范学院学报(社会科学版)》2004年第1期。

"王船山认为,屈原之死绝非偶然,而是其爱国思想发展的必然所致。"并对王船山进而探讨屈原爱国思想形成的各种因素总结为:"王船山分析屈原爱国思想形成的因素有四个方面:第一,从屈原的身份看,他是楚国宗室之亲;第二,屈原非常重视自身品德的修养,常自言其'内美'、'修能',就是自身长期培养出来的。第三,屈原政治上失势后,两度被放逐,使他有机会接近人民。王船山注意到屈原同苦难人民在一起,从而加重了屈原对国事糜烂的忧虑和对苦难人民的同情。第四,王船山还注意到地域环境的迁徙对屈原思想的影响。"章氏在论述王船山颂扬屈原爱国思想的特定内涵、思想深度和历史特点时分别从这几方面加以论述:"第一,屈原认为自己的楚国有能力完成统一天下的事业,并为此而奋斗不息。王船山这一特见,可谓发历代屈原研究者之所未发。第二,强烈的忧患意识,是屈原爱国思想的重要部分。第三,执着地追求理想,至死不渝的斗争精神,是屈原最可宝贵的性格。"①章氏还论及了"王船山对屈原的评价还表现在他对《楚辞》篇目的选择上。"由章氏一文可以看出,作者对王船山关于屈原的爱国主义思想的论述比较充分,但疏于联系王船山的时代背景、个人经历及思想方面的研究。

(二)王夫之对屈原忠怨观的研究

王夫之《通释·序例》中云"蔽屈子一言曰'忠'。而《七谏》以下,悻悻然如息夫躬之涓庆,孟郊之雄凝,伎人之憎矣。允哉,朱子删之。而或以此诬《骚经》、《九章》弥天亘地之忧,为患失尤人之恨,何其陋也!"②这是王夫之对屈原思想评价的大纲,他将屈子的一切行为和情感都纳入"忠"的范畴给予了高度的评价。王夫之在评议屈原的"忠"时有其自己的真知灼见。

王船山对朱熹的"过于忠"论似乎格外反感,以至于置众多的非屈之词于不顾,单挑朱子论战,在《楚辞通释》中不仅提出了"蔽屈子以一言曰忠"的总体论断,而且三次分别在《楚辞通释·离骚经》之卷首、《通释·离骚经》之尾评和《楚辞通释·九昭》评《扁志》中就"过于忠"论与朱直接交锋。

赵明玉硕士论文《宋清楚辞学的连续与转型》中的《楚辞通释》对"千古独绝之忠"所论分别从"一、屈子之忠,在于忠于国家,忠于人民而非君主一人而已。二、坚持理想信念,至死不亏其节"两个方面来分析,赵氏又进而对王夫之从多方面多层次进行论述而揭示屈原的"千古独绝之忠",总结为:"一、深入文意,揭示屈原忠君爱国情感的内心冲突和发展历程。二、从"知人论世"的方法入手,揭示屈原爱国思想的多重因素。三、一皆以'忧国'、'忧民'为旨归,给屈子之'怨'定位。③ 曾也鲁在《王船山与〈离骚〉》一文以《离

---

① 章自福,《王船山论屈原》,《船山学报》1988年增刊第11期。
② 王夫之,《楚辞通释》,上海人民出版社1975年版,第3-4页。
③ 赵明玉,《宋清楚辞学的连续与转型》,南昌大学2008年硕士学位论文。

骚》为依据,分别从船山对《楚辞通释》宗"经"尊"子"的态度,对屈原"忠"的评价。

杨兴华《王船山数责朱熹"过于忠"论的原因探究》一文:"王船山对给予屈原以相对好评的朱熹耿耿于怀,在《楚辞通释》中多次责难朱熹的"过于忠"论。究其原因,是因为《楚辞通释》的创作目的在于传承蕴含于楚辞之中的刚烈雄健的文化精神,以号召救亡图存运动;朱熹"过于忠"论所倡导的儒雅温驯的文化精神,与船山的文化精神取向和《楚辞通释》的创作意图相左。"①

五、王夫之与其他楚辞学者比较研究

在清代《楚辞》研究著作中,王夫之《楚辞通释》被认为是鼎足之作。将王夫之楚辞学与前后学者的楚辞学进行比较研究,一方面更可以较为清楚地呈现出王夫之研究楚辞的独特之处,另一方面通过比较研究也可以看出其他楚学者的特点与成绩,以便了解楚辞学的发展历程与转变动态。

赵明玉的《宋清楚辞学的连续与转型》一文是通过《楚辞通释》序例所交代的要注释的指导思想、对屈赋内容的理解、对屈赋艺术的分析以及具体注释办法等来以此作参照点,反观《楚辞集注》去发现朱熹也有类似的论述。赵氏从(1)篇目选择与注释体例;(2)对屈原思想的阐发;(3)对屈赋内容的解析;(4)注释特色的比较;(5)对楚辞艺术的观照这五个方面对朱熹《楚辞集注》和王夫之《楚辞通释》进行比较分析,总结为:"在选篇与训释体例上,由于二者对屈赋'忠贞'情性的体认不同,对'屈赋之遗风'的理解不同,故其选篇也有差异;在对屈赋内容解析上,朱子亦以儒家学说为规范,重对义理的阐释,对不合义理的成分横加删削或改易;王夫之则儒道兼释,即文就事,拓展了屈赋的思想及艺术内涵,表现出一个思想启蒙者的通融,故而二人对重点论述的篇目也会有所不同。在注释特色与对屈骚艺术的理解上,朱熹仿注《诗经》之例,重义理而不废考据,重理性而轻奇幻,用'赋、比、兴'之说解读屈赋艺术;王夫之则打破了这种依托经典的诠释模式,随文赋意,释评交融,以'情与景'、'言、象、意'等诗学范畴的概念论述屈骚艺术。由此可以看出,屈赋经过朱熹、王夫之等人的努力,正一步步变得更富魅力,而屈子形象也越来越完美。"②黄巧玲的《王夫之〈楚辞通释〉与王逸注之比较》一文中通过以王夫之对《楚辞通释》的训释独到之处与王逸《楚辞章句》的训释特点比较,进行较为详细的论述,其总结为:"我们将王夫之《楚辞通释》的数则训释与权威性的王逸注作了比较,可以看出王逸由于过分拘泥于传统造成诗意的游离,王夫之能在深刻体会的基础上进行训释,这是他在

---

① 杨兴华,《王船山数责朱熹"过于忠"论的原因探究》,《衡阳师范学院学报》2012年第1期。
② 赵明玉,《宋清楚辞学的连续与转型》,南昌大学2008年硕士学位论文。

《楚辞》研究上超越前人的地方。"①

至目前为止,据本人统计,关于王夫之与其他楚辞学者比较方面的研究成果相对来说为数很少。王夫之对《楚辞》注释的方法及特点是值得后人学习与研究的。因此我们不仅要吸收王夫之的研究成果,也要学习他的研究精神,在前人卓有成就的基础上不断发现创获以弥补之不足。

六、王夫之思想研究

王夫之,继承和发挥了张载"太虚即气"、"一物两体"的思想,提出了"理在气中,气非理,气在空中,空非无气,通一无二"的理气一元论,(《船山遗书·读四书大全说·卷十》)形成了朴素的唯物主义哲学思想。贯穿于其思想中的显著特点是对于各思想学派的严肃批判精神,他对程朱学派及陆王学派,都进行了比较深刻的解剖和尖锐的批判。其哲学思想,可以说是宋明哲学的批判与总结,达到了中国古代哲学的高峰。他在中国近代思想史上的地位,可以说是宗师横渠,修正程朱,反对陆王。其学术立场为:批斥佛老,反对陆王,参伍程朱,宗师周张。或者说他的学术风格是否定陆王,批判佛老,改造程朱;淹贯经史,扬弃百家,推陈出新。② 即他在哲学、思想、学术等方面都对前人有所继承与批判,突出表现了一个"合"的特点。

刘文英的《从〈楚辞通释·天问篇〉看王夫之的哲学》认为,透过王夫之的《楚辞通释·天问篇》,人们可以从另一个侧面,考察其唯物主义的哲学思想。由于《天问》本身涉及的问题非常广泛,《通释·天问篇》在某种程度上可以看作王夫之其他哲学著作的补充,因此它在哲学史上也有重要的价值。《天问》对许多怪异传说进行了尖锐的抨击。王夫之发挥了屈原这种反对神秘主义和探索真理的科学精神,对许多怪异传说极力做出唯物主义的解释。《天问》一开始提出"遂古之初"的问题,诗人一个劲地问:"谁传道之?""何由考之?""谁能极之?""何以识之?"这种问难的口气,表明屈原对所谓"遂古之初"的说法的否定。夫之对"遂古之初"的否定,不但是因为此说无所征验而且同他关于气有聚散而无"生灭"的观点联系在一起。《通释·天问篇》主要是从认识论的角度进行分析,《正蒙注太和篇》则从物质(气)的永恒性来进行论证。对于有关"天地幽明"问题,《天问》所反映的主要是元气混沌演化的思想,王夫之的解释则主要是他的绲缊生化论。《天问》"阴阳三合"本指阴阳二气的交错成合。夫之不知此"三"当读作"参",而谓"三合,阴也,阳也,冲气也"。但是,夫之所谓"冲气",并非阴阳之外别有一气,同样是讲"太和细缊之

---

① 黄巧玲,《王夫之〈楚辞通释〉与王逸注之比较》,《甘肃高师学报》2010 年第 6 期。
② 刘春建,《王夫之学行系年》,中州古籍出版社 1989 年版,第 3 页。

体合于一气",而阴阳具于其中。① 刘文英在《从〈楚辞通释·天问篇〉看王夫之的哲学》一文中将《天问篇》中所提出的"遂古之初"、"天地幽明"、"阴阳三合"三个问题王夫之持否定态度,并用哲学的观点进行解释。虽然刘文英也对王夫之关于"君臣"观点加以论述,由于这个观点对几千年宗法传统的观点有所冲击,王夫之最后还是没能冲决这种传统的藩篱,但他的这种思想是难能可贵的。此篇论文作者只是对《天问》的几个问题用王夫之的哲学思想加以阐释,并没有较多地利用王夫之哲学著作和思想进行深入挖掘其哲学思想之精髓。毕竟《天问》篇幅较长,有好多问题有待用王夫之的哲学思想加以分析、考量。

已有的研究在王夫之楚辞学思想研究方面比较薄弱,专门的研究不是很多,已有的研究中只是提及,或与其他研究夹杂在一起。因此将王夫之《楚辞通释》作为王夫之其他思想的组成部分去挖掘王夫之研究《楚辞》的学术思想的研究有待完善。

综上所述我们可以看出,近年来对王夫之《楚辞通释》研究无论在广度和深度上都取得了一定的成就。在研究中,学者们都认识到王夫之的《楚辞通释》富有创见的特点,并在中国楚辞学史上占有重要地位。但对于王夫之《楚辞通释》研究还有着广阔的前景。在考察已有的研究成果基础上,对王夫之《楚辞通释》研究的不足是显而易见的:

第一,从《楚辞通释》的研究成果来看,缺乏理论深度和论述力度。据笔者所知,在前人的研究成果中,多是杂糅前人观点,在理论与思想方面没有新意和创见。

第二,已有研究大多数只是专注分析王夫之对待屈原及楚辞的感同身受心理,把王夫之对屈骚的肯定及分析屈原理论简单化了。未能深入发掘王夫之个体生命,思想倾向去论述屈骚和分析屈原。

第三,对王夫之楚辞学理论研究不够。王夫之有着自己独特的楚辞理论,包括著书特色、文学主张及文学批评理论。在已有的研究中大多只注意了王夫之对屈原爱国主义的论述。这显然是不全面的。

第四,对王夫之楚辞学中的哲学思想,政治学思想,经学思想,佛道思想挖掘得不够。

第五,从研究对象来看,已有的研究多集中在王夫之的前十二卷上,对王夫之选入江淹的作品《山中楚辞》四篇和其自作的《九昭》研究很少。

---

① 刘文英,《从〈楚辞通释·天问篇〉看王夫之的哲学》,《江汉论坛》1983 年第 6 期。

汉代楚辞注释述略

河北大学文学院 孙 光

屈原及其后学宋玉等人的作品产生于战国后期的南方楚国，但当时并没有"楚辞"的称谓，其作品是否已经集辑成书亦未可知。有学者认为是宋玉最早把屈原的《离骚》和自己的《九辩》纂辑成集，即是《楚辞》的雏形（见汤炳正先生《〈楚辞〉成书之探索》，《屈赋新探》，齐鲁书社1984年版。）虽言之成理，却未有更多的证据支持。就现在所见文献来看，作为文体之称的"楚辞"和辑为专书的《楚辞》均应起于西汉。汉兴，崇尚楚文化，称楚音乐为"楚声"，如"高祖乐楚声"；称楚舞蹈、民间歌诗为"楚舞"、"楚歌"，如"为我楚舞，吾为若楚歌"；从而在文学方面称楚人屈原的诗作为"楚辞"也就很自然了。《史记·酷吏列传》："始长史朱买臣，会稽人也，读《春秋》。庄助使人言买臣。买臣以'楚辞'与助俱幸。"朱买臣和庄助都是汉武帝时人，这是最早出现的"楚辞"名称。朱买臣是会稽人，熟悉楚辞本在情理之中。司马迁此处并未具体说明朱买臣如何因"楚辞"而受到宠幸，其所言"楚辞"，按我们今天的理解，很难说就是专书之名，更像是和楚舞、楚歌一样的用法，是"楚人辞赋"的意思，文体色彩更重一些。但《汉书·朱买臣传》载："会邑子严助贵幸，荐买臣。召见。说《春秋》、言《楚辞》，帝甚说之。"将《楚辞》和《春秋》并称，"言《楚辞》"也就和"说《春秋》"一样，是给汉武帝诵读讲说文本无疑。《汉书·王褒传》亦载："宣帝时修武帝故事，讲论六艺群书，博尽奇异之好，征能为《楚辞》九江被公，召见诵读。"这里的"楚辞"包括在"群书"之中，明显是专书之名。《汉书·朱买臣传》是承袭《史记·酷吏列传》而来，《王褒传》亦言明"修武帝故事"，显然在武帝召见朱买臣之前就已经有《楚辞》之书了，时间应该比武帝初期要早，甚至是在文、景之世。《楚辞》作为书名，并不如《四库全书总目提要》所说是"自刘向始也"，刘向的功绩在于借助以举国之力搜集来的"天下遗书"，点校整理出了当时最为完善的《楚辞》定本，并以其"权威性"而流传后世。

对楚辞作品的解说训释也开始甚早，前引《史记》、《汉书》中朱买臣为武帝所做的工作应该就包含着讲解的内容。对于楚辞这样一种地方色彩极强的文体来说，必要的注释应该是其广泛流传的过程中必不可少的。但年代久远，我们今天所见的汉代楚辞注释文献非常有限。知其姓名的注释者仅有刘安、刘向、扬雄、贾逵、班固、马融、王逸数人，除王逸《楚辞章句》为完整注本外，其余各人的注释成果多者仅传片段残句，少者甚至只字无存。另外，还有一些姓名不可考的注释者，所注内容在《楚辞章句》所引的一些旧注中有些许存留。

一、刘安

刘安(前179—前122),汉高祖刘邦之孙,淮南厉王刘长之子。文帝时袭父封为淮南王,都于寿春。《汉书·淮南王传》称其"为人好书",又"招致宾客方术之士数千人"著书,在淮南形成了一个规模庞大的文化学术集团,《淮南子》即是这一集团的集体智慧结晶,在汉代思想史上占有重要地位。寿春是楚故都,有着浓厚的楚文化氛围,深受楚文化熏陶的淮南王集团在文学创作和楚辞的研习上也取得了斐然的成就。《汉书·艺文志》著录"淮南王赋八十二篇","淮南王群臣赋四十四篇",都归于"屈原赋之属",其中刘向辑本中收录的淮南小山之《招隐士》情辞并貌,是一篇优秀的拟骚体佳作。刘安之赋今只传《艺文类聚》与《初学记》诸书中所保留的《屏风赋》一篇,未见为佳。奠定刘安在楚辞学史上地位的,是他的《离骚传》,这是有文献可考的最早的楚辞注释之作。

据《汉书·淮南王传》载:

> 时武帝方好艺文,以安属为诸父,辩博善为文辞,甚尊重之。……初,安入朝,献所作《内篇》,新出,上爱秘之。使为《离骚传》,旦受诏,日食时上。

考之《史记·淮南衡山列传》,刘安在汉武帝初即位的建元二年(前139)入朝,则献《离骚传》之事上距屈原投江一百多年。刘安所献之作的名称,史料记载却并不相同。王逸《楚辞章句序》云:

> 至于孝武帝,恢廓道训,使淮南王安作《离骚经章句》,则大义粲然。后世雄俊,莫不瞻慕,舒肆妙虑,缵述其辞。

此外,荀悦《汉纪·孝武皇帝纪》和高诱《淮南子叙》称之为《离骚赋》,刘勰《文心雕龙》则"传"、"赋"并用。孰是孰非,学者多有讨论,比较一致的意见是仍以班固所记为准,称"赋"者乃因"传"误为"傅"进而讹传傅会为"赋"而致,(郭沫若《评〈离骚〉的作者》,见《光明日报》1951年5月26日)而王逸则"殆以刘安的《离骚传》与自己的《楚辞章句》体例相近,故即以《离骚经章句》名之。"(汤炳正《楚辞类稿》,巴蜀书社1988年版。)"传"与"章句"均为解经之体,在训解阐发经义上是一致的,王逸在《序》中称班固、贾逵所作亦均为《离骚经章句》,可以猜测他大概是把"章句"作为了一切训解注释《离骚》之文的总名。

《离骚传》全文已佚,存留文字见于班固《离骚序》:

> 昔在孝武，博览古文。淮南王叙《离骚传》，以《国风》好色而不淫，《小雅》怨悱而不乱，若《离骚》者，可谓兼之。蝉蜕浊秽之中，浮游尘埃之外，皭然泥而不滓，推此志，虽与日月争光可也。斯论似过其真。又说：五子以失家巷，谓五子胥也。及至羿、浇、少康、贰姚、有娀佚女，皆各以所识有所增损，然犹未得其正也。

所谓"《国风》好色而不淫……虽与日月争光可也"一段为总体评论，这段文字来源于《史记·屈原列传》，班固认为是刘安《离骚传》中的话，《文心雕龙·辨骚》与之看法相同。他们的观点引发了学者对《史记·屈原列传》部分文字归属的质疑，最多者如汤炳正先生考证认为有两大段共计四百余字的内容为刘安《离骚传》所有，亦有学者持稳妥之论，只以班固所引为确。（戴志钧《〈离骚传〉存留文字考辨》，见《论骚二集》，黑龙江教育出版社1990年11月版。）笔者不主张对古人之作大动刀斧，故以戴志钧先生观点为据而论之。

从班固引文可以看出，《离骚传》是有叙论有注解的，叙论的内容分两个部分：一是对《离骚》的评价，依据的标准是儒家诗教，认为其兼具《风》、《雅》的中和之美，将其提到了可以与儒家经典并列的地位。他的观点在后世引起争议，但无论是班固的反对还是王逸的赞同，都说明了刘安开创的这种以《诗》评《骚》的标准对于封建社会的楚辞研究有着极为深远的影响。对楚辞中"怨悱"之情的承认和把握也给了司马迁等人以很大的启迪。

叙论的另一方面内容是对屈原人格精神的高度评价，认为屈原品行高洁，志向崇高，虽处浊世而超尘拔俗，可与日月争辉。这一段所用的语言值得注意，所谓"蝉蜕浊秽"、"浮游尘埃"云云，具有很明显的道家思想色彩，和《淮南子》中部分言论可相互辉映。如《精神》论"至人""抱素守精，蝉蜕蛇解，游于太清，轻举独往，忽然入冥"；《修务》云"圣人"、"君子""逍遥仿佯于尘垢之外，超然独立，卓然离世"，等等。

很短的一段评论却兼容了儒、道两家的标准，其中原因恐怕与当时的思想文化氛围和《离骚传》是"奉诏"而作有关。如前所言，刘安身在楚地，对楚辞甚为喜爱并有相当造诣，当同样喜好楚辞的君主要其为之作传的时候，他以儒家诗教为标准的大力赞赏既符合当时的主流思想，也迎合了君主的爱好心理，是两全其美的选择。而道家思想本就在西汉前期盛行，亦为刘安个人所服膺秉持，应该说是他所认为的高度评价屈子精神的最恰切准则了。

班固所引的《离骚传》注解部分内容非常少，只是"五子"、"羿"、"浇"、"少康"、"贰姚"、"有娀佚女"几个人名，我们很难据以判断刘安注解的实际情况和价值。有学者参照《淮南子》的有关记载来分析刘安招致班固批评的原因，如李大明先生刘安是以伍子胥之事解释"五子用失乎家巷"、混淆了尧时羿和夏时羿等等，（见李大明《汉楚辞学史》，中国社会科学出版社2004年版。)虽属猜测亦平实有据。但还可以换个角度来看这个问题,这几个人名除了"五子"之外,在《离骚》之中虽然有历史的意义,却也关乎神话传说,联系班固对楚辞神话素材的严厉批评态度,以及刘安本人的道家思想倾向和所受的楚文化熏陶,我们是不是也可以猜测是因为刘安对《离骚》中神话传说的阐释发挥与班固的正统思想相抵触才招致其批评呢?

二、刘向、扬雄

刘向(前79—前8),字子政,亦为汉室宗亲,楚元王孙,西汉著名目录学家、文学家,成帝时奉诏校书,十六卷本《楚辞》就是由他辑校而成的,为后世历代注家所本。

扬雄(前53—前18),字子云,蜀郡成都人。历成、哀、平三世,晚年事王莽,亦未为大用。《汉书·扬雄传》引其《自序》云:

> 又怪屈原文过相如,至不容,作《离骚》,自投江而死。悲其文,读之未尝不流涕也。以为君子得时则大行,不得时则龙蛇,遇不遇命也,何必沉身哉! 乃作书,往往摭《离骚》文而反之,自岷山投诸江流以吊屈原,名曰《反离骚》。又旁《离骚》作重一篇,名曰《广骚》。又旁《惜诵》以下至《怀沙》一卷,名曰《畔牢愁》。

从中可以看出扬雄对屈原和楚辞给予了相当多的关注,在《反离骚》中,扬雄将屈原比为"凤凰"、"骐骥",对其遭遇充满同情和愤慨,还认为《离骚》"体同诗雅"。这些观点与刘安、司马迁有相同之处。但扬雄又认为人生应当随遇而安,进退与否,都应视"时"与"命"而定,"时"与"命"是注定的天数,人力无法改变而只能顺从。从这样的人生态度出发,扬雄对屈原沉江自杀的行为完全予以否定。自杀是屈原平生最大关节,它涉及对屈原个性、人格、理想的评价。相比于贾谊"历九州而相其君兮,何必怀此都也"(《吊屈原赋》)的规劝、司马迁"以彼其材,游诸侯,何国不容? 而自令若是"(《史记·屈原贾生列传》)的惋惜,扬雄的态度更为激切、偏执,甚至以与世沉浮代替贾谊、司马迁清白远逝的建议。以这种全身远祸、回避矛盾的思想来要求屈原,不能不说是对屈原人格和作品的曲解,但是,联系扬雄自身的遭遇,这种曲解在某种程度上也可以认为是他从自己的人生态度出发,对自己所同情的先贤的一种期望,期望屈原亦得以避祸,仔细品味,这期望中也似乎蕴含着他对自己行为些微的悔意和辩解。但总体来说,他并没有真正理解屈原和楚辞,而是以自己的人生价值观为标准来要求和否定屈原,种种误解自然难免。这也招致了从洪兴祖到朱熹等人的严厉批判。

刘向和扬雄都曾注楚辞，事见王逸《楚辞章句·天问后序》：

> 昔屈原所作，凡二十五篇，世相教传，而莫能说《天问》，以其文义不次，又多奇怪之事。自太史公口论道之，多所不逮。至于刘向、扬雄，援引传记以解说之，亦不能详悉。所阙者众，曰无闻焉。

可知司马迁曾口头讲说《天问》，而刘向和扬雄也都曾注解，王逸说他们采用的是"援引传记"（洪补曰：一作经传）的方法，也就是以经书和史事来解说，这符合他们的正统思想观念，王逸虽批评他们"所阙者众"，有所疏漏，但其《楚辞章句》在注释《天问》时也是基本采用了他们的方法的。

三、贾逵、班固、马融

贾逵（30—101），字景伯，扶风平陵人。东汉前期著名学者，曾与班固并校秘书。《楚辞章句·离骚序》云：

孝章即位，深弘道艺，而班固、贾逵复以所见改易前疑，各作《离骚经章句》。其余十五卷，阙而不说。又以"壮"为"状"，义多乖异，事不要括。

可知二人是在汉章帝"深弘道艺"的文化政策指导下各自注解了《离骚》，注文皆已佚，除被王逸批评的"以壮为状"的注释外，贾逵注释仅存两条：《说文·女部》："媭，女字也。《楚辞》曰：'女媭之婵媛'，贾侍中说：'楚人谓姊曰媭。'"又《离骚》"羿淫游以佚畋兮"句，洪补引贾逵云："羿之先祖也，为先王射官。帝喾时有羿，尧时亦有羿，羿是善射之号。此羿，商时诸侯，有穷后也。"

班固（32—92），字孟坚，扶风安陵人，东汉前期著名史学家、文学家。班固的《楚辞经章句》亦有序有注。注文仅存两条：《文选》卷五《吴都赋》"翼飓风之飓"句，刘渊林注云："《离骚》曰：'溢飓风兮上征'，班固曰：'飓，疾也。'"又《魏都赋》"下畹高堂"句注："班固曰：畹，三十亩也。《离骚》曰：既滋兰之九畹。"较之于残存注释，班固留下的两篇序文全面反映了他的楚辞观，在楚辞学史上有重要价值。

班固对屈原的评价前后有不一致之处，在其《汉书·艺文志》中，他称屈原为"贤人"，认为屈原作品是"贤人失志之赋"，"有恻隐古诗之意"。而其后期观点比较激烈，是持批评意见的，直接针对刘安而发。他在《离骚经章句序》中征引了刘安"与日月争光"的观点后说："斯论似过其真。"因为"君子道穷，命矣。故潜龙不见是而无闷。《关雎》哀周道而不伤。蘧瑗持可怀之智，宁武保如愚之性，咸以全命避害，不受世患。故《大雅》曰：'既明且哲，以保其身。'斯为贵矣。"《周易·乾卦》有"潜龙勿用"，《文言》释曰："龙，德而隐者也。不易世,不成名,遁世无闷,不见是而无闷。乐则行之,忧则违之,确乎其不可拔,潜龙也。"指有德行的人遁世隐居而没有苦闷。孔子论《关雎》曰"哀而不伤",认为其保持了一定的感情克制,符合温柔敦厚的中庸标准。蘧瑗、宁武都出于《论语》。《论语·公冶长》载孔子曰:"宁武子,邦有道,则知;邦无道,则愚。其知可及也,其愚不可及也。"《卫灵公》篇载孔子曰:"君子哉蘧伯玉!邦有道,则仕;邦无道,则可卷而怀之。"蘧瑗在卫献公、殇公之际两次逃避了政治祸患,因此得到孔子的称赞。班固认为他们和《大雅·烝民》赞美的仲山甫一样都是能够全命避害、明哲保身而不受世患的有德之人。班固总结了儒家人生观中固穷认命、面对乱世而规避之的消极一面加以提倡,并以此来衡量屈原:"今若屈原,露才扬己,竞乎危国群小之间,以离谗贼。然责数怀王,怨恶椒兰,愁神苦思,强非其人,忿怼不容,沉江而死,亦贬絜狂狷景行之士。多称昆仑、冥婚、宓妃虚无之语,皆非法度之政,经义所载。谓之兼《诗》风雅,而与日月争光,过矣!"屈原在险恶的环境之中,不致力于自身保护,反而张扬自我,导致矛盾激化,最终不容于世。由此班固将屈原定位于"贬絜狂狷景行之士"。贬絜,即过分的、病态的修洁;狂狷,狂者进取,狷者有所不为,指屈原人生态度偏激,不符合儒家的中庸思想;景行,即明行,指屈原行为方式的夸张、放大。总之,屈原的人格与儒家标准相去甚远,根本称不上"与日月争光"。对刘安关于《离骚》体兼《风》《雅》的观点,班固也提出了异议。他避开了"美刺"一类诗学问题的辩论,指出其中一些素材(主要是神话部分)不符合经传,从另一个角度否定了屈原作品。这样,从人格的严厉批判到创作的题材指责,班固以儒家思想为武器,推翻了刘安对屈原的高度评价。

马融(79—166),字季长,扶风茂陵人,博通经籍,曾与王逸同在东观校书。《后汉书》本传称其注《离骚》,今已佚。钱杲之《离骚集传》"巫咸将夕降兮,怀椒糈而要之"句注有"马融云:名咸,殷之巫也。"《湘君》"遗余佩兮醴浦",洪补:孔安国、马融、王肃皆以醴为水名。《大招》"鸿鹄弋遊,曼鹔鹴只"句洪补:"马融曰:'其羽如纨,高首而修颈。'"据此可猜测马融或许亦注过其他篇目。

四、《楚辞章句》所引旧注

《楚辞章句》是王逸在东观校书时期完成的,所以有机会见到在当时物质条件限制下民间难得一见的楚辞版本和注本,他说自己是以"所识所知,稽之旧章"而作的《章句》,前述刘安、刘向、班固、扬雄、贾逵等人的注释,都是《章句》中提到的。除此之外,《章句》中还保存了其他一些王逸所见的不同的版本和注释信息,一般以"一云"、"一作"、"一本"、"一曰"、"或曰"等方式来体现。"一云"、"一作"和"一本"多和原文有关,用来表示相异的版本,如《离骚》"聊逍遥以相羊"句,注云:"逍遥,一作须臾。羊,一作佯。"《九歌·东君》"杳冥冥兮以东行"句,注云:"一云:翔杳冥兮。一无'以'字。"《九歌·河伯》"乘水车兮荷盖,驾两龙兮骖螭"句,注云:"一本'螭'上有'白'字。"大体上,"一作"用于单独的字词;"一云"用于语序的改变;"一本"用于字词的增减。

有关注解的异文较少,多以"一曰"、"或曰"、"或云"等形式体现,如《离骚》"吾令丰隆乘云兮"句,注云:"丰隆,云师,一曰雷师。下注同。"在《章句》中有此类信息有七十余条,但由于《章句》以及洪氏的《补注》本在长期的流传和刊刻过程中难免会窜入他人的训释内容,已非最初的面貌,我们也就不能简单地断定这些信息都属于王逸之前的旧本旧注,需仔细考索、谨慎判断。如《离骚》"謇吾法夫前修兮,非世俗之所服。"王注:"言我忠信謇謇者,乃上法前世远贤,固非今时俗人之所服行也。一云:謇,难也。言己服饰虽为难法,我仿前贤以自修洁,非本今世俗人之所服佩。"《文选》謇作蹇,世作时。五臣云:蹇,难也。前修,谓前代修习道德之人。服,用也。言我所以遭难者,吾法前修道德之人,故不为代俗所用。洪补:"謇,又训难易之难,非蹇难之字也。世所传《楚辞》,惟王逸本最古,凡诸本异同,皆当以此为正。又李善注本有以世为时为代,以民为人之类,皆避唐讳,当从旧本。"从洪氏的辨析中可以看出,解为"难"的说法非王注旧本原有。再如"阽余身而危死兮"句王注:"阽,犹危也。或云:阽,近也。言己尽忠,近于危殆。"下句"览余初其犹未悔",王注:"言己正言危行,身将死亡,上观初世伏节之贤士,我志所乐,终不悔恨也。"上下两注一致,当是王氏引前人旧注。

这些旧注在时间上早于《楚辞章句》,不仅在训诂和文意的疏解上体现了王逸之前汉代学者的成就,更传递了楚辞注释和研究中蕴含的时代气息,因而具有重要的文献价值。

五、王逸《楚辞章句》

经过三百余年的发展,汉代的楚辞研究到东汉后期安帝、顺帝时期,已经取得了很大的成就,不仅有大批的拟骚体作品出现,关于楚辞文本的训解、屈原思想的评价也都已经形成了规模。王逸就是在吸取前人成果的基础上,加以拓展和提升,撰成了《楚辞章句》,成为汉代楚辞研究和注释的最高峰。

王逸(约公元89—158),字叔师,南郡宜城(今湖北宜城)人。宜城本为春秋时罗国之地,楚迁罗于江南,以其地有鄀水,名之曰鄀。鄀南距郢二百余里,为楚都屏蔽。《史记·楚世家集解》引杜预谓"鄀"为"襄阳宜城县"。宜城与秭归,汉时同属南郡。刘昭注引《荆州记》云:"县北一百里有屈平故宅。"则王逸与屈原为近邻;《水经注》卷二八又云:"城南有宋玉宅。"则王逸又与宋玉为同乡。

据《后汉书·文苑传》,汉安帝元初年间,王逸"举上计吏"。据蒋天枢先生考证,王逸刚到京师不久,即以才识而特荐"留拜"校书郎,校书于洛阳南宫的东观。(蒋天枢《〈后汉书·王逸传〉考释》，见《楚辞论文集》，陕西人民出版社1982年版，第197页。）

　　章帝、和帝之后，东观藏书最为丰富，《后汉书·窦章传》云："永初中，学者称东观为老氏藏室，道家蓬莱山。"有关王逸在东观的工作，史无明文，蒋天枢先生认为其参与了《东观汉纪》的撰修。（蒋天枢《〈后汉书·王逸传〉考释》，见《楚辞论文集》，陕西人民出版社1982年版，第202页。）《隋书·经籍志·楚辞》下题"后汉校书郎王逸注"，与今传明嘉靖刊《楚辞补注》相同。但《补注》又云："一本云校书郎中"。"校书郎中"高于"校书郎"，可能因撰《楚辞章句》而升迁。本传又谓其"顺帝时，为侍中"，唐写本《文选集注·离骚注》引陆善经云："后为豫章太守。"明张溥辑《汉魏六朝百三名家集》中《王叔师集》所录《折武论》残句下注云："《北堂书钞》载王逸《临豫州教》云：'举遗逸于山薮，黜奸邪于邦国。'"因疑其又曾官豫州。王逸为太守，应在顺帝后期，则其一生至少经历和、安、顺三朝，已近东汉末期。

　　关于王逸著述，本传云："其赋、诔、书、论及杂文，凡二十一篇。又作汉诗百二十三篇。"《隋书·经籍志四》集部"后汉南郡太守《马融集》"下附注云："梁有《王逸集》二卷，录一卷，亡。"《经籍志三》王符《潜夫论》下附注云："梁有王逸《正部论》八卷，亡。"可知王逸之作仅有《楚辞章句》一种留存。

　　《楚辞章句》的成书时间，合理的推测，应是在安帝元初中，即王逸校书东观期间。只有在此时，他才有便利的条件收集关于楚辞的全部资料，特别是普通人不易看到的皇室收藏资料。其《章句·离骚经后序》云：

　　至于孝武帝，恢廓道训，使淮南王安作《离骚经章句》，则大义粲然。……逮至刘向，典校经书，分为十六卷。孝章即位，深弘道艺，而班固、贾逵复以所见改易前疑，各作《离骚经章句》。其余十五卷，阙而不说。又以壮为状，义多乖异，事不要括。

　　这里谈到的刘安、班固、贾逵所著《离骚经章句》，《汉书·艺文志》和《隋书·经籍志》均不见著录。由于几人都是奉命而作，其成果自然是进奉朝廷的。特别是班固、贾逵作古未久，其书未见有流传于社会的记载。而从王逸的语气来看，他所见到的上述著述应是作者呈上的原作，只有在东观才有此机会。姚振宗《隋书·经籍志考证》云："王逸《自序》称臣，则当时尝进于朝。"唐司马贞《史记集解序·索隐》云："称臣者，以其职典秘书故也。"当指其为校书郎而言。今传明嘉靖翻宋刻本《楚辞章句》卷一至十六皆题"校书郎臣王逸上"，也可证其书是进呈朝廷的。安帝建光元年（121）三月，"志在典籍"的邓太后卒。此后，"安帝览政，薄于艺文"，文化政策发生了变化。以此推测，《楚辞章句》的撰修，应在入东观的元初二年至邓太后卒时的建光元年这一段总计七年的校书郎任内最为可能。

　　《楚辞章句》是现存最早的完整楚辞注本。今本共十七卷，古今学者公认是以刘向辑录的十六卷本为底本的。由于王逸在《离骚》的后序中亦自言"作十六卷章句"，而《九思》又是自作自注,故有研究者疑为后人增补。洪兴祖便认为"逸不应自为注解,恐其子延寿之徒为之尔。"(《补注·九思》,《楚辞补注》第 314 页。)陈振孙《直斋书录解题》持相同看法。姚振宗《隋书·经籍志考证》更进一步猜测云:"其十六卷本,《自序》言之甚明,是为经进本。其十七卷者,盖私家别行本也。"蒋天枢先生对此加以补充:

今本《楚辞》第十七卷《九思》之前,题'汉侍中南郡王逸叔师作',与前十六卷题署不同。……倘《九思》确作于官侍中之后,则后来出任外官时私自附入。亦可能出于王延寿所补。(见蒋天枢《后汉书·王逸传考释》,《楚辞论文集》,陕西人民出版社1982年版,第 201 页。)

而且,"其第十七卷《章句》中文体尤不纯,词意间与前十六卷亦不类,或附入《九思》后其他人为之注邪?"(蒋天枢《论〈楚辞章句〉》,《楚辞论文集》,陕西人民出版社1982年版,第 217 页。)在编目次序上,《章句》也有争议。洪兴祖在目录每一篇下所补的《释文》编次除《离骚》外,都与今本不同,特别是《九辩》。洪氏注《九辩》云:"今本《九辩》第八,而《释文》以为第二。"而《章句》在卷四《九章·哀郢》"美超远而逾迈"句下注云:"此句解于《九辩》之中。"据此则《九辩》应原在《九章》之前。朱熹猜测:"盖《释文》乃依古本,而后人始以作者先后次叙之,然不言其何时人也。今按天圣十年陈说之序,以为旧本篇第混并,首尾差互,乃考其人之先后,重定其篇。然则今本说之所定也欤?"(《辩证·目录》,《楚辞集注》第 168 页。)《九辩》的作者是宋玉,其时在屈原之后,不应列于屈作之中造成"混并",故今本将其抽出置于卷八。不论朱子的揣测准确程度如何,可以肯定的是,至少从宋代开始,《章句》篇目次序已非王氏原貌,是经过后人重新编订了的。

"章句"源于西汉今文经学,本是一种解经之体。汉儒解经,有"故"、"故训"、"解诂"、"传"、"章句"等形式。大抵前三者以训释语言为主,"传"则诠释阐发大义,以及名物制度;"章句"则又兼取"故"、"传"之长,而自成一体。隋唐以后或统以"注"称之。"章句"之体,本在于使经文章明句显,但经学经历了西汉以来近两百年的发展,至东汉时以今文经学为代表的官方经学日益走向烦琐、支离。《汉书·夏侯胜传》有云:"胜从父子建,字长卿,自师胜及欧阳高,左右采获。又从五经诸儒间与《尚书》相出入者,牵引以次'章句'。"这种"采获"、"牵引"的后果往往是渐趋烦琐、"支叶蕃滋",发展到极致,甚至于"一经说至百万余言,大师众至千余人。"(范晔著,《后汉书·章帝纪》,中华书局1965年版,下引同。)"因陋就寡,分文析字,烦言碎辞,学者罢老且不能究其一艺。"(《汉书·儒林列传》,班固著,《汉书》,中华书局1962年版。)以至"碎义难逃,便辞巧说,破坏形体"。故当时许多有识之士,如扬雄、桓谭、班固、王充等人均不好章句。也由此引发了由繁趋简的学风变化。《汉书·儒林传·丁宽传》:"宽作《易说》三万言,训故举大义而已。今'小章句'是也。"《后汉书·张奂传》:"奂少游三辅,师事太尉朱宠,学欧阳《尚书》。初,《牟氏章句》浮辞繁多,有四十万余言,奂减为九万言。"桓荣从博士朱普学欧阳《尚书》,

受章句四十万言,"浮辞繁长,多过其实",遂减为二十三万言,其子桓郁又删定成十二万言。(《后汉书·桓荣丁鸿列传》,中华书局1965年版。)伏恭习齐诗,"省减浮辞,定为二十万言。"(《后汉书·儒林列传》,中华书局1965年版。)对严重脱离实际的繁辞冗说进行必要的清理整顿,使经学能更好地服务于思想和统治的需要,在两汉之际成了学界和官方一再提起的要求。王莽、光武帝、明帝都曾下诏减省章句。章帝更接受了士大夫的吁请,于建初四年召集官员诸儒会议于白虎观,且"亲称制临决"。(《后汉书·章帝纪》,中华书局1965年版。)大体统一了五经各派观点,形成了《白虎通》这样一部法典式的著作。此后,经学文本的典正、纯净一直为东汉王朝所关切。大儒硕学之士时常奉命典校、整理国家典藏,王逸参加的东观校书即是其中规模较大的一次。我们难以考证王逸在东观所校是何种典籍,但"整齐脱误,是正文字"(《后汉书·安帝纪》,又参见《皇后纪》、《文苑列传》,中华书局1965年版。)的总体要求是一致的。受学风转变和校书经历的积极影响,王逸使用"章句"体例来注释楚辞,兼采其训释语言与阐发大义之长而无其烦琐支离之弊,在体例上,既保留了传统特点,又有新变。

在整体结构上,《楚辞章句》由序和注两大部分组成。《序》的体例源于《诗序》。每篇都有前序,《离骚》、《天问》有前后二序,共有十九篇。关于《序》之作者,自唐以还,绝大多数学者如李善、洪兴祖、朱熹、王应麟等人均认为与注一样出自王逸之手。但晚近蒋天枢先生开始怀疑,并由此引发了研究者的争论。有人将其归于刘向,(林维纯《试论〈楚辞章句〉"序文"的作者问题》,《暨南学报》1986年第2期。)有人坚持属于王逸。(力之《〈楚辞章句〉"序文"的作者问题辨》,《钦州学刊》,1998年第13卷第1期。)认真考察序文,确实存在矛盾之处。既有序文之间的自相矛盾,如《九辩序》云:"屈原……作《九歌》、《九章》之颂,以讽谏怀王",而《离骚序》则云:"其子襄王复用谗言,迁屈原于江南。屈原放在山野,复作《九章》";也有序与注之间的矛盾,如根据《九歌》与《九章》之序,二作均写于被顷襄王放逐江南后,但注文中却有"感悟怀王,使还己也"(《湘君》)、"举与怀王,使照览也"(《抽思》)等句。这些矛盾的存在是无可否认的,但由于时代的久远和资料的缺乏,在没有新的充分证据能彻底推翻前人观点之前,我们还是采取存疑信古的态度,宁可把这些矛盾看成王逸的失误。因此本文仍将全部序文划入王逸名下一并论述。十九篇序文中,《离骚》的后序一般被认为是《楚辞章句序》,系统地论述了屈原的人格思想及其创作,并给予高度评价,概述了楚辞在汉代的流传情况,对班固等人的偏激观点一一予以批驳,阐述了自己的楚辞观,是了解王逸楚辞学的重要资料。很多研究者将其在《章句》中的作用等同于《诗大序》。前序主要用以介绍作者、写作时间、背景,以及题旨、作品特点等等。在《离骚》前序中,较为详细地叙述了屈原的生平和创作情况。其余篇章相对简略。一般以"《××》者,××之所作也"开头,点明作者归属。接着,"知人论世",介绍作者和创作背景。对屈原的情况介绍仍是重点。如"《九歌》者,屈原之所作也。昔楚南郢之邑,沅湘之间,其俗信鬼而好祠,其祠,必作歌乐鼓舞以乐诸神。屈原放逐,窜伏其域,怀忧苦毒,愁思沸郁,出见俗人祭祀之礼,歌舞之乐,其词鄙陋,因为作《九歌》之曲。"这类具体材料对后人的解读无疑是大有帮助的。最后,解释命题立意,《离骚经序》云:"离,别也。骚,愁也。经,径也。言己放逐离别,中心愁思,犹依道径,以讽谏君也。"《天问序》云:"何不言问天?天尊不可问,故曰天问也。"《九章序》云:"章,著也,明也。言己所陈忠信之道,甚著明也。"……这些序言的材料都是作者研究后的慎重选择,有很高的史料价值。这些对创作意图、思想内容的阐释实际包含着王逸自己的理解,也是我们了解王逸楚辞学观点的重要依据。尽管有人对其中的某些说法提出怀疑,但王逸所厘定的屈原生平和创作的基本线索和背景材料一直是人们阅读和理解的基础。

注是《章句》的主体,包括两种形式:训释讲疏和八字韵注。训释讲疏指那些随文释义的散体文字,或长或短,自由不拘。刘勰《文心雕龙·章句》云:"设情有宅,置言有位。宅情曰章,位言曰句。故章者,明也;句者,局也。局言者,联字以分疆;明情者,总义以包体,区畛相异,而衢路交通矣。"可见,"章句"之体要求在解释经典字词的同时还要阐发其大义。王逸做到了兼顾,基本上隔一二句作注,间或也有隔三四句以上再注或付之阙如的。具体注法是先训释字词,次诠释大义,证以事实,亦兼引异说,以广见闻。在详于训诂的同时以"言……也"的格式串讲文意。

八字韵注是《章句》中的一种特殊形式。一般随句而疏,每条八个字,以"也"字结尾,且往往押韵。如《思美人》"媒绝路阻兮"注云:"良友隔绝,道坏崩也";"言不可结而诒"注云:"秘密之语,难传诵也"。其中"崩"和"诵"是韵字。这种形式在《九章》以下的一些篇章中出现较多,甚至于成为主要的注释形式。表现出注释者加工创作的意识,可以看作是王逸冲破"章句"束缚、对文本阐释的一项创造性贡献。

王逸对屈原的评价体系就是在前人的基础上,特别是在对班固的反驳中建立起来的。可以说,王逸是在对班固的批判中系统地阐述了他对屈原人格和作品的理解和认识,确立了自己意欲确立的屈原形象。在《离骚经后序》中,王逸首先表明了自己对"人臣之义"的看法:

且人臣之义,以忠正为高,以伏节为贤。故有危言以存国,杀身以成仁。是以伍子胥不恨于浮江,比干不悔于剖心,然后忠立而行成,荣显而名著。若夫怀道以迷国,详愚而不言,颠则不能扶,危则不能安,婉娩以顺上,逡巡以避患,虽保黄耇,终寿百年,盖志士之所耻,愚夫之所贱也。

作为臣子的最高准则是"忠正"、"伏节",为此可以不惜牺牲生命。"杀身成仁",同样出自《论语·卫灵公》:"子曰:'志士仁人,无求生以害仁,有杀身以成仁。'"和后来孟子所言的"舍生取义"共同体现了"仁义"道德伦理价值的无上权威,构成了儒家积极人生观对仁人志士的最高期许。明哲保身、无道则愚和杀身成仁、宁折不弯,先师圣贤在不同情境下的不同表述形成了儒家生存方式的二元性。班固以前者的策略性要求屈原,得到的是否定的结论;王逸以后者的原则性比附屈子,生发出热烈的赞美:

> 今若屈原,膺忠贞之质,体清洁之性,直若砥矢,言若丹青,进不隐其谋,退不顾其命,此诚绝世之行,俊彦之英也。

在王逸看来,屈原的人格精神完全符合儒家最高道德伦理规范,他的沉江自杀和伯夷、叔齐不食周粟饿死首阳山一样,是"忠"和"节"的表现,并非"有求于世而怨望"。班固对屈原"露才扬己"、"竞于群小之中,怨恨怀王,讥刺椒兰,苟欲求进,强非其人,不见容纳,忿恚自沉"的种种指责,都是"亏其高明,而损其清洁者也"。

对班固认为屈原的创作异于经义的批评,王逸同样运用儒家思想予以反驳:

> 且诗人怨主刺上曰:"呜呼!小子,未知臧否,匪面命之,言提其耳!"风谏之语,于斯为切。然仲尼论之,以为大雅。引此比彼,屈原之词,优游婉顺,宁以其君不智之故,欲提携其耳乎!而论者以为"露才扬己"、"怨刺其上"、"强非其人",殆失厥中矣。

屈原之作是以忠正之性行讽谏之义,甚至其言辞较经典中的还要委婉平和得多,完全符合孔子所赞赏的"怨主刺上"的诗教原则。王逸甚至更进一步认为:

> 夫《离骚》之文,依托《五经》以立义焉:"帝高阳之苗裔",则"厥初生民,时惟姜嫄"也;"纫秋兰以为佩",则"将翱将翔,佩玉琼琚"也;"夕揽洲之宿莽",则《易》"潜龙勿用"也;"驷玉虬而乘鹥",则"时乘六龙以御天"也;"就重华而陈词",则《尚书》之谋谟也;"登昆仑而涉流沙"则《禹贡》之敷土也。

不辞辛苦地为诗句一一找到可以对应的经典,以说明《离骚》从立义到行文都与"五经"一致。王逸同样以儒家思想为依据,却在从人格到创作的各个方面都得出了完全不同于班固的结论。

《离骚经后序》是王逸评价屈原人格思想和创作精神的总的纲领,在其《章句》的注释过程中,随时随处都贯穿着这一纲领并将之进一步细化深化、延伸扩展,从而建构起一个完整系统的屈原人格思想评价体系。

王逸所确定的屈原人格和思想的核心内涵就是"忠",在《章句》中有很多与之相关的表述。《离骚经序》言:"屈原执履忠贞而被谗衺,忧心烦乱,不知所愬,乃作《离骚经》。"

则《离骚》所表达的主要内容即是"忠贞"。

司马迁发展了刘安《离骚》有《小雅》之怨的论点，将屈原创作的情感基调确定为"怨"，班固也以怨刺评骚，虽然他对此持否定态度。王逸一方面继承了刘安、司马迁的观点，另一方面又反驳班固的说法，而"讽谏"就是其把握分寸的立足点。

王逸也承认怨愤之情是屈原创作冲动的一个触发点。他认为《离骚》之作是因为"屈原执履忠贞而被谗邪，忧心烦乱，不知所愬"而作；又由于"遭时闇乱，不见省纳，不胜愤懑，遂复作《九歌》以下凡二十五篇"；《天问》之作是"以渫愤懑，舒泻愁思"，等等。这都是对司马迁"发愤著书"说的继承和发挥。但王逸并没有让这种怨愤发展为"疾痛惨怛"、呼天抢地的激烈程度，而是像他在《九章·惜诵》"惜诵以致愍兮，发愤以抒情"句下注所云："言己身虽疲病，犹发愤懑，作此辞赋，陈列利害，渫己情思，以讽谏君也。"以"优游婉顺"加以笼罩，将其疏导、归结到刘安、司马迁都提到的"讽谏"这一"忠"臣应尽的责任和义务上去，使之更符合诗教的规范和自己对屈原的形象刻画。

在屈原的诗句中，抒发的是自己执守清白、坚持自我、不辞险难的决心，但王逸之注或将其与忠言谏君对应，或与前代圣贤相附，最终的落脚点必定在"忠"上。总之，《章句》中的屈原，以"忠"为思想的基础和人格的核心。其修身以"清洁"、"仁义"为内容，"仁义"产生"忠"的需求，"清洁"是尽"忠"的保障；其行为以"讽谏"、"伏节"为表现，"讽谏"是尽"忠"的手段，"伏节"是对"忠"的坚持。无疑，这些内涵完全符合王逸极力推崇的"人臣之义"，这样的屈原是王逸以注释话语塑造的人臣楷模。

王逸为了使屈骚精神符合时代需要，对屈原所谓"过激"的言行都给予了合乎"经义"的解释，在这个过程中，不可避免地要抹杀其坚持自我的独立个性和对自我价值的追求精神。如果说班固之迂在于以儒家观点否定屈原个性精神的话，那么王逸以经学为指导的阐释结果，却是以扼杀屈骚中部分异端思想和对屈原人格进行部分修正为代价，把屈原的思想精神纳入了儒家经义的范围之内。虽结论不同，但二人同属一个话语系统。王逸根据当时社会政治和文化的需要对屈原形象的这种改塑，虽有其时代局限，但必须承认，他对屈原精神的最大首肯确实达到了前所未有的高度，从而确立了屈原和楚辞在儒家文化系统中的较高地位，也规定了后世屈原阐释和评价的基本方向。

文学自觉与楚辞学社会化

——魏晋南北朝楚辞学特色管窥

南通大学文学院　纪晓建

　　时代和文学的发展造就了魏晋南北朝成为文学的自觉时代。这一时期文学的显著特征是文人自我意识逐渐觉醒,文学感情因素和形式美受到空前重视,文学创作注重抒发主观感受,表现情趣意念,展现理想抱负,对现实进行批判等。因此,这个时代更注重和喜爱纯文学,而楚辞正是符合这种时代审美特点的文学形式。在某些方面,魏晋南北朝文学和楚辞有着惊人的相似。比如,魏晋南北朝文学具有明显的浪漫主义特色。虽然这种浪漫主义特色的形成有其时代的原因,但从文学自身看,主要是受楚辞的影响。

　　同时,由于社会政治环境的变化,魏晋南北朝之际的大部分文人,表现了与两汉文人不同的价值取向,他们崇尚老庄精神,追求随性畅达,在此社会风气的影响之下,屈原强烈的入世情怀和对政治理想执着追求的精神受到相当的冷落乃至于批评,但对其作品的热爱、推重和仿效却是空前的。因此,魏晋时期由于社会动荡以及玄学的兴起,屈原露才扬己的个性品格,屈原作品坎懔咏怀的抒情方式等均得到较大程度的强化。

　　由于文学自觉时代的来临,魏晋南北朝楚辞学呈现出社会化的突出特点,具体表现为:楚辞接受的多元化倾向明显,楚辞学习研究的全方位展开;楚辞评论凸显的审美性特色;楚辞成为文学批评的热点。在这个时期,对于楚辞与屈原,文士仰慕其才情而效其体式,民众爱其文辞而老幼诵读,学者研究整理楚辞的热情空前高涨,相关楚风楚俗日渐流行,楚辞对各种文学样式都产生广泛影响。

一、楚辞评价多元化倾向明显

　　两汉时期,在儒学独尊和大一统思想的影响下,文人对屈原及楚辞的主导态度是推重其义,尤赞其志。刘安的兼诗风雅、扬雄的"诗人之赋"均是著名论断。司马迁、班固、王逸等概莫能外。

　　由于两汉时期大一统帝国的意识以及儒学文化的深入人心,民族情结和君臣观念仍然为大多数文人所认同。在帝王的倡导和众多文人追随下,屈原以其刚正直谏、志洁行廉的忠正伏节精神成为时代的楷模,他那些表现"虽九死其犹未悔"、"伏清白以死直"、"哀民生之多艰"、"虽体解吾犹未变"、"竭忠诚以事君"的思想情志的作品也被和"好色而不淫"的《国风》、"怨诽而不乱"的《小雅》相提并论。屈原在两汉时期作为"忠直之臣"楷模的观念在魏晋南北朝时期仍然深入人心。傅玄《橘赋序》云:"诗人睹王雎而咏后妃之德,屈平见朱橘而申直臣之志焉。"① 刘勰《文心雕龙·比兴》云:"楚襄信谗,而三闾忠烈,依《诗》制《骚》,讽兼比兴。"② 萧统《文选序》:"又楚人屈原,含忠履洁,君匪从流,臣进逆耳。"③ 无不赞扬屈子的"直"、"忠烈"和"忠洁"等等。挚虞《文章流别论》云:"前世为赋者,有孙卿屈原,尚颇有古诗之义。至宋玉,则多淫浮之病矣。"皇甫谧《三都赋序》云:"孙卿屈原之属,遗文炳然,辞义可观,存其所感,咸有古诗之意,皆因文以寄其心,托理以全其制,赋之首也。及宋玉之徒,淫文放发,言过于实,夸竞之兴,体失之渐,风雅之则于是乎乖。"④ 这个时代的文人对于屈原的政治失意和人生遭遇也充满同情。晋人华谭《晋书·华谭传》曰:"故上官昵而屈原放,宰嚭宠而伍员戮,岂不哀哉!"⑤ 陆云《九愍序》亦曰:"惜屈原放逐,而《离骚》之辞兴。"颜延之被贬为始安太守,经过湘潭时便作《祭屈原文》,感怀屈子"身绝郢阙,迹遍湘下"。

与此同时,魏晋南北朝时期,随着思想的解放和文人自我意识的觉醒,已逐渐成为中国文学史上"文学自觉的时代"。此时的文人已经"从定儒学于一尊时的那个理性的心灵世界,走到一个以自我为中心的感情世界中来了"⑥。文学作品诸多社会性和功利性的特征,诸如政治讽谏、伦理观念、道德教化等,从建安以后渐渐弱化。追求华美文风,崇尚"丽美"之文,注重自由表达的个性化之"情"等赏文、为文的观点逐渐成为主流。因此,文人对屈原的接受和评价也有所改变。由于文学价值地位的提升,人们对屈原这个中国文学史上第一位诗人,崇敬之情甚深,甚至诸多文士视其为心中偶像。人们对其作品的学习仿效更有甚于对其人格精神的尊崇。"屈原以他的不世之才根据不同的内容采用不同的写作形式,而每一种作品都可为后世开创一种写作体裁。……对于南北朝文士来说,屈原供给他们的更要广泛,如《离骚》、《远游》给他们提供了一个可以充分幻想的具有离奇境界的模式,《九歌》则给他们提供了一个具有晦明变化适于表现性灵的模式,《橘颂》则给他们提供了一个咏物的模式。而《九章》中的其他篇章又为文士们提供了直接发议论的样板,其他如《天问》的大量用典,夸富示博,《招魂》的四平八稳、面面俱到,都无不为文士们所模仿效法。"⑦ 所以,魏晋南北朝时期,众多文人名士喜爱屈原的原因,并非仅仅

---

① 纪昀,《四库全书》,集部·类书类·历代赋汇·逸句卷二,上海人民出版社1999年版。
② 刘勰著,陆侃如译注,《文心雕龙译注》,齐鲁书社1995年版,第443页。
③ 萧统,《文选》,上海古籍出版社1986年版,第1页。
④ 纪昀,《四库全书》,集部·总集类·文选注·卷四十五,上海人民出版社1999年版。
⑤ 房玄龄,《晋书》,中华书局1974年版,第1449页。
⑥ 罗宗强,《玄学与魏晋士人心态》,浙江人民出版社1991年版,第361页。
⑦ 牛贵琥,《论南北朝文士对屈原精神的异化》,《晋阳学刊》1993年第4期。

是其忠君爱国、刚正直谏的人格精神，也不仅仅是其作品依诗立义、兼诗风雅的思想内容，而是在于其作品有激荡心灵、焕发精神的感情作用，他们更强调楚辞的文学要素，尤其关注其华美艳丽的艺术形式。陆云《九愍序》称《离骚》出现后，"文雅之士，莫不以其情而玩其辞"。刘勰《文心雕龙·辨骚》云："《骚经》、《九章》，朗丽以哀志；《九歌》、《九辩》，绮靡以伤情；《远游》、《天问》，瑰诡惠巧；《招魂》、《招隐》，耀艳而深华。"①裴子野《雕虫论》谓"悱恻芬芳，楚骚为之祖；靡漫容与，相如和其音"等都是著例。

魏晋南北朝时期的社会环境有似于屈原生活的战国时期。东汉末年的社会动乱导致以后数百年间政权的频繁更替，从而使君臣家国观念较之两汉时期变得淡薄；战争和动乱导致民族之间深度的交流和融合，因此民族意识也逐渐淡化。所有这些都和屈原当年生活的春秋战国时期的社会政治环境比较接近。同时，魏、晋二朝通过威逼禅让的方式夺取政权，南北朝历代祚短，政权频繁更替，长期的战乱不断都使得君臣意识渐趋消退，忠直气节逐渐淡漠。政治的高压和朝代的频繁轮替使得明哲保身成为众多文人的处世原则，清高玄远、讲求享受成为他们主要的人生追求。屈原的执着不解的政治追求和刚正直谏的个性品质在某些文人看来是难以接受的。承后汉班固"露才扬己"说且有愈行愈远之势。他们认为屈原以一己之力对抗世俗潮流，完全背离了儒家的中庸之道，是一种不识时务的狂妄而轻薄的过激行为，最终注定是要失败的。例如，三国时期的刘献之在《魏书·儒林传》中就以屈原为狂人，认为"死其宜也，何足惜也。"②李康在《运命论》说："治乱，运也；贵贱，命也。而后之君子，区区于一主，叹息于一朝。屈原以之沉湘，贾谊以之发愤，不亦过乎？"挚虞在《愍骚》中立扬"盖明哲之处身，固度时以进退。泰则摅志于宇宙，否则澄神于幽昧"。《世说种语·文学》中载谢万作《八贤论》"以处者为优，出者为劣"，屈原虽位列"八贤"，但与裕康一样被视为"出者"③，劣于渔父、楚老等人；而颜之推则在《颜氏家训》中宣扬"讽刺之祸，速乎风尘"，"深宜防虑，以保元吉"，"父兄不可常依，乡国不可常保。一旦流离，无人庇荫，当自求诸身"，并明确指出"自古文人，多陷轻薄。屈原露才扬己，显暴君过"。对于屈原的作品的评价，南朝齐梁间裴子野堪称代表，他为批判齐梁间片面讲求形式主义艺术技巧的浮靡文风而作的《雕虫论》以"王化为本"，"止乎礼义"，取乎"庙堂"等作为文学之根本，以《诗经》作为文学之正宗，自有其独有的价值意义，但他否定了《诗经》以后的所有文学作品。他说"后之作者，思存枝叶，繁华蕴藻，用以自通。若悱恻芳芬，楚骚为之祖，靡漫容与，相如和其音。由是随声逐影之铸，弃指归而无执。"体现了他对屈原作品的坎懔咏怀的抒情方式和浪漫华美的艺术形式的轻视。

---

① 刘勰著，陆侃如译注，《文心雕龙译注》，齐鲁书社1995年版，第130页。
② 魏收，《魏书》，中华书局1974年版，第1849页。
③ 刘义庆，《世说新语》，人民文学出版社2009年版，第308页。

这些对屈原和楚辞批评的异音,都是这个特定时代部分文人的看法,是这一时期对屈原作品和人格精神的认识呈现多元化倾向的具体表现。

二、楚辞学习研究全方位展开

"魏晋南北朝对《楚辞》的接受是全方位的,人们不仅重视它,甚至把它当成'超逸'风神的象征;屈原作为一种人格范型,已通过民俗的方式深入人心,与他有关的地望和传说在民间广为流传;对于《楚辞》这一经典性的文学作品,此时期的文人比两汉更看重它的抒情性和华美的艺术形式,他们有意识地选择《九歌》而非《离骚》作为仿效和学习的对象;《楚辞》作为一种先在的文学资源,依然是文人摹仿的对象,其句式、意象和语词被大量运用于诗赋作品中,并在与文体赋、乐府诗、骈文等各体文学的碰撞交融中,推动文学形式的发展,激活新型文体的产生。"①

(一)文人慕其才情而效其体式情志

王逸的《楚辞章句》的问世,极大地推动了楚辞在魏晋南北朝间人间的传播。南朝宋时,范晔作《后汉书》录王逸于《文苑传》,称其"著《楚辞章句》行于世"②,足见其书在东汉后期问世而在魏晋时期颇具影响。

魏晋南北朝时期,文学意识觉醒,文学开始摆脱政治教化的束缚,冲破个性依附于群体的局限,普遍追求华美文风。楚辞以其华艳的审美特质,被尊为华美文风之宗,成为众多文人的最爱。这一时期文人对楚辞的接受与汲取,主要还表现在对这种体式的强烈兴趣上。楚辞在这时期还成为激活文学新体产生和导致文学新变的重要资源,并且渗入到了社会文化的各个方面,从而影响当时人们的行为模式、审美情趣和创作倾向。据郭建勋先生的统计,整个魏晋南北朝,纯粹楚骚体的作品(包括骚体赋)便多达160余篇,其中如蔡琰骚体《悲愤诗》、王粲《登楼赋》、曹丕《思亲赋》、曹植《离缴雁赋》、阮籍《清思赋》、向秀《思旧赋》、江淹《山中楚辞》五首等,都是情文并茂的佳作。而且,有不少作家格外钟爱楚骚的形式。如曹植的此类作品就有17篇之多,江淹也有13篇。江淹《刘仆射东山集学骚》、《应谢主簿骚体》仿楚骚,《山中楚辞》仿《招隐士》,《遂古篇》仿《天问》,他在《灯赋》中托淮南王云:"屈原才华,宋玉英人,恨不得与之同时,结佩共绅。"同时曹王、傅玄、夏侯湛、潘岳等人创作的楚骚体亦不在少数。这么多此时期最有成就的作家,沿用楚辞的原初体式,写下如此多的优秀作品,这不是偶然现象,而是对《楚辞》这一文学经典自觉而普遍的效仿与继承。③

---

① 郭建勋,《论魏晋南北朝对楚辞的接受》,《求索》2006年第10期。
② 范晔,《后汉书》,中华书局1965年版,第2618页。
③ 郭建勋,《论魏晋南北朝对楚辞的接受》,《求索》2006年第10期。

除了效其体式之外，直接仿效屈作诗句内容化而为己用的也不乏其人，如中国山水诗的开创者谢灵运即是其一。谢灵运《郡东山望溟海》前八句"开春献初岁，白日出悠悠。荡志将愉乐，瞰海庶忘忧。策马步兰皋，绁控息椒丘。采蕙遵大薄，搴若履长洲"都是从屈原作品中化出。其中五六句出自《离骚》，另六句出自《思美人》。

(二)民众爱其文辞而老幼诵读

魏晋品藻人物的特色是一种超乎功利、超乎道德的审美评价，特别注重才情气质。屈原及其作品以其清雅超拔、隽秀飘逸的神采特质广为人们所喜爱。楚辞特殊而优美的声韵音调和强烈的自我抒情意识深深感染了魏晋名士，故而使他们产生忘我的陶醉感。认为它具有激荡心灵、焕发精神的感情作用。《世说新语·任诞》云："名士不必须奇才，但使常得无事，痛饮酒，熟读《离骚》，便可称名士。"同书《豪爽》亦曰："王司州在谢公坐，咏'入不言兮出不辞，乘回风兮载云旗'，语人曰：'当尔时，觉一坐无人。'"《魏书·卢玄传》记载，中山王熙见卢元明饮酒赋诗，性情洒脱，由衷赞曰："卢郎有如此风神，唯须诵《离骚》，饮美酒，自为佳器。"

魏晋时期楚辞受到广泛喜爱。此时对楚辞的喜爱由两汉的帝王文士逐渐扩大到一般的民众，流传由宫廷扩展到民间。楚辞在作为文人摹仿的对象的同时，甚至成为妇女为幼童习诵的教科书、妃嫔显示才情的读物和贵族争相收藏的典籍。《南史·萧思话列传》：(孙萧洽)"年七岁，诵《楚辞》略上口"；《陈书·高祖皇后列传》：(宣章皇后)"善书记，能诵《诗》及《楚辞》"；萧绎《金楼子·聚书篇》自诩其命孔昂抄写《史记》、《三国志》、《庄子》、《老子》和《离骚》等典籍，"合六百三十四卷，悉在一巾箱中，书极精细"，因而珍藏之。

(三)学者研究整理楚辞的热情空前高涨

魏晋南北朝之际众多的"选骚之作，论骚之作，以及骚人轶事之作，在汉代，或是不曾有过，或是偶尔一见，而在魏晋六朝时期则颇具规模，遂构成了楚辞传播与接受方式上的新特点。①

《隋书·经籍志》"集部"列楚辞十一部著作分别是：楚辞十二卷，王逸注；楚辞三卷，郭璞注；楚辞十一卷，宋何偃删王逸注；楚辞九悼一卷，杨穆撰；参解楚辞七卷，皇甫遵训撰；离骚草木疏二卷，刘杳撰；以及徐邈等五人所撰楚辞音五部，均各为一卷。② 其中《九悼》是拟骚之作，其余不是注疏就是注音，说明魏晋六朝时期楚辞学著作繁盛，整理楚辞的热情空前高涨，特别是重在楚辞音义等形式美之研究，特别楚辞作品那特殊的声调和音韵尤其受到偏爱和重视。

---

① 魏征，《隋书》，中华书局1973年版。
② 魏征，《隋书》，中华书局1973年版，第1055页。

遗憾的是,除郭璞的《楚辞注》外,以上楚辞的注解之作均已亡佚。因得益敦煌《楚辞音》残卷、洪兴祖《楚辞补注》的多处引用以及郭璞自己的《山海经注》、《方言注》、《穆天子注》等著作中的相关注文,使得《楚辞注》内容得以零散但比较丰富地保存下来。"从这些辑出来的材料中可以看出,郭氏的《楚辞注》,无论是在方言辨析、古音审读、词义阐释、文字校刊,还是神话传说的收集保存等各方面,都取得了很大的成就。"①由于魏晋南北朝时期音韵之学的兴起和渐趋兴盛,楚辞的语言音韵成为当时研究的热点和重点,这一时期就出现了徐邈的《楚辞音》、诸葛民的《楚辞音》和孟奥的《楚辞音》等三部有关《楚辞》音义方面的著作。

（四）相关楚风楚俗日渐流行

魏晋南北朝有关屈原的传说与民俗节日非常普及和流行。

《北堂书钞》卷一百三十七载东晋葛洪云:"屈原没汨罗之日,人并命舟楫以迎之,至今以为口渡,或谓之飞凫。"②

《荆楚岁时记》条二十二载:"五月五日竞渡,俗为屈原投汨罗日,伤其死,故并命舟楫以拯之。舸舟取其轻利谓之飞凫,一自以为水军,一自以为水马。州将及士人悉临水而观之。"

《太平御览》卷九一百三十引《续齐谐记》则云:屈原五月五日投汨罗而死,楚人哀之,每至此日,以竹筒贮粉米祭之。汉建武中,长沙区回白日忽见一士人,自称三闾大夫,谓曰:"闻君常见祭,甚善。但常年所遗为蛟龙所窃,若今有惠,可以糠叶塞其上,五色丝缚之,此二物是蛟龙所惮。"

同书卷三十一所引《续齐谐记》亦有相同内容的记载,只不过文字稍有差异。

以上文献材料记载了端午节赛龙舟包粽子的传统习俗的最初由来都是为了纪念屈原,反映了在魏晋南北朝时期屈原的事迹在民间广为流传,说明屈原的精神品格得到了广泛的认同和普遍的接受。同时,这种虚构的带有极强文学色彩的民间传说为后世的有关屈原的戏曲、小说和轶事等文学形式开辟了先河。

同时,这一时期与屈原、楚辞相关的地名备受关注。魏晋南北朝各类文献中,对与屈原、楚辞相关的地名的解释和考证,较之两汉时期更加丰富和集中。最为知名的是郭璞在《楚辞注》、《山海经注》对相关地名的考证。据《太平御览》所引,《江夏记》、《鄱阳记》、《郡国志》、《水初山川记》、《荆州记》、《水经注》等著作提及的南浦、夏首、汨水、秭归、沧浪水等许多故楚地名。《水经注》的记载则最为详明,该书所叙,有澧水、沅水、夏水、湘水、汨水、辰水等楚地河流,有龙门、玄圃、不危、玄趾、辰阳、鄢郢等《楚辞》地名,还

---

① 郭建勋,《论魏晋南北朝对楚辞的接受》,《求索》2006年第10期。
② 虞世南,《北堂书钞》卷137,光绪十四年南海孔氏三十有三万卷堂影宋刊本。

记载了与屈原有关的传说和楚地的习俗,其中对秭归、屈原故宅、女嬃庙、屈潭、屈原庙等的叙述和考证,给后人的研究提供了宝贵的文献资料。①

(五)楚辞对各种文学样式产生广泛影响

楚辞对魏晋文学的架构也起着无法替代的特殊作用。建安风骨在托物言志、悲天悯人、忧患时局、建功立业方面皆与楚辞有些相似,是特定的历史条件下,通过对时代和楚辞等历史文化的重新编织架构表现出来的美学风格和精神风貌。正始音则在表现手法上大量地借鉴了楚辞的传统,以香草美人比喻,表现曲折隐晦的题旨,抒写对现状的不满和无法解脱的苦闷。魏晋辞赋的题材几乎都毫无选择地从楚辞中拿来,曹植《洛神赋》、江淹《别赋》、瘐信《哀江南赋》等都是如此。魏晋南北朝小说中邈视现实,追求洁乐世界的方式也与屈原的崇尚、表现完全一致。②

楚辞作为一种诗歌体式,丰富浪漫的表现手法、奔放热烈的感情抒发都成为这一时期作家们学习和效法的楷模。曹植、王粲、陶渊明、江淹等一大批作家自觉地汲取楚辞的艺术营养。如清沈德潜《古诗源》云:"阮公咏怀,反覆零乱,兴寄无端,和愉哀怨,杂集于中……其原自离骚来。"王应麟则认为陶渊明的诗歌对楚辞亦有继承,其《困学纪闻·评诗》云:"陶靖节之《读山海经》,犹屈子之赋《远游》也。"沈约的《宋书·谢灵运传论》论述汉魏诗赋抒情性时云:"源其飘流所始,莫不同祖风骚。"③

楚声中大量的楚骚歌辞构成了早期汉乐府诗歌的主体。魏晋南北朝时期的乐府诗,对楚辞楚声仍然有大量的接受,楚辞楚声成为这一时期乐府诗的重要资源。在这一时期的相和歌辞、琴曲歌辞、清商曲辞、杂歌谣辞中,保留了大量的"楚声"的成分,具体情况有三:其一,魏晋时期故楚地区的土乐,它们的乐曲声调大体上还保留着古代楚声的风格,但歌辞已不再是纯粹的骚体了,如"相和歌辞"中的楚调曲、瑟调曲等相当多的作品;其二,六朝时期以江汉"西曲"为核心的南方新乐,它们是新时代的楚声,其乐曲在对原初楚声继承的基础上有所变化,如"清商曲辞"中的《襄阳乐》、《江陵乐》等;其三,魏晋以来由《楚辞》某个篇目或诗句派生出来的文人乐府诗,它们与音乐的关系已经非常疏远,失去了倚声歌唱的功能,实际上只是一种书面化的诗歌,如曹植《远游篇》、《飞龙篇》,傅玄《秋兰篇》,江淹《古别离》等④。

魏晋南北朝产生的新型文学体裁骈文的形成,也与《楚辞》密切相关。楚辞不但给后起的赋体和骈文提供了骈偶化的基因和范本,而且还给它们提供了大量而丰富的骈对组

---

① 郭建勋,《论魏晋南北朝对楚辞的接受》,《求索》2006 年第 10 期。
② 黄震云,《楚辞和魏晋文学》,《贵州社会科学》1996 年第 5 期。
③ 沈约,《宋书》,中华书局 1974 年版,第 1778 页。
④ 郭建勋,《先唐辞赋研究·乐府诗对楚声楚辞的接受》,人民出版社 2004 年版。

构资源。由楚辞到赋、到赋的骈偶化,再到用赋的方法作文章,最后在晋代形成骈文,楚骚"兮"字句通过赋体文学这一中间环节促成了骈体文的产生,同时,在晋代以后成熟的骈文中,楚骚句式依然是构成篇章的语句材料。① 因此,近人徐嘉瑞先生认为:"六朝文人的骈文,是远接《楚辞》一派,由汉赋蜕变下来的。"② 诚如刘勰《文心雕龙·辨骚》所云:"才高者苑其鸿裁,中巧者猎其艳辞,吟讽者衔其山川,童蒙者拾其香草。"楚辞对魏晋南北朝文学的影响是广泛而深远的。

三、楚辞评论凸显审美性特色

两汉之际,班固、王逸均论及屈原作品的艺术并给予高度评价,但都没有脱离其思想内容的局限。班固《离骚序》一方面赞扬屈原"其文弘博丽雅,为辞赋宗"、"可谓妙才",另一方面却批评屈赋之内容不合经义,批评其个性特征是"露才扬己"、"狷狭之志"[③];王逸虽全面肯定屈作的浪漫艺术,但却是建立在"依经立义"的基础之上。魏晋以后的文人与两汉文人有着明显不同的价值取向,随着玄学的兴起,众多的文人雅士崇尚老庄、疏远世事、鄙弃执着、提倡通达、追求旷达。他们对屈原人格精神也许并不完全推崇,但对屈原作品的形式却兴趣浓厚。因此,魏晋六朝时期则开始以纯文学的角度欣赏和评价楚辞,完全摆脱其内容与儒学经义关系的束缚。汉人阅读、研习和模拟楚辞重在抒情,训释楚辞者重在释义,一般并不在意楚辞的诵读。魏晋以后的文人阅读、研习和模拟楚辞,对屈原作品的形式更感兴趣。因此,为楚辞作注的时候,他们注重的是体貌、音韵等,而非意思的阐释。

汉人论楚辞,多以儒学思想和诗教原则评骚,尤重其义。从刘安评《离骚》为"兼诗风雅"、"举类迩而见义远",到司马迁的"读《离骚》、《天问》、《招魂》、《哀郢》,悲其志。适长沙,观屈原所沉渊,未尝不垂涕,想见其为人",到班固在《汉书·艺文志》中说屈赋"有恻隐古诗之义",再到王逸的"《离骚》之文,依诗取兴,引类譬喻……其词温而雅,其义皎而朗"(《离骚序》)等等,都是以诗释骚,标举其义。

魏晋以后文人,随着文学自觉时代的来临,对楚辞的评价从重情转向了尚辞,从两汉的模拟怨情转而热爱其艳辞。自曹丕的"诗赋欲丽"之说,陆机的"诗缘情而绮靡,赋体物而浏亮"之论,都体现了魏晋时期对文学作品的评价已从两汉重思想转向重艺术表达,从而形成了魏晋南北朝时期重情向尚辞的文学批评主流。时代风气的变化使屈骚的抒情性与艳丽文辞越来越受到关注,从而是楚辞被视作美文学之源。

---

① 郭建勋,《论魏晋南北朝对楚辞的接受》,《求索》2006 年第 10 期。
② 徐嘉瑞,《中古文学概论》,上海亚东图书馆 1924 年版,第 100 页。
③ 洪兴祖,《楚辞补注》,中华书局 1983 年版,第 50 页。

陆云:《九歌》"情绝滔滔,古今来为此种文,此为宗矣";《九章》"附情而言",以"委曲尽其意"①。他对《九歌》与《九章》评价都是以"情感"表达为基础的。

《北堂书钞》一百卷里有一段曹丕《论文》的佚文很能说明问题:"或问:屈原、相如之赋孰愈?曰:优游案衍,屈原之尚也。穷侈极妙,相如之长也,然原据托譬喻,其意周旋,绰有余度矣。长卿、子云,意未能及耳。"(《北堂书钞》卷一百引《典论》)曹丕评骚,标举其"意",较之扬雄以屈骚为"诗人之赋",其丽在于"则"的观点,曹丕则完全摒弃了以儒家的诗教为标准来评价屈骚,表现了魏晋时期对楚辞的评价已经走出了汉代汉以儒学思想为诗赋之"则"的评价标准,转而重在从作者的感情与诗歌的表达的整体效果等艺术风貌等角度进行评价的时代评骚风尚。

沈约《宋书·谢灵运传论》云:"周室既衰,风流弥著。屈平宋玉,导清源于前;贾谊相如,振芳尘于后。英辞润金石,高义薄云天。自兹以降,情志愈广。"②作为齐梁文学的中坚人物,沈约将文人文学的开端溯至屈原、宋玉,美其"英辞",赞其"情志",显示出魏晋时期崇情重辞的时代风尚。裴子野反对华靡文风而作《雕虫论》:"若夫悱恻芳芬,楚骚为之祖;靡漫容与,相如叩其音。由是随声逐影之铸,弃指归而无执。"裴子野对屈原作品的评论,虽然本非褒义,但将以其代表作的离骚视为靡丽之文的开端,却和时代的文学批评眼光完全一致。

魏晋南北朝时期,模拟之风盛行,当时文人往往通过模拟前人作品来达到学习前人的作品风貌和写作技巧,从而提高自己的写作技能,展示自己的写作才华。如陆机的《拟古诗十四首》、江淹的《杂体诗三十首》都是拟作中的上乘之作。在这种时代的风气之下,也涌现了大批的拟骚之作。如果说,两汉文人模拟楚辞是出于"以其情"的原因,那么魏晋时期文人对屈原的模拟则多属于"玩其辞"的范围。

魏晋六朝时期的拟骚作品虽然也有继两汉拟骚诗的余韵以代屈原立言,或借屈原身世感伤自己的人生遭际,但这样的拟骚作品极少,杨穆《九悼》可以算是代表。更多的魏晋六朝拟骚诗则是取屈原作品之题材而效法之,或者侧重模仿屈原作品抒情言志的方式。如傅玄的《拟天问》《拟招魂》,挚虞的《愍骚》,陆云的《九愍》《九悲》和《九愁》等等。傅玄的《拟天问》《拟招魂》,仅仅效法楚辞《天问》《招魂》之题材形式。挚虞的《愍骚》,取同情屈原《离骚》之意,但其主旨却在"盖明哲之处身,固度时以进退。顺阴阳以潜跃,岂凝滞乎一概?"(《艺文类聚》卷五十六)。陆云的《九愍》可以算是这类拟骚诗的代表,他在《九愍序》中说:"昔屈原放逐,而《离骚》之辞兴。自古及今,文雅之士,莫不以其情而玩其辞,而表意焉。遂厕作者之末,而述九愍。"(《全晋文》卷一〇一)"以其情而玩

---

① 严可均,《全晋文》卷101,中华书局1965年版。
② 沈约,《宋书》,中华书局1974年版,第1778页。

其辞"比较准确地揭示了这一时期拟骚之作的新趋势——取其体貌、重其表达。关于《九愍》的写作原因,陆云在与陆机的信中说:"见作'九'者,多不祖宗原意,而自作一家说。"(同上,卷一〇二)即认为以往拟作多未能忠实于原作。第一《修身》;第二《涉江》;第三《悲郢》;第四《纡思》;第五《行吟》;第六《考志》;第七《感逝》;第八《□征》;最末一篇的标题遗失。可以看出,陆云之拟作《九愍》九个部分的标题几乎全都取意于《九章》篇目,并且次序相合,足见他模拟时在形式上所下的功夫。陆云在与陆机的信还谈到:"尝闻汤仲叹《九歌》,昔读《楚辞》,意不大爱之,顷日视之,实自清绝滔滔……视《九章》,时有善语……视《九歌》,正自可叹息。王褒作《九怀》,亦极佳,恐犹自继。真玄盛称《九辩》,意甚不爱。"(《全晋文》卷一〇一)这里他既称王褒《九怀》"极佳",又批评《九怀》之作"恐犹自继",谓其拟作未能忠实于原作。

魏晋时期的楚辞研究著作已经从汉的重义理阐释转向重形式读音,这一时期的人们更加注重楚辞作品那特殊的声调和音韵。他们喜欢楚辞作品的楚语、楚声的特殊的诵读声调。《隋书·经籍志》"集部"首列楚辞类,著录楚辞作品共有十一部(《楚辞章句》除外),其中十部为魏晋南北朝时期作品,而研究楚辞音韵之著作就有五部,楚辞形式上的音韵之美在这个时代受到重视的程度由此可见一斑。

四、楚辞成为文学批评的热点

魏晋南北朝时期,文学批评空前兴盛,文论著作不断涌现,屈原和楚辞都是文论评价的热点。曹丕《典论》、皇甫谧《三都赋序》、挚虞《文章流别论》、沈约《谢灵运传论》、裴子野《雕虫论》、萧统《文选序》、萧绎《金楼子》、江淹《杂体诗三十首序》等均无一例外地论及了楚辞或屈原的创作。"魏晋南北朝时期文学的自觉帮助人们较深刻地认识、评价了屈作,同时那个时代对屈作的较正确评价也有力地显示了那时文学的自觉。正是文学的自觉,帮助批评者们比较正确地认识了屈作的价值和美学意义,对屈作作出了超过前代的艺术分析与评论。"①比较有代表性的是刘勰的《文心雕龙》,在该书中刘勰辟专章《辨骚》来评论楚辞,在《序志》中,刘勰将其与《原道》、《征圣》、《宗经》、《正纬》一起归入"文之枢纽",体现了刘勰对楚辞的肯定与推重;在"创作论"部分的《定势》、《声律》、《事类》、《物色》等章中也都有众多片段论述评价楚辞的创作特色。

钟嵘《诗品》作为一部五言诗专著,对中国古代五言诗有着系统而全面的品评与论述。该书评述由汉至齐作家一百二十多位,评述内容着重从诗的体制风格方面论其特色,对其中一部分作者还从体制风格上指出其渊源所自。钟嵘在《诗品》中对其重要或比

---

① 余三定,《文学批评应是用文学眼光的批评——初探魏晋南北朝时期对屈原的评论》,《云梦学刊》1985年第3期,第1178页。

较重要的三十多位作家均指出其远源,用"其源出于"、"宪章"、"祖袭"、"其体出于"等语追溯诗家历史。这种探究本源的文学批评方法,有助于找出诗人与诗人、诗风与诗风、诗派与诗派之间的传承关系,从而便于揭示出五言诗歌的嗣承及发展渊源。《诗品》最后将所有入品诗人分隶于《国风》、《小雅》、《楚辞》三条源流,总归于《诗经》、《楚辞》两大系统,体现了有汉以来历代诗赋"莫不同祖风骚"①的思想。骚派的二十二名诗人无一例外地主要是接受了楚辞的影响,如括曹丕、王粲、陶潜、鲍照、谢朓、江淹、沈约等。诗派的十四名也不同程度地受了楚辞的影响,如曹植、阮籍、陆机、左思、谢灵运等。如曹植,他的前期作品展现了报效国家的理想和壮志,在精神内核上和楚辞一脉相承。可见钟嵘《诗品》对屈原及楚辞在文学史上的地位评价之高。

　　楚辞作为文学在汉代已经获得了崇高的地位,但作为一种文体,在两汉时期还是没有完全独立。众所周知,汉代是辞赋不分的,到了魏晋南北朝时期,随着文学理论的成熟和文体探讨的深入,文体辨析日渐细密,辨别文体是当时文人最为关注的话题之一,楚辞已从赋中独立出来,时称为"骚"。骚与赋也自然地被划归两种不同的文体并有明确的区分。江淹《杂体诗三十首序》云:"夫楚谣汉风,既非一国。"刘勰《文心雕龙》既有《辨骚》,又有《诠赋》,萧统编纂《文选》,既立赋类,又标骚目。

　　《四库全书总目提要》"楚辞类总评"则云:"《隋志》集部,以楚辞别为一门,历代因之。盖汉魏以下,赋体既变,无全集作此体者,他集不与楚辞类,楚辞也不与他集类,体例既异,理不得不分著也。"②然而,《隋志》是承继魏晋六朝的书目著作而来。"楚辞"在书目中至少在齐梁时就是单独立类了。③ 因此,《隋志》集部以楚辞别为一门,反映了魏晋南北朝时期随着文学观念的演进与文学思潮的变化,楚辞已经由汉代辞赋混称发展成为独立的文类,这是魏晋南北朝时期楚辞学的一个重大成就。

---

① 沈约,《宋书》,中华书局1974年版。
② 纪昀,《四库全书总目提要》,中华书局1997年版,第1974页。
③ 蒋方,《论楚辞文体在魏晋六朝的传播与接受》,《湖南师范大学学报》2002年第4期。

司马迁、王逸楚辞学研究

司马迁屈骚批评析义

聊城大学　郝明朝

　　如所周知,屈原事迹不见载于先秦典籍①,历史上最早言及屈原并对其行事发表评论的是西汉初年贾谊的《吊屈原赋》:"侧闻屈原兮,自沉汨罗。造托湘流兮,敬吊先生。遭世罔极兮,乃殒厥身。呜呼哀哉,逢时不祥!……所贵圣人之神德兮,远浊世而自藏。……般纷纷其离此尤兮,亦夫子之辜也!瞻九州而相君兮,何必怀此都也?"②此后,淮南王刘安作《离骚传》,对屈作《离骚》及屈子之人品给予了极高的评价:"《国风》好色而不淫,《小雅》怨悱而不乱,若《离骚》者,可谓兼之矣。……蝉蜕浊秽之中,浮游尘埃之外,皭然泥而不滓。推此志,虽与日月争光可也。"③历史上第一个给屈原立传的则是司马迁,他的《史记·屈原贾生列传》是记载屈原事迹最集中、最权威的文字,传文以及《太史公自序》、《报任安书》中对屈子、屈作的批评,是楚辞研究的重要资料。本文拟在通过对这些资料的解析,就司马迁是否屈原知音、屈原的"发愤抒情"与司马迁"发愤著书"的异同等问题谈点陋见,并就其屈骚批评的深层动因略作探讨。

司马迁是不是屈原的知音

　　章学诚在《文史通义·知难》篇谓司马迁是屈原的知音:"人知《离骚》为词赋之祖矣,司马迁读之,而悲其志,是贤人而知贤人也。夫不具司马迁之志,而欲知屈原之志,……则几乎罔矣。"④郭杰在其文章《先秦国家观念与屈原的宗国意识》⑤中亦谓司马迁为屈原之知音:屈作中反复出现的主旋律是其"对宗国社稷现状的焦灼关怀和无限忧虑",把个人的宠辱生死,置之度外,"对现实中昏君佞臣的怨刺,和对自己的俊杰人格的颂扬"

---

　　① 赵逵夫先生从《战国策》中发掘出了关于屈原的两件事,见赵著,《屈原与他的时代》,人民文学出版社 2002 年版:《〈战国策〉中有关屈原初任左徒时的一段史料》及《〈战国策·张仪相秦谓昭雎章〉发微》。但赵说究竟如何,尚有待学界探讨。
　　② 《史记》卷八十四,《屈原贾生列传》。
　　③ 见班固,《离骚序》,郭绍虞主编,《中国历代文论选》(第一册),上海古籍出版社 1979 年版,第 89 页。
　　④ 章学诚,《文史通义》,岳麓书社 1993 年版,第 119 页。
　　⑤ 郭杰,《先秦国家观念与屈原的宗国意识》,《东北师大学报》1989 年第 4 期。

则是其系心"宗国之兴衰存亡"而产生的变奏主题。"司马迁称其'虽放流,眷顾楚国,系心怀王,不忘欲反,冀幸君之一悟,俗之一改也。其存君兴国而欲反复之,一篇之中三致志焉。'可谓知音者也。"

司马迁是不是屈原知音,其在多大程度上对屈原有所了解,我们先看看他自己是如何说的,《屈原贾生列传》说:

> 屈平疾王听之不聪也,谗谄之蔽明也,邪曲之害公也,方正之不容也,故忧愁幽思而作《离骚》。离骚者,犹离忧也。夫天者,人之始也,父母者,人之本也。人穷则反本,故劳苦倦极,未尝不呼天也;疾痛惨怛,未尝不呼父母也。屈平正道直行,竭忠尽智以事其君,谗人间之,可谓穷矣。信而见疑,忠而被谤,能无怨乎?屈平之作《离骚》,盖自怨生也。《国风》好色而不淫,《小雅》怨悱而不乱,若《离骚》者,可谓兼之矣。上称帝喾,下道齐桓,中述汤武,以刺世事。明道德之广崇,治乱之条贯,靡不毕见。其文约,其辞微,其志洁,故其称物芳。其行廉,故死而不容自疏。濯淖污泥之中,蝉蜕于浊秽,以浮游尘埃之外,不获世之滋垢,皭然泥而不滓者也。推此志也,虽与日月争光可也。
>
> ……
>
> 屈平既嫉之,虽放流,眷顾楚国,系心怀王,不忘欲反,冀幸君之一悟,俗之一改也。其存君兴国而欲反复之,一篇之中三致志焉。……
>
> ……
>
> 太史公曰:余读《离骚》《天问》《招魂》《哀郢》,悲其志。适长沙,观其所自沉渊,未尝不垂涕,想见其为人。及见贾生吊之,又怪屈原以彼其材,游诸侯,何国不容,而自令若是。读《服鸟赋》,同生死,轻去就,又爽然自失矣。

以上引文主要表达了四层意思:第一,屈原的《离骚》是其穷苦倦极、疾痛惨怛的呼天唤地、呼爹唤妈之作,其是"怨"的产物;文约、辞微、志洁、行廉,称物芬芳,如刘安所言屈骚兼具《风》《雅》之德,屈子之志可与日月争光。第二,屈子之志是"存君兴国"。第三,为屈原的壮志不酬感到悲伤。第四,虽对屈原"自沉渊"表示了深深的同情,但也像贾谊一样对"以彼其材",处择君而事之时代却宁死不去楚他仕的行为甚为不解。

应该承认,司马迁对屈原确有相当深的理解:他对屈原的生活环境——也即《离骚》的写作背景"王听之不聪"、"谗谄之蔽明"、"邪曲之害公"、"方正之不容"、"信而见疑,忠而被谤"的概述是深刻的、到位的;对屈原"正道直行,竭忠尽智以事其君"、"虽放流,眷顾楚国,系心怀王,不忘欲反"的评价和认识基本上是正确的;对屈原作品所咏叹的:报国无门、志不得酬的悲伤是真诚的;当他到屈原沉渊之地凭吊的时候,睹物思人,对屈原之不幸遭遇不禁"垂涕",对屈原之悲剧所表示的同情是真挚的、深沉的。但是,笔者以为即此便谓司马迁为屈原之"知音",过矣。先不说其"怪屈原以彼其材,游诸侯,何国不容,而自令若是"的不解,尚有以下两个问题需要讨论:第一,司马迁之"志"是否即屈原之"志"。俗语言:人各有志。屈原的"志"即通过君来实现其"美政"理想,把楚国的事情办好,使人民幸福、康乐,即司马迁所谓"存君兴国"。对此,其生死以之,九死不悔。司马迁的"志"是撰著《史记》,以期名垂后世:"所以隐忍苟活,函粪土之中而不辞者,恨私心有所不尽,鄙没世而文采不表于后也。""仆诚已著此书,藏之名山,传之其人通邑大都,则仆偿前辱之责,虽万被戮,其有悔哉!"①从客观效果而言,二人皆名垂青史;从其行为的动机而言,屈原"无我",司马迁是"为我",其境界自有高下之别。第二,关于"竭忠尽智以事其君"和"屈原之怨"。目前学界对屈原的身世尚未形成一致的看法,或谓其出身贵族,或谓是没落贵族,或谓是"平民"。但认为其具有深厚的爱国情感则基本是学界的共识。问题在于其何以会有如此"深厚的爱国情感"?对这个"所以然",目前人们的探讨似乎还不够,现有的一些说法也不能让人信服。笔者以为,其根本原因在于他以主人自居,具有强烈的主人意识(关于这个问题,笔者有专文探讨)。与其说屈原是"竭忠尽智以事其君",不如说其是"竭忠尽智"地在履行自己的主人职责。其有怨气是肯定的,因为他认为使楚国富强、人民幸福是他这个主人的责任,当然也是楚王、楚贵族——这些主人的责任。从这个角度来讲,他为了"美政"理想"竭忠尽智"应得到这些主人,尤其是楚王的充分信任、大力支持才对,因此,"信而见疑,忠而被谤"的局面是他所始料未及的。"怨"肯定是"怨",然仅止于说"怨"毕竟隔了一层:他更多的是"气""愤",所谓"愤怒出诗人",正是他的一腔愤懑之情造就了瑰玮绮丽的《离骚》。"怨"仅仅是对楚王而言的:我"竭忠尽智"的侍奉您,还不是想通过您实现"美政"——把咱们楚国的事情办好么?你还如何如何,我不冤枉么?能不怨恨么?若对楚国、楚之百姓而言,其只是在尽自己应尽的职责,谈不上什么"冤枉"与"怨恨",否则亦不会有"长太息以掩涕兮,哀民生之多艰"的感慨、"九死未悔"之说了。若宋玉之《九辩》可谓是"怨",怨"贫士失职而志不平",其只是在抒发一己之"不平"、一己之"怨气"。所以《九辩》与《离骚》境界不牟,风格亦异。唐崔涂《屈原庙》即说:"本图安楚国,不是怨怀王。"②"本图安楚国"诚然是问题的实质,但亦不能说屈原对怀王没有"怨愤"之情,他只不过是恨铁不成钢,愤其为小人所壅蔽。这是其主人公的责任心使然,其"怨怀王"非为一己之私。换言之,"怨王"也是为了"安国",屈原是怨王之不悟、怨其不能"安楚国"。

---

① 郭绍虞主编,《中国历代文论选》(第一册),《报任安书》(节录),上海古籍出版社1979年版,第83页。
② 彭定求等,《全唐诗》卷六十九,中华书局1985年版。

现在谈谈司马迁之"怪"。很明显司马迁对屈原有路不走,感到奇怪和不解是对贾谊看法的承袭。贾谊认为,既"遭世罔极"就应该像圣人那样"远浊世而自藏",否则亦应去楚他仕,因为别人都是这样做的,你也有这个条件啊!眷恋楚国,以致"陨身",实在是自找的。不该!若从一个帮忙者的角度而言,贾谊的看法确实无可厚非,乃至可以说是有道理的:你看,我和你一样,也是诚心诚意的帮忙、积极的帮忙,结果也落得见嫉被疏,我是无路可走、没有办法啊!你为什么放着路不走呢?可以说贾谊凭吊屈原,实是借他人酒杯浇自己块垒,一篇《吊屈原赋》就是贾谊不得帮忙的牢骚与不平。而《鵩鸟赋》则是其身处君主专制的大一统时代,或出或处、或语或默皆无所逃于君权之外的无奈的悲吟。司马迁亦是帮忙者,且因诚心帮忙惹祸:"后数日,陵败书闻,主上为之食不甘味,听朝不怡。大臣忧惧,不知所出,仆窃不自料其卑贱,见主上惨悽怛悼,诚欲效其款款之愚。以为李陵素与士大夫绝甘分少,能得人之死力,虽古之名将不过也。身虽陷败,彼观其意,且欲得其当而报汉。事已无可奈何,其所摧败,功亦足以暴于天下。仆怀欲陈之,而未有路。适会召问,即以此指推言陵功,欲以广主上之意,塞睚眦之辞。未能尽明,明主不深晓,以为仆沮贰师,而为李陵游说,遂下于理。"①因此,其赞同贾谊的观点亦是自然的。其与贾谊不同的是因帮忙而招祸,由招祸而觉悟,不再以帮忙为务,而是默默地干自己的事情:"发愤著书"。他既不能自藏,亦不以"自藏"要求屈原。贾谊、司马迁,不啻他俩——几乎所有封建社会的士人们,由于时势不同,"身份"不同,心态不同,皆不能真知屈子。其根本原因在于,他们皆把屈子看做像自己一样的士人、帮忙者,从而即用帮忙者的出处标准——"用行舍藏",士人的思想标准——也即儒家的道德观念、君臣关系来绳屈子。不知屈子身上虽然有士人的某些特点,但更重要、更突出的还是其以主人自任的强烈的主人公意识。贾谊指责其缺乏"圣人神德",不能"远浊世而自藏",是因为他没有这种主人公意识,不理解主人是不能眼睁睁看着国家危亡、人民受难而袖手不管的。司马迁认为凭屈原的本事,到哪里都能有所作为,既然在楚不得志,何不去楚他仕?司马迁的疑问和不解,亦是因为其没有"主人公意识",他不明白作为主人的屈原是不能丢下自己的国家、人民一走了之的;祖国的富强是他义不容辞的责任,人民的幸福便是他的幸福。柳宗元的《吊屈原文》说:"今夫世之议夫子兮,曰胡隐忍而怀斯?……委故都以从利兮,吾知先生之不忍。"②就某种意义而言,柳氏倒更像是屈子的知音。

屈原的"发愤抒情"与司马迁的"发愤著书"

或以为司马迁是继承了屈原"发愤抒情"的传统而"发愤著书"。从《报任安书》:"古

---

① 班固,《汉书》卷六十二《司马迁传》,中华书局1962年版。
② 柳宗元,《柳宗元集》卷一九,中华书局1979年版。

者富贵而名摩灭,不可胜记,唯俶傥非常之人称焉。盖西伯拘而演《周易》;仲尼厄而作《春秋》;屈原放逐,乃赋《离骚》(《太史公自序》:"屈原放逐,著《离骚》。");左丘失明,厥有《国语》;孙子膑脚,《兵法》修列;不韦迁蜀,世传《吕览》;韩非囚秦,《说难》《孤愤》。《诗》三百篇,大氐圣贤发愤之所为作也。"①来看,不能说没有道理。但这里有两个问题需澄清:一、"发愤抒情"之"发"是"抒发","发愤著书"之"发"是"奋发"。屈原的《离骚》是抒发自己愤懑之情的结果,不是因"放逐"而有意识地要发愤有为的结果。何念龙先生说:"先秦尚为文学的萌发形成期,屈原之前虽有《诗经》与诸子散文和历史散文,但总的来看文学积淀毕竟不厚,文体尚未完备(尤其是诗歌),文人创作也才开始,'发愤以抒情'还只是一种不自觉的本真书写。"②"迄今为止,我们还没有充分的证据说明屈原是有意识地充当文学家的角色,追求文学上的不朽"(同上,第24页)。二、正像《说难》《孤愤》并非是"韩非囚秦"的结果一样,《吕览》亦非是"不韦迁蜀"之作。当然,作为一位伟大的史学家、文学家,司马迁并非不清楚这些问题,但他认为人生在世,虽遭厄难,不能不有所作为,否则便会"名摩灭"与"蝼蚁"无异。因此,才在这里引前贤自励,激励自己"发愤著书"做一个"俶傥非常之人"。扬名后世"以显父母"既是其父亲的临终教诲,亦是其人生信条。司马迁对屈原行为的不理解,表面看来是因为二人的名利观、生死观不同,而之所以会产生这些不同,其根本原因则是因"身份"不同而产生的思想意识的不同。前文已言,屈原究竟是贵族、没落贵族还是平民,尽管学界迄今的认识仍不一致,但其与楚王同姓、屈氏家族自春秋历战国很出了些了不起的人物、一直为楚之望族则是不争的事实。因这样的家族背景,加之屈原良好的教养、实际的任职经历,其以主人自认,具有强烈的主人公意识,应该是不难理解的。正是这种主人公意识,激发了他的使命感、责任感,促使他把自己的全副身心投入到强国富民的事业上。可以说其一生的所作所为全是为了把楚国的事情办好,全是为了楚国人民的幸福。其为三闾大夫教育贵族子弟的目的与其任左徒时造为宪令、联齐抗秦的行为,以及被疏、被放后斥群小、怨君王、"九死不悔",直至最后的自沉,就其精神实质而言是一脉相承的——都是在履行主人的使命、责任。"写作"是其不得已而为之的事情,是其报国无门的情感的自然宣泄,其"发愤""抒情"是情感郁积心中不得不然的产物。司马迁不同,他的写作是自觉的,有明确的写作意识、写作目的,他要通过其著作使自己扬名后世,"以显父母",成为一个"俶傥非常之人"。虽然说司马迁对屈原的学习,仅仅是从自己需要的角度所做的有意识的选择:屈原既怨愤赋《骚》,自己也当以其为榜样"发愤著书"。但他对屈原之为屈原的本质特征——自认为主

---

① 见班固《离骚序》,郭绍虞主编《中国历代文论选》(第一册),上海古籍出版社1979年版,第83页。

② 何念龙,《楚辞散论》,湖北出版集团、湖北人民出版社2009年版,第158页。

人，毕竟缺乏体认。

　　司马迁是一位承守世职的史官，"著书"是他分内的工作。把自孔子《春秋》以来的人物、史实记录下来，以为后人征文考献提供依据，这既是他父亲的遗愿，亦是他的职责："且余尝掌其官，废明圣盛德不载，灭功臣世家贤大夫之业不述，堕先人所言，罪莫大焉。"①屈原的职责则是"存君兴国"、实现"美政"理想。就皆以为自己负有不可推卸的责任这一点而言，两人是有一致之处的，但因"身份"不同，其责任的内涵毕竟不同。司马迁仗义执言替李陵辩诬，以及实事求是、秉笔直书，是对古代良史传统的继承；屈原的斥小人、责君王，是因为他认为这些人在糟践国家和人民，这是他这个主人所不能忍受的、不允许的。就写作动机而言，司马迁"发愤著书"是怕"鄙没世而文采不表于后"，屈原在"一篇之中三致志"是"冀幸君之一悟"以实现"兴国"之理想，他虽然也说"恐修名之不立"，那也不过是在表明自己绝不降志、绝不与小人同流合污、绝不放弃自己的责任，而非计较一己之名利。当然，就客观效果而言，司马迁和屈原都取得了别人无法企及的成就，皆以宏文名垂青史。但需要强调说明的是：二人虽均以宏文名垂千古，若就当初著作动机而言，司马迁是有意栽花花盛开，而屈原却是无心插柳柳成荫耳。

　　司马迁的不幸遭遇是其理解屈原坎坷人生的基础。身世的不同——或谓自居角色的不同，是其对屈原有路不走感到奇怪的根本原因。所谓"上称帝喾，下道齐桓，中述汤武以刺世事，明道德之广崇，治乱之条贯，靡不毕见"，是其以史家学的特有眼光对《离骚》的解读。尽管武帝始倡"独尊儒术"，但儒家的是非标准毕竟在逐渐深入人心，其承袭刘安以"诗教"论《骚》，实不足怪。其虽不像贾谊那样要求屈原"自藏"，但读《鹏鸟赋》而"爽然自失"，一方面说明其对所处环境的无奈，另一方面亦可见西汉初年黄老无为思想之影响以及其对司马谈思想之承袭。

---

① 《史记》卷一百三十，《太史公自序》。

王逸以纬注骚考论

西华师范大学文学院　罗建新

为批评班固诸人指斥屈辞"非法度之政,经义所载"的"失厥中"之论,在经学占主导地位的社会思想文化体系中提升《楚辞》之价值,王逸于注骚之际,明确指出:"夫《离骚》之文,依托五经以立义焉"①,并广引《易》、《诗》、《书》等儒经作为诠释《楚辞》意旨的直接材料②;而在谶纬勃兴,学者"习为内学,尚奇文,贵异数,不乏于时"③,朝廷"皆为章句内学"④的安帝、顺帝时代,这种"援经解骚"的研究思路无疑也为将谶纬引入《楚辞》阐释提供了契机。故而,尽管叔师之《楚辞章句》"多传先儒之训诂",然细读文本,实不难从中探寻出谶纬之印迹。

一

王逸在章句《楚辞》的过程中,既有直接引用谶纬文献以诠释字词、疏通大意者,又有依谶纬之阴阳五行与天人感应等观念来阐发意旨者。

---

① 黄灵庚,《楚辞章句疏证》,中华书局2007年版,第563页。以下凡引王逸《楚辞章句》者皆出是书,为避烦琐,概不注出。
② 此种现象已引起不少学者关注,如赵晓东《王逸以〈诗〉注〈楚辞〉研究》(2008)分析了叔师以《诗》注《楚辞》的具体内容及其方法与逻辑,邓声国《王逸〈楚辞章句〉考论》(国家图书馆出版社2011年版)梳理了叔师引《诗》、《周易》、《尚书》、三《礼》、《春秋左传》、《论语》、《孝经》、《孟子》、《尔雅》、《淮南子》、《山海经》及其他子书的相关情况。台湾学者对此亦有论及,如郑雅婷《王逸〈楚辞章句〉引〈诗〉研究》(2008)逐条分析了《楚辞章句》引《诗》情况,归纳了其目的,并在立足于汉代四家诗的基础上对王逸用诗之情形进行审视,鲁瑞菁《王逸〈楚辞章句〉引〈诗〉考论》(2009)考察了叔师引《诗》解骚之目的、具体内容。
③ 范晔,《后汉书》,中华书局1965年版,第2705页。
④ 《旧唐书·元行冲传》:"汉有孔季产者,专于古学;有孔扶者,随俗浮沉。扶谓产云:'今朝廷皆为章句内学,而君独修古义。修古义则非章句内学,非章句内学,则危身之道也。'"所谓"内学",《后汉书方术传》李贤注云:"谓图谶之书。其事秘密,故称内。"则谶纬之学于东汉安帝年间实已成为官方学术之正统,且观所谓"非章句内学,则危身之道"之论,彼时朝廷又严禁学者訾议图谶;比诸前汉,又可谓独尊内学矣。

(一) 径取谶纬文献以注骚

在《楚辞章句》中,涉及对谶纬文献之直接运用者有三处①:

其一,《九怀·株昭》在"神章灵篇兮"句,王逸注曰:"河图、洛书,纬谶文也。"

案:倘从历时角度进行观照,则可见出,"河图"、"洛书"之具体所指实有一变化发展过程。其初始含义为对《周易》卦形来源及《尚书·洪范》"九畴"创作过程的解说,如《尚书·顾命》:"大玉、夷玉、天球、河图,在东序。"孔安国《传》:"伏牺王天下,龙马出河,遂则其文以画八卦,谓之'河图'。"②《尚书·洪范》:"天乃锡禹洪范九畴,彝伦攸叙。"孔安国《传》:"天与禹,洛出书。神龟负文而出,列于背,有数至于九。禹遂因而第之以成九类常道。"③即此之谓也。继而,其复具指称帝王圣者受命祥瑞之蕴涵,如《论语·子罕》:"子曰:'凤鸟不至,河不出图,吾已矣夫!'"④《管子·小匡》:"昔人之受命者,龙龟假,河出图,洛出书,地出乘黄,今三祥未见有者。"⑤即此之谓。至于以"河图"、"洛书"为"纬谶文"者,实乃汉世学者对谶纬之认识也,如桓谭《新论·启寤》:"谶出《河图》、《洛书》,但有朕兆而不可知。"《后汉书·张衡传》:"图谶成于哀、平之际也。且《河洛》、《六艺》,篇录已定,后人皮傅,无所容纂。"⑥则其时学者多以《河图》、《洛书》为相关谶纬文献合编之名也,其具体篇数,据《后汉书》李贤注,知张衡有所谓"《河洛》五九"之说。显然,王逸在注骚中对《河图》、《洛书》含义的解释,乃是取用谶纬之说。

其二,《离骚》"遭吾道夫昆仑兮"句,注曰:"《河图·括地象》言:'昆仑在西北,其高万一千里,上有琼玉之树也。'"又,《天问》"何所不死?"句,注曰:"《括地象》曰:'有不死之国'。"

案:清黄奭《汉学堂经解·河图括地象》:"郑氏注曰:'广被不遗谓之括,象犹貌也。审诸地势,措诸《河图》。'宋均曰:'《括地象》者,穷地仪也。'"⑦据此可知《河图·括地象》乃载记天下地理情况之书也。其在汉时又可简称为《括地象》,如《后汉书·公孙述传》:"《括地象》曰:'帝轩辕受命,公孙氏握。'"李贤注:"《录运法》、《括地象》并《河图》

---

① 《远游》之"造旬始而观清都"句,清同治十一年金陵书局重刻汲古阁毛晋校刊洪兴祖《楚辞补注》本王逸注文有"一云:旬始,星名。《春秋考异邮》曰:'太白,名旬始,如雄鸡也。'"语,然明正德黄省曾翻宋《楚辞章句》本、明隆庆夫容馆翻宋《楚辞章句》本、明万历丙戌冯绍祖本、明万历丙戌俞初本、清光绪辛卯赵尚辅《湖北丛书》本、日本宽延三年庄允益校刻本皆无此二十一字。黄灵庚先生《楚辞章句疏证》以为《章句》以'旬始'为'皇天',不宜别解为星名。则此'一云旬始星名春秋考异邮曰太白名旬始如雄鸡也'二十一字,后人窜乱之"。此处从其说。
② 阮元校刻,《十三经注疏》,中华书局1980年版,第239页。
③ 阮元校刻,《十三经注疏》,中华书局1980年版,第187页。
④ 阮元校刻,《十三经注疏》,中华书局1980年版,第2490页。
⑤ 黎翔凤,《管子校注》,中华书局2004年版,第426页。
⑥ 范晔,《后汉书》,中华书局1965年版,第1912页。
⑦ 黄奭,《汉学堂经解》,广陵书社2004年版,第1362页。

名也。"①《淮南子·墬形训》高诱注:"(昆仑虚)有五城十二楼,见《括地象》。此乃诞,实未闻也。"②王逸注《离骚》与《天问》所征引者,即属此二种情形。《离骚》所言之昆仑,《山海经》《尚书》《庄子》诸书已有涉及,然其论述之集中性、丰富性以及对昆仑重要性之强调却多不及纬书。在《河图》《洛书》中,与昆仑相关之论述层出不穷,而且,其多以为"昆仑为地中心",《河图·括地象》:"地中央曰昆仑","昆仑者,地之中也",其"纵广万里,高万一千里,神物之所生,圣人、仙人之所集也。出五色云气,五色流水,其泉东南流入中国,名曰河也。其山中应于天,最居中,八十城布绕之"③,地位尤其重要。在《楚辞》中,昆仑乃是作者屡屡眷顾之祖先高阳氏之发祥地④,在其心目中的地位极其重要,而王逸取用纬书材料来做笺注,在一定意义上更能将《楚辞》中所体现出的对祖先的景仰与追念之情暗示出来。至其所谓"不死之国"者,洪兴祖《楚辞补注》引《山海经·海外南经》曰:"不死民在交胫国东,其为人黑色,寿,不死。"汉世君王多希求长生,而儒生、方士因之亦多以不死之术说之,与之相应,谶纬文献也多涉及长生不生,如《春秋纬·感精符》:"王者德洽于地,则朱草生,食之令人不老。"⑤《春秋纬·合诚图》:"黄帝请问太一长生之道,太一曰:'斋戒六丁,道乃可成。'"⑥谶纬在其时甚为流行,君王重视,学界推崇,士人争学之;王逸引纬书注骚,能迎合这种时代风习之要求,让《楚辞》更易于为人们接受。

其三,《九叹·逢纷》"紫贝阙而玉堂"句,注曰:"《援神契》曰:'江水出大贝'也。"

案:王逸注文所引之《援神契》,又见于《白虎通义》、《风俗通义》、《鲁相史晨奏祀孔子庙碑》、《后汉书》,乃属《孝经纬》之篇目。《尔雅·释鱼》:"贝,大者魧,小者鲼。余泉,白黄文。"郭璞注:"今细贝亦有紫色者,出日南。今之紫贝,以紫为质,黑为文点。"⑦紫贝本为自然物,无其他特殊含义;大约是因其较少见,故为人们所珍视,以至于在谶纬系统中,其被赋予了瑞物的含义,成为上天认可、表彰人间君主行为的重要佐证,如《白虎通义·封禅》曰:"德至渊泉则黄龙见,醴泉通,河出龙图,洛出龟书,江出大贝,海出明珠。"⑧《礼纬·斗威仪》:"君乘金而王,其政荡平,则海出大贝。"⑨王逸此处乃是利用大贝在谶纬谱系中所具之祥瑞意义来阐释刘向因追念屈原忠信之节而"骋词以耀德"之意旨。

---

① 范晔,《后汉书》,中华书局1965年版,第538页。
② 何宁,《淮南子集释》,中华书局1998年版,第323页。
③ 董治安等,《两汉全书》,山东大学出版社2009年版,第19664页。
④ 张崇祯,《昆仑文化与楚辞》,《兰州大学学报(社会科学版)》2003年第1期,第11-16页。
⑤ 阮元校刻,《十三经注疏》,中华书局1980年版,第187页。
⑥ 赵在翰,《七纬》,中华书局2012年版,第545页。
⑦ 阮元校刻,《十三经注疏》,中华书局1980年版,第2641页。
⑧ 陈立,《白虎通疏证》,中华书局1994年版,第285页。
⑨ 赵在翰,《七纬》,中华书局2012年版,第311页。

(二)利用谶纬思想以解骚

尽管谶纬之思想蕴涵甚为丰富①,然概括论之,阴阳五行、天人感应实乃其核心之所在②,而这两方面的内容,在王逸《楚辞章句》中皆有鲜明体现。

1. 以谶纬之阴阳五行说解骚

阴阳本是先民对天地自然景象之描述,有向日与否或山之南北诸义,春秋以后,其渐由原初含义变为解释宇宙现象的两种基本力量③。五行初为金、木、水、火、土等构成人类生活的五种物质材料④,春秋后期,乃渐与其他事物相配对。迨至战国,阴阳、五行遂相互渗透、融合⑤,并在人们的观念领域中成为构建世界的框架。在谶纬文献中,阴阳五行进一步成为统摄宇宙万物的核心:一方面,万物无法游离于阴阳五行之外而存在;另一方面,万物的变化都可由阴阳五行说来加以解释说明。此种观念也为王逸所吸收,使得其在章句《楚辞》之时,表现出以下几方面特征:

其一,将阴阳与四时结合,以阳气(纯阳、少阳)与阴气(盛阴、太阴)之运转来解释节候更替与万物消息的具体情形。如:

《大招》:"青春受谢,白日昭只",注:"岁始春,青帝用事,盛阴已去,少阳受之,则日色黄白,昭然光明,草木之类,皆含气,芽蘖而生。"

《怀沙》:"冥凌浃行,魂无逃只",注:"岁始春,阳气上升,阴气下降,玄冥之神,遍行

---

① 对此问题,古今学者论述甚多,今人任蜜林《汉代内学——纬书思想通论》(巴蜀书社 2011 年版)乃以十余万言,分"宇宙元气论"、"阴阳五行"、"天人关系"、"礼乐刑德思想"、"伦理观"、"历史观"、"圣人观"等层面进行考察,可谓详尽。

② 钟肇鹏《谶纬略论》(辽宁教育出版社 1991 年版)即认为尽管谶纬的内容虽无所不包,而其主导思想则是以阴阳五行为骨架的天人感应神学目的论。

③ 《左传·襄公二十八年》载梓慎以阴阳而释自然现象:"今兹宋、郑其饥乎?岁在星纪,而淫于玄枵,以有时灾,阴不堪阳。"《国语·周语上》载伯阳父以阴、阳而释地震:"夫天地之气,不失其序,若过其序,民乱之也。阳伏而不能出,阴迫而不能黑,于是有地震。今三川实震,是阳失其所而镇阴也。"《国语·周语下》又有以阴阳而释音律者,"夫政象乐,乐从和,和从平。声以和乐,律以平声,金石以动之,丝竹以行之,……于是乎气无滞阴,亦无散阳,阴阳序次,风雨时至,嘉生繁祉,人民和利,物备而乐成。"则其时阴阳已成为支配宇宙变化的两种力量。

④ "五行"之称源于《尚书·洪范》,其文曰:"五行:一曰水,二曰火,三曰木,四曰金,五曰土。水曰润下,火曰炎上,木曰曲直,金曰从革,土爰稼穑。润下作咸,炎上作苦,曲直作酸,以革作辛,稼穑作甘。"则其意为五种基本物质属性。

⑤ 《管子·形势解》:"春者,阳气始上,故万物生。夏者,阳气毕上,故万物长。秋者,阴气始下,故万物收。冬者,阴气毕下,故万物藏。"将阴阳与四季相组配。《管子·四时》:"东方曰星,其时曰春,其气曰风,风生木与骨。南方曰日,其时曰夏,其气曰阳,阳生火与气。中央曰土,土德实辅四时入出。西方曰辰,其时曰秋,其气曰阴,阴生金与甲。北方曰月,其时曰冬,其气曰寒,寒生水与血。"将东西南北中与五行、四季、日月星辰相组配。合而论之,则可认为:阳与五行中的木、火属一类,又与春、夏及东、南相对应;阴与五行中的金、水属一类,又与秋、冬及西、北相对应;五行中的土则兼具阴、阳二重特性。亦即,其时学人乃以阴阳属性去规范五行,将五行纳入阴阳的范畴,二者相互渗透融合。

凌驰于天地之闲,收其阴气,闭而藏之,故魂不可以逃,将随太阴下而沉没也。"

《怀沙》:"滔滔孟夏兮,草木莽莽",注:"孟夏四月,纯阳用事,煦成万物。草木之类,莫不莽莽盛茂。"

《九思·哀岁》:"旻天兮清凉,玄气兮高朗",注:"秋冬阳气升,故高朗也。"

《离骚》:"朝发轫于天津兮,夕余至乎西极",注:"言己朝发天之东津,万物所生,夕至地之西极,万物所成,动顺阴阳之道,且亟疾也。"

案:将阴阳四分以与四时相配者,董仲舒已有论及,《春秋繁露·官制象天》:"天地之理,分一岁之变,以为四时,四时亦天地之四选已。是故春者少阳之选也,夏者太阳之选也,秋者少阴之选也,冬者太阴之选也。四选之中各有孟、仲、季,是选之中有选,故一岁之中有四时。"① 纬书则进一步明晰阴阳与四时相配合之后的具体运转状况,如《易纬·乾凿度》:"天地有春秋冬夏之节,故生四时。四时各有阴阳刚柔之分,故生八卦。八卦成列,天地之道立,雷风水火山泽之象定矣。……八卦之气终,则四正四维之分明,生长收藏之道备,阴阳之体定,神明之德通,而万物各以其类成矣。"② 在上文所引王逸注中,"始春"之时,"盛阴"(相当于"太阴")已去,"少阳受之",阴阳二气之运行状况为"阳气上升,阴气下降";迨至"孟夏",则"纯阳用事";于秋冬之际,阳气减退、阴气增长③。这样看来,阴阳二气的变化,在王逸的阐释中成为四季运转与自然物象变化发展的动力,并进而成为社会、人生诸种现象发生、发展的依据,而这与谶纬思想关于阴阳四时之论述是一致的。

其二,将五方纳入阴阳五行的系统之中,且据纬书标明与方位相配的五行、干支和神帝名称等信息。如:

《离骚》:"朝濯发于汤谷兮",注:"汤谷,在东方少阳之位。""撰余辔而正策兮,吾将过乎句芒",注:"就少阳神于东方也。"

《远游》:"吾将过乎句芒,历太皓以右转兮",注:"就少阳神于东方也。……东方甲乙,其帝太皓,其神句芒。"

《九章·惜诵》:"令五帝以折中兮",注:"五帝,谓五方神也。东方为太皞,南方为炎帝,西方为少昊,北方为颛顼,中央为黄帝。""遇蓐收乎西皇",注:"西方庚辛,其帝少皓,

---

① 苏舆,《春秋繁露义证》,中华书局1992年版,第218页。
② 赵在翰,《七纬》,中华书局2012年版,第32页。
③ 《九思·哀岁》之"旻天兮清凉,玄气兮高朗"句,王逸注曰:"秋冬阳气升,故高朗也。"郭建勋、刘祥《论王逸〈楚辞章句〉中的五行比附》(2012"屈原与汨罗"高峰文化论坛暨湖南省屈原学会第三届年会论文)以为此处"阳气升"语是为阐释"旻天兮清凉,玄气兮高明"句中的"高明",与"阳气升"相对的是"阴气降",它所言及的是空间意义上的升降。阳气轻清而势弱,故上升使得天象高朗;阴气重浊且势强,故下沉使得万物凋敝。阴气下沉之后,主宰了大地,也就造成时间意义上的阴气上升。因此,秋时阳气下降,阴气上升,为少阴之时。

其神蓐收。"

《大招》:"魂乎无西!"注:"言西方金行。"

案:在谶纬文献中,除却具有时间意义的四时外,具有空间意义的五方也被纳入阴阳五行的理论体系中,与八卦、干支等结合起来进行阐释。如《易纬·乾凿度》:"夫万物始出于震,震,东方之卦也,阳气始生,受形之道也,故东方为仁。成于离,离,南方之卦也,阳得正于上,阴得正于下,尊卑之象定,礼之序也,故南方为礼。入于兑,西方之卦也,阴用事,而万物得其宜,义之理也,故西方为义。渐于坎,北方之卦也,阴气形,盛阴阳气含,信之类也,故北方为信。夫四方之义,皆统于中央,故乾、坤、艮、巽,位在四维,中央所以绳四方行也,故中央为智。"① 从中不难看出,纬书将东、南、西、北、中五方分别与八卦之震、离、兑、坎与乾、坤、艮、巽配合起来,并根据阴、阳之运转情况将其与仁、礼、义、信、智结合,从而构成解释万物运行特征的理论框架。而在上文所引王注中,东方乃属少阳之位,与干支之甲乙相配,其帝太皞,其神句芒;西方与五行之金、干支之庚辛配,其帝少皞,其神蓐收,其论述多与纬书一致,当为王逸以纬解骚之表征。

其三,以阴阳及具有阴阳属性之自然物来比附人类社会中的君臣、夫妇诸关系。如:

《离骚》:"众女嫉余之蛾眉兮",注:"众女,谓众臣。女,阴也,无专擅之义,犹君动而臣随也,故以喻臣。"

《涉江》:"阴阳易位",注:"阴,臣也。阳,君也。"

《九辩》:"愿皓日之显行兮,云蒙蒙而蔽之",注:"日以喻君。……群小专恣,掩君明也。"

《离骚》:"前望舒使先驱兮,后飞廉使奔属",注:"月体光明,以喻臣清白也。飞廉,风伯也。风为号令,以喻君命。言己使清白之臣,如望舒先驱求贤,使风伯奉君命于后,以告百姓。"

《九叹·惜贤》:"雷填填兮雨冥冥,猿啾啾兮又夜鸣",注引"或曰"道:"雷为诸侯,以兴于君。云雨冥昧,以兴佞臣。猿猴善鸣,以兴谗言。风以喻政,木以喻民。雷填填者,君妄怒也。雨冥冥者,群佞聚也。猿啾啾者,谗夫弄口也。风飒飒者,政烦扰也。木萧萧者,民惊骇也。"

案:学界在论及王逸注骚特征时,多赞誉其以"善鸟香草以配忠贞,恶禽臭物以比谗佞,灵修美人以媲于君,宓妃佚女以譬忠臣,虬龙鸾凤以托君子,飘风云霓以比小人"诸语对《楚辞》之比兴特征进行了精要概括,为后人提供再阐释之纲领。叔师之所以能建立起如此可观的意象阐释体系,谶纬之功当不可没。谶纬多以阴阳论人伦,将自然与人事结合起来,认为社会中的各种角色都可以在自然之中找到相应的象征物,如日与君、月与

---

① 赵在翰,《七纬》,中华书局2012年版,第33页。

臣、雷与诸侯等等,如《春秋繁露·基义》:"君臣、父子、夫妇之义,皆取诸阴阳之道;君为阳,臣为阴;父为阳,子为阴;夫为阳,妇为阴。……王道之三纲,可求于天。"①《春秋纬·感精符》:"三纲之义,日为君,月为臣。"②《易纬·稽览图》:"雾之比,阴乱阳。"郑玄注:"臣乱其君政事。""霓之比,无德以色亲也。"郑玄注:"霓,邪气也。阴无德,以好色得亲幸于阳也。"③在谶纬盛行之时,此类比附论述普遍存在于人们的话语体系之中,而王逸在章句《楚辞》时自然也会受到影响④,其认可以人事比附飘风、云霓等自然现象的阐释方式,并屡屡"引类譬喻",以日与阳来喻君、月与阴来喻臣,凡此种种,皆可见出谶纬之影响。尤其值得注意的是,王逸在对《楚辞》中涉及作者之佩饰及饮食诸物象的比兴阐释问题上,亦多着眼于谶纬而申说,如《离骚》之"朝搴阰之木兰兮,夕揽洲之宿莽"句,注曰:"言己旦起升山采木兰,上事太阳,承天度也;夕入洲泽采取宿莽,下奉太阴,顺地数也。动以神祇自敕诲也。""朝饮木兰之坠露兮,夕餐秋菊之落英"句,注曰:"己旦饮香木之坠露,吸正阳之津液;暮食芳菊之落华,吞正阴之精蕊,动以香净,自润泽也。"《九叹·逢纷》之"原生受命于贞节兮,鸿永路有嘉名"句,注曰:"言屈原受阴阳之正气,体合大道,故长有美善之名也。"依叔师所云,"阰之木兰"是朝时上山所采,故为阳;"洲之宿莽"是暮时下泽所摘,故为阴;"香木之坠露"是朝时承天而降,故为阳;"芳菊之落华"是暮时缘地而取,故为阴。显然,王逸于此并未承袭司马迁"其志洁,故其称物芳"的阐释思路,其所强调的不是木兰、宿莽、秋菊作为香草的生物属性,而是从采摘时间、地点等要素着手,将之与谶纬理论相比附,以说明屈原之佩饰和饮食都能够顺应阴阳观念,符合"大道",因此有"美善之名",这种阐释显然是立足于谶纬观念而做出的。

2. 以谶纬之天人感应说解骚

天人感应之最初形态当是西周初年的神人感应观念;春秋战国之际,这种思想观念在理论依据与具体表现上皆有所发展⑤。迨至两汉,谶纬之学又进一步推阐此种观念,使其演变为天人间的彼此交感关系⑥,即天以某种神秘力量对人加以制约,而人亦可凭精

---

① 苏舆,《春秋繁露义证》,中华书局 1992 年版,第 350 页。
② 赵在翰,《七纬》,中华书局 2012 年版,第 528 页。
③ 赵在翰,《七纬》,中华书局 2012 年版,第 70 页。
④ 徐利华,《论阴阳五行说对王逸〈楚辞章句〉的影响》(《唐山师范学院学报》2008 年第 6 期)也认为王逸在解释《离骚》中"雷师告余以未具"一句时,将"雷"释为"诸侯",与前后句意不相属,而之所以会给出如此牵强的解说,实是因为其无法摆脱谶纬思想之樊篱。
⑤ 《易·乾卦》提出"同声相应,同气相求"的感应论,《吕氏春秋·明理》则对于天人感应的各种方式加以分门别类的系统整理。
⑥ 殷商之际尽管也存在着神人关系,但却并非是天人之间的相互感应。据卜辞可知:商代时侍奉的是人格化至上神——"帝",其多是无理性、喜怒无常之形象,与人联系的媒介是占卜,人对"帝"多是诚惶诚恐、小心侍奉,即便遇到水旱等自然灾害,尽管人进行虔诚的祭祀,然多未感动"帝"以免灾。亦即,殷商时代的"帝"与人之间的关系不是交流感应,而是前者对后者的单方面决定。

神、行为使天产生相应的反应,此种反应往往以某些天象或某些自然物发生变异作为标志,具有神秘性与虚幻性。这种思想在《楚辞章句》中多有体现,就王逸注文而言,其传递出如下观念:

其一,上天依据万民之德行而确定授之以王命的人选,并置以为人君,同时,进一步通过灾异与瑞应等手段监控其行为,善者佑之,恶者罚之。如:

《离骚》:"览民德焉错辅",注:"皇天神明,无所私阿。观万民之中有道德者,因置以为君,使贤能辅佐,以成其志。"

《天问》:"天命反侧,何罚何佑?"注:"言天道神明,降与人之命,反侧无常,善者佑之,恶者罚之。""恒秉季德,焉得夫朴牛?"注:"言汤能常秉持契之末德,修而弘之,天嘉其志,出田猎,得大牛之瑞也。""何亲就上帝罚,殷之命以不救?"注曰:"言天帝亲致纣之罪罚,故殷之命不可复救也。"

《涉江》:"鸾鸟凤皇",注:"鸾、凤,俊鸟也。有圣君则来,无德则去。"

《九叹·忧苦》:"听玄鹤之晨鸣兮,于高冈之峨峨",注:"玄鹤,俊鸟也。君有德则来,无德则去,若鸾凤矣。"

《九叹·愍命》:"麒麟奔于九皋兮",注:"麒麟,仁兽也。君有德则至,无德则去也。"

案:依纬书作者之意,上天与人间君主之间是一种相互感应关系,如《春秋纬·元命苞》:"天人同度,正法相授。天垂文象,人行其事,谓之教。教,效也,言上为而下效也"①,这种感应关系表现为上天为人间的黎民百姓降下天子,并受天命治理天下,如《春秋纬·演孔图》:"天子皆五帝精宝,各有题叙,以次运相据起,必有神灵符纪,使开阶立遂。"②人间王者当秉承天意,广施仁德,如《易纬·乾凿度》:"王者之法天地,施政教,而天下被阳德,蒙王化,如美宝莫能违害,永贞其道,咸受吉化,德施四海,能继天道也"③;若天下太平,上天就降下祥瑞以示肯定和褒奖,如《春秋纬·感精符》:"王者上感皇天,则景星见。""王者上感皇天,则鸾凤至。""德洽于地,则醴泉出焉。""王者德泽旁流四表,则白雉见。"④等等;反之,则天降灾祸以示警告,令天子改正施政错误,如《易纬·通卦验》:"夫卦之效也,皆指时卦,当应他卦气,及至其灾,其冲应之,此天所以示告于人者也。"⑤从上引王逸注中可看出,其认为君王乃是由上天所设置的,亦即皇权乃是天命所授,上天对人世行使评判权,"善者佑之,恶者罚之",对于有德者,上天乃通过鸾、凤、玄鹤、麒麟等祥瑞以示嘉奖;对于失德者,上天乃予以惩罚,甚至剥夺其君位而另授予有德者,这些阐释

---

① 赵在翰,《七纬》,中华书局2012年版,第401页。
② 赵在翰,《七纬》,中华书局2012年版,第378页。
③ 赵在翰,《七纬》,中华书局2012年版,第36页。
④ 赵在翰,《七纬》,中华书局2012年版,第521页。
⑤ 赵在翰,《七纬》,中华书局2012年版,第142页。

思想亦当与谶纬有密切联系。

其二，人君应敬畏天命，其行为之顺应天道与否会通过自然现象之变化而展示出来，并最终影响着其结局。如：

《天问》："皇天集命，惟何戒之？"注："言皇天集禄命而与王者，王者何不常畏慎而戒惧也？"

《离骚》："周论道而莫差"，注："殷汤、夏禹、周之文王，受命之君，皆畏天敬贤，论议道德，无有过差，故能获夫神人之助，子孙蒙其福佑也。""夫唯捷径以窘步"，注："桀、纣愚惑，违背天道，施行惶遽，衣不及带，欲涉邪径，急疾为治，故身触陷阱，至于灭亡，以法戒君也。"

《九辩》："收恢台之孟夏兮"，注："夫天制四时，春生夏长，人君则之，以养万物；秋杀冬藏，亦顺其宜，而行刑罚。故君贤臣忠，政合大中，则品庶安宁，万物丰茂。上暗下伪，用法残虐，则贞良被害，草木枯落。"

《七谏·自悲》："何青云之流澜兮，微霜降之蒙蒙。徐风至而徘徊兮，疾风过之汤汤"，注："君政用急，天旱下霜，则害草木，伤其贞节也。……君命宽则风舒，风舒则已徘徊而有还志也。"

案：依纬书之说，人君应该尊奉天道，并根据四时五行在各个阶段的具体运转特征来采取相应的统治措施，以做到天人相符，如《尚书纬·考灵曜》："春发令于外，行仁政，从天常，其时衣青。夏可以毁金销铜，使备火，敬天之明，其时衣赤。中央土，举有道之人，与之虑国，可以杀罪，不可起土功，犯地之常，其时衣黄。秋无毁金铜，犯阴之刚，用其时持兵，宜杀猛兽，其时衣白。冬无使物不藏，毋害水道，与气相保，其时衣黑。"①其德行之优劣与政治措施之合理与否能够与自然等发生感应，并通过具体的节候、气象之变化而体现出来，如《尚书纬·考灵曜》："故政失于春，岁星满偃，不居其常；政失于夏，荧惑逆行；政失于季夏，镇星失度；政失于秋，太白失行，出入不当；政失于冬，辰星不效乡；五政俱失，五星不明，年谷不登。春政不失，五谷孳，初夏政不失，甘雨时，季夏政不失，地无灾，秋政不失，人民昌，冬政不失，少疾丧，五政不失，百谷稚熟，日月光明。"②王逸在章句《楚辞》时，屡次强调王者应对天命保持着畏慎与戒惧之态度，在具体的政治活动中也应根据天地自然之运行特征而采取相应的措施，而且政治行为的合理与否也会招致自然气象的变化，这些阐释在理念上与谶纬是一致的。

---

① 赵在翰，《七纬》，中华书局 2012 年版，第 208 页。
② 赵在翰，《七纬》，中华书局 2012 年版，第 203 页。

二

　　叔师之所以援引纬书、立足谶纬观念注骚,大抵与尊崇谶纬之时代风习、个体经历、学养及其注骚目的诸因素有关。

　　自光武帝"宣布图谶于天下"后,谶纬日隆,"士之赴趣时宜者,皆骋驰穿凿,争谈之"①,更有甚者,东平王苍乃以谶"正五经章句",明帝亦以图谶作为"删定拟议"经学之基准,而樊鯈杂定郊祠礼仪,更援"谶记"以正"五经异说"②。如此一来,在汉明帝、章帝之际,谶纬显然已凌驾于五经之上,而为仲裁取义之典范。自此以降,学者"习为内学,尚奇文,贵异数,不乏于时"③,发展至东汉安帝、顺帝时代,朝廷更是"皆为章句内学",生活于此期且进入朝廷任校书郎之王逸,自然也难免会受到谶纬之影响,从而让其以纬注骚具有了产生的可能性。

　　再则,东汉学者多习谶纬④,王逸亦不例外。虽然今存史籍未见直接载有王逸"习谶纬"、"善图谶"之类文辞,然叔师对谶纬之学亦当不陌生,这可从二事得以推定:其一,据《后汉书》,王逸子延寿有《鲁灵光殿赋》,其中多记谶纬符命之语,倘从家学渊源考虑,似不能排除王逸研习谶纬之可能;况且,学界亦有推定此赋之作者为叔师者,则王逸与谶纬之关系更为明晰;其二,王逸与其时之谶纬名家樊英素善,且曾于永建二年(127),当汉顺帝征聘樊英而英不就之时,"与其书,多引古譬喻,劝使就聘",并最终使得"英顺逸议而至"⑤。樊英"善风角、星算,《河》《洛》七纬,推步灾异","朝廷每有灾异,诏辄下问变复之效,所言多验"⑥,王逸能"素与英善",且以"多引古譬喻"打动樊英,则其对谶纬当有知悉。这样看来,王逸对谶纬的了解与掌握,为其以纬注骚提供了重要依据。

　　王逸注《楚辞》时,将《离骚》名之"经",并对其进行"依托五经"的价值评判,既是为了匹配"章句"这种注释体例,又是以"经"为依托,利用儒经之地位来反驳非议屈原之论

---

① 范晔,《后汉书》,中华书局1965年版,第2705页。
② 《隋书·经籍志》:"汉时,又诏东平王苍,正五经章句,皆命从谶。俗儒趋时,益为其学,篇卷第目,转加增广。言五经者,皆凭谶为说。"《东观汉记》:"孝明皇帝尤垂意于经学,即位,删定拟议,稽合图谶。"《后汉书·樊鯈传》:"永平元年,(樊鯈)拜长水校尉,与公卿杂定郊祠礼仪,以谶记正五经异说。"
③ 范晔,《后汉书》,中华书局1965年版,第2705页。
④ 《后汉书·张衡传》:"初,光武善谶,及显宗、肃宗因祖述焉。自中兴之后,儒者争学图纬。"据范晔《后汉书》诸《传》及东汉碑刻所记,其时杨春卿、景鸾、薛汉、刘辅、杨统、郭凤、黄香、谢夷吾、杨震、袁良、翟酺、樊英、王辅、尹珍、李固、杨厚、武梁、蔡朗、李休、周䚦、祝睦、马融、张表、刘瑜、徐稚、郭泰、姜肱、刘宽、郑玄、何休、曹全、任安、董扶、赵典、魏朗、申屠蟠、公沙穆、韩说、唐扶、姚俊、谯周、何英、杨由、何宗、廖扶、尚博诸人,或"精群纬",或明"河洛纬度",或"善说灾异谶纬",比诸前汉,可谓"彬彬多图纬之士"矣。
⑤ 司马光,《资治通鉴》,中华书局1956年版,第860页。
⑥ 范晔,《后汉书》,中华书局1965年版,第2721页。

述,并进一步发掘《楚辞》中为现实政治服务的积极因素。而在"五经之义,皆以谶决","五经为外学,七纬为内学"①的时代,在以谶纬解经成为学术潮流,章句之学谶纬化的时代②,王逸以纬解骚,"为之符验",也是自然之事了。

三

"昔汉武爱《骚》,而淮南作《传》",受此种风习之影响,有汉一代,诸多学者皆为《楚辞》作过注释,相关成果亦甚繁多,如王逸《楚辞章句》之《离骚经后叙》记载:"至于孝武帝,恢宏道训,淮南王安作《离骚经章句》,则大义粲然……至刘向,典校经书,分为十六卷。孝章即位,深弘道艺,而班固、贾逵复以所见改易前疑,各作《离骚经章句》,其余十五卷,阙而不说。"在刘向、班固、贾逵等人所作注解皆已亡佚的情况下,何以王逸之章句能独存?在淮南王刘安奉武帝之命而作的《离骚经章句》也无法保存下来的今天,何以仍可见到多种不同版本的《楚辞章句》?这不由得让人肯定,王逸注中应是掌握了若干汉代政治、学术中的关键话语,因而方能获得广泛认同并得以保存下来。在一定程度上,这种话语应当和谶纬是有关联的。

从邹衍到董仲舒,汉人以集体创作建构出一个以阴阳五行之象比附人世间种种事物与关系的宇宙框架,在经由谶纬"以指象为言语"③之言说模式的强化后,诸多常见自然现象与其背后特定人事喻意之关联已经成为人所共知的固定化模式,如日为君,则日食表示国君为奸佞欺蒙;地为臣,则地震表示臣子有篡夺皇权之意;风雹雨雪乃是冤屈郁结之故,当普施恩泽以化解之;珍禽奇兽、灵草宝鼎乃为祥瑞,是上天的奖赏,等等。这种理解模式作为一种集体共识普遍存在于汉人的生活与思考习惯中。王逸利用这种集体共识,将人们所普遍接受的谶纬喻意体系纳入《楚辞》阐释,建构起依托于阴阳、祥瑞灾异等观念的、以君臣关系为核心的理解模式,既与当时权力阶层所期望传播的政治观念相契合,又易于被谶纬占主导地位的学术界与具有谶纬话语体系之集体共识的士人所认可,从而紧扣汉人对话的重要焦点与议题,为其所普遍接受,进而传播、流传开来。

---

① 皮锡瑞,《经学通论》,中华书局1954年版,第72页。
② 杨权,《论两汉章句之学的谶纬化》,《现代哲学》,2002年第4期,第72–76页。
③ 班固,《汉书》,中华书局1962年版,第1476页。

由《楚辞》在汉晋南朝的传播论《楚辞章句》韵体释文的生成

静宜大学中国文学系　鲁瑞菁

一、前言

今本王逸《楚辞章句》的释文有两种形式,一是散体释文,一是韵体释文①。本文所谓散体释文指的是汉代儒生说解五经的传笺、训诂、记注、章句等释文形式②,尤其王逸规模《毛诗传》的释《诗》体例,扩充为"三段式章句型",即首先训解词义,其次串讲句义③,最后阐述讽喻性与微言大义④。如《离骚》以下两句之例(鲁按,——之前为《楚辞》文本,之后为《楚辞章句》,下同):

朝搴阰之木兰兮,——搴,取也。阰,山名。
夕揽洲之宿莽。——揽,采也。水中可居者曰洲。草冬生不死者,楚人名曰宿莽(鲁按,以上为训解词义)。言己旦起陞山采木兰,上事太阳,承天度也;夕入洲泽采取宿莽,下奉太阴,顺地数也。动以神祇自敕诲也(鲁按,以上为串讲句义)。木兰去皮不死,宿莽遇冬不枯,以喻谗人虽欲困己,已受天性,终不可变易也(鲁按,以上为阐述讽喻性与微言大义)。

至于本文所谓韵体释文指的是《楚辞章句》中《九辩》、《哀郢》、《抽思》、《思美人》、

---

① 日本学者小南一郎曾对这两种形式的释文在《楚辞章句》十七卷中分布的状况,作出一个简略表格,参见[日]小南一郎著,张超然译,《王逸〈楚辞章句〉研究——汉代章句学的一个面向》,《中国文哲研究通讯》2001年第11卷第4期,第1-35页,尤其见页9。

② 此为汉代古文经学者最重要的方法,他们讲经重视语言文字,偏重名物制度,解字说经,言必遵守旧文而不穿凿附会,保持原始朴学的传统。由于古文经多古文古字,训诂要义存于文字声韵之中,故须借助小学,故两汉著名的古文经学者多为小学家,如王逸之前的刘歆、杜林、贾逵,与王同时的马融、许慎,稍后于王的郑玄都是精通小学的学者。参拙作:《"〈离骚〉称经"与汉代章句学》,《静宜人文社会学报》2007年第1卷第2期,第1-30页。

③ 多以"言"字领头,一般正文二句用一句章句解释,但亦有正文一句用一句章句解释者。

④ 多以"以言"、"以喻"、"以兴"等词领头,有时亦可以省略阐述讽喻性与微言大义的一段文字。参拙作:《论〈毛诗·传、笺〉与〈楚辞章句〉说"兴"之异同》,《先秦两汉学术学报》2006年第6期,第1-31页。

《惜往日》、《悲回风》、《远游》、《卜居》、《渔父》、《招隐士》、《九怀》各卷篇中,全篇或大部分,以及《离骚》、《涉江》、《九思》中的零星数句,先后以错落的韵体注解,其间又杂以散体解释,此为汉人传注体中所罕见。这种特殊的韵体释文形式,又可分为八字韵体释文(即○○○○○○●也)与四字韵体释文(即○○●也①)两种类型,其中句尾的"也"字表示句子意义与句子音步的结束,而●字为协韵的韵脚。八字韵体释文又有两式,即:

  第一式:○○○○◎○●也。(◎为实义字)
  第二式:○○○○◎○●也。(◎为虚义字,有"如"、"之"、"而"、"以"、"所"、"无"、"及"、"于"、"可"、"遂"、"在"等连接词、助词、介词等)

上述第一式往往被看作是两个句子(即"○○○○,◎○●也")的结构,不过这不是绝对的,也就是说,它们亦可以被认定成一个句子的结构;至于第二式则更直接被认定为一个句子的结构。又可以将八字韵体释文的音步节奏,粗读为"4-3"形式;再细读则多为"2-2-1-2"形式(如下文所引《四库全书总目》之言所举的三个例子),或较少的"2-2-2-1"形式(如下文所引《四库全书总目》之言有意忽略未举的另一个例子)。

清代《四库全书总目》已注意到《楚辞章句》中出现的特殊韵体释文形式,其言曰:

  逸注虽不甚详赡,而去古未远,多传先儒之训诂,故李善注《文选》,全用其文。《抽思》以下诸篇注中,往往隔句用韵,如"哀愤结縎,虑烦冤也。哀悲太息,损肺肝也。心中结屈,如连环也"之类,不一而足。盖仿《周易·象传》之体,亦足以考证汉人之韵。而吴棫以来谈古韵者,皆未征引,是尤宜表而出之矣。②

《四库全书总目》这段文字引出讨论的问题很多,如文中所谓"往往隔句用韵",指的就是八字韵体释文(却有意忽略与四字韵体释文),并将八字韵体释文看作两个句子的结构,如其所举《抽思章句》中的三个例证:"哀愤结縎,虑烦冤也"、"哀悲太息,损肺肝也"、"心中结屈,如连环也",每个例证都可以用新式标点断开为两句;不过在本篇论文中,为方便讨论起见,都将八字韵体释文认定为一个句子的结构。又在"四库馆臣"上述所举出的三个例子当中,第一、二例属于八字韵体释文第一式,第三例则属于八字韵体释文第二

---

① 鲁按,《楚辞章句》《远游》、《卜居》、《渔父》、《招隐士》等篇中有少数四字韵体释文作○○○●。

② 永瑢等撰,王云五主编,《四库全书总目提要·卷148·集部一·楚辞类·楚辞章句十七卷》,台湾商务出版社1965年版,第3091页。

式。至于三个例子的音步节奏皆为"2－2－1－2"形式。

值得提出的是,"四库馆臣"似乎有意忽略《抽思章句》接下来的一句"忧不能眠,时难晓也";忽略的原因明白易晓,即因为此句的韵脚与前面三句不能协韵,而《抽思章句》在接下来的六句释文则变成用散体释文形式,所以此句也不能与后面的句子协韵。关于这个问题,黄灵庚认为,此处《抽思章句》文有错乱,旧宜作"忧时难晓,不能眠也",冤、肝、环同协元韵,眠为真韵。真、元合韵互协①。

又"四库馆臣"并未细究的另一个问题是,《抽思章句》在"忧时难晓,不能眠也"后,接下来又连续用了二十九句八字韵体释文的形式,然后突然出现一句八字韵体后加散体释文的形式,这种现象在使用韵体释文形式的卷篇中时有所见,只是有时是在韵体释文前加散体释文的形式,有时又是在韵体释文的前后都加散体释文的形式。为什么《楚辞章句》会出现这种一下用韵体释文,一下又用散体释文,一下又合用两种形式注文的现象? 是否有某种规律可循呢②? 另外,还有一个重要的问题是,《楚辞章句》的韵体释文形式是如何生成的? 对于后面这个问题,"四库馆臣"虽然认为韵体释文形式是王逸所制,但是"逸注虽不甚详赅,而去古未远,多传先儒之训诂"云云,似乎又点出这种"隔句用韵"的体例乃前有所承,而其所承袭即"《周易·象传》之体"。此处所谓"《周易·象传》之体",应该是指《周易·坤卦·象传》下列之辞的形式:

> 履霜坚冰,阴始凝也。驯致其道,至坚冰也。
> 六二之动,直以方也。不习无不利,地道光也。
> 含章可贞,以时发也。或从王事,知光大也。
> 括囊无咎,慎不害也。
> 黄裳元吉,文在中也。龙战于野,其道穷也。用六永贞,以大终也。③

日本学者小南一郎对于《楚辞章句》韵体释文形式的问题有独到的研究,他尝试寻求韵体释文形式在《楚辞章句》中出现的规律性与典型性,如他认为四字韵体释文形式集中出现在《卜居》《渔父》全篇,以及《远游》(鲁按,《远游》四字韵体释文形式主要出现在载仙人王子乔述元精秘要一段文字中)、《招隐士》部分句子注文中的事实,说明《楚辞章

---

① 黄灵庚,《楚辞章句疏证》,中华书局2007年版,第1437－1438页。
② 蒋天枢、李大明等学者都注意到《楚辞章句》这种混用注文形式的现象,然于其形成的原因,则无有说明。参蒋天枢,《论〈楚辞章句〉》,氏著,《楚辞论文集》,蓝灯文化事业公司1987年版,第216－217页。又李大明,《〈四库全书总目·楚辞〉考证》,氏著,《楚辞文献学史论考》,巴蜀书社1997年版,第356－358页。
③ 《影印阮刻十三经注疏本·第一册·周易正义》,艺文印书馆1976年版,第19－20页。

句》四字韵体释文形式的生成与宣扬隐逸与神仙思想的道家学人有关①。

小南一郎更对《楚辞章句》中韵体释文形式的来源提出说明。他认为在王逸《楚辞章句》之前的《楚辞》注释有两个系统：一是较早时期在民间楚文化圈内教传的系统，一是较晚之后才在大汉帝国上层阶级传衍的系统。那种在楚文化圈内传承、保有浓厚地域文化色彩的民间教传系统，与受到汉朝京都皇帝、宫廷文人所喜好，并由一群一流学者相继注释的《楚辞》流派有别。换言之，在王逸所作的《楚辞章句》中，一方面以传统散体章句注释的方式为蓝本，反映出他对于中央京都《楚辞》学的累积；另一方面他又用韵体释文形式注释的方式，继承楚地文化圈内的《楚辞》传承。虽然王逸统合两种《楚辞》注释传统，但是在方法上，他更着重继承并创发以宫廷为中心的散体释文形式，而以袭用的韵体释文形式作为补充，所以《楚辞章句》中常见在散体释文之后又附以韵体释文的现象，如《离骚》"朝搴阰之木兰兮，夕揽洲之宿莽"句，《离骚章句》：

搴，取也。阰，山名。揽，采也。水中可居者曰洲。草冬生不死者，楚人名曰宿莽。言己旦起陞山采木兰，上事太阳，承天度也；夕入洲泽采取宿莽，下奉太阴，顺地数也。动以神祇自敕诲也。木兰去皮不死，宿莽遇冬不枯，以喻谗人虽欲困己，己受天性，终不可变易也。

这里"上事太阳，承天度也"、"下奉太阴，顺地数也"、"动以神祇自敕诲也"等三个八字韵体释文都是王逸袭用民间楚文化圈内教传的系统（如淮南王刘安的文学集团），王逸将其插入到自己的散体释文之后作为补充。②

德国学者白马不同意上述小南一郎关于《楚辞章句》中韵体释文形式的来源的论断，他细致分析《惜往日章句》、《渔父章句》及《哀郢章句》三篇内容后，得出与小南一郎论点相反的结论。他认为《楚辞章句》中韵体释文形式与原文之间存在着任意性、拼凑性关系，显示它们是在王逸散体释文形式之后生成，并被增补、整合到王逸《楚辞章句》中，具有不同于散体释文形式的运用意图。换言之，王逸创作《楚辞章句》原是散体释文形式，而韵体释文形式则是事后追加的编辑工作结果，其出现的时间段限定在公元2世纪到公元7世纪晚期之间，也就是王逸《楚辞章句》作成之后到《昭明文选·六臣注》成书之前，盖《文选·六臣注》中已多所征引今本《楚辞章句》《涉江》、《招隐士》、《卜居》、《渔父》、

---

① ［日］小南一郎著，张超然译，《王逸〈楚辞章句〉研究——汉代章句学的一个面向》，《中国文哲研究通讯》2001年第11卷第4期，第10页。
② 小南一郎著，张超然译，《王逸〈楚辞章句〉研究——汉代章句学的一个面向》，《中国文哲研究通讯》2001年第11卷第4期，第12、28-29页。

《九辩》等篇中的韵体释文。白马还提示,《楚辞章句》韵体释文中出现的一些词汇、术语,如"呵骂"、"诽讪"、"怨忒"等,是王逸时代及之前不曾被使用过的,它只出现在王逸时代之后,可以将此问题另立一个专题进行研究。①

综上所论,《楚辞章句》中韵体释文形式的来源到底在散体释文之前还是之后?是王逸将前人用韵体说解《楚辞》的成果,插入到自己所作的散体释文内,作为补充说明;还是王逸之后的《楚辞》学人编辑到《楚辞章句》中的结果?是否还有其他的可能性?本文之后的第三小节将从《楚辞》在汉晋南朝传播的视角,对这个问题提出思考。至于本文以下第二小节将先对韵体释文形式在《楚辞章句》中的分布,果真有规律性可循,还是杂乱无章的问题进行讨论。

二、《涉江》与《哀郢》篇中释文的现象

本小节将选取《涉江章句》与《哀郢章句》篇中释文形式作为例子,分析、讨论韵体释文形式在《楚辞章句》中所显示的现象与问题。本文为何选择这两篇作为例证呢?前文提到《四库全书总目》曾经注意到《楚辞章句》中出现了韵体释文形式,并说"《抽思》以下诸篇注中,往往隔句用韵";他们似乎忽略《九章》除第一篇《惜诵》、第六篇《怀沙》、第八篇《橘颂》没有出现八字韵体释文形式,其余六篇皆出现了八字韵体释文形式。而《抽思》为《九章》的第四篇,其前尚有第二篇《涉江》与第三篇《哀郢》,其后则有第六篇《思美人》、第七篇《惜往日》、第九篇《悲回风》皆出现韵体释文形式。

若依次将《九章》各篇出现纯八字韵体释文出现的百分比率标出,则得到如下数据:《涉江》6.78%、《哀郢》28.36%、《抽思》64.04%、《思美人》84.85%、《惜往日》82.90%、《悲回风》41.67%;再若是将八字韵体释文与散体释文混合出现的句子也算入,其百分比率依次是:《涉江》11.86%、《哀郢》29.85%、《抽思》68.54%、《思美人》93.94%、《惜往日》84.21%、《悲回风》43.52%(请参看附录一)。推测《四库全书总目》未将《涉江》、《哀郢》作为例证提及,或许是因为这两篇的八字韵体释文出现较少,较不具代表性;而《抽思》八字韵体释文占全篇句数的六成四,足以作为一个范例提出。

本文认为,如果王逸作《楚辞章句》是依卷篇次序而作,那么《涉江》作为《九章》最早出现八字韵体释文的篇章,虽然只有7句用八字韵体释文,但是值得进一步分析,尤其《涉江》某些段落的注释形式显现出很有意思的现象;至于《哀郢》则有20句八字韵体释文,是《九章》出现八字韵体释文的第二篇,并出现了2句四字韵体释文,奇怪的是,其散

---

① [德]白马著,张慧文译,《不同的评注,不同的评注者——以〈楚辞章句〉的多样化评注为基础试探本书成书的经过》,辑入中国屈原学会编:《中国楚辞学》第九辑,学苑出版社,2007年版,第89－124页。

体亦有2句有协韵的现象,具一定的比较、讨论意义。

先论《涉江》。《涉江》全篇59句,散体释文计有44句,自32至38句,连续出现7句八字韵体释文,兹将此7句前面数句的散体释文一起标出,以便进行观察与讨论:

25 入溆浦余儃佪兮,————溆浦,水名。

26 迷不知吾所如。————迷,惑也。如,之也。言己思念楚国,虽循江水涯,意犹迷惑,不知所之也。

27 深林杳以冥冥兮,————山林草木茂盛。

28 猿狖之所居。————非贤士之道径。

29 山峻高以蔽日兮,————言险阻危倾也。

30 下幽晦以多雨。————言暑湿泥泞也。(《章句》以上盛、径、倾、泞,同协耕韵①)

31 霰雪纷其无垠兮,————涉冰冻之盛寒。

32 云霏霏而承宇。————室屋沉没,与天连也。(《章句》以上寒、连,同协元韵②)或曰:日以喻君,山以喻臣,霰雪以兴残贼,云以象佞人。"山峻高以蔽日"者,谓臣蔽君明也。"下幽晦以多雨"者,群下专擅施恩惠也。"霰雪纷其无垠"者,残贼之政害仁贤也。"云霏霏而承宇"者,佞人并进满朝廷也。

33 哀吾生之无乐兮,————遭遇谗佞,失官爵也。

34 幽独处乎山中。————远离亲戚,而斥逐也。

35 吾不能变心而从俗兮,————终不易志,随枉曲也。(《章句》以上爵、逐、曲,同协屋韵③)

36 固将愁苦而终穷。————愁思无聊,身困穷(鲁按,穷应作极,详下)也。

37 接舆髡首兮,38 桑扈赢行。————接舆,楚狂接舆也。髡,剔也。首,头也,自刑身体,避世不仕也。(《章句》以上极、仕同协职韵④)桑扈,隐士也。去衣裸裎,效夷狄也。言屈原自伤不容于世,引此隐者以自慰也。

以上25、26两句为散体释文。27至30四句为6个字,并协耕韵,其中又分为两句6

---

① 黄灵庚,《楚辞章句疏证》,中华书局2007年版,第1367页。
② 黄灵庚,《楚辞章句疏证》,中华书局2007年版,第1369页。
③ 黄灵庚,《楚辞章句疏证》,中华书局2007年版,第1370页。
④ 黄灵庚,《楚辞章句疏证》,中华书局2007年版,第1371页。

字句、两句"言○○○○也"的6字句,本文虽然将此四句看作散体释文,但是严格来说,可以认为这四句是介于散体与韵体之外另一种少数体例的释文形式。

31、32两句协韵,31似有阙文,应原作"冬涉冰冻之盛寒也"。最特殊的是32句用八字韵体后加散体释文,而散体释文之中又夹杂八字韵体释文。仔细考察,"或曰"以下似为另外插入、补苴进来,以便说明以上四句中喻意的一段文字。在说明前四句词汇喻意的文字之后,是说明前四句所兴之义。其中第一句用散体,后三句用八字体,值得注意的是,这三句并未协韵,不能称为韵体;而"'□□□□□'者,○○○○○○也"这样重复一句《楚辞》文本,再阐释一句的句式(鲁按,"□□□□□□"为《楚辞》文本),与《抽思章句》文末最后八句,用"'□□□□'者,○○○也"的句式一样,不过细部又存在不同差异,二者之间的关系,颇耐人寻味。

接着33至35三句用八字韵体,协屋韵,36用八字韵体"愁思无聊,身困穷也",此句文所窜乱,《文选》本"穷"作"极";作"极",是,与下句"仕"字协韵。37、38合《涉江》2句用八字韵体前后加散体释文,其中"自刑身体,避世不仕也"句,"世"字为羡文,原应作"自刑身体,避不仕也",为八字韵体释文,与前后句相协。值得注意的是,这里若将八字韵体释文拿掉,即成为:

  接舆,楚狂接舆也。髡,剔也。首,头也,桑扈,隐士也。言屈原自伤不容于世,引此隐者以自慰也。

此乃文从字顺,又合乎体例的散体释文。与前述《离骚》"朝搴阰之木兰兮,夕揽洲之宿莽"句中,可以拿掉《离骚章句》"上事太阳,承天度也"、"下奉太阴,顺地数也"、"动以神祇自救诲也"等三句八字韵体释文的例子一样,可以判定其中"自刑身体,避不仕也"、"去衣裸裎,效夷狄也"等两句八字韵体释文,都是一种编辑、整合与补苴的结果。此外,从这里也可以看出,协韵之句,其句子的意思不一定相衔接,36句意本与35相衔接,但却不与35协韵,而与37、38相协。

从上文的分析来看,《涉江》篇中释文体例杂乱,八字韵体释文的分布并无规律性可言,编辑、整合、补苴等现象明显。

再论《哀郢》。《哀郢》全篇67句,散体释文计有31句,自27至38句,连续出现12句八字韵体释文,兹先将25句以后的释文标出,以便进行观察与讨论:

  25 将运舟而下浮兮,————运,回也。
  26 上洞庭而下江。————言己忧愁,身不能安处也。
  27 去终古之所居兮,————远离先祖之宅舍也。

28 今逍遥而来东。————遂行游戏,涉江湖也。

29 羌灵魂之欲归兮,————精神梦游,还故居也。

30 何须臾而忘反。————倚柱顾望,常欲去也。

31 背夏浦而西思兮,————背水向家,念亲属也。

32 哀故都之日远。————远离郢都,何辽辽也。

33 登大坟以远望兮,————想见宫阙与廊庙也。水中高者为坟。《诗》曰:"遵彼汝坟。"

34 聊以舒吾忧心。————且展我情,渫忧思也。

35 哀州土之平乐兮,————闵惜乡邑之饶富也。

36 悲江介之遗风。————远涉大川,民俗异也。

37 当陵阳之焉至兮,————意欲腾驰,道安极也。

38 淼南渡之焉如?————淼㴉弥望,无际极也。

39 曾不知夏之为丘兮,————夏,大殿也。丘,墟也。《诗》云:"于我乎夏屋渠渠。"怀王信用谗佞,国将危亡,曾不知其所居官殿当为墟也。

40 孰两东门之可芜!————孰,谁也。芜,逋也。言郢城两东门非先王所作邪?何可使逋废而无路?

41 心不怡之长久兮,————怡,乐也。

42 忧与愁其相接。————接,续也。言己念楚国将墟,心常含戚,忧愁相续,无有解也。

43 惟郢路之辽远兮,————楚道逶迤,山谷隘也。

44 江与夏之不可涉。————分隔两水,无以渡也。

45 忽若不信兮,————始从细微,遂见疑也。

46 至今九年而不复。————放且九岁,君不觉也。

47 惨郁郁而不通兮,————中心忧满,虑闭塞也。

48 蹇侘傺而含慼。————怅然住立,内结毒也。

49 外承欢之汋约兮,————汋约,好貌。

50 谌荏弱而难持。————谌,诚也。言佞人承君欢颜,好其谄言,令之汋约然,小人诚难扶持之也。

51 忠湛湛而愿进兮,————湛湛,重厚貌。

52 妒被离而鄣之。————言己体性重厚,而欲愿进,谗人妒害,加被离析,鄣而蔽之。

53 尧舜之抗行兮,

54 了杳杳而薄天。

55 众谗人之嫉妒兮,

56 被以不慈之伪名。

57 憎愠惀之脩美兮,

58 好夫人之忼慨。

59 众踥蹀而日进兮,

60 美超远而逾迈。————此皆解于《九辩》之中。

61 乱曰:

62 曼余目以流观兮,

63 冀壹反之何时?————曼,犹曼曼,远貌。言己放远,日以曼曼,周流观视,意欲一还,知当何时也。

64 鸟飞反故乡兮,————思故巢也。

65 狐死必首丘。————念旧居也。(《章句》以上巢、居协韵。巢,宵韵;居,鱼韵;宵、鱼合韵①)

66 信非吾罪而弃逐兮,————我以忠信而获过也。

67 何日夜而忘之!————昼夜念君,不远离也。(《章句》以上过、离协韵。过,歌韵;离,支韵。支、歌合韵②)

上引《哀郢》26 句以前皆用散体释文,差别在于有一句一释者,有二句一释者。以后 27 至 38 句,除 33 为八字韵体释文后加散体释文,其余 11 句皆为纯八字韵体释文。39 至 42 四句用散体释文,43 至 48 六句又为纯八字韵体释文。49 至 52 四句再用散体释文,53 至 60 八句云"此皆解于《九辩》之中",可见旧本《九辩》卷在《九章》卷前(详下)。值得注意的是 51、52"忠湛湛而愿进兮,妒被离而鄣之"句,用散体释文,然此 2 句之下句已先见《九辩》中,《九辩》"纷纯纯之愿忠兮,妒被离而鄣之",用纯八字韵体"思碎首脑而伏节也,谗邪妒害而壅遏也"注之,而《哀郢》此句竟不用"此皆解于《九辩》之中",却用散体注之,如此自乱体例,似乎不能用作者疏忽来解释。53 至 60 八句实际上有七句袭自《九辩》,《九辩》中此八句并不连贯,中间还夹杂有其他句子,请看:

201 尧舜之抗行兮,————圣迹显著,高无颠也。

202 瞭冥冥而薄天。————茂德焕炳,配乾坤也。

203 何险巇之嫉妒兮,————乱惑之主嫉其荣也。

---

① 黄灵庚,《楚辞章句疏证》,中华书局 2007 年版,第 1435 页。
② 黄灵庚,《楚辞章句疏证》,中华书局 2007 年版,第 1436 页。

204 被以不慈之伪名。————言尧有不慈之过,以其不传丹朱也;舜有卑父之谤,以其不立瞽瞍也。

205 彼日月之照明兮,————三光照察,镜幽冥也。

206 尚黯黮而有瑕。————云霓之气,蔽其精也。

207 何况一国之事兮,————众职丛务,君异政也。

208 亦多端而胶加。————贤愚反戾,人异形也。

209 被荷裯之晏晏兮,————荷,芙蕖也。裯,袛裯也,若襜褕。晏晏,盛貌也。

210 然潢洋而不可带。————潢洋,犹浩荡,不着人貌也。言人以荷叶为衣,貌虽香好,然浩浩荡荡而不可带,又易败也。以喻怀王自以为有贤明之德,犹以荷叶为衣,必坏败也。

211 既骄美而伐武兮,————怀王自谓有懿德,又勇猛也。

212 负左右之耿介。————恃怙众士,被甲兵也。怀王内无文德,不纳忠言;外好武备,而无名将,所以为秦所诱,客死不还。

213 憎愠惀之脩美兮,————恶孙叔敖与子文也。(鲁按,文字失韵,或作"轻恶子文与叔敖也")

214 好夫人之慷慨。————爱重囊瓦与庄蹻也。

215 众踥蹀而日进兮,————无极之徒在帷幄也。

216 美超远而逾迈。————接舆避世,辞金玉也。

《九辩》204 在群韵体中杂一散体,颇为奇怪。再接着看《哀郢》,61、62、63 为三句一释者,用散体。64、65 忽然用了 2 句四言韵体,为《九章》少见。最后 66、67 再用八言韵体。

从上文的分析来看,《哀郢》篇中释文体例杂乱,八字韵体释文的分布并无规律性可言,编辑、整合、补苴等现象明显。

三、《楚辞》在汉晋南朝的传播与韵体释文的生成

前节着眼选取《九章》中最早出现八字韵体释文的《涉江》与《哀郢》两篇作为例子,分析、讨论韵体释文形式在《楚辞章句》中所显示的现象与问题,然而《涉江》与《哀郢》似乎还不是《楚辞章句》最早出现八字韵体释文的卷篇;换言之,《楚辞章句》最早出现八字韵体释文的卷篇是《九辩》。盖洪兴祖《楚辞补注》十七卷在每卷目录之下,皆附有古本《楚辞释文》卷篇的次第,并在目录后有一按语云:

《九章》第四、《九辩》第八,而王逸《九章》注云"皆解于《九辩》中",知《释文》篇第盖旧本也,后人始以作者先后次叙之尔。①

是洪兴祖据王逸《九章·哀郢》注中,称"此皆解于《九辩》中",知古本《楚辞释文》列《九辩》在第二卷,列《九章》在第四卷。

又汤炳正据《楚辞释文》目录篇第次序,论述《楚辞》纂辑的过程,认为先秦《楚辞》仅《离骚》、《九辩》二卷,纂辑者或为宋玉;汉淮南王刘安或其宾客淮南小山辈增辑为九卷,止于《招隐士》;迨刘向复增辑为十三卷,止于《九叹》;班固后、王逸前佚名者复增辑为十六卷本;最后王逸益以己作《九思》,成十七卷本《楚辞》,并作《楚辞章句》。由此可见《楚辞》一书由战国到东汉这一漫长历史时期中,一直都在进行纂辑、改编与增补的工作②。若依汤氏之说,则最早的屈宋合集《楚辞》当流行在以淮南寿春及长江下游吴地为双中心的楚文化圈内。《汉书·卷二十八下·地理志下》载:

> 始楚贤臣屈原被谗放流,作《离骚》诸赋,以自伤悼。后有宋玉、唐勒之属,慕而述之,皆以显名。汉兴,高祖王兄子濞于吴招致娱游子弟,枚乘、邹阳、严夫子之徒兴于文景之际。而淮南王安亦都寿春,招宾客著书。而吴有严助、朱买臣,贵显汉朝,"文辞"并发,故世传《楚辞》。③

汉初流行于楚文化圈内的《楚辞》乃口耳传教之学,其间抑或有以八字韵文体例说解《楚辞》(《离骚》与《九辩》)者,今《九辩》用八字韵体释文句数高达九成七,当与方便记忆与传播有关。又据《汉书·卷四十四·刘安传》载,汉武帝曾召刘安入朝,"使为《离骚传》,旦受诏,日食时上"④,"传"即口耳相传与说解⑤。刘安在奉诏后,约莫四个小时内即能作好《离骚传》献上,这篇《离骚传》除被司马迁择取载于《史记·屈原列传》中的《离骚叙》外,应该还有用八字韵文体例逐句说解《离骚》的《离骚传》文⑥。

---

① 洪兴祖,《楚辞补注·楚辞目录》,中华书局2000年版,第1—3页。
② 汤炳正,《〈楚辞〉成书之探索》,氏著,《屈赋新探》,贯雅文化事业公司1991年版,第83—106页。
③ 班固撰,颜师古注,杨家骆主编,《新校本汉书集注并附编二种》,鼎文书局1986年版,第1668页。
④ 班固撰,颜师古注,杨家骆主编,《新校本汉书集注并附编二种》,鼎文书局1986年版,第2145页。
⑤ 见《汉书》颜师古注。又王逸《楚辞章句·离骚经后叙》云:"(武帝)使淮南王安作《离骚经章句》,则大义粲然。"是《离骚传》即《离骚经章句》,既然称作"章句",即有对每一句的解说。
⑥ 小南一郎就持这个看法,参[日]小南一郎著,张超然译,《王逸〈楚辞章句〉研究——汉代章句学的一个面向》,《中国文哲研究通讯》2001年第11卷第4期,第26—28页。

再依前述汤炳正的看法,汉淮南王刘安或其宾客淮南小山辈增辑《楚辞》为九卷,是在《离骚》与《九辩》俱存的基础上,又益以《九歌》、《天问》、《九章》、《远游》、《卜居》、《渔父》、《招隐士》七卷。其中《卜居》、《渔父》几乎通篇用四字韵体释文,《远游》、《招隐士》交互使用八字韵体释文与四字韵体释文,而《九章》韵体释文的情况已见前文。推测《九歌》、《天问》亦有用韵体释文的可能性,说淮南寿春刘安文学集团正是《楚辞》韵体释文最初原型传播的重要渊薮,当不为过。

请再看下列三条资料的记载:

《史记·酷吏列传》:"始,长史朱买臣,会稽人也,读春秋。庄助使人言买臣,买臣以《楚辞》与助俱幸。"①

《汉书·卷六十四上·朱买臣传》载武帝时:"严助贵幸,荐买臣,召见,说《春秋》,言《楚辞》,帝甚说之。"②

《汉书·卷六十四下·王襃传》载宣帝时:"征能为《楚辞》,九江被公召见诵读。益召高材刘向、张子侨、华龙、柳襃等,待诏金马门。"③

上引三条资料中的《楚辞》内容已无从考订,从《楚辞》可以"言"与"诵读"的情况推敲,应是有韵味及节奏之辞,若说包含有骚体文本及韵体释文解说,也是适当的。是大汉中叶武帝、宣帝时,《楚辞》及其韵体释文之口耳相教传一脉,已由较早流衍于淮南及吴地故楚文化圈,逐渐传播到京都宫廷之中④。

《四库全书总目》云:"裒屈、宋诸赋,定名《楚辞》,自刘向始也。"⑤此说不够精确,王逸《楚辞章句·离骚经后叙》云:"逮至刘向,典校经书,分为十六卷。孝章即位,深宏道艺,而班固、贾逵复以所见,改易前疑,各作《离骚经章句》,其余十五卷,阙而不说。"然依前述汤炳正的研究,刘向增辑《楚辞》为十三卷,故十六卷应为十三卷之误⑥;刘向又曾校订《屈原赋二十五篇》并作《书录》,今班固《汉书·艺文志·诗赋》著录《屈原赋二十五

---

① [日]泷川龟太郎,《史记会注考证》,大安出版社2003年版,第1266页。
② 班固撰,颜师古注,杨家骆主编,《新校本汉书集注并附编二种》,鼎文书局1986年版,第2791页。
③ 班固撰,颜师古注,杨家骆主编,《新校本汉书集注并附编二种》,鼎文书局1986年版,第2821页。
④ 又文帝时的贾谊、武帝时的东方朔等人对于《楚辞》在京都宫廷中的传播应有一定的贡献。
⑤ 永瑢等撰,王云五主编,《四库全书总目提要·卷148·集部一·楚辞类·楚辞章句十七卷》,台湾商务出版社1965年版,第3091页。
⑥ 李大明,《楚辞文献学史论考》,巴蜀书社1997年版,第45页。

篇》即据向《书录》而定①。上述刘向增辑十三卷《楚辞》与校订《屈原赋二十五篇》，两个版本应有不同，除前者为"总集"之体，后者为"别集"之体外②，前者应有承袭刘安文学集团之韵体释文原型存焉，后者则有刘向校订的散体释文形式。

另外，请看王逸《楚辞章句》下列之言：

> 《天问叙》：楚人哀惜屈原，因共论述，故其文义不次序云尔。
> 《九章叙》：楚人惜而哀之，世论其词，以相传焉。
> 《远游叙》：是以君子珍重其志，而玮其辞焉。
> 《渔父叙》：楚人思念屈原，因叙其辞，以相传焉。

是楚汉民间则一直有或以成集《楚辞》形式，或以单篇屈宋等人作品形式相教传的传统。既然《楚辞》传本非一，而流行于唇吻之韵体释文与流行于著述之散体释文两种形式，各自流衍的现象自是十分复杂。班固、贾逵、王逸等人应见到各种《楚辞》及其释文的传本，班、贾作《离骚经章句》，所据即散体释文的《楚辞》传本，王逸作《楚辞章句》虽然参考了韵体释文的传本，但是主要还是承袭散体释文的方法。

王逸作《楚辞章句》应该不会创制韵散释文相互交杂的体例，其理由有三：首先，由前节分析《涉江》与《哀郢》篇中释文现象，并扩及整部《楚辞章句》卷篇释文现象，可以看出：《楚辞章句》或有在连续散体释文间夹杂数句韵体释文者，或有在连续韵体释文间夹杂数句散体释文者，或有在一句散体释文间夹杂韵体释文者，或有在一句韵体释文前后夹入词语训释或散体串讲句意者。质言之，整部《楚辞章句》的注文体例零乱失序、任意随性，不像是一部"稽之旧章，合之经传"、"大指之趣，略可见矣"（《楚辞章句·离骚经后叙》）的严谨著作。然王逸《楚辞章句》是受东汉"章句之学"观念与风气影响下的产物，其以《章句》注解《楚辞》，必定谨守"章句之学"的法度、规范与体例，实不容私心逾越，自创韵散混杂的方法③。

其次，西汉至东汉前期的传、说、记、章句等注经之书皆是独立成册，不与经书合编，更不与经文相间杂；自马融在《周礼注》前加上《周礼》经书的抄录本，始开启"经传合编"

---

① 李大明，《楚辞文献学史论考》，巴蜀书社1997年版，第42－44页。
② 刘向《七略·诗赋略》分先秦至西汉辞赋为四类，计"屈原赋之属"、"陆贾赋之属"、"荀卿赋之属"、"杂赋之属"，在"屈原赋之属"下列二十家、三百六十一篇；"陆贾赋之属"下列二十一家、二百七十四篇；"荀卿赋之属"下列二十五家、百三十六篇；"杂赋之属"下列十二家、二百三十三篇，此正是（清）章学诚所云"辨章学术，考证源流"之最早模板。相关讨论参李大明，《楚辞文献学史论考》，巴蜀书社1997年版，第72－74页。
③ 参拙作，《"〈离骚〉称经"与汉代章句学》，《静宜人文社会学报》2007年第1卷第2期，第1－30页。

的先例。孔颖达《毛诗正义》卷一云：

> 汉初为传、训者，皆与经别行。三《传》之文不与经连，故《石经书》、《公羊传》皆无经文。《艺文志》云："《毛诗经》二十九卷，《毛诗故训传》三十卷。"是毛为《诂训》，亦与经别也。及马融为《周礼》之注，乃云："欲省学者两读，故具载本文。"然则后汉以来，始就经为注，未审此《诗》引经附传是谁为之，其郑之笺当元在经、传之下矣。①

虽则马融为省学者两读，开启"经传合编"之例，但仅是具载经文本文，并不在每句经文后附随传文。要至郑玄的《笺》、《注》，始将注文夹于经文之间，就像将水注入物体的缝隙中一般，开创"以传附经"的法式②；又与郑玄同时的赵岐作《孟子章句》亦采用了"具载本文"、"以传附经"的体式③。至于稍早于郑玄、赵岐，而与马融同时校书东观的王逸作《楚辞章句》时，"具载本文"的方式才初始试行，更不会有将注文夹于正文之间的法式，所以《楚辞》本文与王逸《章句》应是各自单行。当王逸《章句》与《楚辞》分册书写，若是《章句》卷篇韵散交杂、体例混乱、零乱无序、失其伦类，则绝不能呈献朝堂并藏入皇家图书馆之中，否则，作为校书郎的王逸实难逃校书失职的究责。

最后，如前所述，王逸《楚辞章句》散体释文的内容主要包括训诂词义、标示注音、说明句义与阐述寓意等，其阐释的策略与态度是客观而如实的解释与点评；至于韵体释文的内容则有以解释者自身《楚辞》观为背景所进行的主观诠释与发挥，如《九辩》以下两段：

111 却骐骥而不乘兮，————斥逐子胥与比干也。
112 策驽骀而取路。————信任竖貂与椒兰也。
113 当世岂无骐骥兮？————家有稷契与管晏也。
114 诚莫之能善御。————世无尧舜与桓文也。
115 见执辔者非其人兮，————遭值桀纣之昏乱也。

---

① 《影印阮刻十三经注疏本·第二册·诗经正义》，艺文印书馆1976年版，第12页。
② 王葆玹，《今古文经学新论》，中国社会科学出版社1997年版，第70—71页。
③ 刘向《七略·诗赋略》分先秦至西汉辞赋为四类，计"屈原赋之属"、"陆贾赋之属"、"荀卿赋之属"、"杂赋之属"，在"屈原赋之属"下列二十家、三百六十一篇；"陆贾赋之属"下列二十一家、二百七十四篇；"荀卿赋之属"下列二十五家、百三十六篇；"杂赋之属"下列十二家、二百三十三篇，此正是（清）章学诚所云"辨章学术，考证源流"之最早模板。相关讨论参李大明，《楚辞文献学史论考》，巴蜀书社1997年版，第72—74页。

116	故骉跳而远去。————	被发为奴,走横奔也。
133	鸟兽犹知怀德兮,————	慕归尧舜之圣明也。
134	何云贤士之不处?————	二老太公归文王也。
135	骥不骤进而求服兮,————	干木阖门而辞相也。
136	凤亦不贪馁而妄食。————	颜阖凿坯而逃亡也。
137	君弃远而不察兮,————	介推割股而自放也。
138	虽愿忠其焉得。————	申生至孝而被谤也。
139	欲寂漠而绝端兮,————	宁武佯愚而不言也。
140	窃不敢忘初之厚德。————	尝受禄惠,识旧德也。

廖栋梁指出,这里《九辩》正文与韵体释文之间处于一种复调双声语言的关系,也就是说,其语言策略是一种实现内在对话化的语言①。因此,《楚辞章句》散体释文与韵体释文具有十分不同的语言阐释策略,若将二者零乱无序地掺杂在一起,是一件颇费心力,也不合思维逻辑的事。

综上所述,可以判定,今本《楚辞章句》所显现的韵散交杂、体例混乱的现象,应是后人编辑整合、补苴加工的结果。其情况与过程可尝试说明如下:

首先,王逸完成《楚辞章句》进献朝廷后,虽然成为官方钦定的版本,但是这并非唯一传本,朝廷至少还有传自刘安的《楚辞》韵体释文最初原型本与传自刘向《屈原赋二十五篇》散体释文本;而民间亦存在有各种相传教的手抄本,其中应有承袭、增补刘安文学集团之韵体释文最初原型本存焉②。

其次,王逸作十六卷《楚辞章句》进献朝廷,是为经进本;另附自己所拟作《九思》一卷,则为十七卷的私家别行本③。两唐《志》著录《楚辞章句》皆为十六卷本,宋元以降公私目录则皆著录十七卷本《楚辞章句》。洪兴祖认为《九思章句》不是王逸自注,恐是逸子延寿之徒为之④,而逸子延寿之徒或者包括王氏后代子孙。今《九思章句》主要为散体释文,间杂以零星八字或四字释文,体例混乱。或者《楚辞章句》私家别行本经王氏子孙累世相传,间有散佚、缺漏,故王氏家族亦曾持续进行编辑整合、补苴加工的工作,然其递相

---

① 廖栋梁,《出位之诗——王逸〈楚辞章句〉的韵体释文》,氏著,《伦理·历史·艺术:古代〈楚辞〉学的建构》,里仁书局2008年版,第396–399页。

② 东汉中叶以降,气节之士多读《楚辞》,如梁竦、寇荣、应奉等,然其所读版本已不考。参拙作,《论王逸〈楚辞章句〉的圣人观》,辑入彰化师范大学国文学系主编,《台湾学术新视野·中国文学之部(一)》,五南出版社2007年版,第23–64页。

③ 此为清人姚振宗所提两本《楚辞章句》说,见氏著,《隋书经籍志考证》,二十五史补编委员会,《二十五史补编》,中华书局1991年版,第5665页。

④ 洪兴祖,《楚辞补注》,中华书局2000年版,第314页。

增补《楚辞章句》的态度已不若其祖王逸严谨,自有可能间插进韵体释文。

再次,《隋书卷三十五·经籍志·集部·楚辞》列王逸至隋以前《楚辞》著作十一部,分别为:

1. 王逸注《楚辞》十二卷。
2. 郭璞注《楚辞》三卷。
3. (宋)何偃删王逸注《楚辞》十一卷,亡佚。
4. 杨穆撰《楚辞·九悼》一卷。
5. 皇甫遵训撰《参解楚辞》七卷。
6. 徐邈撰《楚辞音》一卷。
7. 宋处士诸葛氏撰《楚辞音》一卷。
8. 孟奥撰《楚辞音》一卷。
9. 佚名撰《楚辞音》一卷。
10. 释道骞撰《楚辞音》一卷。
11. 刘杳撰《离骚草木疏》二卷。

此十一种《楚辞》著作包括注释训解、拟作、音义、专题研究四类,以下仅讨论其中四种《楚辞》注释训解。第一种十二卷《楚辞》本或即第三种已亡佚之十一卷《楚辞》本,差别仅在有无何偃所删目录一卷①。黄灵庚据此指出,梁代《楚辞章句》本仅十一卷,其篇次同于《楚辞释文》。黄氏又参酌《文心雕龙·辨骚》篇之言②,认为梁本十一卷《楚辞章句》止于《九怀》,《九怀》以下盖别为一本③。黄氏之说颇有启发性,若将今本《楚辞章句》(《九思》除外)与梁代十一卷《楚辞章句》本比较,有韵体释文的卷篇全部集中在这十一卷之中,其余《七谏》、《九叹》、《哀时命》、《惜誓》、《大招》等五卷,并未见有韵体释文,是梁本十一卷《楚辞章句》对今本《楚辞章句》韵体释文形成的确定时间下限,应该是个关键的线索。第二种郭璞注三卷本《楚辞》,两唐《志》著录为十卷,书今佚,其篇目次序不明,从目前所辑佚的条目来看,较可能是郭璞用散体释文补正《楚辞章句》④。至于第五种皇

---

① 李大明,《楚辞文献学史论考》,巴蜀书社1997年版,第125-126页。
② 鲁按,即:"故《骚经》、《九章》,朗丽以哀志;《九歌》、《九辩》,绮靡以伤情;《远游》、《天问》,瑰诡而慧巧;《招魂》、《大招》,耀艳而采深华;《卜居》标放言之致;《渔父》寄独往之才。故能气往轹古,辞来切今,惊采绝艳,难与并能矣。自《九怀》以下,遽躅其迹,而屈宋逸步,莫之能追"。
③ 黄灵庚,《楚辞章句疏证·目录》,中华书局2007年版,第6-7页。
④ 饶宗颐《晋郭璞〈楚辞〉遗说摭佚》一文辑佚说27条,见氏著,《楚辞书录·外编·楚辞拾补》,《饶宗颐二十世纪学术文集》第十六册,新文丰出版社2003年版,第309-313页。又胡小石,《〈楚辞〉郭注义证》辑佚说240余条,见氏著,《胡小石论文集》,上海古籍出版社1982年版,第26-76页。

甫遵训撰《参解楚辞》七卷,似为唐初之作,书名"参解",应为参考先前《楚辞》注释众家之作,并以己意训解之,可惜今已不存。

最后,前文曾言,王逸作《楚辞章句》时,《楚辞》本文与王逸《章句》应是各自单行,在《章句》传播的过程中很可能出现卷篇佚阙的现象,今天虽已不可考究《楚辞》与《章句》合册编订,及将注文夹于正文间的法式成于何时何人之手;但是《章句》卷篇韵散交杂、体例混乱的现象必是后人增补的结果。

总括而言,王逸之后,《楚辞章句》版本多有更动,王逸注也迭经历代学者或割裂、或补缀,又加以佚失、传抄、错篇、改易、窜乱、增补等各种原因,所以造成今日所见《楚辞章句》韵散交杂、体例混乱。

四、结语

汉晋南朝传习《楚辞》的活动有诵读、注解、拟作等,《章句》中的韵体释文最可能与早期师授口传的诵读、言说《楚辞》形式有关;其后将韵体释文用文字记录下来,即成为《楚辞》韵体释文最初的原型,这种原型可能成之于淮南刘安文学集团之手,并以成集或单篇的形式传播于楚文化圈中。迨王逸作《楚辞章句》虽然参考了这种韵体释文原型,但是他基本上还是用散体释文进行训解的工作。

《楚辞章句》完成后,"才高者苑其鸿裁,中巧者猎其艳辞,吟讽者衔其山川,童蒙者拾其香草"(《文心雕龙·辨骚》),在迭经抄写、传播的过程中,其卷篇与注文不可避免有所佚失、更动与重编;今日错杂韵散体注解的现象,即是经过多人、多次编辑、补苴、加工之后的结果。尤其韵体释文或据早先成于刘安文学集团的原型,或有后来学者不断地再创造,其形成的时间下限当在南朝梁本十一卷《楚辞章句》成书时;但是若要详细追考具体成于谁之手,将是非常困难,甚至是不可能的工作。

汤一介指出,中国先秦时期,主要有三种注释经典的类型,第一种为对历史事件的解释,如《三传》之于《春秋经》的解释;第二种是整体性的哲学解释,如《系辞》之于《易经》的解释;第三种是实际社会政治运作型的解释,如《韩非子》的《解老》、《喻老》等。尽管每种对经典解释的著作中,都包含有其他类型的解释方法;但是上列三种方法具有极其鲜明的特点,对后世影响也最大[1]。经本文前述的研究,在汉代初期,就形成了针对具节奏、韵脚的屈赋骚辞对象的第四种韵体性修辞解释类型;不过,这种基于师徒口传心授的韵文传播形式,毕竟在极其看重文字效用的典雅经学注疏文化长流中,不能成为创造时尚的主流趋势,最后只留下《楚辞章句》中间见的孤寂身影与断续的寂寞余韵。

---

[1] 汤一介,《论中国先秦解释经典的三种模式》,《北京行政学院学报》2002年第1期,第66-72页。

五、附录:《楚辞章句》卷篇韵体释文统计表

《九辩章句》

	句　数	编　号
《九辩》全篇	274	1—274
《九辩章句》用八字韵体释文	245(89.42%)	3—4、6—9、12、14—27、29、32—66、69—87、91、93—109、111—156、158—169、171—193、195—196、198—203、205—208、213—256、258、260、262—273
《九辩章句》用散体释文	18	30、67、89、157、29—31、41—46、204、209—211、257
《九辩章句》合《九辩》2句用八字韵体释文	1	1+2
《九辩章句》用2句八字韵体释文释《九辩》1句	2	88
《九辩章句》用八字韵体后加散体释文	17	5、10—11、13、28、31、68、90、92、110、170、194、197、212、259、261、274

245+1+2+17=265/274=96.72%

《涉江章句》

	句　数	编　号
《涉江》全篇	59	1—59
《涉江章句》用八字韵体释文	4(6.78%)	33—36
《涉江章句》用散体释文	33	1—14、17—18、21—28、29—31、41—46
《涉江章句》合《涉江》2句用散体释文	8	15+16、19+20、39+40、50+51、52+53、54+55、56+57、58+59
《涉江章句》合《涉江》3句用散体释文	1	47+48+49
《涉江章句》合《涉江》2句用八字韵体前后加散体释文	1	37+38
《涉江章句》用八字韵体后加散体释文	1	32

4+2+1=7/59=11.86%

《哀郢章句》

	句　数	编　号
《哀郢》全篇	67	1—67
《哀郢章句》用八字韵体释文	19(28.36%)	27—32、34—38、43—48、66—67
《哀郢章句》用四字韵体释文	2	64—65
《哀郢章句》用散体释文	24	1—2、7—8、13—18、21—26、39—42、49—52
《哀郢章句》合《哀郢》2句用散体释文	5	3+4、5+6、9+10、11+12、19+20
《哀郢章句》合《哀郢》3句用散体释文	1	61+62+63
《哀郢章句》用八字韵体后加散体释文	1	33
《哀郢章句》用"此皆解于《九辩》之中"	1	53+54+55+56+57+58+59+60

19+1=20/67=29.85%

《抽思章句》

	句　数	编　号
《抽思》全篇	89	1—89
《抽思章句》用八字韵体释文	57(64.04%)	1—4、11—38、41—52、55—63、65—68
《抽思章句》用散体释文	6	5—10
《抽思章句》用八字韵体后加散体释文	2	40、64
《抽思章句》合《抽思》2句用八字韵体释文	2	82+83、84+85
《抽思章句》合《抽思》2句用散体释文	6	70+71、72+73、74+75、76+77、78+79、80+81
《抽思章句》合《抽思》4句用散体释文	1	86+87+88+89
《抽思章句》有羡文	1	392
《抽思章句》缺注	3	53—54、69

57+2+2=61/89=68.54%

《思美人章句》

	句　数	编　号
《思美人》全篇	66	1—66
《思美人章句》用八字韵体释文	56(84.85%)	1—13、15—22、24—28、31—35、37—38、41—53、55—64、
《思美人章句》用散体释文	2	39、40
《思美人章句》用八字韵体前加散体释文	1	54
《思美人章句》用八字韵体后加散体释文	5	14、23、29、30、36
《思美人章句》缺注	2	65—66

$56+1+5=62/66=93.94\%$

《惜往日章句》

	句　数	编　号
《惜往日》全篇	76	1—76
《惜往日章句》用八字韵体释文	63(82.90%)	1—32、39—40、47—68、70—76
《惜往日章句》合《惜往日》2句用散体释文	3	41+42、43+44、45+46
《惜往日章句》用八字韵体后加散体释文	1	69
《惜往日章句》缺注	6	33—38

$63+1=64/76=84.21\%$

《悲回风章句》

	句　数	编　号
《悲回风》全篇	108	1—108
《悲回风章句》用八字韵体释文	45(41.67%)	27—31、38—48、51—73、76—77、85—88
《悲回风章句》用散体释文	47	1—26、32—37、74—75、78—84、89、96—97、102、107—108
《悲回风章句》合《悲回风》2句用散体释文	7	90+91、92+93、94+95、98+99、100+101、103+104、105+106
《悲回风章句》用八字韵体后加散体释文	2	49—50

$45+2=47/108=43.52\%$

《远游章句》

	句　数	编　号
《远游》全篇	179	1—179
《远游章句》用八字韵体释文	129（72.07%）	1—6、9—11、13—28、30—36、38—39、41、44—53、55、57—59、61—63、76—77、79、82—91、93—98、102—113、115—120、122—127、129—142、144—145、147—151、154、157—162、164—169
《远游章句》用八字韵体后加散体释文	25	7、29、37、40、42、54、56、60、78、80—81、92、99—101、114、121、128、143、146、152—153、155—156、163
《远游章句》用四字韵体释文，末句为"也"字	18	64—75、174—179
《远游章句》用四字韵体释文，末句不为"也"字	4	170—173
《远游章句》有羡文	3	83、124、435

129＋25＝154/179＝86.30%

《卜居章句》

	句　数	编　号
《卜居》全篇	66	1—66
《卜居章句》用八字韵体释文	3	1—3
《卜居章句》用四字韵体释文，末句为"也"字	51（77.27%）	4—11、13—39、42—51、53—56、64—65
《卜居章句》用四字韵体释文，末句不为"也"字	2	40—41
《卜居章句》用六字韵体释文，末句为"也"字	2	62—63
《卜居章句》用六字韵体释文，末句不为"也"字	2	58—59
《卜居章句》有羡文	2	576、667
《卜居章句》文有窜乱	4	128、529、6010、6111

《渔父章句》

	句 数	编 号
《渔父》全篇	42	1—42
《渔父章句》用四字韵体释文,末句为"也"字	30(71.43%)	1—6、9—14、17—22、26—31、33—35、37、40、42
《渔父章句》用四字韵体释文,末句不为"也"字	4	7、16、23—24
《渔父章句》用六字韵体释文,末句为"也"字	3	8、16、25
《渔父章句》有羡文	1	38
《渔父章句》文有窜乱	2	32 、39
《渔父章句》缺注	2	36 、41

《招隐士章句》

	句 数	编 号
《招隐士》全篇	49	1—49
《招隐士章句》用八字韵体释文	24(48.98%)	2—3、5—9、11—19、42—49
《招隐士章句》用八字韵体后加后加散体释文	3	4、10、20
《招隐士章句》用四字韵体释文,末句为"也"字	10(20.41%)	21—29
《招隐士章句》用四字韵体释文,末句不为"也"字	10(20.41%)	30—40
《招隐士章句》用散体释文	2	1、41

24 + 3 = 27/49 = 55.10%

《九怀章句》

	句 数	编 号
《九怀》全篇	263	1—263
《九怀章句》用八字韵体释文	244(92.78%)	1—5、7—16、18—26、28—30、33、35—63、65—79、81—87、89、91—168、173—181、183—189、191—200、202—204、206—208、210—263
《九怀章句》用八字韵体后加后加散体释文	15	6、17、27、31—32、34、64、80、88、90、182、190、201、205、209
《九怀章句》用1句散体释文注解《九怀》2句正文	2	169+170、171+172

244 + 15 = 259/263 = 98.48%

论王逸《楚辞章句》中的五行比附

湖南大学文学院　郭建勋　南京大学中文系　刘　祥

一

五行学说最早见于《尚书·洪范》，其述箕子之言曰："我闻在昔，鲧陻洪水，汩陈其五行。"①言及鲧治洪水不得其道，致使五行乱陈。将五行列为"洪范九畴"的"初一"，并且详言之曰："一曰水，二曰火，三曰木，四曰金，五曰土。水曰润下，火曰炎上，木曰曲直，金曰从革，土爱稼穑。润下作咸，炎上作苦，曲直作酸，从革作辛，稼穑作甘。"②"洪范九畴"乃天帝所赐，重要性在于使得"彝伦攸叙"，也就是世界有了正常的秩序，五行作为九畴之首，具有重要意义。五行就是水、火、木、金、土五种物质，箕子言明五种物质的性质，进而列出与此五种性质相对的五味。五味与五行的比附，实为五行比附的开始。《洪范》虽然指出了五行的重要性，却并没有确指它是宇宙生成的基础。到了《国语》便有言："夫和实生物，同则不继。以他平他谓之和，故能丰长而物归之；若以同裨同，尽乃弃矣。故先王以土与金木水火杂，以成百物。"③五行相杂成为万物生成的原因。韦昭注"夫和实生物，同则不继"句云"阴阳和而万物生"，注"以他平他谓之和"曰："谓阴阳相生，异味相和。"④直接将阴阳和、万物生，五行杂、万物成相对而列出。这虽是韦氏的理解，却也符合阴阳与五行的发展大势。

真正严密的五行思想为战国时期的邹衍等人所发明。《汉书·艺文志》阴阳家条下列《邹子》四十九篇、《邹子终始》五十六篇，邹子"名衍，齐人，为燕昭王师，居稷下，号谈天衍"⑤。《史记·孟子荀卿列传》中言及邹衍："乃深观阴阳消息，而作怪迂之变。《终始》、《大圣》之篇，十余万言。"⑥这里的《终始》之篇就是《汉书》中的《邹子终始》，另有《汉书》未载的《大圣》篇。可惜邹子的著作均未流传，我们只能从太史公的追述中知道他的书"其语闳大不经，必先验小物，推而大之，至于无垠"，能够从小到大进行推演，而且

---

① 陈戌国，《尚书校注》，岳麓书社2004年版，第108页。
② 陈戌国，《尚书校注》，岳麓书社2004年版，第109页。
③ 韦昭注，《国语》，上海古籍出版社2008年版，第240页。
④ 韦昭注，《国语》，上海古籍出版社2008年版，第244页。
⑤ 班固，《汉书》，中华书局1996年版，第1733页。
⑥ 司马迁，《史记》，中华书局2002年版，第2344页。

"称引天地剖判以来,五德转移,治各有宜,而符应若兹"①,追溯天地形成以来的情状,用五德转移解释万事万物,这就是著名的"五德终始"说。具体而言,即是"五德从所不胜,虞土,夏木,殷金,周火"②(《文选·齐故安陆昭王碑》李善注引《邹子》)。出现于战国末叶的《吕氏春秋》杂取百家学说,其《应同》篇有对五德终始的详细表述,五行生克与王朝兴衰之间的关系毕现。其文曰:

> 凡帝王者之将兴也,天必先见祥乎下民。黄帝之时,天先见大螾大蝼,黄帝曰"土气胜",土气胜,故其色尚黄,其事则土。及禹之时,天先见草木秋冬不杀,禹曰"木气胜",木气胜,故其色尚青,其事则木。及汤之时,天先见金刃生于水,汤曰"金气胜",金气胜,故其色尚白,其事则金。及文王之时,天先见火,赤乌衔丹书集于周社,文王曰"火气胜",火气胜,故其色尚赤,其事则火。代火者必将水,天且先见水气胜,水气胜,故其色尚黑,其事则水。水气至而不知,数备,将徙于土。③

木胜土,金胜木,火胜金,水胜火,水复徙于土,就形成了一个闭合的循环系统,以王朝兴衰为代表的社会人事,在这个闭合的系统之中发展变化,运转不休。成熟的五行理论的出现,是大规模五行比附得以实现的必要条件,五行生克、循环的学说为五行比附打下了坚实的理论基础。《吕氏春秋》不但言明五行相生相克之理,而且以五数为中心,以五行为基础,描绘了一个庞大的五数体系,通过四时与五行、五方、五色、五帝、五神等五数的组合,将时间、方位、天象、农事等结合起来。这一切都为王逸于《章句》中大量使用五行比附创造了条件。

二

《章句》对五行比附的运用俯拾皆是。《九叹·思古》"背三五之典刑兮,绝《洪范》之辟纪"句下注云:"《洪范》,《尚书》篇名,箕子所为武王陈五行之道也。"④便是王逸接受《洪范》五行思想的明证。《离骚》"启《九辩》与《九歌》兮"句下引《左传》"六府"曰"水、火、金、木、土、谷",将五行加上生民所必需的"谷"组成了六府的概念,六府与正德、利用、

---

① 司马迁,《史记》,中华书局2002年版,第2344页。
② 萧统编,李善注,《文选》,岳麓书社2002年版,第1781页。
③ 陈奇猷校释,《吕氏春秋新校释》,上海古籍出版社2002年版,第682–683页。
④ 王逸,《楚辞章句》卷十六,文渊阁四库全书第1062册,上海古籍出版社2003年版,第107页上。

厚生等三事又构成了九功。天地间最重的九种情事,水、火、金、木、土占其五,五行思想的流布状况可见一斑。

五行比附呈现于《章句》中,多有直接明了者。《大招》"魂乎无西,多伤害只"句下注"西方金行"①言及五行与方位,以金配西方,金利摧木,故主杀,所以劝魂不要去西方,不然会有受到伤害的危险。《大招》"青春受谢,白日昭只"句下注"青,东方春位"②,则将颜色与方位、季节放在一处,以青配东方、春季。青之所以能代表东方,是因为东方属木,木色多为青。王逸将颜色与方位相配,渊源有自,并非凭空臆造。《说文解字·青部》释"青"曰:"东方色也。木生火,从生、丹。"③《周礼》云:"东方谓之青。"④

在五行比附中五神帝与五行的相配占据重要地位,五位圣帝各自起源甚早,但是作为一个组合出现却是在受到五行思想影响之后,"五帝之分,始于五行。"⑤《周礼》曰"祀五帝,则掌百官之誓戒",《郑注》:"祀五帝,谓四郊及明堂。"⑥明堂为王朝的始祖神,四郊则为其他四位圣帝所占据。五帝在神话传说与历史记载中同在,这些历史、传说中的帝王加入五行因素之后,具备了某种神性与相应行属的性质,从而发挥着影响人世的功能,控制着人间情事。比如北方帝颛顼顺应冬天肃杀之气而主杀,东方帝太皞呼应春天欣欣生机而主生,人世间的生杀赏罚通过五行比附与自然现象连为一体。王逸于《惜诵》"令五帝以折中兮"句下注云:"五帝,谓五方神也。东方为太皞,南方谓炎帝,西方为少皞,北方为颛顼,中央为黄帝。"⑦即是将五帝作为"五方神"来对待的,并且将此五神帝的名单明确地列了出来。《章句》中的五帝是按照汉以前的通行说法,不同于《史记·索引》引《尚书帝命验》云:"五府,五帝之庙。苍曰灵府,赤曰文祖,黄曰神斗,白曰显纪,黑曰玄矩。"⑧对此,黄灵庚指出:"汉以后说五帝,多杂以谶纬也。"⑨这也可以说明王逸与当时流行的谶纬神学保持一定距离,他在很大程度上传承了先秦统绪。

《章句》在《远游》"历太皓以右转兮"句下注云:"遂过庖牺,而咨访也。甲乙,其帝太皓,其神句芒。"⑩于"遇蓐收乎西皇"句下注云:"遇少阴神于海津也。西方庚辛,其帝少

---

① 王逸,《楚辞章句》卷十,文渊阁四库全书第1062册,上海古籍出版社2003年版,第67页下。
② 王逸,《楚辞章句》卷十,文渊阁四库全书第1062册,上海古籍出版社2003年版,第66页下。
③ 臧克和,王平校订,《说文解字新订》,中华书局2002年版,第329页。
④ 郑玄注,《周礼注疏》卷二,文渊阁四库全书第90册,上海古籍出版社2003年版,第746页下。
⑤ 黄灵庚,《楚辞章句疏证》,中华书局2007年版,第1268页。
⑥ 郑玄注,《周礼注疏》卷二,文渊阁四库全书第90册,上海古籍出版社2003年版,第45页下。
⑦ 王逸,《楚辞章句》卷四,文渊阁四库全书第1062册,上海古籍出版社2003年版,第34页上。
⑧ 司马迁,《史记》,中华书局2002年版,第22页。
⑨ 黄灵庚,《楚辞章句疏证》,中华书局2007年版,第1269页。
⑩ 王逸,《楚辞章句》卷五,文渊阁四库全书第1062册,上海古籍出版社2003年版,第50页下。

皓,其神蓐收。西皇,即少昊也。"①于《九叹·远逝》"就颛顼而陈词兮,考玄冥于空桑"句下注云:"空桑,山名也。玄冥,太阴之神,主刑杀也。"②其中,皞、昊、皓为同音互代。这三条注文中蕴含着两个重要内容,一是五方与五神的匹配,二是五方与天干的比附。此五方之神,不同于上文提及的五方神帝,乃神帝之佐。王逸列出了钩芒、蓐收、玄冥,东、西、北方三神。此三神散见于《山海经》、《左传》、《国语》、《墨子》等先秦典籍中,并在《礼记·月令》中集群出现,其分言春、夏、季夏、秋、冬:

"其日甲乙,其帝大皞,其神句芒。"
"其日丙丁,其帝炎帝,其神祝融。"
"其日戊己,其帝黄帝,其神后土。"
"其日庚辛,其帝少皞,其神蓐收。"
"其日壬癸,其帝颛顼,其神玄冥。"③

《月令》将方位、季节、天干、神帝系统地联系起来。此又详见于《吕氏春秋》十二月纪各首章、大戴礼记之《夏小正》等书中,可见大规模五行比附至迟在战国末期已经相当普遍。王逸在阐释楚辞之时,借鉴了先秦典籍中的相关记载,将楚辞中隐伏的五行比附明晰化。

四季与天干的配合,春、夏、季夏、秋、冬依次是十天干,甲、乙、丙、丁、戊、己、庚、辛、壬、癸,大凡以两个为一组,十天干正好五组以合四季、五神,又通过四季与五行、五方联系在一起,共同组成了五数体系。《章句》言及东方配甲乙,西方配庚辛,与《月令》相合,可知王逸所用正是此体系。《九店 56 号墓简册》曰:"凡春三月,甲、乙、丙、丁,不吉;壬、癸,吉;庚、辛,城(成)日。凡夏三月,丙、丁、庚、辛,不吉;甲、乙,吉;壬、癸,城(成)日。凡秋三月,庚、辛、壬、癸,不吉;丙、丁,吉;甲、乙,城(成)日。凡冬三月,壬、癸、甲、乙,不吉;庚、辛,吉;丙、丁,城(成)日。"④其也可以证明楚人确曾将十天干与四季相合,而且用于断定日月的吉凶,指导现实生活。王逸虽是用《月令》等书来阐释楚辞,却是与楚俗相合的。楚人与中原各国在战国末期都受到了五行思想的影响,这使王逸用五行思想阐释楚辞拥有了可能;而楚辞作品中蕴含的五行思想,又使得这种阐释成为必要,如太皞、颛顼、玄冥诸神在楚辞作品中的出现。

---

① 王逸,《楚辞章句》卷五,文渊阁四库全书第 1062 册,上海古籍出版社 2003 年版,第 50 页下。
② 王逸,《楚辞章句》卷十六,文渊阁四库全书第 1062 册,上海古籍出版社 2003 年版,第 101 页上。
③ 王文锦译解,《礼记译解》,中华书局 2003 年版,第 197-237 页。
④ 陈伟,《楚地出土战国简册"十四种"》,经济科学出版社 2009 年版,第 314 页。

《九叹·怨思》"合五岳与八灵兮"句下所注:"五岳,五方之山也,王者巡狩,考校政化之处也。东岳泰山,西岳华山,南为衡山,北为恒山,中央为嵩山。"①将五方名山通过五方也纳入这一体系之中。王逸所运用的五行比附虽然不完整,却是与《礼记》、《吕氏春秋》等典籍中的记载一脉相承的。具体如下面两个表格所示:

表一

五行	方位	季节	神佐	五帝	干支	五岳	颜色	阴阳
木	东	春	钩芒	太皓	甲乙	泰山	青	少阳
火	南	夏		炎帝		衡山		(纯阳)
金	西	秋	蓐收	少皓	庚辛	华山		少阴
水	北	冬	玄冥	颛顼		恒山		太阴(盛阴)
土	中			黄帝		嵩山		

表二②

五行	方位	季节	神佐	五帝	干支	五岳	颜色	阴阳
木	东	春	钩芒	太皞	甲乙	泰山	青	少阳
火	南	夏	祝融	炎帝	丙丁	衡山	红	太阳
金	西	秋	蓐收	少皞	庚辛	华山	白	少阴
水	北	冬	玄冥	颛顼	壬癸	恒山	黑	太阴
土	中	季夏	后土	黄帝	戊己	嵩山	黄	

表一按照《章句》中现有的阐释语句而编成,表二除最后一栏,均是采自《礼记·月令》等典籍。两表有着高度的统一性,表一所体现出的残缺并非由王逸知识缺乏造成,而是为《章句》注疏的性质所决定。由此,我们可以看出,王逸主要知识架构还是来自于儒家经典(在王逸的时代,《月令》一篇已经成为儒家经典),这就决定了《章句》思想的儒家基调。在儒术独尊的东汉时期,各家思想都改头换面地打入儒家内部,或者说被具有涵容性的儒家变相吸收,五行思想也不能例外。《章句》的出现,使得以屈骚为代表的楚辞作品被纳入儒学体系之中,这是王逸对楚辞的重要改造。最后一栏中出现的比附,展示了五行与阴阳的结合,这种结合是汉人的发明,其中涉及四个重要的阴阳概念:少阳、太阳、少阴、太阴。

---

① 王逸,《楚辞章句》卷十六,文渊阁四库全书第1062册,上海古籍出版社2003年版,第98页下。
② 玉昆子,《阴阳五行里的奥秘》,华夏出版社2012年版,第41-42页。

三

阴阳二分《周易》中即已大量出现,而阴阳四分,则见于汉时。司马相如《大人赋》曰:"邪绝少阳而登太阴兮,与真人乎相求。"①已经将少阳与太阴并列。《史记·扁鹊仓公列传》中则将少阳、太阴等概念作为脉名,用来阐释医理。《史记·天官书》:"曰北方水,太阴之精,主冬日,壬癸。刑失者,罚出辰星。"②将太阴与方位中的北方、五行中的水、四季中的冬、天干中的"壬癸"相配,可以证明至少在司马迁的时代,就已经流行了这种加入阴阳的五行比附。董仲舒的《春秋繁露》则将阴阳四分的观念系统化,并且与社会人事更为紧密地联系起来。其于是书《官制象天》中宣扬天选四时,"天地之理,分一岁之变,以为四时,四时亦天地之四选已。是故春者少阳之选也,夏者太阳之选也,秋者少阴之选也,冬者太阴之选也。四选之中各有孟、仲、季,是选之中有选,故一岁之中有四时。"③这是解释少阳、太阳、少阴、太阴何以与四时相合,强调一个"选"字,而少阳、太阳、少阴、太阴在"选"的过程中成为天的代表,也就是天道的四个阶段。又于《天辨在人》中提出:"金木水火各奉其所主,以从阴阳,相与一力而并功,其实非独阴阳也,然而阴阳因之以起,助其所主。故少阳因木而起,助春之生也;太阳因火而起,助夏之养也;少阴因金而起,助秋之成也;太阴因水而起,助冬之藏也。"④阴阳因五行而起,五行各主一时而随从阴阳运行。少阳、太阳、少阴、太阴四者各因木、火、金、水而起,木、火、金、水又在少阳、太阳、少阴、太阴的演替中,生克变化,并且主宰着四时的生、养、成、藏,实际上就是在运用少阳等四个概念解释世界万物周而复始的变化发展。这是阴阳与五行系统结合的完成,成为五行比附完整的理论依据。不过,董仲舒在处理五行与少阳、太阳、少阴、太阴的结合时,碰到了"五"与"四"不能相合的困难,只列出木、火、金、水四行,于土则阙。为何如此呢?《国语》中说五行相杂,用的是"以土与金木水火杂",将土单独列出;五帝之中的黄帝轩辕氏,是传说中的华夏共祖,而以之配土;五方里的中央,为东、西、南、北所环抱,亦以之配土;《月令》中虽然以土系之于季夏之后,但是季夏本身仍属火行,也就是说土行不在四季中占据具体的某段时间。以上种种都说明了土的重要性与特殊性。中国古代是个农业社会,土地对人们的意义殊大。土未参与到与少阳、太阳、少阴、太阴的结合,非但不能说明它受到了轻视,反而是它受到重视的一个表现,也就是董仲舒说的"五行莫贵于土"⑤。其

---

① 班固,《汉书》,中华书局1996年版,第2595页。
② 司马迁,《史记》,中华书局2002年版,第1327页。
③ 苏舆撰,钟哲点校,《春秋繁露义证》,中华书局2002年版,第218页。
④ 苏舆撰,钟哲点校,《春秋繁露义证》,中华书局2002年版,第334-335页。
⑤ 苏舆撰,钟哲点校,《春秋繁露义证》,中华书局2002年版,第316页。

他四行各有所主,也就各有所限,土无所主,则无所不主,它并不代表阴阳消长中的某种状态,它代表的是阴阳冲和,是中和的至高境界,故而于色而能黄,于味则能甘。这既是董仲舒阙土的原因,也是我们将只是"四数"的少阳、太阳、少阴、太阴列入五行比附的理由。它们背后还有一个隐性的"第五",类似于四时里列出的季夏、四方外拈出的中央,与土相应。

太阳等四个阴阳代表形态在五行比附中的地位十分独特,它不同于颜色、方位、干支之类的简单比附,具有支撑体系的功能。因此,解释《章句》中的五行比附,必须要考察这四个概念。黄灵庚认为太阳、太阴,"《章句》以其时阴阳五行伦理说之"[1]。王逸处于东汉中期,其时的阴阳五行理论承自西汉,而西汉的阴阳五行理论又以董仲舒的思想为代表。王逸在《章句》中用到少阳、太阳、少阴、太阴即多是本之于董氏,王逸对董氏的接受可以视为当时社会环境影响的结果。少阳、太阳、少阴、太阴进入《章句》中的五行比附,主要表现有二:一是同四方的结合,赋予四方方位意义之外的内涵;二是与四时的结合,赋予了五行比附更强的合理性,揭示出阴阳在五行比附中的运转状况。其实这两个方面也可以合而为一,因为四时也与四方相配,这里的区分只是因为《章句》在行文中各有侧重而已。

少阳、太阳、少阴、太阴与东、南、西、北的结合状况如下:

"西方少阴,其神蓐收,主刑罚也。屈原欲急西行者,将令行其神,务宽大也。"[2]

"朝沐浴于温泉。汤谷在东方少阳之位。"[3]

"就少阳神于东方也。"[4]

"遇少阴神于海津也。西方庚辛,其帝少皓,其神蓐收。"[5]

"玄冥,太阴之神,主刑杀也。"[6]

一、二两条少阴、少阳与方位相连出现,有阐释方位的意味,以西方为少阴位、东方为少阳位。三、四两条将少阳、少阴的神化具现归之于东方、西方,即以少阳神为东方之神,

---

[1] 黄灵庚,《楚辞章句疏证》,中华书局2007年版,第70页。
[2] 王逸,《楚辞章句》卷五,文渊阁四库全书第1062册,上海古籍出版社2003年版,第49页下。
[3] 王逸,《楚辞章句》卷五,文渊阁四库全书第1062册,上海古籍出版社2003年版,第50页上。
[4] 王逸,《楚辞章句》卷五,文渊阁四库全书第1062册,上海古籍出版社2003年版,第50页下。
[5] 王逸,《楚辞章句》卷五,文渊阁四库全书第1062册,上海古籍出版社2003年版,第50页下。
[6] 王逸,《楚辞章句》卷十六,文渊阁四库全书第1062册,上海古籍出版社2003年版,第101页上。

少阴神为西方之神,因此才会有"就"东、"遇"西之举。少阴、少阳一定程度上成为方位的标志。尤其在最后一条中,直接将北方神玄冥称为"太阴之神",太阴作为北方的代指而出现。王逸之子王延寿《鲁灵光殿赋》中曰:"承明堂于少阳,昭列显于奎之分野。"①李善引《汉书》注云:"少阳,东方也。"②延寿早夭,生活年代与乃父王逸大体相类,可知在王逸的时代用少阳等概念指代方位并非罕见。

这种指代虽然比较简单,多为对方位的直接阐释,作用却不可小觑。这是因为在"少阳"等概念背后有个庞大的五行比附体系作为依撑,牵一发而动全身,它们就是从简单的方位进入深层哲学内涵的窗口与通道。如第一条所注为"恐天时之代序兮,耀灵晔而西征"(《远游》)句,天时代序,春秋更迭,屈子急于西行是想让西方之神以宽大为怀,少有杀伤。西方少阴之位,蓐收秉持阴气主管刑罚,不但草木零落于霜露,众芳也为寒气所侵,象征着政治的峻急与理想的幻灭。又如第二条所注原文为"朝濯发于汤谷兮"(《远游》)。《远游》乃屈子四处游历以追寻精神自由与超脱尘俗的过程,在此过程中,清晨濯发于汤谷。汤谷在东方少阳位,少阳乃阳气上升之位,阳气上升又代表了万物生长、蓬勃奋发,隐含着美善之力。因此,濯发这一举动就不仅仅是洗头发那么简单,也象征着对美善的向往与对德行修养的坚持,屈子即便在寻找的过程中都毫不松懈,时时以美善自励,保持高伟圣洁的人格。再如第五条是注在《九叹·远逝》"就颛顼而陈词兮,考玄冥于空桑"句下,"考玄冥"所考的玄冥是太阴之神,太阴为阴盛阳衰之象,万物肃杀,主于刑罚。之所以会考玄冥,是由于赏罚无道,也就是阴盛阳衰所象征的小人得位、君子被黜。王逸以"太阴"代指"北方",也就使得"考玄冥"具有了更为深刻的内涵,不只是简单地倾诉不平,而带上了谴责与批判的意味。

四

少阳、太阳、少阴、太阴与春、夏、秋、冬的结合,具有时间阐释的意味,它们一定程度上成为季节的代表。少阳、太阳、少阴、太阴的转换,也就是时间的更替,阴阳二气流动于中,成为促成时间变化的动力。董仲舒虽然将阴阳与五行系统地结合起来,却并没有明确指出阴、阳在这个比附体系中的运转状况,他只是说阴阳不得俱出,认为阳起于东北、就位南方而休于北方,阴始于东南、就位于北方而伏于南方。透过王逸《章句》,我们能够零星地看到阴阳于四季中运转的蛛丝马迹。有关记述如下:

> 言岁始春,青帝用事,盛阴已去,少阳受之。则日色黄白,昭然光明,草木之

---

① 萧统编,李善注,《文选》,岳麓书社2002年版,第345页。
② 萧统编,李善注,《文选》,岳麓书社2002年版,第349页。

类,皆含气,芽蘖而生。以言魂魄亦宜顺阳气而长养也。①

言岁始春,阳气上升,阴气下降。②

秋冬阳气升,故高朗也。③

言孟夏四月,纯阳用事,煦成万物。④

前两条都是说的始春之时。首条"盛阴"相当于"太阴"。盛阴已去,则至少阳。次条则是说的阴阳二气在春时的运行状况,"阳气上升,阴气下降",为少阳之时。王逸于此描绘的是冬春之际,阴气消减、阳气上升的过程。以此为参照,我们不难推之,于秋冬之际,阳气减退、阴气增长。但是第三条中王逸却说"秋冬阳气升",我们以为此处"阳气升"应该放在具体的语境中进行理解。此语是为了阐释"旻天兮清凉,玄气兮高明"句中的"高明",与"阳气升"相对的是"阴气降",它所言及的是空间意义上的升降,别于第二条中时间意义上的升降。阳气轻清而势弱,故上升使得天象高朗;阴气重浊且势强,故下沉使得万物凋敝。阴气下沉之后,主宰了大地,也就造成时间意义上的阴气上升。因此,秋时阳气下降,阴气上升,为少阴之时。第四条言及"纯阳",纯阳与"太阳"同。阴阳二气的变化,在王逸的阐释中成为自然物象变化发展的动力,并进而成为社会、人生种种现象发生、发展的依据。如第一条中春天盛阴已去,阳气上升,则草木之类含气而生,生机盎然,由此引出魂魄应顺阴阳之气而长养,社会人事与自然现象在阴阳思想的连接下,成为一体。王逸的阐释使得"青春受谢,白日昭只"的八字原文扩大了意义涵容,具备了新的要义。

少阳、太阳、少阴、太阴与四季结合而外,还在阐释以日为周期的时间运转中发挥着作用。《章句》曰:"日既升天,运转而西,将过太阴,徐抚其马,安驱而行。"⑤以此来阐释"夜皎皎兮既明"句,太阴即是指得一日之中的午夜前后,借助于十二地支与十二月、十二辰的相应组合可以推知。这里的太阴于夏历中指得是冬季的十、十一、十二月三个月,即亥、子、丑三月,对应于一日之中则为亥、子、丑三时,也就是晚上9点到凌晨3点。这种结合可以视为阴阳与四季结合的微现,少阳、太阳、少阴、太阴的转换在两种结合中相同。与四季相比,阴阳与十二时的结合不是五行比附中的核心,故而对阴阳二气运转情况的探讨,以其在四季中的表现为主。

---

① 王逸,《楚辞章句》卷十,文渊阁四库全书第1062册,上海古籍出版社2003年版,第66页下。
② 王逸,《楚辞章句》卷十,文渊阁四库全书第1062册,上海古籍出版社2003年版,第66页下。
③ 王逸,《楚辞章句》卷十七,文渊阁四库全书第1062册,上海古籍出版社2003年版,第113页上。
④ 王逸,《楚辞章句》卷四,文渊阁四库全书第1062册,上海古籍出版社2003年版,第40页下。
⑤ 王逸,《楚辞章句》卷二,文渊阁四库全书第1062册,上海古籍出版社2003年版,第21页下。

阴、阳二气随季节的变化而变化，其大体图示如下。

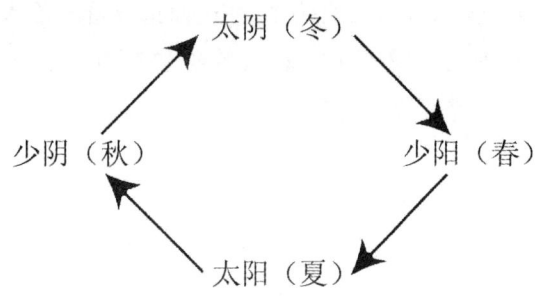

此图左半边是阴气上升的过程，由夏至时的最低点，不断上升，到仲秋阴阳均分，于冬至达到鼎盛。右半边是阳气的上升过程，同时也是阴气的消减过程，阳气从冬至时的最低点，经春分阴阳相等，于夏至时达到最高点。如果将少阳、太阳、少阴、太阴作为临界点的话，则是四至的代表，阴、阳就是经过它们达到完美的循环。但是，无论是董仲舒、班固，还是王逸，都是将少阳、太阳、少阴、太阴，作为季节的代表或者说一定时间长度内的概念使用的，即上文提及的"四选"。因此，在界定这四个概念的时候就不能简单将之作为四个时间点。少阴、少阳的界定较为清晰，分别为阴、阳二气升而未盛，既是阴、阳二气上升的过程，也是二气升而未盛的状态。但是阴阳的消长变动无时不在，并非只是存在于少阳、少阴之时。以阳气为例，开始生长还在太阴之中。不同于少阳的是，此时阳气虽然衰极而起，却仍在阴阳二气的力量对比中处于绝对劣势，因此我们要在少阳的定义"升而未盛"之外加上：已经改变了绝对劣势地位，逐渐取得势力平衡，乃至于超过了阴气。

太阴、太阳，王逸分别用"盛阴"、"纯阳"二词替代，从中可以看出"太阴"阴气盛于阳气、"太阳"阳气盛于阴气，但是这两种状况并非仅仅分别存在于太阴、太阳之中。以阳气胜于阴气而言，除太阳以外，在少阴、少阳之中都存在，即春分之后至立夏与秋分之前到立秋这两段时间。不过，虽然这两段时间同样阳盛于阴，却一个是阳气初起，尚未盛大；一个是阳气已衰，盛势已去，与阳气全盛的太阳有别。由此，我们将五行比附或者王逸《章句》中的"太阳"、"太阴"笼统地界定为：阳气的盛大期、阴气的盛大期，二者都是阴阳变化中的一种状态。

阴、阳或者说少阳、太阳、少阴、太阴进入五行比附，对五行比附本身而言意义重大，它使得五行比附在五行生克的哲学基石之外，增加了阴阳思想作为理论支持，使得这一比附体系更为合理，具备了更为恒久的生命力。从这种意义上说，我们也可以将五行比附称作阴阳五行比附，但是鉴于阴阳思想的博大、阴阳比附的广泛，全篇仍以五行比附代指这种以"五"数为中心、阴阳与五行相结合的比附。阴阳与五行的结合为《章句》的楚辞阐释提供了有力的理论支持,成为它解释世界的工具。例如它以阴阳消长、流转的状况与少阳等四个概念为基础,阐释四季循环、昼夜交替,不但为楚辞中的时间运转做出解释,而且与四季一道形成生长杀藏的天地秩序,并进而指导着政治人事。《章句》曰:"夫天制四时,春生夏长,人君则之,以养万物。秋杀冬藏,亦顺其宜,而行刑罚。"①春生夏长,秋杀冬藏,人君效而仿之,或养或伐,各存其宜。

---

① 王逸,《楚辞章句》卷八,文渊阁四库全书第1062册,上海古籍出版社2003年版,第56页上。

论谶纬对王逸《楚辞章句》的影响

绍兴文理学院 吴从祥

谶纬是盛行于汉代的重要社会思潮,它不仅对汉代政治、制度等产生了重大的影响,也对汉代学术、文化等产生了深刻的影响。谶纬与经学关系最为密切,因此谶纬对汉代经学的影响最为明显,以纬正传、引纬注经现象在东汉时期非常普遍,汉末郑玄、何休等的经注莫不大量引纬为证。相对而言,谶纬对汉代其他著述的影响则小得多。虽则如此,但作为一种盛行的社会思潮,生活于此时代的人们无法摆脱其潜移默化的影响,因此当时各类著述亦难免受到谶纬的影响。

屈原是战国时期著名的诗人,其留下的作品颇多。到了汉代,人们将屈原、宋玉以及汉代的一些拟作汇集成一本总集《楚辞》。《楚辞》的编辑经历了较长的时间,至直东汉王逸时,这一集子方才定型。王逸的《楚辞章句》是今存的《楚辞》最早注本,是汉代《楚辞》学代表著作。王逸将屈原《离骚》称为"经",并以汉代流行的注经形式"章句"形式给《楚辞》作注,可见汉代经学对王逸《楚辞章句》的影响是极其深刻的。[①] 众所周知,谶纬是汉代经学神学化、宗教化和方术化的产物,其与经学有着密不可分的关联。对于《楚辞章句》学者们作了不少研究,但关于谶纬对王逸《楚辞章句》的影响,学者较少言及,在此作一简要分析,以求教于方家名贤。

一、对纬书文献的征引

王逸是东汉时期著名学者,其生平事迹主要见于范晔《后汉书》本传。《后汉书·文苑列传·王逸传》:"王逸字叔师,南郡宜城人也。元初中,举上计吏,为校书郎。顺帝时,为侍中。著《楚辞章句》行于世。其赋、诔、书、论及杂文,凡二十一篇。又作《汉诗》百二十三篇。"可见王逸主要活跃于东汉中期安帝、顺帝时期。

对于谶纬在汉代产生和发展的情形,学者们意见不一。大体而言,谶纬产生于汉武帝独尊儒术之后,兴盛于西汉后期,鼎盛于两汉之际,定型于东汉光武帝后期。建武中元二年(57),光武帝"宣布图谶于天下"(《后汉书·光武帝纪》),谶纬获得了官方认可的崇高政治地位。光武帝得天下颇得谶纬之助,因此其对谶纬颇为器重,后显宗、肃宗亦是如

---

① 王德华《试论王逸〈楚辞章句〉"经学"阐释的思想文化特征》,《中州学刊》2000年第3期;以及郜积意,《王逸〈楚辞〉学:立场与方法》,《求索》2002年第3期等。

此。在东汉前期三帝时期,谶纬如日中天,于是儒者争学图纬,谶纬成为儒生必修功课,以至"不言谶则无学问可言"。到了东汉中后期,谶纬地位虽有所下降,但其影响依然很大,研习者依然众多。生活于谶纬盛行时代的王逸,研习过谶纬亦是极其自然的事情。《楚辞章句》表明,王逸研习过谶纬,对谶纬文献比较熟悉。如《九怀》:"神章灵篇兮。"王逸注曰:"河图、洛书,纬谶文也。"①王逸认为"神章灵篇"指的是河图洛书之类的纬谶文,这表明王逸对谶纬是比较熟悉的。

不仅如此,在《楚辞章句》一书中,王逸还多次直接或间接引用纬书文献。

(一) 直接引用

从今本《楚辞章句》来看,王逸直接征用谶纬之处并不多,有以下数例。

1.《离骚》:"邅吾道夫昆仑兮。"注:《河图括地象》言:昆仑在西北,其高万一千里,上有琼玉之树也。

2.《天问》:"何所不死?长人何守?"注:《括地象》曰:有不死之国。

3.《远游》:"造旬始而观清都。"注:《春秋考异邮》曰:太白,名旬始,如雄鸡也。

4.《九叹》:"紫贝阙而玉堂。"注:《援神契》曰:江水出大贝也。

《括地象》是《河图括地象》的简称,《援神契》指的是《孝经援神契》。这四条纬文有 2 条出自《河图》,1 条出自《春秋纬》,1 条出自《孝经纬》。

(二) 间接引用

《楚辞章句》虽然直接引用纬书较少,但间接引用或化用谶纬词句之处不少。

1.《离骚》:"帝高阳之苗裔兮。"注:"德合天地称帝。"

《易纬坤灵图》:"德配天地,在正不在私,称之曰帝。"②《乐稽耀嘉》:"德象天地为帝,仁义所生为王。"可见,王逸此说当源出纬书。

2.《天问》:"遂古之初,谁传道之?"注:言往古太始之元,虚廓无形,神物未生,谁传道此事也?

《天问》:"上下未形,何由考之?"注:言天地未分,混沌无垠,谁考定而知之也?

《易纬乾凿度》:"有太易,有太初,有太素也。太易者,未见气也。太初者,气之始也。太始者,形之始也。太素者,质之始也。气形质具而未离,故曰浑沦。浑沦者,言万物相浑成,而未相离。视之不见,听之不闻,循之不得,故曰易也。易无形畔。易变而为一,一变而为七,七变而为九。九者,气变之究也,乃复变而为一。一者,形变之始。清轻者上

---

① 洪兴祖,《楚辞补注》,中华书局 1983 年版,第 280 页。除特注明外,本文所引王逸《楚辞章句》均引自此书。

② 安居香山、中村璋八辑,《纬书集成》,河北人民出版社 1994 年版,第 309 页。除特注明外,本文所引纬书都引自此书。

为天,浊重者下为地。"可见,王逸此类说法显然源出纬书。

3.《离骚》:"后飞廉使奔属。"注:"风为号令,以喻君命。言己使清白之臣,如望舒先驱求贤,使风伯奉君命于后,以告百姓。"

洪兴祖《楚辞补注》:《河图》曰:"风者,天地之使,乃告号令。"《龙鱼河图》:"风者,天之使也。"《河图帝通纪》:"风者,天地之使。故恶风所起之方,必有暴兵。""风为号令"这一说法在《楚辞章句》中多次出现。

《抽思》:"悲秋风之动容兮。"注:风为政令。动,摇也。言风起而草木之类摇动,君令下而百姓之化行也。

《九辩》:"从风雨而飞飏。"注:夫风为号令,雨为德惠,故风动而草木摇,雨降而万物殖。故以风雨喻君。言政令德惠,所由出也。

4.《七谏》:"虎啸而谷风至兮。"注:虎,阳物也。谷风,阳气也。言虎悲啸而吟,则谷风至而应其类也。

《春秋元命包》:"猛虎啸而谷风起,类相动也。"虽然虎从风、虎啸生谷风等说法是当时流行的说法,但王逸从阴阳感应的角度进行解说,显然受到了谶纬思想的影响。

这样的例子还有不少,就不再枚举了。

二、感生说

所谓"感生"就是无性生殖,女性往往因天或神物的感应而怀孕生子。感生神话的起源可上溯到知母不知父的原始社会,与图腾有一定的关系。先秦典籍记载了一些感生神话,如姜嫄"履帝武敏歆"(《诗经·生民》)而生后稷,"天命玄鸟,降而生商"(《诗经·玄鸟》)等。《史记》中除了记载刘媪感蛟龙生刘邦外,还记载了简狄吞玄鸟卵生契等。汉代人认为,"圣人皆无父,感天而生"。① 因此纬书中感生神话非常多。在纬书政治神话中,不管是传说中的三皇五帝还是近世的孔子和高祖刘邦等,都是感灵物而生的,如神农是感神龙而生,黄帝是感电而生,少昊是感星而生,孔子是感黑龙而生,刘邦是感赤龙而生等。不仅如此,纬书中帝王感生说与五德终始说相结合,形成了较为完整的体系,凡同一德统的帝王往往所感灵物相同或相近,如火统神农、尧、汉高祖刘邦皆感神龙而生等。②

原始神话是远古时代人们认知水平低下的产物,众多早期感生神话亦是如此。对于这类神话,随着人们认识水平和理性思维的提升,往往不再相信这些神话传说了。纬书

---

① 《公羊传》语。今本《春秋公羊传》无,此转引自许慎《五经异义》,载王谟《汉魏遗书钞》,《续修四库全书》第1200册,上海古籍出版社2002年,第324页。

② 安居香山著,田人隆译,《纬书与中国神秘思想》,河北人民出版社1991年版,第96页;以及杨权,《新五德理论与两汉政治——"尧后火德"说考论》,中华书局2006年版,第361页。

政治神话,是一种文明神话,是文明社会中人们出于某种现实目的制作的神话,是人们为了特定的政治目的,借助文化传统中的宗教思想和神话传说资料而造作的虚构性的诸神故事。① 纬书中众多感生神话便属此类,如孔子感黑龙而生,刘邦感赤龙而生等。到了理性盛行的汉代,人们虽然并不迷信这些感生神话,但往往从政治功利的角度接受这些感生神话。对于这些感生神话,汉代学者作了不少批判。在《论衡》一书中,王充对圣王感生说进行了批判。儒生认为,"圣人之生,不因人气,更禀精于天"(《奇怪篇》),于是产生了众多感生神话,王充认为"如实论之,虚妄言也。"接着王充从人、物之贵贱,同类之物相感等角度对感生说进行了批判,认为"人转相生,精微为圣,皆因父气,不更禀取"(《奇怪篇》)。此外,汉末王肃亦不相信感生说,其在给《诗经》作注时,对其中感生说作了理性化的解说。《大雅·生民》:"厥生初发,时维姜嫄"。王肃注曰:"姜嫄未有子,故禋祀求子,上帝大安其祭祀,而与之子。任身之月,帝喾崩,挚即位而崩,尧即位。帝喾崩后十月,而后稷生,盖遗腹子也。"② 王肃将感灵物解释为一种宗教祭祀仪式,并认为契是遗腹子。与王充、王肃等形成鲜明对照的是,王逸在注释《楚辞》时,对此类说法并未加以质疑,相反,比较相信此类说法,在注文中对此类事典多详加解说。

1.《天问》:"何勤子屠母,而死分竟地?"注:言禹幅剖母背而生,其母之身,分散竟地。

早期关于禹出生的传说颇多,其中影响比较大的是鲧腹生子说。《山海经·海内经》:"洪水滔天,鲧窃帝之息壤以堙洪水,不待帝命。帝命祝融杀鲧于羽郊。鲧复生禹,帝乃命禹卒布土以定九州。"袁珂先生认为"'复'即'腹'之借字",③可信。屈原《天问》云:"伯禹腹④鲧"。《淮南子·修务训》:"禹生于石。"高诱注曰:"禹母脩己感石而生禹,折胸而出。"⑤ 而纬书中却有禹背生的记载,"脩己剖背,而生禹于石纽"(《尚书中候考河命》)。可见王逸此说是源自纬书。

2.《天问》:"简狄在台,喾何宜? 玄鸟至贻,女何喜?"注:言简狄侍帝喾于台上,有飞燕堕遗其卵,喜而吞之,因生契也。

3.《天问》:"稷维元子,帝何竺之?"注:言后稷之母姜嫄,出见大人之迹,怪而履之,遂有娠而生后稷。后稷生而仁贤,天帝独何以厚之乎?

屈原仅言天帝厚受之,而王逸以感生说释之。

4.《思美人》:"遭玄鸟而致诒。"注:喾妃吞燕卵以生契也。言殷合神灵之祥知而生,于是性有贤仁,为尧三公。

---

① 冷德熙,《超越神话——纬书政治神话研究》,东方出版社1996年版,第40页。
② 王肃,《毛诗王氏注》,马国翰《玉函山房辑佚书》,《续修四库全书》第1201册,第315-316页。
③ 袁珂,《山海经校注》,巴蜀书社1996年版,第537页。
④ "腹"一作"愎"。朱熹《楚辞集注》、蒋骥《山带阁注楚辞》等皆作"腹",作"腹"更合理,故从之。
⑤ 高诱,《淮南子注》,上海书店1986年版,第337页。

王逸以感生神话释之。契为尧三公之说出于纬书。《尚书中候》："稷为大司马。"皮锡瑞曰："虞时无司马,诸书以意言之。"吴(承仕)曰："此(《吉验篇》)文及《初禀篇》、《本性篇》并以弃为尧司马,此据纬说也。"①

如上所说,虽然感生说始于先秦,但汉代纬书大大丰富了帝王感生说,扩大了其影响。在《楚辞章句》中,王逸常以纬书感生说来解释《楚辞》文本,这些显然是受到纬书政治神话影响的结果。

三、天人感应思想

天人关系一直是先秦诸子讨论的重要话题,天人感应思想萌芽早在先秦时期便已产生,到了汉代经过董仲舒的发展和倡导,天人感应思想逐渐完善,并盛行于世,对整个汉代社会产生了极其深刻的影响。"谶纬的内容虽无所不包,而其主导思想则是以阴阳五行为骨架的天人感应神学目的论。"②在汉代纬书中,天人感应思想不仅得到更为广泛的运用,而且"比附更加细致,也极其繁琐"③,并逐渐形成了更为完善、更为细致的体系。

王逸极其崇尚经学,故称《离骚》为"经",并认为屈原"援天引圣"、"依《诗》取兴"。汉代经学自董仲舒以来,便与天人感应思想结下了不解之缘,而西汉中后期兴起的谶纬使得天人感应思想得到进一步的发展。崇尚经学的王逸亦多受天人感应思想影响,这对《楚辞章句》产生了不少影响。

在《楚辞章句》中,王逸常将自然现象与人事、政治结合在一起。

《湘夫人》："袅袅兮秋风,洞庭波兮木叶下。"注:言秋风疾,则草木摇,湘水波,而树叶落矣。以言君政急则众民愁,而贤者伤矣。

《九辩》："收恢台之孟夏兮。"注:上无仁恩以养民也。夫天制四时,春生夏长,人君则之,以养万物。秋杀冬藏,亦顺其宜,而行刑罚。故君贤臣忠,政合大中,则品庶安宁,万物丰茂。上暗下伪,用法残虐,则贞良被害,草木枯落。故宋玉援引天时,托譬草木。以茂美之树,兴于仁贤,旱遇霜露,怀德君子,忠而被害也。

通过天人感应思想,王逸将常见和自然现象与君政、民生等联系在一起,并以此对《楚辞》文本进行阐释。这样的例子还有不少。如:

《九辨》："秋既先戒以白露兮。"注:君不弘德,而严令也。

《九辨》："霜露惨凄而交下兮。"注:君政严急,刑罚峻也。

不仅如此,在《楚辞章句》中,天人感应思想还常与比兴相结合在一起,形成具有浓郁

---

① 黄晖,《论衡校释》,中华书局1990年版,第87页。
② 钟肇鹏,《谶纬论略》,辽宁教育出版社1991年版,第89页。
③ 钟肇鹏,《谶纬论略》,辽宁教育出版社1991年版,第98页。

天人感应色彩的比兴体系。如：

《山鬼》："风飒飒兮木萧萧。"注：或曰：雷为诸侯，以兴于君，云雨冥昧，以兴佞臣。猿猴善鸣，以兴谗言。风以喻政，木以喻民。雷填填者，君妄怒也。木萧萧者，民惊骇也。

《涉江》："云霏霏而承宇。"注：或曰：日以喻君，山以喻臣，霰雪以兴残贼，云以象佞人。山峻高以蔽日者，谓臣蔽君明也。下幽晦以多雨者，群下专擅施恩惠也。霰雪纷其无垠者，残贼之政害仁贤也。云霏霏而承宇者，佞人并进满朝廷也。

天人感应思想还表现在一些单个事物的比兴解说方面。在《楚辞章句》中，"云霓"、"雾"、"飘风"等往往比附于邪佞之物。

《离骚》："帅云霓而来御。"注：云霓，恶气也。以喻佞人。

《离骚》："飘风屯其相离兮。"注：回风为飘。飘风，无常之风，以兴邪恶之众也。

《悲回风》："冯昆仑以瞰雾兮。"注：遂处神山，观浊乱之气也。

由此可见，天人感应思想对王逸《楚辞章句》的影响是极其深刻的。

四、祥瑞思想

祥瑞信仰产生很早，早在先秦时期人们便广泛将"河出图"视为一种祥瑞，孔子曾叹曰："凤鸟不至，河不出图，吾已矣夫！"（《论语·子罕》）到了汉代，随着天人感应说的兴盛之后，祥瑞说更为盛行，史籍中对于出现甘露、醴泉、凤凰、神雀等现象多加以记载。在此基础之上，纬书则将祥瑞说发展到新的高度。纬书不仅记载了众多祥瑞，而且将祥瑞进一步系统化、细致化。如《礼斗威仪》中详细记载了五德王统的不同祥瑞："人君乘土而王，其政太平，则甘露降；王者乘火而王，其政升平，则祥风至。君乘金而王，其政象平，则嘉雨时至。人君乘水而王，其政和平，则景云见也。人君乘木而王，其政升平，则草木丰茂，嘉谷并生。"不仅如此，纬书则将祥瑞与各种仁德联系起来。这在《孝经援神契》、《春秋感精符》中有不少记载。"王者德泽洽，则神龟来；孝道行，则地龟出。"（《孝经援神契》）"王者孝及于天，甘露降；泽及地，醴泉涌。"（《孝经援神契》）"德及鸟兽，则凤皇翔。"（《孝经援神契》）"王者德至深泉，则黄龙出，醴泉涌。"（《孝经援神契》）"王者上感皇天，则鸾凤至，景星见。"（《春秋感精符》）"王者德化，旁流四表，则麒麟臻其囿。"（《春秋感精符》）这样的例子还很多。

这种德义祥瑞思想在《楚辞章句》一书中有不少体现。在《楚辞章句》中，凤凰、鸾鸟、玄鹤以及麒麟等，都视为祥瑞之物，是仁德的象征，君主有德则来，无德则去。

1.《大招》："魂乎归徕！凤皇翔只。"注：言所居园圃，皆多俊大之鸟，咸有智谟，魂宜来归，若凤皇之翔归有德，就同志也。

2.《惜誓》："独不见夫鸾凤之高翔兮，乃集大皇之野。循四极而回周兮，见盛德而后下。"注:言鸾鸟、凤皇乃高飞于大荒之野,循四极,回旋而戏,见仁圣之王,乃下来集归于有德也。以言贤者亦宜处山泽之中,周流观望,见高明之君,乃当仕也。

3.《惜誓》:"使麒麟可得羁而系乎兮,又何以异乎犬羊?"注:言麒麟仁智之兽,远见避害,常藏隐不见,有圣德之君乃肯来出。

4.《九叹》:"听玄鹤之晨鸣兮,于高冈之峨峨。"注:玄鹤,俊鸟也。君有德则来,无德则去,若鸾凤矣。故师旷鼓琴,天下玄鹤皆衔明月之珠以舞也。

5.《九叹》:"麒麟奔于九皋兮。"注:麒麟,仁兽也。君有德则至,无德则去也。

王逸认为,鸾凤、麒麟、玄鹤等都是祥瑞之物,都是有德的象征,往往有德而来,无德则去。这种德义祥瑞的思想显然是源于纬书。

总而言之,王逸崇尚经学,对谶纬颇为熟悉,《楚辞章句》一书颇受谶纬思想影响。《楚辞章句》不仅直接引用了一些纬书文献,而且大量间接引用或化用纬书词句。对于纬书感生神话,王逸往往信而从之。受到谶纬天人感应思想的影响,王逸不仅常将自然现象与政治联系在一起,还常将天人感应思想与比兴手法相结合,形成具有浓郁天人感应色彩的比兴体系。对仁德祥瑞说,王逸亦多加采纳。可见,王逸《楚辞章句》深受当时流行的谶纬思想的影响。

出土文献与《史记·屈原贾生列传》的可信性问题

中国传媒大学 王克家

《史记·屈原贾生列传》是记载屈原生平事迹的最为重要的历史文献。关于屈原其人以及《屈原贾生列传》的相关记载，自西汉以降无异词。20世纪开始出现的"屈原否定论"对屈原其人以及楚辞中相关作品的作者归属、作品性质提出了质疑，其首要怀疑的对象即是《屈原贾生列传》的可信性。

首先提出"屈原否定论"的是清末学者廖平。他说："《史记·屈原贾生传》是不对的……全篇文义都不属……前后矛盾……既不能拿来证明屈原出处的事迹，也不能拿来证明屈原作《离骚》的时代"，"屈原的文章，多半是秦博士所作"。①继廖氏后，胡适也提出相类似的看法。胡适《读〈楚辞〉》一文说："我现在不但要问屈原是什么人，并且要问屈原这个人究竟有没有。"胡适认为："《史记》本来不很可靠，而《屈原贾生列传》尤其不可靠"。②继廖平、胡适之后，不断有学者对《屈原列传》的可信性提出质疑。1938年出版的何天行《楚辞新考》一书，全面否定了屈原及其作品以及关于屈原的历史记载。何氏认为《屈原列传》的作者为刘向或刘歆。③上述有关屈原其人及《屈原列传》可信性问题，也引起了日本学者的关注。从20世纪60年代开始，日本学者陆续发表文章对屈原问题进行讨论。其中三泽玲尔先生的《屈原问题考辨》认为屈原是传说中的人物，《屈原列传》所载即为有关屈原的传说，"应当作为民族的传说而受到尊重。"④关于屈原以及《屈原列传》可信性问题的论争影响很大，至今仍有学者对《屈原列传》提出质疑。最近有汪春泓先生发表《读〈史记·屈原贾生列传〉献疑》一文，作者认为，"谓《屈贾列传》是太史公所作，很难令人信服，而属楚元王后人的刘德、刘向所撰，倒更有充分依据……可以得出结论，《屈贾列传》的主要作者是刘向"。⑤

---

① 学界对廖平这一观点，大多根据谢无量《楚辞新论》记载而来。闻一多《神话与诗廖季平论〈离骚〉》，郭沫若《屈原研究》等均以此为据，认为廖平的这一观点是在其《楚辞新解》中提出的。有学者提出，廖平这一观点实见其《楚辞讲义》。参见黄鹄，《廖季平从〈楚辞新解〉到〈楚辞讲义〉的变化》，《重庆师院学报（哲学社会科学版）》1984年第2期。
② 胡适，《读〈楚辞〉》，《读书杂志》1922年9月3日。
③ 何天行，《楚辞新考》，《楚辞研究》，吴越史地研究会1938年版。该书于1948年由中华书局再版，名为《楚辞作于汉代考》。参见《中日学者屈原问题论争集·前言》第4页。
④ 三泽玲尔著，韩基国译，《屈原问题考辨》，《中日学者屈原问题论争集》。
⑤ 汪春泓，《读〈史记·屈原贾生列传〉献疑》，《文学遗产》2011年第4期。

自廖平、胡适等对屈原其人及《屈原列传》提出质疑后,就不断有学者予以反驳。较早对廖平、胡适质疑《屈原列传》进行批驳的是谢无量。谢无量在其《楚辞新论》中指出《屈原列传》所载"屈原为楚同姓"、"屈平曾仕于怀王被逸见疏"、"屈原曾参与当时外交事务,并曾使齐"、"怀王入秦,屈原曾经谏阻"、"屈原至襄王时再被放逐,发愤投江"等五项基本事实"是可信的"。① 闻一多指出廖氏论点之谬误,他说:"至于《史记》的'文义不属,前后矛盾'……《史记》全书中,同类情形甚多,若凭此而一一否认其人物的真实性,恐决无此理。其实'文义不属,前后矛盾',也不多是廖氏的借口而已。"② 针对胡适关于否认屈原对其作品著作权的观点,郭沫若进行了批评,他指出:"对于《屈原传》所提出的疑问,骤看都觉得很是犀利,但过细检查起来,却一项也不能成立。"③"《史记》流传到现在,已二千多年,几经辗转抄印,当然免不了有些窜改或错误,前人早就指出。我们不能因为这点错误,就说这篇不可靠。"

除了对《史记·屈原贾生列传》本身进行研究外,还有学者尝试从其他传世文献中查找线索,以期说明《屈原列传》史料来源的可信性。20世纪40年代后期,刘开扬先生对《史记》的"史源"进行了具体分析。刘开扬先生引用了《战国策·中山策》中武安君白起的一段话和《楚策》所叙述的"有人"向昭雎建使齐的一段话,提出上述两处记载中提及的"良臣"和"有人"就是指屈原。刘开扬先生所引《战国策》相关内容如下:

武安君曰:"是时楚王恃其国大,不恤其政,而群臣相妒以功,谄谀用事,良臣斥疏,百姓心离,城池不修,既无良臣,又无守备。故起所以得引兵深入,多倍城邑,发梁焚舟以专民以,掠于郊野以足军食。——《中山策·昭王既息民缮兵章》④

有人谓昭雎曰:"甚矣,楚王不察于争名者也……是昭雎之言不信也,王必薄之。"——《楚策·张仪相秦章》⑤

刘开扬先生指出:"所谓'史源',想是指文字上的记载,上面我们已经举过一些,虽然不多,却已可说明《史记·屈原列传》并非没有史源……因为能保留到司马迁时代的战国传说大都是比较可靠的,这些传说应该是比文字史源更其可靠与丰富的资源。"⑥ 刘开

---

① 谢无量,《楚辞新论》,商务印书馆1923年版,第23-28页。
② 闻一多,《廖季平论离骚》,《神话与诗》,湖南人民出版社2010年版,第271页。
③ 郭沫若,《屈原研究》,《沫若文集》第一辑第三册,群益出版社1946年版,第8页。
④ 何建章,《战国策注释》,中华书局1990年版,第1250-1251页。
⑤ 何建章,《战国策注释》,中华书局1990年版,第521页。
⑥ 转引自黄中模著,《现代楚辞批评史》,湖北教育出版社1990年版,第257-258页。

扬先生尝试从《史记》以外的传世文献中查找线索,这一思路是值得肯定的,但刘氏的结论并未能令人彻底信服,仍不断有学者对《屈原贾生列传》的可信性提出质疑。

总体来说,通过考证传世文献的方法对《屈原列传》可信性的研究,学者已经做了相当充分的工作。① 但仅对传世文献本身进行考证,存在一定的局限性。② 近年来,与上述问题有关的出土文献材料已经有了相当的积累,为《史记·屈原贾生列传》、屈原其人及其作品的研究提供了新材料。

1977年阜阳双古堆汉墓中发现《楚辞》残简两条。一是《离骚》残句,仅存四字:"〔唯庚〕寅吾以降"。另一条为《涉江》残句:"〔船容与而〕不进兮,奄回水〔而凝滞〕"。③ 学者指出,阜阳汉简的时间不晚于文帝十五年。④ 阜阳汉简《楚辞》虽然只留下残简,但它证明了在西汉文帝时期,屈原作品《离骚》、《涉江》等已经流传于世。⑤《屈原贾生列传》载:"屈平疾王听之不聪也,谗谄之蔽明也,邪曲之害公也,方正之不容也,故忧愁幽思而作《离骚》"。⑥ 阜阳汉简《离骚》残简的发现,有力地证明了淮南王刘安作《离骚》之说实误,同时一个侧面也说明《屈原列传》关于屈原作《离骚》记载之可信。

最近公布的北京大学所藏西汉竹简中有《反淫》一篇。"文中一魄子患病,魂铺叙七事以起其病结构全篇,七事有射御、游观、歌舞、宴饮等"。《反淫》篇的"文体是典型的七体"。⑦ 魂说以六事,魄子皆称"浸病未能",但在听了第七事之后终于病愈。病愈的原因,是魂向魄子进"要道妙言",即所谓天下之至道。⑧ 值得注意的是魂所言"要道妙言"

---

① 不少学者撰文对"屈原否定论"以及《屈原贾生列传》的可信性问题进行讨论。如陈守元,《〈屈原问题考辨〉商榷》,《重庆师院学报》1983年第4期。黄中模,《谈〈屈原问题考辨〉中涉及的有关〈史记·屈原列传〉的一些争议问题》,《重庆师院学报》1983年第4期。黄鹄,《廖季平从〈楚辞新解〉到〈楚辞讲义〉的变化》,《重庆师院学报》1984年第2期。姚汉荣,《评〈楚辞新考〉》,《四川师院学报》1984年第3期。温洪隆,《重评"屈原——箭垛式人物论"》,《华中师范大学学报》1985年第5期。汤炳正,《〈离骚〉决不是刘安的作品——再评何天行〈楚辞作于汉代考〉》,《求索》1984年第3期。毛庆,《论屈原否定论的方法性错误》,《荆州师专学报》1985年第3期。王开富,《〈史记屈原列传〉非伪作辨》,《重庆师院学报》1984年第2期。

② 除《史记·屈原贾生列传》外,传世西汉文献中,还有《新序·节士》对屈原事迹进行了记载。但由于《新序》成书时间在《史记》之后,不足以对《史记》史料来源方面进行有力的证明。

③ 胡平生,《阜阳双古堆汉简辞赋简》,《出土文献与中国古代文明国际学术研讨会论文集》第387页。

④ 阜阳汉简整理组,《阜阳汉简简介》,《文物》1983年第3期。

⑤ 阜阳汉简下葬的年代不晚于文帝十五年,这时距离汉王朝立国仅四十一年。胡平生先生指出:墓葬中随葬的文献,不是实际生活中的应用文书,其写作与六部在古代的条件下需要相当长的时间,文帝十五年的入葬品不可能是当时的作品。胡先生并且驳斥了《离骚》非屈原所作的论点。胡平生,《阜阳双古堆汉简辞赋简》,《出土文献与中国古代文明国际学术研讨会论文集》第388-389页。

⑥ 司马迁,《史记》,中华书局1959年版,第2482页。

⑦ 傅刚、邵永海,《北大藏汉简〈反淫〉简说》,《文物》2011年第6期。

⑧ 傅刚、邵永海,《北大藏汉简〈反淫〉简说》,《文物》2011年第6期。

时提及的诸子及楚辞作家。相关部分简文如下:

> [孟]柯、敦(淳)于髡、阳(杨)朱、墨翟、子赣、孔穿、屈原、唐革(勒)、宋玉、景琐(差)之偷(伦),观五帝之遗道,明三王之法藉,以下巧(考)诸衰世之成败,论天下之精微,理万物是非,别……①

这段简文所列人物中的楚辞作家与《史记·屈原贾生列传》的相关记载近似。《屈原列传》在记述屈原之后又云:

> 屈原既死之后,楚有宋玉、唐勒、景差之徒者,皆好辞而以赋见称;然皆祖屈原之从容辞令,终莫敢直谏。②

其中所言"楚有宋玉、唐勒、景差之徒者"与北大汉简《反淫》篇中出现的"屈原、唐革(勒)、宋玉、景琐(差)之偷(伦)"基本一致。"这是西汉文献中除《史记》以外第一次开具的楚辞作家名单,它有力地证明了《史记·屈原列传》记载诸《楚辞》作家的真实性。"③

北大汉简简文整理者根据这批简文的内容和书体特征等,分析这批竹简的抄写年代当在汉武帝时期,可能主要在武帝后期,下限亦应不晚于宣帝。④ 可以推断,《反淫》篇的创作时间与《史记》成书时间基本接近或略早,篇中关于楚辞作家的记载,是其作者对上述历史人物的如实记录。《反淫》篇与《屈原列传》相关记载的一致性,代表了当时人们对战国晚期楚辞作家群的基本认识。

对比《反淫》篇与《屈原列传》的相关记载可见,这两篇文献记载楚辞作家的顺序略有不同。

《反淫》简文作:"屈原、唐革(勒)、宋玉、景琐(差)之偷(伦)"。《屈原列传》云:"屈原既死之后,楚有宋玉、唐勒、景差之徒者"。两篇文献记录主人的次第大体一致,唯唐勒、宋玉二人前后顺序不同。

从文献记载来看,唐勒、宋玉与景差是同时代的人。《汉书·艺文志·诗赋略》在《屈原赋》二十五篇后列有《唐勒赋》四篇,并注云:"楚人"。又列《宋玉赋》十六篇,注云:"楚人,与唐勒并时,在屈原之后也。"⑤1972 年山东临沂银雀山出土汉简《唐革》篇。学者考

---

① 傅刚、邵永海,《北大藏汉简〈反淫〉简说》,《文物》2011 年第 6 期。
② 司马迁,《史记》,中华书局 1959 年版,第 2491 页。
③ 傅刚、邵永海《北大藏汉简〈反淫〉简说》,《文物》2011 年第 6 期。
④ 北京大学出土文献研究所,《北京大学藏西汉竹书概说》,《文物》2011 年第 6 期。
⑤ 班固,《汉书》,中华书局 1962 年版,第 1747 页。

证,"唐革"即"唐勒",唐勒是战国晚期屈原的后学,比屈原的时代稍晚。银雀山汉墓为汉武帝初年所建,这是竹简《唐革》的抄写年代下限。①《唐勒》篇首句:"唐勒与宋玉言御襄王前。唐勒先称曰……"②

宋玉的《大言赋》、《小言赋》两篇作品中,也有相关记述。要顺带说明的是,关于宋玉对《大言赋》、《小言赋》的著作权,过去曾被怀疑。现在看来是可信的,已有学者对此进行了论述。③《大言赋》开篇说:"楚襄王与唐勒、景差、宋玉游于阳云之台。王曰:'能为寡人大言者上座'"。《小言赋》开端云:"楚襄王既登阳云之台,令诸大夫景差、唐勒、宋玉等并造《大言赋》,赋毕而宋玉受赏。"④宋玉、唐勒、景差三人能与襄王同游于阳云之台,说明三人具有一定的身份和地位。北大汉简《反淫》篇对屈原以及这三位楚辞作家的记述,与宋玉所作大小言赋的内容相应,也证明了《屈原列传》对屈原及与其相关联人物的记载有着可靠的史料来源。司马迁在记述屈原之后的楚辞作家群时,将宋玉列于首位,很可能是由于当时宋玉成就较高,其作品影响较大的缘故。

自王国维之后,近代以来的文献的考据包括传世文献与出土文物之互证。王国维在其《古史新证》中说:"吾辈生于今日,幸于纸上之材料外更得地下之新材料,由此种材料我辈固得据以补证纸上之材料,亦得证明古书之某部分全为实录,即百家不雅驯之言亦不无表示一面之事实。此二重证据法。"⑤二重证据法不但是文献考据的重要方法,实亦为历史研究的重要方法。阜阳《楚辞》残简的发现有力地驳斥了"《离骚》为刘安所作"的观点。北大汉简3883号简将屈原、宋玉、唐勒、景差并提,与《屈原贾生列传》对屈原、宋玉、唐勒、景差等人作为一个系列进行描述相合。这说明,在汉初人们的观念中,屈原、宋玉、唐勒等人的真实存在性是毋庸置疑的,更有力地证明了《史记·屈原贾生列传》史料来源及其记载的可信性。

---

① 李学勤,《〈唐勒〉、〈小言赋〉和〈易传〉》,《齐鲁学刊》1990年第4期。
② 转引自李学勤,《〈唐勒〉、〈小言赋〉和〈易传〉》,《齐鲁学刊》1990年第4期。
③ 李学勤,《〈唐勒〉、〈小言赋〉和〈易传〉》,《齐鲁学刊》1990年第4期。汤漳平,《宋玉作品真伪辩》。刘刚,《重论宋玉大小言赋之真伪》。
④ 《古文苑》(万有文库版),商务印书馆1937年版,第58-59页。
⑤ 王国维,《古史新证》,清华大学出版社1994年版,第2-3页。陈寅恪将王国维的治学方法概括为三点,"一曰取地下之实物与纸上之遗文互相释证……二曰取异族之故书与吾国之旧籍互相补正……三曰取外来之观念与固有之材料互相参证。"陈寅恪《王静安先生遗书序》。

明清楚辞学者及其楚辞学著作研究

戴震《屈原赋注》与王逸古注异同

淮北师范大学文学院　郭全芝

戴震《屈原赋注》和王逸《楚辞章句》一样，内容上既不乏字词名物训诂，同时又时有段落大意的归纳说明。两位注家对屈原本人的推崇也几乎达到无以复加的程度。王逸认为屈原人品好，作品也好，甚至连文采也是"玉藻"，因此是"金相玉质"[①]。戴震也认为屈原其人其作非同一般，但仅仅以"纯"一词概之[②]。两位相距千年的注家对屈原作品的看法与解释也是异同互见。

一、注释尚简

汉代群书注释形态有繁简之差异。对儒家经典的解释往往较繁，特别是立于学官的今文经学家的解释。一般书籍的注释，却往往从简，例如高诱注《淮南子》，训诂内容偏于解词，一般不引申发挥。《吕氏春秋》高诱注也是这种情况。王逸《楚辞章句》的注释风格与此类似。

基于这种情况，笔者以为可以把汉代训诂分为经学训诂和一般训诂。经学训诂允许发掘解释对象所"蕴含"的微言大义，解释可以随意发挥，种种牵强附会的内容由是出现在解读文字之中，因此风格繁杂（这种情况在后来兴盛的古文经学中得到纠正）。而一般书籍的注者可以不需解读原著的微言大义，只需解词释字（有时也阐发段落大意或指出修辞手段），因此风格简明。

但王逸的《楚辞》注释略有些复杂。因为一方面注者将《楚辞》一书中的主体——屈原作品看作准经学内容，在训诂实践中也往往引经据典，引申阐发蕴含意旨；但另一方面，他的注释内容又主要是对本文的字词疏通，因此风格仍然以简明为主。

戴震明确地将屈原作品视为"经之亚"[③]，而其风格也是简约的。这与戴震的训诂思

[①]　王逸，《楚辞章句·离骚叙》，洪兴祖，《楚辞补注》，中华书局1983年版，第49页。本文所引王逸《楚辞章句》概出于此本。
[②]　戴震，《屈原赋注·自序》，褚斌杰、吴贤哲校点，《屈原赋注》，中华书局1999年版。本文所引戴震《屈原赋注》，概出于此本。
[③]　戴震，《屈原赋注·自序》，第15页。

想有关联。戴震对于训诂的主张是贵精不贵博。他说"仆闻事于经学,盖有三难:淹博难,识断难,精审难"。"三难"之中戴氏更重视的是"精审",认为只有"淹博"是不够的,所以他批评说:"前人之博闻强识,如郑渔仲、杨用修诸君子,著书满家,淹博有之,精审未也。"①并进而明确宣称"学贵精不贵博,吾之学不务博也"②。因而,即使是对名物字词,戴震也往往只是解释,而不加考证。如"三后",解释为楚国的三王,依据是"在楚言楚",而不加考证。如果说此处"三后"因本文辞简和史料限定而无从考证,那么一些名物是可以施以考据性的解释的,而戴震也有意回避这样作。最明显的例子是,在其《屈原赋注》的初稿里,戴震对原文所涉及的芳草的具体形状、名称沿革是有考据的,但在定稿中一并删去。例如《离骚》出现的第一个芳草名"江离",戴震《屈原赋注》初稿解释如下:

> 江离,大叶芎䕞也。芎䕞似藁本,《左传》谓之山鞠䕞,其苗谓之江离,小叶者谓之蘪芜,似蛇床。(《尔雅》又名蕲茝。《本草》又名薇芜。《淮南·氾论训》:"夫乱人者,芎䕞之与藁本也,蛇床之与蘪芜也,此皆相似者。"《说林训》:"蛇床似蘪芜而不能香也。"《博物志》:"芎䕞苗曰江离,根曰芎䕞。"今人不知江离,概名蘪芜矣。吴錄云:"海水中生江离,正青,似乱发。"盖《本草》之海藻,误以为江离。)

而定稿则完全删去对"江离"的这段解释。不过,戴震另撰《通释》,将解释屈原作品中的山川草木鸟兽等内容予以收录。但即使这篇专门解释名物的文献在对"江离"作解释时也将"《尔雅》"以下文字悉数删去,而这些文字都呈现考据性的内容。

二、"经化"屈作,但程度有异

传统注家对原典都很尊重,除非万不得已,一般不对其进行批判式解释。这种情况尤其在经注中表现显著。汉代注释尤其如此,受"述而不作"影响,解释对象不论是经典还是子书,注家一般都只是注而不驳。即使对原作有不同看法,也只是借注释达到"歪曲"原意的目的,而不加批评。例如《淮南子》的基本精神是黄老思想,为之作注的高诱是儒者,于是高诱在注释时多将原文内容从黄老转为儒家思想。但可以说,作者对《淮南子》的这种解释是符合汉代一般注经模式的。

王逸与戴震对屈原及其作品都很推崇,王逸在为《离骚》所作"叙"中称颂屈原:

---

① 戴震,《东原文集》卷十,《戴震全书》第六册,黄山书社1994年版,第374页。
② 段玉裁,《东原先生年谱·附言谈辑要》,《戴震全书》第六册,黄山书社1994年版,第714页。

膺忠贞之质,体清洁之性,直若砥矢,言若丹青,进不隐其谋,退不顾其命,此绝世之行,俊彦之英也。

并批评班固等人对屈原不认同的做法:

……班固谓之露才扬己,竞于群小之中,怨恨怀王,讥刺椒、兰,苟欲求进,强非其人,不见容纳,忿恚自沈。是亏其高明,而损其清洁者也。

又称扬其作品云:

夫《离骚》之文,依五经以立义焉。……所谓金相玉质,百岁无匹,名垂罔极,永不刊灭者也。

(屈原)作《九歌》之曲。上陈事神之敬,下见己之冤结,托之以风谏。

戴震的说法比较简约,但评价之高也与王逸之论相似:

予读屈子书,……私以谓其心至纯,其学至纯,其立言指要归于至纯。二十五篇之书,盖经之亚。

并且说到自己的解释目的,也是因为想揭示原典的"儒学"内容:

今取屈子书注之,触事广类,俾与遗经雅记合致同趣,然后赡涉之士,讽诵乎章句,可明其学,睹其心,不受后人皮傅,用相眩疑①。

基于这种认识上的相同,王逸和戴震对屈作旨意的解释也就有了相似性。

王逸是将屈原圣贤化,作品经义化。例如说"《离骚》之文"是"依五经以立义",屈原"依诗人之义而作《离骚》。上以讽谏,下以自慰"。而理解上也多从此着眼。如解释《离骚》语句:

"帝高阳之苗裔",则《诗》"厥初生民,时维姜嫄"也;"纫秋兰以为佩",则"将翱将翔,佩玉琼琚"也;"夕揽洲之宿莽",则《易》"潜龙勿用"也;"驷玉虬而

---

① 戴震,《屈原赋注·自序》。

乘鹥",则"时乘六龙以御天"也;"就重华而陈词",则《尚书》咎繇之谋谟也;"登昆仑而涉流沙",则《禹贡》之敷土也。

这段话将《离骚》之语与五经相类比,话语之间真有直接将两者相等同的意味。就文本情况来看,楚辞多写神奇内容,比较特殊,其中不少部分又与祭祀相关,或有上天入地等虚幻描写,这些颇与古人以为人死后的奇异处境相似,于是汉碑出现了很多以楚辞诗句为内容的文字。在这种情况下,王逸仍然认为楚辞是有政治寄托的,说明他的解读受经学影响很深。这与王逸所处时代是有关系的。汉代群书注释发生在经学昌盛时期,文人受到经学影响,多从道德、政治角度着眼,与当时民间将楚辞内容世俗化是不同的。

戴震的解释情况与之有相似之处。如其《九歌》解题:

《九歌》,迁于江南所作也。昭诚敬,作《东皇太一》;怀幽思,作《云中君》;盖以况事君精忠也。……

两人对屈原作品的经化解释还体现在对虚幻的神话内容的理解上,他们将这种内容当作比喻看待。

神话内容是不是比喻,关系到对楚辞作品的定性问题。例如大多数中国学者是将这些神话内容视作对楚国现实的隐喻,或者是屈原内心活动的隐喻,因此多解读出爱国和政治的意义。但当代一些学者(包括有些日本学者)将神话内容看作是古人心目中人在去世之后魂魄上天情形的真实描写,因而对屈原作品的爱国性、政治抒情性颇有不同看法。

王逸是把楚辞作品的神话内容看作比喻的,以为喻况现实。在解释《离骚》"跪敷衽以陈辞兮,耿吾既得此中正"之后上天入地的一大段神话式描述时,王逸一方面作了与神话内容相关的字面解释,另一方面又对其作经学化解读,所以像"驷玉虬以乘鹥兮,溘埃风余上征"两句,王逸说:"有角曰龙,无角曰虬。鹥,凤凰别名也。《山海经》云:'身有五彩而文如凤凰类也。'以为车饰。溘犹掩也。埃,尘也。言我设往行游,将乘玉虬,驾凤车,掩尘埃而上征去。"接着又说:"离世俗远群小也。"这句话虽然字数很少,但分量却很重,它直接把神话变成比况现实的内容。这一段中的其他解释与此类同。

一千多年后的戴震也复如此。除了名物训诂外,戴震有时还归纳段落大意,他的经学式解释就在其中。如其归纳"朝发轫于苍梧兮"至"好蔽美而嫉妒"一段神话内容大意:"托言往见古先哲王之在天者以自广,卒沮隔于飘风、云蜺,欲进不遂,因以叹浑浊之世,大致如此。"

但是戴震的解释又明显表现出与王逸古注的不同。王逸注解中的经学化意味更为浓厚,除了将屈作原文与五经原文强相比附外,还在解释词句时随时随地将屈原作品道德化、政治化。例如《离骚》开头一段:"帝高阳之苗裔兮,朕皇考曰伯庸。摄提贞于孟陬兮,惟庚寅吾以降。皇览揆余初度兮,肇锡余以嘉名。名余曰正则兮,字余曰灵均。"王逸除了字词解释之外,还释句意云:

> 屈原自道本与君共祖,俱出颛顼胤末之子孙,是恩深而义厚也。
> 屈原言我父伯庸,体有美德,以忠辅楚,世有令名,以及于己。
> 言己以太岁在寅正月始春之日下母之体而生,得阴阳之正中也。
> 言己美父伯庸观我始生年时,度其日月,皆合天地之正中,故赐我以美善之名也。
> 言正平可法则者莫过于天;养物均调者,莫神于地。高平曰原,故父伯庸名我为平以法天,字我为原以法地。言己上能安君,下能养民也。《礼》曰:子生三月,父亲名之,既冠而字之。名所以正形体、定心意也;字者所以崇仁义、序长幼也。……

对每一句的句义都作了经学化的解释。

戴震的经化解释少得多。一则,他很少做题解,除了《九歌》有解题外,其余各篇都未作题解,这样在解释内容上就表现出以字词训诂为主的特征。二则,对词意句意乃至段落大意的概括归纳也往往扣紧原文,不作过度引申或"发掘"。例如同样是《离骚》同一段的解释:

> 《史记》列传:"屈原者,名平,楚之同姓也。"(《元和姓纂》云:"楚武王子瑕,食采于屈,因氏焉。")《世家》:"楚之先祖,出自帝颛顼高阳。"《曲礼》:"父曰皇考。"《尔雅》:"朕,我也。""太岁在寅曰摄提格。"(亦通称摄提。)"正月为陬"。马季长注《洛诰》云:"贞,当也。"盖摄提之年当孟春寅月。
> 皇,皇考也。《尔雅》:"肇,谋也。"言皇考以其始生有端善之度,爰以立名。郑康成笺《毛诗》云:"灵,善也。"正则者,平之谓。灵均者,原之谓。

戴震的解释更趋向于字词训诂(引文加强了考据色彩)。他对《离骚》各段旨意的说明也同样平实,如:

> 第一段,自叙生平大略,而终于君之信谗。后四段,乃反复推明之。

虽然也指向了"经旨",但说明文字贴近原文。

由于屈原作品大量使用比兴手法,解释若只是停留在字面意义,就可能使读者因不明就里而产生疑惑,达不到解说的基本目的。因此,戴震在遇到文本有明显使用比兴手法之时,也会揭示其喻义。例如当《离骚》首次出现芳草之名时("扈江离与辟芷兮,纫秋兰以为佩"),戴震解释说:"此以芳草比嘉言懿行。"这是对原文"奥义"的发明,有关道德,却因符合原典上下文语境,所以仍然属于语文的范畴。

造成两人这种解释上的差异,还应另有原因:王逸注楚辞之时戚宦干政,王逸想借屈原之形象为士人竖立起一面旗帜,所以他在注释中往往引申发挥。戴震的生活时期正逢朴学兴盛,经学领域发生了很大变化,训诂家多能以严谨细密的功夫考释原典。戴震作为训诂领域的大家,倡导以字通词,以词通义,对《诗经》和《楚辞》尤其注重字词训诂。他以一个训诂家的身份,又对屈原怀着深深的敬意,认为其作品本身就是"至纯"之作,所以其解释往往小心谨慎,一般不做引申发挥,而多停留在字面意义上。戴震的训诂实践与理论倡导体现的是其训诂立场,故而能较客观地看待解释对象。

三、解释范围上的差异

解释范围的不同首先表现在两人注释的楚辞作品有多寡之不同。戴震只为屈原作品作注,王逸则是为《楚辞》作注。

刘向编《楚辞》,收集范围较广,从时间上说,先秦至汉代的作品都是他收录的对象;就创作主体来说,更不仅仅限于主要作家屈原。王逸解释的《楚辞》以刘向定本为主,另外还有自己的一篇楚辞体作品《九思》(实有九章。现存《九思》有注解,洪兴祖以为后人增补)。这是由于王逸认为《楚辞》一书之的其他作品或受屈原影响或是为屈原伸张而作,总之皆与屈原有关。如他说《九辩》:"宋玉者,屈原弟子也。闵惜其师,忠而放逐,故作《九辩》以述其志。"说《招魂》:

> 《招魂》者,宋玉之所作也。李善以《招魂》为《小招》,以有《大招》故也。招者,召也。以手曰招,以言曰召。魂者,身之精也。宋玉怜哀屈原,忠而斥弃,愁懑山泽,魂魄放佚,厥命将落。故作《招魂》,欲以复其精神,延其年寿,外陈四方之恶,内崇楚国之美,以讽谏怀王,冀其觉悟而还之也。

又如说《惜誓》"不知谁所作",但也是"哀惜怀王,与己信约,而复背之也。……盖刺怀王有始而无终也"。显然也以屈原事为说。就连淮南小山之《招隐士》也被说成"小山之徒,闵伤屈原,……虽身沉没,名德显闻,与隐处山泽无异,故作《招隐士》之赋,以章其志也"。其余篇章也都如此,包括他自己的《九思》。所以解释这些作品,也可以起到维护屈原形象的作用。

戴震的楚辞解释对象则只限于屈原赋作。选择范围上的"纯粹"单一,是戴震对屈原的尊崇,以为他人作品不能与之相较。

这种注释范围尽管多寡不同,体现的却都是解释者对屈原的无比崇仰之情。

其次,王逸和戴震的注释范围之不同,还表现在,就一篇作品而言,戴震往往只解释字词,王逸则还要揭示"经"义。即使只是字词解释,王逸作注的对象也要比戴震多。例如《离骚》首句,王逸分别解释了"帝""高阳""苗""裔",也就是说除了结构助词"之"和句末语气词"兮",对每一个词都做了解释。之后,还指出"经"义:"恩深而义厚"。戴震则只解释了"帝高阳"一语。

因此注释范围不同,不仅体现了两人对屈原作品看法的差异,而且还有训诂观念的差异。正如前文所引戴震"学贵精,不贵博,吾之学不务博也",在训诂方面重视简要也更甚于淹博。

四、解释方式方法上的异同

王逸的《楚辞章句》因为距离楚辞创作时代较近,其解说解决了很多难词奥语,深受后人重视。至宋代洪兴祖,也只是在其基础上作"补注"。王逸的注解在方式上也十分合理,例如一般字词,采用"直训"(义训)的方式:

> 德合天地称帝。
> 苗,胤也。
> 裔,末也。
> 高阳,颛顼有天下之号也。

遇见特殊意义例如喻义的词语,则说明其喻义。需要提供依据的词语,则尽量运用引述古籍的方式。后者也是注释的一种方法,使用的目的是保障解释的可靠。

戴震对注释下了很多研究功夫,在解释方式上也有自己的体会。相较于王逸,戴震的解释方式更多,并且还有运用上的自觉意识。他主张根据对象不同的文体而采用不同的解释方式。不仅增加了解说方式,而且他还有理论阐述。例如对于《春秋》的解释,他说:"《春秋》,鲁史也,有史法在。古策书之体,其例甚严……"因此主张解释应从其书法义例出发,而反对"废例"[①]。对于诗体文本,戴震重视抉发其比兴意义。在《杲溪诗经补注》中对《诗经》的解释是如此,在《屈原赋注》中对屈原作品的解释也是如此。他在《屈原赋注·自序》里首先辨正的就是屈原作品的体式,指出屈作虽然被汉人指称作"赋",其

---

① 戴震,《春秋究遗序》,《戴震全书》第6册,第381页。

实应该当作诗歌来读:

> 汉初传其书不名《楚辞》,故《志》列之赋首,又称其作赋以风,有恻隐古诗之义。

所以,他对《九歌》各篇诗旨的解说才会有"昭诚敬"、"怀幽思"、"以况事君精忠"等喻义的揭示,而对《离骚》也才会有各段段落大意的揭示。清人卢文弨《屈原赋注序》更明确指出其《屈原赋注》的内容特点是:"微言奥指,具见疏抉。"[①]

戴震在方法上,除了引述古籍证明语义外,还另有其独到的地方。例如"在楚言楚"、因对象不同而采用不同的解释体例等都是其训诂的独特方法。此外,他还运用因声求义等训诂方法。因此,其训诂实践取得了引人注目的成就。

在楚言楚:这是戴震在解释《离骚》"昔三后之纯粹兮"所提出的一个具有指导意义的训诂原则。有关"三后",自王逸指为"禹、汤、文王",直至朱熹以前,注家几无异议。朱熹认为"三后若果如旧说,则应其下方言尧舜",于是"疑为三皇,或少昊、颛顼、高辛也"。其下,异说蜂起,但因缺乏证据,至今难有定论。不过,戴震解为熊绎、若敖、蚡冒三位"楚之先君而贤昭显者",却引起广泛认同。正是由于他在此提出了"在楚言楚"的合理看法。王逸则是基于夏禹、商汤和周文王"能纯美其德,而有圣明之称"的原因作解,注意的是这些君主本身的美德与圣明称号。所以当下文已经有了"尧舜",他就会在剩余的古贤帝中寻求。显然他更多考虑的是文本与儒学内容符合的问题,因此王逸的注解体现的是准经师的立场,故而说解免不了会有些牵强因而显得更主观一些。

戴震对经师的牵强附会的解释是明确予以反对的。他说:

> 私智穿凿者,或非尽掊击以自表襮,积非成是而无从知,先入为主而惑以终身;或非尽依傍以附骥尾,无鄙陋之心,而失与之等。故学难言也。[②]

因声求义的训诂理论及方法,在清代渐臻完善。戴震也将其运用于屈原作品的解释。例如释"反信谗而齌怒":"齌,读如'天之方懠'之懠。"又专门作《音义》一文以为《屈原赋注》的组成部分,内中更不乏因声求义之例,如:"先后,亦并如字。或读先,苏荐切。后,胡豆切。"

戴震在解释方面有理论上的探讨,因此其训诂实践对人也更富于指导性。

---

① 卢文弨,《屈原赋注序》,见《屈原赋戴氏注十二卷》,广雅书局光绪辛卯刊印本。
② 戴震,《东原文集》卷十,《戴震全书》第六册,黄山书社1994年版,第374页。

毕大琛《离骚九歌释》述要①

香港中文大学中国语言及文学系　陈炜舜

《离骚九歌释》一卷，清毕大琛撰。毕大琛，号纯斋，晚清湖南善化人。李寿蓉《天影盦全集》中有《寿毕纯斋刺史七十》，其言云："皇帝亲政之年，仲冬朔日，湖北蕲州刺史吾乡毕纯斋使君寿七十。"考德宗亲政之年为光绪十五年（1889），则毕氏生年为嘉庆二十五年（1820）。毕氏为善化旧家，毕氏世父先尧（字冀阶）为嘉庆甲戌（1814）进士，署会宁、宁夏、宁朔等县知县，补敦煌。毕氏道光二十九年（1849）举于乡，咸丰二年（1852），不第。归乡后，长沙适遭太平军之乱。居梅西庄西之黄旗营，馆于张姓陶堂，多读有用书，讲勾股大小诸算法；每登高原，察地理，观天文，兼绘山水竹石。咸丰九年（1859），以赀为郎，与李寿蓉同官户部。浮沉郎署十数年后归，办乡里保甲。光绪二年（1876）始以劳叙蕲州知州。又《离骚九歌释》自序云："岁庚寅，牧归州。"庚寅即光绪十六年（1891），知毕氏于此年转任归州知州。其卒年待考。

全书正文，首为《离骚》释，次为《九歌》释。正文后附有论骚之语十则及李寿蓉（篁仙）《离骚音韵》。后叙为谭献所作，落款"光绪十有七年岁在辛卯三月三日谭献撰于武昌讲舍"，叙云："献楚游，闻毕侯之贤，盖得之李大夫寿蓉云。侯生长沙吊屈之国，而官夷陵产屈之乡，其心怀忠孝文章之媺，其遇眇忧愁幽思之伤。"知毕氏为官湖北，与李寿蓉相友善。谭叙后又有毕氏自序，其言曰："幼读《离骚》二十五篇，见各家注释，考核綦详，然意绪脉络，前后茫如。《九歌》尤变幻渺冥，莫测其意之所在。有谓屈大夫忠君爱国，一本至诚，其缠绵悱恻之旨，不能尽晓，只可意会，似非确论。后得谢梅庄先生《离骚解》，合通首审其意绪，分别段落，以意逆志，始能豁然。惟命意之所在，其浅深次第，恐初学读之，尚不能悉。因合各家所注，与先生解，集而释之，并其篇法句法字法笔法，皆以旁注。所分段落，有未尽协者，妄以己意更之。《九歌》则按《楚世家》及《列传》，释以愚见，欲使千余年囫囵诵习之文，朗如日星，庶好学深思者，心知其意，然究不知有当于大夫意否也？《天问》《哀郢》诸篇，意绪较明，毋庸再释。岁庚寅，牧归州，来大夫故里，敬拜其墓，慨然读其文想见其为人，因出所释，以与州人士商之云尔。"可知其注《骚》于谢济世《离骚解》颇有参详。此书作年即光绪十六年，毕氏初知归州之时。

毕氏以《离骚》作于怀王见疏之时，《九歌》作于襄王放流之后。其论骚之语第一则

---

① 本文为江苏省社会科学基金项目（12ZWD019）"清代楚辞著述论考"阶段性研究成果之一。

云："《离骚》为屈原被谗见疏时作。考屈子年二十得事楚宣王，怀王时为三闾大夫，中历威王十一年、怀王三十年，至襄王二十一年癸未，原年八十余。是年二月，秦将白起烧先王墓夷陵，襄王兵散，遂不复战，东北保于陈城。原遂以是年五月五日投汨罗以死。先是怀王时，原已见疏。怀十七年，王受秦相张仪与商于地六里之欺。十八年，原自齐归，谏王杀张仪。襄王十二年，司马子兰谮原于王，王放原于江南，斯时原未遽有死志也。二十一年癸未，见放已九年，是年五月五日沉于汨罗。《离骚》云：'虽不周于今之人兮，愿依彭咸之遗则。'言虽被谗，仍欲法彭咸以谏君。末云：'既莫足与为美政兮，吾将从彭咸之所居。'乃国无道至死不变之意。玩通篇前后，无国将亡以死自誓之词，更非因见疏已死怼君。太史公言忧愁幽思而作《离骚》，其语最确。当时楚襄任用非人，不复用原以修德行政，祸乱日深，故国墟邱，梓桑兵燹，乃悲愤而投水，适与彭咸之死同。谢梅庄谓《离骚》总一生之始末以立言，未为定论。"自明末黄文焕开始，论骚者对屈原生平及其作品的创作年代多有探究。毕氏谓《离骚》"无国将亡以死自誓之词"，故当作于怀王之世，盖承黄文焕、林云铭、蒋骥诸人之说，所言颇然。而其论《九歌》："《九歌》者，大禹九功之德，皆可歌也，谓之《九歌》。屈子悲怀王不反，楚日益弱，襄王又不能用己以自奋，乃袭《九歌》之名，仿《五子之歌》，为歌十一章。禹之《九歌》，词无考，然其音自安以乐。屈子《九歌》，其音哀以思，治乱不嫌同名也。"又云："《离骚》之意，以己见疏而伤己；《九歌》之意，以怀王见留于秦而伤君。用意各别，实做变风变雅而作。唐沈亚之《屈原外传》谓原尝游沅湘，俗好祀，必作乐歌以乐神，辞甚俚。原因栖玉笥山，作《九歌》，托以风谏。不无牵强。信鬼好祠，乃鄙俗之见，与屈子忠君爱国之诚，不能牵合。且各章命题正大，与俗祠不类，原又何屑仿流俗歌舞，调弄浮辞耶？"以《九歌》作于襄王之世者，自不乏人。然毕氏仅批评沈亚之之说牵强，而不谓此说来自王逸，朱熹亦承袭之。且毕氏全以《九歌》为比体，忽略其祀神之意，不无偏颇。

  全书各篇有释文、眉批及侧批。批语部分或训诂，或分析章法，或探求文意，或印象式批评。释文部分，《离骚》共分为十四节，每节后皆有释文。《九歌》释文则在各篇之后。《离骚》篇首至"字余曰灵均"为第一节，"述世系及生年月日名字。"其后至"夫惟灵修之故也"为第二节，"述壮年汲汲自修，意欲出图吾君，匡救引导，使法三王五帝而鉴桀纣；及事楚王，而群小结党，国事孔亟，正在竭力挽回，不意君反信谗。以下二节伸明信谗斋怒之意。"其后至"愿依彭咸之遗则"为第三节，"述上官大夫进谗，因以自白也。我亦自知不合时宜，其恋恋者，惟君之故。当初君臣修政，既有成言，因党人争宠进谗，致吾君疏我，我亦何难引退？但伤君屡误耳。我念王信任时，所图之政、所引之人、所修之词令，已可望治。今既疏，则皆废弛可惜而哀之也。且我何至争宠？而若辈竞进无厌，以己心度人心，疑我亦然。岂知竞进非我所急，因恐岁不我与，而修名不立。其实自修清洁，虽穷饿何伤？奈法前修而不为世用，故虽遇谗，仍愿依彭咸之则，以正谏君耳。"其后至"固前圣之所厚"为第四节,"述怀王见疏以自伤也。我自见疏以来,哀民生之涂炭,因愈自检束,欲格君心,乃朝进言而夕获谴。我虽见替以直言故,而仍以直自申,虽死不悔,但怨君不察民之苦,而群小又嫉余,与余同心之友,友见余如此,至直化为枉,余则不忍改此度。夫见直不见容,自古如此,无异道可安,惟守直以自死耳。"其后至"岂余心之可惩"为第五节,"承上二节,又自宽自励也。死固前圣所重,然或我之视道不察,姑回车复路,暂为止息,仍志洁行芳,一任人不吾知,自安退处,愈觉自己芳洁,乃更好修为常,虽体解且不变,况只见疏乎?"其后至"就重华而陈词"为第六节,"申言不吾知之意。原姊相依,前曾劝原,至此重言责之,谓直必贾祸。群小盈朝,何能独洁?又且众人不可户说而察余情,尔何不余听乎?原以女媭责己,只喟叹而已。忽眷恋旧君,欲诉之怀王,因托言就重华而陈词。"其后至"溘埃风余上征"为第七节,"陈词重华,历述三代废兴,天意民情,及己身坎坷。又上征以诉于天,原感念旧恩,欲哭诉于怀王,故托言如此。词华瓘王蔡,意只在即离间。"其后至"好蔽美而嫉妒"为第八节,"上征为见帝,孰知帝不得见,正意谓欲仍效忠于怀王,心思急迫,朝发而夕即欲至,故沿途催促,又托人代达忠悃,望舒飞廉鸾凤雷师飘风云霓,此皆比可代达之人。卒之王不见用,徒抱芳洁以延伫,可见世之蔽美嫉妒,无可挽回,被罪而犹不忘君,忠爱之至也。"其后至"好蔽美而称恶"为第九节,"以怀王不复用己,回忆怀王惑于郑袖,若内治有人,断不出此。然此事为臣子者当为君讳,不能直叙其文,故托求淑妃,以写其意。前引虙妃有娀,后引二姚,连引三人,只是反面写足。盖怀王宠郑袖,上官大夫靳尚乘隙进谗,楚日败坏,王又疏己,不能尽力匡救。贤妃不得,计则迂,理则弱,同心之友,化而为枉,则媒又拙,皆由世疾己贤,而蔽美称恶也。"其后至"余焉能忍与此终古"为第十节,"二句结上,二句起下。"其后至"谓申椒其不芳"为第十一节,"既不能忍与终古,计无复之,只得占于灵氛。占词告以远逝,无眷恋楚国。楚方幽昧,而党人又是非倒置,香臭且不能分,岂能知尔之志洁行芳?惟远逝之为宜也。"其后至"周流观乎上下"为第十二节,"思楚为同姓,实无去国之理,占虽吉而心疑,因再问于巫咸,以求于百神,并求于重华,欲其告余。而所告者,亦谓历考古来,圣主遇贤臣,不得荐剡,无有不合。尔年尚可有为,但恐过时,则百草不芳耳。以党人蔽贤,恐遭折害,现在同心之友,又多竞进。改昔时之志节,不能使尔之得用。原闻诧异,始以为可恃,何竟无实节,只外容可观?同心之人尚如此,况不甚相知者乎?惟自问自始至今,忠爱之忱,永久不懈,忧伤之极,聊求女一问以自解耳。今既如此,姑及方壮而周流,以观上下而自释己尔。其后至"蜷局顾而不行"为第十三节,"周流上下,唯有远行。灵氛既告我远逝,吾将从之,因而裹粮备驾。但占词告我远逝以图遇合,我心只欲远逝自疏,不忍见楚之败亡,是离心不可同也。惟远逝将何之?楚在东南,余往西北之极,不惟不见,且不可闻。惟崑仑可往,乃自天津而西极,经流沙、遵赤水、过不周山以达西海,水则使蛟龙梁津,陆则驾车旗委蛇。远逝如此,聊以解此离骚。而神驰高邈,恍遇重华,闻九歌韶舞之盛,可以假日偷乐。然旧乡之故，不能忘怀，一见赫曦东出，不觉仍感忧思而睨之。盖忠爱之意，永日永夜，不能稍释。至仆夫见予之苦衷，亦悲马瘏怀伤，顾而不行，是真无可如何，非从彭咸之所居，此忧无可释之时矣。文章至此，意绪亦尽，借仆夫作收，盖宗臣无去国之义也。"乱词为第十四节，"结全篇总意，归于从彭咸，以见楚不能与为美政，其亡无日。只得从彭咸所居，不闻不见，并忧伤之意，亦即了结也。"总评曰："细玩通篇正意，祇以怀王信谗疏己，外则上官大夫靳尚子兰等用事，内则宠姬郑袖淫惑王心，以致政乱国危。己既见疏，不能救正，原文又以亲臣无去国之义，正司马氏所谓幽愁忧思而作《离骚》也。中间托言求女一节，则因郑袖蛊惑王心，又不能直言其害，故设言虙妃有娀二姚，反言以托其意。李安溪、何义门解，皆比求贤，不独意复，于当日情事亦不切。何者？原已见疏，岂能荐贤使王用耶？至见疏后，王见欺于秦，兵败国危，见留于秦，皆切要之事。篇中无一语及之，则知《离骚》作于见疏时，不必如谢梅庄所云，作于襄王放原后也。"总而观之，毕氏分节全从谢济世，然各节之释文则或从或删，或另有增益，不一而足。如第八节"朝发轫于苍梧"等句，谢氏云："私念君臣之合，犹阴阳之合。此行遇雨则吉，是夜前茅月明，后车风起，风起则云亦起，从者方戒前途、备雨具，其奈雷不发声何？"颇有胶着之嫌，故毕氏删去。又如第七节释文删去谢氏"抚今思昔，感激旧恩，欲哭诉于怀王之墓"等语，当因毕氏不赞同《离骚》作于襄王时也；又补入"词华璀王蔡，意祇在即离间"一句，似对谢氏对于某些文句坐实而解不以为然。不过，如"闺中既以邃远"等四句，谢氏谓有承上启下之功能，洵然不误。然特订为一节，似乎不必。而毕氏竟亦从之，可见犹偏重于谢氏尔。此外，毕氏之论亦有可备一说者。如第九节求女，毕氏谓"怀王惑于郑袖……此事为臣子者当为君讳，不能直叙其文，故托求淑妃，以写其意"，诚可自圆其说。又第十二节问巫咸，有"百神翳其备降兮，九疑缤其并迎"句，故俾士曰"再问于巫咸，以求于百神，并求于重华"。

毕氏解《九歌》，将内容一一与史实比附。如谓《东皇太乙》："楚怀王西留于秦，欲归不得。屈子以楚人望王东归，思昔日在楚之安乐也，赋《东皇太乙》。○楚在东南，故言东皇。太乙，星名也。"《云中君》："怀王留于秦，屈原望王归，可有为也。赋《云中君》。○《左传》：'楚辞涉睢济江，入于云中。'江南曰云，将北曰梦。"《湘君》："原知秦不放王归，怨王误信子兰，不听己谏也，赋《湘君》。○此章与《湘夫人》章，篇法句调，大致相同。系原被放渡湘时，有感而作也。"《湘夫人》："怀王误信于嬖妾郑袖，原不能直言，乃托湘夫人，隐约其词以写怨，赋《湘夫人》。"《大司命》："屈原被谗，忧其老而不得近王，以救楚乱，思寿夭主于大司命也，赋《大司命》。○大司命指怀王。"《少司命》："寿夭司命主之，用舍王主之。原望襄王之复用己也，赋《少司命》。○少司命指顷襄王。"《东君》："原怨王之不明，听郑袖靳尚之言，而释张仪。闻原谏始悔之，复丧师辱国而归，赋《东君》。"《河伯》："怀王留于秦，逃之赵魏，乃渡河。秦使人遮楚道，王不得归。屈原闻之，赋《河伯》。"《山鬼》："屈原放自伤，忧谗佞得志，楚乱日甚也，赋《山鬼》。"《国殇》："楚怀王愤见欺于秦,起兵伐之,败于丹阳,死者八万人。后复袭秦,战于蓝田,复大败。原吊之,赋《国殇》。"《礼魂》:"原以怀王始受秦欺,继为秦败,终客死于秦,己又见疏被放,不能救也,作《九歌》哀王,以礼魂终焉,赋《礼魂》。○《礼魂》总结《九歌》,如《离骚》之乱词。乱词总结全篇,言己之志 +《礼魂》总结《九歌》,言怀王已没,楚兵以败,己亦将从彭咸,同归于尽,故以《礼魂》总结之。'姱女倡兮容与',女指所礼之魂,言女之姱美,今作《九歌》以倡之,俾魂得容与以安于九原,而春兰秋鞠之芬芳节操,终古不绝。此仿《诗经》祭祀之乐歌。有谓楚俗好巫,女觋歌词鄙俚,代为作《九歌》,女倡即指女巫者,殊谬。"总而观之,除《国殇》一篇大抵合乎史实外,其余各篇皆难免牵强附会。且王逸、朱熹皆以《九歌》兼有祀神、讽谏之意,若毕氏之论,则祀神全为皮相,十一篇字字句句皆关涉微言大义,可谓穿凿过甚。唯其以《礼魂》为《九歌》乱词,总结前十篇,乃承明人汪瑗之说而来。以云中君为云泽之神,清初徐文靖亦持此说,毕氏以后则王闿运、陈培寿等皆袭之。

另一方面,《离骚》、《九歌》之批语中,名物训诂大抵遵循旧说,然偶有不洽处。如《离骚》"芬至今犹未沬",王注云:"沬,已也。"朱注则云:"沬,昏暗也。"朱氏又注《招魂》"身服义而未沬"曰:"沬,与昧同。"以沬为昧之假借。然毕氏曰:"沬,汗流也。言佩之芬,犹未如汗流出而散。"盖误以沬为沫,谬。至于毕氏章法之分析、文意之探求及印象式批评,颇有助于读者之理解。章法方面,如《离骚》"不抚壮而弃秽兮,何不改乎此度也",眉批:"若不抚己壮年,及时自修,撷芬芳、弃秽恶,何以能不改此初生之度?"又侧批:"束上八句反说,笔势不平沓。旧解二语指楚王,不合。""忽奔走以先后兮",侧批:"此方叙入事楚王。""愿依彭咸之遗则",下批:"以上正言己意,以后则长言之不足而嗟叹之也。"又此节释文后下批:"此处依彭咸只是愿,尚虚,为结处伏根。""倚闾阖而望予",眉批:"望予二字,即了却一片热肠,结语所以云蔽美嫉妒。"文意探求方面,如《离骚》"及荣华之未落兮",侧批:"比楚尚未亡。"与朱熹以荣华喻颜色相较,似于意为长。"时幽昧以眩曜兮"诸句后,下批:"楚之幽昧,党人是非倒置,原不能直言,故托灵氛言之。"以屈原敦厚,不忍直斥故国之非,乃假灵氛之口而言之。"灵氛告余以吉占兮,历即日乎余将行"二句,侧批:"非真行,设言之耳。计无复之,乃如此设言,皆空中楼阁。文章之妙境,实则忠君爱国之至诚,无可告语,积久而成此文。"言亦甚然。《国殇》"既诚勇兮又以武,终刚强兮不可凌",侧批论"勇"、"武"、"刚强"、"不可凌"云:"以气言"、"以技言"、"以心言"、"以力言",颇得文心。印象式批评方面,如《离骚》"皇天无私阿兮",侧批:"读之声满天地。"第八节释文下批:"此段有神光离合、乍阴乍阳之概。"《湘夫人》"帝子降兮北渚",侧批:"起飘然而来,萧瑟之况,如在目前。"

李篁仙《离骚音韵》,《离骚》部分三十八条,《九歌》部分二十八条,标列叶韵诸句。其叶韵颇有大率承自朱熹《集注》,唯标直音而不以反切。如"路幽昧以险隘",朱熹以"隘"叶于力反,李氏则直云"叶益"。而朱熹标直音者,李氏亦每从之。如"九疑缤其并迎",朱熹以"迎"叶音御,李氏从之。其次,亦有不从朱熹者,如"吾将上下而求索",朱以"所"叶所格反,李云"叶色"。"朝濯发于洧盘",朱以"盘"叶蒲延反,犹为阳平声;而李云"叶鞭",直变为阴平矣。再者,亦有当叶而未列之处。如"惟庚寅吾以降",朱以"降"叶呼攻反;"又重之以修能",以"能"叶奴代反;"非世俗之所服",以"服"叶蒲北反等。诸如此类,李氏遗漏甚多,未谙何故。复次,叶韵固贻随意改读之讥,然亦须参考前后韵脚。然如"荃蕙化而为茅","茅"与前句"留"为韵,故朱熹以其叶莫侯反;而李氏谓其"叶矛",矛、茅同音,则毫无叶韵之用矣。又如"诏西皇使涉予","予"与前句"与"为韵,中古音亦然,故朱熹不标叶韵。而李氏却谓其"叶异",则反为不叶矣。

有光绪十八年壬辰补学斋刊本。四库未收书辑刊影印本。

（本文为江苏省社会科学基金项目（12ZWD019）"清代楚辞著述论考"阶段性研究成果之一。）

陈深及其《楚辞》评点的价值

《复旦学报》编辑部　罗剑波

在明代《楚辞》评点家中,陈深是特别值得我们重视的一位。其《楚辞》评点问世较早,且被后世辗转相传引,产生了深远影响。但作为一位评点家,陈深所涉猎的范围并非仅限于《楚辞》。就目前所能见到的评点著作来说,他还曾评点过《周礼》、《孟子》、《孙子》、诸子文及有关史著等,有着丰富的评点实践。如其批点《周礼》,有闵氏朱墨套印本①;于《孟子》,《十三经解诂》中《孟子》二卷所载评点,即其所为;于《孙子》,万历四十八年闵于忱刻朱墨套印本《孙子参同》②,就收录其评点;而于诸子及史著,他则辑有《诸子品节》③与《诸史品节》④,对其择选出的文章逐篇评点。因此,对于陈深及其评点活动,我们应给予足够的重视,但目前研究成果仍相对匮乏。香港学者陈炜舜先生曾著有《陈深楚辞学著作考叙》⑤一文,对其生平、著述进行了较为深入的考察,使人读后受益良多。但翻检资料,细思精审之后,仍觉有继续讨论的空间。

一、陈深生平及其文学观念

关于陈深生平,我们比较容易看到的是《四库全书总目》中的相关记载,文云:"深字子渊,长兴人,嘉靖乙酉举人,官至雷州府推官。"⑥《总目》所载较为简略,今核《长兴县志》,知陈深本名"陈昌言",后更名为"深"。如《长兴县志》卷二十《选举表》"陈昌言"条称:"陈昌言,霖孙。张《志》云:'更名深,二十八年己酉科,详《人物传》。'谭《志》云:'按胡《府志》:是科既载陈深,下注榜名"昌言",雷州推官。又载陈昌言,下注知州。考《陈深传》,初授归州守,后赴补,以违例降雷州理。本属一人,《府志》作两人,误。'"⑦文中

---

① 陈深批点,《周礼》,明凌氏刻朱墨套印本。
② 闵于忱辑,《孙子参同》,明万历四十八年(1620)闵氏松筠馆刻朱墨套印本。
③ 陈深辑,《诸子品节》,明万历十九年(1591)刻本。
④ 陈深辑,《诸史品节》,明万历二十一年(1593)刻本。
⑤ 该文又收于浙江师范大学江南文化研究中心主编《江南文化研究》第三辑,学苑出版社2009年版。本文所引皆出自陈炜舜《屈骚纂绪》,台湾学生书局2008年版。陈炜舜,《陈深楚辞学著作考叙》,《屈骚纂绪》,台湾学生书局2008年版。
⑥ 纪昀等,《四库全书总目》287,中华书局1997年版。
⑦ 邵同珩、孙德祖增补重校,《长兴县志》,《中国地方志集成》410-411,影印清光绪十八年(1892)刻本,上海书店出版社1993年版。

"张《志》",指的是清顺治六年(1649)长兴知县张慎所编《长兴县志》。由上引可知,该《志》所载陈深中举人的时间,与《总目》所载有出入:《总目》"嘉靖乙酉"为嘉靖四年(1525),而张《志》"二十八年己酉"则为嘉靖二十八年(1549)。对此,《四库全书总目》与《明史·艺文志》①卷一百三十三一致,之后姜亮夫先生承袭之②。而除《长兴县志》外,《湖州府志》③卷七十二亦记载为"嘉靖二十八年",可知其为一源流系统。由于《明史》、《总目》、张《志》都未详所据,陈炜舜先生以丁元荐为陈深所作《十三经解诂序》为基础进行考证,推断陈深去世于万历二十六年(1598),又据此认为其中举人时间应从"嘉靖二十八年"④,结论可信。

《湖州府志》卷七十二有《陈深传》,云:"陈深,字霖孙,号九华,长兴人,嘉靖二十八年举人。初任雷州推官。隆庆五年知归州,剸烦理剧,游刃有余。定条鞭而逋逃乐生,清民屯而豪强敛迹。谯楼馆宇,整治一新,而民间秋毫无扰。荐调荆门州。"陈炜舜先生于另一文,著录"万历二十八年庚子吴兴凌氏朱墨本"时,所引陈深本传,即据此⑤。故其在引录《长兴县志·选举表》"陈昌言"条"陈昌言,霖孙"时,即认为"《长兴县志·选举志》录嘉靖二十八年之中有名'陈昌言'而字'霖孙'者"⑥,又称"可知其本名昌言,字霖孙"⑦。大谬!《湖州府志》误"陈深,字霖孙",陈先生这里未作考辨而承之。其实这里"霖孙"非陈深之字,"霖"是指陈霖,乃陈深祖父。《长兴县志》卷二十三上即有《陈霖传》,文云:

> 陈霖字时雨,号四山,弘(原文作"宏")治六年进士。初任行人,升监察御史,献替不忌讳,勋戚避之。及巡按东粤,贪墨望风解组。连州十三村洞蛮,积乱为祟,霖奏请举兵,尽平之。诏赐绯绮二、银卮二。因劾逆瑾,左迁南康知府,治无城郭,与江省接壤,时宁藩谋逆,屡招之,坚拒不从。间道赴巡抚王守仁军中告警,因留帐前赞画,随征剿贼,斩首千余。贼平,守仁言其功,复任南康,创议筑城,民尸祝之。老病乞休林下二十余年,赋诗弈棋,不及公事,家无余赀,寿

---

① 张廷玉,《明史》,中华书局1974年版。
② 姜亮夫,《楚辞书目五种》,上海古籍出版社1993年版,第17页。
③ 宗源瀚修,周学浚纂,《湖州府志》,清同治十三年(1874)刻本。
④ 陈炜舜,《陈深楚辞学著作考叙》,《屈骚纂绪》,台湾学生书局2008年版。
⑤ 陈炜舜,《〈续修四库全书总目提要〉明代楚辞学著作提要补考》,《屈骚纂绪》,台湾学生书局2008年版,第274页。
⑥ 陈炜舜,《陈深楚辞学著作考叙》,《屈骚纂绪》,台湾学生书局2008年版。
⑦ 陈炜舜,《陈深楚辞学著作考叙》,《屈骚纂绪》,台湾学生书局2008年版。

九十四。①

由此可见,陈霖为人刚烈正直,为官颇有政绩,至乞休归里,"赋诗弈棋",营造了书香文雅的家庭氛围,这对陈深无疑有着积极的影响。《长兴县志》又有《陈深传》,文云:

> 陈深,字子渊,号潜斋,霖孙。嘉靖二十八年举人。隆庆五年知归州,剸烦理剧,游刃有余。定条鞭而逋逃乐生,清民屯而豪强敛迹。谯楼馆宇,整治一新,而民间秋毫无扰。荐调荆门州。未期丁艰归,出补,以违例降雷州推官。属海康令沈汝良贪墨激变,守贰皇遽,深往慰数语而寝。性嗜古,不喜爱书,致仕后纂辑忘倦,年八十余,篝灯至丙夜不辍。尤邃于经学,折中条贯,粹然大儒。②

在仕途上,陈深虽然有为,最终还是不甚得意,故而投身于纂辑著述,取得了较高的成就。对此,其乡人丁元荐亦有类似描述:"陈先生讳深,字子渊,吴兴长城人,一再宦,不得意。老而喜读书,年八十余,篝灯至丙夜不辍。先有子、史《品节》行于世,先生语予曰:'老夫所苦心者,经也。'将易箦,以此执手见托曰:'幸辱一言,比于挂剑之义。'余心许之,又三年而叙成。先生更有《周易》、《周礼》、《春秋》然疑若干卷,惜散佚不尽传。"③文中"子、史《品节》",指的是《诸子品节》与《诸史品节》。"《周易》、《周礼》、《春秋》然疑若干卷",应指《周易然疑》、《周礼然疑》、《春秋然疑》三种,皆已亡佚。关于陈深著述,陈炜舜先生综合历代公私书目,考证颇详细,所列有《周易然疑》、《周礼训隽》、《周礼训注》、《考工记句诂》、《春秋然疑》、《孝经解误》、《十三经解诂》、《诸史品节》、《秭归外志》、《诸子品节》、《韩子迂评》、《金丹刊误》、《陈氏楚辞》、《批点本楚辞集评》十四种。其中,《孝经解误》,《明史·艺文志》④卷一百三十三、《浙江通志》⑤卷二百四十二皆作《孝经解诂》,由陈深已有《十三经解诂》来看,似应为《孝经解诂》。查《千顷堂书目》⑥卷三,该书作《孝

---

① 邵同珩、孙德祖增补重校,《长兴县志》,《中国地方志集成》,影印清光绪十八年(1892)刻本,上海书店出版社1993年版。
② 邵同珩、孙德祖增补重校,《长兴县志》,《中国地方志集成》,影印清光绪十八年(1892)刻本,上海书店出版社1993年版。
③ 丁元荐,《十三经解诂序》,载陈深《十三经解诂》,明万历二十九年(1601)刻本。丁元荐,字长孺,长兴人,万历丙戌(1586)进士,官至尚宝司少卿。事迹详《明史》本传,邵同珩、孙德祖增补重校《长兴县志》卷二十三上亦有《传》。著作有《西山日记》二卷、《尊拙堂文集》十二卷等。
④ 张廷玉,《明史》,中华书局1974年版。
⑤ 李卫修,沈翼机纂,《浙江通志》,《文渊阁四库全书》本。
⑥ 黄虞稷撰,瞿凤起、潘景郑整理,《千顷堂书目》,上海古籍出版社1990年版。

经解误》，应为陈炜舜先生所本。《金丹刊误》，《明史·艺文志》①卷一百三十五、《浙江通志》②卷二百四十五皆作《丹经刊误》。又，《批点本楚辞集评》之称首见于姜亮夫先生《楚辞书目五种》，姜先生称"明陈深选辑"③。其实不然。所谓《批点本楚辞集评》，即凌毓枬校刊朱墨套印本《楚辞》。该书虽于卷首题"陈深批点"，但凌毓枬作为该书之刊刻者，同时也是评点之"选辑"者，却是不争的事实。这里陈炜舜先生承姜先生，将《批点本楚辞集评》列为陈深著述，于理难合。再者，《陈氏楚辞》应为《秭归外志》之一部分，详见下文考证，此处不赘。由以上所列陈深书目来看，可印证其"老夫所苦心者，经也"云云，所言非虚。除经学外，陈深所涉猎，亦遍及子、史诸部类，可谓博学。

其中值得关注的是《诸子品节》。该本卷首有《诸子品节序》，在《序》中陈深表达了自己对文章创作的看法，这对于我们了解他的文学观念有很大帮助。其文云：

西京以前诸子之文，文有余而道不足；宋以后之文，道有余而文不足。二者将安取衷？儒者曰："与其文也，宁道。"文与道有二乎？吾闻仁义之人，其言蔼如，未有不深于道而能文者。尧、舜、周、孔深于道矣，其辞未尝不文。夫子之文章，粲于六籍之内，故其自称曰："言之无文，行之不远"，"辞达而已矣"。苏氏曰："辞止于能达，疑若不文，是大不然。"求物之妙，如系风捕影，能使是物了然于心者，盖千万人而不一遇也，而况能使了然于口与手者乎？是之谓"辞达"，辞至于能达，文不可胜用矣。今惮于修辞，而徒欲以理胜相掩，借言明道，不欲以辞丽为工，道明矣，辞不文，安在其能达，不达，安用文为？晚周以后，去圣浸远，老聃、庄周、列御寇之徒，撒浮云，腾九闳，虚举而上升，夫神智之变化，岂在多文哉！④

如何处理"文"、"道"之间的关系，始终是古代文人所着力关注与探讨的焦点问题。针对当时世人"惮於修辞"、"徒欲以理胜相掩，借言明道，不欲以辞丽为工"的做法，陈深表达了自己的观点。在他看来，文应传道，同时亦应辞丽，"文"、"道"之间非但没有本质矛盾，而且还可以相互配合，相得益彰。圣人之文章就是这方面的典范，也即"辞丽"与"道明"的完美统一。基于这种认识，同时也为了扭转时文"理胜"之弊端，予世人文章写作之模板，陈深从古世诸子文中择取出相关篇章，辑为《诸子品节》五十卷。《诸子品节》有《屈子》三卷，收录了屈原的全部作品，对此，陈深称"所以见奇人玮士构思落笔，学问之

---

① 张廷玉，《明史》，中华书局 1974 年版。
② 李卫修，沈翼机纂，《浙江通志》，《文渊阁四库全书》本。
③ 姜亮夫，《楚辞书目五种》，上海古籍出版社 1993 年版。
④ 陈深辑，《诸子品节》，明万历十九年（1591）刻本。

所自来"①凡例。屈赋作为情志、文采兼胜之佳作,成为后世所效模的榜样,以陈深揆之,也即在情理之中。

二、陈深《楚辞》评点于明代之流变

在明代《楚辞》评点史上,陈深是较早对《楚辞》进行评点的一位。其《楚辞》评点主要见存于冯绍祖校刊《楚辞章句》、陈深辑《诸子品节》、凌毓枬校刊朱墨套印本《楚辞》、题焦竑辑《二十九子品汇释评》、闵齐伋校刊套印本《楚辞》、蒋之翘《七十二家评楚辞》等书。就现有资料来看,较早对其评点进行选录的是冯绍祖。冯氏在"观妙斋重校楚辞章句议例"之"核评"中称:"兹悉发家乘,若张氏《楚范》、陈氏《楚辞》、洪氏《随笔》、杨氏《丹铅》、王氏《卮言》等集,一一搜载。"②文中"陈氏"指的就是陈深。冯本之后,其《楚辞》评点即被后世转相辑引,笔者特作梳理如下:在冯本《楚辞章句》中,共收录8条陈深评语,其中眉批较少,仅2条,其余皆见于卷(篇)末。冯本之后,是于万历十九年(1591)问世的《诸子品节》。《诸子品节》陈深选辑并评点,其中所载眉批中,除了一些从朱熹《楚辞集注》摘取出的注文外,其余都是陈深批语,数量较多。《诸子品节》之后,又一重要评点本,是问世于万历二十八年的凌毓枬校刊朱墨套印本《楚辞》。该本共录其评语21条,其中有6条见于冯本,7条见于《诸子品节》,其余8条则均不见以上二本。之后又有《二十九子品汇释评》,其中有《屈子》一卷,就所录评点来看,则多是转抄自冯本与《诸子品节》而成。但由《诸子品节》所抄录者,该本皆伪托于他人名下③。除以上诸本之外,万历年间还有一种比较重要的评点本,即闵齐伋校刊套印本《楚辞》,该本的主要贡献在于又进一步增益了较多的陈深评语,且多不见于以上诸本。

以上是明万历以前所刊刻《楚辞》评点本收录陈深评点的大致情况。这里有一个问题,即陈深《楚辞》评点的源头在哪,仍未得到很好地解决。上文提到,较早援引陈深评点者,是冯绍祖。冯氏言"悉发家乘",其中就有"陈氏《楚辞》",说明陈氏《楚辞》当时仍可见到。陈炜舜先生运用排除法,断定此之"陈氏"即陈深,笔者完全赞同④。由于陈氏《楚

---

① 陈深辑,《诸子品节》,明万历十九年(1591)刻本。
② 冯绍祖,《观妙斋重校楚辞章句议例》,见冯绍祖校刊,《楚辞章句》卷首,明万历十四年(1586)刻本。
③ 《二十九子品汇释评》题焦竑辑,当为托名。对此书,四库馆臣多有批评:"《二十九子品汇释评》二十卷,题曰'翰林三状元会选',前列焦竑、翁正春、朱之藩三人名。其书辑录诸子,毫无伦次,评语亦皆托名,谬陋不可言状,盖坊贾射利之本,不足以当指摘者也。"见纪昀等《四库全书总目》,中华书局1997年版,第1742页。
④ 陈炜舜,《陈深楚辞学著作考叙》,《屈骚纂绪》,台湾学生书局2008年版,第65页。但陈先生接着又举出三条理由证明《陈氏楚辞》非《批点本楚辞集评》,实无必要。所谓《批点本楚辞集评》,问世于万历二十八年(1600),而冯绍祖校刊《楚辞章句》刊刻于万历十四年(1586),冯氏不可能引用后者。

辞》后来亡佚，无法得知其详细信息，但其为冯绍祖及后世辑刊者征集陈深评点之所本，当无疑义。据记载，陈深又有《秭归外志》。《长兴县志》引《湖录》："深为归州时作。屈原被放，暂归，其姊亦来，因名其地为秭归。'姊'亦作'秭'也，即归州是。"这里说明《秭归外志》是陈深任职归州时所作，接着又进一步解释归州是屈原故乡，内中深意其实是要将《秭归外志》与屈原相联系，也就是说该书应当记载了秭归风俗、屈原传说乃至屈原作品。《秭归外志》虽已亡佚，但闵齐伋校刊套印本《楚辞·离骚》篇末引有一则，文云："《离骚经》凡二千四百九十二字，可谓肆矣。然气如缋流，迅而不滞，词如繁露，贯而不糅。故曰：骚人之情深，君子乐之，不恩其长。汉氏犹步趋也。魏晋而下，厄焉淤焉，浩矣博矣，忘其祖矣。"①该评语下，闵氏明确注明引自《秭归外志》。这一方面表明《秭归外志》至闵氏刊刻此本《楚辞》时仍见存于世，或者说即使不存于世，闵氏当时也能够确知该评语出自《秭归外志》；同时更重要的是，由于该评语是就《离骚》篇而发，这似乎暗示出《秭归外志》收录了屈原作品，并且陈深也在所收屈赋中加入了自己的评点。另值得注意的是，这条评语又见于冯本《楚辞章句·离骚》篇末，题"陈深曰"，而未及《秭归外志》。如果结合冯绍祖"悉发家乘"、"陈氏《楚辞》"之描述，结论应该是明晰了。陈深在编纂《秭归外志》时，收入了《楚辞》作品，并加入自己的评点。也就是说，所谓"陈氏《楚辞》"，其实并非一本独立著作，而只是《秭归外志》中的一部分。冯绍祖在提及时仅就其所引录的部分而言，并谓之"陈氏《楚辞》"。而这也正是之所以历代公私书目均未著录"陈氏《楚辞》"的原因之所在。因此，陈深《楚辞》评点的源头应当追溯至《秭归外志》。

综合诸本所载陈深评点来看，其中是有差异的。这种差异表明，陈深《楚辞》评点活动是一个变动、长期的过程，其评点伴随着他的阅读活动而逐渐得以增益、扬弃，这也是由评点灵活性、随意性的特点所决定的。不同时期陈深《楚辞》评点的差异，加上后世辑刊者选录标准的不同，就造成了后世评点本所载陈深《楚辞》评点的多样化。而这种差异正好为我们全面把握陈深《楚辞》评点，并在此基础上开展辨伪及研究工作提供了便利条件。因此，我们在确定陈深《楚辞》评点的来源之后，似乎不必要再去执着于"陈氏《楚辞》"刊刻时间及其所载评点原初面貌的考证，因为受限于相关资料，这一问题是很难解决的②。

由以上万历年间《楚辞》评点诸本的情况来看，所收陈深评语的数量是比较多的。不同刊刻者根据自己的选录标准进行择取，这样在万历时期问世的《楚辞》评点诸本，从史

---

① 闵齐伋校刊，《楚辞》，明万历四十八年（1620）套印本。
② 陈炜舜先生认为《秭归外志》、《陈氏楚辞》为两种，在介绍时又将后世评点本中所载陈深评点置于两者之中，来论证两本之原貌，值得商榷。陈炜舜，《陈深楚辞学著作考叙》，《屈骚纂绪》，台湾学生书局2008年版，第60－70页。

的角度上讲,就呈现出因袭与扩充两种趋势。后来至闵齐伋校刊套印本《楚辞》,陈深评语已经比较完备了。与之相对应,就陈深《楚辞》评点的影响来看,其鼎盛时期也是主要集中在万历年间。关于这一点,从明万历时期《楚辞》评点本与天启以后《楚辞》评点本的对比中,我们可以得到证明:在万历年间问世的评点本中,全都收录了陈深评语,并且呈现出逐步对其充实、完善的趋势。非但如此,在凌毓枏校刊朱墨套印本《楚辞》中,虽然杂取历代四十家品评之语,于卷首却专题以"陈深批点",其中欲借陈深之名相标榜的目的不言而喻。再如闵齐伋校刊套印本《楚辞》,从《楚辞》评点史的角度上讲,该本最大的功绩是收录了孙矿评点,同时对陈深评点也作了增益。具体而言,就该本所载评语数量来看,孙矿、陈深二人基本上是可以持平的,并且二者的数量都大大超过了如王世贞、冯觐等其他名家评点数量。由此来看陈深在闵氏心目中的地位,我们也是可以想见的。因此,以上凌、闵二本对于陈深评点的处理方式,实际上从侧面反映了其《楚辞》评点在当时的地位和影响力。

  但是在天启以后的评点本中,这种情况则发生了很大变化。如在当时影响较大的陆时雍《楚辞疏》、张凤翼《楚辞合纂》及来钦之《楚辞述注》中,就都没有收录陈深评语。而对于那些收录陈深评语的评点本来说,也多非刊刻者有意为之。如《诸子汇函》之《玉虚子》、《鹿溪子》,其中所载评点,多是抄袭《诸子品节》而成。这主要是因为二者都是"诸子"评点选本,性质相同,《汇函》刊刻者也就将《品节》拿来作为依据,由此可知,其中所载陈深评语,也就并非专门而录。并且与《二十九子品汇释评》类似,该本转抄过来的陈深评语,也全都伪托于他人名下①,这与陈深评点在万历时期所受到的待遇,是不可同日而语的。又如,潘三槐注《屈子》六卷,其中之所以收录陈深评语,也与其成书性质有关。经过校核,该本所录评点,实是拼凑凌毓枏本《楚辞》与陆时雍《楚辞疏》而成,其中陈深评语,都是转抄自凌毓枏本《楚辞》而来。再如蒋之翘《七十二家评楚辞》。蒋氏辑刊此本,旨在融合古今诸名家评,为了实现这一目标,蒋之翘对于相关材料进行了广泛征引,这其中就包括万历年间刊刻的一些《楚辞》评点材料,陈深评语也就是在这一过程中被转引过来的。如此类似陈深的例子,在蒋之翘本中还有不少,如冯觐、李梦阳、何景明、杨慎、王世贞、孙矿等。这样看来,蒋之翘也不是专门对其进行选录的。蒋之翘《七十二家评楚辞》之后,沈云翔《楚辞集注评林》是在蒋本基础上又稍作增益而成的,其中所载陈深评语,都是由蒋之翘本转抄而来,亦非专门为之。

  以上可见陈深评点于明代之流变。

---

① 该本共录陈深评语8条,全部都伪托于"杨升庵"、"王凤洲"、"袁元峰"三人名下。

三、陈深《楚辞》评点对《楚辞集注》、《楚辞章句》的择取

经统计,以上《楚辞》评点诸本所载陈深评语有近百条。在这些评语中,除了少数转引、节取自《楚辞集注》、《楚辞章句》之外,其他都是陈深品评之语。

先看其中涉及王逸、朱熹二家注的情况。在早期明代《楚辞》评点中,普遍存在着"注评合一"的现象,这在陈深评点中也有体现。其主要表现就是对朱熹、王逸的释解内容有所择取,而这一点又集中表现在《诸子品节》之中。如以《屈子》为例,文中注文系节取《楚辞集注》而成,但在眉批和旁批中,陈深又选取了《集注》的相关内容,这些内容都不见于文中注文,大致是朱熹释解语中较为关键的部分。如《离骚》"委厥美以从俗兮,苟得列乎众芳"句旁批:"此即上文'兰芷变而不芳'之意。"①《哀郢》"外承欢之汋约兮,谌荏弱而难持。忠湛湛而愿进兮,妒被离而鄣之"句眉批:"形容邪佞之态。"《抽思》"愿遥赴而横奔兮,览民尤以自镇"句眉批:"以下诸篇用字用句,先儒多不能解。"②如此之类数量不是太多,除此数条外,其他主要集中于《天问》篇。由于《天问》文意较难解,而《诸子品节·屈子·天问》中注文又较简略,陈深就在该篇眉端增加了朱熹注文。其中如"永遏在羽山,夫何三年不施"句眉批:"先儒云:舜之四罪,皆未尝杀也。《书》称殛死,犹言贬死耳,圣人宽仁例如此。"③除《楚辞集注》外,《天问》篇也引录了王逸《楚辞章句》中的内容。如"皆归射鞠,而无害厥躬"句眉批:"王逸曰:'射',行。'鞠',穷也。言有扈氏所行,皆穷凶极恶,启诛之而得无害也。"④"薄暮雷电,归何忧"句眉批:"王逸曰:屈原书壁,问讫欲去,天雨雷电,复自解曰:'归何忧乎?'"⑤另外还有几条,陈深摘引的目的,则是为了对《楚辞章句》进行纠误和批评。如"地方九则,何以坟之"句眉上,陈深批曰:"王逸曰:'坟,分也。九州之地,凡有九品,禹何以能分别之乎?'陋哉见也,溷哉坟之为分也。"又如

---

① 陈深辑,《诸子品节》,明万历十九年(1591)刻本。此段下引该本,不逐一注明。

② 此条陈深作了部分改动,《楚辞集注》原文作:"大抵以下诸篇,用字立语,多不可解"。朱熹,《楚辞集注》,上海古籍出版社1979年版,第84页。

③ 此条陈深作了部分改动,《楚辞集注》原文作:"答曰:舜之四罪,皆未尝杀也。程子以为'《书》云殛死,犹言贬死耳。'盖圣人用刑之宽,例如此,非独于鲧为然也。"朱熹,《楚辞集注》,上海古籍出版社1979年版,第55页。

④ 此条陈深系节取《楚辞章句》而成,《章句》原文作:"射,行也。鞠,穷也。言有扈氏所行,皆归于穷恶,故启诛之,长无害于其身也。"王逸,《楚辞章句》,《楚辞四种》本,国学整理社1936年版,第57页。

⑤ 此条陈深亦系节取《楚辞章句》而成,《章句》原文作:"言屈原书壁,所问略讫,日暮欲去,时天大雨雷电,思念复至。自解曰:'归何忧乎?'"王逸,《楚辞章句》,《楚辞四种》本,国学整理社1936年版,第67页。

"靡萍九衢,枲华安居"句眉上,又批曰:"萍有九歧,似衢路,王逸以为'生九衢中',陋矣。"①

由以上摘引朱、王二注的整体情况来看,陈深是以《集注》为主,以《章句》为辅,并且对于《章句》他还略有批评之意,如果再结合正文中注文他也选用了《集注》的做法,我们显然能够见出朱注在他心目中的地位。另外,陈深还有一处评语,更可显见其承袭《集注》的痕迹,此条见于冯绍祖校刊《楚辞章句》"飘风屯其相离兮,帅云霓而来御"句眉端,文云:"经涉山川,役使百神,望舒、飞廉、鸾凤、雷师、飘风、云电,皆言神灵为之拥护服役,以见仪卫之盛。"②类似说法见朱熹《楚辞辨证》,文云:"望舒、飞廉、鸾凤、雷师、飘风、云霓,但言神灵为之拥护服役,以见其仗卫威仪之盛耳,初无善恶之分也。"③在明万历年间的《楚辞》评点本中,择取前世注文融于相关评点形式之中的做法是较为普遍的,如问世较早的冯绍祖校刊《楚辞章句》,就以眉批、旁批、总评的形式,收录了较多洪兴祖、朱熹二家注的内容④,可以说开启了万历时期《楚辞》评点这一趋势。但由于冯氏"专主王氏《章句》",故对于洪、朱二注的择取,也只是作为对《章句》的补充来看待。由上文所述,《诸子品节》就一样了,就其所取前世注文而言,朱熹《楚辞集注》是占有主导地位的。这种处理方式对于之后的《楚辞》评点本刊刻者有着重要影响,如在题焦竑辑《二十九子品汇释评》之《屈子》中,也呈现出这种倾向。而由陈深、冯绍祖对于前世《楚辞》注本态度的不同,我们又可见出不同《楚辞》评点辑刊者在底本选择上所表现出的差异⑤。

四、陈深《楚辞》评点及其价值

在陈深评点中,以上择取《集注》、《章句》注文的情况,只是占很小的比重,更重要的则是品评之语。就这些内容来看,大致可以分为以下几类:

其一,对于《楚辞》文句、文段语意、篇章旨意、行文脉络的揭示。先看第一个方面的内容,这类评语较多地集中于《离骚》篇。其中如"汩余若将不及兮,恐年岁之不吾与"句眉批:"'汩余'十二句,总是汲汲慕君继日待旦之意,写得浓至。"⑥"老冉冉其将至兮,恐

---

① 王逸此句注文为:"九交道曰衢。言宁有萍草,生于水上无根,乃蔓延于九交之道。"王逸,《楚辞章句》,《楚辞四种》本,国学整理社1936年版,第55页。
② 冯绍祖校刊,《楚辞章句》,明万历十四年(1586)刻本。
③ 朱熹,《楚辞集注》,上海古籍出版社1979年,第180页。
④ 关于冯本《楚辞章句》与洪兴祖《楚辞补注》之间关系,笔者撰有《冯绍祖校刊本〈楚辞章句〉对〈楚辞补注〉的择取与接受》,载陶新民主编《古籍研究》2007年下卷,又载中国屈原学会编《中国楚辞学》第14辑,学苑出版社2011年版。
⑤ 关于明代《楚辞》评点的底本问题,笔者曾撰有《明代〈楚辞〉评点所取底本考》,《复旦学报》(社会科学版)2011年第6期,可参。
⑥ 闵齐伋校刊,《楚辞》,明万历四十八年(1620)套印本。

修名之不立"句眉批:"即'泪余'一段意,而语益深矣。"①"回朕车以复路兮,及行迷之未远"句眉批:"言始进不察,而轻犯世患,不如回车返路而遁去,以修吾初服也。"②"依前圣以节中兮,喟凭心而历兹"句眉批:"进退维谷,就先圣以取衷。"③"曾歔欷余郁邑兮,哀朕时之不当"句眉批:"进则危吾身,退则危吾君,虽舜其何以告之哉!"④"驷玉虬以乘鹥兮,溘埃风余上征"句眉批:"既陈词于舜,遂乘龙以上征,皆托词也。"⑤"忽反顾以游目兮,将往观乎四荒"句眉批:"言虽欲遁去,而犹未能顿忘斯世,复周游四方,冀一遇贤君也。"⑥"国无人莫我知兮,又何怀乎故都"句眉批:"托为远行,而卒反故都,曰'又何怀',怀之至矣。"⑦与揭示文句之意者相比,陈深对于相关篇章旨意的评说也颇为精彩。其中如评《九章·哀郢》云:"此章始南渡,将至沅、湘,而回首于故都,旌门之凄泣,孟尝之歔欷,何足为道。"⑧评《思美人》云:"此章思愤懑之不可化,而优游以寿考;世路之不可由,而远去以俟命。乐中心之有余,观南人之变态,不阻不绝也。"⑨此外,陈深还集中对《九章》各篇进行评说,其文云:"《九章》悲凄引泣,因拙为工,篇虽不伦,各著其志:《惜诵》称'作忠造怨,君可思而不可恃也';《涉江》则'彷徨巨野','死林薄矣';《哀郢》篇:'曾不知夏之为丘兮,孰两东门之可芜',三复其言而悲之;《抽思》:'忧心不遂,斯言谁告';《怀沙》自沉也,'知死不可让','明告君子',太史公有取焉;《思美人》非为邪也,揽涕焉,伫眙焉,而又莫达焉,舍彭咸何之矣;《惜往日》有功见逐,而弗察其罪,谗谄得志,国势濒危,恨壅君之不昭,故愿毕词而死也;《橘颂》独产南国,皭然精色;《悲回风》负重石,听波声之相击,惴惴其慄,灭矣没矣,不可复见矣。此以材若其生者也。嗟乎!神人不材,原独不闻乎?其义不得存焉尔。"⑩关于《九章》旨意,前世《楚辞》注本已多有讨论,就其内容而言,多是持君臣、贤邪之论调⑪。而由以上陈深评语来看,虽然亦能从中找到这种论调的痕迹,但其中更多的则是着眼于屈子之情志来立言,因而使人读来不觉有亲切之感。

---

① 闵齐伋校刊,《楚辞》,明万历四十八年(1620)套印本。
② 陈深辑,《诸子品节》,明万历十九年(1591)刻本。
③ 闵齐伋校刊,《楚辞》,明万历四十八年(1620)套印本。
④ 闵齐伋校刊,《楚辞》,明万历四十八年(1620)套印本。
⑤ 陈深辑,《诸子品节》,明万历十九年(1591)刻本。
⑥ 陈深辑,《诸子品节》,明万历十九年(1591)刻本。
⑦ 闵齐伋校刊,《楚辞》,明万历四十八年(1620)套印本。
⑧ 陈深辑,《诸子品节》,明万历十九年(1591)刻本。
⑨ 陈深辑,《诸子品节》,明万历十九年(1591)刻本。
⑩ 冯绍祖校刊,《楚辞章句》,明万历十四年(1586)刻本。
⑪ 此类以洪兴祖《楚辞补注》最具代表性。对于《九章》,洪兴祖逐篇作有题解,全持此种论调。如洪氏解《惜诵》云:"此章言己以忠信事君,可质于明神,而为谗邪所蔽,进退不可,惟博采众善以自处而已。"解《涉江》云:"此章言己佩服殊异,抗志高远,国无人知之者,徘徊江之上,叹小人在位,而君子遇害也。"余下诸篇皆如此,兹不赘引。洪兴祖,《楚辞补注》,中华书局1983年版,第128、132页。

除此之外,还有不少是揭示行文脉络的内容,由此又可见出陈深对于屈子文章线索的关注。如《离骚》"菉葹以盈室兮,判独离而不服"句眉批:"女嬃之言至此。"①"回朕车以复路兮,及行迷之未远"句,陈深批曰:"颠倒神思,想及退修初服,意尤凄婉,下文女嬃、重华、灵氛、巫咸,俱就此转出,真是无中生有。"②"济沅湘以南征兮,就重华而陈词"句眉批:"以下皆就重华所陈之词也。"③"揽茹蕙以掩涕兮,霑余襟之浪浪"句眉批:"陈词至此。"④"路曼曼其修远兮,吾将上下而求索"句眉批:"重华亦无所折衷,故将上下求索。"⑤"溘吾游此春宫兮,折琼枝以继佩"句眉批:"此复托词求神女宓妃。"⑥"望瑶台之偃蹇兮,见有娀之佚女"句眉批:"此复托词求有娀女简狄。"⑦"心犹豫而狐疑兮,欲自适而不可"句眉批:"上下求索而终无所适,从'犹豫狐疑',为下二占起。"⑧"及少康之未家兮,留有虞之二姚"句眉批:"此复托词欲求二姚。"⑨"世幽昧以眩曜兮,孰云察余之善恶"句眉批:"世幽昧而莫能察,以下乃原自念之词。"⑩"何琼佩之偃蹇兮,众薆然而蔽之"句眉批:"此下乃原自叙衷曲,似以答上二占。"⑪"何离心之可同兮,吾将远逝以自疏"句眉批:"此又托词远逝以避祸也。"⑫

其二,对于《楚辞》文学特色、文学成就进行的阐说。在对《楚辞》进行评论时,陈深多能着眼于相关文字、篇章的文学特色及其所达到的艺术效果来立论,由于持论精辟,数量较多,因而这部分内容最能代表陈深的评点水平。由于明代《楚辞》评点经历了一个逐渐积累、成熟的过程,从发展的角度上讲,作为较早出现的《楚辞》文学评点,陈深的这些评语对于《楚辞》评点"文学性"的凸显及成熟而言,起到了重要的推动作用。这些评语有些较为简略,其中如"时序朗朗"、"幽凄孤恨"、"掩袂流涕"、"寂寥问矩"、"情景凄然"等,往往数字就能将相关语句的风格、特色描画无遗。但多数情况下,这类评语还是比较翔实的。其中有些语及屈赋的用词特色,如陈深评《卜居》:"句极长,不见有余,极短,不为不足,以十六'乎'字为之,故抱或侈或牟或杼,惟意所适,无不中绳,必也圣乎?后此犹

---

① 陈深辑,《诸子品节》,明万历十九年(1591)刻本。
② 陈深辑,《诸子品节》,明万历十九年(1591)刻本。
③ 陈深辑,《诸子品节》,明万历十九年(1591)刻本。
④ 陈深辑,《诸子品节》,明万历十九年(1591)刻本。
⑤ 闵齐伋校刊,《楚辞》,明万历四十八年(1620)套印本。
⑥ 陈深辑,《诸子品节》,明万历十九年(1591)刻本。
⑦ 陈深辑,《诸子品节》,明万历十九年(1591)刻本。
⑧ 闵齐伋校刊,《楚辞》,明万历四十八年(1620)套印本。
⑨ 陈深辑,《诸子品节》,明万历十九年(1591)刻本。
⑩ 陈深辑,《诸子品节》,明万历十九年(1591)刻本。
⑪ 闵齐伋校刊,《楚辞》,明万历四十八年(1620)套印本。
⑫ 陈深辑,《诸子品节》,明万历十九年(1591)刻本。

病。"①评《九辩》云:"孤介鲠特之词,真不忘沟壑之心也。"②有些论及《楚辞》所具有的艺术感染力,如陈深评《惜诵》云:"此章凄然如秋,暖然入春。"③评《七谏》云:"幽凄孤恨,令人气勃。"④评《哀时命》云:"才高气郁,读之凄其。"⑤

有些则是从整体上对屈赋的文学特色进行阐说。如陈深评《离骚》云:"《离骚》变风之遗也,兴比赋错出成章,骤读似未易了,细玩井然有理。"⑥评《天问》云:"有文字以来,此为创格,铿訇汗漫,怪怪奇奇,邈焉寡俦,卓乎高品。"⑦评《九章》云:"《九章》无端杳思,妙不可言,非不能言,知言之无加也。"⑧又评《九辩》云:"屈氏而后,宋玉其善鸣者也。《九辩》深凄眇恍,《招魂》烂然列肆。谈欢则神贻心动,心惧则缩颈咋舌,数味则逸口津津。情见乎辞,尽态极妍,虽然犹有未尽也。织浓则纯白不载,泂嫚则远于世教。屈氏之风微矣!然其竭情奉爱,与《大招》皆振振有儒者之词焉。"⑨

值得注意的是,陈深在评述屈赋艺术特色及文学成就的时候,往往又从与后世文章创作进行对比的角度入手,将屈赋及《楚辞》作为后世文章创作的典范来看待。如陈深评《离骚》云:"《离骚经》凡二千四百九十二字,可谓肆矣。然气如缫流,迅而不滞,词如繁露,贯而不糅,故曰:骚人之情深。君子乐之,不恩其长。汉氏犹步趋也。魏晋而下,厄焉淤焉,浩矣博矣,忘其祖矣。"⑩评《天问》云:"特创为百余问,皆窖成葛天之语,入神出天。此为开物之圣,后有作者,皆臣妾也。"⑪又评《招魂》云:"巧笔如画,纤手如丝,意动成文,吁气成采,烨烨有神,后之名家,能优孟者几人也。"⑫由此我们联系陈深在《诸子品节序》中关于"文"、"道"关系的认识,对此则可以有更为深刻的理解。

以上两方面是陈深评点的主要部分,此外,还有一些内容也值得我们注意。比如对于在陈深看来偏谬之说的纠正:冯绍祖校刊《楚辞章句·九歌》卷末录陈深批语云:"沅湘之间,其俗上鬼,祭祀则令巫觋作乐谐舞,歌吹为容,其事陋矣。自原为之,缘之以幽眇,

---

① 陈深辑,《诸子品节》,明万历十九年(1591)刻本。
② 陈深辑,《诸子品节》,明万历十九年(1591)刻本。
③ 陈深辑,《诸子品节》,明万历十九年(1591)刻本。
④ 凌毓柟校刊,《楚辞》,明万历二十八年(1600)朱墨套印本。
⑤ 凌毓柟校刊,《楚辞》,明万历二十八年(1600)朱墨套印本。
⑥ 蒋之翘校刊,《七十二家评楚辞》,明天启六年(1626)刻本。
⑦ 陈深辑,《诸子品节》,明万历十九年(1591)刻本。
⑧ 陈深辑,《诸子品节》,明万历十九年(1591)刻本。
⑨ 冯绍祖校刊,《楚辞章句》,明万历十四年(1586)刻本。
⑩ 冯绍祖校刊《楚辞章句》,明万历十四年(1586)刻本。另外,闵齐伋校刊套印本《楚辞》、蒋之翘校刊《七十二家评楚辞》、沈云翔《楚辞集注评林》亦载此条,但首句均作"《离骚经》凡字二千四百九十",余皆同冯绍祖本。
⑪ 陈深辑,《诸子品节》,明万历十九年(1591)刻本。
⑫ 陈深辑,《诸子品节》,明万历十九年(1591)刻本。

涵之以情深，琅然笙匏，遂可登于俎豆。若曰：淫于沔嫚而少纯白不备，为屈子病，则是崇岗责其平土，激水使之安流也。固矣！"①就对认为屈赋缺少积极内容的论点进行了批评。《天问》卷末又有陈深语云："《天问》发难，至千五百言，书契以来，未有此体，原创为之。先儒谓其'文义不次，乃原杂书于壁，而楚人辑之'。今读其文，章句之短长、声势之佶崛，皆有法度。似作也，非辑也。屈子以文自圣，且在无聊，何之焉而不为作也？深尝爱曾子问五十余难，亦至奇之文。说者乃曰：'非曾不能问，非孔不能答。'非也。礼家托于曾、孔，以尽礼之变耳，抑独出于曾氏之门乎？何文之辩而理也。"②文中"先儒"云云，是指王逸所作《天问》小序中内容。王逸以为《天问》乃屈原放逐之后，"见楚有先王之庙及公卿祠堂，图画天地山川神灵"，"及古圣贤怪物行事"，"因书其壁"，"以泄愤懑"，而"楚人哀惜屈原，因共论述"，故所辑皆"文义不次序"。对于这种说法，陈深则不以为然，并从《天问》的用语特色出发，认为该篇当为屈原所作无疑，"非辑也"。此外还有一例，则是对"羽觞"一词由来的误解进行纠正，文见《招魂》"瑶浆蜜勺，实羽觞些"句眉上，陈深曰："有以'羽觞'为项羽所制而得名，此可以正其误也。"③"羽觞"于《招魂》中既已作为成词来使用了，那种称因"项羽所制而得名"的说法，自然可以不攻自破。

另外，陈深对于诸如屈原沉江与否，以及《九辩》、《招魂》、《大招》等篇作者等尚无定论的重要问题，也表达了自己的看法。先看前者。在陈深之前，屈原自沉汨罗的说法已成定论。如早在西汉初期，贾谊就称："仄闻屈原兮，自湛汨罗。"④庄忌又称："子胥死而成义兮，屈原沉于汨罗。"⑤后来司马迁作《屈原传》，称屈原"怀石遂自投汨罗以死"⑥。再后来王逸作《楚辞章句》，亦对这一问题进行说明："屈原放于江南之野，思君念国，忧心罔极，故复作《九章》。章者，明也。言己所陈忠信之道，甚著明也。卒不见纳，委命自沉。楚人惜而哀之，世论其词，以相传焉。"⑦这种论调一直延续下去，至洪兴祖，亦持类似说法，如洪氏释《怀沙》篇云："此章遂放逐，不以穷困易其行。小人蔽贤，群起而攻之。举世之人，无知我者。思古人而不得见，仗节死义而已。太史公曰：乃作《怀沙》之赋，遂自投汨罗以死。原所以死，见于此赋，故太史公独载之。"⑧在《悲回风》篇，洪兴祖又云："此章

---

① 冯绍祖校刊，《楚辞章句》，明万历十四年（1586）刻本。
② 冯绍祖校刊《楚辞章句》，明万历十四年（1586）刻本。闵齐伋校刊套印本《楚辞》录此条，但无"原创为之"至"何之焉而不为作也"之间文字。蒋之翘校刊本《七十二家评楚辞》亦录此条，但无"屈子以文自圣"以下文字。
③ 闵齐伋校刊，《楚辞》，明万历四十八年（1620）套印本。
④ 朱熹，《楚辞集注》，上海古籍出版社1979年版，第157页。
⑤ 朱熹，《楚辞集注》，上海古籍出版社1979年版，第166页。
⑥ 司马迁，《史记》，中华书局1959年版，第2490页。
⑦ 王逸，《楚辞章句》，《楚辞四种》，国学整理社1936年版，第70页。
⑧ 洪兴祖，《楚辞补注》，中华书局1983年版，第146页。

言小人之盛,君子所忧,故托游天地之间,以泄愤懑,终沉汨罗,从子胥、申徒,以毕其志也。"①

对于这种说法,陈深则有不同意见。如在《怀沙》"知死不可让,愿勿爱兮,明告君子,吾将以为类兮"句眉上,他批曰:"抗志欲沉者其文也,而卒未沉者,文以后之事也,问之秭归,验之词外,则然。"②在《悲回风》"惮涌湍之礚礚兮,听波声之汹汹"句眉上,批曰:"此篇矻矻似沉,实未沉也,既沉矣,焉作沉辞。"③又云:"永嘉林应辰推议以为,屈子之死于汨罗,比诸浮海居夷之意。今者诸秭归传记稗官里人皆云。"④文中"林应辰",字渭起,宋永嘉人。陈深所引,出自林氏《龙冈楚辞说》。该书已亡佚,陈振孙《直斋书录解题》有著录,称:"以《离骚》章分段释为二十段,《九歌》、《九章》诸篇亦随长短分之。其推屈子不死于汨罗,比诸浮海居夷之意,其说甚新而有理。以为:'《离骚》一篇辞虽哀痛而意则宏放,与夫直情径行、勇于蹈河者,不可同日语;且其兴寄高远,登昆仑、历阆风、指西海、陟陞皇,皆寓言也,世儒不以为实,顾独信其从彭咸葬鱼腹以为实者,何哉?'"⑤陈深曾著有《秭归外志》,对于秭归所流传的屈原传说自然极为熟悉,因而才有"问之秭归"、"今者诸秭归传记稗官里人皆云"之语。"秭归传记"、"里人"传言皆称屈原未沉汨罗,而林应辰关于屈原沉江的质疑又极为"有理",受此影响,陈深亦持屈原"未沉"说⑥。这种论调后来到了汪瑗那里,则有了进一步的发展。汪瑗《楚辞蒙引》有"屈原投水辨"条,称:"屈原投水而死之说,世俗至今传道之。余尝考之,不知其所始。及读《离骚》,观屈子之所自言,盖不能无疑焉。其所自言者,虽或有投水而死之说,然或设言,或反言耳。徐而察之,实未尝真有自沉之意也。"⑦接下来,汪瑗又用了大量的篇幅,对于旧说及所持论据逐一进行驳正,所论缜密有据,颇具说服力。由于《楚辞集解》问世后影响较大,故汪氏此说对后世产生了深远影响。但就其渊源而言,则应当与林应辰、陈深所持论是一脉相承的。由于陈深所论只见于其评点文字,对此未作专门讨论,因而也就未能引起人们的注意,在关于该问题的相关研究中也就未被提及,这对于屈原沉江问题始末源流的梳理而言,不免是一个缺漏。

关于《九辩》、《招魂》、《大招》三篇的作者问题,陈深以为皆是屈原所作,这在他的评

---

① 洪兴祖,《楚辞补注》,中华书局1983年版,第146页。
② 陈深辑,《诸子品节》,明万历十九年(1591)刻本。
③ 陈深辑,《诸子品节》,明万历十九年(1591)刻本。
④ 闵齐伋校刊,《楚辞》,明万历四十八年(1620)套印本。
⑤ 陈振孙,《直斋书录解题》,上海古籍出版社1987年版,第136页。
⑥ 值得注意的是,陈深关于屈原沉江与否,表述有矛盾之处。冯本《楚辞章句九章》卷末引陈深曰:"《怀沙》自沉也,'知死不可让','明告君子',太史公有取焉。"显然承太史公屈原沉江之说,但仅此一处,其余都是主"未沉"说,盖是陈深对此持论前后有所变化。
⑦ 汪瑗,《楚辞集解》,北京古籍出版社1994年版,第332页。

点中也有反映。如他在《九辩》文首批曰:"《九辩》妙辞也,凄婉寂寥,世传宋玉作,然玉他辞甚多,率荒淫靡嫚,与此不类,知为原作无疑。"①"世传"《九辩》"宋玉作",不知始于何时。今核《史记·屈原传》还没有这种说法,司马迁仅称:"屈原既死之后,楚有宋玉、唐勒、景差之徒者,皆好辞而以赋见称;然皆祖屈原之从容辞令,终莫敢直谏。"②后来至王逸《楚辞章句》,就有了明确的表述:"《九辩》者,楚大夫宋玉之所作也。……宋玉者,屈原弟子也。闵惜其师,忠而放逐,故作《九辩》以述其志。"③此说一出,后世多附和之,随之也就成为定论。其间也曾有人提出过不同意见,这在晁补之《重编楚辞》中有所反映,其文云:"《九辩》、《招魂》皆宋玉所作,或曰《九辩》原作,其声浮矣。"④显然晁氏对于"《九辩》原作"是持否定态度的,但从中至少可以看出这种说法是渊源有自的。后来到了陈深那里,则从《九辩》的具体文句出发,认为其具有"凄婉寂寥"的艺术风格,堪称"妙辞",绝非宋玉"荒淫靡嫚"者可比,这或许正是对晁补之"其声浮"的有力否定。又如他批《招魂》曰:"此篇深至,让《骚》凄婉,让《章》闲寂,让《辩》而宏丽则大过之。原盖设以招隐,亦寓言也。"⑤批《大招》曰:"此篇闲靓简古,其为原作无疑。"⑥关于此三篇的作者,目前学术界一般仍以王逸说为是,即《九辩》、《招魂》为宋玉作,《大招》为"屈原或景差"作。陈深以行文风格断定三篇皆为屈原所作,平心而论,尽管有失武断,但在此问题得以确考之前,作为一家之言,亦应备为一说。

以上是陈深评点的基本内容,其中有对于前世《楚辞》注本的承袭,有对于屈赋文句及篇章意旨的释解,有关于屈子及《楚辞》艺术特色、文学成就的评说,还有对于相关有争议问题的品述。陈深论之所及,所关涉的范围是比较广泛的,在早期的《楚辞》评点中,很少有人能在这方面与其相比。而如果将之再放置到万历时期《楚辞》评点的大背景中去看待的话,我们又会发现,这些评语在体现出万历时期《楚辞》评点"注评合一"特征的同时,更重要的是反映出陈深"文学性"的自觉意识。这种自觉意识以及其外在化的"文学评点",对于《楚辞》评点的发展起到了重要的推动和引导作用,由此陈深也就成为早期《楚辞》评点家中最为重要的一位。

---

① 陈深辑,《诸子品节》,明万历十九年(1591)刻本。
② 司马迁,《史记》,中华书局1959年版,第2941页。
③ 王逸,《楚辞章句》,《楚辞四种》,国学整理社1936年版,第109页。
④ 晁公武,《郡斋读书志》,上海古籍出版社1990年版,第807页。
⑤ 陈深辑,《诸子品节》,明万历十九年(1591)刻本。
⑥ 陈深辑,《诸子品节》,明万历十九年(1591)刻本。

来钦之的《楚辞述注》及其评点特色

东华理工大学文法学院　黄建荣

来钦之(1606—1658),字圣源①,为明末清初研究楚辞的学者,其于崇祯十一年(1638)所刊刻的《楚辞述注》②虽在一定程度上沿袭了明末以来的空疏臆说之弊,但仍不失为古代重要《楚辞》注本之一。然迄今为止,学术界对《楚辞述注》除了少许评介性文章之外③,至今乏见较为全面、详细分析的专文,即使有一些相关评价也是评价贬多褒少,如姜亮夫先生认为该书"实无所发明",且"明人陋习极好名,来氏此刊,可为代表"④。笔者以为,从古人对《楚辞》进行评点的角度来看,该书还是具有一定的特色。

　　学术界一般认为,文学评点是在宋代开始发端,明代中后期开始兴盛的。然据笔者粗略考察,学者对列于集部之首的《楚辞》评点应该是从明代开始的。据《四库全书总目》"楚辞类存目",其中除录有沈云翔的《楚辞评林》八卷之外,还有一些明代的古文评点选本中也摘录了部分《楚辞》作品,如陈深辑的《诸子品节》五十卷、题归有光辑的《诸子汇函》、钟惺编的《周文归》、冯有翼编的《秦汉文抄》、陈仁锡辑的《古文奇赏》等等。但这些古文评点选本,大多受到四库编纂者的批评,被认为是明人"以时文之法评点之",是编选者"轻佻放诞,至敢于刊削圣经,亦可谓悍然不顾矣"⑤。而当时较为重要的以评点为重心的《楚辞》注本,主要有来钦之的《楚辞述注》、潘三槐的《屈子》、陆时雍的《楚辞疏》和陆时雍疏、金兆清参评的《楚辞榷》等。而来氏之《楚辞述注》,由于其注释的可取性甚少,故只有在"评点"方面,可列为《楚辞》古代注本中的重要著述之一,故试为之作一粗浅分析。

---

① 潘啸龙、毛庆主编的《楚辞学文库·楚辞著作提要》(湖北教育出版社2003年版)中由黄灵庚先生撰写的《楚辞述注》提要,有"又字风季"之语,此盖沿前人之误(见胡玉缙著《四库未收书提要续编》)。据郭立暄先生《〈楚辞述注〉与来圣源之世家》(载《图书馆杂志》2005年第2期)一文考证,来钦之实为来道巽(字风季)之次子。
② 来钦之,《楚辞述注(影印崇祯本)》,《四库未收书辑刊》编纂委员会四库未收书辑刊·五辑(第16册),北京出版社1997年版。
③ 较有代表性的,如黄灵庚先生撰写的《楚辞述注》提要等。
④ 姜亮夫,《楚辞书目五种》,上海古籍出版社1993年版,第76页。
⑤ 四库全书研究所,《钦定四库全书总目·总集类存目三(整理本)》,中华书局1997年版,第2706页。

一、《楚辞述注》的撰写缘由和相关评点者

（一）来钦之撰《楚辞述注》的缘由

关于来钦之撰《楚辞述注》的缘由,我们从其《自序》和来逢春(字正侯)所作的《后序》中可以有一个大致的了解。来钦之《自序》云:

> 《楚辞》旧分八卷,为紫阳之所校定,又《后语》六卷,则朱子以晁氏所集录而刊补定著者也。……朱子之《集注》,其补裨于后人者多矣。钦之伏而诵之,间或衰多益寡,此固钦之述注之本意也。①

又,来逢春《后序》云:

> 吾宗圣源,博学宏才,其所疏注自经及史,率皆千古盛业。可以大用,而尚不遇于时。故读屈原之词,取晦翁之注,而稍加衰益。书始大定,而曰《述注》云者,其亦同屈原、晦翁两人有大悲慨也夫!②

由此两段话可知,来钦之作《楚辞述注》的缘由有二:首先,主要是认为朱熹之《楚辞集注》"补裨于后人者多矣",但其间还有不少值得进一步阐发或增补之处,因此想"衰多益寡(减有余以补不足)"。二是因"尚不遇于时",由屈原的遭遇引起共鸣而产生"大悲慨"之感。

那么,来钦之为何选中朱熹的《楚辞集注》为注释、评点的蓝本呢? 其主要原因,是"迄今学士家咸奉朱子《集注》"[3]P3。考察当时的《楚辞》注本,无论是与来钦之几乎同时的陆时雍,还是明末清初的钱澄之及稍晚的毛奇龄等人,他们的《楚辞》注本或多或少也有对朱注的汲取,如陆时雍的《楚辞疏》,除了把朱子《楚辞集注》列为其"旧诂"的主要参照之一以外,其注本中《楚辞杂论》所列的九家评论中,也是以引朱注为最多;钱澄之的《屈诂》,注音和注文皆多引朱注;毛奇龄所作的《天问补注》的注文,其三大参照本之一,也有朱子的《楚辞集注》。这表明朱子学说及著述在当时的文人、学者心目中还是有较高的地位。但明末清初之际王夫之的《楚辞通释》却不唯朱子《楚辞集注》是瞻,这是因为王夫之的思想本来就与朱子思想相对立。另需说明的是,明末清初的李陈玉、王夫之、钱澄

---

① 来钦之,《楚辞述注(影印崇祯本)》,《四库未收书辑刊》编纂委员会,四库未收书辑刊·五辑(第16册),北京出版社1997年版,第16-20页。
② 来钦之,《楚辞述注》重刻本,康熙三十年辛未1691年版,第3页。

之等人为《楚辞》作注的缘由,还包括借表彰屈子之气节来抒发明亡后的个人忧愤和家国之痛的情感。来钦之生活在明末,虽无明亡的家国之痛,但想借注释、评点《楚辞》来抒发其个人生不逢时的忧愤情感,与历代注《楚辞》者还是大体一致的。

(二)《楚辞述注》的相关评点者

据笔者粗略统计,参与《楚辞述注》的评点者共有 40 余人①。这些评点者大致可分为四类:一是来钦之自己的评语,二是作者对前人的相关评语引用,三是明代的一些名人,四是来氏家族或作者的好友。除来钦之之外,兹对其他评点者的身份作初步考察如下:

第二类中,引用的前人评语大致有班固、王逸、朱熹、刘辰翁、沈括等学者。第三类如胡应麟(1551—1602,号少室山人,学者、诗人,著有《诗薮》)、王世贞(1526—1590,号弇州山人,"后七子"领袖)、张凤翼(1550—1636//1527—1613,字伯起,书法家、诗人,有《文选纂注》,与王世贞结交)、钟惺(1574—1602,字伯敬,号退谷、止公居士,竟陵派代表人物)、孟称舜(约 1599—1684,字子塞、子若,号卧云子,会稽人,崇祯时诸生,顺治六年贡生,明末清初戏曲家,戏曲代表作为《娇红记》,其剧作皆由陈洪绶评点)等。第四类中,属于来氏家族的有来正侯(另撰《楚辞述注》后序)、来伯方、来石含、来元成、来式如、来尔极、来元启、来子畏、来旦卿、来子升、来有虔、来与京、来子问,以及陈洪绶②(字章侯,1598—1652,书画家,曾绘《九歌》十二图,又为崇祯十一年版《楚辞述注》手书作序,与祁氏家族的祁豸佳、祁彪佳、祁骏佳、祁奕远等人交谊深厚且有赠诗和唱和诗)等;属于好友的大致有沈素先(为陈洪绶、张岱之好友,陈洪绶有《怀沈素先》《为沈素先致谢马讷斋县尹》诗,张岱有《赠沈歌叙序》诗)、陆时雍(崇祯六年贡生,字仲昭,桐乡人,撰《楚辞疏》和《诗镜》)、陈继儒(1558—1639,号眉公,文学家、书画家)、王豐(字予安,会稽人,曾为陈洪绶《水浒叶子》撰颂文,为来风季作像赞,又校定明刊本《楚辞述注》卷一)、王子屿和王子树(据民国二十六年铅印、由绍兴县修志委员会校刊的祁彪佳《祁忠敏公日记·乙酉日历》载,王子屿和王子树为昆仲③)、章正宸(?—1646,字羽侯,号格庵、晚号禹东饿夫。会稽人,早年师从刘宗周,崇祯四年进士。先后任礼科给事中、户科给事中,著有《章格庵遗书》)、祁骏佳(字季超,绍兴人,祁彪佳之弟,陈洪绶之《宝纶堂集》中,写给祁骏佳的诗有五首)、朱士服(为陈洪绶好友,陈氏有《书寄朱士服》诗)、陶履卓(字岸生,陶承学之孙,

---

① 实际上,《楚辞述注》的明刻本现存有两种印本:一本现藏上海图书馆(先刻),另一本现藏中科院图书馆(稍后刻)。如依上图本,则评点者只有来圣源、来旦卿、来伯方、来与京、来正侯、来子问、来有虔等人,其余评点者大都为中科院本所增。笔者的统计依据为中科院本。

② 据郭立暄先生考证,陈洪绶为来氏四房来斯行(字道之,号马湖,又号槎庵)之次女女婿(入赘),曾作《槎庵先生传》《寿槎翁先生六秩序》《听来风季琴》《与来风季共吟》诸诗文。

③ 原文为:"(崇祯乙酉)四月十四日,予还戏愿,王子屿、子树昆仲,王玄趾舅张季方皆来观。午后又还戏愿,奕远侄以纠资设酌,优人演《绣佛阁》剧,不能终,又演《永团圆》剧。"

明末清初会稽人,癸未进士,著有《易经存是》、《孝经解》)、黄仪甫(陈洪绶好友,陈氏有《雪夜与黄仪甫饮》诗)等。另外,还有祁子(止)祥、王子宜、祁匪熊、王芳侯、王海观、章有四、陈辞生等人,因未查找到相关文献资料而无法断定他们的基本身份,故暂阙之。

顺便说明的是,依据《四库未收书辑刊》影印崇祯刻本《楚辞述注》,该书的评点共有118则,其中来钦之为16则(《离骚》12则,《九歌》3则,《九章》1则),未标明作者姓名的评点20则①。据笔者对照,无名氏的20则评点绝大多数是来钦之引朱熹注语。

二、《楚辞述注》的注评篇目和体例

《楚辞述注》所选的注评篇目,主要是"著屈原之所为文",即"自《离骚》以至《渔父》二十五篇",它们包括:《离骚》(1)、《九歌》(11)、《天问》(1)、《九章》(9)、《远游》(1)、《卜居》(1)、《渔父》(1)等。这25篇,与朱熹注本是一致的。至于朱熹《楚辞集注》所附的《续离骚》和《楚辞后语》诸篇,则排除之。

关于《楚辞述注》的总体体例,因版本原因而有小异。依康熙三十年辛未(1691)重刻本《楚辞述注》,其总体体例安排一是序文,二是正文。序文有三篇,即陈洪绶序(行书)、来逢春后序、来钦之自序。正文共五卷,卷一为《离骚》,卷二为《九歌》(有陈章侯图附),卷三为《天问》,卷四为《九章》,卷五为《远游》《卜居》和《渔父》。其中每卷开头格式相同。以卷二为例,首行先列"楚辞卷第二",第二、三行标明"汉宣城王逸章句、宋新安朱熹集注;明萧山来集之校定②、来钦之述注"字样,第四行为"九歌第二"。每卷第五行开始为本卷小序,小序之后为正文注释。如依明崇祯十一年刻本,序文则只有来钦之的《自序》一篇,其余皆如康熙重刻本。

《楚辞述注》的具体注评体例为随文释义,一般是先列原文(多为四句一章),再作注解。原文后有时标明本节中一些字词的注音,偶尔也指明其中的古字或某字的异文。注文一般是先注音,"○"号隔开之后为释字词义,再为释句意或节意。但无论是小序还是正文注释,间或夹有眉批。这种眉批,也可看作是《楚辞述注》的主要评点样式。

考察《楚辞述注》可知,来钦之具体注评的体例,有不少地方是套用朱熹《楚辞集注》。这主要体现在两方面。一是分章。如朱熹一般是以四句为一章,来钦之亦基本如此。二是多点明赋比兴。朱熹注本在《离骚》全篇,以及《九歌》的《东皇太一》《湘君》《湘夫人》《少司命》和《九章》的《惜诵》《涉江》等篇章中,或指出某章属于赋比兴的某一类,如"赋

---

① 黄灵庚先生所撰的《楚辞述注》提要,统计评点者为22家,计67则(其中署名来钦之有7则),盖依据版本不同耳。

② 四库全书研究所,《钦定四库全书总目·总集类存目三(整理本)》,中华书局1997年版,第2706页。

也""比也""兴也",或点明某章是某两类的综合,如"赋而比也""比而赋也""兴而比也"之类。来钦之的《楚辞述注》对此也有一定的沿袭。如《东皇太一》和《惜诵》篇,朱熹分别说明是"全篇之比"和"此篇全用赋体",来钦之是将之列入眉批中作为补充说明。又如《离骚》"启《九辩》与《九歌》兮,夏康娱以自纵。不顾难以图后兮,五子用失乎家巷"一章,朱熹认为"自此以下①,皆比而赋也";《少司命》"秋兰兮青青,绿叶兮紫茎,满堂兮美人,忽独与余兮目成"一章,朱熹认为"此亦上二句兴下二句"。这两个例子,来钦之皆将之列入注文中。

实际上,来钦之的正文注释也大都是沿袭或摘录朱熹之语,为便于考察,今举原注一例加以说明:

来圣源曰:此以至"跪敷衽以陈词兮,耿吾既得此中正",皆其就舜所陈之词也。——眉批

依前圣以节中兮,喟凭心而历兹。济沅湘以南征兮,就重华而陈词。——原文

(以,一作之。喟,丘愧反)敶,古陈字。(一作陈)○赋而比也。节,度也。喟,叹也。凭,满也,恚盛貌。……历,经(历之意)。沅、湘,皆水名……重华,舜号也。舜葬于九疑山,在沅湘之南。(洪曰:)"……屈原以世莫能察己之志,故欲就之而陈词。"如下文所云也。② ——注文

从此段注释中,不仅可以较为清楚地了解《楚辞述注》的具体注评体例,还可以较为清晰地看出来钦之是如何沿袭或摘录朱熹之说(上例如除去眉批而加上省略和小括号中的文字,则为朱熹注释原文)。

不过,来钦之正文的注释之语偶尔也有一些增益补缀之说,黄灵庚先生在《楚辞著作提要·楚辞述注》中对此已举例说明,兹不赘述。

三、解读题意和篇旨的评点

上文已述,来钦之《楚辞述注》所评点《楚辞》篇目共25篇,按题序来算,则应有27篇(加上《九歌》和《九章》两卷的总序)。然考察全书可知,来氏之书的题序、评点的情况大致上可分为六类:

其一,题序引朱注而评点为他人所作的,如《九歌》、《国殇》和《礼魂》(评点合一)、《天问》、《九章》、《怀沙》、《远游》、《卜居》和《渔父》(评点合一);其二,朱注无小序而加他人眉批的,如《哀郢》、《思美人》和《悲回风》(评点合一);其三,题序直接引用或摘引朱

---

① "自此以下"指从本章一直到篇末"乱曰"之前的若干章。
② 来钦之,《楚辞述注(影印崇祯本)》,《四库未收书辑刊》编纂委员会,四库未收书辑刊·五辑(第16册),北京出版社1997年版,第14页。

注和洪注而无评点的,如《离骚》《湘夫人》《大司命》《少司命》《东君》《河伯》《渔父》;其四,题序和评点均是引用或摘引朱注和洪注的,如《东皇太一》《湘君》(题序摘引洪注)、《山鬼》;其五,无题序而评点是引用朱注的,如《惜诵》《涉江》《抽思》;其六,既无题序亦无眉批的,如《惜往日》和《橘颂》。

由于本节主要是考察来钦之对《楚辞》诸篇篇题所作评点的内容,所以上述六类情况中,只有第一、二类具有相应的考察价值,因为我们可以从中看出《楚辞述注》对题意和篇旨的阐发。试将这两类情况列表对比如下:

篇名	直引或摘引朱、洪小序	《楚辞述注》评点
九歌	《九歌》者,屈原之所作也。昔楚南郢之邑,沅、湘之间,其俗信鬼而好祀,其祀必使巫觋作乐,歌舞以娱神。蛮荆陋俗,词既鄙俚,而其阴阳神鬼之间,又或不能无亵慢淫荒之杂。原既放逐,见而感之,故颇为更定其词,去其泰甚,而又因彼事神之心,以寄吾忠君爱国眷恋不忘之意。是以其言虽若不能无嫌于燕昵,而君子反有取焉。——引朱注	陈眉公曰:《九歌》、《九章》等篇,俱以骚例读,更觉其幼眇(窈渺)。此卷诸篇皆以事神不答而不能忘其敬爱,凡事君不合而不能忘其忠赤。尤是以见其恳切之意。
国殇	谓死于国事者。《小尔雅》曰:"无主之鬼谓之殇。"——引朱注(洪注同)	钟伯敬曰:"《国殇》、《礼魂》,在《九歌》为附,然体制颇合,得此思更窈冥。"
礼魂	礼魂,谓以礼善终者。——引朱注	
天问	《天问》者,屈原之所作也。屈原放逐,彷徨山泽,见楚有先王之庙及公卿祠堂,图画天地山川神灵,琦玮僪佹,及古贤圣怪物行事,因书其壁,仰(呵)而问之,以渫愤懑。楚人哀而惜之,因共论述,故其文义不次序云尔。——引朱注	王弇州曰:《天问》虽属《离骚》,自是四诗之韵,但词旨散漫,事迹惝恍不可存也。(《天问》小序)
九章	《九章》者,屈原之所作也。屈原既放,思君念国,随事感触,辄形于声。后人辑之,得其九章,合为一卷,非必出于一时之言也。今考其词,大抵多直致无润色,而《惜往日》、《悲回风》又其临绝之音,以故颠倒重复,倔强疏卤,由愤懑而极悲哀,读之使人太息流涕而不能已。董子有言:"为人君者,不可以不知《春秋》,前有谗而不见,后有贼而不知。"呜呼,岂独《春秋》也哉!——引朱注	陆时雍曰:《九章》、《远游》即《离骚》之疏。
哀郢	(朱注无小序)	陈眉公曰:《哀郢》、《远游》万不可遗,不知何为不入《昭明文选》?
怀沙	眉批:言怀抱沙石以自沉也。——引朱注	陆时雍曰:《怀沙》情穷语迫,太史公独载此篇,以卒厥志。
思美人	(朱注无小序)	张凤翼曰:《思美人》、《悲回风》,便是后世诗题。
悲回风	(朱注无小序)	
远游	《远游》者,屈原之所作也。屈原既放,悲叹之余,眇观宇宙,陋世俗之卑狭,悼年寿之不长,于是作为此篇。思欲制炼形魂,排空御气,浮游八极,后天而终,以尽反复无穷之世变。虽曰寓言,然其所设王子之词,苟能充之,实长生久视之要诀也。——引朱注	张凤翼曰:《远游》亦诗之漫兴。

续 表

篇名	直引或摘引朱、洪小序	《楚辞述注》评点
卜居	《卜居》者,屈原之所作也。屈原哀悯当世之人习安邪佞,违背正直,故阳为不知二者之是非可否,而将假蓍龟以决之,遂为此词,发其取舍之端,以警其俗。说者乃谓原实未能无疑于此而将问诸卜人,则亦误矣。——引朱注	王弇州曰:《卜居》、《渔父》,便为赤壁诸公作俑,作法于凉,令人永慨。 张凤翼曰:《卜居》、《渔父》为原幽愤寄托之音,岂当时实有是事。(《卜居》小序)
渔父	《渔父》者,屈原之所作也。渔父盖亦当时隐遁之士,或曰亦原之设词耳。——引朱注	

由上表,我们可以看出《楚辞述注》对《楚辞》篇题旨意的评点内容,其主要内容大致为:(一)引导读者加深理解主旨。如,朱熹的《九歌》题序,已经说明了作者的创作时间、创作意图和寄寓的"忠君爱国"之心,但陈眉公的"此卷诸篇皆以事神不答而不能忘其敬爱,凡事君不合而不能忘其忠赤。尤是以见其恳切之意"的评点,对读者理解《九歌》的主旨起到进一步的引导作用。又如,朱熹的《九章》题序,点明了卷题的得名,指出了其创作意图、创作时间和创作风格,还着重点出《惜往日》和《悲回风》两篇是"临绝之音",其作品大旨应与《春秋》相似。而所引陆时雍的评点,指出《九章》其实和《远游》一样,都是"《离骚》之疏",这一评点实际上是说《九章》等篇是对《离骚》的进一步解读。再如,朱熹在《天问》题序中,说明了该篇的创作时间、创作缘由(目的),以及其"文义不次序"的特点,而所引王士贞的"词旨散漫,事迹惝恍(模糊不清;恍惚)不可存也"之评点,实际上是指出该篇的内容很难考证。(二)补充说明文体。如,所引陈眉公在《九歌》卷题下的评点云:"《九歌》《九章》等篇,俱以《骚》例读",这是指出它们的文体与《离骚》相同;又如,朱熹解读的是《国殇》《礼魂》篇旨,而钟伯敬的评点认为这两篇虽然"在《九歌》为附,然体制颇合";还如朱熹的《远游》小序,主要是明确其创作缘由及中心内容,而张凤翼的评点则是补说其为"诗之漫兴"。(三)明示作品的影响或重要性。如,引用的张凤翼关于《惜往日》和《悲回风》"是后世诗题"的评点,就是在朱熹注语的基础上,指出这两篇主旨对后世的影响。而所引王世贞关于《卜居》、《渔父》"便为赤壁诸公作俑"的评点,则是指出它们对后世类似文体的影响。又如,所引陈眉公关于"《哀郢》、《远游》万不可遗,不知何为不入《昭明文选》"的评点,以及陆时雍关于"《怀沙》情穷语迫,太史公独载此篇,以卒原志"的评点,均点出了这几篇作品在屈骚中的重要性。

四、直接阐发句意章旨的评点

《楚辞述注》关于阐述句意章旨的评点,有些是直接依朱注套用王逸、洪兴祖之语,如《东皇太一》"吉日兮辰良"四句,朱注为:"沈括存中云:'吉日兮辰良',盖相错成文,则语势矫健。韩退之云:'春与猿吟兮,秋鹤与飞。'用此体也。"又如《惜往日》"蔽晦君之聪明兮"至"贼气志而过之"六句,朱注为:"王逸曰:'专擅恩威,握主权也。欺罔戏弄,若转丸也。'此言得之矣。"不过在大多数情况下,其相关评点主要是针对朱注。此以《离骚》篇中的几段注文为例,将来钦之本人的评点与朱熹的注文对照如下:

《离骚》原文	朱熹注释	来钦之评点
众皆竞进以贪婪兮,凭不厌乎求索。羌内恕己以量人兮,各兴心而嫉妒。	言在位之臣,心皆贪婪,内以其志量度他人,谓与己同,则各生嫉妒之心也。	虽凭不厌,正以见其贪婪。内恕己量人,还是著自家身上说。盖言既恕己以量人,而又不免失嫉妒也。
溘吾游此春宫兮,折琼枝以为佩。及荣华之未落兮,相下女之可诒。	游春宫、折琼枝,正欲及荣华之未落,而因下女以通意于神妃也。	自此以下至来违,弃而改求,始诒之以下女,既理之以蹇脩,而不幸遭谗人之间,致使神妃离合,其意纷缊乖戾,卒难迁其拒绝之意,而且神妃又复骄傲淫游,不循礼法,故来违而改求也。此求虚妃不得之终始。
纷总总其离合兮,忽纬繣其难迁。夕归次于穷石兮,朝濯发乎洧盘。	言蹇脩既持其佩戴以通言,而谗人复毁败之,令其意一合一离,遂以乖戾而见拒绝,其意难移也。	
吾令丰隆乘云兮,求虑妃之所在。解佩纕以结言兮,吾令蹇脩以为理。	盖雷迅疾而威震,求无不获,故欲使之求神女之所在;而令蹇脩致佩纕以为理。则蹇脩似是下女之能为媒者,然亦未有考也。	
保厥美以骄傲兮,日康娱以淫游。虽信美而无礼兮,来违弃而改求。	言虑妃骄傲淫游,虽美而不循礼法,故弃去而改求也。	
吾令鸩为媒兮,鸩告余以不好。雄鸠之鸣逝兮,余犹恶其佻巧。	"告余以不好"者,其性谗贼,不肯为媒,而反间我也。……又使雄鸠衔枚而往,然其性轻佻巧利,多语言而无要实,复不可信用也。	"览相观于四极"至"恐高辛之先我"(十二句),始间于鸩之为媒,既虑鸠之佻巧,终恐凤皇受高辛之诒而先我,此言求有娀不得之终始。
心犹豫而狐疑兮,欲自适而不可。凤皇既受诒兮,恐高辛之先我。	言以鸩鸠皆不可使,故中心疑惑,意欲自往,而于礼者有不可者,凤凰又已受高辛之遗而来求之,故恐简狄先为誉所得也。	

从上述三个例子,我们不难看出来钦之本人评点在句意章旨阐述方面的特点:一是对朱注的进一步申说。如"众皆竞进以贪婪兮"等四句,朱注略显简单,而来氏评点对朱注予以申说,使其旨意得以进一步明了。二是对朱熹注语进行合并后摘要串讲。如从"溘吾游此春宫兮"至"来违弃而改求"四章共十六句的旨意,朱熹是分章疏通,显得较为细致,而来钦之仅在"溘吾游此春宫兮"一章中作评点,且评点内容又是对该章以下三章的朱注进行摘要串讲,进而归结出"此求虑妃不得之终始",显得较为简明。三是在朱注基础上的延伸。如"吾令鸩为媒兮"和"心犹豫而狐疑兮"两章,朱注也是分章疏通其大意,而来氏评点则是再将之往前延伸到"吾令鸩为媒兮"的前一章("览相观于四极"至"见有娀之佚女"四句),然后将前后共十二句合并说明,归结出"此言求有娀不得之终始"的含义。

五、帮助理解句意章旨的评点

《楚辞述注》对句意章旨的评点，除了直接阐述的之外，还存在一些并非针对朱注但却可以帮助理解的内容。这些内容大致包括四个方面，以下试简述之。

（一）延引古诗为证

延引古诗来帮助理解句意章旨的评点，在《楚辞述注》中共出现四例，均为引用他人。兹列举如下：

> 来子升曰：怀王既已不明，而犹兴言哲王，即韩愈云"臣罪当诛兮，天王圣明"之意。（《离骚》"闺中既以邃远兮，哲王又不寤。怀朕情而不发兮，余焉能忍而与此终古"四句）
>
> 王弇州曰："日暮碧云合，佳人殊未来"本此。（《湘君》"君不行兮夷犹"至"吹参差兮谁思"八句）
>
> 钟伯敬曰：李贺"月寒日暖，来煎人寿"语，奇悲大近此。（《天问》"何所冬暖？何所夏寒？焉有石林？何兽能言"四句）
>
> 王弇州曰：沈休文"梦中不识路，何以慰相思"，反此又佳。（《抽思》"曾不知路之曲直兮，南指月与列星。愿径逝而不得兮，魂识路之营营"四句）

来子升为《离骚》"闺中既以邃远兮"等四句作的评点，所引诗句出于韩愈所作乐府《琴曲歌辞·拘幽操》。据说纣王曾囚文王于羑里，韩愈认为当时文王的心情应该是：觉得纣王无论怎样对他迫害，都是由于他自己该死。来子升是借此典故，来印证屈原枉怀忠情却无法抒发的情感。王世贞为《湘君》开头八句作的评点中，所引之诗句出自江淹《休上人怨别》，意思是说，江淹诗中关于等候佳人长久未来的情境描写，其源头是来自《湘君》。钟伯敬为《天问》"何所冬暖"四句所作的评点中，所引诗句出于李贺《苦昼短》，意指李贺这两句诗所包含的"奇、悲"之意，与《天问》这几句话有异曲同工之妙。王世贞为《抽思》"曾不知路之曲直兮"等四句作的评点，所引诗句出自沈约（字休文）《别范安成》，其意思大致是说从沈约诗中，亦可反证屈原无以慰藉相思的复杂情感。

（二）明文学相承和影响

以屈原为代表的楚辞，是我国古代诗歌的源头之一，它在体裁、题材、风格、意境、语言等方面对后世诗歌的创作均有很大的影响。《楚辞述注》在相应的评点中，对其中的相承和影响之处也有简要的分析。这种分析，亦可帮助读者从不同角度加深对《楚辞》的理解。兹举其中一些例子说明之。

在意境风格方面。如《湘夫人》"沅有芷兮澧有兰,思公子兮未敢言。荒忽兮远望,观流水兮潺湲"四句,所引胡应麟的评点是:"此篇语唐人绝句千万,不能出此。"意指唐人绝句中许多融情于景的意境描写源自于此。又如《思美人》"开春发岁兮,白日出之悠悠。吾将荡志而愉乐兮,遵江夏以娱忧"四句,所引刘辰翁所作的评点是:"李杜歌行往往得此意。"此言诗中以放怀逍遥心态来排遣烦忧的情感影响了李白、杜甫的"歌行"。再如《远游》"遭沉浊而污秽兮,独郁结其谁语!夜耿耿而不寐兮,魂茕茕而至曙。惟天地之无穷兮,哀人生之长勤"六句,所引钟伯敬的评点是:"渊明语俱出此。"意指屈原的人格及创作心态对陶渊明有很大影响。还如《涉江》"乘舲船余上沅兮,齐吴榜以击汰。船容与而不进兮,淹回水而凝滞"四句,所引陆时雍的评点是:"建安六朝尽向此中摸索。"此是点明汉魏六朝的诗歌风格可追寻至《楚辞》。

在语言运用方面。如《少司命》"悲莫悲兮生别离,乐莫乐兮新相知"二句,所引王世贞的评点为"千古情语之祖",意指对人间诸多"情"的表达之语可追溯至此。又如,《悲回风》"冯昆仑以瞰雾兮,隐岷山以清江。惮涌湍之礚礚兮,听波声之汹汹"四句,所引钟伯敬的评点是:"游记中秀杰语。"意指可将其看作是游记中的优异杰出之语。再如,《东君》"暾将出兮东方,照吾槛兮扶桑"二句,所引胡应麟的评点是:"古诗'日出东南隅,照我秦氏楼',可为善学。"此是说明汉乐府《陌上桑》中的开头两句是模拟《东君》的佳句。

在体裁形式方面。如,《天问》"伏匿穴处爰何云?荆勋作师夫何长?"二句,所引张凤翼的评点是:"人言七言始于齐梁,不知滥觞于此。"此点明诗歌的七言形式在《楚辞》中已经出现。

(三)用内证和疑旧注

关于《楚辞》的注释和研究,历代皆有注本出现。为了便于读者理解《楚辞》的字词意义和句意章旨,历代学者不乏采用内证法,同时也会对其中的一些讹误提出疑问或加以驳斥。这些情况,在《楚辞述注》中同样存在。

《楚辞》研究中所谓的内证法,一般是指以骚解骚,即用楚辞作品本身来加以印证、理解的一种方法。此举《楚辞述注》评点中的几个例子如下:

如《离骚》"苟余情其信姱以练要兮,长顑颔亦何伤"二句,所引陈章侯评点曰:"信姱、练要、顑颔、何伤,自信之确也,当对上'贪婪'看。""贪婪"句,是指上文"众皆竞进以贪婪兮,凭不厌乎求索"二句,其意思是说群小贪婪成性,争相追逐名利而不会满足。评点明确指出这两句意思是屈原自信自己内心美好和精纯,即使是身体憔悴也不伤悲,如果结合上文来理解,就能更好地反衬出屈原的品行高洁。如《离骚》"夏桀之常违兮,乃遂焉而逢殃。后辛之菹醢兮,殷宗用而不长"四句,所引钟伯敬评点曰:"《天问》意稍稍逗此。""逗"有"停留"、"显露"等义,《天问》亦有"桀伐蒙山,何所得焉""何承谋夏桀,终以灭丧""比干何逆""梅伯受醢""殷之命以不救"诸多相关句子,故评点的意思是指这几句话可与《天问》的相关句子互相参照理解。如关于《湘君》旨意,所引沈素先评点为:"此歌七章,句句本首句着想。望之切,思之深,极言其相暌之甚,至骋骛江皋,弭节北渚、逍遥容与,皆其不见答而聊以写忧也。下篇大旨同此。"其中"下篇"是指《湘夫人》,这实际上是告诉读者,如果要理解《湘夫人》的旨意,可以参照《湘君》。如《湘夫人》末章"搴汀洲兮杜若,将以遗兮远者。时不可兮骤得,聊逍遥兮容与"四句,所引张凤翼评点曰:"此结与《湘君》相同。想《九歌》亦原之杂作,非出一时,故不检点耳。"《湘君》末四句为"采芳洲兮杜若,将以遗兮下女。时不可兮再得,聊逍遥兮容与",所引张氏之评点一方面表明"二湘"末章含义相同,另一方面对这种相同结句产生的原因作了简要说明。如《悲回风》"上高岩之峭岸兮,处雌蜺之标颠。据青冥而攄虹兮,遂倏忽而扪天。吸湛露之浮凉兮,漱凝霜之雰雰"六句,所引陆时雍评点曰:"飘忽薄飏,此即《远游》所自作矣。"他实际上是指出,屈原在《悲回风》中的这几句关于"飘忽薄飏"的想象、虚幻之游描写,可以看作《远游》的创作动因之一。

　　《楚辞述注》评点对旧注提出疑问或辨析的例子较少,仅出现三例,且其中《惜往日》"乘骐骥而驰骋兮"至"辟与此其无异"六句的评点"骐骥,按王逸解为驽马。又详下文,恐当作驽骀"之语,是为来钦之照搬朱熹注语。其他两例,如《离骚》"余以兰为可恃兮""椒专佞以慢慆兮"等句,所引张凤翼之评点曰:"旧注以为指子兰、子椒,则揭车、江离谁指?"这两句中的"兰""椒",汉代王逸分别注为:"兰,怀王少弟,司马子兰也。"①"椒,楚大夫子椒也"②。又,下文"览椒兰其若兹兮,又况揭车与江离"王逸注:"言观子椒、子兰变志若此,况朝廷众臣,而不为佞媚以容其身邪?"③洪兴祖补注曰:"子椒、子兰宜有椒兰之芬芳,而犹若是,况众臣若揭车、江离者乎?揭车、江离,皆香草,不若椒兰之盛也。"④朱熹在洪注基础上有延伸,其云:"今椒兰既如此,则二者从可知矣。"⑤张凤翼的评点,是说既然"兰""椒"有具体所指,那么揭车、江离也应有具体指代,而不应是如王、洪所泛指的"众臣"。又如,《离骚》"纷总总其离合兮,斑陆离其上下"之句,所引陈眉公评点曰:"总总二句,拥卫之状,何旧注自牵合也。"其中"拥卫",意指保卫、护卫,陈氏的意思是说旧注有牵强凑和之嫌。考察王逸、洪兴祖、朱熹等重要《楚辞》注本,只有王逸有相关句意的解读。王逸认为,此二句是:"言己游观天下,但见俗人竞为谗佞,傅傅相聚,乍离乍合,上下之义,斑然散乱,而不可知也。"⑥对照可知,陈眉公对该句评点中的所疑之语的确是不同

---

① 洪兴祖,《楚辞补注》,中华书局1983年版,第40页。
② 洪兴祖,《楚辞补注》,中华书局1983年版,第41页。
③ 洪兴祖,《楚辞补注》,中华书局1983年版,第41页。
④ 洪兴祖,《楚辞补注》,中华书局1983年版,第41页。
⑤ 朱熹,《楚辞集注》,上海古籍出版社1979年版,第23页。
⑥ 洪兴祖,《楚辞补注》,中华书局1983年版,第29页。

于旧注。

（四）说明读音和异文

在《楚辞述注》中,还有一些关于说明读音和异文的评点。这类评点,多是引自他人,少数是作者自拟,其中仅有四例标明了评点者(来钦之直接评点为二例)。兹列举如下:

1. 胡应麟曰:两"之"字自为韵。(《离骚》"何琼佩之偃蹇兮,众薆然而蔽之。惟此党人之不谅兮,恐嫉妒而折之"四句)

2. 来圣源曰:庭与迎叶,门与云叶。四语两韵。(《湘夫人》"合百草兮实庭,建芳馨兮庑门。九嶷缤兮并迎,灵之来兮如云"四句)

3. 王芳侯曰:取与旅叶,当是韵尾叶法。(《天问》"汤谋易旅,何以厚之? 覆舟斟寻,何道取之?"四句)

4. 来圣源曰:遌,通作梧,读梧平声者,非是。(《怀沙》"重华不可遌"句)

5. 明,叶音芒。通,叶他光反。(《卜居》"智有所不明""神有所不通"句)

6. 波,叶补悲反。(《渔父》"何不淈其泥而扬其波"句)

7. 自沉流至此,二十四句为一韵。一说自篇首至"孰申旦而别之"为一韵。(《惜往日》"吴信谗而弗味兮"至"因缟素而哭之"八句)

8. 呢,音足。訾,音赀。喔,音握。咿,音伊。呢訾,以言求媚。喔咿儒儿,强笑语貌。妇人,盖谓郑袖。(《卜居》"将哫訾栗斯,喔咿儒儿,以事妇人乎"句)

9. 景,於境反,葛洪始加彡为影字。響,一作嚮,古字借用。(《悲回风》"入景響之无应兮"四句)

10. 曖瞹(瞹曃),一本作晻暧。晻音衍,暧音意。(《远游》"时曖瞹其矘莽兮"句)

11. 黔嬴,《史记》作含雷,《汉书》作黔雷。(《远游》"召黔嬴而见之兮,为余先乎平路"二句)

上举的十一个例子,除了第1、2、3例之外,其他多是照录或略改朱熹注文,且不作说明出处。第1、2、3例的评点,主要是关于诗句韵字的读音,其中所引胡应麟评点较为简洁明了。不过,所引的王芳侯和来氏自己的两段评点,虽非直接引用朱熹原注,但却沿袭了自北周沈重首创、宋朱熹大力实践的"叶韵(音)"说。其他诸例,据笔者检索比照,第5、6、7、8、9、11例为来氏照录或选录朱熹注语,可略之不述;略改者如第4、10例,此稍加说明。关于第4例,朱注为:"遌,一作遻,《史》作梧①。洪云:'当作遌,五故反,与迕同。'"[6]p90 对比后可看出,来氏主要是认为"遌"字虽与"梧"相通,但"梧"字不能读为平声。笔者以为,"遌"通作"梧",古籍未见实例,不知来氏依据为何,然他认为"梧"字不

---

① 蒋立甫校点本《楚辞集注》(上海古籍出版社、安徽教育出版社2001年版,第102页。)校勘记云:"'梧',原作'悟',据《古逸》本、扫叶本、成化本、《史记·屈原贾生列传》改。"

能读为平声的说法,实际上与朱熹、洪兴祖等旧注还是基本一致的。关于第(10)例的评点,大致牵涉到读音兼异文两方面。查阅朱熹原注,其云:"暧,音爱。睫,音逮。一作晻暗,上乌感反,下於计反;一作黭黮,上音晻,下徒感反。"①由此可知,此例的评点主要是在选录朱熹指出"晻暗"为"暧睫"异文的基础上,把原来的反切注音改为直音法注音,从而使得不熟悉反切注音法的读者更易明了异文的读音。

顺便指出,《楚辞述注》中还有关于是否错简或误校的两处评点。其一,在《九歌·少司命》中,来钦之评点云:"'与女游兮九河,冲风至兮水扬波',《河伯》章中之语。古本无此二句,存不敢删。"而《楚辞集注》原注为:"古本无此二句,王逸亦无注。《补》曰:'此《河伯》章中语也。'当删去。"②由此可知,来钦之的这段评点是选录朱熹(洪兴祖)注语,但却把朱熹所言的"当删去"改为"存不敢删"。其二,关于《九章·怀沙》"曾伤爰哀,永叹喟兮。世溷浊莫吾知,人心不可谓兮"四句,其评点为:"按此四句,若依《史记》移著上文'怀质抱情'之上,而以下章'死不可让,愿勿爱兮'承'余何畏惧'之下,文意尤通贯,但《史》于此又再出,恐是后人因校误加也。"③检索《楚辞集注》,可知这段评点亦为直接照录朱熹注语。

从上述初步分析,我们不难看出来钦之《楚辞述注》的评点特色。诚然,来氏在注评中也偶有一些个人见解,但这些见解相对于其评点来说,其分量还是显得十分轻微。

---

① 朱熹,《楚辞集注》,上海古籍出版社1979年版,第110页。
② 朱熹,《楚辞集注》,上海古籍出版社1979年版,第40页。
③ 来钦之,《楚辞述注(影印崇祯本)》,《四库未收书辑刊》编纂委员会,四库未收书辑刊·五辑(第16册),北京出版社1997年版,第47页。

近现代楚辞学者及其楚辞学著作研究

王献唐与《楚辞韵考》

浙江师范大学　黄灵庚　唐兰丹

王献唐先生(1896—1960),初名家驹,后易名管。献唐,则其字也。号"凤笙",晚又号"向湖老人",山东日照人。毕生耽志于国粹研究,学问渊博,擅长于考古、金石、文字、音韵、训诂、历史、版本诸学。曾任山东齐鲁大学教授,山东省图书馆馆长。一生勤于著述,有《炎黄文化通考》、《山东古国考》、《中国古代货币通考》、《国史金石志稿》、《双行精舍辑跋》、《双行精舍丛辑》、《双行精舍石文》、《齐鲁陶文》、《临淄封泥》、《两汉印寻》、《五镫精舍话》、《两周古音表》、《宵幽古音表》、《公孙龙子悬解》等五十余种传世。

献唐虽无研习《楚辞》之专著传世,然有《楚辞韵考》(以下简称《韵考》)稿本藏于山东省图书馆,今已影印出版。《韵考》原稿非单行誊写本,乃以墨笔批写于清乾隆三年戊午弱水草堂刻屈复《楚辞新注》本之中。①

观其《韵考》之作,盖不猷于屈氏《新注》韵脚字之注音也。虽属未定稿本,而出自名家之手,胜义纷呈,弥足珍贵。其依附屈氏《新注》卷次,八卷。凡入韵字皆以墨笔圆圈标识之,于《新注》本天头注明韵部。又,献唐庚寅春三月托以"三家村人"题识于后,道其作书原委。"三家村人",亦其别号耶? 称"病中无俚,精读一通,初以高邮廿一部,韵之逾之泰半,于破簏中检出王氏《古韵谱》,时取勘对。王《谱》本非定本(见《与江晋三书》),于异部谐韵之字皆未记出,可商处亦甚多。余于读时每以见臆见随手录写,只一记事珠而已"。审其标注韵目悉依据清王念孙二十一韵部,然亦时见异同。如,《怀沙》:"怀质抱情,独无匹兮。伯乐既没,骥焉程兮。"《古韵谱》以"匹"、"程"叶十二至部,献唐校"匹"为"正",改同叶耕部。《卜居》"梯"、"稽"、"脂"、"韦"四字,《古韵谱》未有说,献唐以为入脂部,"句中韵"。又,"訾"、"斯"、"呫"、"儿"四字,《古韵谱》入支部,献唐未标注,盖以为非入韵字。于此可见其一斑。

余捧读此稿,时时对勘王念孙《古韵谱》,浸知《韵考》甚有裨于《楚辞》研究,置此编于当今出版《楚辞》之作中,则犹如鹤立鸡群,毫不逊色于今世所称"楚辞大家"也。故不烦靦缕,欲荐之于学林,使不致埋没其光泽矣。

---

① 此书今藏山东省图书馆。

一

　　献唐之所谓"可商处",盖指《古韵谱》"异部谐韵之字"。石臞老多付之阙如,未作考证,献唐则为之补其阙,或申引其说,或补其书证,或纠其非。唯其说亦精粗并存,当是其所是,非其所非。乃逐篇条陈如下:

　　《离骚》以"名"、"均"相叶,《古韵谱》未有说。献唐云:"均入真部,与名韵,犹《说文》趡读若荣也。"案:均、趡皆古真部,名、荧皆古耕部。《楚辞》二部字多相通也。又,"艰"与"替"相叶,《古韵谱》校"替"作"暜",以为同叶第八谆部。献唐以"艰"、"暜"叶真部,云:"暜为'潛'讹,即'潛'之初文,字入没部,声近通用。"案:暜、潛,古属侵部字,非真、谆部也。皆非。旧当作𡗗,讹为替。《说文·夫部》:"𡗗,并行也。从二夫。读若'伴侣'之伴。"音薄旱反。通作拌。《方言》:"拌,弃也。楚凡挥弃物谓之拌。"郭璞《音义》:"拌音伴。"《广雅·释诂》:"拌,弃也。"王念孙云:"拌之言播弃也。《吴语》云'播弃黎老'是也。播与拌古声相近。《士虞礼》'尸饭,播余于筐',古文播为半,半,即古拌字。谓弃余饭于筐也。"拌,楚语。夕拌,夕见放弃也。又,"常"与"惩"相叶,《古韵谱》归第二蒸部,云:"今本'恒'作'常',乃汉人避讳所改矣。吴棫《韵补》因以惩叶直良反。非是。"献唐亦云:"常,本作恒,汉人避讳所改。"案:其说是也,惜无所取证耳。《郭店楚墓竹简》凡"恒常"义皆作"恒"。《老子》(甲本)"知足之为足,此恒足矣"。"是故圣人能辅万物之自然,而弗能为,道恒亡为也"。"道恒亡名,朴虽微,天地不敢臣"。恒,长沙马王堆汉墓帛书甲、乙二本《老子》亦同,其为汉初本,在文帝前。今诸通行本《老子》皆改作"常",当是文帝以后所改也。又,郭店楚墓竹简《五行篇》:"口而不传,义恒口口。"《鲁穆公问子思篇》:"子思曰:'恒称其君之亚(恶)者,可谓忠臣矣。'"《成之闻之篇》:"古之用民者,求之于己为恒。"《尊德义篇》:"因恒则固。"又:"凡动民必顺民心,民心有恒。"皆用"恒"不用"常",抑楚语如此欤?又,"节"与"服"相叶,《古韵谱》入之部,未有说。献唐云:"节入至部,此读如今音之部。"案:其说非也。"姱节",宜从朱骏声《离骚补注》作"姱饰"。节,"饰"之讹。饰、服同叶之部。又,"迎"与"故"相叶,《古韵谱》但入鱼部,未有说。献唐云:"迎入耕部,疑为迓讹,与'故'韵。不讹,亦转读迓。"案:其说得失并存。迎,古属阳部,非耕部字也。鱼、阳对转,故与迓通假。又,"同"与"调"相叶,《古韵谱》入东部,未有说。献唐云:"调入幽部,与东部韵。《诗·车攻》同,《七谏》亦同。《史记·卫青传》'大当户铜离',徐广曰:'一作稠离也。'"案:其说不足补证《古韵谱》。《史记》"铜离"一作"稠离"者,或本讹也,非周、同可以通假。同,当作周,讹字也。洪氏《补注》引淮南子"知菓蘀之所周",意谓《淮南》祖构《离骚》此语,其所据本作"周"字未讹。其说是也。又,"兹"与"沬"相叶,《古韵谱》入之部,未有说。献唐云:"沬入脂部,转读以今音之没。"案：沬、没皆物部字，脂之入也，与之部"兹"字不叶。盖"委厥美而历兹兮惟兹佩之可贵"之乙讹，贵、沬同叶脂部。

《九歌·东君》以"蛇"与"雷"、"怀"、"归"相叶，《古韵谱》未有说。献唐云："蛇音入歌部，楚音转读为脂。《九辩》有此例证。"案：此犹脂歌合韵也，不见得其为楚音。《九辩》："白日晼晚其将入兮，明月销铄而减毁。岁忽忽而遒尽兮，老冉冉而俞弛。"毁，脂部；弛，歌部。亦脂歌合韵。又，以"降"与"裳"、"狼"、"浆"、"翔"、"行"相叶，《古韵谱》未有说。献唐云："此段每句为韵，'降'字转读今音。而《离骚》入东部，古音不同。本篇《云中君》'降'字亦入东部，《天问》同。似不能一篇两叶。或非正韵，不拘于通押乎？"案：其以为"似不能一篇两叶"者是也。降，非入韵字，不可"转读今音"以强就之。又，念孙东冬不别，未可称密。降亦非东部，即冬部也。故《云中君》以"降"、"中"、"穷"、"忡"同叶冬部，《天问》亦以"躬"、"降"同叶冬部。《离骚》"庸"、"降"乃东冬合韵，亦非正韵也。献唐拘泥念孙太过。《河伯》以"堂"与"宫"、"中"相叶，《古韵谱》未有说。献唐云："堂入阳部，与东部字多通押，旧谓对转。夏燮述韵据朱注谓呼东似阳为楚音，中原西北之音不尔。"案：宫、中，冬部字。谓"呼东似阳为楚音"，羌无证据。堂，非入韵字，不必强就《古韵谱》。

《天问》以"寘"叶"坟"，《古韵谱》入谆部，未有说。献唐云："寘入真部，能押。"寘，从宀，真声，故入真部也。真谆合韵。又，"虬"、"游"叶幽部，《古韵谱》以"龙"叶"游"，入幽部。献唐云："王注本'龙虬'作'虬龙'。龙入东部，旧说转作幽部音，与游协。"案：《新注》本作"龙虬"是也。又，"在"以叶"首"、"守"，《古韵谱》入幽部。献唐云："在入之部，此读如幽。"案：之、幽合韵，古有此例。又，"继"、"味"以叶"饱"，《古韵谱》入脂部。献唐云："饱入宵部，疑为'饥'讹。饥，脂部字，篆文形与'饱'近。"案：其说是也。余撰《天问疏证》亦为此说，且引简文为证。又，"宜"以叶"喜"，《古韵谱》以"宜"叶"嘉"，入歌部，云："'嘉'作'喜'者非。"献唐云："宜，入歌部。楚读近之部。《释文》：'喜，一作嘉。'是。"案：《古韵谱》作"喜"者是也。献唐模棱两可，又以"宜"字"楚读近之部"者，抑有证据耶？又，"佑"、"惑"、"服"以叶"杀"，《古韵谱》"杀"作"弑"，同入之部。献唐云："'杀'为'弑'字形讹。"案：其说是也。又，以"沈"叶"封"，《古韵谱》入东部。献唐云："沈，入侵部，《楚词》每与东部字通押，《诗》三百篇侵东通韵者，亦间有之。"案：《楚辞》侵、冬相叶者有之，未见东侵通叶也。三百篇亦然。旧本"封之"下有"金"字，是也。沈、金入侵部。又，"亡"、"飨"、"长"与"严"叶，《古韵谱》入阳部，未有说。献唐云："严，本作庄，与'亡'韵，避汉明帝讳改。"案：严古入谈部，与"亡"等阳部不叶。其说是也。又，以"云"叶"长"，或本"长"下有"先"字，《古韵谱》谓"无'先'字者非"，以"云"、"先"入谆部。献唐亦云："王注一云'夫何长先'。案有'先'字是。"案：其说是也。又，末段以"言"、"胜"、"陵"、"文"、"长"相叶，《古韵谱》以"言"、"胜"、"陵"、"文"属同上韵，入谆部。献唐云:"以上韵读不明。言入元部,胜、陵入蒸部,上入阳部。"案:盖存疑阙如也。或本作"何环闾穿社以及丘陵是淫是荡爰出子文"。以"陵"字句断,与上"胜"同入蒸部。"是淫是荡"为句,而"爰出子文"属下,"荡"与末句"彰"字同入阳部。如此则叶韵也。

《惜诵》"情"以叶"路",《古韵谱》据朱子《集注》,谓"中情,当仍'善恶',由《离骚》一句差互,故此亦因之耳"。献唐云:"情入耕部,与'路'不韵。当为愫字形讹。"案:以"中情"为"中愫",不啻屈赋无征,且古籍亦不见有"中愫"之词矣。朱子校为"善恶"者,盖未可移易。又,以"明"叶"身",《古韵谱》入阳部,未有说。献唐云:"身入真部,钱大昕说身可转躬,即为东部字,与阳可对转。"案:身、躬虽同训我,然无相通之理。以韵为断,上"恐情质之不信兮故重着以自明"二句之乙,信、身叶真部。或者曰:身,当作行,字之讹也。明、行同叶阳部。身、行同义,古书或互易之。褚少孙补《史记·龟策列传》"行一良贞",《集解》引徐广:"行,一作身。"《荀子·非相篇》"行若将不胜其衣",《淮南子·氾论训》"身若不胜衣"。句式悉同,行,亦作身。皆其证。两说并列之,以俟达者。又,《涉江》以"风"、"林"相叶,《古韵谱》入侵部。献唐云:"风字古入蒸部,三百篇以下转入侵部矣。"案:风从凡声,古韵属侵谈部,不属蒸部。又,"死楚薄"、"芳不得薄"同叶"薄"字,《古韵谱》入鱼部,未有说。献唐云:"第二'薄'字或为'溥',为阳部。"案:溥亦鱼部字,若读阳部,则如旁音。非是。前一"薄"为林薄,后一"薄"为"附薄",盖读迫字,犹言近也。《哀郢》以"天"顺"名",《古韵谱》入耕部。案:献唐云:"天入真部,多与耕部通协。"案:其说是也。又,"慨"以叶"迈",《古韵谱》入脂部。献唐改入祭部,云:"慨入脂部,与祭部通押。《九辩》同。"《抽思》以"亡"叶"闻"、"患"、"完",《古韵谱》入元部,献唐以"闻"、"患"叶真部,云:"完,亦作'光'。□□文作'光',是。与王注意合,又与韵合,当为形讹。"案:其校"完"作"光"是也。然以"闻"、"患"入真部,亦非。闻入真部,患入元部。真、元合韵也。又,以"愿"叶"进",《古韵谱》入谆部。献唐入真部,云:"愿入元部,与'进'相通。"案:真、元合韵也。《怀沙》以"默"叶"鞠",《古韵谱》入之部。献唐云:"鞠入侯部,通押。"案:默入职部,之之入声。鞠入屋部,侯之入声也。《思美人》以"草"叶"莽",《古韵谱》入鱼部,献唐云:"草入幽部,转押。"案:莽与下草字不协韵。旧本乙作"搴长洲之宿莽兮,擎大薄之芳茝"。茝、草,之幽合韵。《惜往日》"时"、"疑"、"娭"、"治"、"之"、"否"、"欺"、"思"、"之"、"尤"、"之",《古韵谱》入之部。献唐云:"以下通为之部,四声之在古代正难分也。"又云:"尤牛二字兼入幽之两部,《楚词》多入之部。"案:盖古四声异于今四声,然不可谓古无四声也。又,尤、牛二字古音本入之部,后转入幽部。又,"流"、"昭"、"幽"、"聊"、"由"相叶,《古韵谱》入幽部。献唐云:"昭入宵部。宵、幽部字古多通押。"案:幽、宵合韵也。又,"厨"、"牛"、"之"相叶,《古韵谱》入之部。献唐云:"厨入侯部,段茂堂等多与上韵。非是。当时似读如今音也。"案:段君以"厨"与上幽部字叶,盖亦可通也。侯与幽、宵合韵,于书可征。《悲回风》以"还"叶"闻",《古韵谱》入谆部。献唐云:"还入元部,声近通押。案王注'昭彭咸之所闻'云:'睹见先贤之法则也。'是王本原作'见',与'还'韵。"案:闻,古有见义,不当校改。元、谆合韵。又,"媛"与"天"、"雾"叶,《古韵谱》入谆部。献唐云:"媛说元部,与上'还'、'闻'例同。"案:其说是也。此犹证"闻"不当改"见"也。又,"释"以叶"积"、"擊"、"策"、"迹"等,《古韵谱》入支部。献唐云:"由'释'字之通押,知楚人读支部字如今音,当时北人不尔也。"案:臆度之词也。或本无"心絓结而不解兮思蹇产而不释"二句。闻一多《楚辞校补》云:"陆侃如云:二句本《哀郢》文,后人误加于此。依《章句例》,凡已注者皆不再注。本篇若原有此二句,则注当云'皆已解于哀郢中'。今则逐字加注,且与《哀郢》注同,可证此文及注皆自哀郢移此。"其说是也。若以韵言之,释,入铎部,亦不得与上支部叶韵矣。

《远游》以"传"、"垠"、"然"、"存"、"先"、"门"叶,《古韵谱》入谆部。献唐云:"传、然俱入元部。"案:元、谆合韵,已见《悲回风》。又,"人"、"征"叶,《古韵谱》入耕部。献唐云:"人,入真部。"案:真、耕合韵,已见《离骚》、《哀郢》。又,"卫"以叶"厉",《古韵谱》入祭部,献唐云:"卫入脂部。抑或入祭部,非是。《楚词》祭、脂多通用。"案:其说是也。又,"妃"、"歌"、"夷"、"蛇"、"飞"、"徊"相叶,《古韵谱》入脂部。献唐云:"以例求之,妃、歌为韵。夷、蛇为韵。然皆不合。歌、蛇虽为韵,相隔又不远。江晋三皆以叶韵当之。"又云:"妃,之部;歌,歌部。夷,脂部。蛇,歌部。南音脂、之相偶,歌音读如今音。大抵或音近通和。"案:《楚辞》脂、之公用至严,二部南音亦殊异也。妃,当与上"自浮"之"浮"相叶,为之幽合韵。脂、歌合韵。《楚辞》皆自有其例,不必深解。又,"门"与"冰"叶,《古韵谱》入谆部。献唐云:"冰入蒸部。"案:谆、蒸古不相叶。二句当乙作"从颛顼乎增冰兮,轶迅风于清源"。源、门为文,元合韵也。《卜居》"耕"、"名"、"贞"、"生"、"楹"、"清"以叶"身"、"人",《古韵谱》入耕部。献唐云:"身、人入真部。"案:真、耕合韵也。又,"长"、"明"以叶"通",《古韵谱》入阳部。献唐云:"通入东部。"案:此属例外,屈赋未见有东阳合韵者。《渔父》"尘埃",《史记》作"温蠖"。献唐云:"据《史记》白、蠖亦可为韵。以上文察、汶例求之,非是。"案:其所"非"者未审为谁。白蠖入鱼部。

《九辩》"萧瑟"、"憭栗",《新注》以为非韵,献唐据《古韵谱》,"瑟、栗为韵,至部",下"沉寥"、"寂漻"、"憯凄"、"增欷"、"怆怳"、"懭悢"亦皆为韵。又,"平"、"生"以叶"怜",《古韵谱》入耕部。献唐云:"怜入真部,楚人耕真不分。此句与上耕真部字抑或合用。"其说是也。又,"济"、"死"与"至"叶,《古韵谱》入脂部。献唐云:"至入至部。"案:王怀祖既立至部,则"至"字亦当入至部也。又,"毁"叶"弛",《古韵谱》入脂部。献唐云:"弛入歌部。"案:脂歌合韵也。又,"冀"叶"欷",《古韵谱》入脂部。献唐云:"冀入之部。"案:冀字古音为脂部,皆不与之部叶。冀,幸也,本字当作覬。献唐以为之部者,因《说文》异声故也。非是。又,"天"叶"名",《古韵谱》入真部。献唐云:"名入耕部。"案:真耕合韵也。又,"瑕"叶"加",《古韵谱》入歌部。献唐云:"瑕入鱼部。加,古读如哥,今俗谓'杓品加上一点'为'哥上一点'。音义多通。"案：瑕、加相叶，歌麻同韵也。又，"带"、"介"、"迈"、"败"以叶"慨"、"昧"，《古韵谱》入祭部。献唐云："慨、昧入脂部。《楚词》脂、祭部多不分。"案：脂、祭合韵也。又，"知之"、"誉之"、"得之"、"鄣之"，《古韵谱》以四"之"字为韵。献唐云："四'之'字为韵王氏疏于韵例。误作通转各音。"案：知，当为"如"之讹，与上"索"、下"誉"同叶鱼部。"得"，"当"字之讹，与"鄣"入阳部。又，"中"、"丰"以叶"湛"，《古韵谱》入东部。献唐云："湛入侵部。洪注：湛音羊戎反。"案：中、丰，古入冬部。冬侵合韵也。

《招魂》"天"、"人"、"侁"、"身"以叶"暝"，《古韵谱》入真部。献唐云："暝入耕部。"案：耕真合韵也。又，"都"叶"鬐"、"駈"、"牛"、"灾"，《古韵谱》入之部。献唐云："都入鱼部。"案：之、鱼无合韵例。都，当作鄙，字之讹也。鄙入之部。又，"先"、"还"、"先"叶"咒"，《古韵谱》入元部，献唐云："咒入东部。"案：非是。咒入脂部，出韵。闻一多《楚辞校补》、徐仁甫《古诗别解》并以"惮青咒"为"青咒惮"之乙，惮，读为殚，殄也，入元部。《大招》"遽"叶"昭"、"逃"、"遥"，《古韵谱》入宵部，献唐云："遽入鱼部，毛读如超。或超字讹。"案：鱼、宵合韵见诸两汉，先秦无其例。则是篇之作，盖在汉世以后矣。又，《古韵谱》以"北"与下"潋"、"悠"等叶幽部。献唐证以《古乐府》，"北"、"西"为韵，入脂部，云："北，入之部。"案：王谱是也。之幽合韵，乃汉世通例。之、脂，汉世亦分用至严，献唐非也。又，"不歠役只"，献唐云："役字应入侯部，此殆读如今音。南知支部字，南音固多如今音也。役转支部，音同溢，当解为溢。王注以下皆误。"案：役，《广韵》音营只切，昔韵，古支韵之入声，非侯部字。且谓南音支部字"多如今音"者，亦臆测之词也。王注役训贱，固不可通。然训溢，亦缴绕不解。审"不歠役"与上"不涩嗌"，相对为文。役，非贱役，犹劳也。《荀子·修身篇》"程役而不录"，杨注："役，劳役也。""不歠役"者，谓冻酒清凉，入口即下，若不劳歠饮然耳。又，"赋"以叶"乱"、"变"、"譔"，《古韵谱》入元部。献唐云："'赋'入鱼部，虽与上句'武'字合，与韵例不合。"案：献唐以"赋"不合韵者，是也。然"赋"不当与上句"武"字叶韵。古书"赋"字作"傅"，汉简作"神乌傅（赋）"是也。盖本作传，讹作"傅"，后改作"赋"也。"投诗传"者，谓二八舞女联袂而舞，投合歌诗之节奏，相互传递之。《九歌·礼魂》"成礼兮会鼓"，王注："乃传歌作乐，急疾击鼓，以称神意也。"献唐惜未及见汉简，若见此书证，当亦为此解也。又，"佳"、"规"、"施"、"卑"、"移"相叶，《古韵谱》入支部。献唐云："施、移入歌部，南音歌读通支。"案：汉世支、歌二部合用不分，若屈赋分用至密，亦未尝溷。非南音如此也。又，"暴"以叶"罢"、"麛"、"施"、"为"，《古韵谱》入歌部，谓"'苛暴'当作'暴苛'"。案：献唐承其说。是也。

或者发凡《楚辞》用韵体例。云："《九歌》每章首句皆入韵，章之转韵，首句亦多入韵。只有六处不叶，以非正韵，可不计也。"案：献唐所谓"正韵"者，通例也。"非正韵"者，变例也。"六处不叶"者，见《湘君篇》者："鼂骋骛兮江皋，夕弭节兮北渚。鸟次兮屋上,水周兮堂下。捐余玦兮江中,遗余佩兮澧浦。采芳洲兮杜若,将以遗兮下女。时不可兮再得,聊逍遥兮容与。"渚、下、浦、女、与同叶鱼部,而首句"皋"字未入韵。此其一也。见《湘夫人篇》者:"闻佳人兮召予,将腾驾兮偕逝。筑室兮水中,葺之兮荷盖。"逝、盖同叶祭部,而首句"予"字未入韵。此其二也。"荪壁兮紫坛,匊芳椒兮盈堂。桂栋兮兰橑,辛夷楣兮药房。罔薜荔兮为帷,擗蕙櫋兮既张。白玉兮为镇,疏石兰兮为芳。芷葺兮荷屋,缭之兮杜衡。"堂、房、张、芳、衡同叶阳部,而首句"坛"字未入韵。此其三也。"合百草兮实庭,建芳馨兮庑门。九疑缤兮并迎,灵之来兮如云。"门、云同叶谆部,而首句"庭"字未入韵也。此其四也。"捐余袂兮江中,遗余褋兮澧浦。搴汀洲兮杜若,将以遗兮远者。时不可兮骤得,聊逍遥兮容与。"浦、者、与同叶鱼部,而首句"中"字未入韵也。此其五也。见《山鬼篇》者:"表独立兮山之上,云容容兮而在下。杳冥冥兮羌昼晦,东风飘兮神灵雨。留灵修兮憺忘归,岁既晏兮孰华予。"下、雨、予同叶鱼韵,而首句"上"字未入韵。此其六也。

二

献唐《韵考》不限于说韵,盖凡《楚辞》古今聚讼之端皆或论及之。其于《楚辞新注凡例》批注,详论《楚辞》流传始末,云:"古今之雅善藏书者,以隋炀帝为第一。秘阁所藏《楚词》注本,虽多散佚,唐初修《隋书》时存十种(外一种注佚),内中《楚词音》即有五种。宋修《唐书》时,十种者已失三种,五种者失二种。今只王叔师一种流传耳。其余未失各本虽然至宋犹存,乃开元盛时《群书四部录》或《古今书录》等,迄写名目。至先后散佚之故,不能不归功于隋末草泽英雄及以后之安禄山、黄巢诸人。佚则佚耳,余独怀念郭璞注。此老专注异书,其解《天问》必多可观。又,《隋书·经籍志》有释道骞《楚辞音》一卷,谓'道骞能为楚声,音韵清切,今传《楚辞》者皆祖骞公之音'云云,亦云可征也。"案:道骞《楚词音》残卷,今见敦煌遗书,始自《离骚》"驷玉虬以桀鹥"之"桀"字,终于"杂瑶象以为车"之"瑶"字。献唐岂未之见耶?其论《楚辞》注本,又云:"《离骚章句》昉于刘安。传安注本,王叔师为最古,不可谓始于王也。《汉书·淮南王传》谓'武帝使为《离骚传》,旦受诏,日食时上'。师古注:'传,谓解说之,若《毛诗传》。'大抵《屈原赋》传于楚地,刘安为淮南王时得之先已有传,迨入朝献传本于武帝,帝爱之,使为传。又以所作传献上,故能'旦受诏,日食时上'。否则钞写尚不及,安能再解说耶?博士撰述亦不尽出刘安所为稿,犹今传《淮南子》,类门下宾客纂集者,班书但称'传',王氏称'章句'。近人因刘安作传,遂谓《离骚》亦安所为。大误。班书《艺文志》明有淮南王赋八十一篇,与屈原赋二十五篇分别,本不溷淆。曷必先后使成之邪?"案:其说是也。果若安之前有《离骚》注本,作注者殆贾生无疑。而后安得其注本为之作传耳。献唐"近人"者,盖指胡适之、何天行、朱东润辈。而海东学者亦大倡此说，盖泯灭屈原其人，意在消铄我民族爱国之志云耳。献唐又于王逸《离骚叙》"使淮南王安作《离骚经章句》"批云："班《传》谓'作《离骚传》'"。于"逮至刘向典校经书，分为十六卷"批云："班《志》屈原赋二十五篇，不言'十六卷'。其书本于《七略》，《七略》之《诗赋》出刘向校定。今与王说不同。《隋书·经籍志》作十二卷，新旧《唐书》作十六卷。另叙同。"案：此献唐氏别具只眼，读书甚仔细，虽寥寥数语，启人思致者伙颐。至向"分为十六卷"云者，乃于《离骚》一篇之中别分为十六章也。宋赵希弁《读书附志》卷下"楚辞类"于录"吕祖谦《离骚章句》一卷"之下云："左吕成公所分也。以《离骚经》一篇为十六章。公谓王逸尝言刘向典校，分《离骚为》十六卷。班固、贾逵各为《离骚章句》，惟一卷传焉，余十五卷阙而不录。今观屈平所作凡二十有五，各有篇目，独此一篇谓之《离骚》。窃意刘向所分此篇，犹一篇之中有数章焉。故尝因逸之言，即《离骚》之一篇。反复求之，考其文之起伏、意之先后，固有十六章次第矣。因而分之为十六章。"其说是也。王逸所注本为十二卷（目录一卷在内），即《离骚》、《九辩》、《九歌》、《天问》、《九章》、《远游》、《卜居》、《渔父》、《招魂》、《招隐士》、《九怀》是也。《七谏》、《九叹》、《哀时命》、《惜誓》、《大招》五篇，逸虽选目，然未及注。故五篇注解体式不同于前十一篇，盖东汉以后无名氏为之。《九思》一篇小序及注，皆萧梁以后好事者所为。唐时合十一卷与五卷为十六卷本，至五季以后又附以《九思》，则为今所传十七卷本也。详余《楚辞集校叙》。

或者考订屈原所作之真讹。如，《卜居》卷首批云："此与《渔父篇》王注皆谓屈原作。非者。"案：盖《卜居》、《渔父》二篇首称"屈原既放"云，乃以他人叙屈原事，不当为自作之词也。或者校正《楚辞》文字。如，《离骚》"曰黄昏以为期兮羌中道而改路"，自洪氏《补注》以下多以此二句为衍文。献唐以为"此有脱文，非衍也。唯与《九章·抽思》篇词意重复，或因有误"。案：唐本《离骚》（见《文选》）无此二句。当是衍文。又，《九歌·东皇太一》："扬枹兮拊鼓，疏缓节兮安歌，陈竽瑟兮浩倡。"献唐云："'扬枹兮拊鼓'下疑有脱文。"案：以韵例言之，"扬枹兮拊鼓"句下当有一句末字叶阳部者，故谓有"脱文"也。《怀沙》"冤屈而自抑"，献唐据《史记》作"俛诎以排抑"，云："以、而通用。史迁、王逸所校二本，彼此稍异。"又，"舒忧娱哀"，《史记》作"含忧娱哀"，献唐云："虞、娱间义犹茹，与'含'对文，《史记》作'含'字义长。含，盖先误'舍'，后误'舒'。"案：其说是也。又，《史记》"道远忽兮"下有"曾唵恒悲兮永叹慨兮世既莫吾知兮人心不可谓兮"四句，王逸本无此四句，至"余何畏惧兮"下有"曾伤爰哀兮永叹喟兮世溷浊莫吾知人心不可谓兮"四句。献唐云："《史记索隐》曾以《楚辞》校《史记》，多未尽白。此四句明系钞录错复，《索隐》无之，知司马贞所见唐时传本。如此错复之先，有口问题，后人别据他本误增入也。"又云："《史记》'怀质'上多此四句，即下文'曾伤爰哀'四句，文字异，《史记》多录下文。"又，"民生禀命"，献唐云："《史记》'民'作'人'，殆避唐讳未改者。"又，"独无正"，献唐云：

"《史记》'正'误'匹'。"又,《史记》"乱曰"每句下多有"兮"字,只"广志"下、"曾伤"下、"世溷"下无"兮"字,献唐云:"以错复四句皆有'兮'字,推证知'爰哀'下、'吾知'下原有'兮'字。而'广志'当有而悉脱矣。"案:其说皆是也。《橘颂》"终不过失"之"过失",献唐据王注本乙作"失过",与下"地"字同叶歌部。案:其说是也。《渔父篇》献唐以《史记》、洪注互校,悉出异文。如"屈原既放游于江滨"句旁注"至于江滨披发"六字,"深思高举"旁注"怀瑾握瑜"四字,皆为其异文也。《九辩》"气清"与"水清"相重,《新注》谓"气清"之"清","当作澄"。案:澄入蒸部,出韵也。《古韵谱》未有说。献唐云:"王本'气清'一作'气平'。洪注:'清,古本作瀞。'"平、瀞皆入耕部。又,"仰浮云",献唐云:"《楚词》'仰'皆作'卬'。此殆后改。"案:卬、仰古今字。《大招》"无东无西无南无北"下,献唐云:"以文例求之,上文'东有大海'上当有'魂乎无东'句。"案:朱子《集注》、明林兆珂《楚辞述注》并谓"东有大海"句上当补"魂乎无东"四字。下"魂乎无南"、"魂乎无西"、"魂乎无北"例补之也。又,"脄苴莼只",献唐云:"莼,当从洪注作'蓴'。"案:其说是也。蓴,与"酪"、"薄"、"择"同叶鱼部。作"莼",出韵也。

或者因声求义,通古今异语,多所创获,此为其学所长,常于不经意间出为奇语,发前人所未发。如,《离骚》"唯昭质其犹未亏",献唐云:"亏,读如今音之缺。"案:亏、缺为歌、物旁转,见、溪旁纽双声,故其义相通。又,"众薆然而蔽之",献唐曰:"蔽,读如败。犹敝之音义同败也。败字今读为祭部,古音正声。"案:蔽、败,声之转也,故音近义通。又,"又何芳之能祇",旧注祇解敬,清王引之谓振字假借。案:献唐云:"祇,通抵,谓抵御。"犹抵当也。可以备为一说。《怀沙》"羌不知余之所藏",王注:"羌,楚人语词。"案:献唐云:"今山东潍县、胶县每以'张'或'娘'为发语词,即'羌'也。"羌、张、娘皆古阳部字,所以通古今异语也。《渔父》"而能与世推移"之"移",献唐云:"移读如挪。"又,"自令放为"之"为",献唐云:"为,读如啊,乃句尾语词。"案:移、挪古同歌部,喻(四)、泥双声,故音近义通。为、啊亦歌部字,喻(三)、影双声也。又,"叶烟",献唐云:"王本:'邑一作。'五臣:'言草木残瘁也。烟,伤坏也。'补曰:'烟,臭草也。,草伤坏也。'案吾乡谓草木枝叶瘁萎为偃伛,即烟也。下文'颜淫溢'之'淫溢',音义亦通。吾乡谓之委随曰偃伛。"案:烟、偃伛,声之转也。又,"然欿僟",献唐云:"王本'欿'多作'坎'。五臣注:'僟,止也。'案:欿僟,犹'流行坎止'之'坎止'而已。僟,古读如赛。今谓人之定住为赛住,仍存古音。僟、止,一声之转。"又,"然惆怅",献唐云:"《楚词》然字在语首者,多用为语词。然、乃一声之转,义犹乃也。"案:然、乃为泥日双声。《招魂》"朕幼清",献唐云:"朕,即今语词之咱。"案:朕、咱亦声之转也。又,"巫阳焉乃下招曰",献唐云:"王石臞《古韵谱》、王菉友《楚辞校语》均谓'焉乃'二字连读,并引《远游篇》'焉乃逝以徘徊'为证。案:焉、爰古同音,此及《远游》之'焉乃',皆犹'爰乃'。"又,"而离彼不祥",献唐云:"王本'离'一作'罹'。《文选》五臣注:'罹,罗也。'案:离骚,班固云:'离犹遭也。'"案:离,假作罗,声之转。罗、罹,古今字也。"

或者补《新注》之阙或纠其谬者。如,《离骚》"循绳墨而不颇",《新注》:"又举贤才,遵法度而无偏颇也。颇,幽昧险隘之路也。"案:献唐曰:"颇与陂假。"以为偏颇之本义当作陂也。又,"索藑茅以筳篿兮",献唐云:"以,与也。见《诗·江有汜》笺、《仪礼·乡射礼》注等。据筳篿词义,楚用筮。而《卜居》'端策拂龟'求之,殆卜、筮两用。卜筮两用,周制也。"案:其说破古今之惑。既以"以"为"与"之通假,而"藑茅"、"筳篿"分别为卜、筮二物并用,故灵氛繇辞分别用两"曰"字以区别之也。又,"杂瑶象以为车",《新注》:"杂瑶象,华美其车。"献唐云:"以瑶象饰车,即镶嵌也。此术商已有之。"案:献唐精于考古,盖多见殷器如此,故以出土实物以证之。此所谓静安先生以"二重证据"之法研治古学者也。《东皇太一》:"疏缓节兮安歌,陈竽瑟兮浩倡。"献唐云:"倡、唱通。'浩唱'与'安歌'对文,皆乐歌声调。"案:其说详下。其以"安歌"为普通歌调,未知所据。安歌,盖与"激楚"相反对。激楚,节奏最紧张者。安歌,节奏最疏缓者也。《大司命》"导帝之兮九坑",《新注》以《周礼》"九州岛之山镇"解"九坑"。献唐云:"《文苑》作'冈',王本'坑一作坑'。"案:《汉书·甘泉赋》注:'师古曰:坑,大阜也。'"案:坑为大阜之泛称,不确指某山者。是也。《天问》"曰遂古之初"之"曰"字,旧皆未说。献唐云:"曰,发语词。"案:以补旧所阙也。又,"靡蓱九衢,枲华安居"。旧解缴绕不达。献唐云:"'靡萍枲华'二句,一问言九衢之靡萍,其如枲之华,何居乎?衢,岐居,犹托靡萍而有枲华。盖往昔传说如此。"案:其说虽无实据,盖较旧为畅通也。《怀沙》"分流汩兮",《新注》:"汩,汩罗,汩水沅湘之分流也。"献唐云:"此'汩'字亦不可当'汩罗'解。口仍作汩,《方言》:'汩、遥,疾行也。南楚之外曰汩。'在此当为沅湘急流之形容词。王注但训为流义,犹未尽。司马相如《上林赋》'俾沸宓汩',注:'宓汩,去疾也。'"案:其说是也。《九辩》"心不绎",《新注》:"绎,解。"献唐云:"绎即'怿'之通假。《文选》五臣注训解,洪兴祖注训抽丝。皆误。"又,"曾敷"之"曾",献唐云:"《楚词》'曾'当作'层',故训重层,为后起字。"《招魂》"修门",献唐云:"《汉书·东方朔传》'足下何不白主献长门园',如淳曰:'窦太主园在长门。长门,在长安城东南。'案:修门,疑本作'长门',地不同而门名则相同。此作'修'字,殆避淮南厉王名讳。《楚词》各篇之搜集写,大抵出于淮南王安时,故避长为修,犹《淮南子》及刘安时镜文之避也。"其说殆是。然《方言》楚人以长为修。盖出于楚语也。

或者考辩古史传说真讹。如,《天问》"鼓刀扬声后何喜",《新注》因袭旧注吕望对以文王语"下屠屠牛上屠屠国"解之。献唐云:"'屠牛'、'屠国'之对本王注。吕望《阴谋》出诸口,后世必诡词以饰矣。"案:其说差是。或者辨风土异俗。如,《招魂》"发激楚",献唐云:"《文选》李注:'激楚,歌曲也。'此与上文'发扬荷些'文例同。扬荷为歌曲,此当从李注《楚词》。五注及《文选》五臣注多误释,不可从。《释名·释州国》:'楚,辛也。其地蛮多而人性急,数有战争,相争相害,辛楚之祸也。'案:民族性格时反映于歌车。以'激楚'名歌,必声调抗厉疾急,舞亦随之,乃楚地歌舞之最紧张者。"又,"激楚之结",献唐云:"洪氏《补注》:《淮南》云:'结《激楚》之遗风。'《舞赋》:'《激楚》结风,《阳阿》之舞。'《列女传》:'听《激楚》之遗风。'《上林赋》:'激楚结风。'案:洪引各证,初结风当为《激楚》歌调之舞法,《文选·舞赋》五臣注:'舞急萦结其风。'《上林赋》注:'文颖曰:结风,回风,亦急风也。'盖《激楚》为急调,舞亦随之如结风然,'结风'为时通称久,可简称曰'结'。以言'《激楚》之结',乃用简称。楚人相沿,至汉犹存。"案:王注以"激楚之结"为头髻者,后人鲜知其非,盖相承其误已久也。或者纠前修之谬。如,《天问》"佑"、"喜"本叶之部。清王筠《楚辞补注》校本改"佑"为"祜"。献唐曰:"殆以韵读求之,此老疏于韵例,因有是失。"案:祜,入鱼部,不合《天问》韵例。王筠妄改也。

三

献唐之为学,善于融会诸科,个案分析,综合考辨之。其补"乱曰"之义于《新注》简端,洋洋乎近两千言。则以音乐为媒介,旁绍远引,综汇百端以考辨之。其于旧学推演之至于新学,熟门熟径,运斤成风,技乎可谓臻于极至。云:

> 案歌有独唱,有合唱。今川中、鄂西戏剧,一人唱至后数句,剧台内外皆同声和之,樊然盈耳,即所谓"乱"也。《论语》《关雎》之乱,《礼记》"又乱以武"、"及武,乱皆坐",《楚辞·大招》"娱人乱只",均指《乐记》云"壹唱三叹"。叹,犹喊。一人唱而三人同声喊和。数虽少,亦为乱调。乱调皆在曲终,不在曲首。《楚辞》如此,川鄂剧亦如此。《文选·雪赋》李注:"乱,理也。总理一赋之终也。"必于赋终总为名乱,总为上种音节,不主赋义,亦不限赋体。古凡聚众唱歌,率用此节。亦似有空间之限。鄂西为楚地,上溯《关雎》,则周南之诗武,亦西周王朝乐章。殆汉水流域,西北西南,商周以来久行此调,后又转入巴渝。屈原身居楚地,因用楚调,又特署曰"乱"。乱,如曲本中称合唱,曰"合"而已。魏三骨石经古文乱字作"䚘",即《古文四声韵》之"䚘"。《说文》古文"䜌"字之"䚘",象丝三缕,合爪以治之。金文小篆作"䚘",形义亦同,只是于中加"纟",象绞丝工俱耳。字之本训治丝,故有治义,有理义。治而集丝成缕,故有总义。初以"䚘"或"䚘"当之,其作"乱"者,从乙,象引丝形,为后时别体。又训为紊、为兵寇者,乃□之借字。《诗》、《楚辞》乐章之"乱"皆以合唱,为总集义。后出之"纂",形音义与之正合。纂行而乱之古训废矣。《九歌(章)·抽思》有"少歌"、有"倡"、有"乱",乐节分为三种。大抵"少歌"之前为普通歌调。少犹小,至此声调降低。又至倡,则声大矣。唱后之乱,更大合唱矣。《九歌》之《东皇太一》,

言"安歌",言"浩倡(唱)"。安歌,即普通歌调。浩倡,即声大之倡。只不言"少歌"、"倡"、"乱",此殆安歌也。《大招》"讴和扬阿",正与《淮南》字同。王注:"扬,举也。阿,曲也。"揆王注旨,盖名"唱啊",在楚国当时已沿为歌调之定名矣。其言讴和等,谓以讴歌和之。楚蔡接壤,蔡能讴,楚亦能之。"徒歌曰讴"。徒乃步行,犹言行吟,盖且唱且走,亦似秧歌。惟不言扭。今山左之讴,已演变戏剧矣。倡,本不分男女,后专指女,又造"娼"字。而字书训"倡"为"女乐",沿后世之俗也。唱、舞,古多合演。舞则身肢动摇,摇、优音义相通,因有"倡优"之名。吾东俗谓"摇摆"。《传》曰:"不歌而诵谓之赋。"屈原所作未自署为"赋",乃中垒父子加以此称。且《九歌》之名,明为"歌",又称"少歌"、称"倡",未可以后世代署之"赋"名,谓皆不歌而诵者也。《远游篇》有"重曰",与"乱"不同。前此一人独唱,至是两人合唱,故名"重"。若"乱"则多人矣。《招魂》:"涉江采菱,发扬荷些。"洪氏《补注》:"《淮南》云:'歌《采菱》,发《扬阿》。'又云:'足蹀《阳阿》之舞。'注云:'《阳阿》、《采菱》,乐曲之和声。'"按:《涉江》,亦楚人歌曲,与《采菱》一称。大抵因歌首二字得名,皆本地风光之民间歌曲。而《楚词》之"扬荷",《文选》作"阳荷",注云:"荷,当作阿。"(见曹子建《乐府·箜篌引》"阳阿奏奇舞")阿,借啊,即《楚词》"兮"字。古音为歌。句尾或在句中,因声而成楚地歌调。谓此歌调为"兮",或为"荷"、为"阿",当一事。"阳阿"者,阳、唱音通,即"唱啊"也。有以此得名者,因名其人,故《淮南》注云:"《阳阿》,古之名倡。"倡,出于唱,以唱而名倡,有此伎者更名倡伎,即今娼妓,所由昉也。楚人喜啊,齐人喜讴。讴亦为山左歌调。俗谓周殷,即"讴歌"言讹。又谓"唱周殷",即楚人之"唱啊"而为"阳阿"者也。阳阿为乐歌和声,且歌且舞,大似苗人之跳月。近日扭秧歌,亦乐其流风遗韵。本出楚地之安徽,流行于山左,今不具论。但此《阳阿》、《采菱》、《涉江》者,应为民间歌曲。士夫鄙若《下里巴人》俗调及入都市,数经改善,竟成雅歌如《阳春白雪》。屈原、宋玉时已臻此境,更无论西汉淮南王时。百余年来,西皮、二簧由民间戏剧入北京后,变为皮簧京调之正声,同一例也。乐府之"引",亦犹"嗯",又言行则人"吭"矣。为"黄"之去声,即"猖狂"之"狂倡"。狂,初犹倡优,摇摆失次,遂为论人之形容词。若优若狂,犹今日之"扭"耳。篇名《九歌》亦见《离骚》、《天问》,盖相传古调曲。共十一首,与"九"数不符。末首实为"乱"词。自汉以来失叙次久矣。楚之歌舞,其最紧张之节奏名"激楚",见《招魂篇》。《史记·留侯世家》:"上曰:当为我楚舞,吾为若楚歌。"和楚之歌舞。歌之所以名歌,亦由啊调演出。倡优之优,今谓"窑",又谓"窑子"。窑音犹摇,为幽、宵部字,多通谈,窑当作淫。

庚案:献唐因声以求义,触类旁通,凡所以名"乱"、"少歌"、"倡"、"重"、"扬荷"、"倡优"、"据秧歌"、"窑"、"淫"等所由来,皆一一疏证之,庶遗蕴矣。不啻破解《楚辞》"乱"、"少歌"等疑难词义之惑,且通古今音乐、戏剧之变,于吾国音乐史、戏剧史研究亦不无有所裨补,于此见其学问淹博、精湛,善于系联、会通,执一以贯之万端,断非只读死书者所可同日语矣。唯此一条,盖得可与屈子辞赋并传不朽矣。

四

然则智者千虑,必有一失,献唐盖亦未能免焉。要而言之,大略有数端:或者疏于版本考索,未深究《楚辞》传本之源渊。如,《湘君》"鼌骋骛兮江皋",献唐云:"王本注:'鼌一作朝。'案:朝为本字。《说文》:'鼌,读若朝。杜林以为朝旦。'本书朝旦字或书'鼌',或书'朝'。并不一律,本篇亦然。王逸注时已如此。"案:洪氏《补注》本凡"补曰"前,某一作某者,非王逸所列异文。本出洪氏《楚辞考异》,而后散入各篇句间者。献唐以为王逸旧注。非也。或者失于求之过深,反生隔阂。如,《湘夫人》"目眇眇兮愁予"。献唐云:"愁,读如瞅,不作忧愁解。眇眇,读'□□'。"案:旧解"愁予"为使我愁者,固未确诂。然读"愁"为"瞅",即今瞅字,盖泥于"眇眇"之义也。愁予,即首鼠、踌躇,迟疑不决貌,与《湘君》"君不行兮夷由"之"夷由"相应也。或者漏标韵脚字。如,《少司命》:"悲莫悲兮生别离,乐莫乐兮新相知。"离、知,见《古韵谱》第十一支部。而献唐未注。案:盖遗漏之也。又,《礼魂》篇,献唐校云:"王本注:'礼一作祀。'疑'祀'讹为'礼',又为礼。"案:此篇首云"成礼",未言"成祀"。古本作"礼"者是也。《天问》"台桑",献唐云:"台、有古同音,台桑即有桑。"案:台、有同之部而不同声纽,不相通假。又,"何献蒸肉之膏,而后帝不若。"献唐云:"若,读为豫。不豫,犹不说。"案:若,顺也,善也。不若,犹不顺、不善也。旧说本通,不必滥用通假。又,"伯昌号衰,秉鞭作牧"之"牧",献唐云:"《说文》牧,从牛。案:牛亦声。音读如诒,为牧牛呼呵之声。此读诒,故与'国'韵,入之部。"又云:"苗先路《说文声订》亦谓牛亦声,说解微异。"案:牧、牛同部不同声,非谐也。牧明纽,牛疑纽。牛、诒虽同之部,然亦不同声。诒喻纽四等字,牧、诒古今皆不同音。《涉江》"与前世而皆然兮",献唐云:"与、于通。"案:与、于虽同鱼部,然声纽殊异,古不相通。与,犹举也。古字通用。举世,犹全世也。又,"甲之鼌",《新注》鼌训旦。献唐云:"鼌,用为朝,不需训旦。"案:朝、鼌,即旦也。《怀沙》"汨徂南土",《新注》以"汨"为"汩",指长沙"汨罗"。献唐云:"汨、汩两体,后世有别。水名作'汨',音觅,即相传屈原所投汨罗。此作'汩',《广韵》于笔切,乃用为语词。音义犹'聿'。王注:'汩,行貌。'亦可通。"又云:"《招魂》'汩吾南征'",王萘友批云:"《诗》'曰为改岁',借'曰'字为'聿'字也。汩,于'曰'加水耳,乃是语词。"案:其斥以"汩"为"汨"之非者,是也。然又以为语词者,则亦非。汩,本训水疾流,引申之为"疾行"也。王注不移。《惜往日》"好"与"代"、"置"等叶,《古韵谱》入之部。献唐云:"好入幽部,此转音如喜。《诗·巷伯传》:'好好,喜也。'《荀子·解蔽》注:'好,喜也。'"案:好、喜属同义互训,非通假字。《九辩》"君之门以九重",献唐云:"以犹有也。"案:以、有同入之部,然以为喻四、有为喻三,古声殊甚,不可通假也。又,"不固"之"固",《新注》谓"当作同"。献唐云:"王本旧之作固,乃同字形讹。王注释固为'俗人执誓多不坚也'。大误。"案:《古韵谱》"固"与下"改凿"入宵部,不与上"从"、"诵"、"容"叶。非"同"之讹也。献唐沿袭屈氏之误也。又,"泊莽莽而无垠",献唐云:"此'泊莽莽'与上文'泊莽莽与壄草同死'之'泊莽莽'义同。王本皆云:'泊一作汩。'殆亦即漼,用为语词。"案:泊莽莽,《楚辞》三字状语句法。汩,当"泊"字形讹也,不当解语助词。《大招》"白日昭只",《新注》:"只,语已词。"献唐云:"《招魂》洪氏《补注》:'些,苏贺切。《说文》云:语词也。沈存中云:今峡湖湘及南北江獠人,凡禁呪句尾皆称"些"。乃楚人旧俗。'案:彼篇'些'、'兮'两用,知不同,读如此篇'只'字,入支部。支部字,北音读歌,南音读支。或如章太炎说,若支读音语尾之子欤?"案:非是。些,歌部;只,支部。古不同音,非由方音,乃古今音转。盖楚读"些",汉读"只"也。又云:"《招魂》'兮'字此皆作'乎'。"亦古今音转也。此足证《大招》作于汉世,非屈子所作也。又,献唐云:"此'魂乎无往',往,当作'北'。"案:"无往"若改"无北",则与"魂乎无北"复矣。又,"丽以先只",《新注》:"丽,类也。"献唐云:"王本'丽一作迸'。案:丽、罗古同音。殆又音假罗,列也。韵书以'丽'入支部,为南音。"案:丽,谓施设也。《书·多方》"不克开于民之丽",孔传:"丽,施也。"亦犹列也。则不必改字。且以"丽"入支部为南音者,羌无实据也。类此疏误,亦大醇小疵耳,未足掩其弘博精湛矣。

李嘉言的《楚辞》研究

南通大学楚辞研究中心　常　威　周建忠

民国是一个继往开新、抉破樊笼的特殊历史时期,民国学术亦如同春秋战国一样呈现一派欣欣向荣的繁盛景象。李嘉言先生作为民国时期崭露头角、脱颖而出的青年才俊,在唐诗方面的剔抉探综,成绩卓著,得到学术界的重视与公认。他在《楚辞》领域的涵咀饮啄、上下求索,亦堪谓超群不俗,蔚然可称大家,惜乎没有受到足够的关注,令人顿生遗珠之叹。

本文集中探析李氏宏富博详的《楚辞》研究,着重体认和研探其独到多元的治学特色,并对其《楚辞》研究成就和价值作出评定,进而提出:发扬蹈厉的李氏在20世纪的《楚辞》研究中攻坚克难,钩深致远,其《楚辞》研究在楚辞学史上具有不容忽视的意义和地位。

一

李嘉言(1911—1967),字慎予,一字泽民,曾用笔名家雁(李家雁)、高芒、贾彦、李常山等,河南武陟人。"1930年夏考入清华大学国文系,师从陈寅恪、马叙伦、刘文典、罗常培、闻一多、郑振铎、杨树达、王力、刘盼遂、朱自清诸大师,"[①]可谓师出名门,转益多师。1934年完成学业,入保定育德中学任国文教员,1935年被聘为清华大学中国文学系助教。先后在西南联合大学、西北师范学院任副教授、教授。1949年后任河南大学国文系主任、校科委副主任,《文学遗产》京外编委,后任河南师范学院、开封师范学院教授。主要有《贾岛年谱》、《先秦汉魏六朝文学述论》、《汉魏六朝文学史》、《古诗初探》、《中国古典文学》(第一分册)、《昌谷诗校释》、《长江集新校》、《岑诗系年》、《古籍校丛》、《李嘉言古典文学论文集》、《离骚简释》、《楚辞研究》等著[②]。其生平事迹及主要成就可详参《人

---

① 其子李之禹《清华园怀想》一文对李先生的清华生活做了诗意的回忆,其曰:"八十年前,我精进的父亲,在此听闻一多讲楚辞、唐诗,闻先生引导他走进了唐诗的殿堂……"是文下注○1详述了李氏的师承关系。

② 参引周建忠著,《五百种楚辞著作提要》,江苏教育出版社2011年版,第279页。

生天地间、忽如远行客——记李嘉言先生》①、《有诸多新发现的李嘉言教授》②、《学海撷英》③等著述及牛维鼎、李鼎文、李迎新、鲁枢元、刘增杰、李之禹等人的回忆文章④。

李氏治《楚辞》，应源于入清华后受其师闻一多之影响。李氏第一篇论及《楚辞》的论文《从王粲〈登楼赋〉说到骚赋与辞赋之区别》，则为师从刘文典时所作，说明蓄之既久，水到渠成。但是真正意义上的《楚辞》研究，则为大三下学期师从闻一多时所作的《楚辞溯源》。

自此以后，李氏的《楚辞》研究便一发而不可收拾，并在蕴积衍增之中渐滋日盛乃至堂庑宏大。而《楚辞》诸篇之中，李氏似乎于《离骚》情有独钟，不仅反复论及《离骚》，而且在教学中，对《离骚》亦颇为倾心，以至于"大二的第一个学期，李嘉言先生从远古神话、上古歌谣开始讲起，《诗经》只讲了4周。《楚辞》这一章，重点是屈原的《离骚》，李先生一下子讲了半个学期。"⑤《离骚》之外，李氏于《九歌》、《九章》、《九辩》、《招魂》（主要成果见其遗著《楚辞疏证》）等用力亦深，各有弋获。

关于《天问》，李氏仅对《天问》中的某些问题有所论及，主要见于1957年编《中国古典文学》（第一分册），李氏认为《天问》不仅有保存神话之功，而且体现了屈原的博学多识；认为《天问》有其政治和现实意义，并不是无为而发，但是问题很多，有待于进一步整理和研究。此外，李氏批注的蒋骥《山带阁注楚辞》、闻一多《楚辞校补》，遗著《楚辞疏证》、《楚辞研究》等，亦涉及《天问》的校勘，如闻一多《楚辞校补》第42页补校《天问》"冥昭瞢闇"条曰："冥昭瞢闇，昭字有误，当亦暗义，字或昧字之误，如此文义乃顺。"⑥又，第56页补校"何启惟忧"条曰："刘盼遂先生《天问校笺》谓惟为罹之假，惟忧犹离蠚也。"相

---

① 张清平著，《河南大学的青青子衿》，大象出版社2008年版，第90-101页。
② 孙方，《有诸多新发现的李嘉言教授》，《河南大学学报》1985年第2期。
③ 孙顺霖主编，《学海撷英·河南省高校哲学社会科学论著摘要汇编(1949—1985)》，河南大学出版社1989年版，第416-427页。
④ 详参牛维鼎，《回忆李嘉言先生》，《西北师大学报》1989年第6期。李鼎文，《记西北师院黎锦熙、李嘉言、丁易先生二三事》，《西北师大学报》1989年第6期。李迎新，《追求进步的李嘉言》，李荣棠等编《兰州人物选编》。鲁枢元，《情忆李嘉言先生》，《河南日报》2010年10月12日。刘增杰，《在中文系主任的位置上——怀念李嘉言老师》，《汉语言文学研究》2011年第1期。李之禹，《李嘉言与闻一多先生》。
⑤ 邹文生，《落日孤舟去，青山万里看——纪念恩师李嘉言先生百年诞辰》，《周口师院报》2011年第10期。鲁枢元亦曰："听上面60级的同学说，嘉言先生正在给他们讲《楚辞》中屈原的《离骚》，已经讲了半个学期，并誉之为'楚辞专家'。"（《河南日报》2010年10月12日）
⑥ 其遗著《楚辞疏证》对此条校释甚详，但大意略同。其云："上文云'上下未形'，下文又云'冯翼惟象'，朱注引淮南云'天地未形，冯冯翼翼'，又云'未有天地，惟象无形，窈窈冥冥莫知其门。'即袭本文成文。本文既上下皆言天地未分之状，则此不得言'冥昭'，若如朱注说瞢闇为未分，则上文既云'天地未形'，此即当云'冥昭未分'，方合文例，因疑昭为昧之形误。冥昧瞢闇四字一义，仍谓混沌未分之状。"（据其子提供《楚辞疏证》手稿本择录。）

比较而言,李氏对《天问》没有进行系统深入的整体研究,其子之禹对此推测:一是取决于当年河南大学的学校性质、地位、培养方向、学生基础,二是乃父繁冗的行政和教学工作,三是乃父研究重点在《离骚》。其实,历代楚辞专家对于《楚辞》的研究,从来不是面面俱到全面开花的,至于忽略或回避对《天问》的系统研究,更是楚辞学界一个比较普遍的现象。

而从楚辞学学科研究而言,李氏的《楚辞》研究,范围还是比较广泛的,包括其具体研究视阈涉及楚辞上源研究、楚辞文化学研究、楚辞神话学研究、楚辞文艺学研究、楚辞民俗学研究、楚辞历史学研究、楚辞美学研究、楚辞传播与接受以及屈原生平、人格、思想、作品研究等方面①。而自明清以降,尤其是现当代的楚辞名著,研读颇深,每有批注,极有参考价值,如王夫之《楚辞通释》,蒋骥《山带阁注楚辞》,戴震《屈原赋注》,《楚辞十七卷》(上海涵芬楼借江南图书馆藏明翻宋本景印原书版),闻一多《楚辞校补》,王泗源《〈离骚〉语文疏解》,陆侃如、高亨等选注《楚辞选》,林庚《诗人屈原及其作品研究》,游国恩《楚辞论文集》,马茂元《楚辞选》,姜亮夫《屈原赋校注》,刘永济《屈赋通笺》,朱东润主编《中国历代文学作品选》(上编第一册)等。如有心得或见解,即批注诠释,陆侃如、高亨等选注《楚辞选·九歌·云中君》"思夫君兮太息"句下,批曰:"灵、君皆神,若为'思夫灵兮太息',不辞,古以爱情娱神,巫执其事,本无不可。考《秋水》注……随以巫为卑,巫既卑亦不自重,人仍用之,一则事神,一则亦妇女欲爱情自主之曲折不正常反映,吾幼时犹见之并有此观念。"②从成果载体而言,关于李氏的《楚辞》研究,以收入《李嘉言古典文学论文集》为主,兼及其他著作刊物,简列如下:

第一类,已刊或收录、出版之论文

1.《屈原》,刊 1947 年《和平日报》副刊《星期论文》;修改后由赵俪生刊载于 1948 年《中国时报·文史》周刊第 7 期。

《从〈离骚〉看屈原的思想和艺术》,载 1957 年《文学遗产》增刊 3 辑,初题为《离骚》的思想和艺术》;《古诗初探》一书收录,题目改与此同。

2.《〈离骚〉校释》,选录李氏校注《离骚》凡六条,当是依其遗著《屈赋选注》整理而成③。

3.《〈离骚〉错简说疑》,载 1948 年《中国时报·文史》周刊第 2 期,署名贾彦,又刊载于《光明日报》1951 年 8 月 19 日;作家出版社编辑部编《〈楚辞〉研究论文集》收录。

4.《〈离骚〉丛说》,初题或为《杂论离骚》,见 1939 年闻一多致李嘉言书信,为李氏早

---

① 关于楚辞研究视阈的划分参依周建忠,《楚辞论稿》,中州古籍出版社 1994 年版,第 243-259 页。

② 据其子提供李嘉言批注本《楚辞选》择录。

③ 案比照参对论文集所选辑《〈离骚〉校释》与李氏遗著《屈赋选注》,可见其论证内容、语言等不仅大致相同;另,《〈离骚〉校释》至"滥埃风余上征"止,而《屈赋选注》亦然,是以知其源出。

期《楚辞》研究之作,后载《河南师范大学学报》1982年第5期。

5.《说彭咸》,见于遗著《楚辞研究》,收入《李嘉言古典文学论文集》。

6.《扶桑为云霞说》,成稿于1938年,又或题为《说扶桑》,郭沫若回信中曾提及,并基本认可李氏之论,拟转荐发表。后载于1947年南京《大刚报》,题为《离骚》扶桑新义;《古诗初探》一书收录,题为《扶桑为云霞说》。

7.《〈九歌〉的来源及其篇数》,成稿于1944年,载1947年《国文月刊》第58期,题为《〈九歌〉之来源及其篇数》;《古诗初探》一书收录,题为《九歌的来源及其篇数》。

8.《〈九歌〉三问》,见于遗著《楚辞研究》,收入《李嘉言古典文学论文集》。

9.《〈九章〉与〈九辩〉》,载1963年《文学遗产》增刊第13辑。案:是文乃据1957年所编《中国古典文学》第一分册第五章中第四节《九章与招魂》、第五节《宋玉与九辩》整合修改而成。

10.《关于〈楚辞〉之"乱"——与郭沫若先生书》,文末附郭沫若答书及张长弓的意见,载1946年《国文月刊》第47期;《古诗初探》一书收录。

11.《以〈楚辞·国殇〉为例略窥祖国文学丰富多彩之表现手法》,原题或为《谈国殇》,或传此篇载1955年《教学业务通讯》,待核;后与论述陶渊明、鲍照二文为《诗话三则》,《古诗初探》一书收录。

12.《楚辞溯源》,原为李氏求学清华,师从闻一多时所作,载1933年《清华周刊》第39卷第11、12期,署名李家雁。或疑此非李氏之作,而家雁为李氏求学清华时所用笔名,其子之禹证之甚详①,可参。

从文本来看,之禹之辨,可以成立。如《溯源》曰:"追溯楚辞来源,可以分两方面来说:(一)承受中国(北方)文化之培养,而未必即是继《诗经》之正统。(二)由其本地环境与历史酝酿而成。"而其《屈原》一文云:"屈原也生在中国文艺复兴时代的战国,也打破了《诗经》的四言体,而用亦诗亦文兼有方言成分的新文体写他的《离骚》……这种新兴散文之发达,是与其生产力影响下的复杂的社会意识形态相配合的。……近来有不少人认为楚辞是《诗经》体裁演化的结果,事实上并不这么简单。"②再如《溯源》曰:"或曰楚辞所以为新体者,以其有'兮'字故,殊不知'兮'字尚起源远于《诗经》以前,故于《诗》中已能妙用。……'兮'字并不能语是楚辞的特色,也不能说是《诗经》的创格。"而其在《中国古典文学》中曰:"《离骚》兮字的运用,一方面是从北方民歌'国风'发展变化而来,一方面是从楚民歌'九歌'发展变化而来。这可以说明整个先秦诗歌'兮'字的运用,完全是来自民

---

① 参见李之禹《李嘉言斋号笔名考释》一文。

② 李嘉言,《屈原》,《李嘉言古典文学论文集》,上海古籍出版社1987年版,第52—53页。以下称述李氏《楚辞》研究之论,若无特别注明,均出自《李嘉言古典文学论文集》。

歌……《离骚》或楚辞兮字的用法是北方民歌国风的发展。"①凡此,皆表明《楚辞溯源》与李氏《楚辞》研究一以贯之,恰相契合。

13.《〈离骚〉之骚为地名说》,载1946年《文史杂志》第6卷第1期,案:此文乃李氏原作《杂论〈离骚〉》,即后来刊载的《〈离骚〉丛说》之一部分。

第二类,涉及楚辞研究的已刊论文:

1.《〈诗经〉"彤管"为红兰说》,作者自言为1938年旧稿,《古诗初探》一书收录。

2.《初期五言诗因袭〈诗〉〈骚〉成意举例》,载1943年《现代西北》第4卷第6期。

3.《与余冠英先生论七言诗起源书》。案:1944年开明书店印行《国文月刊》第28、29、30合期刊有李嘉言、余冠英《关于七言诗问题讨论》一文,较详,可参。

4.《辞·赋·颂》,载《光明日报》1961年11月16日。

5.《从王粲〈登楼赋〉说到骚赋与辞赋之区别》,为李氏求学清华,师从刘文典时所作,载1932年《武光》1卷1期。

第三类,涉及楚辞研究的教材、著作:

1. 李嘉言编《中国文学史讲授提纲》第五章《楚民歌与屈原》。

2.《中国古典文学》(第一分册)中第一部分第五章《楚辞—屈原》、第二部分《中国古典文学作品分析》中《离骚》、《国殇》两文的论述、第三部分《中国古典文学作品选注》中《湘君》、《湘夫人》、《涉江》、《哀郢》、《卜居》等注。

3.《先秦汉魏六朝文学述论》,有《楚辞—屈原》一章。

第四类,遗著遗作:

1.《古籍校丛》,有《〈史记·屈原传〉读、校、补》、《九章》和《招魂》等。

2.《离骚疏证》,案:该书稿始于"帝高阳之苗裔兮",终于"薋菉葹以盈室兮",为未完稿。或为李氏在昆明清华文学所时所撰,几经修订,1960年左右又曾修订,定稿誊录。

3.《离骚简释》,原为20世纪50年代初教学时讲稿。释读《离骚》颇详,亦较完整。

4.《楚辞疏证》,此为李氏"文革"前厘定,含《〈离骚〉及其他》②绪论及《九歌》、《天问》、《九章》、《招魂》、《九辩》等篇。

5.《屈赋选注》,以《四部丛刊》洪兴祖补注本为底本,寻检王逸、朱熹、钱杲之、屈复、王念孙、闻一多、朱季海等十七家注③,既"取旧注文字之长",又时附案语,加以批判继承。据其子之禹回忆:是书为李氏"文革"中开始整理,惜未完成便魂归道山。案:《离骚》注释

---

① 李嘉言,《中国古典文学(第一分册)》,开封师院语文系古典文学教研室1957年编,第81页。

② 案是文涵括《离骚》韵法、结构、时代、疏证、用文及《九章》、《天问》、《卜居》、《渔父》等篇。

③ 案除上述所举各家之外,还有洪兴祖、王夫之、蒋骥、戴震、五臣(《文选》注)、朱骏声、沈德鸿、姜亮夫、郭沫若、刘永济诸家。

始于"帝高阳之苗裔兮",至"驷玉虬以乘鹥兮,溘埃风余上征"。

6.《楚辞研究》,此著亦为李氏文革中开始整理,主要由其已刊论文或已写著述汇编而成。除了收录其发表的论文《从〈离骚〉看屈原的思想艺术》、《扶桑为云霞说》、《〈离骚〉错简说疑》等十余篇之外,亦包含遗著遗作《〈离骚〉简释》、《屈赋选注》、《楚辞疏证》、《屈赋校释》、《九歌校释》、《水仙屈原》诸篇。

二

毋庸置疑,闻一多是民国时期首屈一指的学术大师,其《楚辞》研究亦堪称《楚辞》史上大放异彩的不朽奇葩。而"和闻先生已有15年的师生关系,同他在一个环境内生活,也将近十年"①的李嘉言,不仅承袭了闻氏《楚辞》研究的有益成果,而且更以其孜孜以求的学术态度、恣肆涌奔的学术激情和导夫先路的学术识魄,以及独到的研究视角、科学的研究方法、缜密翔实的论证为从来都是难题的《楚辞》注解注入了汩汩流淌的"活水"。可以说,李氏的《楚辞》研究不仅展现了其独到多元的治学特色,而且深深反映了处于新旧交替时期的民国学人的学术选择和精神风貌。

(一)承袭闻氏,锐意开拓:继承之中的新创求索

李氏于清华求学之时,师从闻一多、罗常培、陈寅恪诸师,可以说,恩师穷且益坚、风义皭然的人格体气与学富五车、融贯中西的渊深学识深深冶铸着李氏的学术品格,而且奠定了其学术研究的基本范式。

在《楚辞》研究领域,闻氏对李氏的影响可谓深远而广泛。这不仅表现为李氏对闻氏《楚辞》研究成果如数家珍地称引和阐发,而且亦表现为李氏对闻氏治骚之法的渊承与绍继。而且在承袭之中,对于转益多师、厚积薄发的李氏而言,其《楚辞》研究亦并未局限于闻氏而自设藩篱,而是在学术积淀的深沟高垒和对处于继往开新时期的民国时代文化高屋建瓴的审视与体悉下,超越时人乃至前代注说的局限,从而展现出"长江后浪推前浪"的蓬勃气势。

首先,在李氏的《楚辞》研究中,对闻氏之说多有称引和阐发,并且亦不吝笔墨地加以褒扬和称颂(屡见"闻说为长"、"闻说是也"、"闻说……甚有理"等按语)。如注析《离骚》"浇身披服强圉兮"曰:"浇,寒浞子。《论语》作奡,一作敖,《天问》、《列子》作蟜,能鼌舟者,强圉,王注多力,闻说即坚甲意,鼌身被坚甲,故相传即以浇为作甲之人(见《吕览·勿躬篇》),以被服意证之,闻说为长。"②又,《离骚》"謇朝谇而夕替"曰:"闻先生曰:'谇当为誶,两替字并当为,皆字之误也。或误为。誶并训束缚,'朝誶'、'夕'谓朝夕取

---

① 李嘉言,《闻一多先生及其散文》,1946年《和平日报》(兰州)笔阵副刊,第14期。
② 李嘉言,《离骚简释(抄录本)》,据其子提供遗稿择录。

芳草自束缚其身以为佩饰也。古音在謞部,与上句艰字正相叶。今本误为替,相承读为替废之替,则既失其义,又失其韵矣。(校补)……嘉言案:替旧注读为替废之替,于义于音俱无施,故闻先生别为说以辟之。"①

关于《九歌》篇次,闻氏以为《东皇太一》(旧题)为迎神之曲,而《礼魂》(旧题)则为送神之曲,其余为娱神之曲。对此,李氏认为"闻先生说《东皇太一》与《礼魂》原是迎神曲与送神曲,至为精确",并进而从"上皇乃泛指大神,不能确定究为何神。且太一之列入祭典,汉时方有。以太一与东皇合在一起,亦颇有问题"、"王逸注《礼魂》:'言祠祀九神,皆先斋戒,成其礼敬。'可知王逸老早就认为《礼魂》是《山鬼》以上九篇所通用"以及"《云中君》至《山鬼》诸篇皆有恋爱事,正所以娱神。《东皇太一》与《礼魂》仅为迎送神之曲,故无此娱神恋爱之描写"等三个方面对闻氏持论做了进一步阐发、补证,圆通闻说。而其对闻氏谓《礼魂》原本"有目无辞"亦进一步论述:"据我们看,岂但无辞,恐亦无目。其目大概也是后人所妄加。后人见此篇无目,而首句'成礼兮会鼓'有一'礼'字,末句'长无绝兮终古'又恰巧像是对死者说的,遂以为上篇《国殇》既为礼祀死于国事者之魂,则此篇大概就是礼祀善终者之魂,因即以'礼魂'名此篇。"②

李氏对闻氏治骚之法,亦多有继承。众所周知,除了无出其右的小学研究,闻氏每每为人所称道的便是民俗学、人类文化学视阈的作品解读。《20世纪中国古典文学研究史》曾对闻氏评述:"闻一多先生的古典研究在三四十年代独树一帜,他所取得的成就也是多方面的。尤其是他把文化人类学等引进到古典文学研究中来,更具有开创性的意义。他的出现,也标志着三四十年代古典文学研究领域思想方法的多极化和研究领域的开放性。在闻一多先生的影响下,有许多人也采用了这一类方法。"③诚然,闻氏不仅具有敏锐而独到的眼光,而且常常把西方先进的学说、理论引入到具体的文学研究中,而民俗学、人类文化学视阈的研究即是其融贯中西的代表。他在《风诗类钞甲·序例提纲》中亦曾经说到:"三种旧的读法:1.经学的;2.历史的;3.文学的。……本书的读法——社会学的,略依社会组织的纲目将国风重次编次。三大类目:1.婚姻;2.家庭;3.社会。"④而闻氏这一民俗学、人类文化学视阈的作品解读,在李氏的《楚辞》研究中亦不乏其例。

如《说彭咸》曰:"《离骚》:'虽不周于今之人兮,愿依彭咸之遗则。'……我们虽然解释彭咸不必为水死,却也并未否认他与水的关系。换句话说,彭咸既有投水的传说,又有

---

① 李嘉言,《离骚疏证》(手定本),据其子提供遗稿择录。
② 以上参引李嘉言《九歌之来源及其篇数》,《国文月刊》1947年第58期。
③ 赵敏俐,杨树增著,《20世纪中国古典文学研究史》,陕西人民教育出版社1997年版,第90页。
④ 闻一多著,《闻一多全集(4)·诗经编下》,湖北人民出版社1993年版,第456页。

登仙的传说,这两种传说很可能原是一件事情。……闻先生在《人文科学学报》有一篇文章①说:'同一图腾的分子都自认为这图腾的子孙。如果图腾是一种动物,于是全团族也都是那种动物了……我国古代有几个著名的断发文身的民族,其装饰目的在摹拟龙的形状……龙族的诸夏文化才是我们真正的本位文化。'根据这个理论与事实,我们可以进一步认为彭咸之入水不死,即属此龙图腾神话之传说。在龙图腾时代,人民所以断发文身者,其目的在陷入水中时,可使龙辨识为其子孙而不加伤害。换句话说,也就是希望入水不死。彭咸入水不死之故事,就是这龙图腾神话的遗留。……彭咸(彭祖)又是屈原的远祖,则屈原'愿依彭咸之遗则'不就是效其祖先的遗则吗?"而彭咸之指,历来聚讼不断,人言人殊,或曰其为古之贤人忠臣,或云与老彭、彭祖、彭铿等同,然立论皆有所依,不可轻易否定。而这里需要指出的是,虽然学界对彭咸其人的寻绎热度不减,但是大部分学者对其"入水不死"传说的隐义却少有深入推求(对彭咸入水而死持否定意见的论述不在本文讨论之列),而李氏基于原型研究的论述,颇能发人深省,通过发掘、破译和解构原始先民的文化背景与风俗习惯,从而认为"彭咸入水不死之故事,就是这龙图腾神话的遗留",而屈原追步彭咸,亦可谓渊源所自,恰在情理之中。可以说,李氏取法闻氏的这一论述不仅有其内在的合理性,而且对我们寻绎屈原投水而死的奥义抑或有另一番启示。

再如,对《离骚》"惟庚寅吾以降"庚寅所指,历来多谓其为屈子降生之日,对此,闻氏论曰:"《史记·楚世家》曰:'帝乃以庚寅日诛重黎而以其弟吴回为重黎后,复居火正,为祝融。'案吴回一曰回禄,火神也,《楚世家》以为高阳之后,楚之先祖。吴回以庚寅日始居火正为祝融,则庚寅为楚俗最吉之日,故真人自称以此日降生。"②李氏亦云"庚寅为屈氏之吉庆日说"曰:"摄提贞于孟陬兮,惟庚寅吾以降。此屈原自述其寅年寅月寅日降生,是不错。但后人据之以考定他的实在生日,却是多此一举,屈原连用三个寅时,必另有意义。……《史记·楚世家》云:'共工氏作乱,帝喾使重黎诛之而不尽,帝乃以庚寅日诛重黎而以其弟吴回为重黎后,复居火正,为祝融。'帝喾以庚寅日诛重黎,随又以其弟吴回继其职;则吴回受命之日当即重黎被诛之日,也就是说吴回受命为祝融也当在庚寅之日。……屈原所以说以寅年寅月寅日生,恐怕就是纪念其始祖于寅日受命为祝融之故。庚寅日在屈氏不过是一个吉庆日。"

而闻一多在1939年致李嘉言书曰:"来晋后穷一月之力,将《离骚》旧稿誊成清本,尊著《贾谱》未及披读,故前函未即奉复,尚乞谅之。今悉足下亦已撰成《杂论离骚》一文(按当指今所见《离骚丛说》一文),兴之所至,不约而同,亦云巧矣。尊稿缮清后,即邮下,

---

① 案:当指《从人首蛇身像谈到龙与图腾》,《人文科学学报》1942年第1卷第2期,后编入《伏羲考》。

② 闻一多著,《闻一多全集(5)·楚辞编·乐府诗编》,湖北人民出版社1993年版,第280页。

俾得先睹为快。多曩据《九叹》'伊伯庸之末裔'一语,疑伯庸为屈子远祖,今检《楚世家》熊渠长子康世本作庸,为楚先祖之始王者,疑伯庸即此人,特苦无他证耳。摄提、孟陬、庚寅乃颛顼历法之'历元'(历法纪数之开端),故为生辰之最吉者,屈子自矜其生辰之异,至与其尊荣之世系相提并论,以为美谈,此殆即我国星命说之滥觞(星命说之理论似始见于《论衡·命义篇》及抱朴子《辨问篇·引至钤》①)。关于此点,拙稿中论之颇详。《楚世家》楚先祖吴回以庚寅日受命为祝融一事,极可注意,不知尊稿所论与此有关否。"②是信所言"摄提、孟陬、庚寅乃颛顼历法之'历元'(历法纪数之开端),故为生辰之最吉者",又曰"《楚世家》楚先祖吴回以庚寅日受命为祝融一事,极可注意",这在李氏的论述中均有涉及,可谓与闻氏心有灵犀、不谋而合。

不可否认,闻、李二人的持论新颖而独到,但是需要说明的是,看似偶然的相似结论背后,充分显示了李氏对闻师治骚方法的深刻体认和精心研求。此外,闻、李在《离骚》"背绳墨以追曲"训"追"为"治"及"女婴为星宿说"等解读中亦多有相似之见。

李氏尝云:"只有在新的进步的思想基础上谈继承,才能有真正的继承和创新,才不至于流为虚伪的形式主义的继承和创新。"(参见《篇终接混芒》,原载1963年3月10日《光明日报》)显而易见,李氏对闻氏研究成果的借鉴、称引是有所选择的,而且有时亦不甚赞同。如闻氏注《离骚》"溘埃风余上征"句"埃"字从王夫之说,以"埃"当作"竢",且疑《文选》引作"飑"者,皆因"埃"、"飑"声近误溷③,而李氏则力主《文选》所引"埃"作"飑"不误,"埃"本应作"飑"。又如闻氏谓《离骚》"曰黄昏以为期兮,羌中道而改路"二句为衍文,而李氏则从朱熹之说,以为当脱两句,其曰:"闻先生曰:'案本篇叶韵,通以二进,此处武、怒、舍、故、路五字相叶,独为奇数,于例不合,此亦二句当为衍文之确证。'嘉言案朱熹④是也。正以下脱两句,故此处叶韵独为奇数。"⑤

---

① 案《抱朴子内篇卷十二篇·辨问》作《玉钤经》,其云:"《玉钤经》主命原曰:人之吉凶,制在结胎受气之日,皆上得列宿之精。其值圣宿则圣,值贤宿则贤,值文宿则文,值武宿则武。……值寿宿则寿,值神宿则神。"(参引《新编诸子集成·抱朴子内篇校释》,王明撰,中华书局1985年版,2010年重印,第226页。)

② 参见其子提供闻一多1939年十月九日致李嘉言书信。(是信业已公布,载《闻一多研究动态》第95期。)

③ 闻一多《楚辞斠补》云:"王夫之曰:'埃当为竢'案王说殆是也。……至《文选·吴都赋》刘注,谢玄晖《在郡卧病呈沈尚书诗》注,江文通《杂体诗》注,吴曾《能改斋漫录》五,叶大庆《考古质疑》六所引作飑之本,疑亦非是。虽然,惟其字本作竢,故一本得以声近误为飑。"(开明书店1942年版,第15—16页。)

④ 朱熹释是句曰:"一无此二句,洪曰:'王逸不注此二句,后章始释无义,疑此后人所增也。'……洪说虽有据,然安知非王逸以前此下已脱两句耶?更详之。"(朱熹,《楚辞集注》,上海古籍出版社1979年版,第6页。)

⑤ 李嘉言,《离骚疏证(手定本)》,据其子提供遗稿择录。

（二）廓清迷雾，属意文本：《楚辞》之间的交参互证

可以说，王逸以降，历代旧注不仅为后续《楚辞》研究的深化奠定了广远的研究基础，而且也提供了可资鉴用的研究范式。同时，陈陈相因的研究痼疾亦往往使后世的学者泥古不前，习非成是，终成鸿沟。因而，"不破不立"，只有在研究之初，廓除旧注的困扰和阻碍，才能拨开陈解旧说的迷障，从而有所突破和超越。郭镂冰在《屈原集·绪论》中曰："提到现存的先秦的古籍，终免不了疑语、误解，与点窜的嫌疑，屈原作品也不能例外。所以在衷辑上，须特加注意。最扼要的是：先摆脱一切的注，从白文里把握住作者写下的事实，这就是看树须观林的办法，结果才能看到真的树。"①而李氏在释"求女"时亦曰："求女也决不简单只是求女而已，问题在求女究竟是什么寓意……我以为要了解它的真义，决不能撇开《离骚》的本文而另去凭空揣测。"（参见《屈原》一文）以上郭、李所论，提出了解决人言人殊的文本疑难问题时一种可供践行的研究思路或方法，那就是"先摆脱一切的注"，并且"决不能撇开……本文而另去凭空揣测"，而这一方法在李氏的《楚辞》研究中亦多有呈现。

如其释《离骚》"扶桑"即云霞之意的第三种缘故时论曰："云霞似藩卫扶苏之状，扶桑即取扶苏之义。……《九歌·东君》云：'暾将出兮东方，照吾槛兮扶桑。'此以扶桑为藩卫之明证。《离骚》'折若木以拂日'，《注》云：'拂击也，一云蔽也。'自当以训蔽为是。因其以若木（云）遮蔽日光，无烈日直射之苦，故下文得云：'聊须臾以相羊。'《悲回风》'折若木以蔽光'，尤其确证。可注意者，《离骚》、《悲回风》、《东君》皆以扶桑为日之藩卫，皆谓扶桑蔽日；宋玉而下，便都直谓浮云蔽日了。"而扶桑之谓，多谓其为日出之处，或即扶木云云，但李氏并没有拘泥于固有成说而驻足不前，而是致力于《楚辞》作品之间的内在联系，审词定义，发微探隐，提出新说，亦持之有理言之有故。

又如其校《离骚》"何方圜之能周兮"曰："旧校……周一作同。……周当作同。上文'虽不周于今之人兮'、'竞周容以为度'及本文王《注》皆训周为合。而下文'求榘矱之所同'、'何离心之可同兮'，《注》又皆训同为合。考古籍无训周为合者，而同则训合。《楚辞》亦多以同合并言，下文'求榘矱之所同，汤、禹俨而求合兮'，《七谏·沉江》'日浸淫而合同'，《哀时命》'上同凿枘于伏戏兮，下合矩矱于虞唐'；或以同异何异并言，下文'民好恶其不同兮，惟此党人其独异'，《惜诵》'同极而异路兮'，《七谏·初放》'孰知其不合兮，若竹柏之异心'；其言方圜者，亦言合异同异，而不言周，《七谏·谬谏》'夫方圜之异形兮'，《九叹·惜贤》'方圜殊而不合兮，钩绳用而异态'，王《注》'言方与圜其性不同。'然

---

① 郭镂冰著，《屈原集（绪论）》，上海北新书局1934年版，第2页。

则上文本文及其注诸周字并当是同字之误。周同形似,古书每互讹,不独本篇为然。"①李氏是论"周"当为"同"字之误,可谓这一治学特色的又一注脚。在此,李氏"先摆脱一切的注,从白文里把握住作者写下的事实",而后遍取《七谏·沉江》、《哀时命》、《九叹·惜贤》等《楚辞》内证,详加考述,可谓征实有据,使人有豁然贯通之感。

再如朱熹、陆侃如等从叶韵考虑,谓《九辩》"恐时世之不固"固字当作同,以便与上文韵脚通、从、诵、容等相合,而李氏瞩目于《楚辞》内证,认为固字不误,《离骚》、《七谏·谬谏》等文均可佐证,至于韵有不叶者,皆以下文"凿"字故,是"凿"当为"错",而"固"、"错"韵则相叶(案:固古属铎部,凿古属药部,而铎、药合韵,其韵相叶,从王力说)。其曰:"从意义上看,固、同皆可通。《七谏·谬谏》'不量凿而正枘兮,恐榘矱之不同。不论世而高举兮,恐操行之不调。'此作同与调韵,骚有先例(案:当指《离骚》'勉升降以上下兮,求榘矱之所同。汤禹俨而求合兮,挚咎繇而能调'二句,李氏《离骚简释》云:'调与同韵,音迢,转音同。'是同古属东部,调古属幽部,而东、幽合韵,其韵相叶,从王力说)。但此文固无作同者。《离骚》'恐导言之不固'。《七谏·谬谏》'怨灵脩之浩荡兮,夫何执操之不固。'亦有作固之例。且本文言美,《谬谏》言怨,皆作不固,例亦相同。……本章自此始,固与错韵(案:本篇下句'灭规矩而改凿',闻一多谓'凿'当为'错'字声误,详参《楚辞校补》,李氏似从之),无需改'同'与上四句连韵(案:当指本篇'愿自往而径游兮,路壅绝而不通。欲循道而平驱兮,又未知其所从。然中路而迷惑兮,自压桉而学诵。性愚陋以褊浅兮,信未达乎从容'诸句)作固当从王逸说(案:王逸曰:'俗人执誓,多不坚也。'),犹'执操而不固'也。"②

需要提及的是,我们要重新参悟《楚辞》的文学特性与艺术美质,一个很重要的前提就是须对《楚辞》文本有一个微观进而宏观的总体把握,而这一对文本的全局鸟瞰又不得不肇始于对文本基础文献的审视与考究。然而由于《楚辞》去今已远,加之版本流传过程中自然地简牍破坏或人为传抄的疏漏与讹误,从而使《楚辞》文本不可避免地产生了诸如文字舛误、倒文错简等有碍于文本解读的情况,加之学者们对《楚辞》文本理解角度与程度的不同,从而他们对句读的断定、释解以及章节离合的厘析亦多有差距。因此,对《楚辞》文字、音韵、训诂领域的研究与再研究就势在必行。然而不管采用何种方法、运用何种资料对《楚辞》中某一字词加以审定或对某种词义加以诠解,从理论的合理性和结论的

---

① 李嘉言,《屈赋选注》,据其子提供遗著(手稿本)择录。另李氏《离骚疏证》说亦详,可与之相互参照。其曰:"……本书除'周文'、'周流'、'殷周'诸词之外,周字多训旋:《湘君》'水周兮堂下',王注'周,旋也。'《惜誓》'循四极而回周兮',王注'循于四极,回旋而戏。'因周不训合,而同则训合,故本书多同合并举。……《七谏·谬谏》'夫方圜之异形兮',异亦同之相反义。其与周字无涉,要可知也。"唯稍前之作讲稿《离骚简释》说较略,持论亦不同,其曰:"周,合——同敌人自然不能周。"似未深入探讨。

② 李嘉言,《楚辞疏证》,据其子提供遗稿择录。

（三）属词立说，言必有据：赅博而谨严的实证观照

牛维鼎《回忆李嘉言先生》对李氏的学术研究作出评价："那时他开的中国文学史课程，除叙述中国文学的发展历史和对每个时期主要作家流派及作品的分析评论外，就结合校雠、训诂、考证提出新义，发挥个人见解，而且校雠谨严，训诂精确，考证周详，给同学们以极其扎实的训练和影响。由此，同学们给了他一个十分虔诚而尊重的外号，说他是'内线专家'。表面看来，似乎是戏谑，实则是敬佩，其意思是说'义理'、'辞章'而外，李先生最长于'考据'之学。"[①]李鼎文亦曰："先生经常称道他的老师陈寅恪先生治学的谨严，要我们有一分材料说一分话。"[②]而他亦十分推尊立说的重要性，其曰："王念孙的《读书杂志》，以我看来，只是'立说'，但它的价值却并不低于'著书'。"[③]以上不管是牛氏所云"李先生最长于'考据'之学"，还是李氏所言"一分材料说一分话"，抑或是其所推崇的"立说"，均揭示了李氏古典文学研究注重实证的研究特质。

诚然，李氏小学功底扎实，于文字、音韵（关于李氏《楚辞》音韵学之研究，可详参《离骚简释》）、训诂之学皆有专通。就其治学方法而言，亦可谓深谙乾嘉治学的奥义，颇得清代朴学研究之精髓。梁启超《清代学术概论》在论述清儒治学方法时曰："清儒之治学纯用归纳法，纯用科学精神，此法此精神，果用何种程序始能表现耶？第一步，必先留心观察事物，觑出某点某点有应特别注意之价值。第二步，既留意于一事项，则凡与此事项同类者或相关系者，皆罗列比较以研究之。第三步，比较研究的结果，立出自己一种意见。第四步，根据此意见，更从正面旁面反面博求证据，证据备则泐为定说，遇有力之反证则弃之，凡今世一切科学之成立，皆循此步骤，而清考据家之每立一说，亦必循此步骤也。"[④]而以梁氏之论审之于李氏《楚辞》研究，其可谓得之。

如论述"《国殇》原不在《九歌》之内"曰："《九歌》中不仅无《东皇太一》与《礼魂》之名，恐亦无《国殇》之篇。兹举五事以明之：一、《山鬼》以上九篇皆祀神之曲，《国殇》则为祀神之曲。故王逸注于《山鬼》以上九篇皆称神，惟于《国殇》不称神。《礼魂》注云：'言祠祀九神'，即指《山鬼》以上九篇而言。这样看《国殇》，它在《九歌》中显然是不伦不类。二、《山鬼》以上九篇除《东皇太一》原为迎神曲外，其余皆以恋爱娱神之曲，惟《国殇》无恋爱之事，此亦足见其特异。三、《国殇》在《九歌》中文章条理最清楚，可能与其他各篇不同时。四、《山鬼》以上九篇除《东皇太一》外，皆两神自成一组，惟《国殇》无所隶从。五、

---

① 牛维鼎，《回忆李嘉言先生》，《西北师大学报》1989年第6期。
② 李鼎文，《记西北师范学院黎锦熙、李嘉言、丁易先生二三事》，《西北师大学报》1989年第6期。
③ 李嘉言，《金碧文论序》，《现代西北》1943年第4卷第4、5期。
④ 梁启超，《清代学术概论》，商务印书馆1945年第三版，第37页。

《国殇》为祀神之曲,原不在祀神的《九歌》之内,祀神的《九歌》诸曲原至《山鬼》为止,故《山鬼》云:'余处幽篁兮终不见天,路险难兮独后来。'《国殇》若原在《山鬼》之后,《山鬼》如何能说'独后来'。若说这正足以见'神''魂'的区别——'独后来'是专指神而言,那也是强词夺理。"这里李氏旁征博引,反复论列,进而总结:"正因为《国殇》在《九歌》中有这么多特殊的地方,所以很使我怀疑它原来就不在《九歌》之内,不知什么时候混进去的。可能是由于祀神的九歌与祀神的国殇这两种祭礼于某时某地合并举行,以致混在一起。或者不由于合并举行,而单就他们同为乐章这一点来说,也可随时合并为一。总之,这都不过是些揣测;《国殇》是否在《九歌》之内,这问题原不必深究。但由此可见其在九歌中的特殊这一点可以可定,也是应该晓得的。"①

又,论"女媭"为星宿说曰:"女媭或谓屈原之姊,或谓屈原之妹,或谓喻□之长,殆皆非也。盖其时屈原托言途中(上文'回朕车以复路'、'将往观乎四荒'),如谓其姊妹突来见而斥责之,文义殊有未安。大部本篇所言人名,可分为二类:一为纪实之词,'尧舜之耿介'、'桀纣之猖披'是也;二为假说之词,'鸩告余以不好'、'帅云霓而来御'是也。女媭盖即假说一类人名(案:李氏是语承上而言,是泛言之辞,而非谓女媭即人名之意,与下文所论并无矛盾)。《说文》引贾侍中曰:'楚人谓女曰媭',沈德鸿曰:'媭同须,女媭犹言女侍,又曰须女,《史记·天官》正义:'须女贱妾之称,妇职之卑者。'是女须与须女同义,惟沈说本文女媭谓女侍则非,其误与姊妹之说同。余谓女媭即须女星。《淮南子·天文训》、《吕览·孟春纪》高注俱谓须女星为吴越之分野,上文兰皋(即橐皋)、椒丘(即全椒),□古正属吴越地(见《汉志》),则所以言女媭者,盖屈原托言行至其地,仰见或联想及须女星,遂假托为对话人以引起下文耳。岂真有女媭其人哉?《抽思》'南指月与列星'、《九辩》'愿寄言夫流星兮',是楚辞尝以星宿为对话人之确证。况本篇托为神仙家之词,神仙家固无不精通天象,故本篇多有日月星辰之言,不徒本文而已也。"②(案李氏《离骚丛说》一文,即 20 世纪 30 年代所作《杂论离骚》,持论与此同,可参)由上可见,李氏在论述"女媭"之意时,首先伺察到"女媭"作为人名的突兀失当之处,而后又敏锐地捕捉到"女媭"实则假说之词,而非指实之语,从而揭橥词旨,博参广引,不失为是一种可以成立的新说。

李氏在论述《东皇太一》"蕙肴蒸兮兰藉"中"藉"当为"胙"字之误、兰皋、椒丘实有其地、《楚辞》中乱为"乐终"之意,而"乱"与"辞"意并不相通、七言诗源出《楚辞》等观点时亦论证翔实,充分完备。

---

① 李嘉言,《中国古典文学第一分册》,开封师范学院语文系古典文学教研室 1957 年编,第二部分,第 84 页。

② 李嘉言,《离骚疏证》,据其子提供遗稿(手定本)择录。

综上可知,李氏立论决不是凌空蹈虚,无所依傍的。应该说,其不仅对于释读的角度切入每能切中肯綮,而且在论证时,于例证而言亦不厌其烦地加以罗举,并且"凡与此事项同类者或相关系者,皆罗列比较以研究之"。当然,李氏对相关事实并不是简单地堆砌,而是有的放矢地且尽可能丰富多元地展开,在整体而全面的把握中提出己见。不可否认,这种翔实、谨严、赅博的论证方法,让我们领略到平凡史料背后强大而充分的论证力量。

（四）睿思卓识、新见迭出:犀利新颖的文本解读

郭沫若《闻一多全集·序》曰:"就他所已成就的而言,我自己是这样感觉着,他那眼光的犀利,考索的赅博,立说的新颖而翔实,不仅是前无古人,恐怕还要后无来者的。"① 可以说,郭氏这一称颂闻氏学术建树之语,以之评骘李氏的《楚辞》研究,亦有近似之处。梁实秋亦云:"（李嘉言《金碧文论》）大部分颇有独特见解,并不因袭旧说,此点甚属难能可贵。"②

如李氏以睿思卓识,不拘故常,探微索隐,发明《离骚》即"蒲骚"之旨,堪谓犀利而新颖。其曰:"前人解释《离骚》题意,颇多异说。……以我之见,骚应解作地名。离骚即是离开骚那个地方。兹选三证以明之。……《离骚》、《涉江》、《哀郢》、《怀沙》及《抽思》……《离骚》且不论,其余四篇首字都是动词,末字都是名词,而且三篇末字都是地名。现在若把《离骚》之骚字也解作地名,则此五篇命题之词例,可谓完全相同。……《左传》桓公十一年:'郧人军于蒲骚,将与随、绞、州、蓼伐楚师。'李吉甫《元和郡县图志》卷二七云:'安州应城县,本汉安陆县地,宋于此置应城县。故应城县在县西北三十五里,即古蒲骚城也。《左传》莫敖狃于蒲骚之役,郧人军于蒲骚是也。'此知屈原以前已有蒲骚之地,其地在汉水之北应城县境。……《抽思》云:'有鸟自南兮,来集汉北。'此屈原自述所住的地点,是历来公认的。……屈原住在汉北时就很可能是住在蒲骚。……《抽思》是到蒲骚时所作,《离骚》是离蒲骚时所作。……《怀沙》既是怀长沙,《离骚》就可以是离蒲骚。……有此三证,所以我敢断然解《离骚》为离蒲骚。"③ 而是论一出,颇引起后人瞩目,从之者亦不乏其人,如王廷洽《〈离骚〉题意新解》亦主是说(所不同者,王文认为"蒲骚"为屈原故乡,参见《艺文志》1983 年第二辑,案是文有朱碧莲的商榷文章《"离骚"是告别"蒲骚"吗》,见《苏州大学学报》1986 年第 1 期)等。虽然《离骚》题解④,司马迁、班固、王逸等已有阐发,后人亦多从之,"然而近世学者出于探索精神,每欲更求新解,以期更切原意。于

---

① 郭沫若,《闻一多全集序》,开明书店 1948 年版,第 1 页。
② 梁实秋,《教育部全国学术审议会审评李嘉言〈金碧文论〉的审评意见》,1932 年 12 月 13 日。
③ 李嘉言,《〈离骚〉丛说》,《河南示范大学学报》1982 年第 5 期。
④ 周建忠,《〈离骚〉题义解说类览及反思》(《文史哲》1990 年第 6 期)一文对《离骚》题意流衍解读甚详,可参。

是有歌曲名称说、抒发忧思说、离歌说、离间之忧思说……离开'蒲骚'(地名)说等等。许多说法都是广引例证,虽不能成为定论,但毕竟有很大参考价值。"①

又如李氏以扎实深厚的小学功底、敏锐深刻的学术洞察对《九歌》"龙驾兮帝服"中"帝服"二字亦作了精到的阐述,其云:"《云中君》这一句中的'帝服',向来都根据王逸、朱熹解为五方之帝或上帝的衣服。案《九歌》没有在一句之中兼举两类名物的,这里的'帝'原来应当是虬龙之属,不应当是五方之帝或上帝。《涉江》'驾青虬兮骖白螭',《河伯》'驾两龙兮骖螭'……由这两个例子看来,'帝服'应当是'螭服'之误。(还有许多例子可以证明《楚辞》原来没有像'龙驾兮帝服'这一类的句子)螭字古来本作离,离帝形似,极易致误。'帝服'既当是'螭服'之误,则服字当是服驾之意。……'龙驾兮螭服',一句之中上下半对的十分工整,这也正是《楚辞》尤其是《九歌》的特色之一。"今观帝服之解,或以词之表义释之,或以"帝"为"虎"字之讹(武延绪《楚辞札记》、王泗原《楚辞校释》主此说,案:是说,似允,惜缺内证),又李氏以为"帝"实为"螭"字之误(案:李氏是论,参之于《涉江》,证之于《河伯》,较之前解诸说,似更允当)。或曰"这种因置疑而求诸改字的办法,是特别要慎重的"(参引文怀沙《屈原〈九歌〉今译》),然《楚辞》之中,错简讹字甚多,若依字定义而失于艰涩牵强,而翔实例证之下的文字纠谬之后,则文意贯通顺畅,如此,则毋庸相疑焉。

再如,其校释《招魂》"赤螘若象,玄蜂若壶些"句之"玄蜂"曰:"蜂无玄色者(?)。王注:'赤蚁其状如象,又有飞蜂腹大如壶。'疑王所见本,玄本作飞。《说文》:'蜂,飞蜂螫人者。'《李翊夫人碑》:'飞蜂□兮。'是飞蜂乃古之恒语。本文飞误作玄者,盖草书飞作,与玄之借字元形近致讹。"②而玄蜂为何,自王逸以来,论者或阙而不释,或以之与赤相对,径解其为黑蜂。若以对称而论,以玄之本意释之,未尝不可,然玄蜂连文见于古籍者则鲜矣。这里,李氏以玄为飞之误字,于理有据,于意亦可通。或言若以玄为飞之讹,则与赤不相偶对,然《楚辞》之中,亦非处处皆偶,况《山海经·海内北经》云:"大蜂其状如螽,朱蛾其状如蛾。"郭璞云:"《楚词》云:'玄蜂如壶,赤蚁如象。'谓此也。"③《山海经》"大"与"朱"相偶,正可为李氏解读之旁证,是其校玄为飞,自可备为一说。

此外,李氏还认为:"《橘颂》(四言句尾有兮字)是由《诗经》颂体到《楚辞》颂体的过渡形式,楚辞体不仅是当时南北共有的现象,而且在其以前也有这种形式。过去有人只从楚地探求楚辞体的起源是值得重新考虑的。"(参引《辞·赋·颂》,载《光明日报》1961年11月16日,另李氏《楚辞溯源》一文可与之交相参看。)而这一见解在近三十年后终得

---

① 郭维森著,《屈原评传》,南京大学出版社1998年版,第106页。
② 李嘉言,《楚辞疏证》,据其子提供遗稿(手稿本)择录。
③ 袁珂,《山海经校注》,上海古籍出版社1980年版,第313页。

到一些有识之士的重视与阐发(见赵逵夫《囊括杂体、功在诠别——屈赋形式上的继承问题新探》,其曰:"屈赋中的各种句式和几种主要的诗体形式在屈原以前就已经存在。屈赋中各呈异彩的诗歌艺术式样同江汉流域的民歌及诗歌形式之间存在着千丝万缕的关系。"①)。至于李氏认为《哀郢》并不是指郢都被破、人民流散,说"后人据此以考定屈原死于白起破郢都之后,时已六十余岁,是靠不住的",则颇开启后人对《哀郢》作意的推究②。李氏还提出,楚《九歌》即启《九歌》;除《东皇太一》、《礼魂》原为迎神曲及送神曲,其题目为后人所加外,《东君》应移置于篇首,《国殇》不当厕于《九歌》之内。并说"扶桑"即"云霞"、"伯庸"谓"老子",求女③即求美善(案李氏《屈原》一文曰:"可知'美人'即是象征美善。求女即求美善,而他人亦有求美善如我者,故曰'两美其必合。'其芳草、美人之旨如此明白而易晓,不知何故前人竟无一道及。"其在《离骚简释》中亦曰:"此仍'岂惟是其有女'意,可见芳草美人,皆象征美善之理想。"④),亦颇大胆、独特,精彩纷呈。

(五)知人论世,了解同情:以屈子之眼光释《楚辞》

陈寅恪《中国哲学史上册审查报告》一文曰:"凡著中国古代哲学史者,其对于古人之学说,应具了解之同情,方可下笔。……必须备艺术家欣赏古代绘画雕刻之眼光及精神,然后古人立说之用意与对象,始可以真了解。所谓真了解者,必神游冥想,与立说之古人,处于同一境界,而对于其持论所以不得不如是之苦心孤诣,表一种之同情,始能批评其学说之是非得失,而无隔阂庸廓之论。"⑤而在李氏的《楚辞》研究中,其亦本着知人论世的研究方法,在释读字词或阐发义理时,时刻保持着"欣赏古代绘画雕刻之眼光及精神",期冀于通过苦心孤诣地揣究、提摄作者的思想情感与创作意图和对诗人所处时代和文化背景的深刻了解与审知,从而达到"与立说之古人,处于同一境界"的理想状态,进而在此基础上索微探奥,洞明意旨,故其所得出的结论亦往往使人有云开雾散,直视无碍的廓远朗彻之感。

如其释《离骚》"夕餐秋菊之落英"曰:"盖菊同蘜,一名曰精,而《陵阳子·明经》曰:'秋食沦漠,沦漠者,日没以后之赤黄气也。'日没之气,与'菊为日精'合,秋食沦漠,与'秋菊'又合,'日没后'与'夕餐'又合。则'落英'即'沦漠',谓菊上所附日没后之气。……《逍遥游》'有神人……吸风饮露。'《吕览·求人》:'饮露吸气之民。'(案闻一多已有

---

① 赵逵夫,《囊括杂体、功在诠别——屈赋形式上的继承问题新探》,《贵州社会科学》1986年第10期。
② 周建忠,《〈哀郢〉作意研究史略》,见《中州学刊》2001年第1期。一文对《哀郢》意旨研究的演进论述颇详,可参。
③ 周建忠,《〈离骚〉求女研究史略》,《楚辞考论》,商务印书馆2003年版,第200-208页。一文对"求女"意旨的综辑甚详,可参。
④ 李嘉言,《离骚简释》,据其子提供遗稿(抄录本)择录,见《离骚》"何所独无芳草兮"句注。
⑤ 陈寅恪,《中国哲学史审查报告·陈寅恪先生全集》,里仁书局1979年版,第1361页。

此论,可详参《离骚解诂》,李氏在《离骚疏证》、《屈赋选注》等书中亦每多称引)此足证屈子引神话以见其修养纯美,与众不同,或以此谓其有道家思想,余初未深究,亦觉似之,今则以为不然。道家讲无为虚无,与屈原精神毫不相似。吾人评价一人或作品,主要应看其思想倾向、艺术倾向与创作方法之倾向,而不能从其字面上,片断情节上论断。其中神话及类似神话之描写,不过是在当时文化空气中取其目前可用与能用之条件,作为其写作的一种方法与手段而已,其思想目的绝未停留在这些神话上,它有透过神话更高更深广的现实意义。"①李氏论《离骚》此句与道家思想无关,并谓"其中神话及类似神话之描写",只是"作为其写作的一种方法与手段而已","它有透过神话更高更深广的现实意义,"可谓至为深刻、精确。其在《屈赋选注》中亦曰:"屈原取神仙家'行气'之说,用为写作手段,非神仙家思想可比,不可不辨。"②虽然对于屈原作品中是否含有道家思想,历来颇多歧解,莫衷一是,但是若透过文字表面所呈现的道家思想的外壳,去寻究参悟其内隐的深义,或能有新的启迪与收获,而李氏之论庶几可为我们解读屈原是类作品提供一种思路(对于那些作者有争议的作品,如《远游》等篇,若以屈原作为前提,李氏之论亦有其不可轻忽的借鉴意义)。

又如,其对《天问》意旨的解析亦体现着"评价一人或作品,主要应看其思想倾向、艺术倾向与创作方法之倾向"的思想观点,其曰:"不管怎样,要可看出屈原作这篇文章,不是无所为而发,仍然是有其政治意义与现实意义的。如这儿所谈到的鲧禹治水,启自天上得到了《九辩》《九歌》,后羿射河伯而妻彼雒嫔,寒浞又射死了后羿,浇通其嫂而为少康所杀,汤放桀而用伊尹为相,纣何以信用逸人而菹醢梅伯,文王何以赏识了屠户姜太公等,也都见于《离骚》中。而屈原对于这些神话历史,大体对自己都有他自己的看法,都持有一种批判的态度,不是曲直莫辨,是非不分的。所以我们说《天问》有其政治意义和现实意义。"③这里李氏所言《天问》"是有其政治意义与现实意义的",可谓客观中肯。固然,《天问》在一定程度上表现了诗人的怀疑思想和发抒了其挥之不去、难以排遣的内心隐忧,亦把对某些问题的解读上升到哲学高度予以推阐。但是,不管是"怀疑天人",还是"舒泻愤懑",抑或是"阐发哲理",应该说,它们均是《天问》的题中之义和应有之旨。因此,我们似乎不能因"一叶蔽目"就笼统武断地直言《天问》题旨即是某单一之意,因为衡度于"忠君爱国"的屈子在创作时一贯的思想倾向,《天问》不可亦不应是单纯地为了表达某一思想而作,而显然是熔铸掺糅了更多的政治元素和现实因子。诚如赵逵夫所说:"即使不以《天问》表现了怀疑思想,而以为主要是'谈哲理',也同样不符合实际。《天

---

① 李嘉言,《离骚简释(抄录本)》,据其子提供遗稿择录。
② 李嘉言,《屈赋选注(手稿本)》,据其子提供遗稿择录。
③ 李嘉言,《中国古典文学(第一分册)》,开封师院语文系古典文学教研室1957年编,第84页。

问》中不是没有表现作者的世界观,但就作者的意图来说,主要不是表现这个的。这就同舒愤说一样。《天问》中确实表现了作者的悲愤心情,但以为作者写它只是为了舒愤,却是未探得诗中的深意。"①

(六)问题争鸣,求是求真②

周建忠《楚辞考论》:"一代代的研究者都在反驳、纠正或补充前人的说法,而他们自己又受到后代或同时代人的反驳、纠正或补充,从而不断推进研究的深入。"③诚然,任何疑难问题的解决都不是水到渠成的,也不可能一蹴而就,只有在质疑、被质疑的学术旋涡中激流勇进,才能扁舟驶远,达到空明朗澈的湛蓝碧海。子曰:"攻乎异端,斯害也已。"只有积极地参与学术研究的讨论和争鸣,才能永葆研究的活力,才能推动研究朝着更加深广的领域迈进。而对于《楚辞》研究而言,李氏亦并未因学界地位的悬殊或声名高下的差异而消极避让,反而以更加踊跃积极的姿态置身于学术驳辩的浪涛之中,并以身体力行的学术实践,力图拨开《楚辞》研究的一隅迷雾。

如对于《离骚》"乱"字之解释,郭沫若《屈原研究》认为:"乱即是辞之古字,古金文,多用为司,以治为义。凡古书中乱字含相反之治义者均是本字本义。……文末系以'辞曰'以作尾声,与抽思之'少歌'曰'唱曰'义例相同,亦《楚辞》之名之所由得。此义二千余年后始得扬发,亦一快事。"④对此,李氏则颇不以为然,其曰:"《离骚》之乱,除了训治的一个意思之外,还有一个乐终的讲法。我是相信后一个讲法的。……考《楚辞》有乱诸篇如下:《离骚》,《涉江》,《哀郢》,《抽思》,《怀沙》……《招魂》,《惜誓》……《七谏》……《九怀》,《九思》……以上诸篇乱词都在篇末,故洪兴祖《楚辞补注》说"乱者总理一赋之终'。洪氏之说仍不够确切,乱的确切意思应当是'乐终'。"随后李氏又从正反两方面论证了"乱"为"乐终"的允当性及"乱"改"辞"后的失当之处,可谓详赡完备,有理有据。而李氏之说,亦得到张长弓的认可,其云:"嘉言先生以'乱曰'之乱,有'曲终'的意义,乱曰并非辞曰。沫若先生强调乱字系辞字之误,且以为辞字亦有曲终意义。似此《离骚》之'乱曰'自然可以认为是辞曰之误。余对于'乱曰'是否'辞曰'的问题,亦稍有所见,未敢自是……沫若先生说:《离骚》'乱曰'之乱,与《论语》、《关雎》之乱'的乱,系同一字;我也说'《关雎》之乱'的乱,正是《离骚》'乱曰'之乱。不过沫若先生以为两处乱字全系辞字之误,我则以为两处乱字确系乱字。……可以说:(1)乱字本身就是杂乱,代表合乐的

---

① 赵逵夫,《〈天问〉的作时、主题与创作动机》,《西北师大学报》2000年第37卷第1期。
② 案李氏研究中凸显的这一研究特质亦可从《为贾岛事答岑仲勉先生》、《再谈白居易"卒章显志"——答霍松林先生》、《关于〈文献雕龙〉一些问题的商榷》、《关于〈文赋〉一些问题的商榷》等文中得以窥视。
③ 周建忠师著,《楚辞考论》,商务印书馆2003年版,第234页。
④ 郭沫若著,《屈原研究》,群益出版社1950年第3版,第192页。

内容,乃第一意义。(2)因为合乐是四部曲的末一部,所以又含有曲终意义。因之《楚辞》,汉赋在篇末有'乱曰'。故曲终系引申之第二意义。(3)由曲终又引申为'始终'之终,此系第三意义。"由此可见,张氏对"乱"字之意的揭橥显然更倾向于李氏之说,"乐终"之义,更为允妥。

(七)专注一词、深寻细绎与渐入佳境的文本探奥①

李氏《治学方法的意见》:"在清华我觉得陈寅恪先生的治学精神最可师法,他在课堂上讲演就是教给我们作文章的方法,由小问题着手,由细处着眼,哪怕是古人一篇文章一首诗的题目,我们也得注意,这是我们初学的人最应当取法的。"②这里李氏称引其师所云"由小问题着手,由细处着眼,哪怕是古人一篇文章一首诗的题目,我们也得注意"之语,正可谓是其专注一事,深寻细绎的真实写照。而这在其《楚辞》研究中亦不乏其例,不管是"离骚"为"离别蒲骚"之论,还是"女嬃为星宿说",抑或是"扶桑为云霞说"等均是其着眼细处、发微探隐的最好注脚。

此外,李氏深寻细绎的研究特质还体现在不断深化、渐入佳境的解读中。纵览其《楚辞》研究的演进历程,可以说,李氏的研究有时亦并非是尽善尽美、恰到好处的,而明显是在求索、再求索的反复比较和推求中逐步完善和成熟的。有时其或觉初始的定论立说并不尽如人意,故其后改之;有时或初始的注析虽然能够备为一说,但后来亦有未安,而又加以重新解读。

如李氏在《楚辞溯源》中论《天问》非屈原之作曰:"惟《九歌》乃祀祷之词,《天问》属四言之句而'兮'字未睹,《卜居》既云屈原,《渔父》亦曰既放,故凡此似皆非屈原之作,而可靠的则惟《离骚》与《九章》。……(《天问》)与《老子》甚近,故其至少与《老子》同时,而不能晚出于《离骚》。英人 Waley 在他的《The Tanple and Other Poems》里曾说《天问》是一种试体,游国恩亦说此应居首席,信然。"③而其在《中国古典文学》(第一分册)中则云:"不管怎样,要看出屈原这篇文章不是无为而发,仍然是有其政治意义与现实意义的。……《天问》里的神话既不代表屈原的信仰与思想,这就可以了解他大量地把这些神话应

---

① 案李氏"离骚"即"离别蒲骚"之论,1946 年《文史杂志》、《离骚疏证》(40 年代左右始撰,几经修改)、《离骚简释》(50 年代初)持论皆同,唯《屈赋选注》("文革"受迫害中)一书持论与前文不类,其曰:"《离骚》题义,向来说者纷歧。王逸说:'离,别也;骚,愁也。'义较确。本篇曰:'余既不难夫离别兮,伤灵修之数化。'……通篇皆言别愁,是其内证。……(《九辩》)其末章云:'愿赐不肖之躯而别离兮,放游志乎云中。'是其旁证。"需要指出的是,李氏《离骚》题义解读中的这一反复与本文所论"渐入佳境的文本探奥"并不矛盾,要之,《屈赋选注》所论或有其现实性,盖"文革"之中,李氏惨遭迫害,是其所感,或同于王逸所云"遭忧"之意。另李氏教学时所编教材(如《中国古典文学》第一分册等),力求简洁性与普适性,故其字词注析,较之前解,亦有观点不同者,但这里亦不作探讨。

② 李嘉言,《治学方法的意见》,《行素》1934 年 8 月 10 日。

③ 李嘉言(家雁),《楚辞溯源》,《清华周刊》1933 年第 39 卷第 11、12 期。

用到《离骚》中,也决不意味着他有什么道家神仙家的思想。"①另《溯源》中他论"旧注女媭为屈原之姊,不知何所据。以余之见,'女媭'与'女'同,皆取譬之辞。"而其在《〈离骚〉丛说》一文中则力主"女媭为星宿说"。由上可知,李氏或觉其初论《天问》非屈原之作及"女媭与女同"于意皆有未安,故而深寻细译,改易初说,持论更为成熟,亦更具说服力。

又如在《离骚丛说》(案是文当为李氏30年代所作,初名或为《杂论离骚》,详前文)"伯庸为伯阳说"一文中论彭祖为老子、伯庸为伯阳(老子字号)曰:"要想知道伯庸是谁,须先明白彭祖与老子为何人。……谓彭祖一云老子,是不错的。兹举三证以明之:一、彭祖在商为守藏史,在周为柱下史。老子亦然。二、彭祖往流沙之西。老子亦然。三、彭祖封于彭城,老子苦县人,皆楚地,相距甚近。……彭祖老子即为一人,而《离骚》云'帝高阳治苗裔',《史记·楚世家》云:'高阳生称,称生卷章,卷章生重黎、吴回,吴回生陆终,陆终生子六人,三曰彭祖。'可知彭祖屈原俱是高阳的后裔。彭祖在前,当为屈原之祖,亦即老子为屈原之祖。老子字伯阳……伯庸疑即伯阳之声转。"是文中,李氏彭祖即老子之论及伯庸即伯阳(老子)之解虽可备一说,然李氏并未停步,而于《离骚简释》补正其说:"《楚世家》,颛顼后不知多少年,传至周成王时,熊绎始被封于楚,熊绎四传至熊渠,始立其三子为王,长子熊庸(原作康,《索隐》引《系本》作庸,庸康音近,古通用)为句亶王,今江陵地(即后都之郢),则屈称太祖伯庸显系始王于郢之熊庸。熊庸称伯庸者,熊庸为熊渠之长子。犹熊庸之侄孙熊霜为熊严之长子亦称伯霜也。(1956年12号山大《文史哲》段熙仲《楚辞札记》亦主此说,主要证据相同,惟段说庸康形近易讹,康为庸之别字,不如从音说更为有力。)"②(其手定本《离骚疏证》与此略同,案李氏是论或受闻氏影响,闻氏致其信中云"今检《楚世家》熊渠长子康世本作庸,为楚先祖之始王者,疑伯庸即此人,特苦无他证耳。"所不同者,李氏证之甚详。后赵逵夫《屈骚探幽》亦主是说,可参。)而两说相较,"康庸音近之论",似更允当。

(八)间或涉想太过与浓郁的政治气息

当然,李氏的《楚辞》研究亦难免存在一些不足和缺陷,即间或涉想太过,致有矫枉过正之失,而且在文意诠解中亦有时掺糅了过多的政治元素与时代痕迹。

如对于《离骚》"昔三后之纯粹兮,固众芳之所在;杂申椒与菌桂兮,岂维纫夫蕙茝"句之位置归属,闻一多认为:"四句当在上文'纫秋兰以为佩'下。知之者,此处上云'乘骐骥以驰骋兮,来吾导夫先路',下云'彼尧舜之耿介兮,既遵道而得路',上下均言行止,中忽阑入此四句,则文意扞格。"③而李氏承闻氏之意,进一步阐释"余既滋兰之九畹兮,又树蕙

---

① 李嘉言,《中国古典文学(第一分册)》,开封师院语文系古典文学教研室1957年编,第84页。
② 李嘉言,《离骚简释(抄录本)》,据其子提供其父遗稿择录。
③ 闻一多著,《楚辞斠补》,国民图书出版社1942年印行,第4-5页。

之百亩。……虽萎绝其亦何伤兮,哀众芳之芜秽"八句,应在"岂维纫夫蕙茝"之下曰:"知之者本文上云'伤灵修之数化',下云'众皆竞进以贪婪兮',上下均言人之不臧,中忽阑入本文八句,则隔断文义。实则本文云滋兰树蕙,正承三后之众芳而言,三后之精神纯粹,其故由于'杂申椒与菌桂兮,岂维纫夫蕙茝。'……复以用韵求之,亩、芷(案:指'余既滋兰之九畹兮,又树蕙之百亩。畦留夷与揭车兮,杂杜衡与芳芷。')在章氏'之'部,与上文他、化(案:指'初既与成言兮,后悔遁而有他。余既不难夫离别兮,伤灵修之数化。')'歌'部字不叶,今移'岂维纫夫蕙茝'下,则亩、芷与在、茝同为'之'部而韵矣。此八句移去之后,使'余既不难夫离别兮,伤灵修之数化'与'众皆竞进以贪婪兮,冯不厌乎求索'相接,歌、鱼亦旁转而韵矣。"①是论中,李氏以为"('余既滋兰之九畹兮'等八句)上下均言人之不臧,中忽阑入本文八句,则隔断文义",实则不然。观之上文,屈子既云"余既不难夫离别兮,伤灵修之数化",是言其遭"灵修"弃逐之创痛与嗔怨也,又接之追述己"滋兰"、"树蕙"之功绩,是申己之勤勉贤明,表其不当见弃之意矣,而紧接着又言及众人竞进贪婪、求索无厌之丑态,是重申己贤明不群之状耳,所以此八句措置此处,于意并无隔阻。至于李氏所论"亩、芷在章氏'之'部,与上文他、化'歌'部字不叶",亦有未安。知之者,若以《离骚》八句而观其用韵,实有不叶,然观《离骚》(他篇亦然),多四句为韵,八句为韵者则鲜矣,而以四句视之,他、化,亩、芷各自为韵,并无不妥。因而,李氏此论《离骚》错简不免涉想太过,或未允当。

又如其释"众女"(《离骚》:众女嫉余之蛾眉兮)曰:"《淮南子·地形训》'九州之外,乃有八殥,亦方千里。……凡八殥、八泽之云,是雨九州。八殥之外,而有八纮,亦方千里。自东北方曰和邱,曰荒土。东方曰棘林,曰桑野。东南方曰大穷,曰众女。……西方曰金邱,曰沃野。……八殥、八纮、八泽之云,以雨九州而和中土。'案八殥在九州之外,其云雨九州,是八殥在九州之上也。八纮又在八殥之外,是八纮、八殥皆谓天上,八纮东南方曰众女,因疑'众女'亦系星名,'众女'或即'女嬃'之别称,东南方,吴越地,'女须'即吴越之分野。"②李氏是解"众女"亦即星名,或为"女嬃"之别称,臆想过度,观"众女嫉余之蛾眉兮",既然下曰"蛾眉",似言妇人妖娆之态以自喻,则上云"众女"自亦当指妇人言,故以其表意径解之,文义顺畅,不烦改释,若求诸他解,曲为之说,则文意扞格矣。

再如其论《离骚》"民生各有所乐兮,余独好脩以为常"曰:"民,《文选》作人。人即上

---

① 李嘉言,《离骚疏证》,据其子提供遗稿(手定本)择录。
② 李嘉言,《离骚三解》,据其子提供遗稿择录。案是文夹附于《楚辞疏证》首页,纸张与他页不类,当为李氏前期所撰,或与《九歌三问》同时。李氏是论,后已改之,其《离骚简释》曰:"众女即上文之党人,此以蛾眉善淫譬,故用众女、蛾眉谓女子眉目漂亮也(蚕蛾发细,长而曲,以喻眉,成为美人之代词)。"《离骚疏证》、《屈赋选注》等书所论与此略同。故此例亦可佐本文李氏"渐入佳境的文本探奥"之论。

文之'党人'、'众女',楚国之臣僚也。'各有所乐',王注所谓'或乐谄佞,或乐贪淫'者也。"①是论中,李氏言民当为人(其在《离骚简释》中亦曰:"屈原又表示自己与彼不同,若为人民,则下曰'余独',便显然是自高于人民了,所以民生不能是人民。"),甚确,然其接言之"人即上文之'党人'、'众女',楚国之臣僚也",实有不允。要之,是处"民生"(人生)之意宜为泛指,而不宜坐实,若直谓即指党人之属,则不仅将屈子好修之乐拒斥于外,而且与前文"哀民生之多艰"(案李氏谓此民字亦当为人)意多抵牾。故李氏是论似乎释读稍过,有碍题旨。

由于时代和历史的局限,李氏的《楚辞》解读有时亦难以避免地印上了政治和阶级的深深印痕。如其解读"岂余身之惮殃兮,恐皇舆之败绩"时曰:

> 那一班党人那样引导君王不走正道,那怎么行呢?所以我积极地参加政治,积极向这些坏人作斗争。……我们不能要求他直接来颠覆怀王,反抗君王。他能充分揭露当时腐朽势力,并宁死不屈地向这些腐朽势力作斗争,这就是他了不起的现实性与人民性。就是他这种了不起的人民的精神,培养了差不多一整个中国历史时期中的进步文学及爱国主义的伟大力量。(据《离骚简释》抄录本)

又如其释读"岂有他故兮,莫好修之害也"曰:

> 屈借芳草以修养自己,而芳草本身不自好修却会变坏,这里又给我们很大一个启发教育。……屈原不仅教育我们爱祖国,关心政治,爱真理,坚强不屈,还教育我们如何吸取历史教训。……有此民主性的文化,统治阶级却不鼓励发扬它,相反与它作对,然其所以仍能发生教育历代人民的作用,作为传统流至今日者,就因为从来无论什么社会都是有人民的,今日人民当了家,人民政府一与过去相反,极力鼓励发扬这种民主性的文化并加进新的内容充分发扬之。但今日仍有人抵触之,那就正是旧社会统治阶级思想在我们头脑中的反映,我们必须明辨其本质——两种社会、两种文化的本质。(据《离骚简释》抄录本)

再如其阐述《九辩》"宁穷处而守高"句曰:

> 以现在观点否定其清高是不对的,以过去观点肯定今日仍可如此更是不对

---

① 李嘉言,《屈赋选注》,据其子提供遗著(手稿本)择录。

的。应接受其精神,守今日共产主义之义,守今日共产主义之高。宁可耿介守穷,不贪污腐化,同流合污,以显共产主义之荣名,非个人主义之荣名。(据《楚辞疏证》手稿本)

当然,我们无意指摘这种略显"先入为主"的功利解读是否妥帖、允当,我们只是认为作品解读中如果过多地拘囿于政治考量和阶级分析,则不仅遗人过度阐释之感,而且势必影响解读的独立与结论的客观和公正。

然而,李氏研究中出现的这一稍显过度、不足的释解在其《楚辞》研究中只是极少的一部分,而且瑕不掩瑜,其《楚辞》研究依然光彩耀人,流泽惠远,在楚辞学史上具有不容忽视的意义和价值。

三

综上所述,李氏《楚辞》研究别开新境,熠熠夺目。可以说,李氏如其师闻一多一样深植于乾嘉朴学的沃土,以扎实深厚的小学功底,兼之殷实、缜密、谨严而赅博的实证观照、犀利、新颖、独到的解读,并立足于《楚辞》文本,兼之对作者及其时代的"了解同情",对"引领一代文学之胜"的《楚辞》作出了"有意义的考据"。因此,融会贯通、交糅互渗的李氏《楚辞》研究不仅新见迭出,不落窠臼,而且亦往往自成一说,自立城墙,其诠释《楚辞》每能文从字顺,胜意纷披。

不可否认,李氏在对旧学不遗余力地绍继、兼综与对新学的汲取、凝和与扬弃中,以孜孜以求、深蕴交互的学术蕴积、攻坚克难、钩深致远的学术品格和敢为人先、导夫先路的学术识魄,厉兵秣马,底绩远图,为《楚辞》研究的深广开展积极地贡献了自我的力量。可以说,李氏的《楚辞》研究不仅澄清、纠补了《楚辞》研究中聚讼纷纭的一些疑难课题,从而为后世的《楚辞》研究清扫了障碍,或者提供了一个新的角度、一个新的参照。可以说,李氏以其宏博翔实的学术实践,为后世的《楚辞》研究开掘了新的研究视阈,提供了可供取资鉴用的研究思路和方法,展示了不落窠臼、独树一帜的学术风貌,并激励《楚辞》学者摆脱因循固守的前代旧注的藩篱,从而以竞进恣肆的研究热情和蓬勃昂扬的学术风貌,向着《楚辞》研究更加深广的领域迈进。

闻一多——用力甚深、见解独到的《楚辞》学者

苏州科技学院学报编辑部　王海远

一

在《屈原问题》一文中，闻一多对于自己在《楚辞》研究上的取向作出了一个说明："中国文学有两个截然不同的传统，一个是《诗经》，一个是《楚辞》，历来总喜欢把它们连成一串，真是痴人说梦。……关于《楚辞》这传统的来源，从来没有人认真追究过，对于它的价值，也很少有正确的估计。我以为在传统来源问题的探究上，从前廖季平先生的《离骚》即秦博士仙真人诗的说法，是真正着上了一点边儿，此外便要数孙先生这次的'发疑'，贡献最大。像孙先生这样的看法，正如上文说过的，我从前也想到了。但我以为光是这样的看法，并不能解决《离骚》全部的问题，质言之，依孙先生的看法，只可以解释这里面男人为什么要说女人话，还不能解释人为什么要说鬼话（或神话）。自'駟玉虬以乘鷖兮，溘埃风余上征'以下一大段，中间讲到羲和、望舒、飞廉、雷师、讲到宓妃、有娀、有虞二姚，整个离开了这个现实世界，像这类的话，似乎非仙真人诗不足以解释。（当然不是秦博士的仙真人诗，屈大夫为什么不也可以作这样的诗呢！）……总之，我不相信《离骚》是什么绝命书，我每逢读到这篇奇文，总仿佛看见一个粉墨登场的神采奕奕，潇洒出尘的美男子，扮演着一个什么名正则字灵均的'神仙中人'说话（毋宁是唱歌）。但说着说着，优伶丢掉了他剧中人的身份，说出自己的心事来，于是个人的身世，国家的命运，变成哀怨和愤怒，火浆似的喷向听众，炙灼着。燃烧着千百人的心——这时大概他自己也不知道是在演戏，还是骂街吧！从来艺术就是教育，但艺术效果之高，教育意义之大，在中国历史上，这还是破天荒的第一次。"①

这一段话表明，对于《离骚》有三个问题困扰着闻一多，一是人为何要讲鬼话和神话，二是为何男人要说女人话，三是何以诗歌的艺术与教育效果如此之大。孙次舟的"文学弄臣"说，可以解决男人说女人话的问题，亦即他在《人民的诗人——屈原》中对屈原的定位："作为宫廷弄臣的卑贱的伶官"，闻一多之所谓弄臣，即是伶官，亦即这儿所说的优伶。男人装女人，亦即男旦，以此方有李长之所谓"昔闻一多先生亦有类似之说，以屈原与梅

---

① 闻一多，《屈原问题——敬质孙次舟先生》，《神话与诗》，天津古籍出版社2008年版，第255－256页。

兰芳比"之说,这样说来,闻一多对屈原作为弄臣的理解,不仅是为了说明"在身份上,屈原便是属于广大人民群众中的"①,而且也出于他解释《离骚》的需要。亦即闻一多此说,不仅有着政治的与社会的原因,也有着学术的原因。

王国维以南北学派的融合来解释屈原作品,因此其中关于身世与国家的哀怨和愤怒以及整个离开了这个现实世界的那些描写,就都是容易理解的了。然而,闻一多则在王国维不疑的生疑,于是他找着了廖平的仙真人诗说。在20世纪《楚辞》学史上,不是梁启超,而是闻一多,明确地对廖平的思路有所沿承。

然而,同在《人民的诗人——屈原》中,明显继承了廖平谓《楚辞》乃七十博士为始皇所作仙真人诗之说,而将《离骚》说成"一篇题材和秦始皇命博士所唱的仙真人诗一样的歌舞剧"②不同的是,闻一多特别声明:"当然不是秦博士的仙真人诗,屈大夫为什么不也可以作这样的诗呢!"这就使《离骚》和秦博士的仙真人诗,拉开了一些距离,虽然仍属一个类型。

二

为了解决为什么人要说神话与鬼话的问题,闻一多向着神话学、宗教学的方向展开了努力。从直接的渊源上,如上文已说,这是受到了廖平谓《楚辞》乃七十博士为始皇所作仙真人诗之说的影响,而从学术史的逻辑来说,这乃是将王国维《屈子的文学之精神》所明确阐述的文化学视角以及其朦胧接触到的人类学视角作现实的展开。

这样,他就写出了《伏羲考》、《龙凤》、《高唐神女传说之分析》、《道教的精神》、《神仙考》、《端午考》、《端节的历史教育》以及《司命考》、《东皇太一考》等考证文章。闻一多关于"龙"的来源说明一度是非常出名的:"大概图腾未合并以前,所谓龙者只是一种大蛇。这种蛇的名字便叫作'龙'。后来有一个以这种大蛇为图腾的团族兼并了、吸引了许多别的形形色色的图腾团族,大蛇这才接受了兽类的四脚,马的头,鬣的尾,鹿的角,狗的爪,鱼的鳞和须,……于是便成为我们现在所知道的龙了。"③虽然至今已经出现了许多关于"龙"的原型及形成的说法,但闻一多对"龙"的形成的说明,也还是比较可信的。他的《高唐神女传说之分析》的结论是:"那以先妣而兼高禖的高唐,在宋玉的赋中,便不能不堕落为一个奔女了"④无论此结论是否正确,但其探源的目的十分明显。《端午考》与《端节的历史教育》,从古代的记载中关于端午节源于屈原、介子推、伍子胥、越王勾践这

---

① 闻一多,《人民诗人——屈原》,《神话与诗》,天津古籍出版社2008年版,第260页。
② 闻一多,《人民诗人——屈原》,《神话与诗》,天津古籍出版社2008年版,第260页。
③ 闻一多,《伏羲考》,《神话与诗》,天津古籍出版社2008年版,第26页。
④ 闻一多,《高唐神女传说之分析》,《神话与诗》,天津古籍出版社2008年版,第107页。

四种说法中,加以探究,得出了这样的结论:"端午本是吴越民族举行图腾祭的节日,而赛龙舟便是这祭仪中半宗教,半社会性的娱乐节日。至于将粽子投到水中,本意是给蛟龙享受的,那就不用讲了。总之,端午是个龙的节日,它的起源远在屈原以前——不知道多远呢!"①闻一多还说,端午节表现上虽很热闹,人们的心情却是战栗的,这便是最古端午节的意义。以后对于克服自然有点把握了的人们,又发现了第二个仇敌——他自己。"以前人的困难是怎样求生,现在生大概不成问题,问题在怎样生得光荣。光荣感是个良心问题然而要晓得良心是随罪恶而生的。时代一入战国,人们造下的罪孽是太多了,屈原的良心担负不起,于是不能生得光荣,便毋宁死,于是屈原便投了汨罗。"②"是谁首先撒的谎,说端午节起于纪念屈原,我佩服他那无上的智慧! 端午,以求生始,以争取生得光荣的死终,这谎中有无限的真!"③闻一多对端午节的探源是可信的,他对于端午节起于纪念屈原这一说法的阐述,也是智慧的,并且伸张了中华民族的正气与骨气。

闻一多《司命考》开头一句便是:"从《大司命》'逾空桑兮从女'一语,我们猜着司命就是帝颛顼之佐,玄冥。"④他的论证是:"《史记·天官书》曰'北宫玄武:虚,危',这是五行说应用到天文学上,将虚危二星派作北方帝的分星。虚既是北方帝的分星,而北方帝是颛顼,所以虚又名颛顼之虚(《尔雅·释天》:'颛顼之虚,虚也。')但我们猜想,在天上既有星代表着颛顼,可能也就有星代表着作为颛顼之佐的玄冥。经过研究,我们才知道,这星有是有的,不过,它不是以玄冥的名字出现,而是以司命的名字出现的。"⑤闻一多又联系《史记·律书》"以阴阳变化来说明颛顼的星名,虚字的涵义"⑥,阐发曰:"这和佐颛顼的大司命(玄冥)自称其行为为'壹阴兮壹阳',倒是十分吻合的"⑦。我们知道,"壹阴兮壹阳",是《九歌·大司命》中的一句。

闻一多又继续就《大司命》中"逾空桑兮从女"与"导帝之兮九阬"两句中的地名,空桑、九阬(阬,正字为冈),考证说,空桑,"郝懿行说它在赵代间,大概是对的,我们以为颛顼所居就是这个空桑。"⑧九冈,闻一多以为即荆州松滋县九冈山,此郢都之望也。他并猜想,楚祖颛顼的祖庙就在这山上。由此,他说:"近代学者们早就疑心楚人是从北方迁徙到南方来的。《大司命》'逾(越了)空桑'之后,又'导帝之兮九冈',这不只反映了颛顼的

---

① 闻一多,《端节的历史教育》《神话与诗》,天津古籍出版社2008年版,第240页。
② 闻一多,《端节的历史教育》,《神话与诗》,天津古籍出版社2008年版,第242-243页。
③ 闻一多,《端节的历史教育》,《神话与诗》,天津古籍出版社2008年版,第243页。
④ 闻一多,《司命考》,《神话与诗》,天津古籍出版社2008年版,第139页。
⑤ 闻一多,《司命考》,《神话与诗》,天津古籍出版社2008年版,第140页。
⑥ 闻一多,《司命考》,《神话与诗》,天津古籍出版社2008年版,第141页。
⑦ 闻一多,《司命考》,《神话与诗》,天津古籍出版社2008年版,第141页。
⑧ 闻一多,《司命考》,《神话与诗》,天津古籍出版社2008年版,第141页。

族人由北而南的移殖的事实,而且明确地指出了那趟路程。"①这是从《九歌·大司命》的句子中探寻早先部族迁徙的历史。

闻一多在《东皇太一考》中,引众书,并加推论,说明伏羲为三皇中的人皇,为太皞,其中一条是,《汉书·郊祀志》注作"泰帝,泰昊伏羲氏也"。接着闻一多又证明泰皇即是太一,所据为《史记·始皇本纪》:"天皇、地皇、泰皇",《封禅书》作"天一、地一、太一",而《郊祀志》曰:"画天、地、泰一诸神",由此,他下结论说:"是泰皇即太一"②。闻一多进而推论道:"太一又称东皇太一,则东皇也就是伏羲。""西皇是少皞,(《封禅书》:'秦襄公既侯,居西陲,自以主少皞之神,作西畤,祠白神。')则东皇必是太皞,也便是伏羲了。"③最后,闻一多对楚人祭太一作出了说明:"伏羲是苗族传说中全人类共同的始祖","伏羲即太一,那么楚人为什么祭他呢? 这是因为楚地本是苗族的原住地,楚人自北方移殖到南方,征服了苗族,依照征服者的惯例,他们接受了被征服者的宗教,所以《九歌》里把太一当作自家的天神来祭,而《高唐赋》叙述楚襄王的故事,也说到'醮诸神,礼太一'。"④《东皇太一考》是先说明太一即伏羲,然后说明为什么楚人会祭苗族的神,这是从部族关系上来说明《九歌·东皇太一》的由来。

从上文的叙述中,我们可以看出,向着神话学、民俗学、宗教学的方向展开,要言而有征,是艰难的,闻一多是凭遍翻群书来进行的,这与他对《楚辞》文本的校勘所采用的方法是一致的。

三

中编第一节曾说,20世纪《楚辞》研究的第一阶段中,以王国维的南北学派融合论所开启的文化学、人类学的研究方向,以及如胡适所说创造一种新的《楚辞》解的要求这两个方面,成为20世纪《楚辞》研究的两个源头。闻一多的《楚辞》研究正是在这两个方面都作出了认真的努力,比较起他向着神话学、民俗学、宗教学的方向的努力,要注释,首先要校勘,闻一多对于《楚辞》文本的校勘工作,投入了更大的精力,因而这方面留下来的著作要比前者多得多。

闻一多在《楚辞校补·引言》里说:"较古的文学作品所以难读,大概不出三种原因。(一)先作品而存在的时代背景与作者个人的意识形态,因年代久远、史料不足,难于了解;(二)作品所用语言文字,尤其那些'约定俗成'的白字(训诂家所谓'假借字')最易陷

---

① 闻一多,《司命考》,《神话与诗》,天津古籍出版社2008年版,第142页。
② 闻一多,《东皇太一考》,《闻一多全集》第5卷,湖北人民出版社1993年版,第377页。
③ 闻一多,《东皇太一考》,《闻一多全集》第5卷,湖北人民出版社1993年版,第378页。
④ 闻一多,《东皇太一考》,《闻一多全集》第5卷,湖北人民出版社1993年版,第378页。

读者于多歧亡羊的苦境;(三)后作品而产生的传本的讹误,往往也误人不浅。《楚辞》恰巧是这三种困难都具备的一部古书,所以在研究它时,我曾针对着上述诸点,给自己立下了三项课题:(一)说明背景;(二)诠释词意;(三)校正文字。""三项课题本是互相关联的,尤其(一)与(二),(二)与(三)之间,常常没有明确的界限,所以要交卷最好是三项同时交了。但情势迫我提早交卷,而全部完成,事实上又不可能,我只好将这最下层,也最基本的第三项——校正文字的工作,先行结束,而尽量将第二项——诠释词义的部分容纳在这里,一并提出。这实在是权变的办法,我本心极不愿这么做。可是如果这样一来,能保证全部工作及早赶完,借此可以腾出时间来多做点别的事,那对于自己还是合算的,在一部书上已经花上了十年左右的光阴,再要拖延下去,总会教人腻味的。"①闻一多说三项课题是互相关联的,最好是同时交了的,这是正确的。在一部书上已经花上了十年左右的光阴,再要拖延下去,总会教人腻味的。这也是真切的感受。

郭沫若说:"凡是古书,把这三种困难都是具备着的,事实上并不限于《楚辞》,因而他所规定的三项课题,其实也就是研究古代文献上的共同的课题。尤其是第一种,那是属于文化史的范围,应该是最高的阶段。"②郭沫若赞扬闻一多说:"他对于《周易》、《诗经》、《庄子》、《楚辞》这四种古籍,实实在在下了很大的功夫。就他所已成就的而言,我自己是这样感觉着:他那眼光的犀利、考证的赅博、立说的新颖而翔实,不仅是前无古人,而且恐怕还要后无来者的。"③这一评价当然有很大的正确性,然而,从整理古籍的角度说,不仅如闻一多所说他所说的(一)与(二),(二)与(三)项课题之间,常常没有明确的界限,更应该看到的是,(一)、(二)、(三)这三个层次间都是互相影响的。从这个角度说,尽量将第二项——诠释词义的部分容纳在第三项——校正文字的工作中的一部书,是必然存在不尽完美的地方的。郭沫若从敬佩人才的角度作一些过誉自然也是可以理解的。

在《楚辞》校勘上,闻一多用力之深,收获之大,是一个客观事实。郭沫若曾举过两例,其中第二例是《天问·释天》里面解释"顾菟"的一条。郭沫若说:"'夜光何德,死则又育?厥利维何,而顾菟在腹?'这是问的月亮的情形。向来的人都把顾和菟分开来,认为顾是顾望,而菟就是兔子。到了清代毛奇龄,认为顾菟不能分开,是月中的兔名,算是进了一步。直到闻一多,又才举出了十一项证据来,证明顾菟就是蟾蜍的别名。"④

---

① 闻一多,《楚辞校补·前言》,《闻一多全集》第5卷,湖北人民出版社1993年版,第378页。
② 郭沫若,《论闻一多做学问的态度》,《郭沫若文集》第12卷,人民文学出版社1986年版,第330页。
③ 郭沫若,《论闻一多做学问的态度》,《郭沫若文集》第12卷,人民文学出版社1986年版,第327页。
④ 郭沫若,《论闻一多做学问的态度》,《郭沫若文集》第12卷,人民文学出版社1986年版,第328页。

费了十年之力,1942年由国民图书出版社出版的《楚辞校补》,是闻一多《楚辞》研究的代表作。该书以四部丛刊洪兴祖《楚辞补注》为底本,征引典籍达六十五种,比之刘师培《楚辞考异》引书三十余种,增加一倍。闻一多在此书《凡例》中说:"刘师培《楚辞考异》。(起《离骚》,尽《九章》。采辑宋以前群书中所引《楚辞》,条列异同,时附己见。然取材虽广,而略无精义,不逮刘氏所校他书远甚。盖草创之作,本未成书耳。所采各书,亦时有讹夺,本书作者时有覆检。……)①《凡例》还说:"本书采用古今诸家成说之涉及校正文字者,都二十八家"②。因此,无论从引书之赅博,及多发新见上,闻一多此书都大大超过了刘师培的《楚辞考异》。值得一提的是,他重视新出现的资料,王重民在巴黎校书,在丛残中发现了敦煌钞本《楚辞音》残卷,并以影片饷闻一多,闻一多欢庆感激,并以之校今本《楚辞章句》。

我们可以略举例来说明闻一多的新见。《离骚》"曰鲧婞直以亡身兮"之"亡"字,闻一多校曰:"案古字亡忘互通。亡身即忘身,言鲧行婞直,不顾己身之安危也。王《注》如字读之,非是。五百家注《韩昌黎集》三《永贞行》祝《注》引此作忘,足证王《注》之失。"③联系大禹三过家门而不入的事迹,训为忘,可以表明父子两代人相承以舍身治水的精神,义更胜。

如《九歌·山鬼》"芷葺兮荷屋"句,一本"葺"下有"之"字,闻一多案:"当删芷字,从一本于葺下补之字。""'葺之兮荷屋'与上文'葺之兮荷盖'句法文义并同。屋,古幄字。荷屋犹荷盖"。"'葺之兮荷盖'又与下'橑之兮杜衡'文相偶俪,橑读为橑,所以承苫盖者,以杜衡为橑,以荷叶盖之,亦连类并举。"④"芷葺兮荷屋",于义不顺,"葺之兮荷屋"则于义方顺。

又如,《九歌·河伯》"惟极浦兮寤怀"句,闻一多认为"寤怀"无义,"寤"当为"顾",声之误也。并引《东君》中的"心低徊兮顾怀",杨雄《反骚》"览四荒而顾怀兮"以及魏文帝《燕歌行》"留连顾怀不能存",而曰:"是顾怀为古之恒语。顾,念也(《礼记·大学》郑注),怀亦念也。'惟极浦兮寤怀',犹言惟远浦之人是念耳。王《注》训寤为觉,是所见本已误。"⑤闻一多的意见显然是对的。

再如,《九歌·山鬼》"被薜荔兮带女罗"异文"罗"作"萝",闻一多校曰:"案《宋书·乐志》三,《类聚》一九,《御览》三九一,又九九四,《合璧事类全集》六九,《文选》谢灵运

---

① 闻一多,《楚辞校补·凡例》,《闻一多全集》第5卷,湖北人民出版社1993年版,第115页。
② 闻一多,《楚辞校补·凡例》,《闻一多全集》第5卷,湖北人民出版社1993年版,第116页。
③ 闻一多,《楚辞校补·离骚》,《闻一多全集》第5卷,湖北人民出版社1993年版,第129页。
④ 闻一多,《楚辞校补·九歌》,《闻一多全集》第5卷,湖北人民出版社1993年版,第145页。
⑤ 闻一多,《楚辞校补·九歌》,《闻一多全集》第5卷,湖北人民出版社1993年版,第151页。

《从斤竹漳越岭溪行诗》注引并作萝。朱燮元本,大小雅堂本同。"①这是为了务求《楚辞》古本原貌之真而作的校勘。

务求《楚辞》古本原貌之真的例子可以再举一个:《离骚》"望崦嵫而勿迫"之"崦嵫",闻一多据上文提到的敦煌旧钞本《楚辞音》残卷曰:"卷作奄兹"。

王《注》中的错误,闻一多亦为之校。《九歌·湘夫人》"洞庭波兮木叶下",王《注》:"言秋风疾则草木摇,湘水波而树叶落矣"。闻一多曰:"案正文曰'洞庭波',两不相应,疑湘为湖之讹,湖水即洞庭湖水也。《御览》二五引湘正作湖。"②这是校正王《注》的讹字。

当然,闻一多的校勘亦有失误及囿于旧注处。兹举一例:闻一多说:"'阳离爰死'者,犹言魂与魄离,则人死耳。"③此说仍囿于王逸之《注》,对于"阳离"一词的解释,尚未得其真意也。

不仅是《楚辞》,对于上古典籍,乃至中古一些重要典籍的校勘都是十分艰难的,闻一多能够有这样的成就,已经十分不易了。郭沫若评价闻一多在多部古籍校勘训诂上的成就说:"象这样细密新颖地发前人所未发的胜义,在全稿中触目皆是,真是到了可以使人瞠感的地步。""这样一连串的在文字训诂上极有价值的文字,也不过是视为第三阶段的工作罢了。其实这些著作,当代的考据家们,假使能有得一篇,也就尽足以自豪的。事实上是他们一篇也没有,已经就在自豪了。"④这是对闻一多在这方面所取得的成就的高度赞扬!

四

从上文所引闻一多在《屈原问题》中,说他每逢读到《离骚》,"总仿佛看见一个粉墨登场的神采奕奕,潇洒出尘的美男子,扮演着一个什么名正则字灵均的'神仙中人'说话(毋宁是唱歌)"这段话中,我们可以看出,闻一多对于《离骚》有个强烈歌舞剧的强烈体认,因此,亦如上文所曾引的,他要说《离骚》是"一篇题材和秦始皇命博士所唱的仙真人诗一样的歌舞剧"⑤。这样一种体认,虽未在他对《离骚》的研究中体现出来,却在他对原为祀神乐歌的《九歌》的研究中鲜明地体现了出来。

同梁启超认为《九篇》十篇,各侑一神,认为《礼魂》为每篇末后所公用的看法不同,闻

---

① 闻一多,《楚辞校补·九歌》,《闻一多全集》第5卷,湖北人民出版社1993年版,第152页。
② 闻一多,《楚辞斠补甲》,《闻一多全集》第5卷,湖北人民出版社1993年版,第59–60页。
③ 闻一多,《天问疏证》,《闻一多全集》,湖北人民出版社1993年版,第582页。
④ 郭沫若,《论闻一多做学问的态度》,《郭沫若全集·文学编》第二十卷,第329、331–332页。
⑤ 闻一多,《人民诗人——屈原》,《神话与诗》,天津古籍出版社2008年版,第260页。

一多认为,《东皇太一》与《礼魂》是迎送神曲,中间九章,"是十一章中真正的精华,二章则是传统形式上一头一尾的具文。《楚辞》的编者统称十一章为《九歌》,是根据艺术观点,以中间九章为本位的办法"①。进一步,闻一多又将十神分为两类:"东君以下八神代表巫术降神的原始信仰,《国殇》与《东皇太一》则是进步了的正式宗教的神了"②。迎的是东皇太一,其他九神到场干什么,闻一多说:"《汉郊祀歌》已有答案:'合好效欢虞太一,……《九歌》毕奏斐然殊。'《郊祀歌》所谓《九歌》可能即《楚辞》十一章中之九章之歌"③。"九神之出现于祭场上,一面同是对东皇太一'效欢',一面也是以东皇太一的从属的资格来受享。效欢产于主人的地位,替主人帮忙,受享时则立于客的地位作陪客。"④

《汉书·礼乐志》语曰:"有赵代秦楚之讴中,以李延年为协律都尉",闻一多引此说:"九章之歌所代表诸神的地理分布,恰恰是赵代秦楚","地域愈南,歌辞的气息愈灵活,愈放肆,愈顽艳,直到那极南端的《湘君》《湘夫人》,例如后者的'捐余袂兮江中,遗余褋兮醴浦'二句,那猥亵的含义几乎令人不堪卒读了。以当时的文化状态而论,这种自北而南的气息的渐变,不是应有的现象吗?"⑤"这些故事之被扮演,恐怕主要的动机还是因为其中'恋爱'的成分,不是因为那'人神'的交涉,虽则'人神'的交涉确乎赋予了'恋爱'的故事以一股幽深,玄秘的气氛,使它更富于麻醉性。但须知道在领会这种气氛的经验中,那态度是审美的,诗意的。""严格地讲,二千年前《楚辞》时代的人们对《九歌》的态度,和我们今天的态度,并没有什么差别。同是欣赏艺术,所差的是,他们是在祭坛前观剧——雏形的歌舞剧,我们只能从纸上欣赏剧中的歌辞罢了。"⑥

闻一多的大胆与独创,在于他将自己的认识付诸了实验:将《九歌》真的编成了一个歌舞剧,这也许是出于闻一多作为诗人兼20年代国剧运动重要成员的技痒与爱好,于是而有《"九歌"古歌舞剧悬解》,这既是学术的,又是艺术的,于是作为学者的闻一多,乃与作为诗人与国剧提倡者的闻一多合一了。

我们可以看出,闻一多对于《九歌》的分析,仍然是从宗教学、民俗学、人类学的视角出发的。他对于《离骚》那种歌舞剧的情结,正是在这一视角下产生的。

五

现在,我们可以对闻一多对于《楚辞》研究作一个总结了:他的贡献有四个方面:一是

---

① 闻一多,《什么是九歌》,《神话与诗》,天津古籍出版社2008年版,第269页。
② 闻一多,《什么是九歌》,《神话与诗》,天津古籍出版社2008年版,第270-271页。
③ 闻一多,《什么是九歌》,《神话与诗》,天津古籍出版社2008年版,第268页。
④ 闻一多,《什么是九歌》,《神话与诗》,天津古籍出版社2008年版,第268页。
⑤ 闻一多,《什么是九歌》,《神话与诗》,天津古籍出版社2008年版,第268页。
⑥ 闻一多,《什么是九歌》,《神话与诗》,天津古籍出版社2008年版,第277页。

将屈原突出为人民的诗人。二是他从宗教学、民俗学、文化学与人类学的角度进行了研究，真实地开辟了《楚辞》研究的新路径。三是他在对《楚辞》的校勘训诂上作出显著的成绩。第四，他对将《九歌》还原为雏形的戏剧作了尝试。在整个20世纪，《楚辞》研究者，都没有他取得这样多方面的成就。他是20世纪乃至整个《楚辞》学史上，从事的方面最广，因而综合性最强的学者。

如果归并一下，上文已说，第四方面乃是第二方面的延伸，第一方面，则是古已有之将屈原意识化的体现，不过是换了一个方向，换了一套话语，第二、三两项则是对于20世纪发端期《楚辞》研究两个源头的继承，并在这种继承中使作为源头的这两方面展开为现实的研究路径，取得有目共睹的成就。因此，既可以说时代造就了闻一多的学术研究，也可以说闻一多以其才能与勤奋在很大程度上塑造了20世纪中期《楚辞》研究的面貌。

林纾的楚辞读本与楚辞批评

福建师范大学　郭　丹　李彬源

一

　　林纾(琴南)在北大和其他几所大学任教期间,都曾编过古代诗文读本作为教材。林纾的古代诗文选本,有《左孟庄骚精华录》《左传撷华》《中国国文读本》《浅深递进国文读本》《古文辞类纂选本》等近二十种。基本上是他在几所大学任教时所编的教材。读其选本,可知其所谓"精华",所谓"撷华",一是所选文章是《左传》《孟子》《庄子》"楚骚"等古籍著作中他认定的华彩篇章;二是指评点时所揭示的作品内涵的精华所在。因此林纾所编的读本,体现了林纾选家的眼光,蕴含着选家的批评思想,它又是从教师教学的眼光来选编的,其作用,对今天的古文选编和教学都有一定的启发。

　　林纾的楚辞选本,今所见主要在《左孟庄骚精华录》中的《离骚九章》。《左孟庄骚精华录》于民国二年(1913)所辑,上卷录《春秋左传》文三十二篇,下卷录《孟子》六篇、《庄子》十二篇以及《离骚九章》即屈原《九章》全部。其体例,是先录全诗,注用王逸《楚辞章句》和洪兴祖补注,然后在每篇后加以集中点评。①

　　昔人之选《楚辞》,多半选《离骚》《九歌》等(如《昭明文选》选《离骚》、《九歌》六首、《卜居》、《渔父》,《九章》仅一首《涉江》),林纾为何偏选《九章》?一般论者认为,屈原在《离骚》中已经对其自身身世、经历以及在楚国的奋斗历程都叙述详尽,感情的抒发也淋漓尽致。《九章》与《离骚》在内容和感情上基本相同。其实林纾对《楚辞》的所有作品都是熟悉的,他曾在《文微》中评点屈原和楚辞的众多作品。如对于《离骚》,他评曰:"《离骚》之文,情哀艳而气厚色古,且富曲折。"又说:"《离骚》辞藻,觉极复叠,而其神意内转,极有作用。"评《九歌》曰:"屈原《九歌》之文,无不妙者。词丽而色古,情长而调悲,若抽茧丝,绵延弗绝,而更极有章法。"②说明他并非不喜《离骚》《九歌》等作品。林纾独选《九章》,殆以其在《春觉斋论文·流别论》中说的一段话可以窥其端倪:

---

　　① 本文所用《左孟庄骚精华录》,为商务印书馆民国二十四年九月版。
　　② 《文微·周秦文平第六》,《文微》,民国9年(1920)撰,林纾口授,朱羲冑撰述,民国14年黄岗陶子麟仿宋精刻本。

《文心雕龙·辨骚》篇曰:酌奇而不失其真,玩华而不坠其实。是言真知"骚"者也。枚贾得其丽,马扬得其奇。此私淑者之径造其室也。然其叙情怨、述离居、论山水、言节候,综此四者,披而读之,瞑目遐想,良有不可自解者。少时喜诵《九章》,怨悱不可申愬者,无如《惜诵》之文,……乃知骚经之文非文也。有是心血始有是至言。……惟屈原之忠愤,故发声满乎天地。①

自小喜诵《九章》是一个方面,更重要的是,林纾曾说:"屈子真志尽载《九章》。"(《文微·周秦文平第六》)"诗言志",他认为屈原的心志和情感,在《九章》组诗中更为突出。的确,《九章》与《离骚》虽然有相通之处,但对于屈原的心志和情感表达,更加直接。把《离骚》一篇中的内容分为九首诗来倾诉,当然可以更加细腻。再者,《九章》所抒发的感情,与林纾当时的情感是相通的,所以他对《九章》情有独钟,《精华录》于楚辞独选《九章》而非《离骚》或其他作品,就不奇怪了。

二

陈寅恪在《王观堂先生挽词序》中说:"凡一种文化值衰落之时,为此文化所化之人,必感痛苦,其表现此文化之程量愈宏,则其所受之苦痛亦愈甚;迨既达极深之度,殆非出于自杀以求一己之心安而义尽也。"以陈寅恪先生的看法,王国维的自杀,是其自身文化断裂而造成的结果。林纾虽然年岁比王国维大一些(林纾 1852—1924;王国维 1877—1927),但同样身处于那个激烈动荡的易代之际,处于新旧文化交替之际。王国维熟悉尼采哲学,应该有相当的开放眼光,但他浸润于旧文化的确太深了,正如陈寅恪所说的王国维因为浸淫于旧文化"之程量愈宏",所以其"苦痛亦愈甚",只好选择自杀。郭沫若说过,林纾是从传统向现代转换的交叉点上的代表人物。与王国维相似的是,林纾同样的深受旧文化的浸染,但他大量地翻译西方小说,亦为其接触西方文化开了眼。与王国维惊人相似的是,在新旧文化交替之时,林纾虽没选择自杀(此中有其性格的差异),但其"苦痛",也一如王国维,"达极深之度",不以自杀解决这种苦痛和矛盾,林纾选择了以《九章》来寄托和宣泄苦痛的渠道。

再者,历代作《楚辞》注本的,都存在"借他人之酒杯,浇胸中之块垒"的现象。汉代以后,包括洪兴祖、朱熹、吴仁杰、黄文焕、钱澄之、周拱辰、王夫之、林云铭等人,他们或是"借屈原以寓感",或是"以《离骚》寓其幽愤",都把注释楚辞作为释放自家胸中愤懑的一个工具。洪兴祖在《楚辞补注离骚后序》中说:"余观自古忠臣义士,慨然发愤,不顾其死,

---

① 《春觉斋论文》,民国 5 年撰,后易名为《畏庐论文》,民国 10 年商务印书馆铅印本。

特立独行,自信而不回者,其英烈之气,岂与身俱亡哉!"并认为"《离骚》二十五篇,多忧世之语。"这大概是他晚年因冒犯秦桧而被贬职后发的感慨。后代的注释楚辞大家,闽人学者,除了朱熹之外,还有两位是林纾的同乡。一是明代后期的学者黄文焕(福建永泰县人,今属福州市),一是作《楚辞灯》的林云铭(闽县林浦人,今福州市仓山区)。黄文焕因黄道周案下狱,在狱中作《楚辞听直》八卷,其注《楚辞》,采用了注评结合的方式,在注评中特别突出屈原的"忠"和"愤",这正是他要"以《离骚》寓其幽愤"的目的。其后处于明清易代之际的王夫之作《楚辞通释》,则不局限于一己之私恨,而是扩大到家国之痛之中。所以,后代注《楚辞》者,或仕途蹭蹬,或遭谗被谤,或家国之忧,都能从屈原的作品中找到共鸣,并通过注释《楚辞》来释放自己胸中的怨愤之情。①

《九章》九篇,非屈原一时一地而作,除《橘颂》之外,都是诗人流放时的作品。其精神虽与《离骚》基本一致,但分而叙之,其对流放期间的生活经历、处境和悲愤苦闷的心情,以及对楚王的深深眷念,对故国民生的深厚感情和对昏君佞臣的痛恨,都比《离骚》表现得更加细腻和淋漓尽致。林纾对此深有体会,林纾在"总序"中说:"屈原放于江南之野,思君念国,忧心罔极,故复作《九章》。章者,著也,明也,言己所陈忠信之道,甚著明也。卒不见纳,委命自沈。"此乃林纾对屈原《九章》的总体看法。对《九章》各诗的评点,林纾也是有感而发的。

他在《春觉斋论文·流别论》中也涉及《九章》的具体作品,如前面所引,认为"《惜诵》之文,怨悱不可申诉",又认为"(《涉江》)其中著一去国之孤臣,不特此身不可安顿,即此心又宁有安顿之处?又知国家衰败,断无容己之人。即己亦不愿变心而从俗"。又说:"惜古人句,则斗然而醒,觉眼前景物,依然是个亡国气景。"《思美人》的评点说:"今已亦秉天地正气而生,何为竟落乱世。欲变节则自引为愧,欲偷生又不易其性。以独醒之眼,看他车覆马颠,并无趋救之法,悲哉悲哉!"这里虽是评点《涉江》《思美人》这些作品,然而却是发自林纾内心的感慨。"去国之孤臣",他虽未曾像屈原一样"去国",但清亡而民国兴,对林纾而言,却有亡国孤臣之痛。他虽没有像屈原那样流徙,但"恋念故主之情",可以在屈原作品中找到共鸣。他像屈原那样不愿"变心而从俗",不愿"变节",不愿"偷生",所以当新文化运动来临之时,遂有其坚持文言文反对白话文的落伍之举。

民国元年(1912)秋,林纾从天津迁返北京。此时袁世凯当国,1913年3月22日宋教仁被刺身亡,统治上层政治斗争复杂,社会依旧黑暗。林纾曾在宣南楼新居门楣上大书"畏天"二字,坚决拒绝为袁世凯签署"劝进表"。林纾忧心如焚,深感苦闷,其作《书感》一诗云:"此心望治几曾灰,时变纷呈胆欲摧。横议直非常理测,边氛谁引切身灾。国先难问遑言党,心果能公转胜才。痼疾日深医又误,唐衢泪眼向谁开。"他一边痛恨袁世凯

---

① 参见拙著《〈四库全书总目〉中的楚辞批评》,《漳州师范学院学报》2007年第3期。

的专权,又对革命党人的行为不理解。他反对专制,也反对共和,而主张立宪。这些思想,在《追忆》《咏史》等诗以及《论专制与统一》、《〈离恨天〉译余剩语》、《国仇私仇缓急辨》等文章中都有所流露。所以他对支持变法维新的光绪皇帝必然永不释怀。《哀郢》评点说:"身虽东行,而心仍在故都。所恨此身一去,而后顾茫茫,丧礼正无有纪极。大夏为丘,东门可芜,此铜驼荆棘之悲也。"这些话,虽是评说屈原,实为自况。萦怀于林纾心中的,"依然是个亡国气景"。忠君怀旧之思,黍离铜驼之悲,身处朝代变化的林纾,因此发出深深的感喟,的确是易代之臣的一种心态。他在《畏庐诗存自序》中说:"惟所念念者故君尔。"他在多次的谒陵诗中总是说到:"天高难问沧桑局,事去宁灰犬马心","不留余憾存青史,但有精魂恋紫宸","伤心此日兼怀旧","无补兴亡同有恨"等等(见《畏庐诗存》),都与屈原的情感相通。屈原是"没身绝名,完事都已"(《惜往日》评语),林纾是"可怜八度崇陵拜,剩得归装数首诗"(谒陵诗)。无怪乎林纾以"沧海孤臣"的身份而有十一次谒光绪陵之举。这样的感喟,实在是良有以也。

其时民国虽建立不久,然其腐败已日益严重,并引发许多人的反感,当时不少人有这样的看法。所以林纾的《九章》评语对屈原时代的奸佞小人的批评特别多。《惜诵》评点说:屈原所处之世,"人间皆群小纵横。……小人设阱陷人,忠直者万无可免。"认为"臣有思君之心,纯为群小壅蔽"。(《思美人》评语)在《悲回风》评语中认为"此章极写小人之能壅蔽天日,使忠奸颠倒无别",屈原"谏之不能,救之无术,则寓情高远,翱翔于天地之间。脱去小人之槛陷,以泄其忧愤之怀"。屈原的遭遇,引起林纾深深的共鸣。林纾曾写过一篇《书宋张溟艮岳记后》,文章中批评宋徽宗重用奸臣,终于招致亡国之祸。他游颐和园,则感慨李连英、崔玉贵当权(《游颐和园记》)。面对袁世凯的称帝野心,他忧思日重,感觉"世界已无清白望","陆沉弹指无多日"。林纾在评点《九章》各篇时,借对屈原时代奸佞群小的批评,寄托着自己现实的忧思,也借此以"浇胸中之垒块"。对时局的忧虑和对群小的痛恶,常是与爱国情怀联系在一起的。林纾一生,并不乏爱国情怀。他在《徐景颜传》中热情歌颂为国捐躯的将士,在《谢枚如先生赌棋山庄记》中希望谢章铤为国效力,挽救民族危亡;游泰山,发出山河"莫教落人手,松石披胡腥"的担忧(《夜中望岱》诗)。这样的爱国情怀,必然在评点《九章》时得以宣泄。如他称赞"屈平之气愈高愈亢,志概之坚刚,直同铁石","鸾凤之歌,皆未死前之薤歌也"(《涉江》评语),"断不能刓方为圜,以合小人之绳尺。……且不知忠佞同朝,互相刺害之何故"(《怀沙》),称赞《涉江》一篇"乱辞极慷慨淋漓。不惧威,不爱死,且欲一死为后世君子爱国之法。生气远出,忠肝义胆,千载下犹凛凛焉"(《涉江》评语)。屈原的爱国情怀与林纾的爱国情愫是相通的,所以林纾的称赞,可谓发自内心的真诚。

就林纾对古代诗文的看法来说,他更看重古文创作,认为诗则不过是"狗吠驴鸣"。虽然如此,林纾毕竟是文学家、诗人和文论家,他的批评常有独到之处。他在《春觉斋论文·流别论》中首论楚辞,就以《九章》为例。殆因诗骚的传统对后代诗歌影响太大了。据说他50岁以后,案头只有《诗》《礼》二疏、《左传》《史记》《庄子》、韩欧之文,此外则只《说文》、《广雅》而已。以诗人之质,他当然能够细微的领会楚辞的感情。屈原在《九章》里抒发的激烈感情始终震荡着他。他在《春觉斋论文·流别论》中就指出,(《惜诵》)"积愫莫伸,悲愤中沸,口不择言而发","骚经之文,非文也,有是心血,始有是至言","惟屈原之忠愤,故发声满乎天地"。这样的看法,前人虽也已说过,但林纾反复申说,说明其体会之深。评点《惜诵》说:"屈原文章,以凄厉为主,由楚声悲也。"它与《诗经》的"变风""变雅"有异曲同工之妙:"变风变雅之凄厉,鄙人每于不适意时,闭门户读之,家人虽不知诗中之意,然亦颇肃然为之动容。"(《春觉斋论文·声调》)屈原"悲愤中沸",悲愤至极则必发声凄厉,再加上楚辞本是"书楚语,作楚声,纪楚地,名楚物"①,楚声本悲,当然越加凄厉了。林纾称赞屈原"志慨之坚刚,直同铁石"、"高厉孤洁"(《涉及》评语),"热血一腔,极力麾洒,不死不止"(《抽思》评语),这些赞语,是林纾读《九章》的感受,也可以说是林纾的自况。

三

《左孟庄骚精华录》是读本,是教材,所以林纾不忘从文学艺术的角度进行解剖分析,符合作为教材读本的功能。

对于《九章》的章法特点,林纾针对批评《九章》"沓"即重复的特点进行申辩。屈赋本有回环反复的特点。屈原要表达内心之志,常用反复申说的方式表现于诗中,所谓"沓",当指此。林纾是能理解和领会这一特点的。他在《文微·周秦文平第六》中说:"吾年三十许读离骚,只知领气取响,及今乃明其千回百转之情,颠扑不破之理。"在《春觉斋论文声调》中说:"试观《离骚》中,句句重复,而愈重复,愈见其悲凉。正其性情之厚所以至此。""沓"是情感表达的需要,《春觉斋论文·流别论》中说得很明白:

  (《惜诵》)其曰莫之白,曰莫察,曰无路,曰莫吾闻,积沓而下不外一意。胡读之不觉其沓?由积愫莫伸,悲愤中沸,口不择言而发。惟其无可申诉,故沓。惟沓,乃见其衷情之真。若无病而呻,为此絮絮者,便不是矣。

屈原正是因为"无可申诉",才反复申说;反复申说,才愈见其衷情之真。林纾的体会是很深刻的。所以他在《九章》的各篇中凡出现反复的章节,都予以解释,让读者明白此

---

① 黄伯思《翼骚序》,陈振孙《直斋书录解题》卷十五《楚辞类》引。

中的道理。如《惜诵》评点："读《九章》，当不厌其沓。文字犯一沓字，便令人索然无味。独于楚辞则否。"又云："骤读似患重复，实则情挚声哀，回环吐茹，非沓也。"真情流露，则不厌其沓；《抽思》评点："《抽思》一章，词多反复，言之又言，是直华周杞梁之妻之哭声也。试思妻之哭夫，有何长言？自哀身世，凄恋藁砧，数言可了。而至于变其国俗，则听者必有不厌其烦。故则而效之。由情本于衷，虽言之又言，而人感其诚恳，故不以为冗复。"杞梁之妻，后来演变为孟姜女的典故，在《左传》中是为华周杞梁之妻。杞梁妻之哭，是一己之悲哀。屈原乃为国忧愁，以"直谏之苦心"，"抒怀不已，不肯痛觉之意，言之又言"（《抽思》评语），所以屈原不同于一己之悲哀，故"言之又言"，反复倾诉，读者亦不觉其沓。林纾的分析是很有道理的。

  林纾对各篇的评点，亦颇见文心。自东汉王逸的《楚辞章句》之后，楚辞的注释评点本可谓汗牛充栋。林纾是个饱学之士，当然熟悉历代的楚辞评点。作为读本，林纾不沿袭前人窠臼，而是更着眼于作品的精华所在（故曰"精华录"）。评点时，林纾一般是先总括全篇旨意，然后按照作品结构分而评述。王逸的《章句》和洪兴祖的补注历来被奉为楚辞评注的圭臬，林纾的《九章》"精华录"也是以《章句》和洪之补注为准的。且以《涉江》为例。洪兴祖的补注曰："此章言己佩服殊异，抗志高远，国无人知者，徘徊江之上，叹小人在位，而君子遇害也。"《涉江》一诗充满着悲剧色彩，屈原在诗中表现出艰苦卓绝、坚持理想、矢志不移的精神。林纾的评点突出了此篇的精神内涵："《涉江》篇，屈平之气愈高愈亢，志概之坚刚，直同铁石。"此篇的总评，体现了林纾对作品的整体把握。其后是对作品的具体分析：

  奇服，愈忠直之行也。凡长铗切云，明月宝璐，皆自喻其高厉孤洁。无奈落于溷浊之世。然犹淑身葆节，终不回曲。以下青虬白螭，一一出以寓言。极力反抗浊世，托身既高，则不能更为乡人回护。故直肆口骂楚人曰南夷。既骂南夷，万无更与周旋之理。于是涉江而行，容与疑滞，处处皆是凄恋故都。至于枉陼辰阳，则去楚乡远矣。眼中所见，皆猿狖深林，与当日侍从怀王时，景物大异。益以雨雪，更增逐客之悲。此时大有不可自聊之势。然究不愿以愁苦终穷故，变心从俗。又引许多古人自方，重昏以终身。是安心待死矣。鸾凤之歌，皆未死前之薤歌也。伤心极矣。

  对照《章句》和《补注》全文，林纾的评点更加简洁。简洁之外，林纾上引的评点包括两个层面，一是突出了屈原的情操、品格和苏世独立、孤高亢直的精神本质。相对于《诗经》来说，屈原作品的一大创新，是丰富了《诗经》中的意象。"奇服"、"长铗"、"明月"、"宝璐"自有其丰富的含义。林纾毕竟是诗人，深谙这些意象的作用，所以他不再从名物训诂方面多说(作为读本,原文中已随文训释),"忠直"、"高厉孤洁"、"淑身葆节"、"终不回曲"等等,就是上述意象的象征意义,因此林纾直点出其所象征的屈原的性格和精神。二是对屈原涉江而行的心情、处境以至结局进行评析和揭示。"凄恋故都",使屈原不忍离去,但"不愿以愁苦终穷故,变心从俗",又使他不得不走,所以"更增逐客之悲"。结局只好"安心待死"。对于作品的内涵和屈原的心情,林纾的确是深入到屈原的内心,体会幽微了。

说到林纾对意象的把握,也体现在《橘颂》的评点中,他领会"橘颂"的意义,说"美橘之有是德,故曰颂"。对于"橘"的意象意义,他指出,"橘树白华赤实,皮既馨香,又有善味,故托以自方"。屈原歌颂橘,皆含象征意义,"棘枝圆果,是外武而内文。明青黄杂糅,则文采之焕发。顾但视文采,亦不足贵,所贵者中怀洁白耳"。"独立不迁,是自信语。苏世独立,是瘝独立之不足以当逸人"。这样的评点,对读者领悟"嘉树"美橘的品质有极大的帮助。《悲回风》一篇,林纾指出屈原是"眇远志,怜浮云,介眇志,窃赋诗,则陈述己之忠节"。《悲回风》"升高怀远中,写出无尽萧寥景象"。《悲回风》多用比兴,其所用兴象更多,皆有所寄托,林纾在《文微·周秦文平第六》中曾说:"《悲回风》之文,辞面使事设喻,不伦不类,而作者心有主意,故其精气凝固,有层次,又有贯穿,识之弗易,固其所也。"《悲回风》中的鸟兽鱼龙、兰茝芳椒,这些兴象看似繁杂,却应该透过兴象领悟其手法和精气所在。其实,不仅《悲回风》,《九章》各篇比体兴象甚多,林纾甚至认为,"李长吉所作比体诸诗,盖学屈子《九章》也"。①

其他各篇,林纾的评点也有许多精到处。评《哀郢》说:"以《哀郢》继《涉江》之后,仍是恋恋故都,不忍去之意。""则身虽东行,而心仍在故郢"。《哀郢》作于秦将白起攻破郢都,楚王仓皇东迁之后,哀郢,就是哀悼郢都的沦亡。屈原最不忍舍的,就是郢都。而郢都的沦陷,恰恰是小人的专权肆虐。所以"惨惨郁郁而不通兮"以下,"均痛斥小人之壅蔽"。林纾的评点,抓住了这一结穴点。《抽思》是屈原抒发自己的忧思:"与美人抽思兮,并日夜而无正。"但君王"敖朕辞而不听"。对此,林纾评曰:"秋风动容,乱兆已见。非君妄怒,何遽至此。"屈原在《抽思》里写到:"昔君与我诚言兮,曰黄昏以为期。羌中道而回畔兮,反既有此他志。"林纾评曰:"因思当日怀忠进谏,及君与诚言,至于薄暮未已,而中道忽尔回畔。握持宝玩,陈列好色,一变从前鱼水君臣之乐。且为己而怒。于是怛伤无已。历情陈词,君皆聋聩不闻。"揭示出屈原反思和痛心之所在。因此屈原才会在诗中"言之又言。热血一腔,极力麾洒,不死不止"。再如《怀沙》,屈原已经在诗中表明必死的决心。所以林纾评曰:"此章多仗节死义之言。""汨罗之投,已决于此矣。"屈原在《怀沙》里是绝望的倾诉,认为楚国已无希望,一切已颠倒错乱。自己的才质内心痛苦,再也不会

---

① 《文微论诗词第十》。

被理解，于是反复诉说。所以林纾说《怀沙》是"赋体也"。《思美人》有个特点，就是将地下与天国，人间与仙境，历史与现实融合为一。林纾一开始就指出，《思美人》"中间有无尽华严之楼阁，都在清虚想象之中"。其感情特点是，"一发吻间，泪已应声而下"。屈原在《思美人》中写道："愿寄言于浮云兮，遇丰隆而不将。因归鸟而致辞兮，羌迅高而难当。"林纾点出屈原在前面斥责群小之壅蔽后的转折后，接着说："忽然仰见白云孤飞，归鸟高翔，两两似皆向郢都而去。"所谓"向郢都而去"，是林纾自己的想象，这对于理解原诗中屈原的心情是很惬当的补充。

林纾的评点，很注意结合作品的章法结构进行，各篇都有这个特点。我们且举《惜往日》来看：

惜往日句起，至明法度之嫌疑句，言怀王重任宗臣，故令修明宪令。
国富强而法立四句，写托心于上，参与密勿不敢漏泄官府之言。
贞臣无罪以下四句，则自行剖白心迹。
忽着一"惜"字，如垂危张眼，顾视家人，所言均是惨恋怀王，指斥群小。
累引四贤，谓汤武桓缪（穆），则必不信谗。四贤君自况也。
芳草早殀以下，均伤谗及衔冤无诉意。
而结穴复着一个"惜"字，则哀君之愚，何不觉察而明也。千回百转，纯是忠爱之言。

把它们和《惜往日》的各段相对照，可以发现林纾这种提纲挈领的分析，对读者掌握作品是很有好处的，能够引导读者去把握作品各部分的内涵。这样的对照作品的结构章法进行分析，当然是林纾考虑到作为教材读本而考虑的。林纾《左孟庄骚精华录》各篇评点文字都统一附在篇末，对照作品，就可以看得很清楚，它既可以让读者掌握作品的章法结构，又能领悟原作的真谛。

在历代的楚辞批评家中，林纾并非大家。他的遴选《九章》，也不是作为一部独立的楚辞选本来选的。但林纾是个文论家，他有自己独立的成体系的批评思想。从他的作为教材选本中，我们可以窥视其楚辞批评的特点。林纾《九章》读本评点的内容，以及他在《春觉斋论文》《文微》等著作中的楚辞批评，构成其文论思想的组成部分。另外，作为教材的楚辞选本，他的选编和评点，也可以让后人得到启发。

诗人情怀,学者气度

——孙大雨《屈原诗选英译》的翻译特色

南通大学外国语学院　严晓江

孙大雨先生(1905－1997)是中国现代文学史上著名的诗人和翻译家,祖籍浙江省诸暨市,出生于上海。1925 年毕业于北京清华学校高等科,1926 年赴美国留学,曾先后在达德穆斯学院(Dartmouth College)和耶鲁大学(Yale University)研究生院攻读英文文学,1930 年回国后历任武汉大学、北京师范大学、北京大学、浙江大学、暨南大学等校英文文学教授。孙大雨翻译成就斐然,《屈原诗选英译》是其代表译作之一。屈原的忧患意识与美政理想、追寻真理的求索精神以及内美修能的人格魅力,深深鼓舞了一代又一代的仁人志士。屈原是中华民族精神的典范,将屈原诗作这样的中国文学经典译成英语,对于弘扬中华传统文化的精髓以及促进中外文化交流具有十分重要的意义。孙大雨以顽强的毅力和诗人的才情在古稀之年完成了《屈原诗选英译》,该书于 2007 年由上海外语教育出版社在 1996 年初版的基础上再版。

一、严肃的批评与大胆的见解

《屈原诗选英译》给人最深的印象是"厚重"。虽然只选译 21 首屈原诗作,但篇幅比其他译本更加宏大,包含了序、前言、再版前言、导论、注释、跋等附加内容,导读功能很强。孙大雨在长篇导论中除了概括从三皇五帝到春秋战国时期的历史状况以及屈原的生平简介、诗作艺术、思想境界之外,更主要的是运用"历史透视"与"价值判断"的方法对某些中外学者关于屈原及其作品的偏颇观点进行了严正批评。例如,他指出:宋代伟大的诠注家朱熹虽然在屈原诗作的校勘和评注工作中有很大贡献,但对屈原"缺乏克己和中庸"的批判性评价是不慎重和缺乏判断的;近代中国著名学者胡适在《读楚辞》一文中竟然提出屈原是子虚乌有的,这种观点显然带有哗众取宠的荒唐意味;著名作家和汉学家林语堂说"屈原只有一点修辞上的天赋",这是因为他对屈原的内心和外部世界只做了粗浅研究,而没有去体会屈原伟大的人格和炽热的激情;西方人之所以无法深入探讨和欣赏屈原诗作,主要问题在于语言障碍以及缺乏优质的译本和全面深刻的介绍,屈原思考的主题关乎民生和社稷,在价值功绩上决不逊色于荷马和弥尔顿的叙事史诗。[1] 可见,

---

[1] 孙大雨,《屈原诗选英译》,上海外语教育出版社 2007 年版,第 299－303 页。

孙大雨怀着对屈原的崇敬之情，从历史的客观性和文学的严肃性出发，在批评的字里行间表明自己的爱憎情感，充分肯定了屈原作为一位思想家、政治家和诗人的历史地位以及光辉形象，这在深层次上是因为译者本人与屈原针砭现实、关注民生与时代的精神相契合。

对屈原诗作的解读是多元的。译者要善于集各家之长，去粗存精，最大限度地表现其深刻内涵和美学情致。"具备译入语和译出语双重优势的译者自然是最佳，其译品将建立在对中国文化作品较为透彻的理解和领悟基础上，必要时甚至可做文献考证，以保证翻译的准确性；又可熟练驾驭译入语，并基于对西方文化的了解，用西方读者可接受的方式阐述中国文化。"①孙大雨通过考据、推理、互文观照等方式对一些有争论的问题大胆提出自己的见解，为翻译屈原诗作提供了言之有理的依据。例如，在谈到《九歌》的译名时他指出：《九歌》是一部赞歌集，名字是诗人自己起的。所谓九歌是一组歌，有一定数量，但并不一定刚好是 9 首，实际上是 11 首或者说 10 首更合适。由于大禹的合唱也名九歌，所以把《九歌》译成《九首赞歌》，以示区别。②《天问》涉及自然现象、历史事件、神话传说、哲理思辨等诸多范畴，诗章的命题是"天问"，不是"问天"，其英译文的含义是"笼罩世间万物的老天或苍天从精神上、道义上和实体上主宰着一切"，提出的问题是"怎么会"和"为什么"，其精髓可以概括为：得道者昌，失道者亡。③ 可见，孙大雨倡导慎思与明辨的翻译态度，注重在与其他文本的交互参照中理解意义。文学翻译需要译者具备丰富的相关背景知识，文学研究则是文学翻译的基础。孙大雨对屈原诗作的透彻理解，来源于其广博的历史地理、社会文化、风尚习俗等方面的知识以及细致的研究功夫，适度的考证在很大程度上体现了译者的主观能动性。

二、音译加注、直译加注以及意译加注的结合

屈原诗作主题深奥、语句晦涩、情思馥郁，在翻译过程中难免会造成或多或少的文化缺失。"加注"作为异化策略的补充手段可以有效弥补这种缺失，这种"厚重翻译法"能使译入语读者更加尊重源语文化，更好地欣赏他者文化的思维与表达方式④。孙大雨将音译加注、直译加注以及意译加注相结合，传达屈原诗作在语言、文学和文化等方面的陌生性，翔实的英文注释可以引导有兴趣的读者进行深入研究。赫尔曼（Hermans）指出：译作

---

① 罗顺江、王松，《中国文化作品译介的生态学考察》，《重庆交通大学学报（社科版）》2003 年第 1 期，第 123 页。
② 孙大雨，《屈原诗选英译》，上海外语教育出版社 2007 年版，第 240 页。
③ 孙大雨，《屈原诗选英译》，上海外语教育出版社 2007 年版，第 275 页。
④ Appiah Kwame Anthony. *Thick translation* [C] (p808). In Venuti, Lawrence (ed.). *The Translation Studies Reader*. London & New York: Routledge, 2000.

中所出现的旁注、脚注、括号说明以及序言等准文本形式均表明原作者和译者两种声音共存于其中。从这个意义上讲,译作绝非是对原作的透明再现。此种译者的充分介入体现了译者对翻译活动的认识,正是这种认识决定了翻译选材、翻译目的和态度、翻译策略以及译文的表现方式等等①。

在涉及人名、地名、时间等中国文化色彩浓厚的专有名词的翻译时,孙大雨一般使用音译加注的方法。例如,《离骚》中有这样的诗句:"摄提贞于孟陬兮,惟庚寅吾以降……名余曰'正则'兮,字余曰'灵均'",孙大雨使用威式拼音(Wade-Giles)将时间词"摄提"与"庚寅"译成"Se-tih"与"Keng-yin",将名字"正则"与"灵均"译成"Ts'en-tse"与"Ling chun",②并且在文后给出英文详细解释,让目的语读者了解中国古代实行太岁纪年和干支纪年的知识。太岁指向寅宫的那一年为"摄提","庚寅"则是纪日的干支。"正"与"灵"突出了"得阴阳之正中"的意蕴,暗指屈原的政治理想合乎时势;屈原诗作中有许多地名,比如鄂渚(Ngo-tsu)、溆浦(Sue-puh)、夏浦(Shiah)、辰阳(Tsen-yang)、陵阳(Ling-yang)、溠阳(Jin-yang)等等,这些地名具有一定的文化内涵。20世纪60年代以前一般使用威式拼音翻译人名与地名,国务院于1978年颁布了"关于一律以汉语拼音方案拼写我国人名地名的决定,使得人名、地名等的翻译混乱状况已趋于规范统一。"③从总体上讲,音译加注既可以保留汉语特色,又具有维护民族尊严的意义。

在涉及植物、动物、自然现象的翻译时,孙大雨一般使用直译加注的方法。例如,《离骚》中有以下诗句:"扈江离与薜芷兮,纫秋兰以为佩",孙大雨将"秋兰"直译成"eupatories autumnal"④,并且在文后进行解释:战国时期楚国人用于佩饰、沐浴、制膏的兰花,取于野生或种植。"秋兰"是菊科的兰草,而不是兰科的兰花。兰草生于山中湿地,其花微紫,兰花则是多年生常绿草本的观赏植物;屈原诗作涉及的动物有飞禽走兽、鱼鳖虫豸,这些意象往往具有象征意义。例如,孙大雨将《离骚》中"乘骐骥以驰骋兮"的"骐骥"一词直译成"coursers"⑤,并且在文后注释中点明其内涵:"骐骥"又名"骏马",屈原以马自喻,突出了智慧超群、品性高洁的形象;屈原诗作中的日出日落、风霜雨雪等自然现象往往是诗人托物言志、借景抒情的载体。例如,孙大雨将《悲回风》中的"悲回风之摇蕙兮,心冤结而内伤"直译成"Lamenting on whirlblasts shaking the coumarou, Mine heart, unjustly

---

① Hermans, T. Paradoxes and Aporias in Translation and Translation Studies [C] (p808). Riccardi (ed.). *Translation Studies: Perspectives on an Emerging Discipline*. Cambridge: Cambridge University Press, 2002.
② 孙大雨,《屈原诗选英译》,上海外语教育出版社2007年版,第311页。
③ 包惠南,《文化语境与语言翻译》,中国对外翻译出版公司2001年版,第64页。
④ 孙大雨,《屈原诗选英译》,上海外语教育出版社2007年版,第311页。
⑤ 孙大雨,《屈原诗选英译》,上海外语教育出版社2007年版,第313页。

injured, hath been wounded sore."①目的语读者通过阅读文后注解,可以感受屈原在秋风摇蕙时对楚国前途以及自身处境的忧虑之情。翻译是言、象、意的结合体,读者对文本的欣赏是因言取象,由象悟意。直译面临的言、象陌生问题,是可以通过加注来补偿的,这样能使目的语读者作进一步解读,缩短由于缺乏理解所产生的距离。

屈原诗作中蕴含着修身、齐家、治国、平天下的儒家人生观以及淡泊名利、自然超脱的道家人生观。孙大雨一般使用意译加注的方法进行阐释。例如,他将《离骚》中的"芳与泽其杂糅兮,唯昭质其犹未亏"意译成"Things aromatic and lustrous are herein mixed; My bright, pure qualities are as they use to be."②译者在文后注释中写道:"道行则兼善天下,不用则独善其身。"③译文和注解传达了诗人的洁身自好、光明磊落以及为实现政治理想的昂然斗志。可见,孙大雨并不是要单纯解释某一概念,而是以引导者的身份在深层次上让中国的伦理价值观获得尊重、理解和认同。"当一个民族的文学经典在他文化背景下、以他民族语言开始译介传播的时候,这些经典对他民族的文学就开始了不容抵御的渗透和影响。"④意译加注是一种深层文化翻译策略,可以促进中外文化在美学、哲学以及价值观等方面的对话。

三、普遍性和灵活性协调的押韵原则

诗歌的押韵构成了音乐美。汉语诗歌一般押尾韵,英语诗歌还有首韵、中间韵等。译者可以使用变通的方法,力求使译诗的音美效果和原诗相近。屈原诗作的押韵并不十分齐整,诗行的长短参差错落。孙大雨的译文一般每诗节双行押韵,节奏保持了原诗铿锵有致的特点。例如,《九歌·少司命》中有以下诗句:"秋兰兮麋芜,罗生兮堂下。绿叶兮素枝,芳菲菲兮袭予。夫人自有兮美子,荪何以兮愁苦?"孙大雨将其译成:"Autumn eupatories, selineas——//They grow side by side below the hall.//With leaves full verdant and branches white,//Their odours fragrantly on me fall.//There are good sorts among all the people;//How could worry possibly Thee mall?"原文前四句为三音步诗行,后两句为四音步诗行,描写了掌管人间子嗣的"少司命"祝福人们求子成功的美好愿望。译文共6行,各行由9个音节或8个音节组成,第二、四、六行的"hall" "fall" "mall"押韵,勾勒了兰草芬芳扑鼻、人们在庭院虔诚祭祀的情景以及"少司命"多愁善感的形象,沟通了人与神的感情。孙大雨的译诗实践与他的诗歌翻译理论是相互映照的。受"五四"新文学的感染,

---

① 孙大雨,《屈原诗选英译》,上海外语教育出版社2007年版,第415页。
② 孙大雨,《屈原诗选英译》,上海外语教育出版社2007年版,第319页。
③ 孙大雨,《屈原诗选英译》,上海外语教育出版社2007年版,第483页。
④ 党争胜,《中国古典诗歌在国外的译介与影响》,《外语教学》2012年第3期,第98页。

他对诗歌尤其是英文诗歌产生了浓厚兴趣,并且积极探索新诗理论。在《诗歌底格律》一文中,孙大雨对屈原的诗体学进行解释,并对屈原诗作进行"音步"分析。"音步"又名"音组",也就是诗歌中一个个时间单元的有规律组织。各诗行音组数应当整齐,但不规定每个音组的字数。"音组"学说是孙大雨在英语诗歌格律的启发下提出的,它是"基于现代汉语基础,源自民族传统,合于世界诗歌通例。"①孙大雨在自己长达六七十年的著译生涯中都遵循"音组"原则,为探索新诗的格律规则做出了重大贡献。他的理论和实践在翻译界也有相当的影响②。从该例译文可以管窥《屈原诗选英译》在音美效果方面的总体特征:译文各诗行音组数相似,同时保持了原诗行长短不一的构形,读起来朗朗上口。

除了偶行押韵的大致规律之外,孙大雨还根据意义或语法关系进行了适当调节,译文中有的诗行都不押韵。例如,《九章·涉江》中有以下诗句:"鸾鸟凤凰,日以远兮。燕雀乌鹊,巢堂坛兮。露申辛夷,死林薄兮。腥臊并御,芳不得薄兮。阴阳易位,时不当兮。怀信佗傺,忽乎吾将行兮。"孙大雨将其译成:"Phoenixes have flied away farther day by day;//Sparrows and ravens nest on altars and in halls;//Daphnes and magnolias die in the coppice;// Fishy, rancid things are savoured; fragrant, repelled;// Fair and foul ones change places; the times are awry:// With good faith and distress, puzzled, I would fleet a-way."③原文以鸾鸟、凤凰以及露申、辛夷比拟贤臣,燕雀、乌鹊以及腥臊比拟小人,刻画了屈原忠心耿耿却遭受排挤、信念坚定却飘然远行的形象。译文共6个诗行,每行11或12个音节,但都不押韵。这样的处理方法与孙大雨对诗歌"建筑美"的认识是一致的。他认为:诗歌创作不应一味追求视觉美,也就是不追求节的匀称和句的均齐,而应讲究心理上的审美功效。节奏应整齐完美,但节奏过分鲜明倒是一个毛病,其基本要求是不过分谨严,也不过分自由④。将屈原诗作译成英语,要做到意美、音美、形美的三美齐备殊为不易。当这三者不能兼顾的时候,孙大雨注重弹性押韵,积极调动译入语中最适宜的手段来传递原诗瑰丽的想象与奇妙的构思。他追求的是"神韵"之类的诗意,而不一味强求押韵之类的诗形,其翻译策略呈现出既稳健又开放的文化心态。

四、结语

孙大雨学贯中西,会通古今,具有诗人细腻的情感以及精湛的诗艺。他凭借深厚的中西文化学养以及爬梳剖析的功夫让屈原诗作走向世界,并且通过翻译表达了自己对

---

① 许霆,《论孙大雨对新诗音组说创立的贡献》,《文艺理论研究》2002年第3期,第27页。
② 西渡,《孙大雨新诗格律理论探析》,《江汉大学学报(人文科学版)》2008年第3期,第16页。
③ 孙大雨,《屈原诗选英译》,上海外语教育出版社2007年版,第387页。
④ 许霆,《论孙大雨对新诗音组说创立的贡献》,《文艺理论研究》2002年第3期,第32页。

真、善、美的追求。著名翻译家蒂里特(Tyrwitt)说:"翻译贵在发幽掘微,穷其毫末。在选词与琢句方面,要译出其文;在性格与风格方面,要译出其人;在褒贬与爱憎方面,要译出其情;在神韵与语感方面,要译出其声。"①这"文、人、情、声"是对理想翻译的向往,不妨看作是对《屈原诗选英译》的写照。虽然孙大雨的翻译在处理"形"的问题上还有待进一步完善,但其丰厚的文化氛围和浓郁的书卷气息使屈原的光辉诗篇在英语世界焕发出异彩。

---

① 杨衍松,《果戈理短篇小说选》,湖南文艺出版社1994年版。

域外楚辞学研究

《楚辞·九歌·东君》的"深意"与日、英、美汉学家的判断

——以"指涉"(referentiality)问题为中心

香港中文大学 洪 涛

一、引言

本文以《九歌·东君》的诗句为例,以各种注解和英译文字为切入点,具体分析特定的诠释现象①。"贯通"(coherence)和"指涉"(referentiality)这两项是本文的重要考察重点。②

一般认为《东君》篇的主角是日神:由篇首"出东方"到篇末"东行而复出"(王逸语),写的是日出日落、周而复始,全篇似无深意。

不过,我们细读各家的疏解,却能发现注解者运用了各种诠释手段,释出了"深意"。到了现代,个别日本汉学家(藤野岩友、星川清孝)继承了一些传统的说法;在英美汉学家(Waley,Hawkes,Owen,Hinton)笔下,那些"深意"却全部消失了。这个现象涉及解读上的根本问题,值得深究。先录《东君》的诗文如下:

> 暾将出兮东方,照吾槛兮扶桑。
> 抚余马兮安驱,夜皎皎兮既明。
> 驾龙辀兮乘雷,载云旗兮委蛇。
> 长太息兮将上,心低徊兮顾怀。

---

① 本文讨论的海外英译主要是以下四家:Arthur Waley、David Hawkes、Stephen Owen、David Hinton。基本文献如下:(A) Arthur Waley, The Nine Songs: A Study of Shamanism in Ancient China (London: G. Allen and Unwin, 1955)。(B) David Hawkes, Ch'u Tz'u: The Songs of the South (Oxford: Oxford University Press, 1959)。此书有1985年修订本。(C) An Anthology of Chinese Literature: Beginnings to 1911. Edited and translated by Stephen Owen (New York: W. W. Norton, 1996)。(D) David Hinton, Classical Chinese Poetry: an Anthology (New York: Farrar, Straus and Giroux, 2008)。另,本文也参考中国翻译家杨宪益和戴乃迭、孙大雨(1905—1997)、许渊冲、张炳星、杨成虎和周洁等人的译本。详下文。

② 本文讨论的贯通观念,主要是参考 text linguistics(篇章语言学)的研究成果。参看 Basil Hatim, *Text Linguistics and Translation*, in Routledge Encyclopedia of Translation Studies. Edited by Mona Baker (London: Routledge, 1998), p. 262.

羌声色兮娱人,观者憺兮忘归。
緪瑟兮交鼓,箫钟兮瑶簴。
鸣篪兮吹竽,思灵保兮贤姱。
翾飞兮翠曾,展诗兮会舞。
应律兮合节,灵之来兮蔽日。
青云衣兮白霓裳,举长矢兮射天狼。
操余弧兮反沦降,援北斗兮酌桂浆。
撰余辔兮高驼翔,杳冥冥兮以东行。

（据黄灵庚《楚辞章句疏证》摘录）

二、关于"长太息兮将上,心低佪兮顾怀"与"贯通"

《东君》篇中,"长太息兮将上,心低佪兮顾怀"这两句下接"羌声色兮娱人,观者憺兮忘归",依笔者看,"顾怀"句和"声色"句之间似乎有大转折:前者写"太息"、"低佪",突接"声色娱人",其间逻辑关联到底如何？上二句和下二句之间,似乎有语义上的"断裂"。①

我们首先查看英、美汉学家如何解读"长太息兮将上,心低佪兮顾怀":

· But he heaves a great sigh, and when he is about to rise
He cannot make up his mind; he looks back full of yearning.
（Waley, 1955:45）

· I heave a long sigh as I start the ascent,
Relunctant to leave, and looking back longingly,
（Hawkes, 1959:41; 1985:113）

· But I heave a great sigh, on the point of ascending;
there the heart falters, I look back with care;……
（Owen, 1996:159。译文在逗号后有一空白位,以反映"兮"。）

这三家译文中都有 look back（意为"回顾"）,其中 David Hawkes（1923—2009）和 Stephen Owen（1946— ）的译文都是第一人称自白,料即日神自白。Arthur Waley（1889—

---

① 日本学者藤野岩友（Iwatomo FUJINO）:《楚辞》（东京:集英社,昭和 54[1979]）将"观者憺兮忘归"至"灵之来兮蔽日"等句划归为"众巫唱"。但是,陈子展《楚辞直解》一书将"羌声色兮娱人,观者憺兮忘归"二句判为饰神之巫所歌。见其书第 104 页。

1966)的译文,主语是第三人称男性 he,这 he 应该也是指日神。然而,三家译文中,sigh 和 look back 的原因是什么呢?一般人读了译文,恐怕会是茫无头绪的。①

华人译者张炳星(1915—)同样对此毫无说明,他将"长太息兮将上,心低徊兮顾怀"译为:I'll climb with a heavy sigh,/I hesitate, I linger.② 我们读罢此译,不易弄清 sigh 和 hesitate 是何缘故。

另一种华人英译,情况也差不多。杨成虎、周洁合译为:I heave a long sign – he from here t' be gone,/Still hestitate – he as if something to mind.③ 这个译文只表明顾怀的对象是 something。然而,这个 something 的语义也是含混不清。

中国的注释家(如王逸、朱熹等)则尝试把"太息"和"顾怀"的因由解释清楚,疏通上下句义。我们分四个方面(增加主语、增加喻词、增加宾语、政治寓意)来考察。

(一)增加主语:谁在"太息"?是日神,还是迎神者?

诠释的关键是"长太息兮将上,心低徊兮顾怀"之中"将上"是谁将上?"顾怀"是眷恋什么?东汉王逸和南宋朱熹都有解释。

东汉王逸《楚辞章句》释"长太息兮将上,心低徊兮顾怀"二句:"言日将去扶桑,上而升天,则俳徊太息,顾念其居也。"④这是指日神升天。

南宋朱熹《楚辞集注》说:"言乘此车以往迎日,又以骤登高远,而低徊顾怀,遂见下方所陈钟竽瑟声音之美……"⑤

细看王逸、朱熹二人所说,我们发现,"将上",王逸认为是"日神"将上,而朱子却认为是"迎日者"登高。换言之,在"将上"前所增补之主语不相同。

近代学人承袭王逸的意思("日神")来解说,例如,马茂元等人的《楚辞注释》进一步发挥道:"描写神眷恋故居的心情,也就是初升太阳冉冉升起,摇曳多姿的形象。"⑥然而,天天有日出,日神每天都离家(扶桑)向上升,何以对下方的居所如此难舍难离?

对此,今人汤漳平认为王逸的解释"似不确"。他提出另一解:"日神见到了下界迎日出的人们所举行的丰富多彩的表演和听到醉人的歌声,以至于连观众也流连忘返,而东君也因此而'心低徊兮顾怀'。"⑦汤先生为"顾怀"找到另一个原因:日神不是不舍居所

---

① David Hinton 译文也有 looking back with longing. (p. 65)本文暂不详论。
② 张炳星选译,《英译中国古典诗词名篇/The Golden Treasury of the Best Chinese Classical Poems》中华书局 2010 年版,第 63 页。
③ 按,sign – he 中的 – he,是译者用来代表原作的"兮"。见杨成虎和周洁,《楚辞传播学与英语语境问题研究》,线装书局 2008 年版,第 204 页。
④ 黄灵庚,《楚辞章句疏证》,中华书局 2007 年版,第 917 页。
⑤ 朱熹撰、蒋立甫校点,《楚辞集注》,上海古籍出版社 2001 年版,第 42 页。
⑥ 马茂元等,《楚释注释》,湖北人民出版社 1985 年版,第 165 页。
⑦ 汤漳平,《出土文献与楚辞·九歌》,中国社会科学出版社 2004 年版,第 24 页。

(扶桑),而是不舍下界的众人。

张寿平(1923—)也认为是写日神顾怀下界之人,但是"境界"较高,"顾怀下界"涉及世人的福祉。张寿平说:"顾怀他人之忧乐也。"① 这"之忧乐"三字,是张寿平添加上去的。

由此,笔者可以得出小结论:在建构"贯通"(coherence)方面,王逸将"心低徊"上承"扶桑"句,他这种解释重视"回指性"(anaphoricness);汤漳平认为"顾怀"句是探下,衔接次句"声色娱人",他这种解释强调"前指性"(cataphoricness)。——承上和探下都是寻求(实即建构)"贯通"。②

上引 Stephen Owen 的译文"I look back with care:",care 后有一个冒号。以句际关系而论,冒号之用也是关联下文的"声色娱人"。③ 这正是在重新编码(翻译)的过程中,运用衔接手段(cohesive device)来重构语篇,从而加强诗句与诗句之间的"贯通"。(注意:古籍中《东君》原诗并无标点符号。笔者认为,Owen 在译文中加上冒号,是一种上下文衔接的手段。)

另一方面,朱子的"乘车迎日,骤登高远"之说,对"太息"不置一词。这样一来,他就没有(无法?)解释迎日者为何"太息",因此,在笔者目中,朱子此论的说服力也就大减。

(二)增加喻词:"太息"只是比喻? 而非实有?

为了弄清何以忽然"太息",我们必须细看上文:"太息"上文写的是驾龙车(先不论是日神还是迎神者驾车),原诗没有提供"太息"的背景和理由。这样就给读者留了想象的空间:明人汪瑗在"太息"句的注释中增加"有如";清人王夫之增加"若有",而蒋骥(1678-1745)增加"如闻"二字。以下是汪、王、蒋三家的说词。

汪瑗说:"日之将出……其势若进若退,而摩荡之间,实有如长太息而将上,心低徊顾怀……"④王夫之《楚辞通释》说:"日出委蛇之容,乍升乍降,摇曳再三。若有太息低徊顾怀之状。……若有声也。"⑤王夫之认为"长太息兮将上,心低徊兮顾怀"描写的是"日出"之状(委蛇),在他眼中,"太息"、"顾怀"都是写"日出"。他的理解,似乎就是将诗句理解成"比拟之法",也就是将"日出"比为人的言行。

---

① 张寿平,《九歌研究》,广文书局 1970 年版,第 208 页。
② 本文讨论的贯通观念,主要是参考 text linguistics(篇章语言学)的研究成果。参看 Basil Hatim, *Text Linguistics and Translation*, in Routledge Encyclopedia of Translation Studies. Edited by Mona Baker (London: Routledge, 1998), p. 262.
③ *An Anthology of Chinese Literature: Beginnings to 1911*. Edited and translated by Stephen Owen (New York: W. W. Norton, 1996), p. 159.
④ 引自崔富章主编,《楚辞学文库·楚辞集校集释》,湖北教育出版社 2003 年版,第 910 页。按:汪瑗撰有《楚辞集解》。
⑤ 王夫之,《楚辞通释》,中华书局 1959 年版,第 38 页。

同样,蒋骥《山带阁注楚辞》说:"长太息,记所谓如闻太息之声也。"①"如闻"的意思,似乎这"太息"并无实质,只是作者设想出来的。

综上所述,"有如"、"若有"和"如闻"云云,都是释义时由注释家自行拟定的。看来,汪、王、蒋三人都在阅读过程中发挥了想象力。

(三)增加宾语:"将上"是上天空?还是上神座?

"长太息兮将上,心低佪兮顾怀"中的"将上"是指上升到什么地方(或处所)?注释家各有各的说词,例如,戴震(1723—1777)《屈原赋注》说:"其神自下而上。"②他这注释没有实质内容,对读者无多大的帮助。下面我们再看王夫之和蒋骥如何解释。

对于"将上",王夫之《楚辞通释》解释道:"日出委蛇之容,乍升乍降,摇曳再三。"他说的是"日出",也就是太阳上升,和汪瑗的说法相近。王夫之还细细描绘了一番:"晶光炫采,如冶金闪烁,观者容与而忘归。此景唯泰、衡之颠及海滨观日能得之。并言声者,破云霞,出沧海,若有声也。古者祭日必于春朝,东向而礼之,迎初升之阳气。"③汪瑗和王夫之说的是"日出"之"景",应属于较开阔的远景。同样,日本学者星川清孝在《楚辞の研究》也认为是升上天,他翻译为:"长い溜息をついて天に上ろうとするが"。④

蒋骥认为"将上"者,是"日神"将上,不是写自然界的日出远景。同时,"将上"不是升上天空,而是日神"上神座"。他解释道:"将,殆也。上,升神座也。言神之上而顾怀。"⑤蒋骥之意是《东君》此句描写祭神时,东君驾临神座,不是写实际"日出之景"如汪、王所言者。蒋骥之说,疑对个别中国翻译家有影响,试看:

· With heavy sighs, I start to climb the sky,

But still I linger in uncertainty.

(杨宪益和戴乃迭,第 25 页)⑥

· His Deity, the altar to mount

Cometh, puffing, content, and abide.

(孙大雨,第 257 页)

· I sigh, go up, oh! And then look under,

---

① 蒋骥,《山带阁注楚辞》,中华书局 1973 年版,第 61 页。
② 戴震,《屈原赋注》,中华书局 1999 年版,第 30 页。
③ 王夫之,《楚辞通释》,中华书局 1959 年版,第 38 页。
④ 星川清孝,《楚辞の研究》,养德社昭和 36[1961]年版,第 543 页。
⑤ 蒋骥,《山带阁注楚辞》,中华书局 1973 年版,第 61 页。
⑥ CHU Yuan, *Li Sao, and Other Poems of Chu Yuan*. Translated by YANG Hsien-yi and Glady YANG(Peking:Foreign Languages Press,1955), p. 25.

> My heart lingers, oh! I hesitate.

（许渊冲，第 45 页）

以上三家之中，杨译表达了上天空（the sky）之意；许译，只说上升，语义较模糊；孙大雨最特别：他的译文 His Deity, the altar to mount /Cometh, puffing, content, and abide. 这译文中有 the altar，也就是蒋骥所说的"神座"。动词 mount，是"上"之意。

我们可以用现代的语法术语来描述：王夫之和蒋骥诠释的不同也就是"宾语"的实际所指不同：上天（"天"为"宾语"）；上神座（"神座"为"宾语"）。

由于原诗的"将上"之后呈现"空白"（blank），所以，王夫之、蒋骥的诠释，都可以成为"一家之言"。

（四）"顾怀"蕴有政治寓意？

东汉王逸对"顾怀"的训释突出了日神顾念的对象是"居处"。到了宋代，洪兴祖更将"顾念居处"提升到"不忘本"的境界，由实入虚。洪兴祖在《楚辞章句补注》中说："低回，疑不即进貌。出不忘本，行则思归，物之情也。以讽其君迷不知复也。"①

这一训释中，又从"不忘本"衍生出"不知复"。"其君"的"其"是指"屈原"；"君"，是屈原之君，当指楚王。"不忘本"可算是个人道德修养的事。"讽"，尤其是暗讽，则是一种写作意图（intentionality）。② 实质上，"顾怀"句被说成是在讽刺君主迷途、为人所惑。总之，屈原的"不忘本"和君主的"迷不知复"形成对照。

洪兴祖这种解释，是《东君》作者的意思吗？这一点，恐怕是见仁见智的。退一步说，即使"讽其君"是作者原意，却也不是每位读者都能释出这一层"深意"（洪兴祖以前没有人这样说）。③ 所以，我们也许可以把"讽其君"看成是洪兴祖个人"赋予"《东君》的。

洪兴祖这说法的前提是"屈原作《九歌》"。可是，"屈原作《九歌》"至今还未能完全确立（仍属悬案）。④ 如果《九歌》不是屈原所作，则"讽其君"恐怕是无从说起的，因为《东君》本身绝无明文提及楚王。

---

① 洪兴祖，《楚辞章句补注》，吉林人民出版社 1999 年版，第 73 页。
② 参看 Robert de Beaugrande & Wolfgang Dressler, Introduction to Text Linguistics (London: Longman, 1981)。据 Beaugrande & Dressler 所言，Intentionality 为语篇的七大特征之一。
③ 也许有人相信洪兴祖的说法。这是另一个问题，本文就不枝蔓了。
④ 屈原是否《九歌》的作者，这个问题，学术界尚有不同的意见，参看（a）汤漳平主编，《出土文献与中国文学史研究》，河南人民出版社 2010 年版，第 274 页。（b）山东师范大学文学院的乂田，《九歌作者新考——兼九歌非屈原作品补证》，载《古籍整理研究学刊》2007 年第 1 期。较多人接受的说法是：《九歌》经过屈原"加工改编"，参看汤漳平，《出土文献与楚辞·九歌》，中国社会科学出版社 2004 年版。

因此，洪兴祖的说法只属一家之言，是他自己推导而得的 implicature（蕴含意义）。①

洪兴祖这种做法（标出"讽"意），将语篇内的元素和语篇外（屈原）的元素联系起来，由此而生成一种政治意义：讽刺君主。"讽"，是文本的一种功能。在许多人心目中，文学作品要有实用的功能，才算得是好作品。实用主义的文学观与"深意"之说有时候是无法分开的。

洪兴祖之后，在政治诠释方面，更趋具体化（concretization）：诠释者把《东君》的叙述者视为屈原，从而让"顾怀"发挥出微言大义，例如，陈第说："顾怀，思楚也。"②王闿运说："恐嗣君不堪其位也。"③这样一来，明写日出情状（低佪、顾怀）的诗句，就成了隐写"思楚"、隐写"嗣君"。

同样，《楚辞》其他描写行止动定的诗句，一经后人解释，也常常被政治化。例如：《涉江》"船容与而不进兮，淹回水而疑滞"，五臣解释："疑滞者，恋楚国也。"④《少司命》"入不言兮出不语……"，五臣解释："喻君之心与我相背也。"⑤又，《离骚》写到"犹豫"的地方，释者以"念楚国"为说。⑥

三、关于"天狼"的指涉和语义韵律（semantic prosody）

朱子在《楚辞辩证》中指出："望舒、飞廉、鸾凤、雷师、飘风、云霓，但言神灵为之拥护服役，以见其仗卫威仪之盛耳，初无善恶之分也。旧注曲为之说，以月为清白之臣，风为号令之象，鸾凤为明智之士，而雷师独以震惊百里之故使为诸侯，皆无义理。至以飘风、云霓为小人，则夫《卷阿》之言'飘风自南'，《孟子》之言'民望汤武如云霓'者，皆为小人之象也耶？"⑦

朱子这番话中的"初无善恶之分也"，引起了笔者的注意，因为《东君》"举长矢兮射天狼"中的"天狼"，可能也是"初无善恶之分"的，要等到清代乾隆年间，"天狼"才被圈定为"特指词"（特指秦国），因此而负载上特定的意蕴。

---

① 参看 S. C. Levinson, Pragmatics (Cambridge: Cambridge UP, 1983)。这与"代拟"有异曲同工之妙，参看潘啸龙、蒋立甫，《诗骚诗学与艺术》，上海古籍出版社 2004 年版。
② 陈第，《屈宋古音义》，上海古籍出版社 1987 年版，第 556 页。
③ 崔富章主编，《楚辞学文库·楚辞集校集释》，湖北教育出版社 2003 年版，第 910-911 页。
④ 洪兴祖，《楚辞章句补注》，吉林人民出版社 1999 年版，第 126 页。
⑤ 洪兴祖，《楚辞章句补注》，吉林人民出版社 1999 年版，第 71 页。
⑥ 例如，《离骚》"欲从灵氛之吉占兮，心犹豫而狐疑"，解者曰："心中狐疑，念楚国也。"另参洪涛，《〈楚辞〉英译的问题——以〈山鬼〉篇为论析中心》，载《中国楚辞学（第三辑）：2002 年楚辞学国际学术研讨会论文专辑》，第 244-274 页。尤其是 256-257 页。
⑦ 朱熹撰、蒋立甫校点，《楚辞集注》，上海古籍出版社 2001 年版，第 175 页。这段话出自朱子的《楚辞辩证》。

(一)天狼 = a star(一颗星)

天狼是 a star(一颗星),这是英国汉学家 David Hawkes 的解释。他把"天狼"翻译成 the Wolf of Heaven,还下了个注释:a star. (p. 42)这个解释提供的信息,是很有限的,a star 也不涉及价值判断。

"举长矢兮射天狼"整句,Hawkes 翻译为 I aim my long arrow and shoot the Wolf of Heaven. 对于这 the Wolf of Heaven 是何性质?何以被射?Hawkes 全无解说。"射天狼"三字,其他译者的译文如下:

> Stephen Owen:I shoot Heaven's Wolf(p. 160)
> David Hinton: shoot down the Wolf Star①
> 杨宪益夫妇:To pierce the dog star②
> 许渊冲:I shoot the Wolf③
> 卓振英:to shoot the Heaven Wolf④
> 杨、周:the Wolf to shoot⑤

"射天狼",有些注释家视为一般天文现象,例如,明嘉靖年间汪瑗在《楚辞集解》中声称:"非真有以射之也。日出而星藏,若有以射之而退也。"⑥汪瑗指出箭射天狼星属于"非真",真相只是天狼星星光消减。清人陈本礼《屈辞精义》说:"此时神既毕享,日轮西坠,天狼一星在东井南,日光反照,锋芒万仞,如射之者然。"⑦这话中的"如射之"表示陈本礼视之为比喻。换言之,不是真射。

汪说"若……"、陈说"如……",都显示在他们心目中"射天狼"这句是将光线比喻为箭,全句写的星体运行产生的光暗现象,所谓"日出星藏"、"日光反照"之类的天文现象,本身是没有深意的,与人世间的价值判断并无关涉。

但是,"射天狼"是纯粹天文现象的比喻吗?以下,我们要略作分疏。我们会发现,以纯粹天文现象来解读的注释家不多。

---

① David Hinton, *Classical Chinese Poetry. an Anthology* (New York:Farrar,Straus and Giroux,2008), p. 66.
② YANG Hsien-yi and Gladys YANG, *The Li Sao and Other Poems of Ch'u Yuan* (Peking:Foreign Languages Press,1953), p. 26.
③ 许渊冲,《楚辞·Poetry of the South》,湖南出版社 1994 年版,第 45 页。
④ 卓振英,《楚辞·The Verse of Chu》,湖南人民出版社 2006 年版,第 51 页。
⑤ 杨成虎、周洁,《楚辞传播学与英语语境问题研究》,线装书局 2008 年版,第 204 页。
⑥ 汪瑗撰,董洪利点校,《楚辞集解》,北京古籍出版社 1994 年版,第 132 页。
⑦ 陈本礼,《屈辞精义》,新文丰出版公司 1986 年版,第 325 页。

(二)天狼 = Name of a baleful star

虽然"天狼"只是天空上的众星之一,但是,在某些诠释者的心目中,这星,绝不能以"初无善恶之分"视之。

英国翻译家 Arthur Waley 指天狼是 a baleful star。① 这 baleful,义为"有害"。早在东汉,王逸已经注明:"天狼,星名,以喻贪残。"②宋人洪兴祖《楚辞章句补注》也说:"狼一星在东井南,为野将,主侵掠。"日本学者藤野岩友(FUJINO Iwatomo,1898—?)也附和王逸,认为天狼星是"恶星の名。野将ともいい、侵掠を主る。"③"狼"有固定的国俗语义(贬义),这是不在话下的,一旦放在"射天狼"这样的诗语组合之中,"射"字就会产生特定的语义韵律(semanticprosody)。④

语义韵律,又分积极语义韵(positive prosody)、消极语义韵(negative prosody)、中性语义韵(neutral prosody)。这里举例稍作说明。"挑"和"选"这两个词语的意义相近,使用语言环境也差不多,但是,"挑"字可以和表示中性意义的词语搭配,又常和一些带有消极语义韵的词语搭配,例如"挑毛病"、"挑刺"等。"挑"和"选"两者比较,我们发现"选"这个词一般只和表示中性意义的词语搭配。从这简单的对比,我们可以推出一个结论:"挑"比"选"更易产生消极语义韵。

笔者认为,"射+天狼"的"射",容易被理解为"射杀"、"除害",⑤"射"被理解为正义之举,而"射+天狼",也就被理解成"诛除天狼",天狼星甚至被视为已诛除者(其实原诗没有明言射的结果到底如何)。

在许多人心目中,天狼只能代表必须诛除的"恶",例如,陈第(1541—1617)说:"天狼,贼星,射之诛恶也,则已为之弧不必张矣。"⑥

(三)天狼 = 蔽日者、小人

有些诠释者认为"天狼"是喻体,全句真正指陈的是人间的"寓意",例如,王夫之认为:"天狼,妖弗之气蔽日者。""必驱袚妖氛之蔽,而后可使神听和平,阳光远照。其寓意于去谗以昭君之明德者,事与情会,而因寄所感,固不待比拟而自见。"⑦蒋骥认为:"天狼

---

① Waley,The Nine Songs,p. 45.
② 黄灵庚,《楚辞章句疏证》,中华书局2007年版,第927页。
③ 藤野岩友,《楚辞》,集英社昭和54[1979]年版,第96页。
④ Text and Technology. in honour of John Sinclair. Edited by Mona Baker,Gill Francis,Elena Tognini - Bonelli(Philadelphia:J. Benjamins Pub. Co. ,1993),p. 157 – 176.
⑤ 其实,"射天狼"本身,没有写明是"射落"。但是,有些学者(例如王夫之)确实是如此理解,例如:"沦降",王夫之就理解为"(天狼星)散坠"。
⑥ 陈第,《屈宋古音义》,上海古籍出版社1987年版,第556页。
⑦ 王夫之,《楚辞通释》,中华书局1959年版,第38页。王夫之还认为:"若他篇之本无此意,初不可以强相附会也。"

以喻小人。射之者,恶其因日入而见也。"①总之,王、蒋二人都认为天狼星不是善类。

今人黄灵庚没有考释"天狼"有何政治意蕴、"天狼"是否指代谗臣小人,黄灵庚提出另一种看法,认为"射天狼"是"祭日之礼目"。

射天狼以"祭日"与射天狼即"除小人",二说表面上看来可谓风马牛不相及,其实,黄灵庚的判断和王夫之、蒋骥的看法,在诠释方向上是一致的。黄灵庚认为:"射天狼,驱狼救日也,古之祭日之礼目。"②黄灵庚此说是"救日"(天文或神界),不是"清君侧"(人间),实际上,"救日"与王、蒋的"除恶论"同在一辙。

"驱狼救日"这种说法,应该是滥觞于王逸的"诛恶"之说。但是,王逸说的是"君当诛恶",重心是人间的"君",不在神界的"日神"。王逸说:"天狼,星名,以喻贪残。日为王者,王者受命,必诛贪残,故曰举长矢,射天狼,言君当诛恶也。"他心目中的"射天狼"应是指君王奋发向善。王逸的解说,完全是儒家入世的解释,换言之,天文意象已被王逸嫁接到人世间的政治上去。

另一方面,王夫之提及"(射天狼)寓意于去谗",这令我们联想起《九歌·少司命》的"登九天兮抚彗星"也被理解为写"去谗"。唐代注释家五臣注释"登九天兮抚彗星"时说:"飞登于天,抚扫彗星,言愿将忠正美行还于君前,翦谗贼矣。"③王夫之的"去谗"和五臣的"翦谗贼",性质相同。笔者认为这同样是"天文意象的人间化",④其实也就是政治化。

(四)天狼=秦国

以上述评中提到 baleful star、谗臣、小人等,全具贬义,但以指涉对象(referent)而论,还是比较含糊不清的,也没有特定的对象(都是泛指词)。到了清乾隆年间,"天狼"才有了更清晰的指涉对象。关键人物是戴震。

戴震《屈原赋注》说:"此章有报秦之心,故举秦分野之星言之。用是知《九歌》之作,在怀王入秦不反之后,歌此以见顷襄之当复雠,而不可安于声色之娱也。"⑤

戴震的"报秦"之说,似乎得到一些学者的首肯,例如日本学者星川清孝(Kiyotaka HOSHIKAWA,1904–1993)在他的专书中也提及"秦の分野"。⑥ 近人马茂元(1918—1989)进一步解释:"这里的天狼,确系影射秦国。秦在当时,号称'虎狼之国',专事侵掠,与传说中天狼星的性质是相合的。天狼星的分野,正当秦地;弧矢星在天狼的东南,而秦

---

① 蒋骥,《山带阁注楚辞》,上海古籍出版社1958年版,第62页。
② 黄灵庚,《楚辞章句疏证》,中华书局2007年版,第927页。
③ 洪兴祖,《楚辞章句补注》,吉林人民出版社1999年版,第72页。
④ 洪涛,《〈楚辞·少司命〉的文本内外与英、美汉学家的诠释》,载《中国屈原学会第十四届年会暨楚辞国际学术研讨会·学术论文集》,第88–100页。
⑤ 戴震,《屈原赋注》,中华书局1999年版,第31页。
⑥ 星川清孝:《楚辞の研究(附屈辞译注)》,养德社昭和36[1961]年版,第544页。

国正在楚的西北,星空的位置和秦、楚的地理环境也是恰恰相当的。屈原创作《九歌》时代,正是楚国遭受侵略严重的危难关头,这四句是人民敌忾心情和作者爱国意志的自然流露。"①马茂元的说法和戴震相近,但是,马茂元的说法重在"爱国",他没有在"顷襄王"这点上多发挥。刘永济(1887—1966)就不同了。

刘永济《屈赋音注详解》认为:"此篇除叙述迎神歌舞的盛况与神降之威仪外,有望神除秦暴之心,故举秦分野的天狼星而望日神射除之。屈原思报秦仇之念,亦内心怀蓄很久,感愤甚深者,故于描写巫迎日神之时,不觉流露而出。此有三因:(一)日乃光明赫耀之物,(二)天狼星主于侵掠,(三)东君又可以指嗣君,故有望于顷襄王能除秦之暴、复楚之仇的意思。但此时楚之君臣方倾向于亲秦之策而忘其弑父之仇,亦屈原所痛心的事,故不觉说来如此显露。"②刘永济此说的历史坐标十分明显,因为"东君,嗣君,顷襄王"已经被他糅合。事实上,此说是否成立,要视乎《东君》的写作年代。③

诠释家依循这诠释理路再加疏通,于是,"射天狼"和"酌桂浆"二句也可以前后连贯(coherent)。原本"射天狼"和"酌桂浆"二事没有明显的衔接痕迹,似乎前后两句各不关涉。然而,汪瑗推测二者有关联,他说:"大抵援北斗而酌桂浆者,亦宴乐而缋其成功之意也。"④所谓"大抵……",语气不是十分肯定。近人陈子展说得肯定一些:"其云射天狼者,隐指报秦。其云援斗酌浆,则愿于胜秦之后饮至也。"⑤以上汪、陈两家的意思是:射杀天狼(秦)后,饮酒庆祝。

翻译家不谈历史上的杀戮、恩怨,但也不能不正视诗句的上下连贯。Waley 的解说,没有明文提及"秦",但他的思路与"饮酒庆功"的想法很接近,Waley 的译文是:I take up my long arrow and shoot at the Heavenly Wolf,/Then draw toward me the Dipper and pour for myself a drink of cassia 此句有脚注:To celebrate his victory. 这注释的意思是,a drink of cassia(喝桂浆)是为了庆祝胜利。

四、"射狼、酌浆"的道德、政教功能

为什么要"酌桂浆"呢?原诗的上下文其实没有明说。除了"庆祝胜利"外,另一解是:"酌桂浆"以饯日(神)。

清初周拱辰在《离骚草木史》一书中说:"援北斗兮酌桂浆,日将沉而酌酒迟之,即

---

① 马茂元,《楚辞选注》,中流出版社 1973 年版,第 97–98 页。
② 刘永济,《屈赋音注详解》,中华书局 2007 年版,第 116 页。
③ 王夫之认为是"怀王时作"。汤漳平据出土文献所见,判定《九歌》成于楚怀王时期。参看《出土文献与楚辞·九歌》,第 121 页。马其昶、陈子展、孙常叙等人也认为成于怀王时期。
④ 汪瑗撰,董洪利点校,《楚辞集解》,北京古籍出版社 1994 年版,第 133 页。
⑤ 陈子展,《楚辞直解》,第 106 页。

《书》所云'饯日'也。"①蒋骥认为:"酌浆者,日既不反而饯之也。"②

周、蒋这种解释,等于"敬酒饯别",而后世不少诗文都描写这类的"敬酒饯别"的场面。③ 但是,讲求"政教功能"的注释家(例如王逸、洪兴祖)释出的却是道德、政治方面的意蕴,不是纯粹的"饮酒"。

对于"酌桂浆",王逸认为:"言日诛恶以后,复循道而退,下入太阴之中,不伐其功也。斗,谓玉爵。言诛恶既毕,故引玉斗,酌酒浆,以爵命贤能,进有德也。"④这个说法的着眼点是君主应当"去小人、用贤臣"。

洪兴祖发挥王逸的"抑扬"之论,他说:"射天狼、酌桂浆,以讽其君不能遏恶扬善也。"⑤所谓"其君",应该是指屈原之君,也就是楚王。这与上文讨论的"以讽其君迷不知复也"之论完全相同。⑥ 所谓"讽其君(不能如何如何)",意思是君主应当如何如何。

清人戴震认为酌桂浆是"施德布泽之喻。"⑦此说较为空泛,但同样是不离政教。

英国汉学家 David Hawkes 翻译的《东君》,完全读不出政治含义。David Hawkes 为《东君》写了一段译介文字,他的关注点,与屈原全无关系,与楚国的君臣、政教也毫不相干。⑧

David Hawkes 关心的是神话源流方面的事,有一点比较神话学的意味。他提到:To us the idea that the sun should be an archer is unsurprising. 他又举出 The Iliad 和 Homeric Hymns 为例,说明希腊的太阳神也是弓箭手,又简略讲述了羲和、后羿的故事。⑨

Hawkes 的结论是:The Sun God of this hymn is, I believe, a Sun God with Northern attributes. 由此,我们可以推想:"源于屈原"和"源于神话"所衍生的意蕴难免有异。

五、结语

本文以"太息"、"顾怀"的英译为考察的起点,分析了注释家如何推导诗句的含义:如何为词与词、句与句之间建立"贯通"(coherence),也就是编织"关系网络"。实际上,这

---

① 《续修四库全书》,上海古籍出版社1995年版,第1302册,第100页。按,《续修四库全书》之周拱辰《离骚草木史》系据上海图书馆藏清初圣雨斋刻嘉庆八年(1803)印本影印。
② 蒋骥,《山带阁注楚辞》,上海古籍出版社1958年版,第62页。
③ 例如王维的《渭城曲》:"劝君更尽一杯酒,西出阳关无故人。"
④ 黄灵庚,《楚辞章句疏证》,中华书局2007年版,第927页。
⑤ 洪兴祖,《楚辞章句补注》,吉林人民出版社1999年版,第75页。
⑥ 洪兴祖,《楚辞章句补注》,吉林人民出版社1999年版,第73页。
⑦ 戴震,《屈原赋注》,中华书局1999年版,第31页。
⑧ David Hawkes, The Songs of the South: an Ancient Chinese Anthology of Poems (Harmondsworth: Penguin Books, 1985), p. 112.
⑨ 涛按:The Illiad(《伊利亚特》)是古希腊诗人荷马的叙事史诗。关于"羲和",《山海经》有"羲和生十日"的说法。关于"羿",唐人成玄英《山海经·秋水》疏引《山海经》云:"羿射九日,落为沃焦"。

是"怎么读"的问题,也是"怎么译"的问题。①

"将上"、"顾怀"句,注释家或谓主其事者为日神,或谓主其事者是迎日者;或谓日将升上天空,或谓日神上神座。若说是日神"顾怀",则谓"日神顾念其居",又有将顾念其居引申为"(屈原)不忘本"、"思楚",而"不忘本"的对立面是"(讽)君主迷不知复"。总之,日神的运行,影射人间的政事。

本文也考察了"射天狼"、"酎桂浆"的诠释问题。天狼星,作为天体,初无善恶之分,后来此星在诠释中被赋予消极义、贬义,于是,"射天狼"也就"嫁接"到历史上的楚王(受困于小人)。但是,清君侧毕竟仍是楚国内部的事,要到清朝,"天狼"才被锚定于"秦",于是《东君》的指涉进入"国仇"的樊篱。近年治《楚辞》者颇强调"爱国",此派学者自然也援引戴震"报秦"之说。②

海外汉学家如 David Hawkes,Stephen Owen,David Hinton 的诠释,却是回到"天狼"的本体,对其"善恶"不着一词;对于"顾怀"的缘由,汉学家也没有为读者说明,更遑论楚国君臣、秦楚国仇……

然则,结论应该是:中国学者能释出"深意",而西方汉学家只提供了一些"浅释"吗?③

关键是,所谓"深意"可能是只是曲说,是附会。朱子对这种现象已提出质疑:"初无善恶之分也。旧注曲为之说。"王夫之也说:"若他篇之本无此意,初不可以强相附会也。"近人褚斌杰(1933—2006)和吴贤哲说:"他(戴震)说《九歌》各篇皆有寄托,观其解释,却往往牵强附会,这些都是不可取的。"④

总之,"深意"未必为《东君》原本就有。"深意"的产生,也不是一蹴而就的,而是经过历代注释家一再"加砖添瓦"才集成的——本文已经帮助读者看清楚所谓"深意"是如何产生的。另一方面,文学文本被说成"讽刺"、"涉及国家大事",从功能主义的角度去看待,自然是价值更高,但似乎诠释者在功能性诠释上的"贡献"(如洪兴祖、戴震)比文本本身还要大,因为他们在把文本纳入了某些"产生性的语境"(例如君与臣、秦与楚)。相比之下,翻译活动等于在另一时空重新进行语境化(recontextualization),译文未必需要重建旧有的语境,译文也就不指涉君与臣、秦与楚。这样一来,译文就抛弃了历代的诠释负担,显得返璞归真。

---

① 另参洪涛,《楚辞九歌在英语世界的诠释和传播——以英国汉学巨擘的两部著作为论析中心》一文,载方铭、周建忠、王德华编,《中国楚辞学》第 14 辑,学苑出版社 2011 年版。按,此文另有改订版本刊于《漳州师范学院学报(哲社版)》2008 年第 1 期(总第 67 期),第 57–67 页。

② 汤漳平先生对"报秦"另有解读。参看《出土文献与楚辞·九歌》,中国社会科学出版社 2004 年版,第 91 页。

③ 这只是就《东君》篇的诠释而言。也有个别汉学家很重视传统的解释,例如,Geoffrey R. Waters, Three Elegies of Ch'u: an Introduction to the Traditional Interpretation of the Ch'u Tz'u (Madison, Wiss.: University of Wisconsin Press, 1985)。但是,G. R. Waters 这本书没有详细论及《东君》。

④ 戴震,《屈原赋注》"前言"部分,中华书局 1999 年版,第 3 页。

日本楚辞学的基础研究

——以江户、明治时期为研究对象

日本盛冈大学　矢田尚子

《楚辞》作为与《诗经》并称为中国诗歌文学源泉的韵文学作品集,自汉代以来便有众多为其做注释的书籍问世。其中具有代表性的有东汉王逸的《楚辞章句》和南宋朱熹的《楚辞集注》。特别是后者,被以朱子学为官学的江户时期(1603—1867)的日本所接纳。此后,《楚辞》便一直成为日本汉学者所关注的研究对象。

日本楚辞学的黎明期是江户时期,其代表性的楚辞研究首先有浅见絧斋(1652—1711)的《楚辞师说》,以及发展《楚辞师说》研究的芦野东山(1696—1776)的《楚辞评园》和龟井昭阳(1773—1836)的《楚辞玦》。

这些研究,都是凝聚着日本汉学者丰富知识的优秀著作。但是,芦野东山因被仙台藩主治罪,受到了幽禁,龟井昭阳则由于受到了宽政异端学说禁令的影响,两者的著作都被视为禁书,没有刊行,只有草稿或者抄本流传于一部分学者之中。目前,芦野东山《楚辞评园》的草稿收藏于岩手县一关市博物馆,龟井昭阳《楚辞玦》的抄本收藏于大阪大学、京都大学、国士馆大学、庆应义塾大学的图书馆。

继承以上江户时期楚辞学研究的是明治时期(1868—1912)的西村天囚(1865—1924)。他作为京都大学的讲师,在教授与《楚辞》相关的课程的同时,完成了《屈原赋说》上下卷、《楚辞集释》、《楚辞王注考异》、《经语考证》、《楚辞纂说》。这些著作,涉猎了当时可以购读到的中国宋、明、清代以及日本的多达一百种与楚辞有关的文献,网罗并参照了众多学说而完成的,但大部分一直没有被刊行,作为抄本收藏于大阪大学图书馆怀德堂文库。

如上文所述,江户、明治时期楚辞学的成果,尽管是出自具有丰富汉学知识的学者之手,由于只有抄本和草稿流传于世,中国当然不用说,就是日本的学者也很难阅读到。

关于江户时期、明治时期的楚辞学,迄今为止,在日本国内,除了竹治贞夫在其著作《楚辞研究》一节中介绍了上述的主要文献的概要之外[①],只有稻田耕一郎的《日本楚辞

---

① [日]竹治贞夫,《邦儒の楚辞研究》,《楚辞研究》,风间书房1978年版。

研究前史述评》①、前川正名的《西村天囚和藤野岩友——日本楚辞学的一系谱》②、《西村天囚の楚辞学》③等个别研究。

不仅国内,在国外也是同样状况。在中国,徐公持的《日本的楚辞研究》④、徐志啸的《日本楚辞研究论纲》⑤、崔富章的《楚辞书录解题》⑥等著作虽略有提及上述的文献,却也只是介绍了书名和简单的概要。直到最近,才有朱新林的《日本庆应义塾大学藏龟井昭阳〈楚辞玦〉写本考》⑦一文问世,详细介绍了龟井昭阳楚辞研究。但由于只是一篇论文,并不能弄清龟井楚辞研究的全貌。

如上文所述,江户、明治时期的日本楚辞学至今没有被广泛研究的主要理由,是由于日本楚辞学的资料大多没有被刊行,只有抄本、草稿闲置于日本各地的研究机关,陷入了难以系统研究的状况。

此外,日本大部分的楚辞研究者,一直只关注中国的楚辞研究,并不知道上述书籍就存在于本国。而且,大多数的日本汉学研究者,只以中国和日本的思想为专门研究对象,对于文学作品《楚辞》则视之为研究对象之外,敬而远之。

由于上述的种种不利因素,江户、明治时期的日本楚辞学不论是在楚辞研究领域还是日本汉学研究领域,都一直未得到重视。

鉴于以上状况,从今年开始,以矢田尚子(盛冈大学)为代表,集合了石川三佐男(秋田大学)、大野圭介(富山大学)、谷口洋(奈良大学)、田宫昌子(宫崎公立大学)、矢羽野隆男(四天王寺大学)等人,并且获得了日本学术振兴会科学研究费助成事业学术研究助成基金的助成金,组成了"日本楚辞学的基础研究"小组,以综合性系统性地研究江户、明治时期日本汉学者的楚辞学、明确其学术价值为目的,展开了研究活动。

研究对象为著于江户、明治时期的楚辞学资料,这些资料均为抄本及草稿。把这些资料加以印刷出版并使其系统化,对于楚辞学以及日本汉学研究来说是必要且不可缺少的基础工作,但由于此项工作费时费力,凭借个人之力很难完成。于是,本研究小组汇集了长期以来一直从各个角度致力于楚辞研究及日本汉学研究的研究者的见解和经验,来推进日本楚辞学资料的刊行以及系统研究。

本研究小组的主要活动如下:

---

① [日]稻田耕一郎,《江汉论坛》1986年第7期。
② [日]前川正名,《西村天囚和藤野岩友——日本楚辞学的一系谱》,共同研究报告书《怀德堂の研究》2003年版。
③ [日]前川正名,《西村天囚の楚辞学》,《国学院杂志》2005年,第106-111页。
④ 严锡康、周发祥主编,《楚辞资料海外编》,湖北人民出版社1986年版。
⑤ 徐公持,《日本的楚辞研究》,学苑出版社2004年版。
⑥ 崔富章,《楚辞书录解题》,高等教育出版社2010年版。
⑦ 朱新林,《日本庆应义塾大学藏龟井昭阳〈楚辞玦〉写本考》,《图书馆杂志》2012年第7期。

（1）将江户时期的芦野东山的《楚辞评园》和龟井昭阳的《楚辞玦》，以及明治时期的西村天囚的《屈原赋说》上下卷、《楚辞集释》、《楚辞王注考异》、《经语考证》、《楚辞纂说》等楚辞学研究成果活字数据化，便于作为研究资料加以利用。

（2）详查各资料的内容，明确其各自的特征，从而来从多角度考察各资料对于楚辞学史及日本汉学史的意义。

中国近年考古文献的不断出土，为楚辞研究提供了新资料，也大有改写中国文学史全体的趋势，与此相同，本研究小组的成果也是在于"发掘被埋没的资料"，与出土的考古文献一样，为国内外的中国文学研究者提供新的观点和手法，可以说对这门学问的发展有很大帮助。

此外，通过本研究"发掘的"资料，会为日本汉学研究带来众多情报，不仅可以显示出日本接受楚辞的状况，还能为日本楚辞学对于日本汉诗的影响以及当时作为日本官学的朱子学和日本楚辞学的关系之类的日本文学史研究、日本思想研究提供新观点，增加阐明这些问题的可能性。

龟门学与《楚辞玦》

[日]野田雄史

大阪大学附属图书馆怀德堂文库所收藏的龟井昭阳《楚辞玦》(全65叶),是江户时代研究楚辞的成果之一。本文试通过调查其内容并考察龟井昭阳和楚辞的关系,从而确立《楚辞玦》在楚辞学史上应有的地位。

一、龟门学

龟井昭阳(1773—1836)是福冈藩的儒者、龟井南冥(1743—1814)的长子。

龟井南冥出身于侄滨村的医家,师从山胁东洋(1706—1762)门下的永富独啸庵(1732—1766)学医,而儒学方面则拜莲池藩的黄檗僧大潮元皓为师学古文辞。

南冥当初跟父亲龟井听因一起,在福冈城旁的唐人町一边开医院,一边办私塾(蜚英馆或者南冥堂)教书育人。安永七年(1778)五月八日,南冥突然从町医被提拔为儒医而任官于福冈藩,随后到了天明三年(1783)五月十八日,曾建议设置的学问所也得到了许可,名叫西学甘棠馆,和同时开学的东学修猷馆相呼应。翌年(1784)二月二十三日,志贺岛出土了"汉委奴国王"印,南冥因对此进行调查后写成《金印辨》一书而闻名于世。在儒学史上,《论语语由》则被看作是他最大的功绩。

宽政二年(1790)颁布了宽政禁异学(在幕府学校里禁止教朱子学以外的学问),受其影响,古文辞学者南冥处境危难,终于宽政四年(1792)被黜免,并受到终身禁止外出的处分。甘棠馆虽然由其子昭阳继承下来,但宽政十年(1798)被火灾所烧,并因此被东学合并而遭废除。此后昭阳再开作为私塾的龟井塾,但在宽政十二年(1800)再次毁于火灾之中。从唐人町搬到侄滨后的文化十一年(1814)南冥自己也因家中失火而身亡。

二、江户时代的汉学塾和讲义内容

江户时代,长达两百多年间内外没有大的战乱,因此经济得到发展、教育文化也繁荣兴盛。

由于官学采用朱子学,江户汉学也起始于朱子学,而于此唱反调的伊藤仁斋(1627—1705)和荻生徂徕(1666—1728)则分别提倡古义学和古文辞学,其新鲜感曾风靡一世,成了对抗朱子学的巨大势力。然而无论是阐明古代的语义,还是崇尚古代的文辞,其实研究的是四书(伊藤仁斋《论语古义》《孟子古义》《语孟字义》《中庸发挥》和荻生徂徕《论语征》),所以说对抗朱子学也只意味着解释上的对立。因此不管朱子学派还是古义学派,在江户时代汉学塾所讲授的,首先是四书,然后发展到五经及其他古典。

另外,在中国讲究作诗技巧,但日本人难以学会平仄、韵律等,因此在日本没有普遍地讲授如何作诗。

三、龟井塾与汉诗

龟井南冥、昭阳父子作为汉诗人名传世间,同时门生中原古处(1767—1827)、原采苹(1798—1859)父子等汉诗人辈出,由此可见龟井塾重视汉诗的情景。昭阳写的《楚辞玦》,大概是为龟井塾学习汉诗而编纂的课本。

在江户时代,楚辞的思想内容一般不为重视,因为怀才不遇找贤君的内容、不合乎江户时代普通士人的处世方式。在这种情况下,昭阳讲授楚辞,不是出于思想方面的原因,而是出于文学方面的原因。这样的分析是理所当然的。

《楚辞玦》成立于天保五年(1834),是昭阳晚年的著作。由昭阳的日记可知,除了天保五年以外,还在文政四年(1821)讲授楚辞、编辑课本。这并不意味着只在文政四年和天保五年两次讲授楚辞,而可能是在文政四年写完第一本课本后,随时反复地讲授过数十次后,通过讲义而不断发现新见解,最终在天保五年重新编辑而成。

通过调查《楚辞玦》的内容,能窥见江户时代汉学塾实态的一端。

《楚辞》英译与译本考索

南通大学楚辞研究中心　和秀鹏

一、全球化肇始与西方汉学发轫——《楚辞》传译的历史动因

在 15 世纪末和 16 世纪初，为了开拓新的贸易路线及贸易资源，发展新生的资本主义，欧洲航海者开辟了在人类历史上产生了巨大而深远影响的新航路，即地理大发现。新航路的开辟，促进了资本主义的发展，使世界各国的联系日趋紧密，拉开了世界近代化与全球化的序幕，同时也掀开了中西思想与文化交流的新篇章。随着中西之间的海陆交通愈加便利，自 16 世纪初始，一批批欧洲外交官、商人或传教士（见表 1），如葡萄牙使臣皮雷斯（Tomé Pires，1468—1540）、传教士克鲁斯（Gaspar da Cruz，1520—1570）、意大利传教士罗明坚（Michele Ruggleri，1543—1607）、利玛窦（Matteo Ricci，1552—1610）等，陆续泛海东来，向国人介绍西方的神学、天文学、历法、哲学、几何学、音乐、绘画等，简称"西学东渐"，同时他们也将中国的历史文化通过信札、译著等方式传向西方（见表 2），以中国政治之清明及古圣先贤之懿训讽刺欧洲政治及学术界的混乱与不安，简称"中学西渐"。一时间"中国风"吹遍欧罗巴，从此中国历史文化开始了整体上的西传，西方汉学的帷幕就此拉开。

表 1　16 至 18 世纪在华传教士国籍之统计[①]

1552－1687 年在华耶稣会士国籍之统计			
国　籍	人　数	百分比(%)	备　注
葡萄牙	65	43.9	
意大利	35	23.6	
法国	14	9.5	
西班牙	8	5.4	
其他	26	17.6	包括瑞士、波兰、比利时等
总　计	148	100	

---

① 王漪，《明清之际中学之西渐》，台湾商务印书馆 1979 年版，第 18 页。

续　表

1687—1773 年在华传教士国籍之统计			
国　籍	人　数	百分比(%)	备　注
法国	85	39.5	
葡萄牙	81	37.7	
意大利	26	12.1	
其他	23	10.7	
总　计	215	100	

表2　1552—1687 年传教士汉学著作之量化分析[①]

类　别	数　目	百分比(%)	备　注
1. 综合报道	21	30.4	
2. 礼仪问题	17	24.3	
3. 历史文化	11	16	
4. 字典与文法	9	13	
5. 译作著述	4	5.8	
6. 宗教哲学	3	4.3	
7. 天文地理	2	2.9	
8. 自然科学	2	2.9	
总　计	69	100	

简而论之,早期欧洲汉学经历了三个阶段。[②] 第一阶段是游记汉学,从16世纪初至16世纪末。此时著述者多为葡萄牙和西班牙的旅行家、外交官或商人,以介绍中国政治、经济、文化、宗教等为主,代表著作有托梅·皮雷斯《东方诸国记》(Suma Oriental)、克鲁斯《中国志》(Tractado emque se cōtam muito pol estéco as cous da China)、门多萨(Juan González de Mendoza,1540—1617)《中华大帝国史》(Historia de las cosas más notables, ritos y costumbres del gran reyno de la China)。第二阶段是传教士汉学,从16世纪末至18世纪中期。此时汉学研究的主角为耶稣会传教士,其中又以1687年为界划分为前后两个时期。前期为非法国传教士时期,汉学著作以介绍中国历史文化为主,代表著作有利玛窦、金尼阁(Nicolas Trigault,1577—1629)《基督教远征中国史》(又称《利玛窦中国札

---

① 王漪,《明清之际中学之西渐》,台湾商务印书馆1979年版,第44-45页。
② 吴孟雪、曾丽雅,《明代欧洲汉学史》,东方出版社2000年版,第31页。

记》,De Christiana expeditione apud Sinas suscepta ab Societate Jesu)、曾德昭(lvaro de Semedo,1585—1658)《大中国志》(Imperio de la China)、卫匡国(Martino Martini,1614—1661)《鞑靼战纪》(De Bello Tartarico Historia);后期为法国传教士登上欧洲汉学盟主地位的时期,汉学家开始大规模、全方位地研究中国文化和译介中国文学,代表著作有马若瑟(Joseph de Prémare,1666—1736)《中国语言志略》(Notitia Linguae Sinicae)、《赵氏孤儿》(Tcho-chi-cou-eulh;ou,L'orphelin de la Maison de Tchao,tragédie chinoise)、白晋(Joachim Bouvet,1656—1730)《易经大意》(Idea Generalis Doctrinae libri Ye Kin)、宋君荣(Antoine Gaubil,1689—1759)《〈书经〉译注》(Le Chou-king traduit et annoté)。第三阶段是专业汉学,从18世纪末至19世纪中期。此时汉学在欧洲本土迅速崛起,并深入到学术界,于是一些西方高等院校陆续成立专门学科,建立研究协会,并发行期刊。1814年12月,第一位法国汉学教授雷慕莎(Jean Pierre Abel Remusat,1788—1832)在法兰西学院主持了第一次专门的汉学讲座。1823年,英国皇家亚洲学会成立,刊行《英国皇家亚洲学会会报》,汉学从此作为一门学科正式确立了。其后,随着西方从事汉学研究的学者与日俱增及其研究领域愈渐宽泛,《楚辞》的译介工作被提上了议事日程。

二、《楚辞》英译本的历史回顾

(一)《楚辞》选译本

《楚辞》的英语选译本为数较多,参差不齐,但其主要作品迄今均已被英译,而以屈原的诗篇为最多,尤其是《离骚》和《九歌》(见表3)。从时间上看,最早英译《楚辞》的是英国外交官、汉学家道格拉斯。他于1858年来华,先后担任英国驻广州领事馆及驻华公使馆的汉语"通事"(即译员),于1865年回国,曾在伦敦大学等机构任职。1870年,法国汉学家德理文在巴黎出版了《楚辞》作品的第一个法语选译本《离骚章句》。道格拉斯对此书产生了浓厚兴趣,遂于1874年在《学术》上发表了《评德理文侯爵的〈离骚〉》一文。他在这篇书评中阐述了中国文学的历史与特色、屈原的生平和诗歌创作,同时节译了《渔父》(The Fisherman)一文。[①]

1879年,英国外交官、汉学家帕克在《中国评论》上以"V. W. X"之名发表了《离骚》(The Sadness of Separation, or Li Sao)的英译全文。译文采用了维多利亚式的韵体诗形式,意译成分较多,且缺乏背景介绍和注释说明,给西方读者的阅读与接受带来了一定

[①] C. f. Robert Kennaway Douglas, *Review: Hervey de Saint-Denys' (Marquis d') Le Li-sao*, (The Academy, No. 6, 1874), pp. 285-287.

困难。①

五年之后，另一位特立独行的英国外交官、汉学家翟理斯在上海出版了《汉文琳琅》(Gems of Chinese Literature)。该书是西方第一本系统性介绍中国古典文学的英译著作，其中译介了《卜居》(Consulting the Oracle)、《渔父》(The Fisherman's Reply)和《山鬼》(The Genius of the Mountain)。1901 年，由他撰写的第一部英文版《中国文学史》(A History of Chinese Literature)问世②。翟理斯在书中高度评价了《楚辞》在中国文学史上的历史地位和文学价值，并在第一章《封建时代》里译介了《离骚》(Li Sao, or Falling into Trouble)、《渔父》(The Fisherman)和《山鬼》(The Genius of the Mountain)。他在译文中简略地分析了骚诗的韵律特点，并指出其不规则性。③ 1909 年，英国诗人克莱默—宾(Launcelot Cranmer - Byng, 1872—1945)在伦敦出版了《玉琵琶——中国古典诗词选》(A Lute of Jade, Being Selections from the Classical Poets of China)，其中"英译"了《山鬼》(The Land of Exile)一文，但此译文有剽窃翟理斯《中国文学史》之嫌，难怪其后来讽说克莱默—宾的《玉琵琶》为《盗玉集》(Loot of Jade)。1915 年，翟理斯的中国儒家文化研究专著《儒家学派及其反对派》(Confucianism and Its Rivals)在伦敦出版，其中选译了《东皇太一》、《云中君》和《国殇》。此外，1923 年，经过重新编排与修订的《汉文琳琅》(第 2 版)面世，分为两卷：散文卷和诗歌卷，其中诗歌卷中译介了《国殇》(The Battle)和《礼魂》(Commemoration Service and After)。

理雅格是英国汉学家中另一位赫赫有名的《楚辞》译者，牛津大学的首任汉学教授。他于 1895 年在《英国皇家亚洲学会会报》上发表了一篇论文《〈离骚〉及其作者》(The Li Sao Poem and Its Author)，全文分为三个部分：第一部分介绍屈原生平，第二部分分析《离骚》的语言及特点，第三部分英译《离骚》全文及其注释。④ 对于理雅格教授的译本，霍克思认为其本意并不在于诗歌翻译，而是通过英译《楚辞》来介绍屈原。⑤ 理雅格教授英译《离骚》其实是以德理文《离骚章句》为底本而进行转译的，译文相对精当，具有很高的学

---

① V. W. X, *The Sadness of Separation, or Li Sao*, The China Review, or notes & queries on the Far East, Vol. 7 No. 5, 1879, p. 309 – 314.

② 1892 年，翟理斯出版了《华英字典》(Chinese - English Dictionary)，这本字典"被认为是其一生的最大成就"。1897 年，《古今姓氏族谱》(A Chinese Biographical Dictionary)面世，这是第一部英文版中国人物传记辞典。1905 年，第一部《中国绘画史》(An Introduction to the History of Chinese Pictorial Art)也问世了。

③ C. f. Herbert Allen Giles. *A History of Chinese Literature*, D. Appleton and Company, 1901, pp. 50 – 54.

④ C. f. James Legge, *The Li Sao Poem and Its Author*, The Journal of the Royal Asiatic Society of Great Britain and Ireland, 1895, p. 571.

⑤ C. f. David Hawkes, *Ch'u Tz'u: The Songs of the South*, Oxford University Press, 1959, pp. 215 – 216.

术价值。

继理雅格教授之后,英译《楚辞》作出重要贡献的,当推才华横溢的英国汉学家、文学翻译家韦利。他于1918年在伦敦出版了《一百七十首中国诗选译》(A Hundred and Seventy Chinese Poems),从此一举成名。该书的第一篇译文即是屈原的《国殇》(The Battle),其后是宋玉的《风赋》(The Man – Wind and the Woman – Wind)和《登徒子好色赋》(Master Tēng – t'u)。① 不过,宋玉的这两篇小赋并不被当作"楚辞"看待。次年,他完成《中国诗选译补编》(More Translations from the Chinese)并出版,其中译介了《大招》(The Great Summons)一文。1941年,《中国诗歌选译》(Translations from the Chinese)在纽约出版,收有《国殇》、《风赋》、《登徒子好色赋》和《大招》的译文。1946年,《中国古诗集》(Chinese Poems)杀青付梓,收有《国殇》等篇的译文。1955年,韦利的代表译著《〈九歌〉——中国古代巫术研究》(The Nine Songs, A Study of Shamanism in Ancient China)在伦敦问世。他在《九歌》的研究性英译中首次引入了人类学的方法,对中国古代的巫术文化作了较为翔实的考察,同时指出《九歌》的篇章结构由两部分构成:第一部分是巫者迎神,第二部分是神巫之会。不过,在此书正文中,韦利仅仅选译了《九歌》九篇,《国殇》和《礼魂》并不在列。他认为这两篇是后人附加的,本不在《九歌》原诗之列。全书还包括三个附录:附录一是"楚国扩张简史",介绍楚国地理疆域的扩张过程,以纠正西方学者关于楚国只是一个南方政权的片面印象;附录二是"青木正儿对《九歌》的阐释",介绍日本汉学家青木正儿(Aoki Masaru,1887—1964)的研究成果——《〈楚辞·九歌〉的舞曲结构》(The Dramatic Construction of the Nine Songs)。韦利还指出,他在英译过程中也参考了主要的现代中国学者对《九歌》的研究成果,如闻一多、姜亮夫、何天行、文怀沙、郭沫若和游国恩;附录三是"评注",概述王逸、洪兴祖、朱熹等学者对《楚辞·九歌》的注评情况。② 由于韦利具有深厚的汉学素养,译作质量自然较高,但仍存在一些问题,如翟理斯就曾批评其译文不忠实于原作,存在随意删改和任意发挥的问题。③

当时已发表或出版的《楚辞》英译作品,还有一些出自德国学者之手。1913年,何可思在德国汉学家孔好古(August Conrady,1864—1925)的指导下完成论文《宋玉的〈招魂〉》(Das "zurückrufen der Seele" (Chao – Hun) des Sung Yüh)并获得博士学位,成为第一位楚辞学博士。1924年,他英译的淮南小山《招隐士》(The Chao – Yin – Shi, "Calling Back the Hidden Scholar"),发表于《大亚西亚》(1924年第1卷)。1939年,他撰写的《中

---

① C. f. Arthur Waley, *A Hundred and Seventy Chinese Poems*, Alfred A. Knopf, Inc, 1919, pp. 39 – 43.

② C. f. Arthur Waley, *The Nine Songs: A Study of Shamanism in Ancient China*, George Allen and Unwin Ltd, 1955, pp. 55 – 61.

③ 陈亮,《翟理斯与魏理关于〈楚辞·大招〉翻译的论争》,《聊城大学学报(社会科学版)》2012年第5期,第13 – 19页。

国古代的死神》,其中英译了《大司命》和《少司命》两篇,刊发于欧洲当时最著名的汉学期刊《通报》上。另一位致力于《楚辞》译介的德国学者是比亚拉斯(中文名:鲍润生),他是一位天主教圣言会来华传教士。1928年,比亚拉斯在《英国皇家亚洲学会华北分会会报》(在上海刊行)发表《屈原的生平与诗作》(K'ü Yüan, his life and poems)一文,其中英译了《东皇太一》、《山鬼》、《惜诵》、《卜居》、《渔父》及《天问》第一部分的十二行诗句。从英译的角度看,这些译作不失为精当,但比亚拉斯最好的译作《楚辞·九章》却是用德语翻译的。①

1947年,由中英两国译者合作完成的译著《白马篇——中国古今诗选》(The White Pony, An Anthology of Chinese Poetry from the Earliest Times to the Present Day)在纽约庄台公司出版。该书的译者除佩恩本人外,还有中国学者余民传(音译)和沈玉婷(音译),英译的《楚辞》作品有《离骚》(Encountering Sorrow)、《九章·涉江》(From The Nine Declarations)和《九歌》(The Nine Songs,十一篇),均有脚注。该书的译文语言凝练、生动,可读性强,充分考虑了西方读者的接受与传播问题。霍克思教授对这十三篇译文也给予了高度评价:"清新耐读,不落窠臼。"②

1976年,英籍传教士、汉学家特纳(John Turner)在香港中文大学出版社出版了《汉诗金库》(A Golden Treasury of Chinese Poetry)一书,其中选译了《山鬼》一篇。

作为西方汉学界的后起之秀,美国汉学家的《楚辞》译著同样引人注目。1959年,新奥尔良大学名誉教授(Professor Emeritus)约翰逊在迈阿密出版了《离骚》(Li Sao: A Poem on Relieving Sorrows by Chü Yüan)一书。1983年,霍布森(J. Peter Hobson)撰写的《〈远游〉:一首中国古诗》一文在《比较宗教研究》(在伦敦刊行)第15卷上发表,英译并简评了《远游》(The Far Journey)。与此同时,美国汉学家、翻译家沃森也开始英译《楚辞》,包括《离骚》(Encountering Sorrow)、《云中君》(The Lord Among the Clouds)、《河伯》(Lord of the River)、《山鬼》(The Mountain Spirit)、《国殇》(Those Who Died for Their Country)等诗篇,收录在1984年出版的《哥伦比亚中国古诗集》中。沃译本主要采用了直译的翻译方法,基本再现了原诗的句法结构与美学形式,总体上忠实于原诗,但也有不少误译之处。1986年,菲尔德在纽约出版了《天问》(Tian wen: A Chinese Book of Origins)一书,研究并英译《天问》,较为精彩。此外,美国学者还陆续编写了一些作品选集,其中译介了《楚辞》诗篇。如欧文于1996年编写的《诺顿中国文学作品选》(An Anthology of Chinese Literature: Beginning to 1911)选译了《离骚》(The Li Sao)和《九歌》(不包括《湘夫人》),辛顿于2008年出版的《中国古典诗歌选》(Classical Chinese Poetry: An Anthology)选译了《天问》

---

① 张弘,《中国文学在英国》,花城出版社1992年版,第117页。
② David Hawkes, Ch'u Tz'u: The Songs of the South, Oxford University Press, 1959, p. 215.

(From The Question of Heaven)、《东皇太一》(Great–Unity, Sovereign of the East)、《云中君》(Lord of the Clouds)、《东君》(Lord of the East)、《山鬼》(The Mountain Spirit)和《离骚》(Confronting Grief),孙康宜和欧文合作主编的《剑桥中国文学史》(The Cambridge History of Chinese Literature)译介了《离骚》(Encountering Sorrows)、《渔父》(The Fisherman)、《湘君》(Lady of the Xiang)、《湘夫人》(Consort of the Xiang)、《东皇太一》(Great Unity, August Emperor of the East)、《哀郢》(Fallen of the State)、《天问》(Heavenly Questions)、《招魂》(Summoning the Soul)等诗篇,译者则为撰写本书第一卷第一章的普林斯顿大学教授马丁·克恩(Martin Kern)。该书汇集了十几位美英著名的汉学家,如斯蒂芬·欧文(Stephen Owen)、康达维(David R. Knechtges)、艾朗诺(Ronald Egan)、马丁·克恩、孙康宜、田晓菲等,分章撰写,历时五年完成,2010 年 4 月由英国剑桥大学出版社出版(包括纸质版和电子版),目前已成为多数欧美高校中国文学专业的基础教科书。

　　与欧美译者相比,中国或华裔学者英译《楚辞》起步较晚,但发展较快,效果甚佳,为《楚辞》在海外的传播与接受做出了卓越贡献。国内第一个英译本是林文庆先生的《〈离骚〉:遭遇忧愁之哀歌〉》(The Li Sao, An Elegy on Encountering Sorrows),1929 年由上海商务印书馆出版。该书开篇有英国汉学家翟理斯、清末民初思想家陈焕章、印度诗人泰戈尔(Rabindranath Tagore,1861–1941)三人作序,文末附有原诗和注释。1942 年,林语堂先生在纽约兰登书屋出版了《中国与印度之智慧》(The Wisdom of China and India),该书译介了《大招》一诗。1953 年,杨宪益、戴乃迭伉俪合著的《〈离骚〉及屈原的其他诗作》(Li Sao and Other Poems of Qu Yuan)在北京外文出版社出版,该书英译了屈原的全部诗作,共二十五篇,其中《离骚》(Li Sao,"The Lament")一诗早在 1938 年就被译成了英文。杨译本采用了严格的英语诗体,主要是英雄双韵体和双行押韵体,以"归化"为主,注重文学性,在国际上产生了较大的影响。1961 年,陈受颐先生在纽约出版了《中国文学史略》(Chinese Literature: A Historical Introduction),该书译介了《楚辞》的主要篇目、主题及艺术风格。1975 年,柳无忌、罗郁正合编的《葵晔集——历代诗词曲选集》(Sunflower Splendor: The Three Thousand Years of Chinese Poetry)一书选译了《橘颂》(Hymn to the Orange)、《湘君》(Lord of the River Hsiang)、《大司命》(The Great Arbiter of Fate)、《离骚》(Li Sao: Selections,节选)、《哀郢》(A Lament for Ying)等五篇,译者均为柳无忌,而罗郁正则英译了《越人歌》(Song of the Boatswain of Yüeh)。1985 年,翁显良先生所著的《古诗英译》(An English Translation of Chinese Ancient Poems)一书在北京出版社出版,该书选译了《橘颂》(To the Orange)一篇。译文采用自由的散文体,语言流畅、传神,别具一格。1992 年,丁祖馨和拉斐尔(美)合著的《中国诗歌精华》(Gems of Chinese Poetry)一书在辽宁大学出版社出版,该书选译了《哀郢》(Lament for the Fall of the Capital)一诗。同年,许渊冲先生在北大出版社出版了《中诗英韵探胜——从〈诗经〉到〈西厢记〉》(On Chinese Verse in English Rhyme: From the Book of Poetry to the Romance of the Western Bower),该书英译了《离骚》(Sorrow After Departure,节选)、《云中君》(To the God of Cloud)、《湘君》(To the Lord of River Xiang)、《湘夫人》(To the Lady of River Xiang)和《国殇》(For Those Fallen for the Country)五篇。两年之后,他的代表译著《楚辞》(Poetry of the South)由湖南出版社作为《汉英对照中国古典名著丛书》之一出版,该书选译了除汉代作品外的全部篇目,为目前中国或华裔译者已出版的最全的一个《楚辞》英译本,被赞为是"英美文学的一座高峰"。许译本采用了四音步抑扬格的韵体,以"归化"为主,并充分考虑了骚诗的独特性,在英译中创造性地运用了"英文骚体"(Oh - Meter)。1996 年,孙大雨先生在年逾古稀之际完成的译著《屈原诗选英译》(Selected Poems of Chü Yuan)在上海外语教育出版社出版,柳无忌、刘旦宅二位先生分别为之作序、作插图。该书有长达 198 页的导论,详细地论述了先秦历史发展,屈原及其著作、思想和历史地位等,具有较高的学术价值,正文中选译了《离骚》(Lee Sao:Suffering Throes)、《九歌》(Nine Songs)、《九章》(选六篇,Sylva of Nine Pieces,Six Selected)、《远游》(Distant Wanderings)、《卜居》(Divining to Know Where I Should Stay)、《渔父》(The Fisherman)等二十一篇。孙译本采用了较自由的六、七音步抑扬格形式,以异化为主,注重表达的忠实性,在英译中介绍了不少关于中国传统文化的知识。次年,叶维廉先生(Wai - lim Yip)在美国杜克大学出版了《中国诗歌》(Chinese Poetry)一书,其中选译了《哀郢》(Lament for Ying)一诗。21 世纪之初,杨宪益和戴乃迭夫妇所著的《楚辞》(The Songs of the South)由外文出版社作为《古诗苑汉英译丛》之一出版,该书选译了《离骚》(Li Sao)、《湘夫人》(The Lady of the Xiang)和《哀郢》(Mourning the Lost Capital)三篇,还有贾谊的《鹏鸟赋》(The Owl)一篇。其后,《楚辞选》(Selected Elegies of the State of Chu)也在外文出版社问世了,该书相当于《〈离骚〉及屈原的其他诗作》(Li Sao and Other Poems of Qu Yuan)的再版,仅少了《天问》一篇。2006 年,卓振英先生的译著《楚辞》(The Verse of Chu)由湖南人民出版社作为《大中华文库》的丛书之一出版,该书选译了《离骚》(Tales of Woe)、《九歌》(The Nine Hymns)、《天问》(Inquiries into the Universe)、《远游》(The Pilgrimage)、《卜居》(Making Choices through Divination)、《渔父》(A Dialogue with the Fisherman)、《招魂》(Requiem)、《大招》(The Grand Requiem)、《九辩》(The Nine Cantos)等二十八篇。① 与杨译本、孙译本和许译本一样,卓译本也采用了严格的英语格律诗体,意译和直译相结合,并注重译文分章的形式化特征,独具特色,在译界产生了一定影响,但译文没有一处注释,有些地方显得迂回拥塞。四年之后,他的另一本译作《英译中国历代诗词》(An Anthology of Chinese Classical Poetry)在暨南大学出

---

① 《离骚》(选译)和《涉江》早已被其英译并收录于1996年由中山大学出版社出版的《华夏情怀——历代名诗英译及探微》一书中。

版社出版,该书选译了《离骚》(节选)和《涉江》两篇,有注有评,并对以前的译文作了修订,语言较为简洁,可读性较强。2008 年,杨成虎、周洁二位先生合著的《楚辞传播学与英语语境问题研究》(A Study of Chu Verse Communication in International English Contexts)在线装书局出版,该书分上、中、下三编,上编是"中国译者《楚辞》英译本评论",对国内英译本作了比较研究,中编是"《楚辞》新译",英译了《离骚》(Leaving Sorrow)、《九歌》(The Nine Songs)、《天问》(Inquiries of Heaven)、《九章》(The Nine Pieces)、《大招》(Great Requiem)等二十三篇,下编是"《楚辞》新注",包括《离骚》和《九歌》。该译本改进了许译本的"英文骚体",采用"归化"与"异化"相结合的翻译策略,注重引用楚辞学研究的新成果,为《楚辞》英译作出了新的探索。2010 年,张炳星先生在中华书局出版了《英译中国古典诗词名篇》(The Golden Treasury of the Best Chinese Classical Poems),该书选译了《离骚》(The Sorrow of Separation;The Pang of Parting)、《九歌》(Nine Songs)和《九章》(Nine Movements)二十一篇。张译本采用直译与意译相结合的方法,语言简洁、凝练,译文有简短的题解,但没有注释。

表 3　《楚辞》主要选译本综合表

译　者	书名(篇名)	发表刊物(出版社)	时　间	概　况
Robert Douglas(英)	Review:Hervey de Saint-Denys'(Marquis d')Le Li-sao	The Academy	1874	介绍屈原生平,节译《渔父》一文。
E. H. Parker(英)	The Sadness of Separation, or Li Sao	Hong Kong: The China Review	1879	英译《离骚》全文,但较为草率,误译较多。
Herbert A. Giles(英)	Gems of Chinese Literature	London: Bernard Quaritch	1884,1923	选译《卜居》、《渔父》、《山鬼》等三篇。
James Legge(英)	The Li Sao Poem and Its Author	London: Journal of the Royal Asiatic Society	1895	介绍屈原生平,分析并英译《离骚》全文。
Herbert A. Giles(英)	A History of Chinese Literature	New York: D. Appleton and Company	1901,2010	节译《离骚》、《渔父》、《山鬼》等三篇。
Herbert A. Giles(英)	Confucianism and Its Rivals	London: Williams and Northgate	1915	选译《东皇太一》、《云中君》和《国殇》三篇。
Arthur Waley(英)	A Hundred and Seventy Chinese Poems	London: Constable & Co. Whitefish: Kessinger Publishing	1918,2010	选译《国殇》一篇,另译宋玉赋两篇。

续 表

译　者	书名(篇名)	发表刊物(出版社)	时　间	概　况
Arthur Waley（英）	More Translations from the Chinese	London：Allen and Unwin	1919	选译68首中国古诗，包括屈原的《大招》等。
Eduard Erkes（德）	The Ta-Chao：Text, Translations and Notes	Leipzig：Asia Major	1923	英译《大招》一篇，有注释。
Franz X. Biallas（德）	K'ü Yüan, his life and poems	Shanghai：Journal of the North-China Branch of the Royal Asiatic Society	1928	英译《东皇太一》、《山鬼》、《天问》（节译）、《惜诵》、《卜居》、《渔父》等六篇。
Lim Boon Keng（新加坡）	The Li Sao, An Elegy on Encountering Sorrows	Shanghai：Commercial Press Taipei：Oriental Cultural Service	1929, 1935, 1972	英译《离骚》全文，并开展文本研究。
Robert Payne（英），Yu Min-chuan, Shen Yu-ting（中）	The White Pony, an Anthology of Chinese Poetry from the Earliest Times to the Present Day	New York：The John Day Company London：G. Allen and Unwin New York：The New American Library	1947, 1949, 1960	选译《九歌》、《涉江》、《离骚》等十三篇，其中《九歌》的译者为沈玉婷（音译），《涉江》的译者为余民传（音译），《离骚》的译者为佩恩。
Yang Xian-yi（中）and Gladys Yang（英）	Li Sao and Other Poems of Qu Yuan（楚辞选）	Peking：Foreign Languages Press	1953, 1955, 1980, 2001	英译《离骚》、《九歌》、《九章》、《卜居》、《渔父》、《招魂》、《天问》等，全部为屈原作品。
Arthur Waley（英）	The Nine Songs, A Study of Shamanism in Ancient China	London：G. Allen and Unwin San Francisco：City Lights Books	1955, 1973	译介《九歌》（九篇），有注有评，并深入研究了中国古代的巫文化。
Jerah Johnson（美）	Li Sao：A Poem on Relieving Sorrows by Chü Yüan	Miami：Olivant Press	1959	译介《离骚》全文，并在序言里概述了《离骚》的翻译史。
Wu-chi Liu（美籍华人）	Sunflower Splendor：The Three Thousand Years of Chinese Poetry	Indianapolis：Indiana University Press	1975	英译《橘颂》、《湘夫人》、《大司命》、《离骚》（节译）、《哀郢》等五篇。

续 表

译　者	书名(篇名)	发表刊物(出版社)	时　间	概　况
Burton Watson（美）	The Columbia Book of Chinese Poetry: from the early times to the 13th century	New York: Columbia University Press	1984	英译《云中君》、《河伯》、《山鬼》、《国殇》、《离骚》等五篇。
翁显良（中）	古诗英译	北京:北京出版社	1985	选译《橘颂》一篇,译文采用散文体。
Stephen Field（美）	Tian wen: A Chinese Book of Origins	New York: New Directions Publishing Corporation	1986	译介《天问》一篇,有导论和注释。
许渊冲（中）	楚辞	长沙:湖南出版社 北京:中国对外翻译出版公司 北京:五洲传播出版社	1994,2008,2012	英译《离骚》、《九歌》、《天问》、《九章》、《远游》、《卜居》、《渔父》、《九辩》、《招魂》、《大招》等二十八篇,汉英对照。
王知还（中）	古今爱国抒情诗词选	北京:中国对外翻译出版公司	1995	节译《离骚》、《湘夫人》等两篇,汉英对照。
Stephen Owen（美）	An Anthology of Chinese Literature: Beginnings to 1911	New York: W. W. Norton & Company	1996	英译《九歌》、《离骚》等十二篇。
孙大雨（中）	屈原诗选英译	上海:上海外语教育出版社	1996,2007	英译《离骚》、《九歌》、《九章》(选六篇)、《远游》、《卜居》、《渔父》等二十一篇,汉英对照。
卓振英（中）	楚辞	长沙:湖南人民出版社	2006	英译《离骚》、《九歌》、《天问》、《九章》、《远游》、《卜居》、《渔父》、《招魂》、《大招》、《九辩》等二十八篇,汉英对照。
David Hinton（美）	Classical Chinese Poetry: An Anthology	New York: Farrar, Straus and Giroux	2008	英译《天问》、《东皇太一》、《云中君》、《东君》、《山鬼》、《离骚》等六篇。
杨成虎、周洁（中）	楚辞传播学与英语语境问题研究	北京:线装书局	2008	英译《离骚》、《九歌》、《天问》、《九章》、《大招》等二十三篇,汉英对照。
张炳星（中）	英译中国古典诗词名篇	北京:中华书局	2010	英译《离骚》、《九歌》、《九章》等二十一篇,汉英对照。

续 表

译 者	书名(篇名)	发表刊物(出版社)	时 间	概 况
Kang-i Sun Chang and Stephen Owen(美)	The Cambridge History of Chinese Literature (Volume I: To 1375)	Cambridge: Cambridge University Press	2010	译介《离骚》、《渔父》、《湘君》、《湘夫人》、《天问》、《招魂》等六篇。

除以上主要的选译本外,还有一些英译编选本(见下表4),也值得重视。

表4 《楚辞》英译编选本综合表

编 者	书 名	出版地与出版社	出版时间	概 况
苏曼殊(中)	文学因缘	东京:齐民社	1908	收有《诗经》十八章、《古诗》四首及屈原、班固、曹操、孟浩然、李白、杜甫、苏东坡等人的诗歌,合计仅百首,绝大部分为理雅格和翟理斯所译。
石 民(中)	诗经、楚辞、古诗、唐诗选	上海:北新书局 香港:中流出版社(影印本)	1933, 1982	收有《山鬼》、《国殇》和《礼魂》三篇,均为翟理斯所译。
Burton Watson(美)	Early Chinese Literature	New York: Columbia University Press	1962	介绍早期中国的文学形式、主题及特征,采用霍克思《〈楚辞〉——南方之歌》的译文,如《离骚》、《云中君》、《河伯》、《怀沙》等。
Cyril Birch(美)	Anthology of Chinese Literature19 (Volume I)	New York: Grove Press	1965, 1994	收有《离骚》、《湘君》、《湘夫人》、《东君》、《国殇》、《礼魂》、《哀郢》、《橘颂》、《九辩》(节译)、《招魂》、《招隐士》等十一篇,均为霍克思所译。
文殊(中)	诗词英译选	北京:外语教学与研究出版社	1989	选注先秦至清季的诗、词、曲、歌,共计200余首,其中收有《国殇》一篇,为沃森所译。
王恩保、王约西(中)	古诗百首英译	北京:北京语言学院出版社	1994	选注周秦汉魏晋南北朝诗歌112首,其中收有《离骚》(杨译)、《湘君》(柳译)、《湘夫人》(杨译)、《山鬼》(杨译)、《国殇》(霍译)、《橘颂》(柳译)、《哀郢》(霍译)、《九辩》(节录,霍译)等八篇。

续表

编　者	书　名	出版地与出版社	出版时间	概　况
中国文学出版社（中）	中国文学·古代诗歌卷	北京：外语教学与研究出版社 北京：中国文学出版社	1998	收有《湘夫人》和《哀郢》两篇，采用了杨宪益夫妇《楚辞》（英汉对照）中的英译。
John Minford and Joseph S. M. Lau（美）	Classical Chinese Literature: An Anthology of Translations（Vol. I）	New York: Columbia University Press Hong Kong: The Chinese University of Hong Kong	2000	编选上古至隋唐五代最重要的著作，包括诗歌、散文、小说、人物传记、早期中国哲学等，其中收有《天问》（节选）、《离骚》、《九歌》等十三篇，采用了霍克思《楚辞》：南方之歌——屈原及其他诗人的中国古代诗歌选集》中的英译。
吕叔湘（中）	中诗英译比录	北京：中华书局	2002	收有《国殇》的三篇译文，分别为翟理斯、韦利和杨宪益、戴乃迭夫妇所译。

（二）《楚辞》全译本

最早翻译《楚辞》全书的译者，则是牛津大学中国文学讲座教授霍克思。他于1955年在牛津大学完成博士学位论文《〈楚辞〉的年代与作者问题》（The Problem of date and authorship of Ch'u Tz'u），四年之后，即1959年，这篇博士论文经修订在牛津大学出版部印刷所出版了。该书是第一部《楚辞》全译本，书名为《〈楚辞〉：南方之歌——中国古代诗歌选集》（Ch'u Tz'u, The Songs of the South: An Ancient Chinese Anthology[①]）。除前言和目录外，全书包括总论、题解、译文、校注、附录和索引；在附录中，有作者所撰《〈楚辞〉英译史》一篇，追溯了《楚辞》的英译史，并认为帕克的《离骚》是最早的《楚辞》英译作品。[②] 其实，这个观点是不正确的。1960年4月，韦利在《英国皇家亚洲学会会报》上发表书评说，"作为一项文学壮举，霍译本的英译达到了一个非常高的标准——一个在东方研究中很少有人达到的标准。前沿的学术研究和超凡的文学天赋很少能结合得如此完

---

① 该译本被列入联合国教科文组织的中国文学翻译丛书（UNESCO Collection of Representative Works Chinese Series）。

② C. f. David Hawkes, *Ch'u Tz'u*, *The Songs of the South*: *An Ancient Chinese Anthology*, Oxford University Press, 1959, p. 215.

美"①。1962年,该书在波士顿灯塔出版社平装再版,有当代美国汉学家海陶玮(James R. Hightower,一译:海托华)所作之序,序文中海陶玮对霍译本给予了高度评价,他称赞道:"霍克思属于翻译家中最稀有的那一类,他既精通汉语,了解中国文学,又能娴熟驾驭英语文学语言,霍克思的《楚辞》全译本可以与韦利的《诗经》全译相媲美。"②1985年,霍克思在牛津版及灯塔版的基础上加以修订,以我国现行的汉语拼音方案替换古旧的威妥玛—翟理斯式拼音法(Wade - Giles Romanization),并在英美两国同时出版,书名为《〈楚辞〉:南方之歌——屈原及其他诗人的中国古代诗歌选集》(The Songs of the South: An Ancient Chinese Anthology of Poems by Qu Yuan and Other Poets)。

1985年版的企鹅丛书本是霍克思英译《楚辞》的集大成之作,具有较为显著的学术性研究特点。其一,除了序言和拼写注解外,译本有长达52页的总论,洋洋万言,比1959年版原有的总论足足多了33页。总论共分为四个部分,即北方与南方、《楚辞》、巫术与"楚辞"、屈原。第一部分内容涉及先秦历史,对中国诗歌的源头(北诗南辞)、楚国在南方的崛起、楚国与北方周王朝的关系、《诗经》对"楚辞"创作的影响等问题做了较为详细的介绍。第二部分论述了《楚辞》的编纂及其成书过程、著作权争议以及形式与韵律等问题,并进行了较为深入的探讨,值得借鉴。例如,霍氏认为《九章》的汇编与音乐需求有关,而与著作权无关;《远游》是一首道家诗,它与司马相如《大人赋》有诸多相似之处,因此作者不可能是屈原等。第三部分探讨了巫术文化与"楚辞"的创作艺术,研究巫术的起源与发展、巫术在"楚辞"中的表现方式、"楚辞"的诗歌特点及其对汉赋的影响等问题。第四部分专门叙述了屈原生平与思想研究以及端午节的由来和传说。霍氏认为,司马迁《屈原列传》是一件不太成功的、叙述有矛盾的拼缀作品,乃至在有些情况下,明显不符合历史事实,有历史演义的成分。关于抗战时期提出的"屈原是一位伟大的爱国诗人"之说,霍氏认为"教化"古代诗人的这些现代尝试是不合时代的,屈原被推为爱国诗人的观念是源于对其传记的误解;又指出,民族主义之观念在屈原的时代还完全闻所未闻,他展示的只是一种狭义的、贵族的忠诚,并且这种忠诚在公元前4世纪的"自由世界"是极其过时的。关于端午祭,霍氏引用瑞典人类学家艾吉莫(Gran Aijmer)的观点认为,端午节本来是"稻谷丰收节",而龙才是人们的祭祀对象,龙头船首代表龙的慈爱力量,赐予稻谷的丰收;如今,端午节共祭屈原(之前可能是纪念伍子胥或曹旴),是后世儒家文人的"拿来"和"吸收"。其二,正文部分由导读、译文和注释构成,篇目顺序依照王逸《楚辞章句》

---

① Arthur Waley, *Ch'u Tz'u*, *The Songs of the South: An Ancient Chinese Anthology by David Hawkes*, reviews of books, Journal of the Royal Asiatic Society of Great Britain and Ireland, Apr. 1960, pp. 64 - 65.

② James R. Hightower, "Foreword", David Hawkes: *Ch'u Tz'u*, *The Songs of the South*, Beacon Press, 1962, p, vi.

十七卷本,即《离骚》、《九歌》、《天问》、《九章》、《远游》、《卜居》、《渔父》、《九辩》、《招魂》、《大招》、《惜誓》、《招隐士》、《七谏》、《哀时命》、《九怀》、《九叹》和《九思》。各篇导读要言不烦,融入了译者的研究心得,值得注意。如霍氏在《离骚》篇的题解中指出全诗的关键在第一节和最后一节,由此我们可以理解那个变化无常的"美人"就是懦弱且优柔寡断的楚王;屈原的"求女"是一次讽喻性的政治选择的调查,其结果是"天下乌鸦一般黑",他唯一的选择就是死亡。正文译作采用无韵诗体的形式,分行、分节,对仗工整,与原文基本对应,尽力保留了原诗的典故和意象。霍氏译文有三大特色:一、语言优美,节奏感强,注重可读性和准确性;二、译文介于直译与意译之间,形似之余更求神似;三、译文是文学性与学术性的融合。每篇译文后均有注释,阐述相关历史、典故、名物、制度等,比较翔实。其三,附录部分由名称表、历史年表(夏至东汉中期)和地图构成。地图共附有5张,即现代中国省区图、公元前6世纪主要邦国图、战国时期主要王国图、楚国地域图和汉初诸侯王国图。

霍克思在英译《楚辞》过程中深受前辈韦利的帮助与鼓励,视其为启蒙恩师。他继承了韦利关于巫术文化的研究专长,同时在翻译之外还参考了古今各家注本及人类学著作,其中闻一多、陆侃如的研究成果以及詹姆斯·弗雷泽(Sir James George Frazer,1854—1941)的代表作《金枝》(The Golden Bough)对其启发最大。霍译本是世界最早的《楚辞》全译本,也是迄今唯一一部英语全译本①,可谓《楚辞》西译的扛鼎之作,它极大地丰富了世界文学宝库,促进了中外文学及历史文化的交流。

三、结语

《楚辞》作为中国诗歌的双璧之一,对中国抒情文学影响深远,成为词赋家百世不祧之祖,而西方从事汉学研究的学者也对其投入了相当大的心力。苏联著名汉学家费德林曾说:"屈原的诗篇诞生于民族的独特性,但具有普遍的意义而成了全人类的财富。"②19世纪下半叶以来,伴随着西方列强的殖民征服和基督教传教士的东进,欧美汉学家陆续开始对《楚辞》诸篇进行英译与研究。自1874年英国汉学家道格拉斯在《学术》第6期发表对德理文《离骚章句》的书评,其中节译《渔父》一文至今,《楚辞》英译已走过约140个春秋,其数量和规模从涓涓细流走向蔚为大观,呈现出一派繁荣景象。不过,与《诗经》在西方的英译与传播相比,《楚辞》仍旧望尘莫及,这与其独具匠心的文体风格、艰深晦涩的

---

① 《楚辞》的全译本迄今仅有两部,其中一部是霍克思的英语全译本,另外一部是马蒂厄(Rémi Mathieu)的法语全译本。

② [苏]费德林著,赵永穆编选,奉真、董青子等译,《费德林集》,天津人民出版社1995年版,第167页。

诗歌语言等有很大的关系。在中国,《楚辞》英译则始于晚近。自1929年华侨教育家林文庆在上海商务印书馆出版其英译《离骚》至今,《楚辞》英译仅历80余载,但国内名家辈出,译作迭出,且译品上乘,为中华文化更好地在异域传播作出了不可磨灭的贡献。

楚史与楚文化研究

楚辞文学与出土文献、传世文献中有关吴楚战争的史实

——兼及楚辞文学中《渔父》篇创作的根本性理由等

秋田大学名誉教授 石川三佐男

一、绪言

如标题所示,本文将考察楚辞文学中《天问》吟咏的春秋末期吴楚战争(前506)的问题、出土文献清华简一《楚居》和清华简二《系年》以及上博楚简四《昭王与龚之脾》等中有涉及吴楚战争相关的记载、传世文献中《春秋左氏传·定公四年》、《国语·楚语》、《淮南子·泰族训》、《史记·吴太伯世家》、《史记·楚世家》等有春秋末期吴楚战争的相关记载以及楚辞文学关系的解释资料,如王逸《楚辞章句》和闻一多《楚辞校补》。之所以采取这样的做法是因为笔者最近注意到春秋末期吴楚战争的历史史实具有联系以上三方面史料的重要作用。反过来讲就是历来楚辞学家、哲学家、思想学家、历史学家等长期以来一直忽视这一问题。也就是说楚辞学家未必会去研究出土文献、哲学家未必会去研究楚辞文学、出土文献学者未必会去研究楚辞文学,这些都是学术研究的真实情况。这样就使原来可以把楚辞文学、出土文献、传世文献三个领域联系起来的吴楚战争的史实长期被埋没在深山中。本文试图通过具体的证据,实证性地对论题进行讨论。

为了更好地说明本文以下概要地说明笔者对楚辞的文学观。

首先,以往的楚辞学的研究方法是基于战国中期"屈原"的说法为出发点的,而笔者在一段时期以疑古的传统对《史记》中的屈原传的史料提出怀疑,认识到楚辞文学所吟咏的是历史性政治性的教训告诫,因此必须采取进取性的研究方法对历史上特定的悬案进行根本性解决。在独特的研究方法下,笔者认为形成楚辞文学起源的《天问》篇与古代楚王国国策及其称王目的(得天命和由楚的王权统一天下的问题)密切相关。《天问》篇的叙述形式基本特征是作品以"天问曰"开头来展开的。这个语序在后汉王逸《楚辞章句》中被硬性地把主语宾语颠倒为"问天曰"。也就是屈原问天之意,这种解释在逻辑上完全是不成立的。如果按照原来的语序来读,《天问》篇的第一人称是"天帝",也就是全篇的天帝的言语组成。《天问》篇是因春秋末期楚国在吴楚战争(前506)中耻辱性地大败为契机而出现的。闻一多指出《天问》篇是与这个问题直接相关的:

01. 本篇(天问篇)虽非必屈原所作、然所问人事至春秋而止。是作者至早当为战国初人。　　　　　　　　　　　　　(《楚辞校补·天问》)

《天问》篇所吟咏的历史记录最下限的问题在出土文献《楚居》《系年》《昭王与龚之》等也能看到。这一点具有很重要的意义。

成书于春秋末期的《天问》篇是楚王国的王族莫敖"屈氏一族"的家学,秘传于子孙。后来《天问》篇由战国中期的"屈原"之手出现于世。屈原把《天问》篇的诗句与自己创作的内容加以融合。其结果,《楚辞》各篇是由《天问》篇的帝辞(天帝之辞)一脉相承产生展开的,成为带有浓厚政治色彩的文学作品。事实上,楚辞文学中作为楚王教育用教材的天帝的言语和吴楚战争教训咏四例是可以复元的。正如郑玄对《诗经·大雅·板》的"辞"指出"辞、辞气,谓政教也"、楚辞的"辞"、楚词的"词"本来也有"政教"之意。

再重复一下,《天问》篇开头"天问曰"这一主客分明的语序,就是天帝对楚王询问之意。如果参照以下类型的语序就更加清晰明了了。

02.（天）闻（问）之曰、　　　　　(上博楚简七《凡物流形》甲篇·乙篇)
03. 皇后曰、立。毋为角言、毋为人倡、云々。　　(上博楚简四《三德》)
04. 黄帝问于天师曰、　　　　　　　　(马王堆汉墓帛书《十问》)
05. 黄帝问于大成曰、　　　　　　　　(马王堆汉墓帛书《十问》)
06. 黄帝问于曹熬曰、　　　　　　　　(马王堆汉墓帛书《十问》)
07. 黄帝问于容成曰、　　　　　　　　(马王堆汉墓帛书《十问》)
08. 尧问于舜曰、　　　　　　　　　　(马王堆汉墓帛书《十问》)
09. 王子乔父问彭祖曰、　　　　　　　(马王堆汉墓帛书《十问》)
10. 帝盤庚问于耇老曰、　　　　　　　(马王堆汉墓帛书《十问》)
11. 禹问于师癸曰、　　　　　　　　　(马王堆汉墓帛书《十问》)
12. 帝曰、繇(呜呼)、敬之哉。
　　　　　　　　　　(长沙子弹库楚墓《楚帛书》甲篇·乙篇·丙篇)
13. 帝告巫阳曰、　　　　　　　　　　(《楚辞·招魂篇》开头)
14. 帝告我(赵简子)曰、　　　　　　　(《史记·扁鹊列传》)

以上例子中,如史料 03 的"皇后"是天帝之一,"立"字与可视为楚王国嗣君教育用教材的上博楚简八《有皇将起》篇的"起"字与"项羽自立为西楚霸王"(《汉书》)的"立"字同义,也就是即位之意。"皇后"(天帝)的言语,其内容是天帝自己对楚王以及嗣君的

"教训告诫",这个不可忽视。在这点上,与史料12中"帝"(天帝)告诫殷汤和伊尹的内容是完全一样的。因此,无论什么史料硬生生地把主语宾语颠倒来读在逻辑上很明显都是不成立的。笔者指出楚辞《天问》篇是"天帝"第一人称叙述,全篇都是天帝的言语,其根据也在此。

另外,出土文献清华简一《楚居》记载了楚公楚王世系及王居(楚都)变迁史。从楚王的名号来看,历史记录最下限是战国初期的"楚悼王"(前405—前385)(请参照《楚居》"帮助"条)。根据这一点可以推断出土文献《楚居》原来是楚地撰写的,成书时间在战国初期。

进一步的,出土文献清华简二《繫年》(全137支简、纪年体、全篇23个段落、全23章)从周初起笔,第一章到第四章记录周的事迹和周王室的衰落以及晋、郑、楚、秦、卫等诸侯的崛起。第五章以下记录了从春秋到战国前期期间的历史事象,极其详尽。其中,例如从第二十章中"至今晋越以为好"可以断定该史实应该在"楚威王"(前346—前326)灭越国(前329)以前。另外各诸侯名号中最晚的是见于第二十三章的"楚悼王"(在位时间见前)。而出土文献清华简二《繫年》中,最晚的史实是"楚肃王"(前385—前375)或"楚宣王"(前375—前346)的时期,也就是说和清华简一《楚居》一样,也是很有可能成书于战国初期。(参照《繫年》"帮助"条)。

以上论述了楚辞《天问》篇的成书时间是春秋末期,而出土文献《楚居》及《繫年》的成书时期是战国初期。如果这些成立的话,那么很明显可以看出:楚辞《天问》篇、清华简一《楚居》、清华简二《系年》(也请参照上博楚简四《昭王与龚之》)等文献在地理的坐标上相重合,在时间坐标上相差约一百年左右。也就是说楚辞文学和这些出土文献在地理坐标上时间坐标上相近,它们是本来就具有相通要素的重要历史史料。

二、楚辞天问篇中的吴楚战争教训咏

楚辞《天问》篇中可以称为"吴楚战争败残教训咏"的诗句传存二种。严格地来说一种是"吴楚战争教训咏"、一种是"吴王阖闾武勋颂赞咏"。两者具有互为表里成为一体的关系,在本文考察中称为"吴楚战争教训咏"以及"吴楚战争败残教训咏"。

《天问》篇中的"吴楚战争教训咏"记录了古代楚王国国策和称王的目的(天命招来和通过楚之王权实现天下统一的问题)以及楚王教育上、对于楚王国来说不可忘怀的重要历史,《天问》篇的成书也很有可能是由于楚国遭受历史性败绩而发端的。"吴楚战争教训咏"的具体内容可以看如下的史料15和史料16。而且史料15和史料16有可能本来就是相关的资料。

15. 悟过改更、我又何言。吴光争国、久余是胜。　　　(《楚辞·天问》篇)
16. 勋阖梦生、少离散亡。何壮武厉、能流厥严。　　　(《楚辞·天问》篇)

首先来看一下与史料 15 相关的并在楚辞学史上值得特别关注的解释的例子吧。

17. 光、阖闾名也。言吴与楚相伐。至阖闾之时、吴兵入郢都、昭王出奔。故曰、吴光争国、久余是胜。言大胜我也。　　　(王逸《楚辞章句·天问》)
18. 楚昭王十年、吴王阖闾伐楚、楚大败、吴兵遂入郢。怀王与秦战、亡其六郡、入秦不返。故屈征荆动作师、吴悟过改更、我又何言光争国之事讽之。
　　　　　　　　　　　　　　　　　　　　　　　(洪兴祖《楚辞补注》)
19. "吴光争国、久余是胜"。言初楚屡胜吴、何以公子光弑立后、吴乃屡胜楚也。　　　　　　　　　　　　　　　　　(闻一多《楚辞校补·天问》)
20. 阖庐立十年,大败楚,覆楚之郢都(《史记·吴太伯世家》)。是即所谓"吴光争国、久余是胜"也。　　　　　　　　　(台静农《楚辞天问新笺》)

以上的各条是对史料 15 中春秋末期的吴楚战争相关诗句的解释。但是这些解释都不充分和不正确。

首先,史料 17 是王逸的《楚辞章句》,这个解释点破了史料 15 的诗句内容与吴楚战争中楚国败绩有关,这一点他在楚辞学史上最早指出的,具有特殊的贡献。然而其后"言大胜我也"这样的解释是由于王逸把作品开头的"天问曰"搞错了,本来诗句中意指"天帝"第一人称"余",被误认为是"屈原"或者"楚昭王"的自称,产生了根本性失误,这个误解对后世的楚辞学有巨大的恶劣影响,其罪非小,必须得到根本性的纠正。

史料 18 洪兴祖《楚辞补注》也重蹈王逸的覆辙,洪兴祖也认为史料 15 是与吴楚战争相关的诗句,但是他在承认这是吟咏吴楚战争诗句的同时却误认为是"屈原"为了讽刺"楚怀王"而作。洪兴祖的误解与王逸一样,把"天问曰"的主语宾语颠倒,读作"屈原问天曰",基于这个立足点很明显错了。

史料 19 闻一多《楚辞校补》中提到史料 15 是描写吴楚战争中吴公子光(吴王阖闾)多次破楚的诗句,这无疑是正确的。不过闻一多的解释未能明言《天问》篇的第一人称是天帝的自称,因此他的解释也不能说很充分。

史料 20 台静农的解释与史料 19 闻一多的解释有相通之处,正确理解了该诗句,这是值得给予很高评价。然而关于《天问》篇的第一人称,台静农没有给出正确的解释。

以上四家之说都是楚辞学史上占有特别重要地位的,史料 21 闻一多的见解就是其中之一。

01. 本篇（天问篇）虽非必屈原所作、然所问人事至春秋而止。是作者至早当为战国初人。　　　　　　　　　　　　　　　　（《楚辞校补·天问再引》）

这段话的关键点在于指出了"《天问》篇未必是屈原创作的作品，但是所问人事情况到春秋（末）期止。《天问》篇的作者最早应是战国初期的人物。"首先闻一多指出"本篇（《天问》篇）虽非必屈原所作"这句极其重要。接着"所问人事至春秋而止"所说的内容是指春秋末期楚昭王时的吴楚战争（前506），这一点不必赘述了。"作者至早当为战国初人"所指"战国初人"是指战国中期的屈原的"祖先"，很有可能是春秋末期至战国初期楚王国莫敖职"屈氏某"。这一点可以从战国中期的屈原所创作楚辞诸篇中，例如"吴楚战争教训咏"的一篇，《九歌·国殇》篇中，吟咏莫敖职"屈大心"壮烈的死来推测出来。

由以上论述可以知道在楚辞学史上已有学者指出史料15是反映春秋末期楚昭王时吴楚战争中楚国遭受到屈辱性败绩的诗句。

在这里再次考察一下史料15的话可以看出"吴光争国、久余是胜"的上面二句"悟过改更，我又何言"的第一人称"我"是"天帝"的自称（请参考本文"绪言"部分）。上面二句"悟过改更，我又何言"的句意与出土文献上博楚简五《三德》第二简所言"毋为伪诈，上帝将憎之"相通，同四《昭王与龚之》所言"天加于楚邦，霸君吴王廷至于郢，楚邦之良臣，所暴骨"也有相通之处。特别是后者采用"昭王"（楚昭王）自己直接言说的口吻，而且"天加于楚邦""霸君吴王廷至于郢""楚邦之良臣、所暴骨"都是明显反映吴楚战争中楚国惨败的史料。

接着下面两句"吴光争国、久余是胜"的大意是天帝告诫楚王"吴君光（吴王阖闾）与楚王国（楚昭王）五次作战，久而余（天帝）（发扬灵威）使吴君得胜（楚王啊，你要铭记这些啊）"在春秋末期吴楚战争时，天帝偏向支持吴阖闾军的历史传说在史料21《春秋左氏传》等文献中可以见到。

21.（吴人）谓随人曰："周之子孙在汉川者。楚实尽之。天诱其衷、致罚于楚"。　　　　　　　　　　　　　　　　　　　（《春秋左氏传·定公四年》）

同样地，在《国语·楚语》中有"天舍其衷、楚师败绩、王去其国、遂至于郢"、"天降衷于吴"的记载。另外《吴越春秋·夫差内传》中亦有"天舍其忠、楚师败绩"的记载。而且根据吴楚战争期间，记录皇天对吴国带有善意的史料也明显印证了史料15下二句"吴光争国、久余是胜"的第一人称"余"是天帝的自称。

这样看来通过以上论述可以认为史料15是"吴楚战争教训咏"。

接下来看一下史料16"勳阖梦生、少离散亡。何壮武厉、能流厥严",从楚辞学史上的成果来看,诸家意见基本合乎正解。请看后汉王逸的解释。

  22. 勳、功也。阖、吴王阖闾也。梦、阖闾祖父寿梦也。寿梦卒、太子诸樊立、诸樊卒、传弟余祭、余祭卒、传弟夷未、夷未卒、太子王僚立。阖闾、诸樊之长子也。次不得为王、少离散亡、放在外、乃使专诸刺王僚、代为吴王、子孙世盛、以伍子胥为将、大有功勋也。   (王逸《楚辞章句》)

  补充说明一下,史料16上一句的"勳阖"是指吴君光,即"吴王阖闾"。这里"吴王阖闾"与前引的《昭王与龚之》所言"霸君吴王廷至于郢"的"霸君吴王"为同一人物,这一点不必赘述。接着的"梦"是指阖闾的祖父吴王寿梦。"生"的本字为"姓",即孙之意。王夫之指出"生与姓同、孙也"(《楚辞通释》),戴震也认为"古人言子孙曰子姓,诗公姓,即公孙也。生当读姓。"(《屈原赋注》)。另外,刘永济指出"叔师(王逸)章句不说生字、疑本作孙、故但曰、梦、阖闾祖父寿梦也"(台静农《楚辞天问新笺》转引自《天问通训》)也可作参考。也就是说"梦生"即"梦姓",吴王寿梦之孙,就是吴王阖闾。史料16下三句的"武厉"的含有吴楚战争中吴王阖闾的胜利以及占领楚都(郢都)之意。同一材料的下四句中"流"是使伸张之意。

  以上对史料15和史料16进行了分析,下面把两个史料通释一下。史料15"如果领悟了过错改正的话,我(天帝)还有什么好说的呢。但是,吴君光(吴王阖闾)与楚王国(楚昭王)五次作战,久而余(天帝)(发扬灵威)使吴君得胜。"史料16"然而吴君公阖闾幼时,遭到与母兄弟分离的悲惨命运。那么为何壮年后精于武勇,在吴楚战争取得胜利,其严威在四方得到伸张呢?(楚王啊,你要铭记这些啊)"而且对历代楚王通用的教诫内容通常采取"天帝"的帝辞形式才会取得良好效果,仅仅凭忠臣"屈原"一个人的力量是难以成功的。这一点上在史料24也能看出。

  23. 吾告堵敖、以不长。何试上自豫、忠名弥彰。 (《楚辞·天问》篇)

  在这里第一人称"吾"也和《天问》篇中其他事例一样,都是天帝的自称。前面已经讲过,始于王逸的"屈原自称说"把"天问曰"的主语宾语颠倒了,说是"天尊不可问、故曰问天",解释为"屈原问天曰",产生了根本性的错误,必须得到根本性纠正。"堵敖"是春秋初期楚王国王族。一时取得过王位,不久短命而终了。"以不长"的第一义是表示天帝预言堵敖的政治生命将短命而终,第二义是说天帝预言周王室受天命不能长久之意。一般来说《天问》篇含有政治性告诫和微言大义关键点往往在后者。而且春秋初期的堵敖与战国中期的屈原并不在同一时间坐标上。也就是说这句很明显第一人称"吾"不是屈原的自称。从这一视点解读史料23,那么就可以这样理解:"吾(天帝)训告你(楚王)的祖先鬻敖时曾预言东周王室的天命不长久。为此作好准备,必须要把你们楚的王族过去的史实好好回顾,作为当今的教训,还要反映在自己的行动上。如果这样做了,你们楚王国对我'天帝'的忠诚心就会变得确实,才能够彰显天下国家。(楚王啊,你要深刻铭记这些历史的因果关系啊)"因此楚辞学史上认为诗句的第一人称"吾"是"语"的误字、是"悟"的误字,或是认为"鬻敖"与屈原是同时期的人物等解释都是误解,必须要根本性的加以纠正。

以上又参照作为内部证据的史料24等的第一人称的用例证明了史料15和史料16的八句是采用了天帝"帝辞"的形式的"吴楚战争败残教训咏",这是与古代楚王国国策和称王目的(天命招来与通过楚国王权达到天下统一问题)相关的不可忽视的重要史料。

三、出土文献战国楚简中有关吴楚战争历史史实的记录

《楚辞·天问》篇中"吴楚战争教训咏"的历史背景可以从出土文献战国楚简之中的清华简一《楚居》、同二《繫年》以及上博楚简四《昭王与龚之》得到确认。

24. 至昭王自干溪之上徙居美郢、美郢徙居鄂郢、鄂郢徙袭为郢。阖庐入郢、焉复徙居干溪之上、干溪之上复徙袭美郢。　　　　　(清华简一《楚居》)

25. 楚庄王立、吴人服于楚。……以至灵王、灵王伐吴、为南怀之行、执吴王之子蹶由、吴人焉又服于楚。灵王即世、景平王即位。少师无极残连尹奢而杀之、其子伍员与伍之鸡逃归吴。伍鸡将吴人以围州来、为长壑而洇之、以败楚师。是鸡父之洇。景平王即世、昭王即位。伍员为吴大宰、是教吴人反楚邦之诸侯、以败楚师于柏举、遂入郢。　　　　　(清华简二《繫年》第十五章)

26. 天加祸于楚邦、霸君吴王廷至于郢、楚邦之良臣、所暴骨。
　　　　　(上博楚简四《昭王与龚之脽》)

以下对上面三个史料进行相关性的语释以及基础性的考察。

首先史料24"昭王"是指春秋末期的"楚昭王"(前516—前489)。也就是说史料25的"昭王"(楚昭王)以及史料26的书名所言"昭王"(楚昭王)是同一人物。该史料中接下来的"干溪之上"是指楚庄王继而巩固了春秋霸主地位的楚灵王(前541—前529)所设的台的地名。下面是关于为人熟知的楚灵王的史料。

27. 灵王为无道、作干溪之台、三年不成。楚公子弃疾(后之平王)胁(楚共王之子)比而立之、然后令于干溪之役、曰,"比已立矣。后归者、不得复其田里"。众罢而去之。灵王经而死。

(《春秋公羊传·昭公十三年传》)

28. 夏、四月、楚公子比、自晋归于楚、弑其君虔(楚灵王)于干溪。

(《春秋公羊传·昭公十三年经》)

29. (楚)平王以诈弑两王(楚灵王及新王比)而自立、恐国人及诸侯叛之、乃施惠百姓。复陈蔡之地而立其后如故、归郑之侵地。存恤国中、修政教。吴以楚乱故、获五率以归。平王谓观从、"恣尔所欲"。欲为卜尹、王许之。

(《史记·楚世家》)

史料 24 的"干溪之上"同时也是楚灵王被楚公子弃疾(即后来的楚平王)杀死的地方。楚公子弃疾(后来的楚平王)杀了公子比,后又接着杀楚灵王,取而代之。以下史料 24 的"美郢""鄂郢""为郢""干溪之上""美郢"是楚平王的后继者"楚昭王"的王居(楚都)变迁的地名。同一史料 24 的"阖闾入郢"的历史背景就很明显是春秋末期经过五次作战的吴楚战争(前 506)。关于这一点对照史料 25 的《繫年》第十五章和史料 26 的《昭王与龚之脾》的内容就非常清楚了。

史料 25 的"楚庄王立、吴人服于楚"所言"楚庄王"是指春秋五霸之一的楚庄王(前 613—前 592)。同一史料的"吴人服于楚"与闻一多指出的"初楚屡胜吴"(《楚辞校补·天问》)内容相符。同一史料"景平王即位。少师无极残连尹奢而杀之、其子伍员与伍之鸡逃归吴"中"景平王"就是指弑楚灵王取而代之的"楚平王"(前 529—前 516)。"少师"是负责太子教育的师傅之意。职位上有大师、少师之别。清华简二《繫年》的整理者指出《春秋左氏传·昭公十九年》中有"楚平王生太子建"、"(楚平王)及即位、使伍奢为之师、费无极为少师"的记载。同时据简文,"伍员"和"伍之鸡"二人是伍奢之子。据此该当该简文表明:"由于父亲伍奢为楚平王所杀,伍员和伍之鸡二人从突如其来的厄运中逃脱,归顺了吴公子光(后之吴王阖闾)"。接着简文说"伍鸡将吴人以围州来……以败楚师",即伍之鸡率吴人围楚之"州来",破楚师(《春秋左氏传·昭公十三年》也有"吴灭州来"的记录。)特别值得关注的是,其后文是"景平王即世,昭王即位。伍员为吴大宰,是教吴人反楚邦之诸侯,以败楚师于柏举、遂入郢"。这里所言"景平王即世"就是楚平王死去之意。"昭王"与"清华简一《楚居》所言"昭王"为同一人物,即指"楚昭王"。"伍员"是指伍子胥,"吴人"是指吴王阖闾及其军队。"反楚邦之诸侯"是指与吴国有亲密交往的近邻诸侯国。"柏举"是吴楚战争的主战场。"(吴王阖闾、伍子胥等)遂入郢"与清华简一《楚居》所言"阖卢入郢"是完全符合的历史记录。另外在历史史话上,"楚昭王"在吴楚战争中惨败的最大原因是失去了贤臣"伍子胥",关于这一点计划以后另外撰文讨论。

综上所述,史料 24 的"昭王"、"阖卢入郢"和史料 25 的"昭王即位。伍员为吴大宰、是教吴人反楚邦之诸侯、以败楚师于柏举、遂入郢"很明显是吴楚战争(前 506)楚国惨败的记录。也就是说《楚辞·天问》篇中"吴楚战争教训咏"的实情与地理坐标和时间坐标相近的出土文献"清华简一《楚居》和清华简二《繋年》以及上博楚简四《昭王与龚之脾》对照来看也能得到确认。《楚辞·天问》篇中"吴楚战争教训咏"八句的实际情况通过战国初期多个竹简史料也能得到,这一点具有极大的意义。

四、传世文献中有关吴楚战争历史情况的记录

《楚辞·天问》篇中"吴楚战争教训咏"八句(史料 15 和史料 16)的历史背景不仅通过出土文献清华简一《楚居》、同二《繋年》(史料 22 和史料 23)等可以得到确认外,还可以通过传世文献(史料 27—史料 32)来得到确认。

30. 吴楚五战吴军及郢。庚辰、吴以入郢、以班处宫、昭王出奔。
（《春秋左氏传·定公四年》）

31. 有柏举之战子常奔郑、昭王奔随。吴人入楚、昭王出奔、济于成臼。吴人之入楚、楚昭王奔郧、郧公弟怀将杀王。 （《国语·楚语》）

32. 昭王十年、吴王阖闾、伯嚭与唐蔡伐楚、楚大败、吴兵遂入郢、辱平王之墓、以伍子胥之故也。吴五战及郢、己卯、昭王出奔、庚辰、吴人入郢。
（《史记·楚世家》）

33. 皇天不纯命兮、何百姓之震愆、民离散而相失、方仲春而东迁。
（《楚辞·哀郢》篇开头四句）

34. 操吴戈兮被犀甲、车错毂兮短兵接。旌蔽日兮敌若云、矢交坠兮士争先。凌余阵兮躐余行、左骖殪兮右刃伤。霾两轮兮絷四马、援玉枹兮击鸣鼓。天时怼兮威灵怒、严杀尽兮弃原野。 （《楚辞·国殇》篇前半十句）

35. 阖闾伐楚五战入郢、烧高府之粟、破九龙之钟、鞭荆平王之墓、舍昭王之宫。 （《淮南子·泰族训》）

36. 吴王留楚不去。十一年、吴王使太子夫差伐楚取番、楚恐而去郢徙鄀。
（《史记·吴太伯世家》）

37. 吴王阖闾与荆人战于柏举、大胜之、至于郢郊、五败荆人。
（《说苑·指武》篇）

首先,传世文献史料中、史料 30 的"吴楚五战吴军及郢""吴人入楚、昭王出奔"是记

录春秋末期吴楚战争几个重要的证据。史料31的"吴人入楚、昭王出奔""吴人之入楚、楚昭王奔郧"也是一样。史料32"吴兵遂入郢、辱平王之墓、以伍子胥之故也"以及"吴五战及郢、己卯、昭王出奔、庚辰、吴人入郢"也是一样。史料33的"皇天不纯命兮、何百姓之震愆、民离散而相失"是化用《天问》篇帝辞"皇天集命、惟何戒之""反侧、何罚何佑""吴光争国、久余是胜"的用典的修辞方法。"方仲春而东迁"中的"东迁"并非真正的史实,而是由于"仲春"一词的呼应使用的表达方式。吴楚战争中败退的"楚昭王""民百姓"还要把王居(楚都)等东迁至位于东方的吴国方向是难以想象的。顺便说一下,《哀郢》篇也是来源于《天问》篇的"吴光争国、久余是胜",即春秋末期吴楚战争时屈辱性败退而出现的"郢都变迁事件",这又与战国中期屈原自己"被谗放逐事件"重叠可以认为是具有双重构造的文学作品。同样地,史料34的《国殇》篇中也有相似的情况。即史料34的开头一句"操吴戈兮被犀甲"的主语被省略了,其主语应为"吴人"(吴王阖闾军),也就是紧接其后的第三句言如无数云朵似的袭来的是"敌人"。开始那句的主语是"吴人"(吴王阖闾军),所以"操"的对象是"吴戈",而不是"楚戈"(例如:楚屈叔沱戈、倗之戈、楚王畬章戈、邲之宝戈、伯皇戈、许之戈、周阳戈、陇公戈、陈公戈、左徒戈、长邮戈、次并戈、王孙袖戈之类)。历代的楚辞学家认为《国殇》篇开头句的主语是"楚人",所以后面的"吴戈"错误地解释为楚人的武器。这种误解如滚雪球似的不断地越滚越大,详细的讨论将在以后另外撰文,"天时怼兮威灵怒、严杀尽兮弃原野"与前引的出土文献史料26"天加祸于楚邦,霸君吴王廷至于郢,楚邦之良臣、所暴骨"(《昭王与龚之脾》)等相似的材料有直接关系。也就是说《国殇》篇也是"吴楚战争教训咏"。而且《国殇》篇中的"吴楚战争教训咏"不仅来源于《天问》篇的帝辞"悟过改更、我又何言。吴光争国、久余是胜"(史料15)和春秋末期"楚昭王"时的吴楚战争惨败事件,而且还与吴楚战争时为了楚国的胜利和黎民百姓以及楚国社稷安泰,冲入敌人吴军一去不复返的祖先莫敖"屈大心"(屈原的祖先)壮烈的牺牲相互重叠形成了双重结构的作品。史料35"阖闾伐楚五战入郢、烧高府之粟、破九龙之钟、鞭荆平王之墓、舍昭王之宫"也与如上史料一样成为明确的证据。特别是"鞭荆平王之墓"与《哀郢》篇的"百姓之震愆、民离散而相失"的脉络相对应,这对于了解《九章·哀郢》篇的文学的特质也是不可缺少的。史料36的"楚恐而去郢徙都"与出土文献清华简一《楚居》所言王居(楚都)变迁问题有直接联系,这一点也不可忽视。史料37"吴王阖闾与荆人战于柏举、大胜之"也是与传世文献中吴楚战争的内容完全一致的。也就是说这也是十分充分的证据史料。

通过以上论述可以清楚地知道,传世文献(史料30—史料37)中记录了吴楚战争(前506)的历史情况。而且这些记录内容与出土文献清华简一《楚居》(史料24)、清华简二《繫年》第十五章(史料25)以及上博楚简四《昭王与龚之脾》所言吴楚战争的历史记录是完全一致的,和《楚辞·天问》篇中"吴楚战争教训咏八句"(史料15和史料16)的内容也是完全一致的。这一点不仅对楚辞学领域,而且对史学、思想、哲学领域也具有极其重要的意义。

五、结论

本文考察的归结点可以总结为相关联的四点。

第一点,《楚辞·天问》篇的叙述形式中"天问"或者"天问曰"与出土文献战国楚简"皇后(天帝)曰、立.毋为角言"(三德)、前汉期楚帛书"帝曰、繇(呜呼)、敬之哉"(楚帛书)等的类似表现对照来看,硬性地把主语宾语次序颠倒,训读成"(屈原)问天曰",这在逻辑上是不成立的,进而可以确定原意应为天帝询问楚王之意。因此,《天问》篇的第一人称全部都是表示"天帝",进而可以推断《天问》篇全篇就是反映古代楚王国国策和称王目的(天命招来与楚国王权天下统一问题)的内容,这是的楚王教育的帝辞(即天帝的言语)。这里《楚辞》的"辞"、楚词的"词"本来就有"教训告诫"之意,这些从《诗经·大雅·板》篇的"辞"也是"教训告诫"之意一样,可以成为有力的旁证。

第二点,楚辞文学的发生与展开相关的问题。关于这个问题,首先《天问》篇中"吴楚战争教训咏"八句("吴楚战争教训咏"四句和"吴王阖闾武功颂赞咏"四句)通过内部十分充足的证据给予还原。其次,这些又通过多个记录吴楚战争经过的出土文献战国楚简和传世文献给予实证性的确定。通过这样多重实证性考察的结果,楚辞文学的发生必然可以追溯到春秋末期楚昭王时的吴楚战争(前506)结束之后。在此,多个出土文献战国楚简(《楚居》《系年》等)的历史记录的最下限是战国初期,以及闻一多指出的"本篇(《天问》篇)虽非必屈原所作,然所问人事至春秋而止。是作者至早当为战国初人"(《楚辞校补·天问再引》)具有超过旁证史料的重要意义。

第三点,综合以上二点,对于楚辞文学的发生和展开研究,像以往只从战国中期的"屈原"着手是不够的,今后还必须把古代楚王国国策和称王目的纳入视野,而且还与把《楚辞·天问》篇成书的时间一直追溯到春秋末期的吴楚战争刚结束时,另外关于作者,也不可避免地考虑到王族莫敖"屈氏一族(成员)"的存在。如果确定屈原通过融合《天问》篇的帝辞来进行《楚辞》各篇的创作的话,那么上述的推断就是理所当然的。

其明显的例子如下。《离骚》篇中插入了《天问》篇的诗句二十六句(一处是帝辞二十四句、一处是帝辞十二句)。《九章·哀郢》篇来源于《天问》篇的帝辞和春秋末期吴楚战争时屈辱性败退而出现的"郢都变迁事件",又与战国中期屈原自己"被谗放逐事件"重叠可以认为是具有双重结构的文学作品。《九歌·国殇》篇不仅来源于《天问》篇的帝辞和春秋末期的吴楚战争惨败事件,而且还与当时为了楚国的胜利和黎民百姓以及楚国社稷安泰,冲入敌人吴军一去不复返的祖先莫敖"屈大心"壮烈的牺牲相互重叠形成了双重结构的作品。

第四点,楚辞文学中《渔父》篇创作意图有关的问题。《渔父》篇实际上和春秋末期吴楚战争经过相关联,也就是"伍子胥"即因父伍奢和兄伍尚二人(史料25 清华简《系年》中仅伍奢一人)被楚平王无辜杀害野蛮而逃亡国外,这时他遇到帮助他的"大恩人"——"渔父",(又记录为"江上之丈人")他们进行了让人刻骨铭心的问答(请参照《吕氏春秋》卷十《异宝》篇、《史记·伍子胥列传》、《吴越春秋·卷一王僚使公子光传》、《越绝书·卷一荆平王内传》等参照)。这一来源又与战国中期遭遇被谗放逐事件"屈原"在水边遇到处士"渔父"的问答,成为具有双重结构的作品。首先伍子胥的事迹见于清华简二《系年》的意义重大。伍子胥逢殃事件在楚辞文学中被咏为"忠不必用兮、贤不必以、伍子逢殃兮、比干菹醢兮"(《九章·涉江》篇),而且被记录为"哀平差兮迷谬愚"(王逸《九思·逢尤》)。《九思·逢尤》篇所言"平"即是使伍子胥最初遭遇逢殃事件的楚平王,"差"表示伍子胥第二次遭到逢殃事件的吴王夫差。也就是《涉江》篇和《九思逢尤》篇所出的这些诗句都是来源于《楚辞·天问》篇的吴楚战争教训咏。而且《渔父》篇是春秋末期的"伍子胥"与战国中期的"屈原"相重叠,同时春秋末期的"渔父"(江上之丈人)和战国中期的"渔父"形成相互重叠的结构。至今还没有注意到或从这样的双重结构来解读《楚辞·渔父》篇的研究。从这个意义上来说,《渔父》篇也可以还原为"吴楚战争教训咏"的一篇。楚辞文学中的《渔父》篇创作根源性理由就在这一点上。

参考文献:

○石川三佐男《古代楚王国国策与楚辞各篇及战国竹书等出土文献的关系》(《中国屈原学会第十四届年会暨楚辞国际学术研讨会学术论文集》漳州师范学院·2011年6月)。

○石川三佐男"楚辞文学と出土文献'楚居'と传世文献を系ぐ吴楚战争という史实"("中国出土资料学会会报"第四十八号·二〇一一年十二月)。

○石川三佐男"楚昭王の人物事迹考——楚辞天问篇成立の政治的きっかけを作った楚王"失格"の王—"("出土文献と秦楚文化"第六号·二〇一二年四月)。

○石川三佐男"近年の楚辞研究に见る多彩な成果と新たな动向について—楚辞中の帝辞と吴楚战争教训咏の复元的研究—"("中国出土资料学会会报"第十六号·二〇一二年七月)

附记:

本文考察的内容是看到公开的中含有"楚平王"、"楚昭王"以及"伍子胥"事迹的清华简二《系年》后,激发了笔者在楚辞中"吴楚战争教训咏"的问题意识而研究的成果。本文完成后,笔者带着验证的目的拜读了赵逵夫的论文《〈天问〉》的作时主题与创作动机》(《西北师大学报》2000年第1期)。还参考了吴恩培编《伍子胥史料新编》(广陵书社)和杨琳的《伍子胥事迹的新发现》(《社会科学战线》2000年第7期)以及石黒ひさ子的《伍子胥の意味するもの》(《骏台史学》2003年3月)、《楚辞渔父》篇相关研究等。前者的要点是"《天问》是屈原的代表作之一。如以《天问》是由《离骚》的陈辞生发出来的。其开头加上'宇宙之事'与'鲧禹治水和九州土地'两部分是学习了驺衍谲谏的法。其写成在《离骚》后,当怀王二十七年前后",含有根本性的错误,与本文毫无关联的内容。后者没有言及春秋末期"伍子胥和渔父的问答谭"与战国中期"屈原与渔父的问答谭"的相关问题。总体而言,其原因在于各家对《天问》篇开头的帝辞和"吴楚战争教训咏"的误解,以及对此问题长期的忽视造成的。

也谈《清华简·楚居》与楚族之渊源

闽南师范大学中文系 汤漳平

一

2011年初,由李学勤主编的《清华大学藏战国竹简(壹)》公开出版发行(上海中西书局2010年版),书中除了八篇是与《尚书》中的《周书》内容相关者外,另有一篇《楚居》。如同李学勤在介绍本卷内容时所预言:"《楚居》具备无法估量的史料价值,将为目前的楚史研究提供新的材料,且必将引起更多崭新的开拓性学术课题!"两年多来,围绕《楚居》这篇面世的古代文献,学术界已有多位学者撰写文章加以探讨。湖北的学者自然尤为关注,2011年10月29—31日便在武汉大学召开了"楚简楚文化与先秦历史文化国际学术研讨会",其中许多学者所提交的学术论文与《楚居》的内容有关。而且这些内容又集中在一个焦点上,即有关楚族起源的问题。

先秦时期的中华民族,在历经数千年的发展之后,至春秋战国时期,形成了中华文明史上一个灿烂辉煌的时代,而作为这一个时代的代表性文化,是北方的中原文化与南方的楚文化。由于秦始皇曾实行严酷的文化专制政策——"焚书坑儒",使得先秦的重要典籍大多失传。而能流传至今日的或残缺不全,或曾受到后人的改动而被指为"伪作"。楚国是先秦时期能够和秦国抗衡的主要强国,有所谓"横成则秦帝,纵成则楚王"之说。因此,秦始皇对于楚文化典籍更是严加摧残,使得后人对先秦楚族、楚文化发展状况知之甚少。此后两千多年间,学术界在这一问题上聚讼纷纭,歧论百出。

自20世纪六七十年代起,随着一批批古代金文及简帛文献的出土,使我们得以重见失传数千年的古代书籍,从而在一定程度上弥补了传世文献不足的缺憾,因而它自然引起国内外学术界的关注。特别有意思的是,迄今为止所有出土的先秦简帛文献凡能鉴定清楚的,皆出自古楚国,《清华简》虽至今没有能说明在何处出土,但明确指出其文字具有明显的楚文字风格。在《清华简》出现前,已有一些与楚史相关的古代书籍出现,不过多为片断的记叙,如《上博简》中的《昭王毁室》《柬大王泊旱》《庄王既城》《申公臣灵王》《平王问郑寿》《平王与王子木》《王居》等。而《清华简》此次发表的《楚居》,则是出土文献中最重要的一篇有关楚国历史的文献。整理者在该篇说明中指出:"本篇内容主要叙述自季连开始到楚悼王共三十二位楚公楚王的居处与迁徙,内容与《世本》之《居篇》很相类。"整理者根据该篇文字"是典型的楚文字"而认为:"《楚居》所记楚人之源起和世系都是楚人自记,可信程度很高,可以证明《楚世家》所记绝大部分正确无误,但也有多处与《楚居》不合,结合其他文献记载,可据以勘正。"

笔者一直在关注着《楚居》发表以来的相关讨论,因为一篇出土文献,往往能够有说服力地揭示出长期掩埋在历史尘埃中的史实真相,给予人有说服力的新见解。可是,读了这两年来发表的有关《楚居》与楚族族源的论文后,颇觉意外,同样根据一篇出土文献,学者们作出的解释却五花八门,大体有淅川说、关中说、湖北说与中原说诸种。这固然因《楚居》中所涉及的古地名可能和今日学者们考释的地名在文字的记录上差别较大外,我以为应当也和学者们在楚族源流及迁徙过程认知的不同有关。本文拟就这些相关的问题谈点粗浅的看法,以就教于学界朋友。

二

从《楚居》公开出版以来,对该文所涉及的楚族起源问题的讨论,其实是集中在此文开头三小段的文字与地名的训释上。《楚居》开头三段原文如下:

> 季连初降于騩山,抵于穴穷。前出于乔山,宅处爰波。逆上汌水,见盘庚之子,处于方山。女曰妣隹,秉兹率相,詈胄四方。季连闻其有聘,从及之盘,爰生绎伯,远仲。毓徜徉,先处于京宗。

> 穴酓迟徙于京宗,爰得妣㛷,逆流哉水,厥状聂耳,乃妻之,生侸叔、丽季。丽不从行,溃自胁出,妣㛷宾于天,巫并赅其胁以楚,抵今日楚人。酓狂亦居京宗。

> 至酓绎与屈纴,使鄀嗌卜徙于夷屯,为梗室。室既成,无以内之,乃窃鄀人之犝以祭。惧其主,夜而纳尸,抵今日祭,祭必夜。

以上三小段,写的正是楚族族源与楚国的开国史。这三小段中,涉及楚族与楚国历史上十分重要的三位人物——季连、鬻熊、熊绎。

我们看看司马迁在《史记·楚世家》中有关楚族渊源的记载:

> 楚之先祖出自帝颛顼高阳。高阳者,黄帝之孙,昌意之子也。高阳生称,称生卷章,卷章生重黎。重黎为帝喾高辛居火正,甚有功,能光融天下,帝喾命曰祝融。共工氏作乱,帝使重黎诛之而不尽。帝乃以庚寅日诛重黎,而以其弟吴回为重黎后,复居火正,为祝融。

司马迁在记载楚族渊源时,从黄帝写起,直至陆终之幼子季连时,才写到其"芈姓,楚其后也"。

《楚居》则没有前面的记载,直接从季连写起,这并不错,因为它要写的是楚族的形成与居处的变迁。季连正是楚之始祖,楚人之所以为"楚"的直接源头。当然,令研究者困惑的是《楚居》中的季连出现时间似乎太晚了些。

鬻熊,即《楚居》中的"穴酓",也是楚族的重要祖先,《史记·楚世家》载:

> 吴回生陆终。陆终生子六人,坼剖而产焉。其长一曰昆吾;二曰参胡;三曰彭祖;四曰会人;五曰曹姓;六曰季连,芈姓,楚其后也。
>
> 周文王之时,季连之苗裔曰鬻熊。鬻熊子事文王,蚤卒。其子曰熊丽。熊丽生熊狂,熊狂生熊绎。熊绎当周成王之时,举文、武勤劳之后嗣,而封熊绎于楚蛮,封以子男之田,姓芈氏,居丹阳。楚子熊绎与鲁公伯禽、卫康叔子牟、晋侯燮、齐太公子吕伋俱事成王。

这一段话写的正是为楚国奠基的两位重要祖先鬻熊与熊绎。鬻熊为殷末时人,因为识时务弃殷投周,立下功劳,这才在周成王时得以荫及子孙。熊绎为鬻熊的孙子,受封而建国,是楚国的第一位国君。由是这们可以知道,《楚居》中的前三小段所提及的季连、鬻熊与熊绎对于楚族与楚国所具有的特殊重要地位,而楚族的族源问题也可以从中得到比较明确的信息。

但是,读了这两年多来学者们围绕《楚居》所发表的一批文章,却让人不得要领。

众所周知,关于楚国的历史和楚族之渊源在过去的几千年来并无太多争议,因为自《史记·楚世家》之后,两千多年来并无多少新材料出现。只是到了20世纪初,因"疑古派"的出现和当时的学术风气的影响,于是而有了许多不同的说法。也就是在传统的"中原说"的基础上,产生了"东来说"、"西来说"和"土著说",这些说法虽各持一端,然而也各有其所依据的理由在,而要真正得到比较准确的认识,就需要作一番认真的比较分析,否则将永远形不成可信的和比较一致的见解。

细读这两年来的有关《楚居》讨论的文章,我以为学术界其实还并未跳出原来的框框,大都以自己原已形成的思路来训释《楚居》,所以将其中所涉及的地名按自己原有的思路来追寻,形成了以下诸种主要看法。

李学勤先生是《清华简·楚居》的整理者,他在《楚居》问世的同时,在《中国史研究》上发表了《论清华简〈楚居〉中的古史传说》(2011年第1期)一文,提出了有关楚族起源的一些新看法。李学勤先生认为,简文开始写的是,楚人先祖季连降于騩山,抵达穴穷,前出于乔山,宅居爰波。逆行而上汌水,见到盘庚孙女名叫妣佳。季连"听说妣佳受聘出嫁,火急追赶"到"洲水之滨,于是以之为妻,生了绲伯、远仲两个儿子,这是楚世系的直接源头,后来的楚君都出自妣隹,这正是她被尊称'妣'的缘故。"他特别指出:"这一传说有一系列地名,即隈山、穴穷、乔山、爰波、洲水、方水和京宗,其间有几个是可考的。"这里李学勤先生共列举了七个地名,其实,还有一个"盘",李先生认为应当释为"泮",即"洲水之滨",似有可议。后面两段文字涉及的地名还有郫、夷屯,共十处地名。对这十处地名的考释也正是学者们争论的焦点。

从李先生的考释地名可以看出,他认为楚族源于中原,祝融为其先祖。但季连的活动地点应是以洲水为中心的河南西南部淅川地区,大体上东北至嵩山、新郑,北至今豫西的宜阳、永宁(今洛宁)、卢氏,因这里有柄山,即《楚居》中的"方山"。而其南,即"汉水以南荆山一带,近于睢、漳二水发源处,从那里向北,过了汉水,正好逆水北上"。而"京宗",李先生认为"可能与《中山经》的景山有关"。"景山"为荆山之首,其地"在湖北房县西南二百里。京山得名疑即与该山有关"。①

同认为楚族起源于中原说的另一看法出自黄灵庚先生的《清华简战国竹简〈楚居〉笺疏》。该文 2011 年 6 月间已提交当时召开的中国屈原学会第 14 届年会并收入了大会的论文集,而后发表于《中华文史论丛》2012 年第 1 期。(以下皆简称黄文)该文在第一部分即认为:

> 记载先楚渊源凡三简,记述楚先自季连始,而季连以上如高阳老童、祝融、吴回、陆终等先帝未置一词焉。……以是推断,《楚居》盖非完帙之本,季连以上楚族世系或有阙佚。楚先季连所涉地望在殷商舆图之内,未可楚境地之内求之。战国楚境内即有其地,亦后世所迁徙而因袭旧名名之者。

黄文对有关楚族之源的前三小段地名,正是以此为据而展开笺疏与考释的。黄文据《楚居》提出了以今之郑州、洛阳及其北部的商王朝中心殷为季连、鬻熊的主要活动区域。如隈山即马騩山,在今河南省嵩岳之间。穴穷即穷山,或名"穷谷",也在嵩岳间。"乔山"或作桥山、桥陵,黄帝所葬之处。黄帝为有熊氏,在今河南新郑,所谓"桥山,在新郑、嵩岳间也"。"爰波,宜近濮阳,爰,通作洹。洹水也,在安阳殷都北。……波,通作陂。洹陂,洹水之岸,东距濮阳亦不甚远。"黄文认为"洲水"并非地名,洲同顺,指顺水道而行。而盘庚之子所居处的方山,黄文认为即在今郑州西之汜水之浮戏山,《寰宇记》引《郡国县道记》称,汜水出方山。"近西亳,在今河南偃师西。盘,整理者以为指水滨,读为"泮"。但黄文认为应为地名,黄河的九河之八为钩盘,源于南乐、濮阳之间。而很重要的地名之"京

---

① 以上未标篇名的皆引自李学勤先生的论文。

宗"，黄文认为不是荆山之首的景山，而是"楚京"，濮阳西南有楚丘，京为高丘，因此"楚京"就是楚丘之绝高者。

由上引述部分即可知黄文对楚族族源与始居地与李文有很大差别。

第三种看法可以周宏伟的《楚人源于关中平原新证——以清华简〈楚居〉相关地名的考释为中心》为代表。周文发表于《中国历史地理论丛》2012年第2期。周氏曾于2009年在《北大史学》第14辑上发表有《新蔡楚简与楚都迁徙问题新认识》一文，便提出楚人源于关中平原这一观点。《楚居》出版后，周氏再写此文，（下称周文）文章在提要中即认为：

> ……《楚居》12个早期地名皆在今陕西境内："郢山"即蒉山，在蓝田县境；"穴穷"即镐京，在西安市西；"乔山"即峣山，在蓝田县与商州区之间；"爰陂"即原陂，在蓝田境；"汌水"即灌水，今赤水河；"方山"即华山，今华山山脉；"盘"即蕃；"京宗"即郑荆，皆在华县境；"哉水"即兹水，今灞河；"屈"即冢，今商州区境；"郜"即上郜，在洛河丹江上游；"夷屯"即丹阳，今商州区域。这些地名位置的落实，为楚人源于关中平原的观点提供了新的证据，为楚文化之谜的破译奠定了新的历史地理基础。

周氏认为他的看法"是一种全新的看法，为前人所未及……至今楚史学界的绝大多数学者对这个新看法好像并没有特别在意。"

那么，周文提出楚先人居地在关中平原的新观点依据是什么？作者说自己依据的是对新蔡楚简"昔我先出自邕（雍）、遣（商），宅兹沮章（漳），台（以）选迁处"等一系列文献和有关考古资料、地理环境的深入系统分析。

当然就目前新见到的各种文章中，对《楚居》与楚族源作研究的不止上述三篇，如李守奎的《论〈楚居〉中季连与鬻熊事迹的传说特征》（见《清华大学学报》哲社版2011年第4期），凡国栋的《清华简〈楚居〉中与季连有关的几个地名》（武汉大学简帛研究中心，简帛网·简帛文库·楚简2011年6月4日），赵平安《〈楚居〉的性质、作者及写作年代》（《清华大学学报》2011年第4期），黄鸣的《从〈楚居〉的"聂耳"传说看商周之际的楚国地理与史实》（武汉大学简帛研究中心；简帛网·简帛文库·楚简，2011年12月12日发布），子爵《初读清华简〈楚居〉的古史传说》（骑砍中文站论坛，2012年11月29日）等等。这些文章各有其可供参考的有益的见解，它们都在一定程度上启发我们作更深入的思考和认识。例如赵平安的文章中谈到对"盘"作为地名的考释，他认为，"盘"应是地名，这对于理解盘庚的名字结构很有启发。他并引用了殷墟卜辞中的用为地名的例证以及两周金文中的"盘"氏器具和文字为证。黄鸣的文章从穴熊之妻"聂耳"传说，对照商末周初金文图画文字中有与之对应的文字,认为是楚人族徽,其铜器多出于今河南辉县,证明晚商时代楚人曾聚居于该地。李守奎认为《山海经》中的《大荒西经》与《中山经》地名多相同,其中有一虚一实的两套系统等,上述观点均有启示进一步思考的意义与价值。

三

在回顾两年多来围绕《楚居》所进行的讨论后,我们可以看到,尽管目前的研究者未能因一篇《楚居》而立即形成统一的认识,但是和传统的,尤其是20世纪初因疑古思潮影响而形成的四种(东、西、中原、土著)族源说法比起来,大家在认识上已相对集中了。

在20世纪影响最大的四种楚族族源之说,今天看来,虽然让人觉得有些不可思议,但其实是各有其依归,并非空穴来风。例如关于楚族源于西方的说法,姜亮夫以屈作中有许多昆仑神话,《离骚》与《远游》中尤多,认为是楚人对祖源地的记忆。这不能说没有一定的道理。况且《史记·楚世家》认为楚人为黄帝之孙颛顼高阳的后裔,而神话传说中,黄帝族是从西部发展起来的,《山海经·大荒西经》甚至记载了楚人的先祖老童所居住的马駴山是在昆仑之西,因此,楚人远祖应与西方有关。当然如同李守奎文章所说,只可能是保存楚人对祖先在西北活动传说的遥远的记忆。《山海经》中许多内容是中国古代神话,如果都当真的话,就会茫然不知所从。

"东来说"的提倡者有郭沫若、胡厚宣、陆侃如等,他们认为楚自称"蛮夷",只是因周族的压迫而南迁。陆侃如写《中国诗史》时找不到楚国铜器铭文,就用徐国的铜器铭文来代替。东来说支持者甚少,但在对楚文化的研究中,许多学者都发现楚与殷的文化其实有许多相同点,如都"信巫",因而巫风兴盛;其官制名称也多与中原的周人不同而承袭了殷人的官制;在对楚语的研究中,有学者发现所谓楚语词汇,许多其实是更古老的华夏语词,只是后来在中原地区不使用了,但却在楚语中保存和积淀下来,这一特点正是移民文化中特有的现象。至于文字,赵平安在论文中认为,"跟西周金文比起来,楚文字保留了比较多商代甲骨文的写法",可知商文化对楚文化有深刻的影响。综合起来看,尽管楚文化并不源于商文化,但如《楚居》所载,楚曾与商族联姻而产生了亲缘关系,这显然使商文化在楚文化中打下深深的烙印。

"土著说"是20世纪兴起的,它认为楚文化和中原文化是两支平行发展的南北文化,楚族和楚文化一直是在江汉地区土生土长的,而后再北上中原,与华夏文化接触交融。他们甚至认为楚人不是华夏族裔,而属苗族或苗蛮集团,范文澜即持此种观点,至20世纪80年代,这一看法成为当时的主流观点,并得到北大俞伟超教授的支持,他们力图将屈家岭文化作为楚文化之根(俞伟超《关于楚文化发展的新探索》《江汉考古》1980年第1期),这一观点得到一批两湖学者的大力支持。然而,考古的成果并未能支持这一主张。

我们发现，在本轮有关《楚居》与楚族之源的讨论中，已经较少这方面的主张。这固然是因《楚居》文本很难为"土著说"提供依据，而其他出土文物抑或出土文献也均未能对"土著说"提供强有力的支持，这也是"土著说"从20世纪80年代的高峰跌落下来的主要原因。

而"中原说"的两种看法是本次讨论的热点，李学勤在文章中认为楚族源于河南中部地区的观点和黄灵庚强调楚人早期在河南北方的濮阳一带的看法，可以说有同有异。其相同的方面是都从季连为祝融后裔，因而其活动地区在今河南中部嵩山一带出发来展开其足迹的；其相异之处在于，李文认为，季连追寻盘庚之子妣隹是在今以淅川为中心的顺水一带；而黄文认为此时的楚人活动地点在黄河北面的殷都一带，即居于楚丘，楚与殷人结亲，并未南下至河南西南部的淅川。因此，对《楚居》中地名的探寻就集中到上述两处。

毫无疑义，商族兴起之后，灭夏，早期的国都是在今河南偃师一带，史称"西亳"的地方。二里头遗址的发掘，许多考古工作者都认为，在四期文化层中，其三、四期文化显示出夏商之际文化演变的迹象。历史文献也记载有成汤都西亳。但是，夏、商都城多次迁徙，有夏都七迁，商都六迁之说。如郑州的古城遗址也被认为是其中的一次迁都所在地。不过商中期商王盘庚迁殷之后，273年更不徙都。《楚居》的开头在述说楚族史时，记载了楚族先人季连和盘庚之子发生的婚姻关系，以常理推之，此时的"盘庚之子"当不会南行至今河南南阳一带，而应仍在殷都。因此，简文中的"从及之盘"的"盘"，确应释为地名，而且也是在殷都的周围，而不会到南阳一带。目前争论中其实许多学者都已注意到殷末商初之时，楚人居住在殷都周围，至于是什么原因仍可讨论。如黄鸣在其文章中就认为："大抵在殷亡周兴之际，熊丽都住在辉县一带观望形势，故具有楚人族徽的晚殷青铜器多见于辉县，亦散见于附近的安阳。在周灭商之后，其时鬻熊已死，熊丽见天下已定，意识到楚人在中原无利益可取，于是返回楚京宗故地，至其孙熊绎之时，始由周成王分封于丹阳。"从该文看，作者认为"《楚居》简中的'京宗'是楚人从穴熊到熊狂这一长时间段的居住地。它可能历经夏商两代，将近千年的时间，楚人都在此处休养生息"，而"京宗"应与荆山之首的景山有关。那也就是说，早在尧舜时代，楚人即已南下居于今沮漳流域一带。这一看法虽不同于楚人为两湖土著的说法，但在时间点上，却将楚人南迁往前推进了千年以上。而且按照此文的观点，"或者可以推断，在传说中的季连北上与商文明接触之后，楚族就出现了迁徙与分族，所谓'或在中国，或在蛮夷'，即指有的族群北上中原地区，其主要聚居地可能就是出土聂耳形状图形文字青铜器的辉县；有的则留在楚族发源之地，直到穴熊的后代鬻熊（季连之苗裔）出现，并北上参与到殷末商初的变局之中，这才是楚族兴起的标志。"此文的这一观点确为新论，但它与历史上所记载的楚人发源于北方，而后逐步南迁至江汉一带的说法恰恰相反。

当然，相比起来，所谓楚人源于关中平原说，如作者所说是其另立的"新说"，但立论依据实在薄弱。在楚族源问题上,其实20世纪以来"新说"不断出现,又不断被否定。笔者以为,创立新说是好事,但必须将"新说"建立在可靠资料的基础上。反观周文的依据,实在过于薄弱了。该文以新蔡葛陵简的一小段文字训释为基础来作为他立论的依据。但新蔡葛陵简关于"出自"之后两字,目前学术界争论十分激烈,董珊博士以为是"颛顼";李学勤认为是《楚居》中的"盘庚之子"妣佳;周文则认同应释为"雍商",是地名,故此想在关中平原寻找能与《楚居》中地名相合的线索。然而,我们看到,这一所谓的"新见"的立论依据是很不足的。新蔡简中的文字,目前学术界多认同为人名,为"颛顼",而非地名。古代文献中"出自"之后多指人名,说是地名依据不足,又没有古代传世文献的依据,因而此说的基础原就十分薄弱,而其后在相关地名考释中,则都是靠音转的近似来确立,这就更难令人信服。在一连串地名中,如果有少量以音转来训释的话,尚情有可原,然而大多数都是立论于音转,则需打上大大的问号。至于所列举的白鹿原南缘考古发掘的商代中后期文化遗址,只能说明这一代当时已有商人在此活动。但商文化遗址如何能说明即是楚人在此活动?商的文化遗存遍及多省,南至江西、两湖。北至河北、辽宁等,从这么广阔区域的商代遗址中,如何区分哪儿是楚族留下的文化遗址? 如果区分不了的话,那就无法拿来作为证据使用。当然,一些学者认为,楚人南下初期,曾在商洛一带居留,但时间并不长,据此便将其说作成楚人源于关中平原,未免有炒作之嫌。

上述诸说,笔者认同黄说。因为在季连的时代,楚人尚未南迁,即使如《楚居》所载,季连是和盘庚之子联姻,那么这位盘庚之子也只能居于殷都一带而不会渡河南下跑到远隔千里的江汉流域去求聘。因此,《楚居》开头的这段叙述中的地名,到黄河北面的殷商故地去追寻是比较合理的。我们注意到,无论赵平安还是黄鸣的文章,也都关注到殷商故地相关楚族活动的遗迹与文献考古的资料,说明大家的认识正在逐步趋于一致。当然,因为李文的首创而引发学术界的争鸣,是功不可没的。况且淅川一带,也是日后楚族南徙时的重要活动区域。因此李文的思考,自然也就在情理之中了。

四

本文以上分析了这两年来围绕《楚居》所引发的有关楚族族源问题的各种观点。我以为,在这场讨论中,各方都秉持摆事实、讲道理,寻找各种证据,以解决这一历史的谜案。虽然迄今依然莫衷一是,但这种讨论依然是有益的,因为它有助于我们开阔视野,从中得到更多有益的信息。然而,这一讨论目前仍应属于起始阶段,尚有许多重要问题未能形成共识。举其要者,有如下几个方面:

(一)关于《楚居》的性质

虽然整理者在一开始就对《楚居》的史学价值作出判断,并得到多数学者的赞同,但其中仍有许多令人迷惑不解的问题。美国佛罗里达大学艺术史系的来国龙之《清华简〈楚居〉所见楚国的公族与世系——兼论〈楚居〉文本的性质》（武汉大学简帛研究中心《简帛网·简帛文库·楚简》2011年12月3日发布）一文，"从考释篇首第1-4号简所涉及楚国公族的氏名出发，重新考虑该文本的性质"，他认为，《楚居》篇首就"用宗族世系制度中的'伯、仲、叔、季'来排列，是把春秋以来的楚国公族与楚王之间的政治形势作了一个总结性的陈述，以确立楚国公族与楚王之间的政治关系。""简文中的某些段落可能反映的是楚国历史上的政治形势，而为楚国的后人认可，被当作'历史'转述，记录下来，具有政治意义的分支型世系一般都比较短，像《楚居》这样的长篇世系所记载的内容也有可能是经过较长时间的流传、整理而得出的一个文本，而在这个过程中可能存在多个版本，这只是其中之一。这样的世系，并不完全是对历史事实的真实记录，而是为当时的政治斗争所作的一种意识形态上的总结。……总之，本文认为清华简中的《楚居》不能简单地看作就是记述历史事实的历史，甚至也不能看作是以当时的史观力图辩证、澄清历史事实的历史著作（比如司马迁的《史记》），说《楚居》的'写者'是楚国的'史官'倒有可能，但似乎还够不上现代意义上的'历史学家'。"

笔者这里所以引述了一大段，是认为这一见解很有认识意义。需知，在各诸侯国中，楚国被认为是一个历史知识特别丰富的国家，它不仅有自己的国史《梼杌》，而且有博学的史官如楚灵王时代的左史倚相，他能读懂《三坟》《五典》《八索》《九丘》等远古文化典籍，被楚人认为是楚国之宝。而王子朝在周发动内乱失败后，周王朝的史官带着许多周王朝宫廷珍藏的典籍奔楚，使楚国在文化方面成为南方的重镇。然而我们所看到的《楚居》，不仅季连以上世系记载不明，而且季连以下至鬻熊的世系有缺失，这不能用楚人当时已记不清楚来作解释。如果说，《史记》记载时因经秦火之后史料不全的话，那么在楚悼王时期写成的史书是不应出现这种状况的。从屈原《天问》中，我们看到楚人对中原上古神话到英雄历史传说都保存相当丰富的内容，他们应不会对本国并不遥远的（殷后期）历史记述不清楚的。因此来文所提出的问题值得我们深思。

（二）关于研究方法的问题

虽然在当前有关出土文献的研究中，大家一致认同王国维所提出的"二重证据法"。但是，每位研究者能否熟练掌握和运用这一方法，是值得研究的。不少研究者往往在进行研究时，根据个人立论的需要，只关注一个方面的问题，而忽视另一个方面的问题。例如在20世纪80年代有关楚族"土著说"盛行的时候，许多研究者是置传世的史料于不顾，而力图另创新论，甚至将传世的史料动则视为不实的记载或是后人的编造。不能否认，史学界是受"疑古思潮"影响最深最广的一个学科，有学者提出至今我国古代史研究中还笼罩着疑古思潮的说法并非无的放矢。

为了搞清楚族族源，史学界与考古界在20世纪80年代成立了由湖北、湖南、安徽、河南四省联合的楚文化研究会,笔者有幸参加了1983年在河南信阳召开的这四省联合举办的跨学科楚文化研讨会,并于会上提交了《河南在楚文化研究中的地位》(见河南省考古学会等编《楚文化觅踪》,中州古籍出版社1986年7月版)论文,文章的第一部分便是"楚族源于河南"。关于楚人出自帝高阳,为吴回祝融之后的说法,是载诸史册的,濮阳帝丘为"颛顼之墟",向来没有疑义。而"祝融八姓"中除楚南迁荆蛮地区外,其余皆在河南及山东的中原地区,所以楚灵王曾提出"昔我皇祖伯父,旧许是宅",这个"皇祖伯父",指的是居祝融八姓之首的昆吾,他的部族原居帝丘,其后迁许。因此楚灵王将他称为"皇祖伯父"。因为在吴回之子陆终所生的六个儿子中,昆吾最大,而楚人先祖季连最小,排名第六。屈原的《离骚》首句即谓自己是"帝高阳之苗裔"。先秦典籍中,如《左传》《国语》中均有关于楚族来源的相关记载,虽不够系统,但却非凭空虚构。而司马迁作《史记》,其中相关各诸侯国的族源世系的记载来自先秦的史料,应是比较可靠的。迄今为止,除了在楚族族源的问题上有那么多不同说法外,其余各国似无多少争论。这是因为其余各国都不像楚国,有着比较长期迁徙的历史。楚人在迁徙过程中必然留下了许许多多的有关地名的信息。即以《楚居》而论,其中涉及的自季连至悼王三十二代楚族首领与楚国国君在迁徙过程中就建都二十六处之多,这样都无定所的不断迁徙过程,在先秦诸侯国中也是绝无仅有的。但是,楚人在长达数千年的发展过程中,在未建国之前,实力并不大,而且如同有学者提出的当时的楚族中,或许有不同的支派。我们现在其实很难找出早期的楚文化有什么明显的特征,因为正如许多长期从事楚文化研究的学者也都认为,楚国早期发展过程中,主要受中原文化的影响,很难说它自身有什么显著的文化特点。只是到春秋中期之后,随着楚国的不断发展壮大,才逐渐形成具有自身风格和地方特色的文化类型。这是非常正常的,因为熊绎受封于周成王时,也不过"号为子男五十里",经过多代人的艰苦拼搏,到春秋早期,依然"土不过同"(《左传·昭公·二十三年》,杜预注:"方百里为一同。")如同《楚居》所写,熊绎虽已受封为楚国君,然而迁都夷屯,却连祭祀的牛也找不到,而不得不"窃鄀人之犝以祭"。这种情况下要找出有特色的楚文化岂非向壁虚造?笔者当时写这篇文章时,正是"土著说"盛行之时,因此有评论以为这篇文章是给当时土著说者的一剂清凉药剂。

(三)外国史研究与中国史研究的方法差异

这里还应提醒的一点,是应当结合中华文化特点来探索历史上的悬案。今日探索中国古史传说时代的相关问题,我们不应再走20世纪初期"疑古派"的老路。"疑古派"是在西方(包括日本)学术思想的影响下,在未能作深入研究的情况下(确实也有当时的客观环境和条件的限制),曾经对古史传说时代的中国历史采取一概怀疑的态度,造成中外学术界以为,先秦古籍均不可信从的后果,从而以虚无的态度来研究中国上古史,将《史记》中记载下来的三千年中国上古史说得一无是处。

如同有的学者指出,中西文化在发展过程中具有不同特点,从而存在许多不同的差异性,不能完全用西方的研究方法来研究中国历史文化。虽然人类早期的社会中,中西方都有原始的氏族血缘组织,并由此形成对祖先的崇拜。但西欧的古希腊、古罗马曾经经历了商业和城邦文化的繁荣兴盛,瓦解了原始的氏族血缘组织,在此基础上而形成了古希腊、古罗马的古代文化,出现了以探讨自然本体和本质为宗旨的西方自然哲学。而中国古代社会发展却走的是另一条道路,它"完整地保留了氏族公社的血缘关系和组织形式,构成了一个严整的宗法社会模式,从而形成了与古希腊、古罗马'古典社会'迥然不同的社会组织制度"。这两种不同,在西欧形成文化上的自然哲学的兴盛,而在东方,尤其在中国,却出现了发达的历史学,追根溯源中国早期历史学能够产生并在其后得到高度发展的重要原因,是与中华文化中的"祖先崇拜的特点和口耳相传的这一文化特质密切相连,因而,对于中国的历史研究而言,特别是对于中国早期的缺乏历史记载的历史时期,比如《新探》所研究的中华文明建立的前后这一重要时期,学者们应该对中西不同的文化传统,特别是中国的古史传说这一文化特质给予足够的地位和重要评价"。所以,对于中国上古史的保存资料,我们就不能套用西方的古典神话来看待远古时代的祖先英雄传说,认为是子虚乌有的东西,而应当通过多学科的研究方法,以我国先辈学者提出的"二重证据法"来研究中国的上古史。①

从 20 世纪 70 年代以来的半个世纪中,一批批古代简帛文献相继出土,一个个中国古代文化之谜也相继被破解,这是历史对我们这一代学人的厚爱,清华简《楚居》的出土和研究的展开,相信也让我们正在朝着解开楚族族源之谜走近了大大的一步。

---

① 王成军,《中西文化背景下的"古史传说时代"研究》,《宝鸡文理学院学报》,2012 年第 1 期。

《梼杌》与《桃左春秋》辨

长江大学荆楚文化研究中心　徐文武

楚国史书《梼杌》，最早见于《孟子·离娄》，其文云："王者之迹熄而诗亡，诗亡然后《春秋》作。晋之《乘》、楚之《梼杌》、鲁之《春秋》，一也。其事则齐桓、晋文，其文则史。"孟子以"楚之《梼杌》"与"晋之《乘》"、"鲁之《春秋》"相提并论。"其文则史"，指出三书是同属史书性质的文献。

关于楚史《梼杌》的性质，唐孔颖达在《春秋正义序》中提出"别号"说，认为《春秋》是各国史书的通称，而楚史称《梼杌》，是"春秋"的别名："申叔时、司马侯乃是晋、楚之人，其言皆云'春秋'，不言'乘'与'梼杌'。然则'春秋'是其大名，晋、楚私立别号，鲁无别号，故守其本名。"这段文字中，孔颖达提出了两个基本观点。其一，"春秋"是"大名"，即是各国史书的通名；其二，"梼杌"是"别号"，即楚史在"春秋"的"大名"之外的别名。

关于"春秋"是先秦各国史书通名的问题，从文献记载来看，是没有多大争议的。唐刘知己在《史通·六家》引《墨子》曰："吾见百国春秋"，《隋书·李德林传》也记载："墨子又云：'吾见百国春秋，"今本《墨子》虽无"吾见百国春秋"之语，但从《史通》与《隋书》的引语来看，"吾见百国春秋"一语在唐之前的《墨子》版本中是存在的。所谓"百国春秋"之"百国"是一个概数，是指诸多国家。"百国春秋"正说明先秦各国都有名为"春秋"的史书。从《墨子·明鬼》中"周之《春秋》"，"燕之《春秋》"，"宋之《春秋》"，"齐之《春秋》"的记载来看，先秦时期确有"百国春秋"存在。《墨子·明鬼》中虽没有"楚之《春秋》"和"晋之《春秋》"的记载，但其他文献中的记载可证实"楚之《春秋》"和"晋之《春秋》"是存在的。据《国语·楚语》记，楚大夫申叔时谈及对太子的教育时，曾有"教之《春秋》"之语。申叔时所说的《春秋》应该就是楚之《春秋》了。因为楚国对太子的教育，不可能以鲁国或其他各国的史书作为教材。另外，《国语·晋语七》记晋大夫司马侯向悼公荐叔向时，提及"羊舌肸习于《春秋》"，晋国大夫羊舌肸所习读的自然也应该是"晋之《春秋》"。

孔颖达所说的另一个观点，即"梼杌"是"春秋"的"别号"一说，其立论的依据，正是上引《国语》中《楚语》《晋语》的两则材料。楚、晋两国大夫提及的史书都有《春秋》之名，而不提及孟子所说的"楚之《梼杌》"和"晋之《乘》"。孔颖达认为，楚、晋大夫所言《春秋》是以史书的通名而言之，而孟子所说的《梼杌》与《乘》，则是"楚之春秋"和"晋之春秋"的别名。孔颖达的"大名"与"别名"之说，在唐代学者刘知己的《史通》中也有提及。

《史通》引《墨子》"吾见百国春秋"之语,列举三代各国史书皆有《春秋》之名之后说:"《乘》与《纪年》、《梼杌》,其皆春秋之别名乎?"

至于"梼杌"是不是"春秋"的"别名",首要的问题是弄清楚人的史书何以要以"梼杌"来命名。对于这一问题,历来学者众说纷纭,各种异说达十数种之多,归纳起来有影响的有如下几家之说:

1. 恶兽说。此说见于汉代赵岐《孟子章句·离娄下》:"梼杌者,嚚凶之类,兴于记恶之戒,因以为名。"赵岐认为"梼杌"是"嚚凶之类"的恶兽,以比恶人。楚国史书以"梼杌"为书名,意在记载恶人恶行,以警戒后人。宋代朱熹《四书集注》承继此说:"梼杌,恶兽名。古者,因以为凶人之号,取记恶垂戒之义也。"赵岐以"梼杌"为"嚚凶之类",朱熹以"梼杌"为"恶兽",皆源于《左传·文公十八年》所载:"颛顼有不才子,不可教训,不知话言,告之则顽,舍之则嚚,傲很明德,以乱天常,天下之民谓之梼杌。"《左传》将梼杌与浑沌、穷奇、饕餮并列为"四凶"。

2. 灵兽说。宋人罗愿《尔雅翼》卷二一《释兽·四梼杌》说:"史者所以数知往来者也。梼杌之为物,能逆知来事,故以此目之。"明、清两朝多有学者从之。如明代董说《七国考》引《湘东纪闻》记载:"梼杌之兽,能逆知未来,故人有掩捕,辄逃匿,史以示往知来,故名《梼杌》"。此说认为,梼杌是能预知将来之事的灵兽,而历史的作用和意义是鉴往知来,所以楚人将史书命名为《梼杌》。《左传》中既以梼杌为"恶兽",也以梼杌为"神兽",认为梼杌可以驱鬼逐邪,如《左传·昭公九年》记:"先王居梼杌于四裔,以御螭魅。"

3. 恶木说。南唐《说文解字》小徐本徐锴注:"梼,恶木也,主于记恶以为戒。"清代学者王筠《说文解字句读》亦承此说。此说与"恶兽"说各有异同。相同的是,都以《梼杌》为记恶人恶行之书,以达到惩恶扬善的目的;不同的是,此说是以"梼杌"为植物中的"恶木",而"恶兽"说以"梼杌"为神物中的"恶兽"。

4. "断木"说。此说源于许慎《说文解字》释"梼"为"断木也"。各家以许氏的解释为依据,又衍生出不同的说法。

其一是"头"说。段玉裁《说文解字注》释"梼"云:"谓断木之干,头可憎者。"何谓"头",《说文·页部》:"顽,头也",段玉裁注说:"凡物之头浑全者皆曰头。"可见,混沌、顽冥不化之物均可称为"头"。至于梼杌是"断木",与"头"有何关系,段玉裁并没有说清楚,倒是焦循作了一番发挥为段玉裁所说的"头"进行了解释:"惟梼杌皆从木,则为断木之定名。""纵破为析,横破为梼杌,断而未析其头则名顽,是梼杌即顽之名。因其顽,假断木之名以名之为梼杌,亦戒恶之意也。"①这种解释与"恶木"说一样,以为《梼杌》作书名,其意在"戒恶"。

---

① 焦循,《孟子正义》。

其二是"简策"说。清人吴承志《横阳札记》卷十认为,"梼杌"本当作"梼柮"。"梼柮本义为断木,施于'春秋'当是木牍代竹简,因之立名。"丁山也认为"梼杌""取义于断木为简牍",并说,"楚之《梼杌》,犹魏之《竹书纪年》……盖本荆楚方言,断木为版,以记国家大事之谓。"①

古人关于"梼杌"的研究中,还有一种说法值得重视,这就是清代学者俞樾和吴承志的"讹误"说。俞樾和吴承志不固执于"梼杌"二字为说,而是怀疑楚国史书原本书名并非"梼杌"二字,而是由其他书名发生讹误而写成了"梼杌",这为我们解释楚国史书为何以"梼杌"为名,提供了一种新的思路。这种新思路的出现,是由另一部书名为《桃左春秋》的史书引起的。

《韩非子·备内》引《桃左春秋》:"人主之疾死者不能处半。"《桃左春秋》是哪一国的史书呢?古代文献中,《桃左春秋》只在《韩非子》一书中出现一例,别无旁证。后世研究者多以为,历史上本无《桃左春秋》一书,"桃左春秋"是因文字讹误而导致的一个错误书名。如章炳麟《春秋左传读叙录》称,"桃"乃"赵"的借用字,《桃左春秋》即《赵左春秋》,是赵人所传的《左氏春秋》,此说信从者不多。清代学者俞樾和吴承志则以为,文字讹误不出现在"桃"字,而出现在"左"字。清俞樾《诸子平议》中疑"左"字是"兀"字之误。桃左即桃兀,是"梼兀"的异文。"左疑兀之误,桃兀盖即梼兀之异文,楚之梼兀亦有春秋之名,楚语申叔时所谓'教之《春秋》'是也,故谓之《梼兀春秋》矣"。②

俞樾将《孟子》所说的楚之史书《梼杌》与《韩非子》所引之史书《桃左春秋》,以及《国语·楚语》记楚大夫申叔时所说的"教之《春秋》"三者联系起来考虑,提出楚国史书的本名为《梼兀春秋》,分而言之,就有了《梼兀(杌)》或《春秋》之名,这一看法是极有建设性的。遗憾的是,俞樾仍然没有解决楚国史书何以以"梼杌"为书名的问题。

无独有偶,另一名清代学者吴承志也将《孟子》所说的"梼杌"与《韩非子》所引的《桃左春秋》联系在一起。和俞樾意见不同的是,吴承志认为"梼杌"本当作"梼柮春秋",《韩非子》所引书名中的"桃左"二字,是由"梼柮"讹误而来。"'桃左'即'梼柮'。'桃'、'梼'字通,'柮'借作'屈',草书为'屇',因误为'左'。《梼柮春秋》本四字为名,《孟子》避与下《春秋》之文复,省二字。"③吴承志之说可取之处在于,他认为《梼杌》与《桃左春秋》同为一书,这一点与俞樾是英雄所见略同。所不同的是,吴承志将《梼杌》释为"梼柮",又将"梼柮"释为"断木",引申为"木牍",进而将《梼柮春秋》书名理解为书写在木牍上的史书之意。这一解释与考古发现的实际情况是不相符的。我们今天所见战国时期

---

① 丁山,《中国古代宗教与神话考》,龙门联合书局1961年版,第274页。
② 俞樾,《诸子平议》卷二一。
③ 吴承志,《横阳札记》卷十。

出土的文献甚多，但都是书写在竹简上的，而极少的情况是书写在木牍上的。这就是说，整个春秋战国时期，楚人书写的载体主要是竹简而非木牍。在这种历史背景下，楚人不会想出一个以"木牍"为载体的书名来。

我们认为，问题可能还是出在文字上。依俞樾之见，"梼杌"之"杌"本字作"兀"。"兀"、"左"、"氏"三字形极近，很容易写错。"桃左"之"左"，"梼兀"之"兀"都可能是因与"氏"字形相近而产生误讹，也就是说，"桃左"本当作"桃氏"，而"梼兀"亦本当作"梼氏"。"梼"与"桃"音近可通，"梼氏"实际上也是"桃氏"。果真如此的话，所谓《梼杌》与《桃左春秋》所带来的困惑便可迎刃而解了。

韩非子所引的《桃左春秋》是《桃氏春秋》的讹误。《桃氏春秋》一如《左氏春秋》《吕氏春秋》，是用"作者姓氏＋史书通名"来作为史书的书名，《桃氏春秋》显然就是姓桃的人作的史书。先秦时期有桃姓，于史可证。《周礼·考工记》："桃氏为剑。"桃姓起源于以技艺职业或官名为氏，早在西周时期就有专门作刀剑的工匠被称为"攻金之工"，而管理攻金之工的官员名桃氏，其后以"桃"为氏。如春秋时，周襄王有大夫名桃子，曾奉襄王之命出师伐狄。再如战国时孟子有弟子名桃应，《孟子·尽心上》记有孟子与桃应的对答。

孟子所说的《梼杌》，本当作《梼氏》，也就是《韩非子》所引的《桃氏春秋》。因《孟子》在提及楚国史书《桃氏春秋》后，下文又有"鲁之《春秋》"，为了避免前后重复，所以对楚国史书取前二字"桃氏"作书名。又因"桃""梼"音同字通，《桃氏》写作了《梼氏》，再因"氏"与"兀"形近而讹，《梼氏》又错为了《梼兀》，再其后，就有汉儒以《左传》所谓"四凶"之一的《梼杌》来解释"梼兀"，"梼杌"便作为楚国史书名定型下来。

战国前期楚国作家群体考论①

洛阳师范学院文学与传媒学院　梁　奇②

春秋、战国之际,礼崩乐坏,文化教育下移,下层贵族、平民均有受教育的机会,其文化水平逐步提高,作家群体逐渐由上层贵族向士阶层转变,甚至家臣、野人等社会下层人士也参与文学创作活动。本文主要考证战国前期(前453—前370)③楚国鲁阳文君、许行、屈宜臼和孟胜几位作家的族属、世系、事略及文学活动,从一个侧面反映出战国前期楚国作家群体与文学创作繁荣之基本状况。

一、鲁阳氏族属、世系暨鲁阳文君事略考

关于楚鲁阳氏之族属,襄二十九年《左传》:"夏后飨之,既而使求之。惧而迁于鲁县。"襄二十九年《左传》杜《注》:"鲁县,今鲁阳也。"④《史记·楚世家》:"(肃王)十年,魏取我鲁阳。"《魏世家》同。《楚世家》唐张守节《正义》引唐李泰《括地志》:"汝州鲁县本汉鲁阳县也。古鲁县以古鲁山为名也。"⑤《汉书·地理志上》:"南阳郡……鲁县。"班固自《注》:"古鲁县,御龙氏所迁。"汉王符《潜夫论·志氏姓》:"芈姓之裔熊严,成王封之于楚,是谓粥熊……鲁阳氏、黑肱氏皆芈姓也。"⑥唐林宝《元和姓纂·十姥》:"鲁阳,妘姓国也,在鲁阳,为鲁所灭,子孙氏焉。"⑦谨案:《潜夫论·志氏姓》:"妘姓之后,封于鄢、会、路、偪阳。"⑧据《国语·周语中》"昔鄢之亡也,由仲任"⑨《古本竹书纪年》:"(帝喾高辛氏)十六年,帝使重帅师灭有郐。"⑩宣十五年《左传》"六月癸卯,晋荀林父败赤狄于曲梁,

---

① 基金项目:上海市本级学科建设项目"先秦文系年注析与传统文化流变研究"。
② 作者简介:梁奇(1980—),男,汉族,文学博士,洛阳师范学院文学与传媒学院讲师、山东大学文学与新闻传播学院在站博士后,研究方向为先秦两汉文学与文化、河洛文化。
③ 梁奇,《战国前期文学系年辑证》,上海大学博士学位论文2012年,第9-11页。
④ 杜预、孔颖达等,《春秋左氏传正义》,《十三经注疏本》,中华书局1980年版,第2109页。
⑤ 司马迁,《史记》,中华书局1982年版,第1720页。
⑥ 王符著,汪继培笺,《潜夫论》,《诸子集成本》,上海书店1986年版,第174-175页。
⑦ 林宝,《元和姓纂》,中华书局1994年版,第959页。
⑧ 王符著,汪继培笺,《潜夫论》,《诸子集成本》,上海书店1986年版,第174页。
⑨ 徐元诰,《国语集解》,中华书局2002年版,第47页。
⑩ 方诗铭等,《古本竹书纪年辑证》,上海古籍出版社2005年版,第206页。

灭潞。"①襄十年《左传》"五月庚寅，荀偃、士匄帅卒攻偪阳，亲受矢、石，甲午，灭之。"②可见，鄢、会、路、偪阳分别为重任、帝高辛、晋荀林父、荀偃所灭。不知林氏"为鲁所灭"何据。故此取王符说。则楚鲁阳氏为黄帝氏族部落集团支族帝颛顼高阳氏之裔，祝融八姓（陆终六子）氏族部落支族芈姓季连之后，出于周文王师鬻熊；鲁阳，即昭二十九年《左传》之"鲁县"，亦即《史记·楚世家》、《魏世家》、《汉书·地理志上》之"鲁阳"，亦即今河南省鲁山县，楚悼王十年（前392）魏取之以为邑，楚惠王封鲁阳文子（鲁阳公）为采邑（《国语·楚语下》）。

关于战国时期鲁阳氏之世系，哀十六年《左传》："秋七月，（白公）杀子西、子期于朝。……沈诸梁……使宽为司马。"哀十六年《左传》杜《注》："（宽）子期之子。"③《韩非子·难言篇》："司马子期死而浮于江。"④孙诒让《墨子间诂》引汉贾逵《国语注》："鲁阳文子，楚平王之孙，司马子期之子，鲁阳公即此人，其地在鲁山之阳。"⑤《淮南子·览冥训》高《注》："鲁阳，楚之县公……《国语》所称鲁阳文子也。楚僭号称王，其守县大夫皆称公，故曰鲁阳公。今南阳鲁阳是也。"⑥《国语·楚语下》韦《注》："文子，平王之孙，司马子期子鲁阳公也。"⑦清李锴《尚史》卷五十九："结子二：平、宽。结死，宽代为司马……结又有子曰鲁阳文子。"⑧则战国时期鲁阳氏世系为：楚平王（熊居）→公子结（司马子期）→公孙平、公孙宽、鲁阳文君……

关于鲁阳文君其人，《墨子·耕柱篇》："墨子谓鲁阳文君曰：'大国之攻小国……。'子墨子谓鲁阳文君曰：'今有一人于此……'鲁阳文君曰：'有窃疾也。'……鲁阳文君曰：'是犹彼也，实有窃疾也。'"⑨《国语·楚语下》："惠王以梁与鲁阳文子。"⑩《淮南子·览冥训》："鲁阳公与韩构难，战酣日暮。"⑪《清华大学藏战国竹简》（二）："昷（明）（岁）……（鲁）易公（师）以（交）晋人。……"⑫

谨按：《曾侯乙墓》载有鲁阳公为曾侯乙丧赠车事。此鲁阳公即鲁阳文君，与墨子同时。则鲁阳文君（前440—前391），即《国语·楚语下》之"鲁阳文子"，亦即《淮南子·览

---

① 杜预、孔颖达等，《春秋左氏传正义》，《十三经注疏本》，中华书局1980年版，第1888页。
② 杜预、孔颖达等，《春秋左氏传正义》，《十三经注疏本》，中华书局1980年版，第1947页。
③ 杜预、孔颖达等，《春秋左氏传正义》，《十三经注疏本》，中华书局1980年版，第2178页。
④ 王先慎，《韩非子集解》，《诸子集成本》，上海书店1986年版，第15页。
⑤ 孙诒让，《墨子间诂》，《诸子集成本》，上海书店1986年版，第260页。
⑥ 刘安著，高诱注，《淮南子注》，《诸子集成本》，上海书店1986年版，第89页。
⑦ 徐元诰，《国语集解》，中华书局2002年版，第527－528页。
⑧ 李锴，《尚史》，《四库全书》，上海古籍出版社1987年版，第55页。
⑨ 孙诒让，《墨子间诂》，《诸子集成本》，上海书店1986年版，第250页。
⑩ 徐元诰，《国语集解》，中华书局2002年版，第527页。
⑪ 刘安著，高诱注，《淮南子注》，《诸子集成本》，上海书店1986年版，第89页。
⑫ 李学勤主编，《清华大学藏战国竹简》（二），中西书局2011年版，第196页。

冥训》之"鲁阳公",亦即《清华大学藏战国竹简》(二)之"昜公",黄帝氏族部落集团支族帝颛顼高阳氏之裔,祝融八姓(陆终六子)氏族部落支族芈姓季连之后,出于周文王师鬻熊,楚平王熊居之孙,公子结(司马子期)之子,公孙平、公孙宽之弟,因封地在鲁阳而得氏。其熟知典籍,善于辞令,多次与墨子进行辩论,曾欲发兵攻打郑国,后被墨子止之,为战国前期楚国著名的政治家和贵族文士,传世有《失士论》、《助天诛郑论》诸文。

二、许氏族属、世系暨许行事略考

关于楚许氏之族属与战国时期之世系,唐林宝《元和姓纂·八语》:"许,姜姓,炎帝四岳之后,周武王封其裔孙文叔于许,后为楚所灭,子孙分散,以国为氏。晋有许偃,楚有许伯,郑有许瑕。"①宋邓名世《古今姓氏书辩证·八语》同。明凌迪知《万姓统谱·周列国诸侯》:"许,姜姓,其先出自尧四岳伯夷之后……春秋国小近郑,郑灭之,以其国为俘邑,后附楚,楚迁之于城父,又迁于白羽,又迁于叶。"②《万姓统谱·六语》:"许……炎帝之后,姜姓,成王封裔孙太叔于许,以国为氏,又望出汝南。"③则楚许氏为炎帝裔孙伯夷之裔,出于周武王裔孙文叔,姜姓,以国为氏,战国时期世系未详。

关于许行其人,《孟子·滕文公上》:"有为神农之言者许行,自楚之滕,踵门而告文公曰……"宋朱熹说:"许,姓;行,名也。"④《吕氏春秋·当染篇》:"禽滑学于墨子,许犯学于禽滑。田系学于许犯……显荣于天下者众矣。"⑤

谨按:钱穆《先秦诸子系年·许行考》:"许犯即许行也。……古人名突、逆字行,知许行盖名犯子行矣。"⑥郭沫若《郭沫若全集·历史编》认为许犯即孟胜,"余意许犯殆即孟胜,《尔雅·释诂》:'犯,胜也。'名犯字孟胜,义甚相应。"⑦杨伯峻《孟子译注》提出不同看法:"某氏云:'今按许犯即许行也。'但此说亦不甚可信,'许犯'与'许行',一名一字,固可相应,亦不能谓墨家之许犯即农家之许行,某氏勉纳许行于墨家,殊属牵强。"⑧黄世瑞《墨子后学考辨》认为不管从名字的呼应,还是从哲学思想方面考证,都不能说许犯就是许行。⑨笔者认为,"许犯即许行"不可信(理由见下文),故杨、黄二先生所言是,许犯非

---

① 林宝,《元和姓纂》,中华书局1994年版,第851页。
② 凌迪知,《万姓统谱》,《四库全书》,上海古籍出版社1987年版,第42页。
③ 凌迪知,《万姓统谱》,《四库全书》,上海古籍出版社1987年版,第123页。
④ 朱熹,《四书章句集注》,中华书局1983年版,第257页。
⑤ 吕不韦撰,高诱注,《吕氏春秋》,《诸子集成本》,上海书店1986年版,第21页。
⑥ 钱穆,《先秦诸子系年》,商务印书馆2002年版,第408页。
⑦ 郭沫若,《郭沫若全集》,人民出版社1982年版,第482页。
⑧ 杨伯峻,《孟子译注》,中华书局2005年版,第130页。
⑨ 黄世瑞,《墨子后学考辨》,《华南师范大学学报(社科版)》1993年第3期,第29页。

许行,更非孟胜。则许行(约前390—约前315),姓姜,氏许,名行,又名犯,炎帝裔孙伯夷之裔,出于周武王裔孙文叔,以国为氏,世系未详(《孟子》中仅此一见)。其为战国前、中期楚国著名的思想家、农家代表人物,主张人人都参加劳动,提出"贤者与民并耕而食,饔飧而治",与孟子的"劳心者治人,劳力者治于人;治于人者食人,治人者食于人"的思想是针锋相对的,故孟子与其进行"农"、"儒"的辩论。

谨按:关于许行年世,钱穆《先秦诸子系年》定于公元前390年至公元前315年,孙开太《战国农家的代表人物——许行的思想》、叶志衡《战国学术文化编年》从。兹从之,补证有三:

第一,许行"自楚之滕"与孟子相见时,已经声名鹊起。《孟子滕文公上》:"有为神农之言者许行,自楚之滕……其徒数十人,皆衣褐,捆屦,织席以为食。"①许行可能先在楚国推行自己的主张而未能实现,只好率领众徒另找贤主,"自楚之滕"。由"其徒数十人"可知已影响非凡,以此观之,当有相当的年纪。据阎若璩《孟子生卒年月考》,孟子于滕文公元年游滕,此为梁惠文王后元十三年(前322)。②孟、许二人当于此后不久在滕游说滕文公,出于自身利益,二派间未免相互辩难。孟子此时约七十五岁。③

第二,许行与孟子同时。《孟子·滕文公上》:"陈良之徒陈相,与其弟辛负耒耜而自宋之滕。……陈相见许行而大悦,尽弃其学而学焉。陈相见孟子,道许行之言。"汉赵岐《注》:"陈良,儒者也;陈相,良之门徒也;辛,相弟。弃陈良之儒道更学许行神农之道也。"④梁启超《先秦政治思想史》说,陈良即《韩非子·显学篇》之"仲良氏之儒。"⑤若此,则其年世当在子思之后,而又早于其徒陈相。子思卒于周威烈王二十四年(前402)顷,孟子为子思之徒,陈良年世与孟子大致相当。陈相原为陈良之徒,后转而投师于许门,则陈良与许行年世大致相当。那么,许行当与孟子大致同时。

第三,许行不应亲自就学于禽滑厘。《吕氏春秋·当染篇》:"禽滑学于墨子,许犯学于禽滑。"⑥钱穆《先秦诸子系年·许行考》:"许犯即许行也。"⑦若此,则许行当学于禽滑厘。禽滑厘生于周安王二年(前400)顷。《礼记·曲礼上》:"人生十年曰幼,学。"⑧即使许行于禽滑厘卒前始跟随其学习,则其至少也应生于前410年左右。这显然太早。故笔者以为,禽滑厘不应亲自教授许行,或者是许行就学于其弟子,或许犯非许行。

要之,许行大致生活于楚悼王至怀王期间,此时适逢楚国强盛时期。与此同时,宣王

---

① 焦循,《孟子正义》,《诸子集成本》,上海书店1986年版,第214页。
② 阎若璩,《孟子生卒年月考》,四库全书存目丛书本,齐鲁书社1996年版,第5页。
③ 孟轲之生年,详见前397年"鲁孟轲生"条。
④ 焦循,《孟子正义》,《诸子集成本》,上海书店1986年版,第215页。
⑤ 梁启超,《先秦政治思想史》,东方出版社1996年版。
⑥ 吕不韦撰,高诱注,《吕氏春秋》,《诸子集成本》,上海书店1986年版,第21页。
⑦ 钱穆,《先秦诸子系年》,商务印书馆2002年版,第408页。
⑧ 郑玄、贾公彦,《仪礼注疏》,《十三经注疏本》,中华书局1980年版,第1232页。

沉溺于声色,威王横征赋敛,怀王宠信谄臣,致使战乱频仍。在许行眼中,这些君主均非贤者,这样的国度不适合行"神农之教"、"先王之道",君主们也不可能采纳其建议。他只好于滕文公元年(前322)顷带领众徒数十人游滕,并与前来游说的孟子师徒进行多次辩论。时孟子当七十五岁左右,许行与孟子相当而略小。若此,则许行在战国中期诸子中,少杨朱、季梁五岁,与商鞅、尸佼、江乙同龄,长孙膑、淳于髡、邹忌、田忌五岁。

三、屈氏族属、世系暨屈宜臼事略考

关于楚屈氏之族属,屈原《离骚》:"帝高阳之苗裔兮,朕皇考曰伯庸。"①《水经·江水注三》引《世本》:"熊渠封其中子红为鄂王。"②《太平寰宇记》卷一百十二、《太平御览》卷一百七十并引《世本》:"楚子熊渠封中子红于鄂。"《路史·国名纪三》罗萍《注》引《世本》:"(鄂东)熊渠中子红封之。"《大戴礼记·帝系》:"自熊渠有子三人:其孟之名为无康,为句亶王;其中之名为红,为鄂王;其季之名为疵(疵),为戚(越)章王。"③《史记·楚世家》:"熊杨生熊渠。熊渠生子三人。当周夷王之时,王室微,诸侯或不朝,相伐。熊渠甚得江、汉间民和,乃兴兵伐庸、杨粤,至于鄂。……乃立其长子康为句亶王,中子红为鄂王,少子执疵为越章王,皆在江上楚蛮之地。"④谨按:汉王逸《楚辞章句》卷一:"其孙武王求尊爵于周,周不与,遂僭号称王。始都郢,是时生子瑕,受屈为客卿,因以为氏。"⑤唐林宝《元和姓纂·八物》:"屈,楚公族芈姓之后。楚武王之子瑕食采于屈,因氏焉。屈重、屈建、屈到、三闾大夫屈平字原、屈正,并其后也。"宋叶梦得《石林燕语》卷一:"天子五庙,曰:考庙,王考庙,皇考庙,显考庙,祖考庙。则皇考者,曾祖之称也。"⑥赵逵夫《屈原与他的时代》:"上古无轻唇音,'无'、'毋'之声纽与'伯'同,无、毋古韵在鱼部,伯古韵在铎部,又平入相转。所以'无康'、'毋康',推其本源,当作'伯庸'。……屈原所说的伯庸,即见于《世本》和《史记·楚世家》的句亶王熊伯庸。……所谓伯庸是'祝融'、'熊绎'、'熊通'的说法都难以成立。今定被屈原称为'皇考'或'皇'的伯庸,即是熊渠的长子熊伯庸,于名、于事、于封号、于楚国的历史皆无不合。……伯庸正由于被封在甲水边上的句亶,才号句亶王。屈氏由句亶王而来,句亶王的封号又与甲水有关,故屈氏即甲氏。"⑦可见,王氏以为屈氏出于楚武王之子屈瑕,林氏因之,说非。故笔者此不取。则楚屈氏为

---

① 洪兴祖,《楚辞补注》,中华书局1983年版,第3页。
② 郦道元著,陈桥驿校证,《水经注校证》,中华书局2007年版,第807页。
③ 王聘珍,《大戴礼记解诂》,中华书局1983年版,第128页。
④ 司马迁,《史记》,中华书局1982年版,第1692页。
⑤ 洪兴祖,《楚辞补注》,中华书局1983年版,第3页。
⑥ 叶梦得,《石林燕语》,中华书局1984年版,第186页。
⑦ 赵逵夫,《屈原与他的时代》,中华书局2002年版,第3-12页。

熊氏之别,出于熊杨之孙、熊渠长子熊伯庸(句亶王、句祖王)。

关于战国时期楚屈氏之世系,宋李昉《太平御览》卷四百三十七引《胡非子》:"屈将子好勇,见胡非。"①《淮南子·人间训》:"屈建告白乞曰:'白公胜将为乱。'……居三年,白公胜果为乱,杀令尹子椒、司马子期。"《说苑·权谋篇》大同。《淮南子·人间训》高《注》:"屈建,楚大夫也;石乞,白公之党。"②《史记·秦本纪》:"(惠文君)十三年,庶长章击楚于丹阳,虏其将屈匄。"③《楚世家》:"惠王从者屈固负王亡走昭王夫人宫。"④《屈原贾生列传》:"屈原者,名平,楚之同姓也。为楚怀王左徒。"⑤《战国策·楚策四》:"长沙之难……遽令屈署以东国为和于齐。"⑥《说苑·君道篇》:"屈景闻之,从楚归燕。"⑦《建本篇》:"楚恭王多宠子,而世子之位不定。屈建曰:'楚必多乱。……'"⑧《新序·节士二》:"白公胜将弑楚惠王,王出亡,令尹、司马皆死。拔剑而属之于屈庐曰:'子与我,将舍子……'"⑨唐余知古《渚宫旧事》卷二、《后汉书·黄琬传》李《注》、宋李昉《太平御览》卷四百二十一同。汉王逸《楚辞章句》卷一:"屈原与楚同姓,仕于怀王,为三闾大夫。三闾之职,掌王族三姓,曰昭、屈、景。"⑩襄二十二年《左传》杜《注》:"(莫敖)屈建,子木也。"襄二十三年《左传》杜《注》:"屈建,楚莫敖。"⑪襄二十五年《左传》杜《注》:"(楚令尹)屈建。……(令尹)屈建,子木。……(屈荡)代屈建。宣十二年邲之役,楚有屈荡,为左广之右。《世本》:'屈荡,屈建之祖父。'今此屈荡与之同姓名。"⑫昭五年《左传》杜《注》:"(莫敖屈)生,屈建子。"⑬《国语·晋语八》韦《注》:"子木,屈到之子屈建也。"⑭《楚语上》韦《注》:"建,屈到之子子木也。……巫臣,楚申公屈巫子灵也。"⑮宋程公说《春秋分记·世谱七》:"屈氏世为莫敖,瑕生边,边生朱,朱生荡,荡生二子:曰到,曰申;到生建,建生生;又,重完一人。……按《世本》:'荡,建祖父。'屈氏别族申氏,屈申之后曰申公巫臣,不详

---

① 李昉,《太平御览》,中华书局1960年版,第2014页。
② 刘安著,高诱注,《淮南子注》,《诸子集成本》,上海书店1986年版,第328页。
③ 司马迁,《史记》,中华书局1982年版,第207页。
④ 司马迁,《史记》,中华书局1982年版,第1718页。
⑤ 司马迁,《史记》,中华书局1982年版,第2481页。
⑥ 缪文远,《战国策新校注》,巴蜀书社1998年版,第488-489页。
⑦ 刘向编著,向宗鲁校证《说苑校证》,中华书局1987年版,第17页。
⑧ 刘向编著,向宗鲁校证,《说苑校证》,中华书局1987年版,第74页。
⑨ 刘向编著,石光瑛校释,《新序》,中华书局1985年版,第134页。
⑩ 洪兴祖,《楚辞补注》,中华书局1983年版,第1页。
⑪ 杜预、孔颖达等,《春秋左氏传正义》,《十三经注疏本》,中华书局1980年版,第1975页。
⑫ 杜预、孔颖达等,《春秋左氏传正义》,《十三经注疏本》,中华书局1980年版,第1985页。
⑬ 杜预、孔颖达等,《春秋左氏传正义》,《十三经注疏本》,中华书局1980年版,第2041页。
⑭ 徐元诰,《国语集解》,中华书局2002年版,第429页。
⑮ 徐元诰,《国语集解》,中华书局2002年版,第491-492页。

所系。巫臣生五子:曰阎,曰子荡,曰弗忌,曰晋狐庸,曰晋邢侯,又一人。"①詹安泰《论屈原的阶级出身、政治地位及其在文学上的作用》:"战国时代的屈氏人物,比屈原稍前的有屈宜臼,屈原的父亲屈伯庸,和屈原同时的有屈匄、屈盖,比屈原稍后的有屈署。"②周建忠《屈原考古新证·屈氏渊源与世系表》详细考证了楚武王至顷襄王时期的屈氏世系,属于战国时期的有:(楚惠王)屈建,屈庐,屈固;(简、声王)屈将;(悼王)屈宜臼,屈(上);(怀王)屈匄,屈原,屈景,屈易,屈犬,屈佗,屈(貉),屈逿,屈挚,屈惕,屈庚,屈为人,屈贮,屈宜,屈署。③

谨按:宋程公说《春秋分纪·世谱七》四库馆臣《考异》:"按:《世本》:'荡,建祖父。'宣十二年邲之战为右广者是也。襄公二十五年楚有屈荡,同姓名,盖误尔;不然,或同一人也。今止书其一。又《世族谱》以申为荡之孙,据《世本》申为荡之子,今从之。"则《世族谱》与《集解》二说自相违戾。若《谱》之屈荡即到之父,申之曾祖父,当为"屈申,屈荡曾孙";若《谱》之屈荡即申之父,当为"屈申,荡子"。④又,成七年《左传》:"及共王即位,子重、子反杀巫臣之族子阎、子荡及清尹弗忌及襄老之子黑要,而分其室。子重取子阎之室,使沈尹与王子罢分子荡之室,子反取黑要与清尹之室。"杜《注》:"(子阎、子荡及清尹弗忌)皆巫臣之族。"则子阎、子荡、弗忌皆巫臣之族而非其子。故笔者此不取《春秋分记》说。

又,楚屈氏有二屈建:一为春秋楚康王熊昭时屈建(子木),襄二十二年、二十三年、二十四年、二十五年、二十六年、二十七年、二十八年、二十九年《左传》、《说苑·建本篇》载有其言行,此不具引;二为战国楚惠王熊章时屈建,《淮南子·人间训》、《说苑·权谋篇》载有其言行,此不具引。《说苑·建本篇》、《左传》杜《注》、《国语》韦《注》与《春秋分记》所载为春秋时期屈建,《淮南子·人间训》所载为战国时期屈建。詹安泰和周建忠所考战国时期屈氏世系基本一致,其顺序与传世文献和出土文献大致相符。故笔者从之。则战国时期屈氏之世系为:屈建,屈庐,屈固,屈将;屈宜臼,屈(上);屈匄,屈原,屈景,屈易,屈犬,屈佗,屈(貉),屈逿,屈挚,屈惕,屈庚,屈为人,屈贮,屈宜,屈署。

关于屈宜臼其人,《淮南子·道应训》:"吴起为楚令尹,适魏,问屈宜若曰:'王不知起之不肖,而以为令尹,先生试观起之为人也。'"《说苑·指武篇》、明冯琦《经济类编》卷九十六、清马骕《绎史》卷一百〇五大同。《淮南子·道应训》高《注》:"楚大夫,亡在魏者

---

① 程公说,《春秋分记》,《四库全书本》,上海古籍出版社1987年版,第94页。
② 詹安泰,《论屈原的阶级出身、政治地位及其在文学上的作用》,《中山大学学报》1955年第2期,第94页。
③ 周建忠,《屈原考古新证》,上海师范大学博士论文,2004年版,第80-81页。
④ 雷学淇校辑,《世本》,《世本八种本》,中华书局2008年版,第42页。

也。"①《史记·韩世家》:"屈宜臼曰:'昭侯不出此门。何也？不时。'"裴骃《集解》引汉许慎语:"屈宜臼,楚大夫,在魏也。"②詹安泰《论屈原的阶级出身、政治地位及其在文学上的作用》:"比屈原稍前的有屈宜臼、屈原的父亲屈伯庸;和屈原同时的有屈匄、屈盖。"③

谨按:屈宜臼,即《淮南子·道应训》、《经济类编》卷九十六之"屈宜若",亦即《淮南子·道应训》之"屈子",亦即《说苑·权谋篇》、《太平御览》卷一百八十三之"屈宜咎",姓芈,本氏熊,别氏屈,名宜臼,祝融支族芈姓季连之裔,周文王师鬻熊之后,熊伯庸二十五世孙,屈原之曾祖,生卒年未详。其熟知典籍,善于辞令,主张"敦处笃行"(《说苑·指武篇》),是战国前期楚国著名的政治家和贵族文士,传世有《逆天道、戾人理,祸将至论》、《敦爱而笃行论》诸文。

四、孟胜事略考

关于孟胜其人,《吕氏春秋·上德篇》:"墨者钜子孟胜,善荆之阳城君。阳城君令守于国,毁璜以为符……(徐弱)还殁头前于孟胜。因使二人传钜子于田襄子。孟胜死,弟子死之者百八十三人。以致令于田襄子,欲反死孟胜于荆,田襄子止之曰:'孟子已传钜子于我矣,当听。'遂反死之。"④宋黄震《黄氏日钞》卷五十六、王应麟《汉艺文志考证》卷七、清马骕《绎史》卷一百〇三、陈厚耀《春秋战国异辞》卷三十、杨宽《战国史料编年辑证》卷四并载此事而全本《吕氏春秋》。

又,《庄子·天下篇》:"以巨子为圣人,皆愿为之尸,冀得为其后世,至今不决。"⑤《吕氏春秋·去私篇》:"墨者巨子腹䵍,居秦,其子杀人。"⑥唐陆德明《经典释文·庄子音义下》:"向崔本作钜……墨家号其道理成者为钜子,若儒家之硕儒。"⑦梁启超《先秦政治思想史·墨家思想》:"墨家钜子之名可考见者尚三人(孟胜、田襄子、腹䵍)。盖其制度与基督教之罗马法王极相类。……又颇似禅宗之传衣钵也。"⑧郭沫若《青铜时代·墨子的思想》:"墨家有'钜子',大概等于后世宗教的教祖。"⑨方授楚《墨学源流》:"(墨子)本人必

---

① 刘安著,高诱注,《淮南子注》,《诸子集成本》,上海书店1986年版,第189页。
② 司马迁,《史记》,中华书局1982年版,第1869页。
③ 詹安泰,《论屈原的阶级出身、政治地位及其在文学上的作用》,《中山大学学报》1955年第2期,第94页。
④ 吕不韦撰,高诱注,《吕氏春秋》,《诸子集成本》,上海书店1986年版,第243页。
⑤ 庄周著,郭庆藩集释,《庄子集释》,《诸子集成本》,上海书店1986年版,第467页。
⑥ 吕不韦撰,高诱注,《吕氏春秋》,《诸子集成本》,上海书店1986年版,第10页。
⑦ 陆德明,《经典释文》,中华书局1993年版,第403页。
⑧ 梁启超,《先秦政治思想史》,东方出版社1996年版,第186页。
⑨ 郭沫若,《青铜时代》,中国人民大学出版社2009年版,第130页。

为第一任。当然,钜子以禽滑厘在墨家地位之高……迨至孟胜,最少为第三任之钜子矣。"①

谨按:钜子亦作"巨子",高氏认为钜子、孟胜是二人,非也,"钜子"与"孟胜"是复指而非并列关系。就现存文献记载来看,墨家钜子主要有墨子、禽滑厘、孟胜、田襄子和腹䵍等人。他们是墨家组织的领袖,具有绝对的权威,是派内规章制度的主要制定者和执行者,后世的钜子为前世的钜子所指定,其他成员要绝对服从钜子。尤其是在钜子制实施之初,钜子是墨家集团的主心骨,有很强大的向心力和凝聚力。

则孟胜(前420—前381),墨家钜子,帝喾高辛氏元妃姜嫄子后稷弃之裔,季历之孙、文王姬昌庶子周公旦之后,姓姬,氏孟,名胜,重义守信,熟知典籍,素有令名,富有文才,为战国前期著名的墨家文士,传世有《不见符、力不能禁,不死不可论》、《以死行墨者之义、继其业论》诸文。

谨按:关于孟胜之生年,钱穆《先秦诸子系年·诸子生卒年世约数》定为公元前420年。兹从之,补证如下:

据《吕氏春秋·上德篇》、《贵卒篇》、《史记·孙子吴起列传》,楚悼王薨,宗室大臣作乱而射刺吴起于王尸前。悼王既葬,子肃王臧立,乃令人尽诛射杀吴起并中悼王尸者七十余家。阳城君参与此次事件,因畏楚肃王治罪而潜逃,于是楚肃王没收阳城君的封国。此当在楚悼王薨、楚宗室乱后不久而肃王令人诛杀射刺者之时。而恪守墨家道义的钜子孟胜既不见阳城君之符,又力不能禁,只有以死殉义。此事发生于楚悼王二十一年(前381)。阳城君既托付孟胜以重任,此时孟胜当不会太年轻。若以四十岁计算,上推四十年,当为公元前420年前后生。故从钱穆说。

综上所考,楚鲁阳氏为黄帝氏族部落集团支族帝颛顼高阳氏之裔,祝融八姓(陆终六子)氏族部落支族芈姓季连之后,出于周文王师鬻熊,因封地在鲁阳而得氏,战国前期世系为:楚平王(熊居)→公子结(司马子期)→公孙平、公孙宽、鲁阳文君……许氏为炎帝裔孙伯夷之裔,出于周武王裔孙文叔,姜姓,以国为氏,战国时期世系未详;楚屈氏为熊氏之别,出于熊杨之孙、熊渠长子熊伯庸(句亶王、句袒王),战国前期的世系为:屈建,屈庐,屈固;屈将;屈宜臼,屈(上);屈匄,屈原,屈景,屈易,屈犬,屈佗,屈(貉),屈逾,屈挚,屈惕,屈庚,屈为人,屈贮,屈宜,屈署;孟氏为帝喾高辛氏元妃姜嫄子后稷弃之裔,季历之孙、文王姬昌庶子周公旦之后,战国前期世系未详。此四族中有传世文学作品者有鲁阳文君、许行、屈宜臼、孟胜。此四子可谓是战国前期楚国作家群体的代表。

---

① 方授楚,《墨学源流》,中华书局1989年版,第118页。

索县古城建置源流考

湖南汉寿县屈原学会　傅利民

春秋以后，楚人开始大量进入沅澧流域，进一步开发洞庭湖平原江南濮地，国力日益强大。以索县为中心的古城域为屈氏家族封地，屈瑕被封为莫敖，食邑于屈地，世代享受莫敖的殊荣。两千余年过去了，"莫敖府"坐落何处？常德市鼎城区文物管理处马耀华主任曾介绍说：早在20世纪80年代，索县古城遗址就出土了新石器时代的麻面鼎足，说明早在4500多年前就有人在此繁衍生息。从出土的《鄂君启节·舟节》涉及的"木关"就是"莫敖府"，也就是现在索县古城邑遗址。战国中晚期后索县古城具备了设置郡治政治基础和条件，秦灭楚后，把黔中郡分置洞庭郡。黔中郡治设置沅陵，洞庭郡治设置索县古城，从里耶秦简出土证明这一点。学术界对此存在不同见解。特别是西汉建立后，改黔中为武陵郡，隶属荆州刺史部。以清学者阎若璩为代表的认为郡治在义陵，香港中文大学严耕望为代表的认为郡治设置"索县"，后升格为"荆州刺史部"。直至东汉末年，刘表任荆州刺史牧，出于个人安全考虑，才将荆州刺史部从索县古城移治湖北襄阳。索县古城从楚王国被分封屈氏家族后，索县古城历治近千余年，它都是集政治，经济文化、军事、交通的重镇。

由于时代久远，朝代更替，索县古城在东汉末期废弃，对索县古城昔日的辉煌和繁荣，似乎被世人遗忘。特别是从楚国到东汉这段历史源流少有人问津。

笔者根据传世的古文献资料，出土的古文物考辨。揭开索县古城的隐秘的面纱，让世人了解它建城的厚重历史文化底蕴及规模。现综合探讨考证如后。

一、莫敖府与木关府官署的探赜

夏商时代楚人已逐渐从北方南迁到湖北荆山一带，为解除楚王国对周王朝的威胁，周朝多次南征，最后一次全军覆没。楚国熊渠时更"甚得江汉民和"。征服了鄂国，三迁于鄂城，一度分封自己的儿子为王，公开与周天子分庭抗礼。

春秋以后，楚人开始大量进入沅澧流域，进一步开发洞庭江南，国力日益强大。公元前704年，崛起的楚王国熊通在诸侯各国还不敢称王时，就自号为楚武王。楚武王迁都至湖北枝江。三伐隋国，打败邓国，吞灭权国、罗国，与儿子屈瑕开发洞庭湖平原以汉寿为中心的濮地，威振江汉和洞庭沅澧之滨。《元和姓纂》唐宪宗元和年间，林宝所撰写屈瑕"食邑于屈,因氏焉"的记载。屈瑕开发洞庭湖平原后,基本上降服了南方诸国,拓地千里,为楚国中央集权的发展壮大打下了基础。楚武王与邓曼生屈瑕,屈瑕被封为莫敖,成为屈氏家族的直系祖先。屈氏家族是楚武王的后代,既是楚国宗室的旺族,又是楚国"著封"的大族。在几百年间为楚国做出了巨大贡献。从楚武王儿子屈瑕受封为屈侯,食邑于屈地,享受莫敖的荣耀。《楚郙客铜量》刻载:"连敖屈匀""连敖屈到"……屈氏家族则有十二位敖级人物,并世代相袭。莫敖,莫者,大也。敖豪音通。敖为部族的首领酋豪的通称。"敖"就是部族首领未称王前最尊之官的称号。楚武王把莫敖的尊号封给儿子屈瑕,世代享受"莫敖"的殊荣。

从春秋至战国,屈氏家族有"极目千里"的封地和"千乘"军队,范围涵盖洞庭周围沅澧流域各县,包括洞庭湖平原资江水畔的益阳、桃江,湘水边的长沙,湘阴及岳阳、君山、汨罗等广大地区。屈氏家族在 500 余年楚国历史的发展中,涌现了一批具有重大贡献,地位显赫的人才精英或文武大臣。这些"莫敖"级的重量人物,他们的"莫敖府"坐落到哪里?可以肯定它不在楚国郢都,应该是在他们的封地。

据历史文献记载,公元前 531 年左右,楚灵王(熊子围)荒淫残暴,穷兵黩武,大兴土木。在屈瑕的封地洞庭湖平原的华容县城建造章华台离宫,偏爱细腰,失信失民,众叛亲离,在乾溪玩乐时,郢都发生宫廷政变,楚灵王在饥饿中爬到申亥家,绝望中自缢而亡。

《左传·昭公十九年》,《史记·楚世家》载:楚平王(熊居)为国君后在常德桃源之间的白马湖筑采菱城。明朝嘉靖《常德府志》卷二记载:"采菱城县西七里白马湖",并引用南朝时萧梁汉寿人伍安贫《武陵记》:"其湖产菱……楚平王尝采之,有采菱亭。"清代嘉庆《常德府志》亦载:"府西五里白马湖,产菱甚美,楚平王尝采之,筑城于湖畔,又有采菱亭"。《太平寰宇记·朗州》卷 118 记载:"采菱亭,屈到采菱亭也"。

早于楚平王的屈到(莫敖)后为楚康王时令尹,嗜菱如命,要求儿子屈建(莫敖),在他死后一定要用白马湖的紫菱祭奠他。据《桃源县志》亦有记载:"古采菱城在县东 15 里,楚平王筑"。可见沅澧流域的常德、汉寿及广大地域是屈氏家族的封地。经过了几百年间的经营,已经稳定控制了西洞庭湖平原以汉寿为中心的屈地。

根据楚怀王六年(前 323)制《鄂君启节·舟节》铭文四枚记载:鄂君舟队经商路线及贸易活动情况。此节是 1957 年 4 月,安徽寿县农民在邱家花园取土时发现,为研究古代用节方法制度和楚国地理水陆交通及政治、经济状况,提供了珍贵资料,也为屈原活动的路线,索县古城就是楚国时莫敖府提供了确切的旁证。

《鄂君启节·舟节》路线:自鄂(往)(湖北鄂城)、逾沽(洞庭湖)滩(上),庚(今益阳附近),庚芑易(常德太阳山),逾滩、庚("往"邑的复合词,其地指西洞庭湖之域的城邑)逾(夏),内(湖北监利县附近),逾江,庚彭(强)庚松易(阳),内泸江,(今陆口镇),庚爱陲(陵)江,内湘,庚,庚易(阳)内(渫),庚(鄬),内资(资江)沅(沅水)澧(澧水)(油水)

江,庚木(木关、今汉寿境)庚郢(郢都)。

《舟节》铭文163字,记载了有150艘庞大商船队往来于洞庭沅澧流域沿岸城镇之间,形成了极为繁荣的贸易网络体系。常德地域的农业经济和商贸工交,在战国时都得到了空前的发展,沅澧流域已成为楚国后方的政治、经济、文化乃至军事战略重心。当时,沅水和澧水都可直通长江,沅水之尾的西洞庭湖的沧港古镇,索县古城亦在渐水流入沅水的交汇处,此地无疑是当时商贸船队经常往来的地方。根据郭沫若考证,"苞昜"就是常德市北30里的阳山(又名太阳山)。1956年5月湖南省博物馆在此附近的德山,清理了战国楚墓44座。1958年清理了67座,其中有13座是木棺椁墓,墓主地位较高,文化遗物极其丰富,m26出土了"正昜"铭文铜鼎。这一发现,印证了郭沫若考证的"苞昜"即"阳山"是正确的。

有专家学者考证,铭文中的"木关","木"与"莫"同音通用。故"木关"就是"莫关"。木关是雄伟壮阔的府关。是以屈瑕为先祖的屈氏家族世代相袭的莫敖府,也就是汉寿索县古城遗址。

唐元和元年(806)至十年,刘禹锡谪居朗州司马,曾踏寻索县古城遗址,并赋诗《汉寿城春望》并序:"古荆州刺史治亭,其下有子胥庙兼楚王故坟"。

> 汉寿城边野草春,荒祠古墓对荆榛。
> 田中牧竖烧刍狗,陌上行人看石麟。
> 华表半空惊霹雳,碑文才见满埃尘。
> 不知何日东瀛变,此地还成要路津。

显然,刘禹锡到索县古城游历,是古城作为荆州刺史治所的200多年后,汉寿古城早已荒草萋萋,荆榛遍地。他所见到的石麟,荒祠,古城前耸立的华表,但仍凸显当年的繁华和辉煌。"石麟",它是用石头雕刻的麒麟浮雕,在传说中的神圣动物作为王孙贵族的吉祥之物,立于宫殿或陵墓两侧。"华表"是矗立于宫殿、陵墓、桥梁等处,是古代建筑物中用于纪念、标志的立柱。有多种意见认为,它是源起远古部落图腾的标志。有的认为是上古时代的"谤木",相传尧舜为了纳谏,在交通要道和朝堂上树立木柱,鼓励人们写谏言,提意见等等。"华表"在几千年历朝的演变中,它的实用价值逐渐丧失,现存"华表"上的雕饰而为象征皇权的云龙纹所代替,成为了皇家建筑一种特殊标志。

如"承天门"(即天安门)的华表是明朝永乐年间建造,华表上饰了石犼(犼 hǒu):是龙的九子之一,民间传说这种怪兽有守望习性)。面朝北方,望着紫禁城,寓意是希望皇帝不要久居深宫不知人间疾苦,应该经常出宫体察民情,所以叫"望君出"。而天安门前面一对石犼面朝南方,寓意皇帝不要久出不归,不理朝政国事,故而叫做"望君归"。

除天安门外的华表,还有明十三陵、清东陵、西陵以及卢沟桥等处建有华表。几千年的演变,华表的竖立标志着一个城邑和地域的庄严,也是中华文化的魅力。更是中华崛起世界的标志。索县古城遗址建有华表,说明它的历史久远和繁荣,它是集政治、经济、军事、文化核心的古城,有别于其他古城邑的意义。

清人贺奇赋诗《汉寿城》:

割黔中为武陵郡,分索县为汉寿城。
渐水合流常自绕,荆州为治后方更。
春深禹锡留残句,日暮昭王悲古茔。
城址至今尚有迹,千年犹得著乡名。

这首诗透露了很多信息,这里要考辨的是"昭王墓"。可见这里是楚氏王族封地,索县古城就是当年的莫敖府,否则,楚王陵不会在索县城郊安葬。唐刘禹锡和清人贺奇诗中都写到了楚王陵。有学者认为是楚平王墓,贺诗中写到的是楚昭王墓。到底是父亲平王,还是儿子昭王墓呢,是父子二人之墓都安葬如此,还是后代贺奇诗人的舛误?笔者以为这都不重要,更要紧的是证明楚氏王族在此设立莫敖府官署,以及索县古城昔日辉煌与繁荣,它是楚王族集政治、经济、文化、军事地位的重镇。

刘禹锡诗的序中涉及了伍子胥祠。《吴越春秋》记载:伍子胥逃离楚国时与申包胥相遇说:"吾闻父母之仇,不与戴天履地,兄弟之仇,不与同域接壤,……今吾将复楚幸,以雪父兄之耻"。原楚人伍子胥,为吴国大夫。楚平王听信佞臣费无极之言,诱杀了伍奢、伍尚父子。伍子胥逃跑到了吴国,为报杀父兄之仇。楚昭王十年,他借助吴国军队打败了楚军,占领了楚国郢都。伍子胥复仇的对象是楚平王及其子昭王,这时楚平王已死,昭王被迫出奔,其间遭斗怀追杀。伍子胥掘开了楚平王之墓,鞭平王之尸三百以雪恨。这些历史事件的表露,故推测也在此发生。后来楚人申包胥,借助秦国的军队打败了吴国,恢复了楚国。才得以有楚国王朝的延续。也才有索县古城的伍陂岭的伍子胥祠。

从以上历史资料及文献透露的信息,索县古城即今日的汉寿当年的历史地位是不可忽视的。洞庭湖平原、沅澧流域是屈氏家族的封地。它是楚王族集政治、经济、文化、军事地位在南楚的重镇,屈原的故乡以汉寿为中心的认识,绝不是空穴来风,至少不是没有根据的臆断。

二、洞庭郡与黔中郡治的演替

秦灭楚后(前222—前221)始皇二十五年(一说二十六年)秦灭六国,统一中国,分天下为三十六郡。当今史学家载入历史教科书中,但三十六郡中只有黔中郡而不见洞庭郡。从里耶出土的秦简中,直称洞庭郡,苍梧郡。此二郡究竟是秦王朝始置,还是秦灭楚后承袭楚郡之名而置?它的郡治设在哪里?这是专家学者要探讨的重要话题。

汉寿古城"索"原隶属周王朝为楚黔中地。《史记》载"楚威王命将军庄蹻(qiāo)沿江略黔中以西"。《史记·苏秦列传》载:"苏秦向楚威王游说'合从'(纵)之策,曾论及楚国之强,楚天下之强国也,王天下贤王也。西有黔中、巫郡,东有夏州、海阳(广东潮安),南有洞庭、苍梧,北有陉(xíng)塞(河北古县名),郇(xún)阳(山西临猗县),地方五千余里,带甲百万,骑万匹,粟支十年,此霸王之资也"。苏秦这段游说,直接指出了楚国东西南北的疆域,并将西黔中、巫郡、南洞庭、苍梧相提并论。可见"黔中、巫郡、洞庭、苍梧"分别为楚国在今湖北、湖南等境,并互相无隶属关系的郡级地名。

《战国策·楚策》苏秦游说楚威王(前339—前329)。司马迁《史记》之所以一字不差地照搬完全相同记载,说明他当时能看到先秦所遗留下的这些古籍,也说明苏秦作为当时人说当时之事是可信的。《国策》虽是各国游说之士的策谋和言论汇编,其中有多许夸张、虚构之处,但作为地名应不会有误。《战国策·秦策》还记载,张仪说秦王曰:"秦与荆人战,大破荆,袭郢,取洞庭五都(渚)江南。荆王亡奔走,东伏于陈"。这段史料显然指的是公元前278年白起拔郢和竟陵以及第二年的蜀守若取巫地及江南为黔中郡这两件事。太史公在《苏秦列传》和《张仪列传》中均没录入此段内容。通检《史记》都不见秦取"洞庭"之事,这大抵有两种可能情形:其一是《秦策》取洞庭为衍文,秦人足迹此本未及洞庭,故司马迁不录。这种可能性最大。其二司马迁所见到的战国策文中并无秦取洞庭之事,只是到西汉晚期刘向整理《国策》时有新的发现才补入此事。无论对此史料如何解释,均说明战国时期楚国有"洞庭"之地是没有问题的。又据历史地理学的研究,战国时期的洞庭之地是河网密布的平原地带,而洞庭湖是在公元4世纪才形成的。东汉高诱对《战国策》所记"洞庭"作注时曰:"郢,楚都也。洞庭、五都(渚)江南,皆楚邑也"。这说明,洞庭是楚的一个邑,并不是洞庭湖,显然这里的洞庭同样是指洞庭郡,而不是指洞庭湖。

"洞庭湖"在先秦时代因有九水汇入,被称为"九江",后称巴丘湖或青草湖。从《鄂君启节·舟节》只称为"沽",即古水也。《山海经·中山经》"洞庭之山,帝之二女居之,是常游于江渊。澧沅之风,交潇湘之渊,是在'九江'间,出入必飘风暴雨"。明确指出了"九江"的位置在澧沅,潇湘之域。

屈原的骚赋中多次同样记载有:"驾飞龙兮北征,邅吾道兮洞庭。"(《湘君》)"溺溺兮秋风,洞庭波兮木叶下。"(《湘夫人》)"上洞庭而下江。"(《哀郢》)

从里耶出土秦简牍的邮检"迁陵以邮行洞庭","毋死戍洞庭郡,不知何县署","酉阳迁陵",以及封泥"迁陵丞印",足以证明史籍所载洞庭郡之辖县,鄢至迁陵途经各县的里程数。

据里耶秦简牍 jI(16)52 号简文载：

鄢(含湖北宜城境)到销(钟祥县北)百八十里。

销到江陵(今荆州市)二百四十六里。

江陵到孱(càn)陵(今湖北公安、湖南南县、华容、岳阳、安乡、澧县等)百一十里。

孱陵到索(今常德鼎城区韩公渡城址村,古汉寿境)二百九十五里。

索到临沅(今常德市)六十里。

临沅到迁陵(今湖南龙山保靖县境)九百一十里。

凡四千四百四十四里。(按:古三里约等于今二里,据张中一先生考证,"里"指"村落"。不是"量词"。)

还从里耶简文中载:"出弩臂四,输益阳。出弩臂三,输临沅。"从简文中看来益阳桃江应该同属洞庭郡。(按:桃江县是 1950 年才从益阳划分设县。)

秦对楚的兼并是凭借着"得蜀则得楚,楚亡则天下并矣"的战略意义。有主要两条进军路线:一条是从丹江、汉水往东以进;夺取江汉平原设立南郡。一条是凭借巴蜀之地从酉水往东以进,夺取楚江南地设立黔中郡。秦惠文王时,司马错建议,首先夺取蜀国"取其地足以广国","得其财足以富民缮兵",可以"利尽西海"。《史记·秦本纪》载,秦昭襄王二十七年(前 280),"司马错发陇西,因蜀攻楚黔中,拔之"。《华阳国志·蜀志》也记载此事,"司马错率巴蜀众十万,大舶船万艘,米六百万斛,浮江伐楚,取商于之地,为黔中郡"。《华阳国志·巴志》载:"周慎王五年(前 316)……马司错自巴涪水取楚商于之地为黔中郡地"。这是秦首先攻楚之黔中郡。秦昭襄王三十年(前 277),又派蜀郡守张若再度攻楚,"蜀守若伐楚,取巫郡及江南为黔中郡"。这说明公元前 280 年司马错攻取黔中后,楚又曾夺回了黔中,所以才有公元前 277 年蜀守张若再度伐楚取巫郡及江南的黔中郡。然而在第三年楚国再次收复部分失地以拒秦。《史记·楚世家》载:"楚顷襄王二十三年(前 276)襄王乃收东地兵,得十余万,复西取秦所拔我江旁十五邑以为郡,拒秦。"

通过对上述文献梳理可知,按苏秦所说楚疆域的东西南北方位,是以楚之郢都为中心。说明秦代将洞庭平原至湘西武陵山区均置为洞庭郡。其洞庭郡之名应是源自楚洞庭郡旧名,却由秦黔中郡分置。笔者认为楚国至迟在楚威王时已有洞庭郡,楚秦郡之间有一定渊源关系。司马错、张若先后两次凭借巴蜀之地沿乌江、酉水攻楚,均是夺取黔中郡。但还未占领洞庭郡。从考古发现印证。里耶古城是战国中晚期楚国极西地区的一座边城。黔中郡郡治应在沅陵县西约二十公里的太常乡窑头村,城址处于酉水入沅水的汇口处。从地理位置判定,武陵山脉以西为黔中郡,武陵山脉以东的洞庭湖平原即楚之洞庭郡。洞庭郡治所设置何处？学术界有不同的认识,赵炳清先生认为设置在临湘,王焕林先生考证临沅,徐少华、李海勇先生考证在沅陵,钟炜先生认为沅水下游的采菱城或长沙(楚县),也有学者认为治所设置临沅,因索城和临沅相距只有四十里地,又距楚国之东方,研究者把两城混淆,误把临沅当作故治。

洞庭郡治所"索县",所辖十县:索县、迁陵、酉阳、临沅、阳陵、零陵、昆阳、屖陵、竟陵、醴阳县。洞庭郡西界,应当位于湘西酉水流域以西。最远不会越过巴郡东界。洞庭郡东北界,当与南郡之南界相接。最远不会越过澧水流域。洞庭郡东南界,简文中"益阳"县《汉志》属长沙国。从简文从属关系"益阳"、"临沅"同属洞庭郡。考虑到湘水以东的攸县属苍梧郡,故推断秦洞庭、苍梧两郡很有可能以资水为界。

楚洞庭郡北部凭借长江天险,西部扼武陵山地,一直坚持到最后一个楚王负刍时,秦才以"荆王献青阳以西,已而叛约"为借口,召王翦将大军击楚,掳楚王负刍,遂定江南地。秦夺取江南地后,重新划分,一部分划归南郡,一部分划归巴郡。洞庭湖平原及以西的整个湘西北则归洞庭郡。

因此,里耶秦简只记洞庭郡、苍梧郡、巴郡和南郡,而无黔中郡。西汉时,洞庭郡改为武陵郡。这便是楚秦洞庭郡和黔中郡演变的来龙去脉。

三、武陵郡与义陵郡治的变迁

战国时期,武陵地域开始纳入楚国版图,第一个行政区域是楚黔中郡。杨宽在《战国史》中说:楚黔中郡因黔山得名,辖境有今湖南西部及贵州东北部,设置至迟在楚威王时期。《元和郡县志》卷三十一说:秦黔中郡故城在沅陵。城址总面积约为67000平方米。

西汉建立以后,改黔中郡为武陵郡,隶属荆州刺史部。"武陵"这个名词在历史上长期使用。何谓"武陵",《后汉书·先贤传》载:"太守赵厥问主簿潘京(汉寿人):贵郡何以名武陵'?潘京答道:'鄙郡本名义陵,在辰阳县界,与夷相接,为所攻破。光武时东移出,遂得见全。先识易号',《左传》曰:'止戈为武,高平曰陵'。于是改名焉。"武陵郡设置时间,《水经注·沅水》载:"汉高祖二年(前205)割黔中故治为武陵郡。"

西汉武陵郡治的地望,《汉书·地理志》标示索县,但清人阎若璩先生据《元和志》主张在义陵(今溆浦),清儒及近代学者多有从之,谭其骧先生主编的《中国历史地图集》亦沿袭标于义陵。通过考古和文献资料考辨,西汉武陵郡治应在索县,王莽时期曾迁治义陵。

阎若璩先生依据《元和郡县志》:"汉改秦黔中郡为武陵郡,移治义陵,今辰州溆浦县。则义陵郡治矣。"根据香港中文大学严耕望先生认为阎说依据《元和志》,此文时代不明。何况《元和郡县志》晚于《汉书·地理志》成书七百余年的记载,在缺乏其他史料佐证的情况下,否定颇为经典的《汉书·地理志》的记载。恐有审慎不足之嫌。他还指出谭其骧先生地图编辑认为,《汉书·地理志》武陵郡首书"索县",可能是错简所致。而把排在十位的"义陵"放其首位,作为郡治是审慎不足的。严先生论述《汉书》,乃据西汉平帝始之版籍,其首列之县即为西汉末各郡国治所。绝无例外。

《汉书·地理志》记载:武陵郡,户34177,口185758。县十三:索(汉寿)、孱陵(湖北公安、安乡、澧县等)、临沅(常德)、沅陵、镡成(今洪江、黔阳、靖县境)无阳(今芷江境)、迁陵(今龙山、保靖境)、辰阳(今辰溪、麻阳、花垣等境)、酉阳、义陵(今溆浦境)、佷山(读音"很"今湖北长阳境)、零阳(今澧县、慈利等境)、充(今大庸、桑植等境),它从沅水、澧水下游经济相对发达的汉族人口居住地域的县份,逐步向中、上游山地经济相对落后的少数民族地域的县份记载排序。如排列最前的"索、孱陵、临沅"三县,即今沅水,澧水下游的常德、汉寿、桃源、澧县、临澧、津市、安乡、湖北公安等地。当时均属汉族人口聚集居住的地域。此三县之后沅陵、镡成、无阳、迁陵、辰阳、酉阳、义陵均为沅水中上游县份。零阳、充属澧水中上游,佷山属湖北清江流域。此十县当时均为少数民族(武陵蛮)居住的山地县份。经济相对也落后一些。我们不难看出《汉书·地理志》关于武陵县份的记载排列不是杂乱的,而是有序的。不似有错简的迹象。

从有关考古资料,文献资料记载以及当时武陵地域历史背景悉知,西汉武陵郡应治在索县。从当今索县故城和义陵县故城,皆有明确的遗址及考古资料发现。这又是为什么呢?

先察看索县古城遗址资料。据《常德地区志·文物志》记载:"索县汉代城,位于常德市(西汉临沅县治所)东门外30公里处的断港头乡城址村(现改名鼎城区韩公渡乡)……该城分大小二城,坐北朝南向,东为大城,西为小城,中间有城垣相隔。大城南北宽600米,东西长600米。小城南北600米,东西300米,两城总面积为54万平方米,现残存城垣为黏土夯筑,残高3—4米,宽仅12—18米。有东西南北门,城四角有瞭望台,残高7—8米。城四周有明显的护城河,宽30米左右……索县古城有学者认为早在西汉初年建成。在索城近郊周边今已发掘楚和西汉墓葬156座,已探明的汉墓500余座。据笔者推测索县建城应早于西汉时的楚氏屈族的莫敖府。东西大小城垣分开应该是官署和商业区的隔离。1980年在索城东南的南坪岗汉墓中曾出土一枚"索左尉印"滑石印章。

我们再察看义陵郡遗址故城史料,义陵县故城坐落在今溆浦县马田坪乡梁家坡村西北。平面呈长方形,东西残长500米,南北残宽350米,夯土墙残高3米,宽4—7米。护城河遗迹尚存。据清乾隆《溆浦县志》载:"汉高祖五年(前202)置义陵县于此,从义陵城附近地域共发掘54座西汉墓葬,均为中小型墓。其中晚期墓44座,中期墓3座,早期墓7座。"

武陵郡治和义陵郡治相比较,索县故城的面积是义陵故城的3倍有余,城墙宽度2倍有余,规模格局大大超出义陵。索城周边发掘的楚和西汉墓葬也多于义陵近2倍。二城比较谁为当时的郡治应很明确。

早于《元和志》三百年成书的《水经注》记西汉武陵郡则云："沅水又东径临沅县南……县治武陵郡下,本楚之黔中郡矣……汉高祖二年,割黔中故治为武陵郡,王莽更之建平郡。"《水经注》它否定了西汉武陵郡治于义陵,而认为是治于与索县相距仅30公里的临沅(今常德市)。

唐刘禹锡贬朗州(今常德)为司马,朗州作诗《武陵书怀五十韵》序中写道:"按《天官书》武陵当翼轸之分,其在春秋战国皆楚地。后为秦惠王所并,置黔中郡。汉兴,更名曰武陵,东徙治于今治所。常林《义陵记》云:初,项籍弑义帝(楚怀王孙心)于郴,武陵人曰:'天下怜楚而兴,今吾王何罪乃见杀'?郡民缟素哭于招屈亭。高祖闻而义之,故亦曰义陵。永贞元年,余贬为是郡司马,至则以方志所载而质诸人民……乃具所闻而成是诗。"刘禹锡在此《序》中明确地说:"西汉兴立后,更秦黔中郡为武陵郡",从秦黔中郡(治今沅陵)"东徙治于今治所"(今常德),同时也叙释武陵又为何别称义陵的原因。

从武陵郡历史背景考察,古代郡治当设于境内经济相对发达,人口较为集中,交通最为便利的地方,从当时的历史背景,武陵索县治条件绝对优于义陵。索县地处沅水尾闾洞庭湖冲积平原。春秋战国为楚人所开拓,而成为楚王国的封地,楚设洞庭郡于索县。洞庭湖两岸经济最为发达,人口稠密集中。今境内发现春秋楚墓计达千余座。交通便利,地理位置十分重要。水路北通澧水、长江,东达洞庭及湘、资诸水。西南水陆则与巴蜀,五溪和滇黔连接。后世旧志云:左包洞庭之险,右控五溪之要,湘西之门户,云贵之咽喉。

义陵则地处沅水中游山地,春秋战国虽经楚人开化,其自然和经济条件相对落后萧条。不能设想郡治会设置于义陵一带"荒蛮"之地。

前人对《元和志》不确切的记载,后人在历史文献中多予以纠正。明代陈洪谟撰《嘉靖常德府志》卷一《地理志·沿革》云:"高帝初,更黔中为武陵郡,后改义陵,治索县。"清初顾祖禹撰《读史方舆纪要》卷八十《常德府》云:"秦置黔中郡,汉改武陵郡,治索县。后汉因之,治临沅……汉寿城,县东四十里,本汉之索县,武陵郡治焉。"清同治年间,陈启迈撰《武陵县志》卷八《地理志·城池》云:"汉寿城,县东六十里,本汉索县城,武陵郡治焉。汉顺帝更名汉寿,移荆州刺史治于此,俗名崆垅城,悉为居民田业,遗址尚存。"

通过以上考古,文献和历史背景等方面资料综合考证。西汉武陵郡治应置索县古城无疑。

王莽时期(9),王莽登基,改国号为"新莽"。他承继了西汉后期被弄得破败不堪的政治局面,为了缓和日益加剧的社会矛盾,继续推行那附会《周礼》的"托古改制"。曾将武陵郡治迁于义陵。《汉书·地理志》载:"武陵郡,高帝置,莽曰建平(郡)……义陵,莽曰建平(县)"郡与县同名,反映其时已迁治义陵。公元23年,刘秀建立东汉以后,把王莽更易的郡、县名称恢复为原名。东汉建武六年(30)郡治被武陵蛮攻占,反叛平息后,朝廷将郡治迁于索县。建武二十年(44)为镇压少数民族的反抗,武陵郡郡治移临沅(今常德鼎城区长茅岭乡)。

四、索县古城的鼎盛与沦殇

据史料记载表明,武陵郡治移到临沅,东汉时索县古城升格为荆州刺史治所,今遗址也应为东汉时期规模,而恐非西汉原貌。可见古城规模已符合升格的政治基础和条件。

公元134年,汉朝已经处于东汉中期,当时"江南宗贼"势力强盛。足以与地方官府相抗衡,朝廷为了加强对江南地域的有效控制,将荆州刺史治所从江陵迁移至索县。并改索县为汉寿县。从当时荆州管辖的范围来看,索县地也正处于荆州的中心位置。索县古城由西汉时的郡治所,升格为京城以下州的首府。地辖今湖北、湖南两省及河南、广东、广西、贵州等省的一部分,成为当时中南地域的政治、经济、军事、文化中心城邑。

刺史是州的长官,汉武帝元封五年(前106),全国设十三部(州),其主要职责是巡察下属郡国政务,年终遣吏到京城向司徒府汇报,劾奏不称职的郡国长官。开始刺史没有固定治所。出于巡察方便和交通条件的限制,各州之间多以大山河川为界,避免翻山渡水的麻烦。

荆州刺史部,掌察史举荆州1国6郡115县,长沙国(13县)、南阳郡(36县)、南郡(18县)、江夏郡(14县)、桂阳郡(11县)、武陵郡(13县)、零陵郡(10县),东汉末期,朝廷始将州刺史改为(州、牧),"州"遂成为一级行政区划。这样,秦汉时期的郡、县二级制度变成了州、郡、县三级制。武陵郡辖于荆州。献帝初平元年(190),王睿任荆州刺史,因天下大乱,群雄并起,原长沙太守孙坚因挟私怨逼迫王睿自杀。为了平定洞庭湖平原这一广大区域的战乱。朝廷任命刘表为荆州刺史。来荆州治之前,刘表任北军中侯(掌管禁军官职),当时,他以大智大勇,单人独骑地进入宜城。找到南郡望族蒯氏兄弟蒯良与蒯越。刘表在二蒯的支持下,并以诈谋平定荆州"江南宗贼",后来,又平定了江南的零陵、长沙等郡,扭转了荆州混乱局面。鉴于刘表迅速地掌控住这片区域,故朝廷晋升其为荆州牧,镇南将军,封成武侯。

汉代学者扬雄在作《箴》中就曾告诫道:"包荆与楚,风剽以悍,气锐以刚,有道后服,无道先强。"荆楚大地,民风剽悍,但凡有血亲之仇,哪怕刀山火海,受害人的家族子弟都会舍命追偿。刘表来到荆楚大地,举手之间,杀了几十个江南豪族大姓首领。刘表日夜忧惧如此众多的仇家,他们会不惜血本来取他的首级,待在汉寿城是非常危险的,他出于个人安全考虑,将荆州牧治所移襄阳。

刘表割据荆州,治理有声有色,"开工遂广,南接五岭,北据汉川,地方数千里,带甲十余万"。他是东汉晚期仅次于袁绍、袁术兄弟的一股强大封建势力。

东汉末年,赤壁之战后,刘备占领了荆州武陵、长沙等四郡。219年,关羽大意失荆州,孙吴大将吕蒙率军夺得荆州。此后,武陵郡长期属吴,直到280年吴亡归晋。吴国统治时期,荆州治所迁徙到今湖北江陵。

由此史料推断,汉寿城作为荆州刺史治所应是在134年至190年,共57年时间。因黄河流域的某些经济发展受到地理条件约束,相对江南有衰落的迹象。江南地区由于具有发展农业的优越条件,更多的北方人迁徙到江南。他们也给江南地区带来了劳动力和先进生产技术,加之当时江南战争相对较少,社会秩序比较安定,人口急剧增加,洞庭湖平原地区成为当时新的经济发达区域,索县应该是当时江南地区发展的典型,也是索县古城发展的鼎盛时期。

综上所述,战国时代索县地是秦楚争夺之域,这里留下了大量的楚秦古墓和出土文物。

索县古城从战国时期到东汉末年,从楚王国的莫敖府到东汉晚期的荆州刺史治所,经历了一个漫长而又光辉的历程。它以其地物产丰富、人杰地灵,以其历史悠久文化灿烂而骄傲。

索县古城遗址重要的历史、科学、艺术和文化价值,我们有理由保护好古城遗址,为常德市历史文化名城增添一朵奇葩,还需进一步发掘其古城的文化价值内涵。

昆仑地望阴山说

鞍山师范学院中文系　逯宏

昆仑,是中国古代神话特别是《楚辞》中最重要的神境。有关它的地望,历来聚讼纷纭。有人认为它是今日青藏高原上的昆仑山;有人分别推断它是巴颜喀喇山、冈底斯山、祁连山、岷山、贺兰山、秦岭、泰山、王屋山、浮丘山;有人分别考定它的位置在内蒙古鄂尔多斯、青海湟水源头地区;也有人猜测它在西亚的两河流域、印度境内;还有人认为它不是自然的高山,而是一座人工建筑物。昆仑虽是古代神话中的概念,但地理上必有原型。下面对昆仑原型的地理位置略作考证,以求教于方家。

一、三山证昆仑

在中国早期文献中,昆仑的位置偏西;但它在远西还是近西却有分歧。《史记》载:"汉使穷河源,河源出于寘,其山多玉石,采来,天子案古图书,名河所出山曰昆仑云。"[①]故昆仑在西域诸说往往出自汉武帝以后。实际上,汉武帝只是对当时地理新发现进行了"命名",这并不是对对古图书的"考实",因此其说不足据。至于昆仑在西亚的两河流域、印度境内等说,更是脱离中国文献远矣。

《禹贡》是中国现存最早的地理书,其中已经出现"昆仑"一词:"黑水、西河惟雍州。……织皮昆仑、析支、渠搜,西戎即叙。"[②]昆仑、析支、渠搜三地并列,都以毛织品和兽皮为衣服,彼此应当相距不远。《汉书·地理志》载,朔方郡有渠搜县,其地在今内蒙古包头附近,故昆仑离此地也不会太远。郑玄发现《禹贡》与汉代流行的有关昆仑之说不同,指出:"另有昆仑之山,非河所出者也。"(孔颖达《尚书正义》引)李炳海先生根据郑玄的论断,并参以其他文献记载,认为:"昆仑的地望是在今内蒙古境内黄河南岸的鄂尔多斯地区。"[③]愚以为,李炳海先生据文献得出来的结论非常有价值,参校近年来的考古新发现,昆仑地望应在与鄂尔多斯毗邻的黄河北岸阴山地区。

《山海经》有关昆仑的记载丰富,许多地名都可以作为昆仑的参照物。根据已知位置明确的参照物来推断昆仑地望,无疑是简便可行的方法。

---

① 司马迁,《史记》,中华书局1959年版,第3173页。
② 十三经注疏整理委员会,《尚书正义》,北京大学出版社1999年版,第154－157页。
③ 李炳海,《昆仑地望及东夷文化区的西限》,《东岳论丛》1992年第2期,第101页。

首先，最便于确定昆仑地望的是雁门山。《海内西经》载："昆仑南渊深三百仞。开明兽身大类虎而九首，皆人面，东向立昆仑上。……开明东有巫彭、巫抵、巫阳、巫履、巫凡、巫相，夹窫窳之尸，皆操不死之药以距之。窫窳者，蛇身人面，贰负臣所杀也。"①而《北山经》载："少咸之山，无草木，多青碧。有兽焉，其状如牛，而赤身、人面、马足，名曰窫窳，其音如婴儿，是食人。敦水出焉，东流注于雁门之水。"②这说明，昆仑以东有少咸山（上有窫窳），少咸山以东有雁门山。雁门山在山西北部的代县，此地正西方向是黄河南岸的鄂尔多斯地区。但是，这一地区除西部靠近宁夏的桌子山外，岩层基本水平，地貌以高地、沙地、丘陵为主，与"方八百里，高万仞"（《海内西经》语）的昆仑相去甚远。与鄂尔多斯隔河相望的阴山山脉，却完全符合昆仑"南渊深三百仞"（《海内西经》语）的地貌特征——阴山山体南北形态不对称，北坡较缓，逐渐过渡到内蒙古高原；南坡陡峭，高差甚大，形成天然屏障，以巨大断层与河套平原绝然分开，留给人的印象深刻。

其次，最接近昆仑的是钟山，也可以作为参照。《海内西经》载："流沙出钟山，西行又南行昆仑之虚。"③这表明，昆仑位于钟山西南，钟山处在昆仑东北。如果能确定钟山的位置，昆仑的地望就清楚了。《海外北经》载："钟山之神，名曰烛阴，视为昼，瞑为夜，吹为冬，呼为夏，不饮，不食，不息，息为风，身长千里。在无晵之东。其为物，人面，蛇身，赤色，居钟山下。"④而《淮南子·坠形训》载："烛龙在雁门北，蔽于委羽之山，不见日，其神人面龙身而无足。"⑤据此，钟山即是委羽之山，应在雁门之北。雁门山之北，广义上均属于阴山山脉东段，但东部偏北的大马群山与中部的大青山有明显的断裂。据此，钟山当指大马群山，而昆仑指大青山。

最后，北岳恒山也是重要的参照物。《西山经》描述槐江之山时写道："南望昆仑，其光熊熊，其气魂魂。西望大泽，后稷所潜也；其中多玉，其阴多榣木之有若。北望诸毗，槐鬼离仑居之，鹰鹯之所宅也。东望恒山四成，有穷鬼居之，各在一搏。"⑥据此，昆仑应在恒山之西。恒山同纬度正西方，是鄂尔多斯高原东北的准格尔旗一带。正如上文所述，鄂尔多斯地貌不符合昆仑的特征，与此地隔黄河相望地大青山（阴山东段）才具有昆仑"南渊深三百仞"的特征。另外，今阴山山脉西段为狼山，中段为乌拉山，东段为大青山、大马群山，而在狼山与乌拉山之间的河套地区，有一大片被今人称为"乌梁素海"的水域。乌梁素海，很可能就是《西山经》中讲到的西方"大泽"。据此，西有大泽（乌梁素海），东有

---

① 袁珂校注，《山海经校注》，上海古籍出版社 1980 年版，第 298–301 页。
② 袁珂校注，《山海经校注》，上海古籍出版社 1980 年版，第 76 页。
③ 袁珂校注，《山海经校注》，上海古籍出版社 1980 年版，第 292 页。
④ 袁珂校注，《山海经校注》，上海古籍出版社 1980 年版，第 230 页。
⑤ 刘文典撰，《冯逸等点校》，《淮南鸿烈集解》，中华书局 1989 年版，第 150 页。
⑥ 袁珂校注，《山海经校注》，上海古籍出版社 1980 年版，第 45 页。

恒山,中间的"昆仑"只能在阴山山脉的乌拉山、大青山一带。

二、四水明地望

上古神话中昆仑的地望,除了雁门山、钟山、恒山可以参照外,还有四条水可以辅助证明,这就是河水、赤水、洋水和黑水。《西山经》载:"昆仑之丘,是实惟帝之下都……河水出焉,而南流东注于无达。赤水出焉,而东南流注于汜天之水。洋水出焉,而西南流注于丑涂之水。黑水出焉,而西流于大杅。"①

河水,特指黄河,古今基本无疑义。"河出昆仑"是昆仑地望西域诸说的重要依据,这是否与"昆仑地望阴山说"相矛盾呢?愚以为,两者不仅没有矛盾,而且"河出昆仑"还是此说的铁证。阴山南麓有很多河流,它们绝大多数都汇入黄河了。在远古先民看来,这些来自阴山的黄河支流与发源于青藏高源的最长的支流(即所谓干流)没有多少区别。这是因为,远古先民的地理经验主要来自直觉观察,他们还没有上升到精确勘测、准确定义的理性高度。另外,《西山经》说河水出昆仑以后,"南流东注于无达",这"南流""东注"与"向东南流"意思不同,而黄河主道的全部走势中,只有从阴山南麓到陕西华山这一段是自北向南流的。所以,说"河出昆仑而南流",这"昆仑"不是阴山又能是哪座山呢?

赤水,《山海经》中多次提到过。据"赤水出焉而东南流注于汜天之水"(《西山经》语),此河应在阴山东段的东南。又《大荒北经》载:"有钟山者。有女子衣青衣,名曰赤水女子(献)[魃]。……西北海之外,赤水之北,有章尾山。有神,人面蛇身而赤,直目正乘,其瞑乃晦,其视乃明,不食不寝不息,风雨是谒。是烛九阴,是谓烛龙。"②这里的"海"指渤海,"西北海之外"是指渤海西北,也就是阴山山脉的东南部。前文提到,"烛龙"是钟山之神,故章尾山就是钟山,即今天的大马群山。此山南面现为赤城县,其地历史甚久,因境内山石色赤而得名。《水经注》载:"赵建武年,并州刺史王霸为燕所败,退保此城。城在山阜之上,下枕深隍,溪水之名,借以变称,故河有赤城之号矣。"③赤城县境内有条河,今名为红河,"因其流经铁矿,河水呈红色而得名"。④ 另外,此地距传说中黄帝战蚩尤的涿鹿地区不足70公里,而《读史方舆纪要》载:"赤城堡,……其地有古赤城,相传蚩尤所居。"⑤又,《庄子·天地》载:"黄帝游乎赤水之北,登乎昆仑之丘而南望,还归,遗其玄珠。"⑥所以,综合相关文献与当地水文、地貌特征来看,赤城县境内的红河,即是《山海

---

① 袁珂校注,《山海经校注》,上海古籍出版社1980年版,第47-48页。
② 袁珂校注,《山海经校注》,上海古籍出版社1980年版,第434-438页。
③ 郦道元著,陈桥驿校证,《水经注校证》,中华书局2007年版,第337页。
④ 赤城县志办,《赤城县志》,改革出版社1992年版,第120页。
⑤ 顾祖禹,《读史方舆纪要》,上海书店出版社1998年版,第139页。
⑥ 郭庆藩撰,王孝鱼点校,《庄子集释》,中华书局1961年版,第414页。

经》中的古赤水。

洋水,当是今张家口地区的洋河。洋河古称延水或延河,发源于内蒙古自治区兴和县的东洋河,汇合南洋河,西洋河后称洋河,自西南方流经宣化,而后折向东南,至怀来双树村附近,与桑干河汇合为永定河。《水经注》引《魏土地记》曰:"下洛城东北三十里有延河东流,北有鸣鸡山。"①另外,《水经注》又载:"《魏土地记》曰:下洛城东南六十里,有涿鹿城,城东一里有阪泉,泉上有黄帝祠。《晋太康地理记》曰:阪泉亦地名也。泉水东北流与蚩尤泉会,水出蚩尤城,城无东面。《魏土地记》称,涿鹿城东南六里有蚩尤城。泉水渊而不流,霖雨并则流注阪泉,乱流东北入涿水。"②综上,洋河、延河、延水,与《西山经》的"洋水"音近可通,其地域又极接近黄帝战蚩尤的古战场——阪泉和涿鹿,而黄帝正是昆仑神话的主神之一。所以,《西山经》的洋水即今日张家口地区的洋河。

黑水,当是呼和浩特地区的大黑河。此河将山区的腐殖层冲刷而下,致使河水浑浊而色黑,故被称为大黑河。《归绥县志》载:"大黑河,在城南二十里,即《水经注》之荒干水(一作芒干)。有二源,一出武川东南速力兔、甲拉兔二村之西山,一出武川上高速太之北山。自东北而西南,至下拐角铺合流,绕县南,复纳众水,至北园子,经托克托县入黄河。"③历史上,此河并未直接流入黄河,《水经注》载:"芒干水又西南注沙陵湖,湖水西南入于河。"④愚以为,《西山经》所谓"黑水出焉而西流于大杅",即是指此河西流注入大湖之中。所以,从水文特征、河名、流向来看,《山海经》记载发源于昆仑的黑水,当是今天呼和浩特地区的大黑河。

三、岩画透玄机

在人类文明史上,种植业在金属农具出现前发展水平极低。相比之下,通过狩猎和游牧等方式获取生活资料更为方便、快捷。所以,距今约6000—4000年,东亚文明正处于狩猎经济的鼎盛时期。东西绵延千里的阴山山脉,横亘于蒙古草原的中南部,这里是中国古代北方游牧部落繁衍生息的沃土,也是先民寄托原始宗教信仰的精神家园。几千年的光阴过去了,漫漫荒草早已掩盖住先民的历史足迹,但是,凿刻于悬崖峭壁上的阴山岩画,依旧无声地诉说着往昔的繁荣。

研究岩画的著名学者宋耀良先生认为:"中国人面形岩画主要出现在三条分布带上,一是北部草原与平原交界处,二是东部沿海地区,三是中部溯内蒙古、宁夏境内的黄河而

---

① 郦道元著,陈桥驿校证,《水经注校证》,中华书局2007年版,第322页。
② 郦道元著,陈桥驿校证,《水经注校证》,中华书局2007年版,第322页。
③ 郑裕孚,《归绥县志》,成文出版社1968年版,第89-90页。
④ 郦道元著,陈桥驿校证,《水经注校证》,中华书局2007年版,第80页。

南下。"①其中,北部草原与平原交界带的人面岩画分布最为密集。这条分布带位于北纬40—42度之间,东起内蒙古赤峰地区的克什克腾旗,中经阴山山脉,西至内蒙古西部巴丹吉林沙漠的弱水流域。愚以为,阴山岩画透露了三点玄机:

一是分布范围与《山海经》中的昆仑吻合。宋耀良指出:"这一有着茁壮生命力的岩画符式(阴山人面岩画),未能渡过一条半干涸的沙漠河流——弱水。在弱水的西岸,存在着众多的动物和狩猎岩画,却没有人面形岩画;再往西到新疆境内的天山一带,岩画多达数万计,可至今未有一幅人面形岩画被发现,那儿只存在中亚的阿尔泰系统的岩画。"②而《大荒西经》载:"西海之南,流沙之滨,赤水之后,黑水之前,有大山,名曰昆仑之丘。有神——人面虎身,有文有尾,皆白——处之。其下有弱水之渊环之,其外有炎火之山,投物辄然。"③弱水是昆仑神境内外的边界,这与阴山人面岩画以弱水为限相一致。

二是阴山上古文化与辽西红山文化关联密切。阴山山脉与赤峰地区人面岩画具有相同的因素,属于同一条岩画分布带。而赤峰地区,正是20世纪考古发现的红山文化腹地。考古学家苏秉琦先生认为:"五帝时代以距今5000年为界可以分为前后两大阶段,以黄帝为代表的前半段主要活动中心在燕山南北,红山文化的时空框架,可以与之对应。"④黄帝是昆仑神话的主神之一,而阴山东段大青山与大马群山之间,正是传说中黄帝战炎帝和蚩尤的古战场——阪泉与涿鹿。另外,《海内北经》载:"帝尧台、帝喾台、帝丹朱台、帝舜台,各二台,台四方,在昆仑东北。"⑤如果昆仑主峰在阴山山脉东段,其东北正是内蒙古赤峰、辽宁朝阳等红山文化的核心地域。红山文化牛河梁遗址发现多座规模巨大的方形积石冢,而"帝尧台、帝喾台、帝丹朱台、帝舜台"无疑也应当是人工建筑,考古发现的四方形积石冢与《山海经》所载的诸帝四方台在时间、空间、形状方面都是吻合的。

三是阴山岩画与中原上古文化关系密切。研究岩画的学者盖山林指出:

> 狩猎的鼎盛时期,距今约6000—4000年。阴山的大批狩猎岩画应多数属于这一时期。反映猎人原始宗教信仰的人(兽)面像,萨满师的祈祷场面,自娱和娱神的舞蹈场面,都应归于此期。……人面像、兽面像是这一时期的主要题材。阴山各地磨刻的人(兽)面像,风蚀较甚。此类题材,无论在中原或边远省区,均属于新石器时代至青铜时代,比如在陕、甘、青、豫、鲁、浙等省新石器时代遗址出土的彩陶、陶塑、骨雕、陶器或玉饰上,均发现有人面像。河南偃师二里

---

① 宋耀良,《中国史前神格人面岩画》,三联书店1992年版,第35页。
② 宋耀良,《中国史前神格人面岩画》,三联书店1992年版,第37页。
③ 袁珂校注,《山海经校注》,上海古籍出版社1980年版,第407页。
④ 苏秉琦,《中国文明起源新探》,辽宁人民出版社2011年版,第136页。
⑤ 袁珂校注,《山海经校注》,上海古籍出版社1980年版,第313页。

头大约属于夏文化遗址,在浅刻花纹陶器上也有人面像。到商代,安阳殷墟、郑州上街、湖南宁乡等地出土有人头范、陶人头和人面方鼎,直到西周末年,河南三门峡出土铜器上,还有人头形,不过春秋之后便戛然而止了。①

在阴山山脉的悬崖峭壁上凿刻数以万计的岩画并非易事,驱动上古先民完成这项壮举的,无疑是原始宗教的力量。滕海键指出:"岩画和巫术虽然是两种不同的文化现象,但作为原始的艺术与原始的宗教,两者又有其一致性,它们在人类早期的精神生活中有着密切的联系。一方面,在很大程度上我们可以说岩画是巫术的产物和表现形式,另一方面巫文化也通过岩画这一载体保存下来并留给后人去解读和破译。"②从存在大量的人面岩画来看,阴山是青铜时代以前的原始宗教名山,而早期文献中的昆仑也是这样的名山。

结　语

现代田野考古早已证明,在中华文明起源初期,以红山文化为代表的北方文明"先走一步"。随着青铜时代到来,黄河流域农耕部族迅速崛起,中华文明重心由北方草原地区南移到中原农耕区。这样,原始宗教名山昆仑(阴山)就由早期文明中心(红山文化区)的西部,转换到后期文明中心(中原文化区)的北部。但是,在先民口头传承的神话中,昆仑依旧在西部。于是,神话名山昆仑"迷失"了。不过,原型的迷失却打开了"昆仑"被进一步神化的大门:在后世传说尤其是《楚辞》等文学作品中,昆仑呈现出神秘化、宫廷化、富贵化的趋势。剥离世代累积于昆仑山上的迷雾,综合文献与考古新发现,可知昆仑的原型是蒙古草原南部的阴山。

---

① 盖山林,《阴山岩画》,文物出版社1986年版,第343－344页。
② 滕海键,《漫论岩画与原始巫术》,《昭乌达蒙族师专学报》1999年第5期,第95页。

楚地巫风与屈辞"寓言体"考论

山东大学　廖　群

一

"寓言"一词,今知最早见于《庄子·寓言》:

> 寓言十九,藉外论之。亲父不为其子媒。亲父誉之,不若非其父者也。非吾罪也,人之罪也。与己同则应,不与己同则反。同于己为是之,异于己为非之。

据此,"寓言"本义是"寄寓之言",乃"藉外论之",即借他人之口发表言论,近似"代言"体。但与戏剧式代言有别,《庄子》这里所谓"寓言"之言,借人物之口让人物说话乃是言己之意,表达的是自己的理念或心意,戏剧代言则是让演员扮演人物、代人物言以表演情节故事。

《庄子》寓言的主体即"藉外论之"之"寓言体",其哲思多借人物之口给以表述。如《齐物论》中南郭子綦对颜成子游谈论齐万物:"子游曰:'……敢问天籁。'子綦曰:'夫吹万不同……'"《秋水》中北海若对河伯谈论"天"与"人",并强调"无以人灭天":"(河伯)曰:'何谓天?何谓人?'北海若曰:'牛马四足,是谓天;落马首,穿牛鼻,是谓人。故曰:无以人灭天,无以故灭命,无以得殉名。谨守而勿失,是谓反其真。'"

这种"寓言"的变体,便是自己化身为借言人物,出现在情境中通过对话或情节表达哲理。《逍遥游》中有庄子与惠子关于"大瓠"和"大樗"之用的两段对话,以阐发小用大用之别及无用之为大用,于是庄子"藉"庄子正告惠子曰:"今子有大树,患其无用,何不树之于无何有之乡,广莫之野,彷徨乎无为其侧,逍遥乎寝卧其下。不夭斤斧,物无害者,无所可用,安所困苦哉!"《齐物论》中有"庄周梦蝶"的情节:"昔者庄周梦为胡蝶,栩栩然胡蝶也。自喻适志与!不知周也。俄然觉,则蘧蘧然周也。不知周之梦为胡蝶与?胡蝶之梦为周与?周与胡蝶则必有分矣。此之谓物化。"庄子"藉"庄周之梦隐喻物我两忘。

《庄子》中这种化身情节中人物的"寓言"变体,有时还用来抒怀言志。《德充符》中有庄子与惠子关于人是否"无情"的争辩,庄子解释说:"吾所谓无情者,言人之不以好恶内伤其身,常因自然而不益生也。"庄子"藉"庄子宣称无欲无想的人生态度。《秋水》中有庄子辞楚王之聘的故事:"庄子钓于濮水。楚王使大夫二人往先焉,曰:'愿以境内累矣!'庄子持竿不顾,曰:'吾闻楚有神龟,死已三千岁矣。王巾笥而藏之庙堂之上。此龟者,宁其死为留骨而贵乎?宁其生而曳尾于涂中乎?'二大夫曰:'宁生而曳尾涂中。'庄子曰:'往矣!吾将曳尾于涂中。'"庄子"藉"庄子之遇抒发"不为有国者所羁"(《史记》本传语)的怀抱。

二

与《庄子》作为哲学著作借寓言以阐发哲理为主不同,楚辞作为诗歌体,其中的屈辞多是屈原抒发情感之作,但同样多为借人物之口抒怀达意的庄子式的"寓言体"。

(一)《离骚》

屈原的代表作《离骚》就是近似于《庄子》"藉"人物代言的"寓言体"。

《离骚》是屈原的抒情之作,《离骚》通篇又是以第一人称自述遭际,这很容易使人将《离骚》的抒情主人公"余""吾"与屈原完全等同,甚至根据其中的自述推断屈原的生辰;至于其中飞升、求女等神奇情节,则以自觉的浪漫艺术想象目之,一般是将《离骚》分为两个部分,前一部分为写实,自述身世和经历;后一部分为想象,用来比喻和象征。其实,《离骚》前一部分抒情主人公亦是借言人物,并非作者本人。诗篇开首即曰:"帝高阳之苗裔兮,朕皇考曰伯庸。摄提贞于孟陬兮,惟庚寅吾以降。"这个"降"字至为关键。过去人们囿于屈原自叙的成说,一般都将"降"字实解为屈原的降生。然"降"字在当时自有其特定含义。"降",《说文》曰"下也",即自上而下之义,而在先民习惯中,"上"一般用以指天、指帝,则"降"字在具体运用中便多用为天降神临而颇有神圣意味。《国语·周语》:"有神降于莘。"《鲁语》:"民和而后神降之福。"《吕氏春秋·明理》:"有人自天降。"凡用"降"字皆与天与神有关;《诗经》中"文王陟降,在帝左右"(《大雅·文王》)、"维岳降神,生甫及申"(《大雅·崧高》)、"天命玄鸟,降而生商"(《商颂·玄鸟》)、"允也天子,降予卿士"(《商颂·长发》)、"天命降监,下民有严"(《商颂·殷武》)等等,也是明证;最能说明问题的是楚辞本身"降"字更全部用于具有神性的非凡之人,《天问》有"禹之力献功,降省下土四方"、"帝降夷羿,革孽夏民"、"帝乃降观,下逢伊挚",《九歌》有"灵皇皇兮既降,焱远举兮云中"(《云中君》)、"帝子降兮北渚,目眇眇兮愁予"(《湘夫人》)、"操余弧兮反沦降,援北斗兮酌桂浆"(《东君》),即使《离骚》后文,"巫咸将夕降兮,怀椒糈而要之","百神翳其备降兮,九疑缤其并迎","勉升降以上下兮,求矩矱之所同","降"字也明显表现出其特定的语义环境。这样,《离骚》开篇用此"降"字就大值得寻味,这岂不是一开始就明确交代"朕""吾"乃天界下凡的一位神人么?这显然不会是作者自指。

据此,再加上后文始终未脱离其非凡之举的渲染,诸如"来吾导夫先路"的语气,披花带草的装束,飞升天界的游历,上下求女的举止等等,应该说《离骚》的基本构思就是一位神人在自述自己的经历和感受。这是在让神人代言,作者借以抒发自己的情怀。

那么,具体来说这是一位怎样的神人呢?《离骚》第一句,"帝高阳之苗裔兮",高阳,颛顼是也。《史记·五帝本纪》言颛顼"静渊以有谋,疏通而知事;养材以任地,载时以象天,依鬼神以制义,治气以教化,絜诚以祭祀。……动静之物,大小之神,日月所照,莫不砥属",虽已是历史化了的记述,仍掩盖不住其通于人神之间半人半神的性质;而在更古的传说中,他本人就是人神结合的产物,所谓"黄帝妻嫘祖,生昌意。昌意降处若水,生韩流。韩流擢首、谨耳、人面、豕喙、麟身、渠股、豚止,取淖子曰阿女,生帝颛顼"(《山海经·海内经》);而且他还另有"绝地天通"、使以他为代表的大巫获得上通下达特权的神奇事迹:"……颛顼受之,乃命南正重司天以属神,命火正黎司地以属民,使复旧常,无相侵渎,是谓绝地天通。"(《国语·楚语》)而《离骚》这里特别点出抒情主人公与高阳颛顼氏的嫡属关系,是不是暗示着这位主人公的巫觋性质呢?有趣的是,遍观下文,几无不合。"正则""灵均"的命名与巫觋的称谓、特征有关("灵",《说文》:"灵巫以玉事神,灵或从巫。"《九歌·云中君》王逸注:"灵,巫也。楚人名巫为灵子。"《左传·桓公六年》:"祝史正辞,信也。"《国语·楚语》:"(观射父)对曰:'……民之精爽不携贰者,而又能齐肃衷正,……如是则神降之,在男为觋,在女为巫。'")披花带草的装束("扈江离与辟芷兮,纫秋兰以为佩。""制芰(菱)荷以为衣兮,集芙蓉以为裳。")也与巫觋享神扮神时的"姣服"极近(《九歌》中披花带草恰恰是神的装束,巫扮神,所以也是巫的装束。《少司命》:"荷衣兮蕙带,倏而来兮忽而逝。"《山鬼》:"被薛荔兮带女萝。""被石兰兮带杜衡。")更明显的特征是升天入地。在巫觋文化环境中,巫就被想象为能上天下地,与神交往。(《山海经》:"在登葆山,群巫所从上下。""有灵山,巫咸、巫彭、巫姑、巫真……从此升降。""有人珥两青蛇,乘两龙,名曰夏后开。开上三嫔于天,得《九辩》与《九歌》以下。")

综上,《离骚》中的抒情主人公应该是一位能上下于天的神巫形象。作者屈原正是借这位神巫的自白,间接反映了自己的命运,抒发了自己的情怀。

当然,《离骚》与《庄子》的借言人物只是近似,并不完全相同。其中有人物直接代言的部分,诸如"伏清白以死直兮,固前圣之所厚","汤、禹俨而祗敬兮,周论道而莫差。举贤才而授能兮,循绳墨而不颇","世溷浊而不分兮,好蔽美而嫉妒"等等,既是神人在言,亦可直接视为作者之语,这几乎相当于《庄子》的"藉外论之";其中也有人物自述一语双关的部分,诸如"路漫漫其修远兮,吾将上下而求索",既是神人寻求同道的表白,亦是作者不懈追求的写照;其中更有人物自述经历作为隐喻或象征的部分,诸如"吾令帝阍开关兮,倚阊阖而望予。时暧暧其将罢兮,结幽兰而延伫",只能视为小人当道、作者难与君上沟通的象征。后两个部分,更有屈辞独创的匠心。

(二)《招魂》

《招魂》中的主体部分也是一篇借人之口的寓言体招魂辞。

当然,《招魂》还有个究竟为谁所作及究竟谁招谁之魂、招生魂还是招亡魂的问题。对此,司马迁在《史记·屈原贾生列传》的"太史公曰"中只说"余读《离骚》《天问》《招魂》《哀郢》,悲其(屈原)志",没有明确提这几篇作品是否屈原作,但从《招魂》列在其他均被认为是屈原所作的作品之中看,司马迁认为《招魂》是屈原所作的可能性要大一些。此后,又有宋玉招屈原生魂说(王逸《楚辞章句·招魂序》)、屈原自招说(明黄文焕《楚辞听直》、清林云铭《楚辞灯》)、屈原招怀王生魂说(清吴汝纶《古文辞类纂评点》)、屈原招怀王亡魂说(《屈赋微》引张裕钊说)等等。以司马迁说为依据,联系怀王客死秦国、屈原受累被放的故事背景以及其中描写的离魂所享用的王者规模,还有"魂兮归来!反故居些"的唱辞,笔者大致认同屈原招怀王亡魂说。

然而,说屈原招怀王亡魂,这只是从作者层面讲的,其实,作品设置的作法招魂者是巫阳:

> 帝告巫阳曰:"有人在下,我欲辅之。魂魄离散,汝筮予之。"巫阳对曰:"掌梦上帝其难从。若必筮予之,恐后之谢,不能复用巫阳焉。"乃下招曰:"魂兮归来!去君之恒干,何为乎四方些?舍君之乐处,而离彼不祥些。魂兮归来!东方不可以托些。……"

与《离骚》通篇为神巫自白的寓言体式略有不同,《招魂》开篇序言和末章"乱曰"部分似是作者直接抒情之辞。如序言直称"朕幼清以廉洁兮,身服义而未沫。主此盛德兮,牵于俗而芜秽。上无所考此盛德兮,长离殃而愁苦",交代已处流放中的作诗处境及特定心情,感叹主上不能再知察己之盛德。"乱曰"回顾曾随君王田猎云梦的经历,所谓"与王趋梦兮,课后先。君王亲发兮,惮青兕。朱明承夜兮,时不可淹。皋兰被径兮,斯路渐",抒发悲伤难遣的哀悼情怀,呼唤王魂的归来,所谓"湛湛江水兮,上有枫。目极千里兮,伤心悲。魂兮归来,哀江南"。而正文部分,却构思出一篇帝命巫阳"筮予"离魂、巫阳恐耽搁延误遂直接以辞招魂的情节,并以遍陈四方上下之恶、极言故居之美以感召亡魂归来的长篇招魂辞,构成诗作的主体。

因此,总体来说,《招魂》亦为让人物开口代言的寓言体,是借巫阳招魂,悲悼亡魂,抒发情怀。

(三)《卜居》《渔父》

正如《庄子》寓言中出现了庄子将自己化身为情节中人物抒怀达意的寓言变体,屈辞中也有两篇直接以屈原为情节角色的作品,这就是《卜居》和《渔父》。正因为屈原作为人物直接出现在情节中,这两篇作品多被怀疑是否屈原亲作,陆侃如先生在《屈原评传》中即指出,"这两篇开口就说'屈原既放',显然是旁人的记载"[①]。说起来,宋玉的《高唐赋》《神女赋》《登徒子好色赋》等一系列赋作也曾主要因为这个缘故被怀疑为假托宋玉的伪作,银雀山汉简《唐革(勒)赋》的出土,改变了学界的基本看法。《唐革(勒)赋》1972年发现于山东临沂银雀山西汉中前期墓,由二十多支残简组成,其中有一简首句为"唐革与宋玉言御襄王前",背面上端刻有"唐革"二字,罗福颐先生据《诗经·斯干》"如鸟斯革","革"字韩诗作"勒"的事实,释为"唐勒"[②]。1985年文物出版社出版的《银雀山汉墓竹简(壹)》卷前《简介》提到这部分简时便称为"唐勒宋玉论御赋",学界多简称为"唐革(勒)赋"。该简的出土主要是引起了学界关于该作是唐勒赋还是宋玉赋的讨论和对于宋玉赋真伪问题的重估。而无论是断为宋玉作还是唐勒作,都可以说是作者把自己作为作品中的人物加以叙述的,学界正是由此论定传为宋玉赋的那一批同类作品确有可能是宋玉所作。既然这种文体能够出现在宋玉时代,稍前不久的屈原为什么不可以也用这种文体进行写作呢?现在看来,《卜居》《渔父》其实就如《庄子》中庄周被置于情节中一样,直称"屈原既放",亦不过是作者将自己变身为情节中人物的寓言变体。

就像《离骚》借女媭之劝、灵氛占卜、巫咸降神以表达矛盾心境和坚守之志,《卜居》《渔父》亦皆设为问答,以抒愤懑。《卜居》所卜之"居"乃"何去何从"之义,虽称"余有所疑,愿因先生决之",却以鲜明的褒贬抑扬,发出一连串排比反问,诸如:"宁正言不讳,以危身乎?将从俗富贵,以偷生乎?""宁与骐骥亢轭乎?将随驽马之迹乎?宁与黄鹄比翼乎?将与鸡鹜争食乎?"它们分明是以问代答,无须选择,只不过是借此宣泄愤世之情,难怪郑詹尹"释策而谢",曰:"夫尺有所短,寸有所长,物有所不足,智有所不明,数有所不逮,神有所不通,用君之心,行君之意。龟策诚不能知事。"《渔父》更是借与渔父相遇的情节,通过与渔父问答,将高洁不俗与随波逐流两种秉性和人生态度截然对峙,并以对渔父之劝的否定表达了自己宁葬鱼腹、不蒙尘埃的志向。

可见,屈辞中这种将作者自己置身情节中的寓言变体,更多的是通过设为问答,人物对话,直接让自己为自己代言,以更直白更直观地表达自己的志趣和怀抱。

三

《庄子》、屈辞多用"寓言"体,当与楚地巫风、巫艺的文化浸润有关。

巫具有双重身份,其职责就在于当人之口的"代言",实为"寓言"。一方面,神灵附

[①] 陆侃如,《陆侃如古典文学论文集》,上海古籍出版社1987年版,第296页。
[②] 罗福颐,《临沂汉简所见古籍概略》,《古文字研究》第11辑,中华书局1985年版。

体,代鬼神言,鬼神借巫觋之口向人传达旨意,阐发义理;另一方面,变身为人类代表,代人言,人借巫觋之口向神表达愿望,抒发感情。

先秦时期鬼神附于巫觋之体、巫觋代鬼神言的信仰,《左传》中有明确记述。如《僖公十年》提到晋大夫狐突与已经自杀而死的晋太子申生一段极富志怪色彩的奇遇:

> 秋,狐突适下国,遇太子。太子使登,仆,而告之曰:"夷吾无礼,余得请于帝矣,将以晋畀秦,秦将祀余。"对曰:"臣闻之:'神不歆非类,民不祀非族。'君祀无乃殄乎?且民何罪?失刑、乏祀,君其图之!"君曰:"诺。吾将复请。七日,新城西偏将有巫者而见我焉。"许之,遂不见。及期而往,告之曰:"帝许我罚有罪矣,敝于韩。"

被狐突说服,太子申生不再意欲"以晋畀秦",遂再去请求天帝,并称"七日,新城西偏将有巫者而见我焉",即附身于巫,那么,最后所谓"告之曰",就是被申生附体的巫觋代申生相告,"帝许我罚有罪矣,敝于韩",是巫言,亦是申生言。

其实,楚辞本身更是明证。在祀神巫歌基础上创作的《九歌》即是以巫觋为媒介展开的神与神及神与人的对话。《湘君》《湘夫人》是巫觋分别扮演湘水女神和男神,以第一人称独白或对白,代为抒发相思、幽怨、欢欣之情;《少司命》中一边是巫代人言对司命之神表达慰藉:"夫人自有兮美子,荪何以兮愁苦?"一边是巫代神言表达司命神感受到人的爱意:"满堂兮美人,忽独与余兮目成。"《东君》分明是巫所扮演的日神的独白,"暾将出兮东方,照吾槛兮扶桑。抚余马兮安驱,夜皎皎兮既明。……撰余辔兮高驰翔,杳冥冥兮以东行。"

《离骚》中亦有巫觋降神、代神传旨的情节:"巫咸将夕降兮,怀椒糈而要之。百神翳其备降兮,九疑缤其并迎。皇剡剡其扬灵兮,告余以吉故。曰:'勉升降以上下兮,求矩矱之所同。……'"巫咸降神,告以吉故,分明是巫咸变身降临的天神,代神告言。也可以说是神借巫咸以告言。

楚人巫风之盛有史可征。《汉书·地理志》即云:"楚人信巫鬼,重淫祀。"《太平御览》卷七三五引桓谭《新论》曰:"昔楚灵王骄逸轻下,信巫祝之道,躬舞坛前。吴人来攻,其国人告急,而灵王鼓舞自若。"①

楚人巫风之盛也得到了考古发现的印证。楚墓出土的锦瑟、漆器、帛画乃至棺板上面,就多绘有巫师形象。1957 年河南信阳长台关 1 号春秋楚墓出土的漆绘锦瑟上的局部巫师戏龙图,表现的就是楚国巫师作法的情景。画面中巫师身材高大,头戴前着马首后

---

① 《太平御览》(全四册),中华书局 1960 年版,第 3258 页。

为鸮形的帽子,长衣博袖,双手似鸟爪,各持一巨蛇,张口扁眼,作咆哮状。在巫师的两侧,还有两个细腰女子,作载歌载舞状,两女均身材颀长,着红衣,束白带,腰细若柳枝。整个画面表现的内容是巫师在他的"动物伙伴"龙的帮助下飞升天国的情景。巫师双手上扬,作上升飞翔状。两女子在巫师两侧载歌载舞,渲染了巫师升天的神秘氛围。他如属于楚文化范畴的湖北曾侯乙墓内棺上绘有"方相氏逐鬼傩仪图"。长沙楚墓的《人物龙凤帛画》和长沙子弹库1号墓的《人物御龙帛画》,则是楚人灵魂观念和升天入地想象的再现。

在这种巫觋文化氛围中,巫师作法,代神告言,变换角色等等,对于时人构思文章,借言人物抒怀达意,无疑有着感发影响。屈辞中被用来借言的人物本身就多为巫觋,正是巫风与"寓言体"血脉关系的痕迹所在。

四

将作者自己作为人物置身于情节中的"寓言"变体,影响所及,在后代赋作中形成一个大类。

宋玉的赋,即多为设置情节的对话体,且几乎都将自己置身情节之中,但已出现分支,形成三种体式。其一即是借问答以表宋玉之志或宋玉的特点,显然是直承《卜居》《渔父》而来。如《对楚王问》设言楚襄王质问宋玉"先生其有遗行与?何士民众庶不誉之甚也",宋玉以"其曲弥高,其和弥寡"相对答,塑造了一位才艺超群不同流俗的文士形象,同时流露出遭世不济的无耐和孤芳自赏。《登徒子好色赋》设言登徒子在楚王面前短宋玉好色,宋玉以东家之子"登墙窥臣三年,至今未许也"反唇相讥,《文心雕龙·谐隐》称此赋"意在微讽,有足观者",但宋玉在虚构假设中将自己编派进去,情不自禁自我表白,自应是他"好辞"、继承楚辞抒情传统在赋作中的表现。其二是借问答以展开对外部景观的描摹,《高唐赋》《神女赋》是典型代表。其三是借问答比试语言功力,滑稽为文。如《大言赋》比试夸张,《小言赋》又比试"小言"。银雀山汉简《唐革(勒)赋》即属此种体式。

三种体式中,由《卜居》《渔父》发轫的第一种体式,即设为问答以言志抒怀,在后代文人辞赋创作中得以光大,传承不绝,自成"自嘲""辩难"一体。

有的直接将自己置入情境对话之中,如东方朔《答客难》直称"客难东方朔曰……","东方先生喟然长息,仰而应之曰……",借问答感叹战国与汉代"彼一时也,此一时也";扬雄《逐贫赋》开篇即云"扬子遁世……惆怅失志。呼贫与语",借与贫穷对话,表达了自己守志固穷的决心;《解嘲》称"方草《太玄》,有以自守",于是造设"客嘲扬子曰……","扬子笑而应之曰",表达知时之趣,所谓"为可为于可为之时,则从;为不可为于不可为之时,则凶";张衡《髑髅赋》更是设置了"张平子……顾见髑髅,……怅然而问之"、"答曰:'吾宋人也,姓庄名周……'"的离奇情节,借与庄周对话,阐发了大化自然的道家追求。

有的设置虚拟人物,借以对话而抒怀言志。东方朔《非有先生论》借非有先生应答吴王,几番感叹"谈何容易"!班固《答宾戏》借"客戏主人曰……"、"主人逌尔而笑曰……"的客主问答,为自己"专笃志于博学,以著述为业"张目。

察其始,它们都与屈辞的"寓言体"有着颇为明显的承续关系。其实,直至韩愈的《进学解》,"国子先生……诲之曰……""言未既,有笑于列者曰……",设为问答,自嘲为文,亦完全可视为屈辞这种寓言体式的流风余韵。

屈原与西峡等地方文化研究

屈原出生于河南西峡说初探

河南省西峡县屈原文化研究会　张俊伟

关于屈原出生地,目前学界仍有较大分歧,目前主要流行的是"湖北秭归说"与"河南西峡说",中国屈原学会会长方铭在《屈原与时代的连接点》(《光明日报》2013 年 2 月 18 日 15 版)一文中称,在湖北宜昌市秭归县、湖南岳阳市汨罗县、湖南常德市汉寿县、湖南怀化市溆浦县、河南南阳市西峡、安徽池州市青阳县等地方,都能看到大量镌刻着屈原生活痕迹的古代遗迹。屈原生活的战国正值剧烈动荡的时代,楚国由于受到秦国的压迫,疆土不断东移,导致楚国的都城和楚国贵族的食邑也一再变化,而屈原一生,更是处于不断的颠沛流离中。由于资料的匮乏,我们无法准确判定屈原的出生地。从现存文献和物质遗存中去探究屈原的生平事迹和活动轨迹,就成了我们还原屈原生活本来面貌的主要依据。笔者就屈原出生于河南西峡说的记载、起源、理论基础作一初步探讨。

一、屈原出生于河南西峡的记载和起源

南阳市西峡县地处豫西南边陲、豫鄂陕三省交界处,是中原文化和楚文化的交汇处,历史文化积淀丰厚,境内楚文化遗存众多,伟大的爱国主义诗人屈原,在此留下丰富的历史文化遗存,主要的有屈原岗、屈原庙等。

1. 查国内文献资料,屈原出生于南阳(南屈)记载,来自清《嘉庆常德府志》。

清《嘉庆常德府志·列传一》(1813 年修)(卷三十六)》,在屈原的传记之后,特地附加了一段说明文字:"按:《湖广总志》于(夏商周)三代以前人物,概谓'楚人',后世始分著郡县。屈原,王逸以为南阳(指楚南阳,今河南西部一带)人。或以为归州人。"

2. 国内比较系统提出屈原生于南阳说观点的学者是湖北黄冈师范学院教授黄崇浩,见其专著《屈子阳秋》。

黄崇浩,湖北红安人,湖北黄冈师院文学院教授,中国屈原学会常务理事、湖北屈原学会副会长,2003 年湖北省有突出贡献中青年专家。1998 年发表了论文《屈原出生于南阳说》(《中州学刊》1998 年第 5 期),提出十个证据考证屈原出生于河南南阳。2002 年发表论文《屈原出生于南阳说新证》(《黄冈师范学院学报》2002 年第 2 期),补充考证屈原当生于河南南阳地区。后在其专著《屈子阳秋》(湖北人民出版社,2003 年 8 月出版),也

表述了屈原的祖籍地和出生地在河南南阳地区的学术观点。

二、屈原出生于河南西峡的理论基础

总结国内有关屈原出生于河南西峡说的观点,理论基础主要是来自:

(一)楚始都丹阳在西峡紧邻的淅川县

楚国是在江汉地区发展和强大起来的,但它的主源却不在江汉流域,楚人的祖先最早活动在黄河流域的中原地区。后来,他们的一支在上古民族冲突的旋涡中,在敌对势力的压迫和打击下,逐渐南迁,在西周初年迁移到豫、鄂、陕边陲的丹淅流域,并建都丹阳,最终得以发展强大。《史记·屈原列传》记载"秦发兵击之,大破楚师于丹淅",所谓的丹淅就是指当今淅川的丹淅流域,其具体方位是指淅川境内旁及西峡、商南的汉江支流丹江和淅水流域。丹淅流域的地理位置非常重要:沿丹江西行可至三秦,溯淅水北上可达三晋,顺丹江、淅水而下,可抵楚汉。故而,这里有陆通秦晋、水达吴楚之称。

《史记·楚世家》载:"熊绎当周成王时,举文武勤劳之后嗣,而封熊绎于楚蛮,封以子男之田,姓芈氏,居丹阳。"据《汉书·地理志》载:"周成王时,封文武先师鬻熊之曾孙熊绎于荆蛮,为楚子,居丹阳。"古今的大部分楚辞学者、历史学者以此为主要依据考证认为,熊绎为楚始封君,丹阳为楚之始都。那么,丹阳在什么地方呢?古今学者对此分歧很大,有多种说法。影响较大的主要有河南丹淅说、安徽当涂说、湖北秭归说、湖北枝江说、迁徙说。清代宋翔凤在《过庭录》卷九"楚鬻熊居丹阳·武王徙郢考"一文中首倡所说"楚人始居丹阳,其地在商州之东,南阳之西,当丹水淅水入汉之处,故名丹淅。"20 世纪 70 年代以来,在丹江口库区的淅川县发掘大量的楚国贵族古墓群,其中包括楚令尹子庚墓,使楚始都丹阳在河南省淅川县下寺的龙城遗址得到了当代学者的普遍认同。1992 年全国楚文化研讨会第六次年会在淅川县召开,来自北京、河南、湖北、陕西等省市的专家学者 184 人参加了会议,其中,中国历史博物馆长俞伟超、北京大学教授邹衡先生、武汉大学教授石泉先生等著名学者应邀参加了会议。会议共收到论文 100 余篇(含专著)。会议期间,与会专家学者就楚族的渊源、楚都丹阳的地望、楚文化与中原文化的关系以及其他问题作了专题讨论。同时,俞伟超馆长和邹衡、石泉、张西显等先生在会上作了重要发言,使大家在楚史研究的一些问题上统一了认识,进一步论证并确认了楚都丹阳在淅川这一论点。而西峡县与淅川县紧邻,在历史沿革上长期同淅川县同归属于内乡县。淅川县从明成化六年(1470)从内乡县分制出来;西峡县在中华人民共和国成立后(1949),从淅川县、内乡县分制出来而设立县制。

(二)中国最早的屈原庙在西峡县

《后汉书·延笃传》记载:延笃"遭党事禁锢,卒于家乡。乡人图其形于屈原之庙"。

延笃,字叔坚,南阳犨人。生年不详,卒与汉桓帝永康元年(167)。《后汉书·延笃传》关于南阳屈原庙的记载,是已知见于正史的最早的关于屈原纪念建筑的记录,这说明最迟在东汉桓帝,南阳已建立了屈原庙。为什么中国最早的屈原庙在南阳?这是研究屈原生平的学者必须面对,首先要解答的问题。中国屈原学会常务理事、副秘书长、中国政法大学教授黄震云在《屈原故里与藉家》(《光明日报》2013年2月18日15版)一文中阐述:先秦时期,我国有严格的宗法制度。殷人六庙,周人以后稷为祖,文王为太祖,武王为太宗,因此七庙。又《左传》庄公二十八年说"凡邑有宗庙先君之主曰都,无曰邑。"庙又称祖庙,建庙的目的主要关于功德孝道。天子的庙宇叫太庙,天下都可以有,但是诸侯以下肯定不行,只能建在自己的食采封地或者传统的居住地即故里,不能建到别人的地上。籍贯是最后一位去世的嫡系前辈在某地下葬时间超过二十年。人的一生可能多次搬家,因此家可以有多处,而经过或者短暂停留的地方会更多。因此,屈原的故里是南阳不是秭归,秭归是其藉家之一。西峡县回车镇屈原岗上的屈原庙,从建筑材料、建筑风格及现存文物上,应该在汉代已经存在了,这与历史记载也相吻合。因此,西峡县屈原岗上屈原庙是中国最早的屈原庙是可考的。

(三)西峡是屈原的祖籍地

楚国有三大望族"屈、景、昭"三族。屈原家族的"屈族",和楚王同姓。"屈族"是楚武王在位(前757—前690)时被封的。楚武王在公元前740年称王以后,任命其子瑕为"莫敖"(楚国最高的军事长官)。瑕的封地在申地屈邑,因此就以封地为姓。屈原就是屈瑕的后人。"屈"在何地,尽管也是众说纷纭,可是根据有关的史料记载,"屈"地应该就在南阳一带。郦道元在《水经注》中引《汲冢古文》曰:"翟章救郑,次于南屈。"《后汉书·郡国志》也说"南屈"就在南阳宛县。《说文解字》对"宛"的解释是"屈草自履也",颜注对此的注批也是"宛,屈也。"《汉书·地理志上》在南阳郡宛县下的注释是:"故申伯国,有屈申城。""屈申城"既与屈氏长期守于申伯国的旧地有关,也与屈氏得姓之地的"南屈"有关。此外,屈氏中的一些重要人物,屈瑕、屈重、屈完、屈御寇、屈申、屈景等人,也是多守"申息"之地者。屈原的家族"屈氏"封于南阳一带,南阳西峡应是屈原的祖籍地了。

约公元前340年,屈原出生于楚国的丹阳。楚怀王时,屈原任三闾大夫。"三闾之职,掌王族三姓,曰昭屈景。"著名历史学家钱穆(1895—1990)认为三闾乃邑名:"余考楚有三户,盖即三闾也。"据《辞海》1979年版缩印本所载"三户":故址在今河南淅川县西北。公元前491年晋执戎蛮子以畀楚师于三户,即此。又据《水经注》载"丹水又经丹水县故城西南,县有密阳乡,古商密之地,昔楚申息之师所戍也。春秋之三户矣。杜预曰:县北有三户亭。"《明嘉靖南阳府志》载"三户城,在淅川县西南,丹水之阳。"西峡县现存有丹水镇屈沟村、田关乡田关村屈营组等屈氏家族的分布,也佐证了这一点。中国屈原学会副会长、中国传媒大学教授姚小鸥在《西峡、楚史与屈原》(《光明日报》2013年2月

18日15日版)一文中认为,虽然有关屈原出生地的讨论还在进行,但屈氏家族与这一地区的关系是可以肯定的。

(四)屈原作品中涉及南阳西峡境内地名的自述

《抽思》:"有鸟自南兮,来集汉北。好姱佳丽兮,牉独处此异域。"汉北,即今湖北北部襄阳及河南西南部内乡西峡一带。异域,屈原在这里之所以把汉北称"异域",就是因为这片土地刚从秦国的手里收了回来。公元前304年,秦与楚结盟于黄棘(今南阳新野一带),秦国退还了当年占据的楚国"汉中之地"的一部分——"上庸六县"包括今天南阳淅川、西峡、内乡一带。

《抽思》:"望北山而流涕兮,临流水而太息。"北山,王夫之在《楚辞通释》中说:"北山,襄邓西北塞之山。"按此解释也是在今天的南阳境内。屈原这一次走的水路,经汉江进入了丹江,沿着丹江的河谷一路北上。

《抽思》:"低徊夷犹,宿北姑兮。"北姑,据考证,在今天丹淅两水交界一带的岵山。岵山是因为西周时代一位叫陟岵的人在此隐居而得名,横绵在丹淅交汇处的北面,所以也称"北岵"。

《离骚》:"伏清白以死直兮,固前圣之所厚。悔相道之不察兮,延伫乎吾将反。回朕车以复路兮,及行迷之未远。"回车,即今西峡县回车镇,因战国时屈原于镇境屈原岗上力谏楚怀王回车返回,不与秦昭王会见故名。

《离骚》:"夕餐秋菊之落英。"班固的《汉书·地理志》记载:"析有菊水,出析谷"(析县,即今天的西峡县)。东汉应劭的《风俗通》中载:"其山有大菊谷,水从山下流,得菊花滋液,味甚甘美,谷中三十余家,不复穿井,皆饮此水,上寿百二三十,中寿百岁,下寿七八十。"《水经注·湍水》亦叙"菊水"事,又称"甘谷",其事又见于盛弘之《荆州记》。此菊水或曰甘谷,今名丹水,发源于西峡东南而东南流,经衷店东八里岗汇入湍水。此丹水(非古之丹水)正古之大道通秦楚者,也就是与屈原岗相邻近处。故此,清朝内乡知事高袖海于光绪四年(1878)为重修屈原庙写下了"清节表三闾想当年芷泽行吟香草空馀骚客赋;忠魂昭一代怅今日菊潭奉祀落英犹是楚臣餐"的庙联。

(五)南阳西峡古地名迁徙说

古史地名,每因人事为迁徙。湖南古地名在长江以北能找到,据历史学家钱穆的考证,长江以北也有洞庭湖、湘水、沅水、澧水、汨罗等古地名。钱穆在"《楚辞》地名考"的引言中说到"余读《楚辞》,意屈原被谗放居,乃在汉北,非至湘南也。……凡《楚辞》所言沅湘洞庭之居,皆大江以北之地耳。"他在"《楚辞》洞庭在江北说"文中又说"谓屈原居汉北,《九歌》《抽思》诸篇,作于南阳丹析之间,则屈原何以引及于江南之洞庭?"

钱穆根据古史地名迁徙之通例,在"释汨罗"文中认为屈原所投汨罗江决非在湖南之湘水,而是在汉水以北的襄汉或淮汝。"是汉北有罗,淮源有罗,而汝南又有罗,罗之见于大江之北者多矣,又乌见其必在湖湘之间哉?"其中的淮源即南阳境内桐柏县之淮河发源地,汝南是指今与南阳相邻的鲁山、宝丰、叶县一带地区。

黄崇浩在《屈子阳秋·屈原故里》中认为,湖南汨罗古建制有南阳里,湖北归州古境有南阳镇(今属兴山县境),湖南常德有南阳洲,凡是与屈原生平关系密切的地方(江陵除外),如秭归、汨罗、常德,都有南阳一类的地理名称;与此相对,在南阳,却又有屈原庙与屈原岗之类的名字。这恐怕无法用偶合这样的词语来作解释。南阳这样如影随形地紧跟着屈原,我们该如何解释才能接近历史的真实呢?

(六)西峡有关屈原的遗存和史料记载

西峡至今还存在着屈原岗、屈原庙、屈原碑碣等许多与屈原有关的遗存;有白羽城、楚长城、秦楚丹阳古战场等与屈原有关楚文化遗址;屈原的民间传说、民间故事、端午祭屈原等非物质文化遗产。《南阳府志》《内乡县志》《邓州市志》《西峡县志》等地方志有屈原活动的相关记载;《南阳市地名志》《西峡县地名志》等有因屈原而得名乡镇、行政村、自然村的记载。今西峡县回车镇屈原岗遗址仍存着屈原庙、壁画、碑碣等与屈原有关的文物。清康熙三十二年(1693)《内乡县志》卷一曰:"屈原岗在(内乡)县北60里,昔楚怀王兴师伐秦,为秦兵所击败,北归楚至此地,追念屈原亟呼之,后人因以名其地。盖史记所载大破楚师于丹淅时也。"《南阳市地名志·西峡县》载:"回车一名,得于战国。公元前299年,楚怀王西入秦国与昭王会,屈原于秦楚驿道(今乡境内屈原岗)上,力谏楚怀王:'秦虎狼之国……不如毋行。'并劝其回车返回。怀王不听,终死于秦。地以人传。"清朝内乡县第96任知事高袖海于光绪四年(1878)为重修屈原庙题写了牌位和对联;第113任内乡县知事邱铭勋于宣统三年(1911)撰写了屈原岗碑文,目前牌位和碑碣保存完好。

(七)西峡独特的端午习俗

南北朝时南阳人宗懔的《荆楚岁时记》认为端午节起源于屈原,此说影响最深最广,占据主流地位。唐代邓州人张建封在《竞渡歌》对端午节赛龙舟的场景进行了生动的描述,因此纪念屈原成了南阳端午节最核心的一个习俗。西峡位于秦楚边界的要塞,屈原岗又是古代秦楚陆路必经之地。这里屈原文化元素众多,遗存丰富。屈原岗是屈原"扣马谏王"地,也是全国唯一使用屈原名字命名的地方;西峡屈原庙是中国最早的屈原庙;屈原的《国殇》《抽思》《天问》等作品,或是在西峡创作的;屈原始祖在丹淅,西峡是屈原故里;屈原曾经掌管丹淅,西峡是屈原施政地……这些丰富的屈原文化元素,潜移默化地形成了西峡独特的端午习俗相传至今。西峡县的端午习俗除了包粽子、赛龙舟、插艾草、戴香囊、绑五色线等外,而且有大小端午、端午祭屈原等独特习俗。即西峡一带端午节要过两个。每年五月初五和五月十五分别为小端午和大端午,而且大端午也像小端午一样隆重热闹。每逢过端午节,屈原岗方圆百里的人们,纷纷带着粽子糖果等祭品来屈原庙祭拜屈原,或诵读屈原诗词,或进行吟诗比赛,来缅怀这位伟大的爱国主义诗人。

纵观屈原出生于河南西峡说,虽然从学术研究上起步较晚,但是在国内外有一定的影响,这与西峡县的地理位置、历史渊源、出土文物、现存遗迹有关。当然,这一学说要得到世人公认,还有待于从史料上、考古上、学术上进一步丰富和完善。

屈原《哀郢》"当陵阳之焉至兮,淼南渡之焉如"之"陵阳"解

浙江大学　林家骊

屈原《九章·哀郢》中有"当陵阳之焉至兮,淼南渡之焉如?"一句,其中"陵阳"一词的解释,自王逸、洪兴祖以来,众说纷纭。细究之,实乃时代久远、文献不明之故。笔者试图搜集全部文献,集校集释,然后从各方面进行考察,以图得出比较接近原貌的解释。今阐述如下,以就正于方家。

一、集校

洪兴祖:当陵阳之焉至兮,淼南渡之焉如。校语:陵,一作凌。渡,一作度。朱熹、黄省曾、朱多煃、汪瑗、毛晋、庄允益:同洪本。(洪兴祖《楚辞章句补注》,清同治十一年(1872)金陵书局)

明翻宋本:当陵阳之焉至兮,南渡之焉如【按,其释中有淼字。】校语同洪本。(明佚名翻刻宋本《楚辞章句补注》十七卷,《四部丛刊》初编本,1919年)

姜亮夫:补曰:"前汉丹阳有陵阳,仙人陵阳子明所居也。大人赋云:反太一而从陵阳"。则作陵是也。王逸注:"淼滉弥望无际极也。"则王本亦有淼字。汲古阁宋刊本、朱燮元刊宋本、大小雅堂本、黄省曾校宋本、元刊王逸本,皆有淼字,则今本盖偶挩耳。此渡济字,当作渡,度则假借字也。本训法制。(姜亮夫《屈原赋校注》七卷,人民文学出版社,1957年版)

蒋天枢:同洪本。校语:从黄本,夫容馆本补"淼"字。覆刻汲古阁本亦有"淼"字。(蒋天枢《楚辞校释》,上海古籍出版社,1989年)

二、集释

王逸:意欲腾驰,道安极也。淼瀁顾望无际极也。【洪兴祖校:一云:淼瀁弥望无栖集也。】(王逸《楚辞章句》十七卷,日本宽延三年(1750)庄允益(子谦)校刊本)

洪兴祖:前汉丹阳郡有陵阳,仙人陵阳子明所居也。《大人赋》云:反大壹而从陵阳。(洪兴祖《楚辞章句补注》,清同治十一年(1872)金陵书局)

朱熹:淼,音眇。陵阳,未详。淼,滉漾无涯也。于是始南渡大江矣。(朱熹《楚辞集注》八卷《辩证》二卷,南宋端平二年(1235)朱鉴刊本,今藏北京图书馆,1953年人民文学

出版社影印出版)

林兆珂:陵阳,腾驰貌。(林兆珂《楚辞述注》十卷,明万历三十九年(1611)刊本,1986年3月台北新文丰出版公司《楚辞汇编》影印本。)

汪瑗:陵阳,洪氏解前阳侯,引《淮南》注曰:"阳侯,陵阳国侯也。"则此陵阳即阳侯也明矣。阳侯兼称其爵,陵阳专称其国耳。洪氏解此,又引仙人陵阳子为说,是亦过求之弊也。当陵阳之当,如两雄力相当之当,谓陵阳之波起,而舟以当之也。其义与前陵字相近。焉至,犹所归也。渡,济也。于是始南过大江,而迫近所迁之地矣。焉如,犹言何所往也。此二句互文而重言之耳。盖言已乘此陵阳之波,森然南渡大江矣。果将何所归而何所往耶?实反言以深见迁客之流离,故都之日远也。上言方仲春而东迁,今逍遥而来东,则当时所迁之地乃在东方。而此言南渡者,盖南渡大江者所由之路而所迁之方,又将从南而转归于东也。或曰,当时所迁之地,恐在东南之方,而非正东也。未之其审。大抵此上所言经由之道,自郢至东皆系水路,其大势虽不过沿江夏二水之间,然或东或西或南,或上或下,其水势之曲折萦回,叙述最详,非常远游经历者不知此意。严沧浪曰:"《九歌》不如《九章》,《九章·哀郢》尤妙。"盖指此也。如以词而已矣,未见其胜诸篇也。瑗尝谓此文似一篇游山之记,盖有得乎《禹贡》纪事之法,但脱胎换骨,极为妙手,非后世规规模拟者比也。其今瑗所注者,特按文书图,以意推测而言之,未知其果是否也。尝欲里,直至郢都遵江夏以遨游而遍历其地,亲访遗迹,则此文之妙,当有出于想象之外矣。惜乎此时未暇,且姑依文以释之,尚当竣亲历而更订焉。(汪瑗《楚辞集解》十五卷,《天问初解》一卷,《楚辞蒙引》二卷,明万历四十三年(1615)汪文英刊本。)

王夫之:阳陵,今宣城。南渡,舟东南行也。焉如,不知所栖泊也。(王夫之《楚辞通释》十四卷,清康熙四十八年(1709)刻本,清同治年间金陵书局校刊《船山遗书》本。)

陆时雍:陵阳,楚地。卞和封为陵阳侯,即此。(陆时雍《楚辞疏》十九卷,明末缉柳堂刊本)

林云铭:陆时雍曰:陵阳,楚地。卞和封为陵阳侯,即此。焉至,言不能至其境也。南行更何所往乎?言卞和以冤被刖而卒能白,己以冤被逐而卒不能白,是以流亡终矣。(林云铭《楚辞灯》四卷,清康熙三十六年(1697)挹奎楼刻本)

张诗:言纵吾之船以当陵阳之波,而将焉至乎?及森然南渡大江,而亦终焉如乎?盖此时则已渡江矣。(张诗《屈子贯》五卷,清康熙间孝友堂刻本。)

蒋骥:焉,如字。森,密杳切。陵阳,在今宁国池州之界,《汉书》:丹阳郡陵阳县是也,以陵阳山而名。至陵阳,则东至迁所矣。南渡者,陵阳在大江之南也。(蒋骥《山带阁注楚辞》六卷《余论》二卷,清雍正五年(1728)蒋氏山带阁刻本。)

屈复:忽忆凌阳之冤得白,而我今森森南渡,焉能及彼?(屈復《楚辞新集注》八卷清乾隆三年(1738)弱水草堂刻本。)

戴震：上云"陵阳侯之犯滥"，此言"当陵阳"，省文也。（戴震《屈原赋注》七卷《通释》二卷，《音义》三卷，清乾隆二十五年（公元1760年汪梧凤不疏园刻本。）

胡文英：陵阳，巴陵之阳也，前云上洞庭，是也。焉至，何时而至也。《岳阳风土记》：屈原故宅，在巴陵县城南，江夏县东。旧有南嘴渡，盖由通山往巴陵之旧径也。淼，水大貌。焉如，何所往也，盖因水之渺茫而言也。（胡文英《屈骚指掌》四卷，1979年北京古籍出版社影印本。）

刘梦鹏：《路史》：陵阳国近江，今宣之泾县有陵阳山。原言将欲下江则陵阳焉至，欲上洞庭则南渡焉，如丧家之犬无所归也。（刘梦鹏《屈子章句》七卷，1997年齐鲁书社《四库全书存目丛书》影印原刊本。）

陈本礼：此追述未至时。陵阳，在池州青阳县。渡江而南，淼然无际者，庐江也。古陵阳境距大江百里，而遥南渡者，谓出江至陵阳也。（陈本礼《屈辞精义》六卷，清嘉庆十七年即公元1812年裛露轩刻本。又，1955年上海出版公司影印《离骚精义原稿留真》本）

王闿运：乘舟下江，不知所往，闻君在陈，乃于陵阳过东坝，入中江也。（王闿运《楚辞释》十一卷，清光绪十二年（1886）成都尊经书院刻本）

徐英：陵阳非地名。洪曰：陵亦作淩，淩与陵通也。陵阳即上文淩阳侯之泛滥，省一侯字耳。或谓陵阳实地名，且实有所指，非省文。后人习用微管葛亮等词，以例陵阳为省文，实误。予案《离骚》已云周文齐桓，开后人省文之例，不得云后人习见省文以例屈赋也。《九叹·远逝》：赴阳侯之潢洋。王曰：阳侯，大波。又《战国策》亦谓阳侯之波，《淮南子》注：陵阳国侯，溺水而死，其神能为大波云云。盖古传此事，后人用之以为大波之通称，犹冯夷之于水，祝融之于火尔。汉人赋中用阳侯者，累见于篇。蔡邕《汉津赋》引作杨侯，则又展转而字误矣。前云：淩阳侯之泛滥，尚在大江之中，此时已入洞庭，故云：淼南渡之焉如也。陵阳既非地名，辨之已明，然世犹有强以陵阳为地名者。案屈赋中多虚指之地名，未尝实指其地也。《思美人》：指嶓冢之西隈兮。《悲回风》：浮江淮而入海兮，从子胥而自适。望大河之州渚兮，悲申徒之抗迹。皆想象之词，咏史以遗怀，非真至其地。如夏首、鄂渚比也。附会者谓屈原东迁至于陵阳，陵阳者彭蠡之东源，出于饶州东南界者，古陵阳界及此。而谓屈原踪迹，尝至安徽江西之间。不知上文明云：过夏首而西浮，上洞庭而下江，何以忽至饶州之东南乎？一部《楚辞》，为此辈作争墩之资，诬且妄矣。或者又疑陵阳之名，出于汉代，屈原不当预知，而疑此篇为汉人伪作。泥陵阳为实地之说，而妄疑古人，不可通矣。王逸于此，但曰：意曰腾驰，道安极也，不言地名。洪氏无端以前汉地名注之，遂启妄人之疑。然洪曰：仙人陵阳子明所居也。明汉代地名，正以人名名之耳，又安得以陵阳地名出汉代而疑古无陵阳二字之名乎？（徐英《楚辞札记》八卷，南京钟山书局1981年版）

闻一多：当，值也，抵也。既抵陵阳，其又将至何处！南渡淼茫，弥望无际，其将何往！

《汉书·地理志》丹阳郡有陵阳县,在今安徽青阳县南六十里,其地当大江之南,庐江之北。南渡盖谓渡庐江。《招魂》所谓"路贯庐江左长薄"也。(闻一多《离骚解诂》,三联书店 1982 年版)

郭沫若:此节是江介遗风的说明,叙江边人古朴,还不知道郢都破灭的惨事。"陵阳"即上文"凌阳侯"之略语,犹言乘风破浪。(郭沫若《屈原赋今译》,人民文学出版社 1953 年初版)

文怀沙:如果将陵阳理解为汹涌的波涛,那末"当",即挡,阻隔的意思。焉至,如何能到?(文怀沙注《屈原集》,人民文学出版社 1953 年版)

高亨:面对陵阳要到哪里去呢? 如,是往意。焉如即是往哪里去。(陆侃如、高亨、黄孝纾《楚辞选》,古典文学出版社 1956 年版。又,高亨《天问琐记》,《文史哲》1962 年第 1 期)

姜亮夫师:"当陵阳之焉至兮,(淼)南渡之焉如? 曾不知夏之为丘兮,孰两东门之可芜!"陵阳,王夫之以为今宣城。按汉书丹阳郡陵阳县是也。以陵阳山而名,在今安徽东南青阳县南六十里,去大江南约百里,而在庐之北。陵阳山在今县南。○焉至、焉犹于是也。焉至,犹将于是而至也。此盖屈子放逐之所矣。故于未至将至而发为叹息也。诸家说皆未允。○淼、渺瀁无隙极也。○南渡者,至于南岸而济江登陆也。○之焉如者、将于是而往南也。○夏之为丘二语,王逸以夏为大殿,洪朱皆无异说。寅按细绎此两语,盖已至陵阳,不更前进,居停日久,而又故乡之思;两句后承以[心不怡之长久]以至于[九年不复]云云,义犹明白;则此二句,直为故国之思,不可作泛言,明矣! 蒋骥云:[夏即夏水,在江之北。丘,丘陵也。言已摈逐陵阳,不得越江而北,虽夏水化为丘陵,且不能知]云云,较旧说为允当。按夏水自江出北流于汉,江、夏、汉三水形成一三角洲,于是此三角洲地带,多有"夏"名,此三角洲地带,盖即楚家世生息之地。楚本夏后,来自西北;及来止于此,遂以旧名命新邦,因存夏称。则夏之为丘,意谓故国沧桑之变也。故紧重之曰东门可芜。果如王说,则庙堂之变,言何切激? 失屈子本旨矣。孰两东门之可芜句,疑有讹误,实不成语。孰下当有一动字,王逸注此句曰:"何可使逋废"云云,加一使字以足之,则疑"两"字有误。楚东门不止于两,伍端休江陵记云:"南关三门,其一名龙门",云云,则东门不止于二矣。按两即"兩"之繁文,"兩"者古衡量本字,即象两端有物之象;说文训"再",他书训"耦"者,皆引申之义;则两盖亦有考量计较之义矣。东门即上龙门也,变言东门者,文避复也。可芜可字,当读为何;言夏水之是否为丘,尚不可知,又孰能计度郢都东门之何有芜秽? 言沧桑可变桑田,则国都又何尝不为小人乱贼而至于芜秽耶! 芜读众芳芜秽之芜,并非彼黍离离之义。王逸以为逋废无路云云,与文气不合。(姜亮夫《屈原赋校注》七卷,人民文学出版社 1957 年版)

沈祖緜:陵阳今安徽青阳境。屈子无东下之举,且上文云,过夏首而西浮兮,不云东浮。陵阳疑武陵之江。洞庭为众水所汇,沿湖地名曰陵曰阳者至多也。(沈祖緜《屈原赋

证辨》中华书局上海编辑所1960年版)

刘永济:陵阳,戴从上文阳侯为说,故曰"省文"。王(按,指王夫之)以此篇为伤顷襄迁陈,故以为行程所经之地。《集注》曰"未详",则亦不从洪氏陵阳仙人之说。然观叔师于此文注曰:"意曰腾驰,道安极也。"是以陵阳为动词。似叔师本正文原作陵扬。《说文》:"陵,大阜也。"引申之有上升之义。扬,《说文》:"飞举也。"故曰"腾驰"。屈子于此大有奋飞无所之慨,合下文"森焉南渡","不知所届"之意读之,而苍茫四顾之态,俨然如见。诸家误从洪本陵阳立义,致窒塞难通,殊失文旨矣。(《屈赋通笺》)○陵扬,陵同凌,陵扬,飞扬之义。此则登高远望所感触者。屈子言我今当奋飞而不知所至,森然南渡又不知何往。此诗真有《节南山》诗"蹙蹙靡所骋"的境况。(《屈赋音注详解》)(刘永济《屈赋通笺》五卷叙论一卷补正一卷笺屈余义一卷,人民文学出版社1961年版)

胡念贻:陵阳,以释作地名为妥。《汉书·地理志》丹阳郡有陵阳,原注云:"桑钦言淮水出东南,北入大江。"《后汉书·郡国志》丹阳郡有陵阳,李贤注:"陵阳子明得仙于此县山,故以为名。"李贤注根据《水经注》。所谓因陵阳子明得名之说,显系附会,《汉书·地理志》无此说。地名可能很古。陵阳当是因陵阳山而得名,窦子明居陵阳山,陵阳山之名早就有了。蔡邕《琴操》说楚卞和封于陵阳,或亦有据,可供参考。(胡念贻《楚辞选注及考证》,岳麓书社1984年版)

杨胤宗:陵阳,楚地名也,屈子再迁,居斯地最久,盖俊顷襄之召也。《招魂》云:路贯庐江兮左长薄。洪兴祖《楚辞补注》:庐江出陵阳东南,北入江。则知《招魂》之"献岁发春,汩吾南征。"乃自陵阳始也。焉至,忽焉而至也,言不意忽至陵阳也。(杨胤宗《屈赋新笺》,中国友谊出版公司1985年版)

蒋天枢:当,谓当议论纷纷之时,竟有人主张东走陵阳(陵阳,即《汉志》"丹阳郡"之"陵阳",在今安徽石埭县境),泛舟至陵阳登陆,又将安至乎?当时亦有人主张南越洞庭,白茫茫洞庭,南渡又将何处立足?文叙及此,意谓纷纷逃跑论者,只顾偷生逃死,无人措意将来,为国家兴复计也。(蒋天枢《楚辞校释》,上海古籍出版社1989年版)

王泗原:按句法,焉至前当有表行动的动词,如下句焉如前有动词渡。然则陵是动词,陵阳犹言升高。(王泗原《楚辞校释》,人民教育出版社1990年版)

三、关于集释的归纳

通过集释,我们可以知道,学者们的意见归纳起来可以分为三种。

第一种解释,认为陵阳是地名,其中多家明确指出是《汉书·地理志》所指的"丹扬郡陵阳县"。

洪兴祖:"前汉丹阳郡有陵阳,仙人陵阳子明所居也。"王夫之:"阳陵,今宣城。"陆时雍曰:"陵阳,楚地。卞和封为陵阳侯,即此。"林云铭同之。蒋骥:"陵阳,在今宁国池州之界,《汉书》:丹阳郡陵阳县是也,以陵阳山而名。至陵阳,则东至迁所矣。南渡者,陵阳在大江之南也。"胡文英:"陵阳,巴陵之阳也,前云上洞庭,是也。焉至,何时而至也。《岳阳风土记》:屈原故宅,在巴陵县城南,江夏县东。旧有南嘴渡,盖由通山往巴陵之旧径也。"刘梦鹏:"《路史》:陵阳国近江,今宜之泾县有陵阳山。原言将欲下江则陵阳焉至,欲上洞庭则南渡焉,如丧家之犬无所归也。"汪瑗:"陵阳,洪氏解前阳侯,引《淮南》注曰:'阳侯,陵阳国侯也。'则此陵阳即阳侯也明矣。阳侯兼称其爵,陵阳专称其国耳。"陈本礼:"此追述未至时。陵阳,在池州青阳县。渡江而南,森然无际者,庐江也。古陵阳境距大江百里,而遥南渡者,谓出江至陵阳也。"王闿运:"乘舟下江,不知所往,闻君在陈,乃于陵阳过东壖,入中江也。"闻一多:"当,值也,抵也。既抵陵阳,其又将至何处!南渡森茫,弥望无际,其将何往!《汉书·地理志》丹阳郡有陵阳县,在今安徽青阳县南六十里,其地当大江之南,庐江之北。南渡盖谓渡庐江。《招魂》所谓'路贯庐江左长薄'也。"高亨:"面对陵阳要到哪里去呢? 如,是往意。焉如即是往哪里去。"姜亮夫师:"陵阳,王夫之以为今宣城。按汉书丹阳郡陵阳县是也。以陵阳山而名,在安徽东南青阳县南六十里,去大江南约百里,而在庐之北。陵阳山在今县南。""焉,犹于是也。焉至,犹将于是而至也。此盖屈子放逐之所矣。故于未至将至而发为叹息也。诸家说皆未允。南渡者,至于南岸而济江登陆。之焉如者,将于是而往南也。"沈祖緜:"陵阳今安徽青阳境。屈子无东下之举,且上文云,过夏首而西浮兮,不云东浮。陵阳疑武陵之江。洞庭为众水所汇,沿湖地名曰陵曰阳者至多也。"胡念贻:"陵阳,以释作地名为妥。《汉书·地理志》丹阳郡有陵阳,原注云:"桑钦言淮水出东南,北入大江。"《后汉书·郡国志》丹阳郡有陵阳,李贤注:"陵阳子明得仙于此县山,故以为名。"李贤注根据《水经注》。"杨胤宗:"陵阳,楚地名也,屈子再迁,居斯地最久,盖俊顷襄之召也。"蒋天枢:"当,谓当议论纷纷之时,竟有人主张东走陵阳(陵阳,即《汉志》"丹阳郡"之"陵阳",在今安徽石埭县境),泛舟至陵阳登陆,又将安至乎?"以上共计十七家,其中洪兴祖、王夫之、蒋骥、刘梦鹏、汪瑗、陈本礼、王闿运、闻一多、姜亮夫师、沈祖緜、胡念贻、蒋天枢十二家明确指出是《汉书·地理志》所指的"丹阳郡陵阳县";陆时雍、林云铭、高亨、杨胤宗没有实指,只说是"楚地名";只有胡文英认为是"巴陵之阳"。

第二种解释,认为陵阳不是地名,是"腾驰"也即"飞扬"之意。

王逸:"意欲腾驰,道安极也。森濭顾望无际极也。"林兆珂:"陵阳,腾驰貌。"张诗:"言纵吾之船以当陵阳之波,而将焉至乎?"戴震:"上云'陵阳侯之犯滥',此言'当陵阳',省文也。"屈复:"忽忆凌阳之冤得白,而我今森森南渡,焉能及彼?"徐英:"陵阳非地名。洪曰:陵亦作凌,凌与陵通也。陵阳即上文凌阳侯之氾滥,省一侯字耳。或谓陵阳实地名,且实有所指,非省文。后人习用微管葛亮等词,以例陵阳为省文,实误。"郭沫若:"此节是江介遗风的说明,叙江边人古朴,还不知道郢都破灭的惨事。'陵阳'即上文'凌阳侯'之略语,犹言乘风破浪。"文怀沙:"如果将陵阳理解为汹涌的波涛,那末"当",即挡,阻隔的意思。焉至,如何能到?"刘永济:"陵扬,陵同凌,陵扬,飞扬之义。此则登高远望所感触者。屈子言我今当奋飞而不知所至,淼然南渡又不知何往。"

王泗原:"按句法,焉至前当有表行动的动词,如下句焉如前有动词渡。然则陵是动词,陵阳犹言升高。"以上共计十家。

第三种解释,保持一种谨慎的态度,不强作解释,说是"未详"。

朱熹:"陵阳,未详。"以上共计一家。

四、关于三种不同意见的分析

关于"陵阳"的解释,我国现存的保存完整的最早的三本权威楚辞注本即王逸《楚辞章句》、洪兴祖《楚辞补注》、朱熹《楚辞集注》各有己见。王逸《楚辞章句》注曰"腾驰",洪兴祖《楚辞补注》注曰是"前汉丹阳郡有陵阳",与洪兴祖基本同时但稍晚的朱熹《楚辞集注》采取谨慎的态度,注曰"未详"。那么以后的的分歧,实则始于王逸的《楚辞章句》和洪兴祖的《楚辞补注》。关于这两本书,在中国楚辞学史上,都有着十分重要的地位,其价值无可比拟,这已是学术界的共识。然而,具体问题具体分析,其中个别文字的解释我们还是可以进行深入的研究探讨,以达到还原历史的目的的。关于这两本书的注释,后代许多学者进行了研究。郭在贻教授《楚辞要籍述评》(原载《杭州大学学报》1989年增刊《古典文献论文专缉》,收入《郭在贻文集》第三卷页542—566,中华书局2002年5月)评王逸《楚辞章句》曰:

> 王逸《楚辞章句》注解的体例,约有三端:一是先释词,后解句;二是详于前者略于后;三是引"或曰"以存异说。综观王注,其优点有三:一是保存了不少字、词的古义,不仅有助于研读楚辞,且足为训诂家之所粮糇。二个是由于他生长于楚地(湖北属楚),时代又近古,故于《楚辞》中的方言土语,此较熟悉,并能于注中一一指出,这对于后人理解楚辞助益匪浅。""但王注也有其缺失和不足之处,表现在义理方面,主要是用儒家观念解释楚辞,难免牵合皮傅之病,如谓《离骚》之义,依托五经以立义焉(《离骚后序》);表现在考证方面,有许多凿空附会之处,如论各篇作期与作地,往往不够可靠;表现在训诂方面,约有四端:一是喜欢增字为释,以至牵强附会,背离原诗旨意。如《离骚》:"伏清白以死直兮,固前圣之所厚。"注云:"言士有伏清白之志以死忠直之节者,固乃前圣所厚哀也。"在原文厚字后面无端地加上个"哀"字,使"厚"字由原来的动词变为副词,

大误。又如《九叹·逢纷》："行叩诚而不阿兮",注云:"叩,击也。阿,曲也。……言己心不容非,以好叩击人之过,故遂为谗佞所排逐也。"按"叩诚"即款诚,亦作悃诚,指诚信无欺,王注竟训"叩"为"叩击人之过",而又置"诚"字于不顾,实属谬误。二是不懂得联绵字的道理。往往拆骈为单、望文生训。如《哀时命》:"然隐悯而不达兮,独徘倚而彷徉。"注云:"言己隐身山泽,内自悯伤志不得达,独徘徊彷徉而游戏也。"按"隐悯"乃联绵词,忧痛之义也,王注分释之,训"隐"为"隐身山泽",训"悯"为"内自悯伤",失之。三是不顾语法,如《离骚》:"薋菉葹以盈室兮。"王注:"薋,疾藜也。"然按之楚辞语法通例,这是一个"动＋名＋以＋动＋名"的句式,处在薋字地位上的必是动词,薋当读为,积也,谓聚积菉葹以盈室也(清人段玉裁、胡文英已知此点)。王氏不明乎此,训薋为名词,误。四是误解词性,如《九叹逢纷》:"始结言于庙堂兮,信中涂而叛之。"按文中信字是副词,和《离骚》"虽信美而无礼"、《九章哀郢》"信非吾罪而弃逐"之"信"字同样用法,王逸却释为"……今信用谗言,中道而更背我也"云云,变副词为动词,误矣。关于王注之误,今人刘永济有《王逸章句识误》(见《笺屈余义》)、徐仁甫有《王逸章句之误》(见《古诗别解》),并可参观。

郭在贻教授《楚辞要籍述评》又评洪兴祖《楚辞补注》曰:

综观洪兴祖《楚辞补注》,优点约有四端:一、注释详明。《四库全书总目提要》云:"汉人注书,大抵简质,又往往举其训诂而不备列其考释。兴祖是编,列逸注于前,而一一疏通证明补注于后,于逸注多所阐发。"其言題矣。如《离骚》之"女媭",王逸仅注云:"女媭,屈原姊也。"《补注》引《说文》曰:"媭,女字也,音须。贾侍中逵说,楚人谓女曰媭,前汉有吕媭,取此为名。"又据《水经》引袁崧云:"屈原有贤姊,闻原放逐,亦来归,喻令自宽全。乡人冀其见从,因名曰秭归。县北有原故宅,宅之东北,有女须庙,捣衣石犹存。"云云,虽其说未必即为定论,然富实详赡,亦足以博异闻。二、敢于破除旧说,自立新解。如上引《离骚》"女媭"条下补注云:"观女媭之意,盖欲原为宁武子之愚,不欲为史鱼之直耳,非责其不能为上官、椒兰也。而王逸谓女媭骂原以不与众合,不承君意,误矣。"又如《天问》之冯珧、冯弓,王逸持两端,而洪氏纠之。此为驳王逸注者。又如《离骚》"路不周以左转兮,指西海以为期"。五臣注云:"左转者,君子向左。"《补注》曰:"此云:'路不周以左转',不周在西北海之外,自右而之左,故曰指西海以为期也。五臣说非是。"此为驳五臣注者。三、征引浩博,不唯有助于读楚辞,且足为文献学之所取资。如书中大量引及《说文》,可据以与今本《说文》对勘;书中大量引及群书,有今已失传者,亦有与今所传本不同者①。如所引孔逭《文苑》,今已佚;《天问》注二妃事引《列女传》,与今本颇有异同。尤可贵者,为王逸以后久已亡佚的楚辞旧注,如郭璞《楚辞注》②、徐邈《楚辞音》③以及作者不详的《楚辞释文》④,犹赖洪书而得以觇其梗概。四、洪书所录楚辞异文极多,颇有助于楚辞之校勘。陈振孙《直斋书录解题》云:"兴祖少时,从柳展如得东坡手校楚辞十卷,凡诸本异同,皆两出之。后又得洪玉父而下本十四五家参校,遂为定本,始补王逸《章句》之未备者。书成,又得姚廷辉本,作《考异》,附古本《释文》之后,其末又得欧阳永叔、孙莘老、苏子容本于关子东、叶少协,校正以补《考异》之遗。"然则唐宋旧本旧说,于洪书殆可窥其大端矣。《四库提要》谓洪书"于楚辞诸注之中,特为善本",洵非过誉之词。

因此,就词语训诂这个层面上来说,洪兴祖《楚辞补注》的解释应该是可以信赖的。王逸《楚辞章句》学术价值虽然很高,但是有些词条的解释还是值得商榷的。这里的"陵阳"一词,我认为应该相信洪兴祖的解释是对的。

我的看法:我支持屈原到过陵阳的说法。
我支持屈原到过陵阳,并且在陵阳度过一段时间的说法。理由如下:
1. 因为陵阳在楚国境内,在楚国的东部,屈原完全可以到达这个地方。关于"陵阳",《汉书》卷二十八上《地理志第八上》:"丹扬郡"(颜师古注曰:故鄣郡。属江都。武帝元封二年更名丹扬。属扬州。)辖"县十七",其中有"陵阳"。颜师古注曰:"桑钦言淮水出东南,北入大江。"(中华书局1962年6月版,第1592页。)今天仍有"陵阳",不过今天的"陵阳"只是一个镇名,属池州市青阳县。青阳县博物馆有"介绍"曰:"青阳古为陵阳邑,春秋为吴越名邑,战国属楚,西汉元封二年(前109)始置县,称陵阳。此后三易县名、治、域。至唐天宝元年(742)改置青阳县,时属宣州,宋至清俱属池州。青阳历史悠久,文物保存丰富,五六千年前,新石器时代人们就在这块土地上劳作生息,以生产精美的刻画纹陶制品和磨制工具的岭头仓园塝遗址,丰富了新石器文化内涵;新河镇出土的体型硕大、纹饰精美的商代大铙、庙前镇十字古墓群出土的瑰丽多姿的青铜器,展示了精良的青铜冶炼铸造工艺,再现了精勤耕战的吴越风范;六朝青瓷、唐代青瓷窑址,元代窑

---

① 姜亮夫师云:"洪补能引用非儒家的载籍探文中的隐微,是其所长。"(《讲录》13页)
② 《隋志》著录作三卷,《旧唐书·经籍志》和《新唐书·艺文志》作十卷。
③ 《隋志》和《旧唐书·经籍志》、《新唐书·艺文志》均有著录。
④ 按近人余嘉锡考定为南唐王勉所作,姜亮夫师《洪庆善楚辞补注所引释文考》认为"此书当在唐之末"云云。

藏瓷器书写了陶瓷发展史的重要篇章。蓉城视圣寺塔、陵阳东河塔地宫则给我们留下了一批珍贵的佛教遗产。……它们以不同的形式承载着青阳历史,见证了青阳的辉煌。"我们在青阳县博物馆看到了这个商代大铙,令人惊喜的是,这个商代大铙通高达85厘米,竟然有163.5公斤重。2008年新河镇大撩湾农民汪心田挖鱼塘时出土,体呈合瓦形,平舞、弧手,八棱型甬,甬上有旋。旋饰耳型纹,钲部篆间,铣部饰云雷纹、圆泡状乳丁饰火纹。铙,古代乐器,一说应名"钲",青铜制,体短而阔,有中空的短柄,插入木柄后可执,以槌击之而鸣。三个或五个一组,大小相次,盛行于商代。《周礼·地官·鼓人》:"以金铙止鼓。"郑玄注:"铙,如铃,无舌,有柄,执而鸣之。"其始见期不明,西周中期以后演变为编钟,是南方地区特有的青铜乐器。主要出土于湖南、江西、浙江、福建等地。已知其出土者和著录总数仅80余件。体型最大的为湖南宁乡1983年出土的一件,通高103厘米,重222.5公斤。体型最小的在几公斤至十几公斤之间。此前安徽境内马鞍山、宣城、庐江、潜江各出土一件,马鞍山出土的那件是重50公斤的商铙。南方大铙大多单体出土于山顶、山坡与山麓,或者河岸、湖边泽地,很少出土于窖藏和墓葬。商周时期,"国之大事,在祀在戎",大铙为祭祀天地鬼神之功用的重器或神器。这个商代大铙,从实物这个角度证明了陵阳这个地方在商代时已经是个重要的人群聚居地,是个名邑了。到了战国时期,陵阳的地理位置就更加重要,是东楚的一个重镇了,青阳县博物馆陈列了许多西周春秋战国的青铜器证明了这一点。这样就增加了屈原到过这个地方的可能性。

2. 我们还注意到了,在今天的安徽省池州市各县各地,有许多熊姓、屈姓、景姓、昭姓之人聚居的地方。在池州,我们看到了"临海氏纂辑"的《荆桥屈氏宗谱》残卷,扉页注曰:"此光绪辛丑重修《荆桥屈氏家谱》,系池州市东至县龙泉镇黄荆港村屈家、屈墩、屈湾组,屈原七十二世裔孙屈海清等所藏本。——辛卯中秋,师陵漪重印",光绪辛丑就是光绪二十七年即1901年。可见东至县龙泉镇黄荆港村是"屈"姓之人聚居的地方。又,池州市九华山管理区所辖的九华乡老田吴村有一个重点文物保护单位:九华行祠,九华行祠中保存了一块石碑,是明弘治元年(1488)立的,上刻有《重建九华行祠石壁庙记》,内中"景"姓之人名甚多,足有30人之多,仅次于"吴"姓之人。可见这个地方是"景"姓之人聚居的地方。当地人告诉我,像这些能够证明熊姓、屈姓、景姓、昭姓之人聚居的地方的文物还有好几处。既然这个地方是楚王同姓的人聚居的地方,因此也增加了屈原在这个地方较长时间停留的可能性。

3. 再看屈原流放的路线。在《哀郢》中我们可以看到屈原走的路线:"方仲春而东迁";"去故乡而就远兮,遵江夏以流亡";"出国门而轸怀兮,甲之鼂吾以行";"发郢都而去闾兮,荒忽其焉极";"过夏首而西浮兮,顾龙门而不见";"将运舟而下浮兮,上洞庭而下江";"背夏浦而西思兮,哀故都之日远";"当陵阳之焉至兮,淼南渡之焉如";"惟郢路之辽远兮,江与夏之不可涉"。我们把这个线路连起来,可以清楚地看到屈原流放的路线是可以连到陵阳的。这个线路许多学者已经多所叙述并且画过图,大家可以参考,此处不多费笔墨了。

4. 屈原在《哀郢》中,不但提到了"陵阳",还提到了其他地方,如"巢"。

先看屈原《远游》一段原文:"重曰:春秋忽其不淹兮,奚久留此故居?轩辕不可攀援兮,吾将从王乔而娱戏!餐六气而饮沆瀣兮,漱正阳而含朝霞。保神明之清澄兮,精气入而粗秽除。顺凯风以从游兮,至南巢而壹息。见王子而宿之兮,审壹气之和德。"在屈原《远游》这段文字里,有"奚久留此故居"、"吾将从王乔而娱戏"、"至南巢而壹息"、"见王子而宿之兮"等句子,我们是应该予以关注的。"南巢",商时,巢地属南疆,故名南巢。《尚书·仲虺之诰》:"成汤放桀于南巢。"周时,为巢(伯)国地。春秋时,为楚属国。今安徽省巢湖市有"王乔洞",亦称"王乔仙洞"。王子乔,则周灵王太子晋也。屈子《远游》篇有云:"顺凯风以从游兮,至南巢而壹息。见王子而宿之兮,审壹气之和德。"内容实指南巢国王乔洞,即位于今巢湖市北郊的紫微山下,是江淮之间的一处著名石窟艺术宝库。屈原既已到过"南巢",这就为屈原到过"陵阳"提供了一个旁证材料。

综上所述,我认为,"陵阳"在殷商时期已经是要地,春秋时为吴越名邑,战国属楚也是名邑,在汉代正式置县,出土材料证明了这一点;在今天的青阳县即原汉陵阳还有许多的姓熊屈景昭的人;再联系屈原流放图,是可以连到青阳即陵阳的;而且还有南巢可以作为旁证。因此,我认为,屈原《九章·哀郢》"当陵阳之焉至兮,淼南渡之焉如?"中"陵阳"一词的解释,从洪兴祖开始的认为"陵阳"为原"丹扬郡"下的"陵阳"即在今安徽省池州市青阳县的地名的解释是对的,有道理的。

遭吾道兮洞庭——屈原与西洞庭湿地文化

张应荣

《楚辞》是中国文化的一片汪洋大海，具有楚国鲜明的地方特色，其所涉及的历史传说，地貌概况，神话故事，民俗风情以及其所使用的艺术手段，浓郁的抒情风格，把人格情操奇异想象糅合一起，开创了中国诗歌光辉典范。特别是诗中对洞庭湖的描述，对江南风物的追忆及其留于当地的种种陈迹，常使人嗟叹汉寿与屈原的不解之缘。

虽然屈作中有关洞庭的诗句不少，如"洞庭波兮木叶下""上洞庭而下江""遭吾道兮洞庭"等。但究竟研究屈原与洞庭的专著文章，却很少见诸论述。

一、洞庭湖的基本概况

洞庭湖古称云梦泽，习称云在江北，梦在江南。《禹贡》谓："九江孔殷"即《周礼》所说："荆州薮泽曰云梦"。清同治《龙阳县志》云："县东北160里，湖南众水之汇，巴陵居东，华容安乡居北，龙阳居西，沅江居南，湘阴居东南，夏秋水涨，周围八百里。沿边有青草湖、翁湖、赤沙湖、安乐湖、黄泽湖、大通湖合为洞庭。"

《方舆纪要》谓："九江惟沅、湘、资、澧四水达洞庭，其余会众川以入洞庭，于东则湖水为宗，于西则沅水为长，而出于二水之中者，资水为雄，由此而北，庶几以澧水为君矣。"

又有说："洞庭或谓之九江，或谓之五渚，或谓之三湖"，《水经注》载："九江在长沙下隽西北"，今之岳州巴陵、即当年楚之巴陵、汉之下隽也。沅、渐、无、辰、淑、酉、澧、资、湘水皆合于洞庭，故《禹贡·蔡传》以洞庭为禹贡之九江，所谓三湖，即南有青草湖。（在巴陵县南七十九里，湘阴北百里，周围265里）一名巴丘湖、冬春青草弥望。西有赤砂湖、在巴陵县西200里，龙阳县南90里，周围70里，南连青草，西吞赤砂，横亘七八百里，谓之三湖，又谓之重湖。

洞庭吐纳群川。而大江横亘其口，每岁六七月间，江水暴涨，自荆州逆入洞庭，清流为之改色。《府志》江水自荆江之虎渡分流入洞庭、武陵、龙阳、沅江下游，"弥月不消，浸淫田庐，土人（当地人）谓之下漾水"。

清代湖南安化人陶文毅，曾任两江总督，著有《印心书屋文集》，谓秦汉以来，九江之称或移之江北，移之淮南，移之彭蠡（即鄱阳湖），只以禹贡有"九江"而无"洞庭"，遂并九江之名而萦之扬州城。"俗憎茸食，入主出奴"（即见识浅薄的人，只凭自己主观愿望认定）至今犹聒（喧犹嘈杂）把九江之名弄错地方，今天要研究洞庭的人，不容无考。

按汉书《地理志》九江郡秦置，而未言其地。郦道元谓，秦始立九江郡，治寿春（即今安徽寿县）。原是楚国地方，秦设县，此盖淮南郡治，非九江也。以寿春为九江，自汉武帝元狩六年（前117）开始。其实寿春背靠淮水，又负肥水，南隔潜（湖北潜江芦茯河）霍（即安徽西部霍山）如江绝不相涉，不知汉武帝何故舍淮而以江指称，所谓九江立郡，汉之误源于秦，而其端实则起于楚、楚都江陵曰郢（中），其后始迁如鄢郢，如郲郢，"皆以郢名"，考烈王二十二年（前241）东迁寿春，命曰郢，仍施旧号于新邑，洞庭九江为附近国都之薮，故谓郢徙而九江亦徙（即皇都迁移而九江之名亦变），致使地理方位错置。

另外近代有人研究战国时的洞庭湖，没有今天辽阔，所谓洞庭波（指湖区水面面积）洞庭，则指周围湿地地区，而洞庭800里实则唐宋地质下沉开始。

二、《楚辞》《九歌》展现了洞庭湖畔的人物风情，显系是屈原作于沅湘

汉王逸云："九歌者屈原之所作也，昔楚国南郢之邑，沅湘之间，其俗信鬼而好祠。"《隋志》记载"荆州尤重祠祀，屈原制九歌盖由此也"。包括马茂元先生在内的众多《楚辞》专家，都认为《九歌》是屈原晚年在沅湘所作的作品，用以印证王逸的旧说是完全可信的，因为《九歌》隐隐约约地笼罩着一层从生活深处发散出的忧愁幽思，感伤迟暮的气氛。九歌由《东皇太一》至《礼魂》共十一篇，《九歌》之所以命名为《九歌》和他实际篇数并无固定不可移易的关系，实指九为极数，或因袭远古歌曲而命名（如《九韶》《九歌》《九辩》等。

（一）在人物表现方面：九歌分天神、地祇、人鬼三个方面

1. 天神：共为五篇，指《东君》、《东皇太一》（汉寿古代有东岳庙二座，一在县城，一在今东岳庙乡驻地，按古制祭东皇及东君）、《云中君》汉寿古有城隍庙，合祀于风、云、雷、雨、山川神坛内。《嘉庆常德府志》又据《大清会典》曰："风云雷雨山川"，每岁春秋致祭。雍正二年（1724）准奏用白色帛七件祭祀。其礼仪与社稷坛相同，《少司命》（即九天司命），为主宰生命之神。供奉灶神。《大司命》主宰生命之神。其牌位放中堂。

2. 地祇《湘君》《湘夫人》《山鬼》是祭祀山川河流。

3.《国殇》则是祭祀人鬼的。

有的专家指出《九歌》充满了浪漫主义情调，把高层的人类和天上神灵，转变成为可亲可近的朋友了，展现了深切的人的情思。如北京大学许渊冲教授及张华先生新作《Elegies of the south》中《九歌今译》把湘君湘夫人之间感情用语体文及英文翻译得惟妙惟肖：

> 湘君呵，你为何犹豫不决，迟迟不去，
> 你是为了谁在沙洲中逗留，

我把自己打扮得美丽动人呵,
　　急忙划起我的桂木船儿去见你.
　　沅水、湘水啊,不要起波澜啊
　　吹起洞箫传送着谁的思愁?

(其中英译从略)

　　诗中的神转换成了现世的具有感情的人。
　　刘禹锡贬放朗州时,也写"潇湘神,传达了九歌中的人物感情,并把湘君湘夫人这对配偶神相互思念,柔肠寸断的感情,一反常态,寄意于自己被贬的幽怨中"。
　　《潇湘神》:

　　湘水流、湘水流,九疑云物至今愁,君问二妃何处所,零陵香草露中秋。
　　斑竹枝、斑竹枝,泪痕点点寄相思,楚客歌听瑶瑟怨,潇湘深夜月明时。

(二)九歌中风物

1. 地理的命名残留着与现代相同的地名。

如洞庭("遵吾道兮洞庭"),涔阳("望涔阳兮极浦",今澧县有岑阳镇),芷水、沅水、澧水、兰江("沅有芷兮澧有兰"),清嘉庆常德府志亦附有芷水图,即沅水在常德芷湾附近一段称芷水,澧县澧水的一段称兰江,今建有九兰公园,澧浦(遗余佩兮澧浦),北诸(帝子降兮北诸),沅湘(令沅湘兮无波),长江(使江水兮安流)。从这些地理名称与当代地名类比,也可见《九歌》实写于沅湘地区。

2. 从香木花草看《九歌》中的植物均系沅湘及洞庭地区所有。因为生物的自然变异是一个很长的过程,但古今同一种植物的名称却有很大差异。

　　☆蕙:为芥蕙。即荆介花蕙,取其芳香入药。
　　☆兰:佩兰,是芳草可以入药,楚辞:"蕙肴兮兰藉"。
　　☆琼芳:楚辞:"蕙将把兮琼芳"。朱宗海引《楚辞掌故》曰谓琼芳是一种香草。
　　☆桂:桂酒指桂花泡的酒叫桂酒("桂栋兮兰橑"),桂树古时用来作屋的栋梁。
　　☆荪:香草,即今所谓石菖蒲,多生长于溪边的石头上(荪桡兮兰藉)。
　　☆兰:兰花、兰草指剑兰常用以作装饰。
　　☆芙蓉:荷花(搴芙蓉兮木末)。
　　荷叶晒干:古代用作包装物品,今人可用荷叶制饮料。
　　☆薜荔:今称(木莲)"薜荔柏兮蕙绸",柏指船舷,绸指围帐,古时用薜荔挂在船舷,挂在帷幕上。

☆杜若:亦称山姜,汉寿丰家铺一带称竹三七。

☆杜衡。(缭之兮杜衡)杜衡俗名马蹄香;类似细辛一类药物。气芳香而镇痛。

☆白芷:(沅有芷兮澧有兰)这里表示兰草及白芷,白芷气味芳香,洞庭湖滨丘陵山区亦常有。

☆石兰(疏石兰兮为芳)石兰即山兰、常附着于山中石壁上,药性赋上称石兰利筋骨与皮毛。

☆荷叶"茸之兮荷盖、茸加盖的意思,用荷叶加盖。

☆辛夷:又名木笔花,又指玉兰,目今洞庭湖地区常用以作庭前或道路两旁装饰。

3.《九歌》中乐器

☆洞箫:(吹差参兮谁思)即排箫,上端平齐可吹,下端参差不齐,相传箫的发明始于舜帝。

☆竽:"陈竽瑟兮浩荡"为三十六管的笙。

☆瑟:二十五弦弹奏乐器。

☆枹:(杨枹兮拊鼓)枹,鼓槌,全句为高扬鼓槌打鼓意思。

☆玉枹:援玉枹兮击鸣鼓,枹,为鼓槌。

☆鼓:与今同。

☆钟:即偏钟,打击乐器(箫钟兮摇虡)。虡,为挂钟的架。

☆篪:通籀:古代竹管乐器。

4. 九歌中佩饰

☆玦:似环而有缺口的玉器,佩上表示诀别。

☆玉佩:(遗余佩兮澧浦)(玉佩兮陆离)《云中君》陆离即光彩闪烁。

☆白玉:(白玉兮为镇),将白玉压在瑶席上。瑶席,古代汉寿常用蔬草或水竹或芦苇编织的席子)。

☆玉珥:用以佩剑的剑把。

5. 九歌中的交通工具

☆龙车:(乘龙兮辚辚)。

☆盖,旌(孔盖兮翠旌)《少司命》插着羽毛的车盖及旌旗。

☆水车:能在水中行驶的车(乘水车兮荷盖)(《河伯》)。

☆桡:短桨(苏桡兮兰旌)(《云中君》)。

☆桂舟:用桂木造的船(沛吾乘兮桂舟)。

(三) 文物考古

近年来,在常德汉寿东南益阳沅江交界处的百禄桥镇北二公里,北临沅水汇入洞庭入口处,发掘了马栏嘴文物遗址,分四个层次,第一层为宋代,第二层为东周时代,第三层为商周时代,第四层新石器时代,主持考古专家郭伟明所长宣称:"发现了目前湘南地区规模最大的祭祀坑,这次考古的发现,正是屈原时代楚国南方沅湘地区民俗宗教信鬼尚巫重淫祀生动的反映"。

总之,《九歌》所写的地域,是在当时僻远的南方仍然保存着原始生活种种物证,男欢女爱悲欢离合的众多故事及人物的洞庭湖地区。

三、屈原在洞庭湖畔留下了诸多的胜迹及传说

(一)沧浪之水及与渔父对话的江潭

☆清同治龙阳县志85页载:"沧水,县西十五里,亦名沧港,上有沧溪寺及三闾大夫祠。"据《贺氏府志》:"沧水源出武陵沧山,流四十里合浪水,浪水源出龙阳浪山,二水合流后称沧浪水。"《寰宇记》载:"沧浪水合流处乃渔父濯缨处",楚辞所谓屈原行吟泽畔,遇渔父歌沧浪即此。《旧志》《一统志》《通志》都持此种说法,又《龙志》云:"考谓天下沧浪有四,惟屈原行吟及夕宿辰阳处,指今龙阳地"。

☆浪水:县南七十里,发源浪山,其源有二:一为由浪山东北出梅溪东流,流至鹞子洞与中西二溪汇合。一由浪山东南经良疆界梅溪桥,北至鹞子洞合流,又一支向西南鹿溪益阳界东来至梅溪分流处,皆谓沧浪水,北为谭坪湖,南折为夹堤河,南东折为金牛山,东西诸水汇于南湖,又东流入安乐湖,又北合流水入洞庭。(但今已改故道,由向阳河安乐湖出蒋家嘴入洞庭湖)

☆江潭坪:清《同治龙阳县志》91页载:在县西沧港,《楚辞》游于江潭即此。

(二)三闾大夫祠

县《龙阳县志》载175页:在县西沧港,屈原遇渔夫行吟于此,后人立祠以祀之,侧有钓鱼台,为三闾遗迹。

又三闾祠,《龙阳县志》169页载:在东岳庙左,中祀三闾大夫。

《嘉庆常德府志》350页载:《旧祀》《三闾祀》,府东二里,每年五月五日竞渡,以祀三闾大夫。唐昭宗天祐二年(905)封三闾大夫为昭灵侯,《宋史·礼志》载《宋神宗本记》,元丰六年(1583)封三闾大夫为忠信侯。屈原庙在归州者曰清烈公。(注:笔者考据汉寿古龙阳县志图44页载东岳庙旁未见三闾祠,但存灵神庙,灵神为唐天祐二年905年封三闾大夫为昭灵侯原故。清《嘉庆常德府志》350页又载晋王嘉《拾遗记》:"怀王好进奸雄,群贤逃越,屈原以忠见斥,隐于沅湘,披蓁茹草,混同禽兽,不交世务,采柏实以和桂膏,用养心神,被王逼逐。乃赴清冷之水,楚人思慕,谓之水仙,其神游天河,精灵时降湘浦,楚人为之立祠,汉末犹在。"

可见三闾祠建立,应早于汉代以前的战国末年。

又清《嘉庆常德府志》载:《武陵旧事·前章》祀三闾大夫,以乡先贤五人祀。(即裴元之,辞征高尚;丁易东经学闻名;蒋信请祀二芜即祠庙外东西两廊;冀元亨以理学著名;姚学闵以请免常德漕运)。

(三)清斯亭

清龙阳县志 119 页载:亭临沧水之上,又县志龙阳八景之一,有沧浪夜渔,谓:"清斯濯缨,浊斯濯足。哀吟屈平,唱和以续。"可是此亭乃据《孺子歌》,沧浪之水清兮可以濯吾缨,沧浪之水浊兮可以濯吾足,因袭而来。

(四)舜二妃祠

《嘉庆常德府志》载:在城西即屈平《九歌》中湘君、湘夫人、今废《龙志》。

(五)洪沾庙

《清嘉庆常德府志》载:县东(指龙阳县东,今汉寿)180 里,洪沾州上,祀洞庭神《旧志》唐昭宗天祐二年敕封洞庭君为利涉侯。国朝(即清代)康熙十八年(1679)敕封洞庭湖神。今在百禄桥乡洪沾洲故址亦修龙王庙,显然祭祀洞庭水神亦仿效当年屈原九歌中祭祀河伯水神有异曲同工之妙,为祭祀山川神。

四、屈原在洞庭的种种传说探析

(一)流放说

此说源于《史记·屈平贾生列传》,班固《离骚选序》亦从此说。谓屈原在怀王时妒害被谗,王怒而疏屈平,顷襄王时,逐屈原于江南,因此说,将屈原所存作品与屈原被放江南联系起来,林云铭《楚辞灯》将"疏"与"放"分别开来,而将疏分出层次,认为屈原在怀王时遭谗只是被疏,即《屈原列传》所说不复在位,顷襄王时,被放江南,并将放分三个阶段即:郢都至凌阳,凌阳到溆浦,溆浦到汨罗。

至于流放说除了"一疏一放"外,还有"二次、三次放逐说",或"一疏二放说"或"一疏一放说"。楚辞学家黄震云认为:屈原经历了疏放的过程,第二次放逐地点在洞庭湖,但时间约在怀王二十年后,二湘(《湘君》)(《湘夫人》)记录了屈原放流洞庭湖历史进程,"洞庭波兮木叶下","遭吾道兮洞庭",显然写在这时。

黄崇浩指出,屈原曾为楚怀王在东宫时的师傅。怀王即位,屈原改任三闾大夫,以后晋升左徒,遭谗后,复为三闾大夫。顷襄王即位之后,慎到为相,慎到主政三年后即故去,子兰始得为政,谗害屈原,因此屈原被放,应在顷襄王三年之后,地域在江南洞庭湖西南。

"纷逢忧以离骚兮,謇不可释","情沉抑而不达兮,又敝而莫之白"《惜诵》"蒙塞无处诉,心绪离忧",这也显然是被疏或被放逐时心情。

(二)回故乡说

顷襄王二十一年,楚为秦所破,郢都为白起据,秦人取得洞庭五湖,逼得楚国君臣仓皇逃走,顷襄王东北保于陈,屈原自己也跑到江南(郭沫若)"民离散而相失兮,方仲春而东迁《哀郢》151页,指郢都沦陷后,百姓震怒匆忙撤退的情形。

"去故乡而就远兮"(去到远方故乡)"发郢都而去闾兮"(从郢都出发回家乡去)。"背夏浦而西思""哀故都之日远"(到了洞庭不远的地方,便觉离西边故都越来越远)。湖师大杨布生教授认为应把去字解释为"到……某地去"(见其作品"鸟飞返故乡兮,狐死必首丘"一文)。

"去终古之所居"黄露生研究员认为应把终古理解为先祖封地。

"鸟飞返故乡兮,狐死必首丘。"蒋骥《山带阁注楚辞》将这两句话诠释为归死先王故居。"上洞庭而下江"《哀郢》"回沅湘而远迁"《思古》而《龙阳县志古迹篇》又谓:"龙阳为正则落帆之浦",表示屈原来汉寿是在沧港停船靠岸。

近来,从汉寿《清同龙阳县志》792页,又发现了南阳嘴地名记载,认为南阳嘴为清毓德铺总突出南湖中的一个小岛,向为渔埠。那时南湖与太沧湖相连,一片茫茫,即须要一个停船的场所,进行渔业水产经营。清陈一揆到此有诗云:"山色枫先染,波光蓼欲浮。渔樵谁作侣,天地总成秋。爨火移平岸,餐风泊小舟。好看游戏兴,沙际有群鸥。"

据湖北黄冈师范学院黄崇浩教授考证,河南宛地曾有屈申城,屈氏先祖曾世守申息,屈原父亲应为屈章,曾在申地服役,他认为归州也有南阳,常德市沅水和澄溪交界处亦有南阳州,汨罗刘石林先生引《湘阴县图志》(清光绪六年版卷二)云屈原宅在翁家州,今当南阳寺汨罗乡双桥村南阳街,与罗子国故城隔江相望,可见与屈原当年行吟有关系的地方都有南阳名称,那么汉寿南阳嘴,历史悠久,亦并非偶然。

(三)抗秦说

蒋天枢教授认为屈原来沅湘,是自请放逐,秘密南行,是为了发动民众抗秦,而沅湘既被秦军所隔断,又为楚兵源所在,故屈原甘冒风险,期望为国建功立业,仿效当年伊尹,这是郢破后不往东迁逃命,而至江南沅水流域流浪。可见屈原来江南的目的,他企图贯彻自己政治主张,要与这里民众同艰苦,共患难,当时楚国义士庄乔也正在南方,他和屈原同为楚人,同为反秦战士,有人认为,屈原南行是策划和庄乔共谋抗秦,因此屈原的江南之行是非常时期的爱国行动,此说为蒋天枢、孙作云、路百占三位学者所推举。

张中一先生近作《汉寿屈原故里新证》一书,他认为屈原"上洞庭下江"去汉寿去溆浦是在楚王统一部署下组织抗秦,屈原是东地兵的一员,整部屈赋作品是屈原南征反秦复郢斗争的史诗。由于楚王背叛"成言""曰黄昏以为期",后来又采取和秦政策;故顷襄王收东地兵对秦人反击只收复了江南五邑,致使反秦复郢的斗争没有达到预期目的。

(四)寻访先贤说

屈原来南楚是追求自己振兴楚国理想得以实现,探访先贤,效法先贤,他反复比类:"闻百里之为虏兮,伊尹烹于庖厨";"吕望屠于朝歌,宁戚歌而饭牛";"不逢汤武与桓缪兮,世疑云而知之"(《惜往昔》),百里奚为虞国大夫,晋国灭虞,他当了俘虏,晋献公把他当作女儿陪嫁送往秦国,他逃了出来,又被楚守边兵士抓住,秦献公听说百里奚贤能,就用五张羊皮从楚兵手中把他赎回,让他参与秦国国事,致使秦国国富民强。伊尹当过伙夫,后来成了商汤的贤相,助汤灭夏桀而建立商朝,成为开国功臣。吕望穷愁潦倒在朝歌当屠夫,遇着周文王才被重用,后来又助周武王灭了商纣。春秋时卫国人宁戚,在做商贩时,宿于齐国东门外,秦穆公外出,听他敲牛角唱歌,叙述自己怀才不遇,齐桓公知其为贤人,用车载回。任用他为卿相,最后助齐桓公取得霸权。

屈子南来洞庭,沿着沅水渐水求索,寻访伍子胥祠故地(在今常德断港头)到赤山追寻范蠡遗迹,到德山寻访善卷故址,并在常德瞻仰舜帝妃子(娥皇女英)二妃祠,实现他的"向重华而陈词""吾与重华游之瑶之圃"的理想。

屈原为什么要来常德,据常德府志记载"朗州北屏荆渚,南临长沙实为要会""由江陵陆道而西南则澧州必出之道,由巴陵水道而南,洞庭为必涉之津"。因此当时常德(枉渚)为荆湖唇齿,滇黔之喉噎。这样他不得不"上洞庭而下江""遵吾道兮洞庭""欸秋冬之绪风"看"洞庭波兮木叶下"了。

五、古往今来文人墨客为洞庭留下了丰富的文化遗产

(一)《洞庭赋》

宋代的夏侯嘉正,湖北江陵人,宋太宗太平兴国年间中进士,官至著作佐郎,当年他三十多岁时出使巴陵(今岳阳)作有《洞庭赋》一文,时人广为传抄。

赋中写到:"唯楚之南有水曰洞庭,环带五郡,渺不知其几百里,臣乙酉夏,使岳阳抵湖上思构赋,明日被襟而观之,则翼然动(好像展翅飞翔),促然跂(好像要举步行走),栗然骇(使人感到栗然发抖),愕然眙(被惊吓得两眼发呆),恍然驾春云而轼霓,浩若浮汗,漫而朝跻……"写出了洞庭湖浩浩荡荡漫无际涯,云气上升景象,文笔犀利,浩气贯胸,真一世雄才。

(二)清魏绳得写有《楚游吟赋》

载于清同治龙阳县志艺文志。写出了位于洞庭湖尾闾的古汉寿历史悠久,地势险要,物阜民康,人文荟萃的情景"余楚人、龙、楚地也,幅员广阔,熊渠始封,路居要津,海内名人,接踵者不止一二。"

(三)清陈一揆写有《沧浪记》最早提出了沧浪之水汉寿说:

"以《离骚》而证之,朝发枉渚,夕宿辰阳,辰阳正龙境也,倘谓逆溯二西,则非朝夕可至,且江潭之号,咫尺犹存,原之经此与渔夫对话,夫何疑之有?"

"其或行吟故国,踪迹多奇,即渔父烟波浩渺,往复亦未可定,而今执以私龙,视相袭

者,亦有间矣。若夫清浊之歌,安知非始于孺子,而渔父习闻者欤?"

屈原生于孔子后,"骚之不得入于风者,地为之也,亦人为之也"。

(四)明代诗人曾之忠咏《沧港》,把沧港和屈原文化有机连在一起《清同治龙阳县志》790页。

源自沧峰落,水从浪岫迁,屈平泪昔涨,渔父枻今无,沅已十三合,湖连八九区,我来看日暮,波静倒浮图。

注:①仓峰:即仓山,现属常德县,沧水发源于此,下流四十里,与浪水汇合。

②浪岫:即浪山,县南梅溪总,今属丰家铺乡。

③沅水十三合:指沅水发源汇合十三处主要河流,清水江,镇阳江,竹舟江,双龙江,麻阳河,武溪,北河,马底河,清捷河,循溪(即黄丝港)才入本县境,又纳渐水,沧浪水,寿溪(鼎港)合计十三条。

④湖连八九区:按我县就近有太沧湖(又称白淼湖),太白湖,安乐湖,龙池湖,天心湖,蠡湖(赤沙湖),南湖,洋淘湖,西湖(实指无可考)总之从洪荒远古《禹贡》的"九江孔殷"到现代烟波浩淼的云梦泽,洞庭文化,像一幅画轴,逆着时光的倒影铺开来,它记载了屈子行吟所留下的《楚辞》及其高尚的道德理想情操,使其教育人感染人,让他们品味着思索着,带着更高的中国梦的理想,开拓更美更新的环洞庭湖经济及文化。

"沅、湘之间"三题

杨理胜

一、楚人熟悉的"沅、湘之间"

《九歌·湘君》:"令沅湘兮无波,使江水兮安流"。《九歌·湘夫人》:"沅有芷兮澧有兰,思公子兮未敢言。"王逸《楚辞章句》:"昔楚国南郢之邑,沅、湘之间,其俗信鬼而好祠,其祠必作歌乐舞鼓以乐诸神。"

《湘君》和《湘夫人》提到的沅、湘、澧诸水,是楚人在入湘过程中曾经渡过的大河。《楚辞章句》中提到的"沅、湘之间",泛指两水之间的湘中地区,如果再从横向角度全面界定,当再加上"洞庭、九嶷之间"。

楚人对"沅、湘之间"的熟悉程度,是一个渐进过程。楚人来到洞庭湖南岸的桃江[①]和沅水中游的辰溪[②]、溆浦[③],不晚于春秋中期;楚人来到沅水下游的洪江[④]等地,不晚于战国早期。楚人来到湘水中下游的长沙[⑤]、湘乡[⑥]等地,不晚于春秋晚期;楚人来到湘水上游的耒阳[⑦]、资兴[⑧]、郴州[⑨]等地,不晚于战国早期。

从出土文献看,"沅、湘之间"与"洞庭、九嶷之间"的核心区域颇为时人漠视。里耶秦简涉及的地名,主要集中在沅水、澧水和湘水,核心区域的资水仅提到了一个地处下游的益阳;从传世文献看,《楚辞》提到湖南四水中的湘、沅、澧,但资水却不见踪影。以上两条证据或可说明时至秦代,长江以北的人士对资水,特别是"沅、湘之间"与"洞庭、九嶷之

---

① 益阳市文物管理处,《湖南桃江腰子仑春秋墓》,《考古学报》2003年第4期。
② 怀化地区文物管理处等,《湖南辰溪县米家滩东周墓发掘简报》,《考古与文物》1998年第2期。
③ 怀化地区文物工作队,《溆浦县高低村春秋战国墓清理简报》,载《湖南考古辑刊》第5集,《求索》增刊1989年版。
④ 怀化地区文物工作队,《黔阳县黔城战国墓发掘简报》,载《湖南考古辑刊》第5集,《求索》增刊1989年版。
⑤ 湖南省博物馆,《长沙楚墓》,文物出版社2000年版。
⑥ 湘乡县博物馆,《湘乡县五里桥、何家湾古墓葬发掘简报》,载《湖南考古辑刊》第3集,岳麓书社1986年版。
⑦ 湖南省博物馆等,《耒阳春秋、战国墓》,《文物》1985年第6期。
⑧ 湖南申博物馆,《湖南资兴旧市战国墓》,《考古学报》1983年第1期。
⑨ 郴州地区文物工作队,《湖南郴州东周墓发掘简报》,《文物》1990年第10期。

间"核心区域的认识还极其匮乏。

从考古材料看,"沅、湘之间"与"洞庭、九嶷之间"的遗存少之又少,已经公开发表的报告更是稀缺。我们从各时期的考古材料中可以发现,这片区域以北的洞庭湖区、以东的湘江流域、以西的湘西地区都有大量的遗存,文化面貌也各有特色,可是,除了与以上三个文化区域接壤的地点以外,"沅、湘之间"与"洞庭、九嶷之间"核心区域的考古材料迄今为止几乎是一片空白。

从自然环境看,资水中游至洞庭湖一段水路险滩丛生,到20世纪50年代,湘中地区的煤炭资源还要趁涨潮时节、通过建造一次性使用的毛板船才能运至洞庭与长江。① 可以想见,鄂君启节的铭文虽然提到了资水,但鄂君启的商船最多也只能到达资水下游,这或许是鄂君启节铭文中,资水段只出现益阳的根本原因。

饶有趣味的是,千余年后,资水中游的地域共同体被《新唐书·邓处讷传》称为梅山。《宋史·西南溪峒诸蛮下·梅山峒》言梅山"其地东接潭,南接邵,其西则辰,其北则鼎、澧。"换而言之,梅山即今资水中下游东起长沙、南至邵阳、西至沅陵、北至益阳、常德的广大地域,也即"沅、湘之间"与"洞庭、九嶷之间",二者四至惊人切合。

《宋史·西南溪峒诸蛮下·梅山峒》说:"梅山峒蛮,旧不与中国通。"作为一个逋逃的渊薮,梅山峒民们在这里"刀耕火种,摘山射猎,食则燎肉,饮则引藤",从先秦至北宋,都过着古朴的生活。北宋熙宁二年——公元1069年,官方威逼利诱,梅山始归王化。宋人在这里筑二邑,命名"安化"、"新化",梅山至此才正式纳入中央版图。

结合以上分析,楚人所熟悉的"沅、湘之间",特指湘水西岸、沅水东岸的河地以及洞庭湖以南的益阳地区,并不包括资水中游的广袤区域。

二、《九歌》创作应取材于湘北

《楚辞章句》曰:"屈原放逐,窜伏其域,怀忧苦毒,愁思怫郁,出见俗人祭祀之礼,歌舞之乐,其词鄙陋。因为作《九歌》之曲,上陈事神之敬,下见己之冤结,托之以风谏。故其文意不同,章句杂错,而广异义焉。"

从时段看,楚人在资水下游和湘西地区占据人数优势,不晚于战国早期;楚文化在资水下游和湘西地区占据文化优势,不晚于战国中期②。楚人入主"沅、湘之间"以前,这里的"俗人",主要为越人以及三苗遗裔,还有少量的濮人和巴人,这种民族构成,时至屈原时代仍然如此。《章句》所言的"俗人祭祀之礼,歌舞之乐",很显然只可能是越人、三苗遗

---

① 刘国忠、李新民,《沙塘湾一带毛板船的兴衰及其历史文化根源探究》,载《第五届中国梅山文化研讨会论文集》,2009年编印。
② 杨理胜,《先秦时期的梅山蛮族及其文化》,华中师范大学硕士论文,2010年。

裔、濮人或者巴人的礼乐。

《汉书·郊祀志下》载:"粤人俗鬼,而其祠皆见鬼,数有效。"综合《楚辞章句》"其俗信鬼而好祠,其祠必作歌乐舞鼓以乐诸神"以及和沅、湘之间的土著居民比对,可知王逸所说的"俗人"为越人,屈原所见之"祠"乃越(粤)人之祠。

楚人崇凤,学者所见略同;越、巴、濮、三苗遗裔等族,独越人崇龙。《九歌》当中有龙无凤,是屈原以楚语书越俗。张正明先生认为这是《九歌》作于"沅、湘之间"的一个民族学证明。①

"沅、湘之间"的越人,主要集中在资水下游的洞庭湖南岸及湘水流域,其中桃江腰子仑②的越人是湖南越族中最为富庶的一支,也是文化最为成熟的一支。③ 与之相比,溆浦地区直至战国早期才出现越人器物④,两地越文化面貌及底蕴灼然可见。

据《明一统志》、《太平寰宇记补阙》、嘉庆《常德府志》和《清一统志》、同治《益阳县志》等记载,今桃江县子水岸边桃谷山端阳山麓的花园洞,是"屈原读书处,有原女绣英墓,洞口有三闾桥。又北五里桃谷山龙台禅院,旧有天问阁,其下巨石斗峭,俯临资潭,名天问石,亦云屈子钓台。"⑤以上文献虽较为晚出,但总归是摭拾旧闻,不可能毫无根据。

结合以上分析,《九歌》若在"沅、湘之间"创作,取材于湘北的可能性远大于湘西地区。

三、屈原入溆的时间与使命

周建忠先生认为,《哀郢》和《涉江》中所言的"上洞庭而下江"、"旦余济乎江、湘"、"乘舲船余上沅兮"与鄂君启舟节记载的"上江,入湘……入资、沅、澧……上江"的行程一致,但行进路线刚好相反⑥。鄂君启与屈原同时,可见战国晚期从郢都到达黔中郡,以上线路是一条官道。屈原入溆浦,当从郢都出发,"遵江、夏以流亡"至今之汉口,其后入洞庭而至岳阳,再辗转至益阳、常德境,并最终沿沅水入溆。

然而,屈原入溆浦的路线耐人寻味。楚平王伐濮后,从澧阳平原到湘西与洞庭湖南岸、东岸的孔道全线贯通,到屈原时代,更已通达了200年。如果屈原身负王命从郢都南下溆浦,应从澧阳平原南下,怎会舍近求远,绕行汨罗再途经洞庭湖南岸转道沅水?屈原

---

① 张正明,《屈原赋的民族学考察》,《民族研究》1986年第2期。
② 益阳市文物管理处,《湖南桃江腰子仑春秋墓》,《考古学报》2003年第4期。
③ 杨理胜,《先秦时期的梅山蛮族及其文化》,华中师范大学硕士论文,2010年。
④ 茅坪坳M14出土越式剑。参见怀化市文物事业管理处,《湖南溆浦县茅坪坳战国西汉墓》,《考古》1999年第8期;高至喜,《湖南出土扁茎铜短剑研究》,《中国历史文物》2007年第3期。
⑤ 蒋南华,《屈原在湖南桃江的生活和创作》,载《风骚余论》,贵州大学出版社2009年版。
⑥ 周建忠,《屈原"流放江南"考》,《文学遗产》2007年第4期。

不惮长江之险远道而行,只有一种可能,就是他"流放江南"的地点是在汨罗一带而不是湘西地区;屈原赴溆浦,也并非王命派遣,而是自主西行。

顷襄王即位之初,秦楚交恶,直至顷襄王四年——公元前295年,楚国饥荒,秦人以粟5万石赠予楚,楚秦关系才有所改善。顷襄王七年——公元前292年,顷襄王迎娶秦女,与秦人通好;顷襄王十四年——公元前285年,楚秦会于宛,重申和亲之谊;顷襄王十六年——公元前283年,楚又两次会秦。对力主抗秦的屈原来说,频繁事秦是难以接受的,屈原迁于汨罗一带的时间,大约就在公元前295年到公元前283年这段时间,至于西行溆浦的时间,只会比迁于汨罗更晚。

关于屈原南下沅、湘的缘由,司马迁、王逸言受谗而迁,但今人张中一、张国荣、冀凡等先生另辟新说,认为屈原系受王派遣以抗敌救国。① 笔者以为,受谗而迁有之,抗敌救国亦有之。屈原来到沅、湘之间,最初应该是流放,但屈原来到湘东北地区以后,面对严峻的秦楚斗争形势,自觉采取了抗敌救国的行动,主动前往湘西。这个举动,与屈原的个性及史实相符。

---

① 张中一,《屈赋:屈原南征反秦复郢斗争史诗》,文津出版社1994年版;张国荣,《屈原作〈天问〉于益阳之桃花江考辨》,《青海师专学报》1999年第1期;冀凡,《冀凡楚辞研究文集》,水沫文学社2004年印行。

《九歌》与汨罗民俗"打倡"

湖南省汨罗市屈原纪念馆　刘石林

东汉王逸在《楚辞章句》中说："昔楚南郢之邑，沅湘之间，其俗信鬼而好祀，其祠必作乐鼓舞，以乐诸神。屈原放逐，窜伏其域，怀忧苦毒，愁思怫郁，出见俗人祭祀之礼，歌舞之乐，其词鄙陋，因作《九歌》之曲，上陈事神之敬，下以见己之冤结，托之以讽谏……"[①]宋代朱熹在王逸所阐释的基础上，作了更进一步的阐释，他在《楚辞集注·九歌第二》中说得更清楚："昔楚南郢之邑，沅湘之间，其俗信鬼而好祀，其祀必使巫觋作乐歌舞以娱神。蛮荆陋俗，词既鄙俚，而其阴阳人鬼之间，又或不能无亵慢淫荒之杂，原既放逐，见而感之，故颇为更定其词，去其泰甚，而又因彼事神之心，以寄吾忠君爱国眷恋不忘之意……"[②]王逸和朱熹这两段话，说明了四个问题：一是《九歌》源于楚地祭祀神鬼之巫俗；二是我们现在见到的《九歌》，是屈原在楚地巫觋祭祀神鬼时的祭词的基础上加工整理而成，并非屈原原创；三是屈原见到巫觋祭仪的时间是被流放之后，其"域"是在"南郢之邑，沅湘之间"的"蛮荆"之地；四是民间歌乐鼓舞之祭是为了娱鬼祀神。娱鬼的目的是为了驱魔治病，祀神的目的是为了祈福求安。这四点基本上是学界的共识。我们现在见到的《九歌》舞蹈（如湖北省歌舞团和台湾云门舞集演出的大型舞蹈《九歌》），其词是经过屈原加工整理而成的，是一部优美的文学作品，不见"鄙陋""鄙俚"自不必说，其舞蹈也不见"亵慢荒淫"之处。那么，能否找到屈原之前的祀鬼娱神的遗存，证实屈原的加工提炼之功呢，近人为此也做了大量的工作，而且成绩斐然，如林河先生的《〈九歌〉与沅湘民俗》便是一部集大成之作。然而，近几年笔者在进行非物质文化遗产田野调查时，发现汨罗的巫俗"打倡"，却更接近《九歌》的原型。"屈原对这种'歌乐鼓舞'已熟之在心，化之为血，非偶尔观之而得。这就要求有一个'伏'的时间较长，和当地人民接触较多的'间'和'域'。这个'间'和'域'究竟在哪里为是？我们认为即今汨罗江一带。一是因为屈原在这里住了相当长的一段时间，二是据《湘阴县志》和汨罗民间老艺人介绍，从战国时起，'信鬼而好祠'的习俗，一直保留至今。由此推算，打倡这种巫舞最迟在两千二三百年前就已经产生了。"[③]（汨罗原属湘阴县，1966 年析湘阴县东境设汨罗县，1988 年撤县改市。

---

① 王逸，《楚辞章句》，《楚辞文献集成》，广陵书社 2008 年版，第 55 页。
② 朱熹，《楚辞集注》，江苏广陵古籍刻印社 1990 年版，第 39 页。
③ 《湖南民族民间舞蹈集成——岳阳地区资料卷》，内部资料本第 119 页。

此处《湘阴县志》系指以前之志书,包括汨罗在内)

一、汨罗打倡的场景就是《九歌》祭神的场景

先说打倡之名义,"打"和"倡"都是动词,"打"是个会意字,由"扌"和"丁"组成,"扌"表示手,"丁"表示当,意即用手当(做)事,指整个过程都在手舞足蹈,不停地运动,基本上没有静止的时候,这就是整个过程中充满着舞蹈或武术动作。"倡"者,"唱"也,有合唱,有轮唱,也有独唱、对唱。《诗经·郑风·萚兮》:"叔兮伯兮,倡予和女。""老三呀老大!我唱你们随和!"①屈原的《抽思》就有"倡曰",和其他篇章中的"乱曰"是一个意思,屈原大概也是受到打倡唱词的启发,而把这种"倡"法运用到自己的创作中去了。《九歌·东皇太一》:"陈竽瑟兮浩倡","倡"就是打倡场面的写照。"倡"还指表演歌舞的艺人,如司马迁《史记·赵世家》:"赵王迁,其母倡也,嬖于悼襄王。"就是说赵王迁的母亲,是歌舞艺人,受到悼襄王的宠爱。所以"倡"也泛指歌舞艺人。在这里意指打倡的巫师一边歌唱一边手舞足蹈,也算得上是"歌舞艺人"。"倡"的第二层意思是指猖兵猖将,即阴间或神界的兵将,所以打倡的唱词里面反复出现"有请二十四界猖兵猖将下凡来"。不过这时用的是"犭"旁"猖"而不是"亻"旁"倡",以区别于所请不是人间的兵将。

打倡的目的分两类,一类是驱邪除灾,治病救命。笔者儿时就曾亲眼目睹过一次。邻居家一位老人病了,从庙里接来菩萨问卦,菩萨示意病者在某方被某妖精缠住,需打倡捉住这个妖精,病家就请来几位法师打倡,法师身着法袍,一番寻找折腾后,在菩萨所指方向的野外捉住了妖精,放在坛中,将坛口扎紧,交菩萨严管,病人即可痊愈延寿。其场面浩大惊恐。第二类是奉请各路神仙下凡,保社稷安宁,赐幸福人间,使六畜兴旺,促五谷丰登,反映了古代先民对美好生活的祈盼。笔者今年年初在我市红花乡石仑观见到的就是这类性质的打倡,其主旨与屈原的《九歌》是高度的一致。

打倡一般在晚上进行(为方便笔者等一行考察人员观看,石仑观这次打倡特改在白天举行),夜幕降临即开始,通宵达旦。在宽敞的院落里或地坪中摆上一张大方桌,罩上红桌围,桌上供奉着奉请的主神牌位,牌位前摆放着香炉、浓茶、白酒、猪肉、筷子、神钱(即纸钱)等祭品和油灯并两只卜问用的卦,一块令牌木,桌下铺着红色地毯,一溜摆开八只陶坛,这大概就是《九歌》中说的"瑶席兮玉瑱"。在院落中央用石灰画上若大的"符",这种"符"在他们业内是有规律的,一般人是读不懂的。四角摆着四张较小的方桌,仍然铺上红桌围,插上五方旗三面,代表金、木、水、火、土五大神祇,东方插绿旗,西方插白旗,南方插红旗,北方插黑旗,中间插黄旗。每旗下摆着五位神祇的牌位,牌位前一字摆上五

---

① 靳勇、张克平、周益锋、綦胜利注译,《诗经》,安徽人民出版社2001年版,第89页。

只碗。乐器主要是大锣大鼓和唢呐二胡等。打倡的道士称法师(就是王逸所说的"巫觋"),每场五至六名法师,身着红色衣裤,腰缠红带,头扎红巾,楚人认为自己的祖先炎帝祝融掌火正,是日神,火、日都是红色,故"尚赤"是楚人的传统,在这里得到继承和体现。红色在这里也代表了吉祥和正义,一定能够请来各方尊神,战胜妖魔和邪恶。他们脚穿布袜外着草鞋,左手持牛角号或海螺号,这是一种吹奏乐器,声音低沉而嘹亮,用以烘托气氛,还是集合队伍向妖魔进军的号角。右手持师刀——剑一样的一种道具,柄端扎着红绸带,靠柄处有几个铁环,舞动时丁零作响,悦耳动听,红绸像火一样地飞舞,也是象征法师权力的武器,这就是屈原在《九歌》中说的"抚长剑兮玉珥,璆锵鸣兮琳琅"。还有活公鸡若干只。打倡的整个过程分请神、启师、立坛、招兵、接兵、团倡、扫坛、缠坛、开光、亮相十个步骤,归纳起来有请神、立坛招兵、接兵团倡、开光亮相四项活动,正像一出多场舞台剧一样,序、场、幕、尾声层次分明。

锣鼓手甩开膀子用力擂响锣鼓,吹唢呐的鼓起腮帮,涨红了脸使劲吹起唢呐,场边好多挂鞭炮一齐燃放,在腾腾蔓延开来的鞭炮烟雾中,法师们一齐吹响手中螺号或牛角,齐唱着听不懂的祭词,舞动着师刀上场了。那场面真是震撼人心。正如屈原描写的"扬枹兮拊鼓,疏缓节兮安歌。陈竽瑟兮浩倡。""缒瑟兮交鼓""鸣篪兮吹竽",可惜没有编钟,有的话肯定也是"箫钟兮瑶虡",我猜想古代进行这项活动时,肯定有编钟编磬,要不然屈原怎么会用"箫钟兮瑶虡"来描绘这个场景呢。四个法师或对角穿梭,或绕圈齐行,左右脚呈扫蹚状轮换出击,像表演拳术一般,或一齐向中心翻着筋斗,然后又向四周翻着筋斗散开,道艺高的还翻起空心筋斗(肩手不着地)。闹腾一番后,旁边做帮手的就打卦,如果是阴卦(全俯)或阳卦(全仰),表明神对刚才的表现不满,又要重来,直到打成巽卦(一俯一仰),表明神满意了,就可以进入下一个程序了。刚才等于是开幕式,接着一位老法师上场,他叫吴宏汉,今年八十多岁,虽然年届耄耋,却红光满面,精神矍铄,声音洪亮,动作有力,他是这个打倡团队的师傅,其余几位都是四十多岁至五十多岁当地的农民。只见老师傅拿起桌上的令牌重重地一敲,然后从旁边助手手中接过点燃的纸钱,念念有词地舞动着,又几度从助手手中接过酒壶,虔诚地往桌上的酒盅斟酒,把摆着的肉碗饭碗等轻轻移动一下,我想这大概就是屈原在《九歌》中描写的"蕙肴蒸兮兰藉,奠桂酒兮椒浆""援北斗兮酌桂浆",向所请的神呈奉供品。

打倡的动作刚劲有力,节奏明快,从不拖泥带水。手势讲究阴出阳归,伸缩有度,用挥舞的师刀把握节奏。脚步大都是骑马桩,重心在后,前脚跟虚步点地,左右轮换,呈半蹲式。音乐属徵调式,旋律简单,变化不大。加上唱词,也就是上下句结构。唱腔带口语化,有时加用颤音或滑音,像鬼哭狼嚎,有时还发出"欧欧!"的叫喊声,像野兽嚎叫,人为制造一种恐怖、神秘、紧张的气氛。每节表演结束,问过卦是巽卦后,场外必配以急促洪亮的大锣大鼓和鞭炮,体现出一种热烈、紧张的气氛,起到震撼人心的作用,人们仿佛看到,企盼已久的神,在这种氛围中款款而降,来到人间。

二、汨罗打倡请的神与《九歌》之神的关系

　　汨罗打倡都请些什么神呢?与《九歌》之神有没有关系呢?这是汨罗打倡与《九歌》有没有渊源关系的一个关键问题。由于打倡过程中的唱词绝大部分听不清楚,笔者只得向这个打倡团队的孙浩法师请教,孙法师四十多岁,是这个团队目前能数清的第四代传人,他很热情地将他师傅传给他的请神唱词手抄本共三套复印给了我。他还说他们这一行的资料很多(我市非遗中心副主任周海燕就跟我说过,一次孙法师用摩托车载了一大编织袋手抄资料到非遗中心办公室,请求协助整理),从没有印成书过,流传的就只有这种手抄本,而且从不外传,同行之间也不交流,这个行规我自然懂得。他还说他很想将这些资料整理成书出版,希望得到我的支持,我自然表示大力支持。

　　我详细地阅读了这三本资料,其中有一本是专门奉请屈原神和龙船神的,将在下节专门阐述。这里将另两本做个概述。其中一本是用从前那种农村常见的灰色毛边纸(现在已经没有这种纸了)毛笔抄写的,繁体字为主,杂有少量的不规范的简体字,也没有题名,没有标点,按老规矩从右至左书写。开篇就是"拜天猖第一页 李玉求用 亲传口读 涂法灵也"。行文无韵,且很简单如:"奉请第十二名 七子星下凡尘""奉请第十名 九天玄女下凡尘"等(下面姑且将此本简称《旧本》)。另一本是用中学生通用的比 A4 纸略小的横格作业本纸,用粗钢笔墨汁抄写,简体字为主,而且有标点,分三层从左至右书写,显然比前一本时代要晚,标题是《通用神咒》。行文部分有韵如"宝坐灵金殿,霞光照日轩。万神朝帝所,飞雪下云端。太极分高厚,轻清上数天。人能修正道,神乃作真仙……"等(下面姑且将此本简称《新本》)。这两本请神唱词所请的神五花八门,有几十位,我归纳了一下,可分为四类:天神;水神;山神;人神。

　　先说天神,最大的神恐怕是玉皇大帝,《旧本》第二位即是"奉请玉皇大帝下凡尘"(不知为什么第一名竟是"单请刘公现金身,带动天兵并地兵……"我猜想这位刘公可能是汨罗江一带流行的刘三总管,下文再述)。此本中还有太乙善人、北斗星君、四大天王、二十八宿、慈王大帝、九天玄女、梅仙老母、七子星、三十六雷神等应属天上的神。《新本》中除去《旧本》中所请之神都有外,还有紫微星君、东斗南斗火斗星君、西斗北斗水斗星君、延生保命解厄星君、九天应元雷神护法天尊、九天司命等。

　　再说水神,汨罗地处洞庭湖东侧,汨罗江贯穿全境,西临湘江和洞庭湖,水网密布,祀水神是天经地义的。其中洞庭龙君是首请之神,新、旧本都有。《旧本》中还有河北水母娘娘、游江五娘、童船大王、水府之神等。《新本》除旧本的几位水神外,还有水司精官、四渎童王、湘水童神等。这里重点说一下游江五娘,汨罗法师们说她是轩辕皇帝的第五个

女儿,受封为水神,掌管各地江湖之事。而溆浦的独角傩戏中称游江五娘是屈原的第五个女儿,主管水上送瘟神之事。

次说山神,《旧本》《新本》都是指五岳之神。

最后说人神,《新本》《旧本》请得最多的是刘三总管,杨泗将军,其次还有赵公元帅、张公荣禄大夫、包公、关圣帝君等。

其他诸神还有灵官神、土地神、千岁公公、万岁婆婆、许公荣禄大夫、观音圣母、黑爷、黄爷、哪吒太子、把簿判官等,林林总总数不清的神祇,足见楚地好祀之风是何等浓烈。

上面列举了这么多汨罗打倡所请的神,最终的目的是要和《九歌》诸神做个比较,从而探讨它们之间的渊源关系。为此,有必要将《九歌》中的神也作一个相应的分类。

《九歌》中的天神有:

《东皇太一》,开篇即言"吉日兮辰良,穆将愉兮上皇","上皇"即指东皇太一。姜亮夫先生说:"按上皇即上帝之称变,言上皇者,以协韵之故,以此知战国时已以太一为上帝矣。"姜先生又说:"东皇太一"“应读作'东'‘皇太一’,‘皇太一’者言太一为最尊之神也。"①"东"是指方位,太一神是楚人心目中最尊贵的神,这已是学界的共识。打倡所迎之神有太乙善人,"《吕氏春秋·仲夏纪·侈乐》有'太乙'一词,本指神名,疑'太乙'与'太一'相通。"②可知这里的"太乙"即"太一"。奇怪的是打倡中有楚人最尊贵的玉皇大帝神,而无东皇太一神。但是我们如果把"玉"字像"东"字一样单独列开,"东"表方位,"玉"示最为尊贵,而"大""太"古代一直是通假的,"皇大帝"就成了"皇太帝",而"帝"与"一"同韵通假,"皇大帝"不就成了"皇太一"么。把"太乙善人"和"玉皇大帝"两位神合而为"皇太一"一位神,前面再冠以楚人崇尚的方位——东,这是屈原文学创作手法的高明之处。东皇太一是楚地最至高无上的神,据溆浦的朋友介绍,溆浦的许多寺庙里至今还供奉这位神。

《云中君》,吴广平先生说:"云、雨、雷、电四者本就密不可分,因此在原始神话思维中,云神、雨神、雷神、电神也往往互相转化、互相替代、互相混淆……屈原的《云中君》正是祠祀云雨雷电之神的祭歌"③。打倡中有"三十六雷神"和"九天应元雷神护法天尊"。屈原巧妙地将云、雨、雷、电诸神,融为一神,可谓是高度浓缩,不然的话,《九歌》写二十乃至三十篇也容纳不了众多的神。

《大司命》,主寿夭之神。《少司命》主子嗣之神,打倡中有"延生保命解厄星君"、"七子星"神、"九天司命神"等就是大司命和少司命的原型。两位神实际都是管人生死寿命

---

① 姜亮夫,《楚辞通故·天部第一》,云南人民出版社1999年版,第202页。
② 林家骊译注,《楚辞》,中华书局2010年版,第37页。
③ 吴广平译注,《楚辞》,岳麓书社2011年版,第56页。

的,不知屈原为什么要把他们分祭,大概出于人类原始繁衍生息的需要吧,也反映出战国时人类对于生殖繁衍的渴望,屈原是顺应民心。

《东君》,即太阳神,奇怪的是《旧本》《新本》都没有提到太阳神是何神,但是都提到多处建有火神庙,供奉的是火公、火母、火子、火孙、火车灵官,这是些什么神?与太阳神是否有关尚待考证。但楚人祖先祝融掌火正,应为火神当是无疑的,太阳是火的源泉,打倡者在这里可能将火神代替了太阳神。笔者在另一组打倡团队的资料中发现,他们除了迎神的唱词之外,还有祖传的迎神手语,称之为手诀,有六类:观音诀;连环诀;接宾诀;玉皇诀;刀柄诀;玉进诀;鳌鱼诀,每诀供奉的神祇不同。其中玉进诀(在玉皇诀大指、食指、小指伸直,中指、无名指弯曲,指尖与手心相贴,手心微凹)的基础上,将大拇指两屈向上,便是专供太阳神的动作。不论是以火神代指太阳神也好,抑或用手诀奉迎太阳神也好,都说明在打倡所迎的众多神祇中是有太阳神的。太阳是万物之源,每日升起于东方,楚人尚东尚日,为表崇拜,屈原将其称为东君。

《九歌》中的水神主要是《湘君》《湘夫人》,祀湘水神。《河伯》祀黄河神,黄河不在楚地,窃以为这位河伯神应泛指水神,即所有江河湖沼之神。打倡中奉迎的水神分三类,一是湘江神即"湘水童神",至于为什么称"童神",实在不得而知,问及孙浩,他也不知所云,只知道师傅就是这么传下来的。洞庭湖中君山二妃祠即是祭湘水神的。二是洞庭庙,专祀洞庭龙君,洞庭湖畔古代专祭洞庭龙君的庙非常多。三是众多的龙王庙、水府庙供奉的是水母娘娘、游江五娘、童船大王、水府之神、水司精官、四渎童王等。大概是分工负责,各管一方水域,屈原将其高度提炼,归之于河伯一神。

《九歌》中的山神只有《山鬼》一篇,泛指山神。打倡中的山神则专指"东岳泰山齐天仁圣帝、南岳衡山司天昭圣帝、西岳华山金天顺圣帝、北岳恒山守天元圣帝、中岳嵩山大临崇圣帝"以及他们麾下的"皇公太子、皇后夫人,出阵入阵文武官班、隐身土地"等神祇。屈原大概是择其一而祀之,以代表所有山神。

《九歌》中的人神只有《国殇》一篇,学界都认为是祭祀楚国那些为国捐躯的壮士的。而打倡中奉请的人神众多,如刘三总管、杨泗将军、赵公元帅、关圣帝等等。笔者在民间走访,发现在民间传说中,只有刘三总管是战国之前形成的神祇,其余都是"后起之秀"。据传刘三总管叫刘笱鹤,周武王身边的一员战将,助周武王灭纣,英勇善战,在一次战斗中,为保武王而战殁疆场,南岳圣帝感其忠君,受法为神,封其为汨罗江沿岸四十八庙总管,故称刘三总管,算得上是南岳圣帝派往汨罗江一带的"特派员",所以,不管哪座庙打倡,刘三总管是必请之神,而且其顺序也就排在了玉皇大帝之前。但这只是民间传说,史料上是否真有其人,实不敢乱下定论。是否屈原也听到了这个故事,有感于刘笱鹤的忠君爱国,勇于献身而作《国殇》以赞其精神,同时也借以悼念为楚国捐躯的壮士。当然,这只是一种猜测而已。但屈原与打倡不同的是,不同意把这位神排在第一位则是显而易见的。

这里还要弄清一个问题,即《九歌》十神与打倡所请众神的关系,它们是什么关系呢?我认为是原材料与成品的关系。比如一个树蔸,毫无特色,也无生命,经过根雕艺术家的手,它就变成了一件精美绝伦,活灵活现的艺术品。打倡所请诸神,就是法师挖掘出来的一个个"树蔸",经过屈原妙手的雕凿(实际是再创作),就成了一件件精美绝伦的艺术品——《九歌》十神。

打倡所请的众多神祇中,有许多女神,如圣母娘娘、九天玄女、梅仙老母、水母娘娘、游江五娘等,而且这些女神都是人类的保护神,赐福于人类,为人类驱魔却瘟,是"美"和"善"的象征。这对屈原的创作,产生了巨大的影响。"屈原《楚辞》中最重要的'比兴'材料是'女人',而这'女人'是象征他自己,象征他自己的遭遇好比一个见弃于男子的妇人。……封建时代妇女的命运是非常悲惨的。屈原愿意以妇女作'比兴'的材料,至少说明他对于妇女的同情和重视。"① 屈原是中国古代最了解女性和最同情女性的第一位诗人。在他的笔下,女性就代表着美,是他终生梦寐以求的,也是他做人的标准,但是他偏偏被抛弃,遭人"嫉"和"妒"。这在屈原其他的作品中得到了充分的体现。打倡对于女性神的肯定,在《九歌》中也得到了充分的体现,屈原不仅将女性写入自己的《九歌》,而且还将原本干巴巴的,威严的,令人望而生畏的神祇,赋予了凄美的爱情情节,使人感到这些神不仅可敬,而且可亲,仿佛就在身边,触手可及。但是这些爱情是不如人意的,要么是男神迎候女神而不遇,要么是女神约会男神而未果,"美"终成镜中宾水中月,屈原就这样把自己的政治寄托,理想追求寓于其中了,真不愧是文学的大手笔。

三、请屈原神和造龙舟送瘟神

前面说到孙浩师傅送了三本请神咒词给笔者,上文介绍了两本,这第三本题名为《造船全卷》,上下两层从右至左毛笔书写,繁体字为主,夹有不规范的简体字,而且有不少错别字,比如屈原的"原"就写成了"源",问卦的"卦",有的地方写成"掛"等。

他们在打倡的场地右边,另辟一片场地,场中摆小方桌一张,罩上红布,上放一纸糊的牌位,顶端右左两角写"奉""请"二字,中间竖书"三闾大夫屈原之神位",神牌前放供品,也是一碗饭,一碗肉(整块不切碎)和酒盅等,再前供香烛。小方桌后面架一木雕龙头,往后四五米处架一木雕龙尾(架龙头龙尾之具桌凳皆可,只要能架住就行),在龙头龙尾间扯起一幅红绸,大概是象征一条完整的龙吧。

在震天动地的锣鼓鞭炮声中请神开始,只是这次只有两个法师在小方桌前表演。先请屈原神,一位法师吹着牛角,另一位舞动师刀,念念有词,对照《造船全卷》,我听懂了部

---

① 游宝谅编,《游国恩楚辞论著集·第四卷》,中华书局2008年版,第2页。

分:"去在楚国怀王事,误听谗言贬屈原。屈原夫子家遭难,七十二口倒床眠。上去雷神神不应,下去服药药不灵。周易(原稿错写为'一')文王占一卦,卦头落地说根源……屈老夫子请降临,急急如律令!"请完屈原神之后就是请龙神或说是龙舟神,在龙的两侧两位法师一人一句,一边唱请龙神咒,一边用师刀敲打着牛角,一遍遍从头至尾,又从尾至头跳跃着。这段咒词很长,绝大部分押韵,像诉说一个故事样的。"轩辕皇帝生五女……五女生来年又小,修炼长生不老仙。只因凡民多灾难,拜请五娘造花船……"最后竟成了造起龙船送瘟神:"麻瘟遣送天官去,痘瘟遣送地官存。马瘟遣送长河口,牛瘟遣送青草坪,随船去到洋洲花花世界莫回头。四月八,庙门开,师请龙头上船来,五月初一船下水,龙船下水闹长江,人物故事齐齐备……。"这使我想起了湖北黄石的端午习俗(人类非物质文化遗产传承地之一),他们也是从四月初八开始,在位于长江边上的屈原宫内,开始扎制草龙船,一直忙到端午,把草船放到长江中,将众瘟神放到草船上送走。溆浦的独角傩戏也有这一情节。

笔者在网上查阅,发现打倡这一巫俗,不仅汨罗有,临近的平江、湘阴、岳阳,乃至益阳、常德甚至湘西一带(即古之楚地)古时都很流行,而且多称"打灵官倡",内容和形式也大同小异。有学者考证灵官姓王,宋徽宗时人,这就很迟了。湖北谷城县一带,乡间也有专门请神的职业人称为端公,他们作法请神时,身穿红布衫,腰系红丝带,头戴五片红布缀成的五佛冠,状如荷花瓣,上绘五方神象,请神时一手执五色纸旗,一手执师刀,绕五方神位,挥旗舞刀,念念有词,和汨罗的打倡如出一辙,但他们都没有请屈原神一节,可见这又是汨罗独有的巫文化之一。

汨罗江一带流传着这么一个传说:屈原来到汨罗,首先居住在汨罗江北岸的南阳里。因为屈与楚、罗同为颛顼之末裔,他们是一个家族的三个分支。① 所以,与之隔江相望的罗城中的罗氏贵族听到这一消息,马上把他接到罗子国城中,晚上用当地流行的请神的巫歌巫舞(大概就是打倡的雏形,当时是不是叫打倡,已无从考证)招待屈原,屈原见其词不雅,结束后便与表演的巫师们商议,想帮他们厘定词曲,巫师们知道屈原是王室的三闾大夫,主管过王室宗庙的祭祀,都表示欢迎,于是屈原就将巫师们唱的整理成了我们现在见到的《九歌》,所以,屈原深受汨罗巫师们的崇拜,屈原殉国后,汨罗的巫师们立即将他尊为神,从此,在打倡的程序中就多了一项请屈原神的程序,又因为龙舟是纪念屈原的,所以在打倡过程中特设了请龙舟神一节,一直流传下来。我估计唐代沈亚之到了汨罗,大概也看到了这项活动,所以他在《屈原外传》中记载了:"(原)栖玉笥而作《九歌》。"这从另一个角度说明《九歌》源于巫祝之词。

这里还有一个奇怪的现象值得探讨:为什么法师们在请神时仍沿用古老的唱词而不

---

① 参见拙作,《屈原墓位置何在——与张中一同志商榷》,《求索》1987年第3期,第123页。

用经过屈原整理加工而成的《九歌》？我认为主要是《九歌》的局限性太大,不适于法师们要请的五花八门形形色色的大小神祇,更不适应屈原以后逐渐形成的后起诸秀的诸多神祇,所以,法师们宁可将屈原列为所请之神,也不用《九歌》作为请神之辞。而《九歌》作为一部文学精品一直保留至今,还将一直流传下去。

四、《九歌》与民歌、巫歌

从王逸以降,历来学者都公认《九歌》源于楚地盛行的巫风,但是又认为楚地民歌是《九歌》的素材。比如林河先生就说:"《九歌》的风格不同于中原的《诗经》,却与南方古代的濮、越、吴、楚等民族民歌的风格相近。可以说,它是地道的南方民间的产物。"①他除了以越语的《越人歌》和楚语的《越人歌》为例外,甚至将《九歌》与今日沅湘间各民族流行的民歌作逐一的比较。姜亮夫先生也认为"《九歌》为屈原依楚民歌修饰润色之作"②。我不明白,既然都认为它是巫风的产物,为何又要把它归类到民歌中去。比如诗,有古诗(古风、绝句、律诗等)、现代诗和散文诗等,虽同为诗,其实是不能混淆的。巫歌和民歌,虽然都同为歌,本质上同为民间文学,却有着不同的文化因子。因为民歌是大众流行的歌词,特别是在古代,几乎人人会唱几句,而且随时随地可唱,酷暑炎天在纳凉的禾场上,数九寒冬在取暖的火塘旁,辛勤劳作的田间地头,男女幽会的密林溪畔等等,更没有什么仪式,想唱就唱。也没有什么固定的内容,随口而出,随意而作,也无固定的对象,总之,可以用"随意"二字概括民歌的特点。而礼神之歌却截然不同,首先,它不是人人会唱,更不是人人可唱,唯有法师(即朱熹说的巫觋)可唱。其次,它有一定的场所和时间规定,不是什么地方什么时候都可以唱的,只有在设坛请神时才能唱。最后,它有专门的对象,迎东君的唱词你就不能用来迎山鬼,这种规定是非常严格的,不能有丝毫逾越,否则就是亵渎了神明,就会灾难临头,总之,它不能有丝毫"随意"。由此可见巫歌和民歌实际上属于两个不同的文学范畴。当然,巫也是民的一分子,正像孙浩一样,不打倡时他种田种地,在田间地头他可能还会唱几句民歌,他还办过小型的加工厂,也出外打过工,但是穿起通红的法师服,舞起叮当作响的师刀,吹起"嘟嘟"的牛角号,他就进入了巫的角色。他口中唱出的就不是一般的民歌而是特定的巫歌了,他不能擅自改动一字一词,手脚也不能随意乱舞。

屈原在朝时曾为三闾大夫,主持王室宗庙的祭祀,是这一官职的主要任务之一,宗祠开祭,首先就是要奉请诸祖先神,族中有长老故去,也要将神主(牌位)供奉上神龛,这也有一个奉请仪式,所以,屈原对请神、供神之程序应该是娴熟于心的,有人推断,屈原本身

---

① 林河,《〈九歌〉与沅湘民俗》,三联书店上海分店1992年版,第7页。
② 姜亮夫,《屈原赋校注》,香港中华书局1972年版,第144页。

就是一个巫师(汨罗称法师),也是有一定道理的。他流放之后,来到民间,所过之处,看到了民间请神之仪,肯定有感于心。及至来到汨罗,不再颠沛流离,看到汨罗的打倡迎神,激发了他的灵感,唤起了他的创作欲望,从而加工整理所收集到的请神之辞,给我们留下了光照千古的文学精品之作《九歌》。正因为它是文学精品,所以,完全看不到它原始的"鄙俚"和"鄙陋",但是在汨罗的打倡中仍可窥见一二。如打倡结尾,有一个很血腥的场面:法师抓着一只公鸡,念念有词地舞动着,忽然拧下公鸡的头,将鸡血滴向五方,然后用一根鸡血染红的小竹棍,将鸡嘴撑开,安放到供桌上的茶碗中,如此反复,一共要拧掉八只鸡的头。这是一种"亵慢"的"陋俗",屈原就将之"去其泰甚"了。"巫歌对楚辞的思想和艺术都有积极影响,或者说楚辞在某种意义上是巫歌的美学升华……大概屈原放逐后深入民间,了解到南楚的祀神歌舞,便大胆学习,由模仿到创作经历了三个阶段:首先是搜集加工,在原有的祀神歌词中渗透进自己的理想和追求,这便是《九歌》和《天问》"。[①] 由此可见屈原是南楚巫文化的继承和改造者。当然,巫歌和民歌同属于民间文学的大范畴,从这一层意义上说,屈原还是中国历史上第一位民间文学工作者。

综上所述,窃以为《九歌》源于古代巫觋(汨罗称法师,有的地方称师公,湖北谷城称端公等称谓不一,职掌一样)请神时诵唱的巫歌,这种巫歌在汨罗的打倡请神活动中,被较为完整地保留了下来。汨罗打倡是研究南楚巫文化和《九歌》的活化石,然而由于种种原因,这个活化石已日渐式微,抢救整理这颗活化石已迫在眉睫,这也是笔者撰写此文的另一目的。

[①] 戴锡琦、钟兴永主编,《屈原学集成·南楚巫歌化伟辞》,中央编译出版社2007年版,第204-205页。

清代荆州都市信仰民俗考察[①]

长江大学文学院 卢 川[②]

信仰民俗是能够传达人们信仰观念和崇拜心理的习俗。都市民俗是伴随着经济发展而产生的,"既是民俗现象,又是一种意识形态"[③],以"空间地域划分方式来研究的民俗,主要指都市特有的民俗。包括城市自身形成、发展、历史积淀、建筑风格、城市景观、地域特点和市民生活等方面的民俗"[④]。对历史上某个时期民俗现象的考察,既属于历史学研究的范围,又属于民俗学关注的视野。本文以都市民俗中信仰民俗作为研究对象,对清代荆州城市主要信仰民俗作初步考察。

荆州历来是长江中游重要的城市。清代"府领二州,十一县,并施州卫。雍正朝割二州、三县及卫地,置宜昌、施南二府。乾隆季年,复割远安隶荆门。今辖七县"[⑤](卷一)。至清康熙时期,荆州设立八旗驻防。城市经济发展明显加快、军事功能更为加强。清后期,荆州城市发展更面临着近代化转型的冲击。

一

自然神信仰是信仰民俗中的重要内容,是根植于民间的特殊文化现象。对天地的信仰,是传统信仰民俗的主题之一,在古代都市民俗中则发生了变化。清代人对于自然神的信仰,已经与传统充满神秘主义时代相去甚远,反而与政治权威有着密切的关系。如汉魏时期,人们多信仰鬼神,远古神话、长生不老之术、辟邪思想、神仙思想,是当时人们的一般知识水平。但是,古代城市发展使人们越来越多地远离本体意义上的"神",逐渐剥离了神秘感,但人们心目中的敬畏之情仍存于一般知识体系之中。

对天地的信仰和敬畏,是清代荆州城市信仰的主体。大祭天地在社稷坛进行,社稷坛是帝王拜祭土地及五谷神的地方,府社稷坛严格遵从国家祭祀等级秩序,是地方政府

[①] 此文为湖北省教育厅 2012 年人文社会科学青年项目研究成果之一,项目编号为:2012Q059,长江大学 2012 年人文社会科学青年项目研究成果之一,项目编号为:2012csq009.

[②] 作者简介:卢川(1981 -),男,湖北荆州人,长江大学文学院历史系讲师,研究方向为荆楚文化、古代城市文化。

[③] 钟敬文主编,《中国民俗史》(隋唐卷),人民出版社 2008 年版,第 373 页。

[④] 陶思炎等著,《中国都市民俗学》,东南大学出版社 2004 年版,第 149 页。

[⑤] 倪文蔚修、顾嘉蘅纂,《光绪荆州府志》卷二七,光绪六年刊刻本。

实施天地信仰的主要场所。当时京城的社稷坛"在皇城内午门之右北向。明永乐八年建，本朝乾隆二十一年因旧制重制，每年春秋二仲月上戊日致祭，异坛同壝"①，成为全国效仿和遵从的祭祀空间和礼制。社稷坛是荆州府的自然信仰的中心场域。清代社稷坛设在今荆州西门外，形制为京城社稷坛一半。"纵横二丈五尺，高二尺一寸。四出陛，各三级，缭以周垣。门北向，石主一，长二尺五寸，方一尺，埋于坛南正中。神牌二，以木为之，临祭设于坛，曰：府社之神、府稷之神。"②

对其他自然物信仰，则体现在大自然崇拜。"天子祭天下名山大川，五岳视三公，四渎视诸侯，诸侯祭其疆内名山大川"（《史记·封禅书》）。清代荆州城市按风云雷雨、境内山川、城隍神坛构建自然物信仰空间。三坛设在今荆州城东门之外。明代府、州、县始合祭风云雷雨、境内山川、城隍诸神。"乾隆二年，敕修坛制，甃砖为之，纵横二丈五尺，高二尺一寸。四出陛，各三级，缭以周垣。门北向"③，设三个牌位，用石头作成，高二尺四寸，宽六寸，座高五寸，宽九寸五分，皆有讲究。中间为"风云雷雨之神"，左边为"境内山川之神"，右边为"府城隍之神"。

城隍神是主管城市事务的神灵，城隍信仰在都市信仰民俗中是重要的一个方面。"城隍之名，见于《易》，所谓'城复于隍'也"（王敬哉《冬夜笺记》）。城市男女多集城隍庙，是城市民间信仰的场域，也是城市生活气息最为深厚的场所。清代荆州有两处城隍庙，一处在府治西，一处在沙市。"元大德中建，志余云。即沙市西门城明杨淮有重修记，香火最盛"④。

明代洪武诏令天下，各府州县皆建城隍庙"其制高广各视官署正衙，几案皆同"（《续文献通考·群祀考》），明荆州知府耿志炜《重修荆州府城隍庙记略》："东建斋所，西创道院，重甍垒砌，翼翼森森，辟以疏棂，缭以周垣。而庙制益完，而庙貌益尊。"认为，"俾民若其和，无逢其灾害。神之于荆，其为德博，而其威驭远。君子入庙思恭，因稽古神道设教之治。"（耿志炜《重修荆州府城隍庙记略》）清代荆州文人对城隍有着敬畏之情："城隍庙，威灵显应，其报如响，非仅土木肖像者"（周仲士《枝江山水记》），也可见当时市民对城隍庙信仰的敬畏和文化认同。

城隍庙是市民多元复杂的民间信仰的集中场域。明朱元璋曾诏令城隍庙"屏去他神"，但时过不久，又复旧貌。"一座庙宇中往往如来佛、太上老君、孔圣人并坐，财神、瘟神、福神相安无事，阎王、送子娘娘、药王爷同受香火"⑤，清代荆州城隍庙在康熙至乾隆年

---

① 穆彰阿等修，《大清一统志》卷一，文渊阁四库全书本。
② 倪文蔚修，顾嘉蘅纂，《光绪荆州府志》卷二七，光绪六年刊刻本。
③ 倪文蔚修，顾嘉蘅纂，《光绪荆州府志》卷二七，光绪六年刊刻本。
④ 民国《沙市志略》，中国地方志集成，湖北府县志辑31，江苏古籍出版社2001年版。
⑤ 郑土有等著，《中国城隍信仰》，三联书店上海分店1994年版。

间多次修葺,可见,荆州城隍庙在荆州市民生活中是十分重要的。荆州城隍庙信仰中心的场景或可想象,城市市民的一切美好愿望便在这里得到了实现和安顿。

另外,部分城市信仰民俗已从严肃性中走出来,并向娱乐性和形式化的方向发展。如清代荆州的中祭场是先农坛。土地是人类生活之源,《释名·释地》:"地者,底也,其体底下载万物也。"古人对土地恭敬。先农坛设在荆州城公安门外佛华寺旁,在今九龙渊公园一带。雍正五年始建,乾隆二年重修坛制,"纵横二丈五尺,高二尺一寸。正北中一室,供先农神牌,高二尺四寸,宽六寸,座高五寸,宽九寸五分。东房贮祭器、农具,西房贮借田米谷,东配房置办祭品,西配房居看守农夫。外缭以垣,门南向"①,每当仲春亥日祭祀。整个祭祀活动由"知府秉耒,佐贰执青箱,知县播种"②,整个仪式还安排了市民参与,"耆老一人牵牛,农夫二人执犁,九推九反,农夫终亩耕毕"③,且祭祀"农具赤色,牛黑色,箱青色"④,最后官民同行礼完毕。从整个祭祀活动的过程来看,我们发现都市信仰重在"表演",在仪式形成一套固定的"程式"后,敬畏的精神已然消失。整个活动有市民参与。活动从单纯意义上的祭祀变成城市空间的活动,具备了娱乐性和表演性的特征,体现了城市人期望生活富足的愿景。

二

中国民间信仰非常复杂,在城市中普遍存在佛寺道观,与他城或无本质区别。在此主要以关帝信仰作为关注对象。

关帝信任既有道教的意味,又有佛教、儒教的属性和内容,体现了道、儒、佛三教融合的信仰体系。荆州城市中最为重要的是关帝信仰民俗。关羽之传说自不必说,自宋人将关羽奉作精神偶像后,关帝信仰至明清时期,在中国社会则达到了高潮,特别是民间社会已将关羽奉为正神。关羽镇守荆州的历史故事,让荆州人引以为豪。至清代,官方对关羽的崇敬,使关羽的封号不断增加,以至"忠义神武灵佑神勇威显保民精诚绥靖翊赞宣德关圣大帝"。清代学者也不敢有丝毫的怠慢:"今且南极岭表,北极塞垣,凡儿童妇女未有不震其威灵者,香火之盛,将与天地同不朽。"⑤可见清代信仰民俗中关羽已成为重要的信仰民俗,或者说是任何时代荆州城市的重要城市名片。

尽管关羽所承载的政治和文化元素很多,甚至成为中国文化的符号,但这并不影响

---

① 倪文蔚修,顾嘉蘅纂,《光绪荆州府志》卷二七,光绪六年刊刻本。
② 倪文蔚修,顾嘉蘅纂,《光绪荆州府志》卷二七,光绪六年刊刻本。
③ 倪文蔚修,顾嘉蘅纂,《光绪荆州府志》卷二七,光绪六年刊刻本。
④ 倪文蔚修,顾嘉蘅纂,《光绪荆州府志》卷二七,光绪六年刊刻本。
⑤ 赵翼著,栾保群、吕宗力点校,《陔余丛考》,河北人民出版社1990年版。

关羽在荆州民众心目中的真实地位。荆州作为历史上关羽的主要活动区域,荆州城祭祀关帝的庙宇数量自然更多。荆州"帝庙有六,一在将军署前即万古楼,一在公安门内,一在掷甲山,一在南门内,一在石马头,一在草市。诸县境、城、市、乡、镇庙祀殆遍,不尽载。"①。荆州府关帝庙内,两旁从祀"关平、杨仪,荆州刺史。周仓、马良,荆州参军。关兴、张苞、王甫、张嵩、华佗、赵累"②。公安县、松滋县、石首县等诸县都有关帝庙。从祀名单可知,以关帝庙为中心的祭祀对象还有与关羽有关的历史人物。在作为儒家精神符号的关帝和荆州地域名人的关羽的双重形象上,市民们更愿接受两种身份的关羽。在荆州城市里,关羽是作为两种文化符号存在的,一种是和市民很近的作为"人"的关羽,一种是为政治话语拔高和提升过的作为"神"的关帝。

城市知识分子的信仰世界里,关帝是忠孝道德的典范和楷模。清康熙松滋知县陈麟对关庙之所以能成为城市信仰中重要因素有其独特看法,"关帝之与孔子,有易地同然者,千载之下,庙祀比隆,抑何嫌焉?然郡邑之立孔庙,所以崇功德而彰教化也,立关庙所以昭忠义而振彝常也。是皆有关于人心"(陈麟《关帝庙碑记》),认为关帝是城市的信仰中心,与孔庙有着不同的功用,立孔庙为教化,立关庙昭忠义,都关乎人心。关帝庙作为城市祭祀空间场所,常常引发文人精神反省和历史回顾。不妨以清代的荆州诗文作为文献来看:

鱼为龙兮君失臣,汉运已尽生将军。奸雄得志公愤怒,只与天命争三分。
（曹国桀《关帝庙诗》）

汉季扶真主,高明万古崇。忠贞垂宇宙,浩气塞苍穹。凤落中原绝,龙埋赤帝空。

千秋遗憾在,谁与问东风。
（张鹏翮《荆州谒关壮缪祠诗》）

在诗文文献中,文人对关帝一生进行评价,其心中自然涌现出关帝作为忠孝道德的楷模认知。清代文人张鹏翮至荆州拜谒关平,其诗更具怀古之情。文人的诗情和幽远的寓意,也表达了对关帝的一种敬畏和赞美。城市市民因知识水平所限,内心的关帝信仰是无法表达出来的。从城市知识分子的历史想象空间来看,反映了清代荆州城市的集体记忆,关帝信仰在荆州市民心目中是占有很大比重的。

作为一般城市市民,关帝则是他们祈福消灾的保护神。关帝信仰具有多重性,即上

---

① 倪文蔚修,顾嘉衡纂,《光绪荆州府志》卷二七,光绪六年刊刻本。
② 倪文蔚修,顾嘉衡纂,《光绪荆州府志》卷二七,光绪六年刊刻本。

层社会和下层社会共同具有的信仰世界,或许也成为市民的"一般知识水平"因素。翻阅整部光绪年间所编修的《荆州府志》,未见有"关羽"字样,均以"关帝"称之。同时,荆州市民对关帝敬仰还可从其对关帝庙态度可知,光绪《荆州府志》卷五四提到"张仙保,满洲正蓝旗人,性慷慨好周贫乏"又云其宅"傍有关帝庙将圮,独力新之";又如监利"关帝庙一在保和门上,康熙间,知县郭徽祚重修"①。当市民的保护神的神庙受到破坏,则独力新之,这绝非偶然现象。解释只有一个,那就是关帝信仰已经成为清代荆州城市市民一般知识水平和信仰体系中的重要因素。此外,明清时期,中国民间的劝善之文,引导人们从善,则以关帝信仰为神圣权威:"神明鉴察,毫发不紊。善恶两途,祸福攸分。行善福报,作恶祸临。我作斯语,愿人奉行。言虽浅近,大益身心。"(《关圣帝君觉世真经》),既然流传时间在明清时期,荆州城市将关帝信仰作为一种教化民众的手段,也是顺理成章的事了。

三

清代荆州作为八旗驻防之城,其具有多重城市文化特征,从城市信仰民俗来讲,一方面具有清代的时代特征,同时荆楚地域信仰民俗也体现出丰富多彩的特点。主要体现在人格神信仰在清代荆州体现得比较明显,表现为对荆楚神话、传说中的英雄人物、杰出的历史人物和地方知名人物的信仰。在城市市民的印象中,他们被赋予了神性,成为民众崇拜和祭祀的对象。信仰民俗自然地被划分为官方信仰和民间信仰两大主体。

荆州城市地域信仰民俗首先体现在对楚国历史人物的信仰。如从荆州府和江陵县民间祭祀中的庙宇或祭祠来看,体现了市民对楚国历史人物的集体记忆和尊重。据光绪《荆州府志》、《江陵县志》载,江陵县有楚庄王庙、楚昭王庙、伍子胥庙、三闾大夫祠。"楚庄王庙在沙市。明嘉靖间重建。国朝康熙五十九年,修庙。旧有庄王庙记及倚相碑,俱王羲之书,并祀楚臣孙叔敖、沈尹戍"②。市民对于楚庄王的看法是"王去今已远,楚人食旧德而独祀王。可以见人心百世之公,即王之神千载犹在也"(来谦鸣《楚庄王庙碑记》),楚庄王、伍子胥和屈原给荆州人留下了历史记忆成为荆州市民的"一般知识水平",成为城市信仰体系中的重要层面。光绪《荆州府志》首次将"楚诸臣斗子文、芳贾、孙叔敖等二十八人"记录在地方志上,这也反映了编纂者对市民文化需求的一种理解和反应。

其次,体现在对三国时期历史人物的信仰。江陵县有三义庙、诸葛武侯祠、吴王庙(祀吴大帝孙权)、汉文帝庙、汉景帝庙。目前所见荆州城为明清重建,而最初之成形,始于三国。三国时期荆州成为重要的军事战略要地。故三国英雄人物往往被城市人神化,

---

① 倪文蔚修,顾嘉蘅纂,《光绪荆州府志》卷二七,光绪六年刊刻本。
② 倪文蔚修,顾嘉蘅纂,《光绪荆州府志》卷二七,光绪六年刊刻本。

如沙市的三义庙"明万历六年,荆关工部刘伯渊建;四十六年,工部朱华盛重建。国朝顺治十六年,工部张有光修。"①松滋县也有三义祠"在大东门外,即魏武帝祠",石首建有三义寺。这是荆州城市信仰文化以城市功能辐射周边,并产生影响的结果。

最后,荆楚地域信仰民俗的最大特征就是具有重大贡献的官宦或名人。如对当地官员的祭祀的刘公祠(祀汉江陵令刘昆)、韩文公祠(祀唐昌黎伯愈)等。如江陵县有刘猛将军庙,"祀宋将军刘承忠,将军弱冠从戎,曾挥剑驱蝗,有功于民"②,宋将军挥剑驱蝗,有功于民,所以至道光十五年,荆州"蝗蝻为灾,次年蝻孳复萌,知县黄肇愈建。"又如监利县三元殿,"祀知县陶洽,知府梁章钜"③。当时文人所说"有功德于民则祀之",正是民间人格神信仰形成的一个基本的标准。仅民祀一条,江陵县49处,公安县25处,石首县88处,松滋县24处④。可见,信仰民俗的地域性和空间性是很大的。

城市信仰空间包括护国佑民类、忠孝节义、名宦乡贤类的庙和祠。荆州城内名宦祠有"官文恭公祠,在将军署西北。昭忠祠旧在古楼西。咸丰八年,将军绵洵创。久圮。同治八年,将军巴扬阿改建于游仙坊之东。文果毅公祠,在安澜门外二里许。同治八年建。拜将军祠,在远安门外十五里龙会桥"⑤,在府学内有忠义孝悌祠、节孝祠,不单以先师、先圣为祭祀对象,还有以先贤、乡宦、乡绅以及对地方有突出贡献的人为祭祀对象的,以此教化士子,这是信仰民俗在都市教育教化中的作用的体现。江陵县龙泉书院建有"陆公祠、文昌阁、魁星楼,皆为院多士计耳"⑥,那些承载民间伦理道德的信仰对象,对城市信仰的发展具有长效的影响力。

清代荆州城市民众"一般知识与水平"中承载了较为丰富的历史积淀,这其中重要的就是信仰民俗。这些历史积淀,既有代表清代特征的传统文化普遍知识水平,也有荆楚地域文化的特征,是清代荆州城市生活空间的独特场域。

---

① 倪文蔚修,顾嘉蘅纂,《光绪荆州府志》卷二七,光绪六年刊刻本。
② 倪文蔚修,顾嘉蘅纂,《光绪荆州府志》卷二七,光绪六年刊刻本。
③ 倪文蔚修,顾嘉蘅纂,《光绪荆州府志》卷二七,光绪六年刊刻本。
④ 据光绪《荆州府志》卷二十七统计。
⑤ 倪文蔚修,顾嘉蘅纂,《光绪荆州府志》卷二七,光绪六年刊刻本。
⑥ 民国《湖北通志》卷五九。中国地方志集成,湖北省志辑,凤凰出版社2010年版。

浅谈尹吉甫故里十堰市蕴藏着极其深厚的屈原文化

十堰市委政策研究室　袁正洪

尹吉甫故里鄂西北十堰市,地处鄂豫陕渝四省毗邻,中国中西结合部承东启西之地,市辖五县一市四县级区,历史悠久,文化灿烂,十堰是我国第一部诗歌总集《诗经》的采风者、创作者、编纂者、西周太师尹吉甫故里,不仅武当文化、汉水文化享誉国内外,而且古老的庸巴文化、秦楚文化等,蕴藏极其深厚。在此,对鄂西北十堰市蕴藏的屈原文化作以浅谈。

一、十堰市所辖竹山古乃庸国,是屈原祖籍

据《华阳国志》、《括地理志》、《湖北通志》、《十堰古代方国考》等史志记载,古代历史上曾有庸国、麋国、微国、房国、罗国等十多个方国。

据我国最早的史书《尚书·舜典》记载:"舜帝三十而征庸,在位五十载,徙方乃死。"可见 4000 年前的尧舜时期,庸作为一个部落方国就已存在了。在堵河流域的竹山霍山坡、潘口、两河口、黄土包等地,先后出土了许多旧新石器时代的遗址,留下了古人类的信息。

据《括地志》载:"方城山,庸之都城。其山顶上平,四面险峻,山南有城,长十余里,名曰方城。"庸国的都城在今湖北竹山县境内,古今学界无争议。根据史料考证,文峰庸方城、上庸镇和竹山县城有庸国古城遗址。

屈原《离骚》开篇曰:"帝高阳之苗裔兮,朕皇考曰伯庸。"意思是:我是高阳氏的远代子孙;伯庸是我已去世的父祖辈,他是庸国最后一位国王。说明了古庸国(即大庸国)是他的祖籍和故土。

房县春秋时期为麋庸二国之地,竹山上庸曾属房陵。《竹书纪年》载:"帝子丹朱避舜于房陵,舜让弗克。朱遂封于房,为虞宾。"据湖北省文物考古研究所对房县七里河新石器时代聚落 20 年的考古发掘研究表明,七里河遗址不仅是一处原始社会聚落址,而且文化内涵以石家河文化和三房湾文化(距今 4600—4100 年)遗存为主体,古代是颛顼、祝融及神农炎帝后裔迁徙地。颛顼帝高阳是黄帝的孙子,帝喾高辛是黄帝的曾孙,尧是帝喾之子。祝融乃颛顼的后裔,也印证了楚辞"帝高阳之苗裔兮,朕皇考曰伯庸。"

竹山县旅游局长袁林,在上庸镇一农民家发现珍藏有一把庸国王子的铜戈,华中工学院博导张良皋教授考证后认为,戈上刻有铭文两行:"庸公之大元凡子羽戈",大意是说此戈为庸国太子"子羽"所有,子羽的封地为"凡"。在《庄子》中,记载有凡君与楚王交往

的故事。张良皋教授说"此戈的历史重要性无可估量"。

据《尚书·牧誓》记载,公元前 1046 年,周武王会同巴师八国,共同伐纣,战于牧野。庸国位居八国之首。

屈原的确是高阳苗裔,庸国嫡嗣。他所降生的秭归,完全可能是庸国南疆。

二、十堰市辖丹江口和郧县汉水,是屈原放逐汉北之地

屈原第一次流放汉北地区为汉水的上游。十堰市所辖的丹江口市,古为均陵,武当县,均州。据《均州志》载:"沧浪亭,州东北 3 里,汉江之滨,孺子歌处。"屈原的《渔父》:"渔父莞尔而笑,鼓枻而去,乃歌曰:'沧浪之水清兮,可以濯吾缨;沧浪之水浊兮,可以濯吾足。'遂去不复与言。"《中国历代名人辞典》记,屈原流放地是"汉北";迁放地是江南。《历代名人与武当》云:"屈原在汉北,流放六年。"

《敕建大岳太和山志》是明代第一部武当山《山志》,其《括神区第三篇卷之第四》云:"屈源河,在均州西北。水出汉江"、"沧浪洲,在屈源滩下"、"屈源河口滩,在漓门滩上"。《辞源》云:"原又通作源。"故这儿的"源"就是"原"。上述的屈源河、屈源滩、屈源河口等,就是当年屈原流放之地,这儿的土著人与屈原生活六年,结下了深厚感情,为了纪念这位伟大的爱国诗人,于是把屈原流放生活的地方用"屈原"命名,并一直沿用,被明代太常寺丞任自垣编撰《太和山志·神区》时收录。同时可知屈原河、屈原河口、屈原滩等属武当山道教神区,因此我们说屈原流放武当,一点也不谬。

据郧阳师专喻斌教授研究,《屈原行吟汉北》一文记载:在《抽思》中,屈原点出了一个地名——"低徊夷犹,宿北姑兮"。这说明屈原在"北姑"这个地方住宿过。"北姑"在哪里?据语言学家考证,"北姑"实际上就是古书中的"百濮"。"姑"、"濮"同音,"百濮"是西周初的一个部落,楚立国于丹阳后,逼迫"百濮"往西迁徙,后投靠庸国。作为处在楚与庸之间而又在汉江边上居住的"百濮",大约应在堵河入汉水处。这样说明,屈原确已来过现今十堰的腹地。

三、十堰市房县是尹吉甫故里,《诗经》及民俗文化与屈原文化相传承

《诗经》,是我国第一部诗歌总集,居《五经》《四书》之首,是中华文化的元典之一。西周太师尹吉甫是《诗经》的采风者、创作者、编纂者,亦是被歌颂者。《诗经》中高度称赞"文武吉甫,万邦为宪"、"吉甫作诵,穆如清风"。尹吉甫"文能附众,武能威敌",他奉周宣王之命,率军北伐狁,南征荆蛮,驻守淮夷,辅佐"宣王中兴"。他不仅是我国历史上伟大的诗人、文学家,而且是卓越的思想家、军事家和哲学家。

尹吉甫生于周厉王二十七年,卒于周幽王七年(前 852—前 775)。尹吉甫房陵人(现

湖北省十堰市所辖房县),仕于周朝,食邑房,卒葬于房。其子尹伯奇故事传说于湖北房陵和四川泸州。今甲到朝廷当师尹以后,以官为姓,叫尹吉甫。他比孔子早 301 年,比屈原早 512 年,比李白早 1553 年,比杜甫早 1563 年,比白居易早 1654 年。

笔者专题十论尹吉甫何以被称为中华诗祖?我国古周朝有采献诗制度,周太师负责编纂《诗经》。《诗经》作为周朝教科书,其产生历史前后五百年,但《诗经》"小雅"、"大雅"等主要篇章反映的是宣王时期,可谓尹吉甫辅佐宣王时期。《诗经》在各个时代各有主编,周太师尹吉甫是周宣王时期《诗经》的主编,这好比我国从解放后至现在教学课本,各时期有各个主编。尹吉甫不仅从时间上比老子、孔子、屈原要早几百年,而且从尹吉甫诗作的文采、其名篇思想艺术对后人的影响,以及他对《诗经》编纂成书过程中所作的贡献等方面,尹吉甫被尊称为中华诗祖。

《诗经》收录了西周初期至春秋中叶(公元前 11 世纪至公元前 6 世纪)500 多年的诗歌作品,可谓中国文学史上叠起的第一个高峰。屈原继承了《诗经》中现实主义思想,吸收了《诗经》中以个人为主体的抒情发愤之作的写作手法,创造了一种新的抒情诗体——楚辞,也叫骚体赋。屈原最主要的代表作《离骚》、《九章》、《九歌》、《天问》等光辉诗篇,声贯古今,名扬中外,是继《诗经》之后,在中国文学史上叠起的第二个高峰。

在诗经尹吉甫文化挖整中,我们将诗经二南逐篇逐句研究,撰写了《"诗经·二南"与尹吉甫故里房县民俗的传承遗风》,在房县收集到 30 多首《诗经》相关民歌。房县古为朝秦暮楚之地,民俗乡音显示了:"楚调、巴音、秦韵"的地域特色,为百姓喜闻乐见。如:房县诗经民歌《勾住魂兮》:

上山采药,男女相伴,勾住魂兮;
深山采药,一日不见,如丢魂兮;
隔山对歌,一日无音,如掉魂兮;
隔涧洗汗,一日无影,如无魂兮;
大山老林,躲而不露,如找魂兮;
日暮下山,一叫无声,如失魂兮。

再如房县诗经民歌《伐檀》:

东方发白兮/上南山兮/坎坎伐檀兮/悬岩险兮/扛到岸边兮/放排河兮/饥饿肠鸣兮/日暮归兮/

"兮"字古为文言助词,相当于现代的"啊"或"呀",系楚地方言。屈原楚国秭归人,古时秭归曾属庸国,比秭归属楚国时更早。"兮"字系屈原《楚辞》中的一种方言。

《房县志》载:"房县古为麇庸二国。"房县有"三闾书院",至今在城墙上有"三闾书院"的古代大砖。

总之,十堰市屈原文化蕴藏深厚,值得挖整研究,以弘扬中华优秀文化。